人民艺术家·王蒙 创作70年全稿

讲谈编

演讲录

（一）

王蒙和傅高义

目　录

小说／文学（上）

我们的责任 …………………………………………（3）
文学的力量在于打动人心 …………………………（8）
热爱与了解 …………………………………………（12）
生活·思考·创作 ……………………………………（21）
在探索的道路上 ……………………………………（34）
漫话小说创作 ………………………………………（47）
漫谈短篇小说的创作 ………………………………（58）
新时期的文学 ………………………………………（78）
漫谈小说创作 ………………………………………（86）
关于塑造典型人物 …………………………………（100）
关于短篇小说的创作 ………………………………（113）
小说创作要更上一层楼 ……………………………（132）
变化中的生活和文学 ………………………………（146）
当前文艺见解十题述评 ……………………………（158）
关于小说的一些特性 ………………………………（181）
从生活到小说 ………………………………………（200）
文学的新课题 ………………………………………（206）
最诚恳的呼号 ………………………………………（222）

文学的诱惑 …………………………………………（224）
中国文学的命运与作家的使命 …………………………（228）
我的几点感想 …………………………………………（232）
小说家言 ………………………………………………（236）
人类共同目标的纽带 ……………………………………（244）
小说的可能性 …………………………………………（247）
新时期文学面面观 ………………………………………（267）
文学生活的新格局 ………………………………………（287）
清风·净土·喜悦 ………………………………………（298）
在《汴京梦断》研讨会上的讲话 ………………………（303）
小说面面观 ……………………………………………（309）
三点建议 ………………………………………………（321）
当代中国文学的新话题 …………………………………（323）
世纪之交的文学选择 ……………………………………（342）
小说的世界 ……………………………………………（360）
我们是世界的希望和果实 ………………………………（371）
小说的本原与还原 ………………………………………（373）
文学的歧义 ……………………………………………（389）
关于九十年代小说 ………………………………………（404）
中国文学怎么了？ ………………………………………（411）
作为艺术的文学 …………………………………………（415）
文学是必要的吗？ ………………………………………（437）
小说创作与我们 …………………………………………（451）
写小说永远要有一种挑战 ………………………………（475）
挑战与和解 ……………………………………………（478）
文学的悖论 ……………………………………………（502）
关于小说鉴赏 …………………………………………（517）
在诗琳通公主获奖会上的讲话 …………………………（529）

对于价值的尊重 …………………………………… (530)

文学人生互证论 …………………………………… (534)

想起了詹姆斯·乔伊斯 …………………………… (556)

文学的方式 ………………………………………… (558)

历史、国情与文学 ………………………………… (576)

小 说／文 学

（上）

我们的责任*

我们是新中国的第一代青年。我们中的许多人从少年时代就参加了人民革命斗争。我们在黑暗中用斗争迎接光明,从黑暗走向光明,所以觉得光明更加光明。"太阳一出来,赶走那寒冷和黑暗",这是我们当年最爱唱的歌,也是我们的心声。

于是,我们拿起了笔,对我们,文学与革命是不可分割的,文学召唤我们为了真善美去向虚伪、邪恶和丑陋抗争,文学召唤我们走向革命。革命点燃了我们的青春,充实了和照亮了我们的人生,启示我们拿起笔。我们歌唱红旗和广场、志愿军和少先队员、治淮的民工和建设青藏公路的战士,我们也怀着深深的崇敬去礼赞南湖的船和延安窑洞里的灯。

同时,随着我们在成长过程中对生活的观察和体验,基于我们对党的赤诚的爱,当然也包含着年轻人的理想主义和不尽切合实际的要求,我们也正视了生活中的一些消极因素,我们也曾尝试着把自己的幼稚的观察和思索的果实交给党、交给人民。初生牛犊不怕虎,我们也可能幼稚、冒失,甚至某些荒唐,但我们没有二心,没有市侩气,不懂得阿谀奉承和投其所好,在党组织和领导同志面前,我们从不设防。

我们那时是太年轻了,我们在还没有足够的经验和准备的情况

---

* 本文是作者在中国作家协会第三次会员代表大会的发言。

下,在没有摆脱孩子气的情况下就拥到了反映现实、干预生活的前沿阵地去了。我们该责备的是,当时我们还不懂得一支笔的分量,不知道为了替人民说话,为了说真话,要经受怎样的考验,要付出怎样的代价,要具备怎样的钢铁一般的意志和水晶一般的品质。

二十余年过去了,我们新中国的第一代青年作家仍然感到幸福,我们有幸两次体味到解放的欢欣,一次在一九四九年,一次在这三年。我们怎么能不怀着激动的心情来怀念毛泽东同志、周恩来同志和朱德同志呢?我们怎么能不怀着激动的心情来感谢华国锋同志、叶剑英同志和邓小平同志呢?我们是被党的乳汁哺育成长的一代人,搞极左的人极力割断我们与党的血肉联系,说我们是反党的,是党的敌人,把我们驱逐出党……但是,我们与党的血肉联系是割不断的!我们属于党!党的形象永远照耀着我们!即使在最痛苦的日子里,我们的心也向着党。而当一旦重新允许我们拿起笔来,我们发出的第一声欢呼和呐喊,仍然充满了对党的热爱、信念和忠诚,我们所仇恨、所诅咒、所批判的正是党的敌人,正是危害党的病毒和细菌。我们对这样的敌人,这样的病毒和细菌也要跪下来"歌德"吗?那是痴心妄想!歌了敌人和病菌的德就是背叛了党!

回顾过去,我们并无伤感或者私人的怨恨。我们把党的挫折看作自己的挫折,我们认为医治我们的母亲——我们的祖国、我们的党身上的创伤远远比抚弄着我们自身上的伤疤要紧得多。我们只是希望对历史和每一个人、每一件事都还以本来的面目,一切经验将被记取,我们的父兄和我们这一代人付出的学费将不会白搭,我们有理由要求下一代青年作家、下一代读者和下一代中国人有比我们更好的命运。我们还要坚定地宣布,决不允许发生在我们身上的事情重演。

艰难困苦,玉汝于成。二十年的风风雨雨教会了我们许多东西。我们当中的许多人这二十年来长期生活在农村,长期参加体力劳动,和贫下中农、和普通劳动者打成一片。我们一定要经得起新的条件下的新的考验,永远和人民在一起,做人民的代言人。

人民迫切需要发展生产,提高生活,实现四个现代化。我们的人民还是太穷了。同时,人民也需要提高文化,需要丰富文艺生活,逐步克服某种愚昧落后状态。林彪、"四人帮"的破坏同样造成了人民精神生活上的饥荒,这种精神上的饥荒孕育着严重的、可怕的后果。我们有责任生产出更多的更好的精神产品,向人民提供更多更好的小说、诗歌、电影、戏剧、音乐、绘画……

我们的人民愈来愈不喜欢乃至痛恨官僚主义、特权思想、不正之风、形式主义、假大空话,我们要正视生活的矛盾,表达人民的愿望,做人民的喉舌,扫除这些与我们党的性质、与社会主义的性质、与我们的"四化"目标格格不入的东西。

人民需要说真话的、敢于为民请命而又切切实实为人民做一些好事的作家。人民也需要能愉悦心灵,调剂生活,给人以美的享受的作品艺术品。其实,工农兵并不需要简单的一味"歌德",当他在炼钢炉面前浴汗奋战的时候,他需要的是"歌德"吗?不,他需要的是清凉的饮料。当他被"四人帮"的余毒所折磨所残害的时候你去给他"歌德",更无异于注射麻醉剂,那时,他需要的是呐喊,是启发,是帮助他找到斗争和胜利的道路。工农兵完全没有收听无休止的"歌德"的癖好,只有江青之流的外强中干、色厉内荏的野心家,才感到离了"歌德"就过不了日子。不要打着工农兵的幌子要求"歌德"吧!

当然,人民也不需要呻吟、哀嚎、空对空的高谈阔论和站在一边的指手画脚。作家是生活的主人、党的事业的主人、国家的主人,要以高度的责任感来写作,要使自己的作品、自己的言行确实有益于人民、有益于安定团结、有益于四个现代化。人民是无畏的,人民也是镇定和有耐心的。作家要弯下腰来和人民一起面对现实,和党一道来面对我们的困难、麻烦和问题,要让我们的笔有助于解决这些困难、麻烦和问题而不是相反。我们不能旁观和清谈,不能为尖锐而尖锐,不能追求刺激。在十年的浩劫和动乱之后,人民迫切地需要安定团结,休养生息。我们的文艺既要起号角、刺刀和手榴弹的作用,又要起显微镜、望远镜和X光机的作用,还要起沟通人们的心、温暖人们的心、滋润人们的心灵的美酒和香茗的作用。我们的责任是重大的,我们不敢掉以轻心。

为此,我希望作家的活动能突破同行的圈子。要和更多的工人、农民、战士、店员、教师、勘探队员、公安干警交朋友,要和更多的领导干部特别是基层干部交朋友,要和工青妇工作者和政工干部交朋友。要缩小目前意识形态工作者和实际工作者在某些观点、看法上的差距,要增加作家和作品的现实感,要使我们的作品、我们的声音更准确、更有说服力,要使我们的笔发挥更确实有效的作用。

对人民负责和对党负责是一致的,所以我们必须写真实、说实话。我们的文学是党的文学,我们的每一个作品、每一个作家的声誉都是党的声誉。而谎言和欺骗是破坏党的声誉也破坏文学的声誉的。不论谎言披上怎样的"左"的花言巧语的外衣,其西洋镜总要被戳穿的。如果我们背离真实、漠视真实,那就是欺骗人民和欺骗党,那就是误国害民。粉碎"四人帮"以后,出现了一大批愈来愈真实、愈来愈广阔和深刻地反映着生活真实的作品,党的文学的声誉正在恢复和发展,我们要珍惜这个苗头,绝不允许打着"左"的旗号把我们的文学重新拉回到粉饰生活和伪造生活的死胡同里。

我们还要勇于进行艺术上的追求、创新和突破。每一个作家都是不可重复的,每一篇作品也都是不可重复的,因此,作家即创造,作品即创造,无创造即无文学。我们要忠于自己的创作个性,忠于自己的灵魂,抒发作家的真情实感。我们要有更大胆、更奇突奔放的艺术想象,不应该把真实地反映生活与大胆想象对立起来。因为文学是一种精神活动,它面对的是人,特别是人的精神世界、精神生活。没有精神上的自由驰骋就没有文学。我们的作家要更真诚、更勇敢、更淋漓尽致地进行创造性的劳动,要培育出更多的文艺的奇葩异果,为此,要提倡试验,赞扬突破,不怕失败。要坚决反对竞相模仿和一拥而上,要彻底肃清在创作上树样板、搞模式的流毒,要反对四平八稳、看风使舵以及"不求艺术有功,只求政治无过"之类的谬论。

为了完成在新的历史时期党给我们的重大任务,为了完成我们的历史使命,我们需要一支强大的、生气勃勃、能征善战的创作队伍。为了提高和发展文艺生产力,补充新生力量已经刻不容缓。粉碎"四人帮"以后,涌现了一大批引人注目的作家,他们比五十年代的我们平均年龄大得多,思想上、艺术上比我们当年的准备充分得多。"文化大革命"的十年,正是他们思考、探求、枕戈待旦的十年,近两三年的优秀作品多数出自他们的手笔,这不是偶然的。还有许多的业余作者正在或即将破土而出,我们希望对于新生力量有更好的扶植和安排,使他们越战越勇,捷报频传。

当然,和在座的老前辈相比,我们也是青年。令人忧虑的是,我国的中青年作家在文化水准、知识面上比老一辈作家有下降的趋势,为了向"四化"进军,为了创造水平更高的社会主义文学,我们必须急起直追。

鲁迅先生和郭沫若同志已经先后离开了我们,老舍先生和赵树理同志也已不幸辞世。在经过十年浩劫之后,我们有幸能见到年高德劭的茅盾、巴金、曹禺、姚雪垠同志和许多老一辈的作家和艺术家,这使我们非常欣慰,但他们的白发提醒我们正视自己的责任。十年生聚,十年教训。中华民族是一个有生命力、有韧性的民族,中国共产党是一个坚强的、搞不垮的党,我们这一代,受到党的教育、民族精神的熏陶,我们也是有韧性的和搞不垮的。经过这伟大而艰巨的历程,我们当中的绝大多数人,与某些外国访问者的估计相反,没有悲观、没有消沉、没有搞歪门邪道、没有被"余悸"吓破胆,我们有决心通过持久的艰苦的劳动,写出更多更好的作品,攀登文学艺术的高峰,做出新中国第一代青年作家对文学事业的应有的贡献。

1979 年 11 月

文学的力量在于打动人心*

我很少用"干预生活"这四个字,基本上不用,我都是用面向生活。我也很少用"揭露阴暗面"这些字,而用揭露矛盾。我并不反对"干预生活"或"揭露阴暗面",但我也不主张把这个口号提到当代文学领域最时髦的地步。

文学对生活怎样干预?现在有人往往理解为直接写一个什么缺点、什么毛病,写一个县委、地委书记怎样坏,这就好像干预了他。我看,文学的责任不在这里,这是纪律检查委员会的责任。把文学变成"歌德"文艺固然不对,把文学变成纪委附属的宣传科也不是正路。这并不是文学的特长。

文学有它的力量所在。它的力量并不在于直接去改变一种政治状况。说我要通过写作品撤谁的职,开除谁的党籍,根本做不到。那么它的力量在哪里呢?它的力量在于激动人心,打动人心,它的力量在人心里边。文学和暴力相比是软弱的,文学和权力相比是不设防的,但文学能赢得人心。你撤了他的职,你杀了他,但他的影响,他所赢得的人心,你除不掉。"尔曹身与名俱灭,不废江河万古流",文学的牛皮就在这个地方。因此,我不赞成把"干预生活"这个口号理解得非常狭隘。要文学直接对宣传部、组织部、交通局、蔬菜公司起个什么作用,那就削弱了文学的职能。相反的,文学通过刻画各种各样

---

* 本文是作者在新疆昌吉回族自治州的一次讲话。

的人物,描写他们的心理,描写他们的命运,可以塑造出更加坚强、更加完美、更加善良的灵魂,可以鞭挞那些丑恶的、渺小的、被污染了的灵魂。通过这个,文学当然对政治,对经济,对各行各业各部门都发生一定作用,这个作用是曲折的。所以,文学的首要作用是塑造人类灵魂,培养社会主义新人,治愈人们灵魂上的创伤。生活总是矛盾的、辩证的。如果你那里没有光明,你怎么看到黑暗呢?有光明,才能看到黑暗嘛!没有光明,怎么揭露黑暗呢?在黑暗中揭露黑暗,最后是什么也看不见。如果认为全中国一团漆黑,新疆一团漆黑,只有一种颜色,那就没有生活了,也就没有文学了。所以说,生活总是包含着矛盾的,把它看得那样轻松,固然是不忠实的;把哀嚎当做时髦,也不是忠实的。我们看自己的民族、自己的国家,都应该一分为二。妄自尊大,认为我们的最高最活,那固然是可笑的、愚蠢的;反过来,认为中国什么都不行,当个中国人倒霉,不仅是不符合实际的,也是不道德的。所以,我们提倡我们的作品有力量,这和大胆地揭露矛盾一点也不矛盾。恰恰相反,有足够的勇气,有足够的信心,有足够的力量,你才敢揭露那些矛盾。我之所以用"揭露矛盾"代替"揭露阴暗面",用"面向生活"代替"干预生活"的口号,不是由于胆小,而是由于对这个问题有这样一些看法。

文学的力量在于震撼人心。那么,是不是凡是能够激动人心、打动人心的作品,都是好的作品呢?这要因作品而定,不能一概而论。因为这里边有一个社会效果问题。比如目前争论比较大的一出戏《假如我是真的》,两部电影剧本《在社会档案里》和《女贼》,一篇小说《飞天》,都存在着这样一些问题。这些作品,我有些看了,有些没看。《飞天》看得比较仔细,我觉得这篇作品是写得有些不足。揭露阴暗的东西并不可怕,揭露阴暗的东西应该能加深人们对生活的理解。比如说你原来对某一事物分辨不清,就说《班主任》里的那个谢惠敏吧,也许很多人过去认为这种人是非常可爱、非常好的人,但经刘心武一写,使我们看到了她生活贫乏、精神僵化的一面,小说帮助我们加深了认识,这种揭露就是有意义的。也就是说,我们看了一篇作品以后,总是希望从中得到一些东西,这些东西叫做鼓舞,也可以说是深化,或者说是发人深思,值得回味。《飞天》集中地揭露了一个首长强奸了一个少女(有好几篇作品都写这个),有些地方写得太实了,让人看了实在是不太喜欢。作品虽然从某一侧面反映了一点东西,但写得并不深,并不准。人物性格前后也不统一。那个少女刚出现在寺庙时是很勇敢的,是自己跑出来的。可是参军后,又那样委曲求全、奴颜婢膝,让人感觉怎么是那样子呢?在我们的社会里,被侮辱的人难道还少吗?有受过几十年冤枉的,甚至迫害致死的,但是很多人并没有因此而变成罪犯,没有变成贼,没有掉在社会的档案袋里啊!我们也被侮辱过,但是我们并没有因此自暴自弃,干脆去偷吧,去干坏事吧!所以,觉得有些作品的积极意义少一点,深度不够。《假如我是真的》我没有看,听说也就是这么个情形。有些同志觉得这个戏很好,很解气。也有的同志说光解气不行,还应当注意它的社会效果。这就涉及到一个责任感问题。

我们大家都常说,文责自负。所谓文责自负,实际上就是我们每个作者要单独地对人民负责。你是一个诗人,你写的每一行诗,是不是忠于人民,忠于生活,忠于真理,还是随风倒,随风跑,你要对人民负责。所以,我们每个人写东西时,自己要对生活负责。如果我们坚信自己是真实地反映了生活,而且我们本身是抱着一种好的愿望,是为了我们的生活更美好,而不是把一切搞得乱七八糟,那我们就应当大胆地去写。文艺创作没有一定的死规矩,因人而异,因作品而异。同样是一个人,第一篇作品和第二篇作品有可能不同,用在第一篇是失败的,用在第二篇就可能成功。我希望大家养成一个好的习惯,就是独立思考,独立地对人民、对社会负责。

最后,希望不断扩大我们的事业。不要以为我们只是昌吉的,好像这个地方有多小。我们应当努力学习,国家的大事、文艺的脉搏、人民的希望、各地的状况,我们都应当去关心、去了解。我们应当把眼界打开一点,用我们自己的头脑去判断,去思考,去表现,写我们自己的作品。我相信,我们昌吉地区的文艺创作一定会取得越来越多的成果。

1980 年 1 月

热 爱 与 了 解[*]

　　从一九六三年到一九七九年,我在新疆生活了十六年,其中的七年是在伊犁维吾尔族聚居的生产队里度过的。去的时候只带了一个行李卷儿,语言不通,真是茕茕孑立形影相吊。那时候政治气候吃紧,今天批判《北国江南》,明天批判《早春二月》,大有不可终日的样子。但是,和维吾尔族的农民在一起,共同度过那么长的时间,从精神上到身体上我都没有垮掉,而是更高兴,更有劲,也更有收获了。其中一个很重要的原因应该归功于少数民族的劳动人民,当然也包括少数民族知识分子,包括我的同行们。他们都是我的朋友。我确实做到了和维吾尔族的劳动人民打成一片,很快学会了他们的语言和文字。在去了半年以后,我就可以在生产队的会议上发言,当然是结结巴巴的;一年以后我可以充当小的翻译;一年半以后我开始看维吾尔文的长篇小说,我看的第一部维吾尔文的长篇小说是苏联塔什干出版的,是高尔基的《在人间》;三四年以后,我可以充当文字翻译,铁依甫江的诗,还有一些散文,我都译过。人民文学出版社一九七五年为了庆祝新疆维吾尔自治区成立二十周年出版的《风雪边防线》,其中的《奔腾在伊犁河上》就是我翻译的。
　　过去维吾尔族有一句谚语,它的意思说的是:如果语言不通,心也是异己的。这话相当狭隘,它排斥其他一切民族,是不对的。但是

---

[*] 本文是作者在全国少数民族创作会议上的演讲。

我认为,如果反过来讲就有一点道理:"如果你的心和他不相通,就很难学会他的语言。"确实,从我的心里,感到维吾尔人实在是很可爱的,他们对我的生活,对我的灵魂,对我的思想,对我的经验是个极大的丰富。你了解一个少数民族之后,就可以用这个民族和你的本民族作对比,我觉得缺乏和其他的民族相交往的经验,往往有极大的局限性。什么东西只知道有自己这么一个民族,认为一切生活习惯、交际方式、思维和表达的路子只有独一无二的一种,而且是天经地义的、不可改变的,这就是民族自我中心主义了。世界上民族多得很,姑且不提外国,就是本国也有许多不同的民族,他们各有特点,各有所长,都是很可爱的。我觉得维吾尔人是个很具有人情味的民族。说老实话,在"文化大革命"那种状况下,我想交一个朋友是很困难的,因为人家知道你戴过右派帽子,划清界限都唯恐划不及啊!可是我和维吾尔人却交上了朋友。他们的政治界限搞得不是那么"左",我看维吾尔族天生是不喜欢那么"左"的。他们所有的习惯:婚姻、生老病死,以至到出远门等等,都很有人情味儿。比如谁要去比较长途的远行了,全村人就都来为他送行,充满了感情。再举一个例子,比如"文化大革命"分两派,汉族里分两派以后,你简直就没法办了。比较起来,少数民族虽然也受影响,可是他们两派之间就相互接近得多,有的白天分两派辩论,晚上还可以坐在一起喝酒。有一个传说:两个干部模样的人,在大街上相遇了,他们互相用维语问:"你是什么派?"那个人就回答说:"我是造反的。你呢?"另一个回答说:"我是保皇的。"说完之后,两个人笑嘻嘻地握了握手就走了。在"文化大革命"那种歇斯底里的情况下,这样做是不容易的,说明这是一个非常通人性、讲究人情味、讲究美的民族。我也不是否定汉族,我本身就是汉族,我当然很喜欢汉族。毫无疑问,汉族是我国的主体民族,它有那么悠久的灿烂辉煌的文化,又有勤劳、苦干精神。但今天在这里,我以一个汉族作者的身份,想多讲一点少数民族的长处。维吾尔族人比较讲究美,你到农村去就会看到,维吾尔族农民的院子里种了那么多花,还有许多果树,有的花种得满满的,只留下一条小径,你简直就进不去。汉族人倒是比较实惠,他们也种,但种辣椒,种白菜,和维吾尔族农民在一块儿,发财比维吾尔族发得快,各有优点。但是维吾尔族农民确实非常讲究美,家里有很多装饰,哪怕是挂衣服的一个衣架,都要用一个挑花的、非常美的纱巾一类东西把它盖上,这是一个美的民族。这个美还表现在对艺术的重视上,他们的儿童学会说话以前先学会唱歌,学会走路以前先学跳舞。一个刚刚五六个月的女孩,就一边用手比划着,一边"乃乃、乃乃"有节奏地喊着学跳舞,他们从小就给小孩子灌输节奏感。维吾尔族又是一个热爱诗的民族,值得我们汉族诗人羡慕。一次我和铁依甫江一起到农村去,铁依甫江立刻就被农民包围了:"啊呀,你是铁依甫江啊!我会背你的诗呀!"接着就给他背诵他的诗。然后农民就说——当然这种场合不光干坐着,还有酒,还有肉,还有葡萄干,大家一面谈一面吃着——"铁依甫江,不仅你会写诗,我现在也作了一首诗:《献给我敬爱的诗人铁依甫江》。"他站起来就念了一首。我怀疑我们的汉族诗人,包括我们那些最受人尊敬的诗人,他的那些诗能不能下乡?如果他到河北的一个农村,或者到山东的一个农村去,给农民念诗,他们能像维吾尔族农民那样吗?维吾尔族真是值得我们大家羡慕啊!他们是一个非常喜欢艺术、非常讲究文明、讲究礼貌的民族。

  我们作为一个作家,无非是由于对于生活的热爱、对人生的热爱、对我们事业的热爱,而这种热爱绝不应该局限于本民族的小圈子里。比如我作为一个汉族人,就只爱我的汉族,只了解我这个汉族,是不够的,我觉得在某种意义上,只了解汉族的人,对汉族的了解也是不充分的,这个道理同样适用于其他的民族。物理学上有一个术语,叫做参照物。比如我们判断一个事物,一个物体是不是在运动,就需要参照物。我想同样,了解一个民族,也需要参照物。在这个意义上说,汉族作家去熟悉、去了解少数民族的生活,去反映少数民族的生活,在积累了一些少数民族生活经验以后,回过头来再研究自己的汉族生活,对你会有极大的好处,它有了参照物。这里,重要的一点是要克服一个民族的狭隘的自我中心主义,但是这个问题并不是每个人都能体会到的。比如有这么一些在边疆工作的汉族同志,甚至包括一些领导干部,他们在评价一个少数民族的干部、一个少数民族的知识分子的时候,常常喜欢用一个概念:叫做民族情绪。说这个人民族情绪很大,就是说这个人不好,甚至是个危险分子。我不同意这个概念,这是反科学的概念,是一个荒唐的概念。世界上哪里有没有民族情绪的人呢?一个人具有民族自尊心,爱自己的民族,见到自己民族的人觉得很亲切,这不是很自然的吗?这有什么不对的呢?一个不爱自己民族的人,会爱祖国、爱人民吗?一个虐待自己母亲的人,能够尊重所有的老人吗?我不相信。当然也不是说,民族情绪越大越好,而是需要加以引导。你不准他有民族情绪,那怎么行呢?问题在这个民族情绪不要搞得太褊狭,不要搞成自我中心主义,不要搞成排他性,更不要搞成危害祖国统一的事情。正是为了发展我们自己这个民族,我们需要和更多的民族交往,我们需要和更多的民族建立友谊,而且也只有在我们社会主义祖国大家庭里头,我们这个民族才能得到发展,我们的认识应该提高到这一步。但是我们不能反过来要求一个少数民族干部或者一个少数民族作家,不准他有民族感情,我认为那样要求并不恰当。甚至还有的人单纯以对汉族的态度如何来判断少数民族同志的觉悟高低,则更是不科学的。我想对汉族的感情问题用不着强求,如果我们的工作做得好,如果我们的汉族同志对少数民族有感情,少数民族也是绝对会对你有感情的,他没有理由对你采取不友好态度。问题是你是不是尊重人家,是不是确实帮助人家、确实同情人家、和人家心连着心?如果你自己对人家格格不入,反过来要求人家对你有深厚的感情,那是没有道理的。我想,从整体上来说,我们的社会主义制度根据马克思主义所制定的民族政策,为我国实现真正的民族团结创造了很好的条件。但是在我们具体的观念里,特别我是一个汉族,我认为我们观念里一定要克服那种自我中心主义。我不愿意扣大汉族主义、地方民族主义那一类的帽子。我们要承认和尊重各民族的不同的文化、语言、观念和生活方式以及许许多多不同的特点,然后通过我们国家、我们党的各个方面的工作加以引导,我想这种民族情绪就不会是一个可怕的东西。相反,这种民族情绪可以上升,可以扩大,变成爱国主义的情绪,可以变成大家团结的情绪。

　　下边谈一谈关于反映少数民族的文学作品问题。一说起这话,我觉得很抱愧。这几年虽然我也写了一点,写了四个反映少数民族生活的短篇;还有一个长篇,由于各种原因还始终没有定稿。比起我喝的维吾尔族老大妈亲自给我烧的奶茶,比起我和维吾尔族朋友喝的酒来,我拿出来的作品还是太少了,我是欠着账的。这个账今后我慢慢要还,我要向很多长期深入少数民族生活的专家前辈们学习。另外,我也有一点想法,觉得我们有些反映少数民族的作品,题材搞得越来越窄。好像一个少数民族不管是瑶族、苗族、藏族、哈萨克族都是局限在解放前夕,或者是解放初期,相当模式化:大致上是少数民族中有一个反抗性相当强的人,比较早地就离开了家乡,或者是参军了,或者是入了什么干训班了,然后他回来,就和解放军一起做少数民族工作。少数民族里有一个反动的头人,就做反动宣传:"汉族来了以后是要杀少数民族的。"结果这个少数民族里还有一个愣小伙子,这个愣小伙子非常愣,非常容易被人挑拨,容易上当,认为"汉族人都不是好人"。然后这个愣小伙子的妈妈,或者是哥哥,或者是姐姐,或者是情人,被汉族的医生、解放军的医生给救了,救了以后这个愣小伙子也就转变过来了,最后一查就查出了反动头人,这个反动头人的后面还有一个冒充少数民族的汉族特务、国民党员或者干什么的,等等。我们应当把这个题材扩大,更着眼于少数民族当前的思想感情,包括他们在十年浩劫期间走的那些曲折的道路和他们所受到的独特考验,以及他们独特的斗争方式。他们的斗争方式和汉族不会完全一样,譬如说维吾尔人很幽默,很喜欢讲笑话,有时候他们讲笑话也可以变成一种斗争方式。我对维吾尔人进行斗争的方式印象也非常深,他们对极左的东西进行消极抵抗的智慧,使我非常佩服。譬如说一个单位,一个学校吧,工宣队或军宣队来了,神气活现地说:从明天起搞清队,明天上午九点以前都拿着行李来。遇到这种情况,咱们汉族就觉得很要命,该怎么办呀?有几个女同志就去了,说什么,啊呀!我的爱人还生病啊,我的孩子要吃奶啊。咱们工宣队长或军宣队长板起脸来训斥一顿:个人的事再大也是小事,组织上的事情再小也是大事。汉族同志回去以后非常发愁,又找保姆啊,赶紧断奶啊,找医生啊,把孩子寄放到亲戚家去啊,等等。可是我知道有一个单位,维吾尔人就不是这样。当工宣队宣布第二天全部集合,问有困难没有?大家都回答:没有困难。又问:明天能不能来?回来是:没问题。可是第二天却一个也没有来,而且事先谁也没和谁商量过,上厕所的时候谁也没和谁串联过。你查吧!你查不到哪个是串联的人。没人串联,没人为首,都不来。你要发脾气,他就又一点头说,好,好,明天,明天,一定来,一定来。第二天他们还是不来。哎,他有他的斗争方式,他有他的经验。所以我特别不赞成把少数民族写得很简单,像小孩子,像大孩子,不管是维吾尔族、藏族、彝族、黎族都有那么一些大孩子。好像一句话就跳三丈高,拿起刀来就要跟人家拼命,然后又看到我们汉族医生给他治了一个病啦,或者端了一碗饭啦,他立刻就跪在那儿,或者就哭。我说人家哪是那么简单,人家聪明得很!他有他的经验,他的政治经验、社会生活经验、文化的积累等。不能把少数民族都塑造成非常天真的、容易上当的孩子。所以我觉得开拓新的题材,应着眼于少数民族这三十年来所取得的成绩,所取得的进步,所受到的考验,所面临的困难,所碰到的问题。同时要更深地反映少数民族的灵魂,而不仅仅是一些表面的现象、仅仅是一些细节。各民族有很多共同的东西,如共同的命运,共同的爱憎,共同的苦难,共同的欢乐和共同的愤怒。但又有它独特的方式,又有它不同的东西。譬如说破"四旧"的时候吧,有些少数民族受到的打击那就更大了。在南疆,在喀什噶尔,把维吾尔族同志穿的长袜子一剪就剪成三截,辫子也不准留了,有的地方还不准留胡子,简直让你哭笑不得。我所在的那个大队的干部就带头刮胡子,大家都刮得光光的,连岁数很大的人也都是刮得光光的了。所以这里头,有他们独特的境遇,尤其是有他们内心深处的一些东西,这些是轻易不和别人谈的。少数民族有他非常深沉的爱和憎,有他们的幻想,有他们的愿望,有他们的智慧,有他们的巧妙之处。不能把他们写成头脑非常简单的、动不动就冲动、动不动就和人家拼命的人,我觉得那样的人物和少数民族的实际情况相距甚远。

  我希望我们少数民族的文学能够有一个急剧的发展。虽然我对少数民族是有感情的,但是我也确实感到我们少数民族的生产、文化,包括文学比起我们建国三十年来应有的发展速度来说,确实是太落后了,眼界仍然是太窄了。我想一个民族人数少,并不能成为妨碍这个民族在文学上取得重大成就的原因。我国的少数民族是正在欣欣向荣地、蓬蓬勃勃地向前发展的民族,是一个在发展自己的经济、在发展自己文化的民族。如果我们写得深,完全有可能成为我们祖国的,以至于全世界、全人类的精神财富。如果我们要深刻地表现我们这个民族的生活、民族的精神、民族的灵魂,那就既要尊重传统,又要有很大的改革,特别是引进、交流。我觉得写一个少数民族,不深入到这个少数民族里去,是不可能的,不管他是汉族也好,还是本民族的作家也好。但是仅仅深入到这个少数民族里去仍然是不够的,他应该站在我们国家文化发展的最高的成就上,以我们国家文化发展的最高成就做立脚点;甚至也可以说是以整个世界整个人类的文化财富、整个人类所达到的高峰做立脚点。我们站在这个高峰上,站在这个立脚点上,回过头来研究一个少数民族,或者来研究我们本民族,就会发现很多我们没有发现的东西,很多我们所缺少的东西。当我们站在国家的以至于全世界的文化发展的高峰的时候,回过头来,来把握一个民族、来探索一个民族的心灵、来感受一个民族的脉搏,我们会发现其中一些非常可贵的东西,一些对于全人类来说都是非常有意义的东西。而这里不管是汉族也好,少数民族也好,着重应该克服的是保守思想,要多知道一些各式各样的事情,要知道我们国家以至世界上发生的各种事情。比如一个民族生活在山沟里,就有必要知道发生在海边的事情、知道大海里的事情;一个民族生活在海边,就有必要知道发生在沙漠里的事情、知道发生在草原上的事情;一个民族生活在船舶上,就有必要知道在飞机上发生的事情;而且我们还有必要知道世界上各个国家所发生的事情。这样的话,在写作品时,我们的气魄,我们的思想,我们的选材,就会有很大的不同。在这方面来说,我觉得保守和固步自封的思想是要不得的。我们不要害怕,说是啊呀,把这个东西吸收进来以后,这已经不是我们民族本来的东西啦!你别忙,先看一看,我觉得只要你是立足于本民族的生活的土壤,艺术上做些变革和探索,那也会是生长在你这个土壤上的一朵花。这个土壤是我们自己民族的生活的土壤,这个阳光是我们社会主义祖国的阳光,那长出来的东西就一定是属于我们的。真正好的东西,都既是属于一个民族的,又是属于祖国、属于世界的。至于这个种子是由哪一阵风吹来的,也可能是从北京吹过来的,也可能是从更远的地方吹过来的,我觉得这个问题不大。而且任何一个民族的传统,不变化就不能够保持,不变化就不能延续与发扬。凡是固步自封的那种所谓民族文化,到头来只能被历史和生活所淘汰。从这一点上来说,生活是无情的,历史是无情的。想停留在一点上,以不变应万变,是不可能的。根据我在新疆了解的情况,我感到在少数民族里头,这三十年来平均的文化程度有很大的提高,但是缺少尖子,缺少大知识分子,这和每次运动"掐尖子"有关系,也可能还有其他的原因。总而言之,我认为应该培养我们少数民族的大作家,要培养我们少数民族的大知识分子。在这里平均主义是要不得的,在这里不但要有一般的知识分子,而且要有大知识分子,我们少数民族的作家也要有这种气魄。少数民族会汉语的是越来越多了,这是必要的,但同时也还需要会外语,多会几门外语,需要能够站得更高,需要能够掌握更多的人类精神财富。我们的少数民族是非常有希望的,他们的生活是非常丰富的,即使是只有万八千人口的少数民族里头,也可能出现真正的文学大师,能够对我们的社会主义祖国,以至于对全人类做出自己应有的贡献。

1980 年 7 月

生活·思考·创作*

说点什么呢？说说我对我们的生活和文学潮流问题的一些看法。

第一点，我想说说我们的生活已经在发生或者正在发生着的变化。报纸上常用的一个词汇是"拨乱反正"。这个乱，不仅仅是十年浩劫时期了，还有些长期积累下来的乱。这个拨乱反正，从某种意义上说是起死回生。就是说"四人帮"搞的那些东西，把我们国家推到绝路上去了。不管是生产、政治、经济，很多方面，经过这三年拨乱反正，其变化之大，进展之快，实际上是超出了人们的想象。

但是，总还有这样的情况，面临一些困难、一些矛盾和一些问题的时候，我们常常牢骚满腹。二十世纪七十年代和二十世纪八十年代初的中国的特点之一就是牢骚多。一个人一天平均不发二十句以上的牢骚，恐怕那一斤粮食就消化不了。确实是这样。从电车汽车拥挤、社会秩序不良（或者说社会风气不正）、领导作风不民主、住房太小、供应不好一直到调整工资如何如何，困难非常之多，都有很多牢骚。可是，我们稍稍回顾一下这三年多来的里程，觉得从三年前那个样子发展到今天这个样子，实在是非常可观，好多事情实际上是发生了翻天覆地的变化。实际上，拨乱反正就是把颠倒了的是非再重新颠倒过来，这是不容易的，而且人们的生活实际上也在变化着，不

---

* 本文是作者在大连的演讲。

管是从物质上还是从精神上,都在变化着。最近这两三年特别是一两年以来,从物质上说,已经涌现出许多新鲜的东西。拿北京来说,现在的情况是:电视机可以说已基本上普及了,录音机和洗衣机正在普及,小型的袖珍电子计算机等也越来越多地用于人们的日常生活。但各地的情况不同,有很多差距(如城市和农村),但是许多过去我们不太熟悉的、科学技术的东西,已经改变着我们的日常生活,进入到我们生活中来。

人们精神状态的变化就更多了。大家敢于发牢骚了,有牢骚发出来好,牢骚太多容易断肠,而且经研究容易致癌。人们心里有什么话有什么意见能讲出来,我觉得这是一个很大的进步。关内流传着一种说法,这种说法是很不科学的、片面的,却反映出一点实际情况。他们说,在四川想吃什么就吃什么,因为四川生产搞得好,富裕;在上海想穿什么就穿什么,因为上海服装和纺织品供应得好;在广东想看什么听什么就看什么听什么,因为离香港近,广东市民每天都能收到香港的电视,另外还有各种录音等乱七八糟的东西;在北京想说什么就说什么,北京人思想比较解放,过去是个大禁区,不敢议论,想说什么说什么是不敢想象啊,现在说起来就没有什么了。过去能给刘少奇平反吗?能点康生的名吗?能够客观地、实事求是地分析一下毛主席的功过吗?不说议论一下毛主席,就是把毛主席的像打了,把一张带有毛主席像的报纸给污染了弄脏了,也不知会惹来什么样的麻烦。这些议论虽然不大科学,但是总的可以看出一些变化。归结起来,我觉得人们的思想是解放了。

人类的发展,总是不断地解放自己。我们常常讲第二次解放。我们把一九四九年推翻国民党政权称为第一次解放,大连的解放更早一点。我们把粉碎"四人帮"称为第二次解放。这说明人们在不断地解放自己。一次不成两次,两次不成三次。不管从科学技术上或者是从政治上、社会制度上、思想上,人们总是要把自己从现代迷信当中或者从各种偏见的束缚当中解放出来。

这样的一些解放,反映在人们的精神状态上,也有很多变化。对这个变化的看法也是不同的。有的人看到的是我们的危机非常之多,什么信仰危机、信念危机、信用危机,即"三信危机"。现在情况不好,社会风气很不好,还有相当一部分人怀旧。以此为题材搞文学创作的人也很多,有很多怀旧的作品,用革命战争时期党的作风、党和群众的联系,还有解放初期、中华人民共和国建立初期党的作风、党的威信、党和群众的关系作为最高的理想,加以怀念,叹息现在这些方面好像都差得很远了,现在当官做老爷的多了,等等。这个怀旧是有道理的,"四人帮"破坏了党的优良传统。但是,我不赞成单单怀旧,尽管在我的作品里也有怀旧的成分,但是我的着眼点不是怀旧,我们必须看到今天的时代有今天的特点。战争年代,那时党和人民都处在无权的地位。八路军、新四军、解放军,确实是在房东老大爷、张大娘、李大嫂的帮助和支援之下,才能够取得战争的胜利。那时党和群众没有执政者和老百姓的区别。那时候党也有干部,军队也有干部,但是就全国来说,还没有取得政权,有一种同甘苦的劲儿。解放初期,我想在座的年岁大一点的,恐怕都能记得解放初期那种欣欣向荣的局面。把旧社会推倒了,历史好像从一九四九年开始。大家都有一股劲儿,这种劲儿是自然的。但是,我们今天是处在一个什么样的情况下呢?新中国建立三十年了,取得这么大的成绩,又犯了这么大的错误,大家碰到的问题非常之多。今天我们可以学习解放初期那种好的革命传统和好的革命精神,但有的办法不能照搬。有时我也常常想这些事,在小说里怀念一番,表达一下人民的心声,但你仍然解决不了这些问题。过去和群众的关系很好,因为咱们所有的干部到了农村,都是住在老乡的家里。我们的团长、师长、司令员,都住在老乡的家里。张大娘李大嫂,给熬点小米粥,给烤个山芋送过来。重要的会议就在老乡的炕头上开了,把军事地图挂在土屋子里头,确实和群众打成一片。

可是现在,中华人民共和国成立了,能不能把我们国家的任何一个部设在老乡家的炕头上呢？这实际上是办不到的，就得设在高楼里了。那么，我们这个执政的党怎么联系群众呢？这是一件非常困难的事情。

那时候，我们的人民非常听话。解放初期，我们的党指向哪里，人们就打向哪里，指向自己也打向自己。这一点是毫不含糊的，党说你是反革命，哎呀，大概我就是反革命吧？我一定好好想想，我是不是反革命。说谁是特务，自己也得好好想想，自己是不是特务啊？是不是我十二岁的时候，在茶馆里喝茶，旁边坐的那个人说不定就是特务，把我给登记上了？反正说党是对的，党说我是特务我就很可能是特务。解放初期，这种对党的信任好不好呢？我觉得非常之好，尽管这种信任包含着一种消极的因素，就是盲目。党号召什么就是什么，党说是伟大的胜利，就是伟大的胜利；说打倒张三，大家都去打倒张三；说把李四揪出来，人们马上就去揪李四。一个人被宣布是右派、敌人什么的，马上就变成像个污染源一样，连他老婆见到他，也说你可要坦白，坦白从宽，抗拒从严。爱情的最高标准，就是劝丈夫坦白。每个人都以检举自己的亲属为革命精神的最高标准。我还写过检举亲属的小说，妻子检举丈夫，儿子检举爸爸，爸爸检举儿子，弟弟检举哥哥。翻一翻解放初期的作品，有很多作品是这样。这种做法好不好，当然好了。但也包含着消极的因素，不加思考。

到了"文化大革命"，好多人就有了自己的脑袋了。但是，那时候，不是自愿的，是被迫的，谁也不敢用自己的脑袋，用脑袋就有被割掉脑袋的危险。最高指示下来了，不管你听懂没听懂，看懂没看懂，半夜就敲锣打鼓响应。"文化大革命"后，大家才把自己的脑袋收回到自己的脖子上。你现在光靠假大空，说一些"死不瞑目"之类的话，大家就不轻易接受了，得看看你主持工作到底是三两还是四两。你光喊"不打好翻身仗死不瞑目"，人们就不信了。

现在每个人都有了自己的脑袋，但这些脑袋又是共同的。全国十亿个脑袋，是不是每个人都有一种思想——十亿个思想呢？不见得,因为我们有共性。我们都希望我们的国家能够建设好一点,快一点。不能太快,咱们慢慢建设也可以,但是别折腾,别老斗,什么东西都能有,外国能有的咱们也能有。咱们也不笨,我们的河山这样好,大连又这么漂亮,我们可以把国家建设好。不要今天你斗我,明天我斗你。大家希望安定团结,希望实现"四化",希望改变我们这种贫穷的状况,这些都是共性。在有共性的前提下,我们多了点个性,多了点头脑,我看这是好事。但是,我们无需幻想,有那么一天,我们的市政府、省政府或者是我们的党中央的干部,一下子都变成八路军的样子,都打上裹腿。发工资时,一律发小米。外国大使来递交国书的时候,老大娘请他在炕头上坐,送给他一碗枣粥。我们要解决我们这个时代的问题,要满足我们这个时代的需要,要完成我们这个时代的使命。这个使命是什么呢?这使命就是反映我们时代的现实生活。还有最重要的一条,就是中外交流比过去显著增多,比"四人帮"时期多,而且比过去哪一年都多,来大连旅游的外国朋友也增多了。中外交流一多,就会给我们生活带来很多变化。带来一些先进的科学技术和一些活泼的思想,给我们一个参照物。参照物是物理学上的一个概念,就是说,要有个参照。你判断一个东西,是运动还是不运动,要看参照物。比如,我坐在这里,我拿地球做参照物,我是没有运动的。我拿太阳做参照物,我就正在运动,因为整个地球都是围着太阳运动的。有了参照物才能够判断,才能够有鉴别。从这方面来说,中外交流有积极因素。他给你个参照物,你衡量一下,但它确实也有消极因素。也有些人很肤浅、很无知,认为洋大人一切都好,老觉得洋大人高人一等。少数人,特别是青年人,有这种主张,说中国这一套不行,中国要想富强起来,就得采取欧美那个办法,两党制、分权分利、完全开放、自由竞争。我不是搞社会学的和政治经济学的,但是,我们年岁较大一点的可以设想一下,外国的办法能不能在中国照搬。搬资本主义的办法只能造成混乱、分裂,千百万人家破人亡。

中外交流带来了一些新的启发、新的挑战。我们社会生活提出大量新的问题,不是靠哪个人能够解决的,甚至也不是靠哪个领导一个人的思想就能够解决的,也不是那么轻轻率率地用一个什么外国的药方——美国和欧洲的什么药方就能解决的。解决新时代的新课题,这个任务实际上是落在我们每个人的身上。

第二点,我上面谈的这么多问题,社会、经济、政治、外交,这么一大堆其中有一个最突出的问题,就是怎样满足人们精神上的要求,给人们提供更多更好的精神食粮,使人民能够过上美好的精神生活。人的思想解放以后,反映出很多的要求来。物质上的要求,文化上的要求,精神上的要求。这里首先当然是物质上的要求。房子矮小,要求稍微能有所改善;好多人工资非常之低,希望能提高工资;有的夫妻还住在两地,生活还有许多困难;有的孩子在农村,还没有解决。除了这些要求,随着人们生活的提高,人们的精神需要也会提出越来越高的要求,这个是不能够忽视的。一个物质上非常穷困的国家,往往老百姓有个心理,认为有了粮食有了钱就有了一切。如果粮食多一点,肉多一点,房子再增加两平方米,就幸福了,一切都解决了。咱们国家农村有些农民确实是这样看。比如说一个右派,一九五七年被定为右派了,农民知道你是右派,但他还关心你挣多少钱。有的是监督劳动,一个月挣十八块,他摇摇头,"好好干吧,争取早日官复原职,给你个鼓励。"有的工资减了,或者减得不多,一个月还挣七十块,"哎呀,行啊,右派就右派吧,没有关系。"以他们的贫困的生活,只要有六十块钱就是幸福了。有些地方的农民的确是很困难的,往往为了一角钱,急出一身汗来。我们有些人对生活的理解和有的农民差不多,认为外国人最幸福了,每家有一处小洋房,一辆小汽车,还有电视机、洗衣机、电冰箱,这个机那个机的,看来是最幸福了。实际上却不然,仅仅是钢铁、小麦、奶油、面包、鱼和肉,并不能使一个人幸福、满足。相反,国外这方面的问题很突出。最近我到西德去过一次,如果从物质生活上看,可以说绝大多数的人过得去。你想硬到那里去找贫民窟,是不那么容易。人家社会事业有救济,而救济标准相当高。在整个参观中,我们发现一个乞丐,好像不是德国人,是一个外国人,怎样成为乞丐的,弄不清楚。他们的社会救济比较普遍。但是,他们那个社会制度没有办法解决人和人之间的关系问题。人和人之间的关系非常冷酷,包括一个家里的父母和子女,子女稍微大一点,生活上父母就不管了。用我们的话说,叫他们自己去锻炼。前几天报纸报道,美国总统卡特的儿子,是个大学生,暑假里在一个州当导游员。他爸爸有钱,但他却要自己去挣钱,觉着靠劳动所得,是最光荣的事。这有一定的好处,但也带来一些问题,人和人之间的关系建立在金钱上,生存竞争,谁也不认识谁,有了小洋房、奶油和汽车,但生活非常空虚,感到生活没什么意思。人和人之间的关系非常冷酷,是一种大鱼吃小鱼的关系。阶级的差别、工作职位高低贵贱,差别非常明显。买东西,什么样身份的人到什么样的商场去买,很明显。同样一种商品,在地下小卖部卖和在超级商场卖,价格相差很多,可以相差两倍甚至三倍。

战后西方存在着这样一种哲学,就是人生是荒谬的,生存本身就是极端荒谬的。这都反映出他们精神上的痛苦。有些人家庭很富裕,本人条件又很好,又年轻又漂亮,结果大学上了一年,出来当了修女。这说明什么呢?精神的寂寞,寻找精神上的东西。我们和他们不一样,我们提高了工资,按照我们自己的条件,一个单元的房子,家里该买的东西也买了,是不是就幸福了呢?不见得。需要有精神上的东西,才能满足。比如,一个人活在世界上,需要友谊,需要人与人之间不那么冷酷、尔虞我诈、勾心斗角,不是表面笑嘻嘻背后给你一刀子。还需要有理想,我们不但生活在今天,还要看到明天,还要有个盼头啊。如果年岁大了,明天也不那么多了,但我还有下一代啊,还想看到中国的下一代啊。也希望有爱情。不管没结婚和已婚的,都希望有爱情。就是结婚的,希望老伴对自己好一点,希望有真正的爱情啊。希望我们社会人与人之间的关系越来越合理,越来越正常,希望自己生活越变越美好。吃饱了喝足了,每天都吃许多鱼肉,就算幸福了吗？不见得。如果一个人精神状态非常低下，哪怕他的肚子吃得像老母猪一样，他仍然得不到幸福。所以我觉得在这方面我们的文学能起到非常大的作用，去满足人们的精神上的需要，提高人们的精神境界。使人们提高一级工资之后，喝了酒、吃了肉之后，还希望生活中有更崇高的东西，还要买两本书回去看看。这两本书不是枯燥无味的教条，不是只有离奇古怪的情节，这儿一个凶杀案，那儿一个色情案，不是这些东西，真正是一种高尚的理想。这方面文学作品能起很大的作用。文学应该使人快乐，这种快乐不是指酒足饭饱的满足，而是更高的精神上的一种舒展，精神上的一种美化、一种升华。文学作品应该给人一种作用，哪怕写的是一个悲剧。比如话剧《雷雨》，你能看得难受得很，甚至都流下眼泪来了，在剧场大哭一场。但这也是一种快乐，因为这种悲伤唤起人们的同情心。一个能同情的人，他的精神境界还是高尚的。能同情戏剧里人物的命运，能为他洒下同情的泪水，就有点善良、有点高尚。一个杀人的魔王或者一个麻木不仁的家伙，是不可能有同情心的，更没有眼泪了。生活中总有一些不愉快的事情，你在看这个悲剧作品时能借机会把你的心情表达一番，我看这也是一种快乐。该哭的痛哭，该笑的大笑，这也是快乐。文学作品的格调也是各式各样的。文学作品的快乐包括着智慧的快乐。读了作品，能看到人类的智慧，看到人们的理想，看到人们攀登什么样的高峰。去年在北京演的《伽利略传》，伽利略有这么一句话：理性是人们快乐的源泉。因为人和一块石头不一样，人不能变成一块石头，和一棵树不一样，和一只学舌的鹦鹉不一样。人是有头脑的、有思想的，能够思考各种各样的问题，这是人极大的快乐。

　　人生不但要有理想，还要有感情。美国得了诺贝尔奖金的那个斯·巴·辛格，他说他写文学作品主要是描写人与人之间的感情。不管一个多么聪明多么伟大的人，如果没有感情，不过是一棵植物罢了。所谓"人非草木，孰能无情"。通过文学作品能够唤起和丰富你的感情。还有一种想象的快乐，体验的快乐。我们通过看文学作品，可以身临其境。虽然我没有在大海上划过船,可是我看了一篇描写海洋的作品,就像我到了海洋一样。我没到过南北极,但我看了一篇北极探险或南极开发的作品,我好像去了一趟南北极一样。虽然我生活很狭窄很简单,虽然我的房间只有十平方米,就是做我本职的那点工作,但是通过看各式各样的作品,我好像体验了历史上古今中外的各种各样的生活。想象的快乐,也是一种非常高级的快乐。还有一种弥补的快乐,人们的愿望是无限的,生活不一定能满足这些愿望,有很多部分需要通过文学作品得到丰富和满足,得到提高。所以,在满足人们的精神需要上,文学是起了很大作用的。

　　文学作品除了满足人们的精神需要以外,还有一个很重要的作用,就是能够推动社会的变动,使这个社会变得更理想。因为社会上总有一些积极的、先进的、美好的东西,也有些消极的、落后的、丑恶的东西。通过文学作品表达人们的心声、表达人们的愿望,这也是我们文学作品的一个非常重大的责任。但如果认为通过几篇文学作品就能解决问题,是不现实的。有人说,现在官僚主义挺严重,你能不能写一篇小说解决解决。我回答他说没有办法。我有什么办法呢?我写的小说大家看了,说这个官僚主义好像是隔壁的老赵。老赵也看了,看过之后,还是那个老样子。我有什么办法呢?我能撤他的职吗?不能。但他能撤我的职,这个我有经验。我能开除他的党籍吗?这个我也办不到。但他能开除我的党籍,这个我也有经验。

　　认为写了一篇文学作品就能解决社会问题,比如说写一篇描写大连地区的居住条件不好的作品,发表以后,立刻有三千平方米的房子平地而起?太天真了。

　　反过来说,是不是文学作品一点用处都没有了?那你何必写呢?还是有点用处的,这点用处就是刚才我说的,它能够影响人们的精神。它通过一种舆论,成为人们是非的标准。人们看了文学作品以后,越来越痛恨那种摆官架子、不顾人们死活、强迫命令、搞"长官意志"的现象。这些东西看多了,积累起来,就会起作用,当然这种作用是间接的。

所以，我觉得，我们文学作品的主要任务，仍然是给人们以精神上的食粮，提高人们的思想境界。通过这种方式，促进社会改革。人们精神上的需要越来越多样，过去我们把精神需要理解得非常狭窄，用一种简单的说法，就是起娱乐作用。我是不怎么同意这种说法的。你打扑克牌也有娱乐作用，散步也起娱乐作用。文学作品是有娱乐作用的成分的，但是不一样。它仍然是满足人们的精神需要的。而在和平建设时期，越安定团结，人们的精神上的需要越多样。动乱时期，人们精神上的需要往往被压制，按巴甫洛夫的学说，神经上有个兴奋灶，别的地方都被抑制住了。如"文化大革命"那十多年，我的精神需要是什么呢？我的精神需要是少挨揍或者别挨揍。很多人总结出不少经验，当造反派冲上来的时候怎么办，当一拳打到你脑袋上时怎么办，你叫喊的声音多大合适。不过我还没挨过揍。有人向我介绍经验说，当红卫兵打你的时候，你如果不出声，不叫，就打得狠，他觉得你是在负隅顽抗。声音过大，他觉得你猖狂，不满，是在反抗，打得也狠，所以叫声以不大不小不紧不慢为好。当人们处在这种状况之下，他的精神需要就少了。看小说？你白给我我也不看，我顾不上看，没有心思看，下一次还不知道什么时候挨揍呢？搞派性斗争的时候，最大的精神需要就是骂对方，就是获得特大喜讯。中央文革小组成员接见了我们这派组织的头头了，电话打来了：我方是左派，对方是保守派，军队支左大方向错了。说句不中听的话，那时用政治的歇斯底里代替了精神。人们每天处在一个政治的歇斯底里当中，整天或者是同对方搏斗，或者是夺权反夺权。当人处在这种状态，精神需要就简单化了。

现在不同了。粉碎"四人帮"三年来，尽管我们还有许多困难许多问题，但安定团结的局面确实正在发展和巩固。大的动乱没有，可能小风不断。有点小风也好，有变化。有点小风，小草在小风中摇曳多姿。连这么点小风也没有，不僵化了吗？但大风没有。党中央领导也多次讲,今后大的风浪没有了。我们追求一个目标,小风是不会断的,但是不要搞大风,不要动不动就多少级台风。再不能这样搞了,再这样搞中国就受不了啦。在这种状况下,人们的精神需要就多样化了。这时的精神需要就不是总结挨揍的经验了,也不仅限于政治了。政治是很重要的精神生活,但现在大家对搞政治歇斯底里不感兴趣了。相反呢,追求我们国家实现"四化",这是人们的需要。人们需要自己过上越来越文明越来越高尚的富裕生活,慢慢富裕起来的生活。这样的需要是完全合理的,是天经地义的。这种精神需要的多样化,造成我们的文学作品的多样化。拿现在的文学作品来说,我认为同历史上任何时期相比,有两个最显著的特点,一个是真实,一个是多样,因为它真实地反映了人们的生活。人们的生活是多方面的,简单举一个例子,刚粉碎"四人帮"不久,作品的题材主要是围绕同"四人帮"的斗争。现在,已经有越来越多的社会问题和历史问题进入我们题材的领域,青年的问题、两代人的问题、历史上的问题,"大跃进"的浮夸风啊、反右斗争的扩大化啊、"社教""四清"里的扩大化啊,等等,都属于政治社会的题材。现在还有个趋势,就是有越来越多的不是政治社会的,而是个人心灵的道德的这方面的生活进入我们的文学作品里来了。比如描写爱情生活和家庭生活的作品越来越多了。描写道德的作品,到底什么是善,什么是恶。在"四人帮"高压时期,一个人用很正常的做法保护了自己,但却伤害了别人,这是不是一个道德问题?人的生活是多方面的,人关心的问题是多方面的。首先关心的是国家前途和民族命运的问题,也就是通常我们所说的政治。

　　除了政治之外,也还有其他的东西。如人和大自然的关系。我总觉得我们的作品表现这方面的题材非常之少。人和海洋的关系,人和山的关系,人要征服宇宙,探索自然的奥秘。这些东西也开始在我们的文学作品中出现了。这也是一些重要题材。昨天晚上在座的同志也可能看过大连电视台播放的日本影片《白衣少女》,这是个什么题材呢？这不是反映社会问题。尽管那女孩子和男孩子都有一段和他们的父母的关系问题，但主要是描写疾病给他们带来的痛苦。在患病当中，精神上受到折磨、考验，这时候他们的周围的人都表现出坚强和软弱的东西、美好和丑恶的东西。我们的社会和他们的不一样，不能照抄。这不是题材吗？不一定都是阶级斗争，阶级敌人拿刀子能杀死人，癌细胞照样也可以杀死人啊，心肌梗塞照样可以杀死人啊，不见得只有老地主拿刀子杀人。疾病是人和自然的关系，我们的作品很少接触这样的题材。随着我们生活的正常，随着我们国家的正常，精神的需要会变成多样化的。我们的文学作品也不能不多样一些。最近有个电影叫《等到满山红叶时》，当然不见得拍得很好，里边也有虚假的地方，但它却做了些有益的尝试，摆脱了以阶级斗争为纲，写了一对义兄义妹之间的爱情，最后义兄在一次风浪中被水淹死了。这说明开始了探索，不再说一切悲剧都是阶级斗争造成的。当然我不是在否定贬低由于社会原因造成的悲剧，但是，题材的多样化，却是很明显的。

　　第三点，谈谈对大连文学工作者的希望。我过去没来过东北，这次来东北，来大连，觉得大连确实是个很美的城市。依山傍海，风水极佳，而且我们这个地方并不偏僻。海陆空运，四通八达，也是一个商业、军事各方面的中心。我是希望我们大连的同行们，能够更活跃起来。靠着海的地方，似乎总是走在生活潮流的前边，地球上的各国都是这样。中国最早的革命根据地是广州，孙中山先生就是广东人。还有很多华侨，中外交流，我上边说过，不是照搬，但它会带来一些活跃的因素，带来新的启发。广东也是这样。从国家来说，海洋国家发展的速度一般都超过内陆国家，这不是唯地理论。我个人作为一个读者、观众，让我投票，我说辽宁是先进的。粉碎"四人帮"以后，好多文艺作品出自辽宁。《报春花》出在辽宁，还出了很多著名相声，《假大空》《特殊生活》等。两次小说的评选，都有辽宁的作品，一九七八年度的关庚寅的《不称心的姐夫》、一九七九年度金河的《重逢》。从各方面说,辽宁是比较先进的,大连又在辽宁,我觉得应该有更新鲜更大胆的作品出现。我们这个地方靠大海,靠海应该富有热情,富有想象,富有浪漫主义的诗意,大连应该突出这点。过去有一顶帽子,就是小资产阶级情调。看到大海,哎呀海多美啊,就说是小资产阶级情调。非得说,哎呀今天能不能捞到二斤鱼啊,这才是无产阶级情调?不见得。

我们希望靠近海边的作品,能更加富有美丽的大胆的泼辣的情调,富有乡土气息,富有海洋的浪漫主义气息。同时我也希望,文学爱好者、作家,开阔眼界,能看到我们生活中的新萌芽、生活当中的新变化。我们应该胆子放大一些,应该站得更高,应该看到全世界,应该多吸引一些国外的或者是国内的先进的文学艺术经验,创造出第一流的高水平的我们大连的文学作品来。

1980 年 8 月

在探索的道路上*

一篇作品没有人表示失望和愤怒是非常乏味和寂寞的。如果每篇作品都得到赞赏也是乏味的。我们现在还很缺乏争鸣精神，口头上说"争鸣"，实际上好像不能对哪一个被肯定的作家作品争鸣。一个作品为什么不让人骂呢？只要骂的后边不带组织结论：什么撤职降薪、开除党籍、留党察看……只要没有这些，有人骂，有人说不好，你的作品才会有更多的人看呢！好的作品是不能批倒批臭的，只能批红批香。

我觉得艺术形式的问题，现在已经提到各个艺术门类的面前。最早讨论研究艺术形式问题的，我的印象是电影。提倡也好，嘲笑也好，这一方面我很佩服《北京晚报》，因为此报关于电影形式问题接连发了几篇文章。一些新电影，有的说成功，有的说不成功，有的说《小花》和《樱》成功，这是公众舆论。到底成功不成功？我对电影没研究，我也说不上。有的拼命讥笑女跑男追的慢镜头。然后是音乐，李谷一成了一个问题人物。戏剧谈得不太多，我也没怎么看，说是《屋外有热流》形式上有创新，出现了幻想中的人物。还有诗歌，诗歌讨论还在进行。谢冕同志的文章引起不少争论。关于艺术形式问题，已经提到日程上来了，我觉得能谈谈这些问题是很好的。

---

* 本文是作者在中国社会科学院文学研究所、当代文学研究会等单位联合召开的王蒙作品讨论会上的发言。

我们解放后几十年来,讨论文学艺术往往围绕着文学的政治作用,还往往是按照政治气候随时强调某一方面。本来是并不矛盾的方面,比如真实性和倾向性,"反右"时强调倾向性贬低真实性,反"左"时就强调真实性贬低倾向性。还有很多这一类概念,如多种题材和重大题材,某种情况下要强调重大题材,某种情况下又要强调多种题材。又如创造各式各样的人和写英雄人物本来也是不矛盾的,但也是某个时候强调这一方面,某个时候又强调另一方面。基本上,我们的文艺评论有一种 AB 制的现象,就是刮什么风时什么组的角色上台。如一九五八年"反右"之后,上台的都是 A 组角色,强调倾向性,强调重大题材、英雄人物,反对客观主义,红与专的关系强调红,上层建筑和经济基础强调上层建筑,这时 A 组演员都要出来。到一九六二年则基本上是 B 组演员:"难道我们光强调重大题材就不能写各种各样题材吗?""题材就不能多样化吗?"这样论调出来了,中间人物也出来了。我想,我们能够摆脱 AB 制这种陈旧的、随风倒的争论,能够谈谈小说本身,这是一件可喜可贺的事。

我说说我写的几篇小说具体情况,向大家做个介绍。现在,引起一点争议的小说还是从《布礼》开始的。《布礼》是我最早动手写的,但发表比较晚,发表在一九七九年十二月,动手是在二月,中间耽误了一些时间。写这篇作品较艰苦,我当时想写的是在我国特定的十年、二十年过程中人们在心灵上所受到的考验,这是我最感兴趣的。如果说在肉体上受到的痛苦,我们很多同志在旧社会是经受过的:贫穷、饥饿、逮捕、殴打、暗杀和秘密处决……这是我们很多同志在国民党统治时经受过的。像我们年龄小一些的,至少知道很多革命者、很多好人都经受过这些。但是,我们阶级斗争的扩大化,如"反右"的扩大化,以"左"的形式对人民的迫害,其最严酷之处在于伤害了人们的心灵。很多人在旧社会坐了十年监狱,坚贞不屈,情绪高昂,因为他觉得很光荣,因为他坐的是国民党的监狱,因为他本来就是要革命的,要推翻国民党的。但是,有些人"文化大革命"刚一斗,刚一剃头,就自杀了,原因是他心灵受不了。我觉得这个痛苦要写出来,这个考验要写出来。如果只是写批斗啦,打人啦,剃头啦,打嘴巴子啦,身上流血呀,老婆离婚呀等等这一类事,我觉得旧社会也有。这种革命阵营内部的极左的东西,极左的面貌下面对人的迫害冤枉,具有特别的严峻性,这是对人的灵魂的极大考验。所以我想写这个东西。为了写出这个东西,并用比较短的篇幅来表现,我想略去人物的经历、遭遇,甚至某些环境描写,因为这里的聚光点是他的灵魂所受的创伤,这是一个想法。为什么粉碎"四人帮"后写心理活动的作品多起来了?原因很多。一是我们突破了很多禁区,敢写心理活动了。过去一写心理活动就说你不符合民族形式啦,不适合工人农民口味啦,现在,这一方面的框框有所突破。其中还有一个原因,就是"文化大革命"时期,每个人在心理活动上所受到的考验,有时超过了肉体上的,我们要表现它。但心理上所受到的考验又是长期的,《布礼》所包含的内容在时间上空间上都有非常大的跨度,它包含了三十多年,包含了城市和农村,包含了党委机关、学校和家庭。我开始写时还是按一般的写法,也是回忆,是说粉碎"四人帮"之后,主人公在政治上得到平反昭雪之后,他回忆了三十年。但是写下来就变成了一本流水账,时间跨度太大了,哪怕中间跳跃,一上来就写一九七九年,然后开始从头回忆,从一九四八年开始,然后一九四九年,中间虚写一下,从一九五〇年到一九五六年,然后又实写,实写后又放下,然后又虚写,一九六〇年、六一年、六二年,这样写下去结构完全是一本流水账,很困难,也很浮泛。所以,后来我打破了时间的线索,而主要是通过他内心的活动来结构作品。这个结构实际是写主人公到了一九七九年之后,他回忆自己的经历。我认为客观世界与主观世界的精神活动的发展规律,既有相关的一面,又有不同的一面。客观世界总是按照时间的顺序从古到今这样发展的,是定向的,不会发展到一九八〇年了又突然回到一九五六年。空间运动它也是由远到近,或者由近到远。可是人的心灵的感情的运动却不见得,甚至到了一九九〇年,他有时会突然清晰地记起儿时。这是很怪的。他有自己的心灵活动的逻辑,根据他印象的强弱、深浅,往往强的在前头,弱的在后头,浅的在前头,深的在后头。在"文化大革命"这些年,我有过这样的体会,当自己比较消极悲观时,特别爱回忆儿时,我做梦梦见儿时最多的是这一段,看不到前途。其实,我当时年龄并不大,不满四十岁。那时我整天做梦。可能现在的生活过得充实了,现在的梦就少多了。我只是提供一个参考,因为我也不懂心理学,心灵活动有它自己的结构。《布礼》的结构,我就是想表现出主人公心灵活动的历程。这一个会联想到那一个,既是强烈的对比,又是他精神力量的源泉,可以做比较,又可以做联系。看起来"乱",但把时序一打乱,它就会给人不同的感觉。生活的经历本来是这样发展的,并不见得特别震撼人的心灵的事,但是你把秩序一打乱,重新排列组合之后,就出现了一种图景,这种图景如果搞得好的话,它就能够震撼人心,因为时间变化是渐变。我不知你们有没有这种印象,周总理逝世,报纸上登了周总理一生革命活动的照片,从小时到他的遗容,这些如果按照他本身生活的逻辑,就是七十八年的变化,这不会震撼人心,因为那是慢慢变的。我们坐在这里,谁也看不到哪个人头发变白。但是,如果通过电影镜头,通过摄影,通过小说,你把他儿时的相片和他的遗容放在一块,你会引起很多的联想,或是悼念,或是悲伤,或是感奋。所以,人们的心灵,方寸之地,非常之小,但是它容纳的东西很多,它能够有大的跨度,而且能够重新加以排列组合。当然,这不仅仅是排列组合,而是把感情加进去了,这是精神的熔铸。我的小说结构就是这么来的。我觉得这种结构不是任意结构,而是一个心灵活动的结构。目的如此,但达到没达到,请各位指教。

《布礼》还有一个场面,就是"年代不详"的场面。有的同志特别欣赏这个场面,也写了文章。有的同志认为这个场面非常费解,不知所云,表示了不同意见。这些意见都很好。但是,我要说明一点,即这个场面是先于这个作品而存在的。我觉得每篇作品的具体情况是不同的,有时候主题先行。你真正有生活的话,如果能得到主题的启发,把生活挖掘出来写了,就一定失败?也不见得,但原则上我不赞成这样。有时一个细节先行,有时一个故事先行。如《说客盈门》就是故事先行。我先了解了这么一个故事:为了解雇一个工人,或是为了处分一个工人,在短短几天内就有二百多人来当说客。而实际素材还超过了这个人数。我写的是一百九十九人,这是因为《人民日报》的编辑说,超过二百好像太多了,那咱们就一百九十九吧!那时,我完全不了解这一百九十九人是什么样子。我去构思了,从中找它的思想意义,找它的笑料,找它的最严肃的和最滑稽的。那么《布礼》是什么先行呢?在我脑子里的胚胎是什么呢?就是那个场面、感觉先行,就是心理活动先行。这个心理活动在我的脑子里不知出现了多少次。我现在也说不清楚是我做过一场梦呢,还是白日说梦。但是,在我突然地被宣布为人民的敌人、右派分子等等之后,在五十年代末期那种对毛主席无限热爱、无限崇拜的情况下,得到这么一个下场,我脑子里出现的就是这个场面。这是这篇小说的立脚点。我所说的心灵的考验最突出的就表现在这个场面里面。至于对这个场面做什么解释,随便。你一定要解释成一个比喻,那就完蛋了。这里我想谈一个观点:象征和比喻是不同的象征意义。比如大海,不管谁写海,它都有一种象征意义。但海到底象征什么?有的人看到海想到母亲,有的人看到海想到英雄,有的人看到海想到人民,有的人看到海想到永恒、想到大自然。海如果写好了,是一个很好的象征。象征既有个大致性,又有个多方面加以解释的多义性。这和比喻是两件事。比喻的目的不是比喻本身,而是要说明我要比喻的意思。说他说话快,像机关枪点射似的,是用机关枪点射的一个特征"快"来说明他的说话。但如果我作为象征来写机关枪的话,那机关枪本身应是充分形象的,非常突出的,应该具有很深的意义。在《风筝飘带》中,有人说我运用了象征手法。起先我也没有想到,人家说有象征手法,也不妨接受,似乎我还有点什么象征派,很时髦的味道。但人们进一步分析这就难说了。他进一步分析说这个象征什么,那个象征什么,每一个都像猜谜语和测字一样。这是他的事,你爱猜出什么谜语来就猜出什么来。有的人说看不懂,另外一个很喜爱我的作品的人就跟他介绍:"这有什么看不懂?风筝就是佳原,飘带就是素素嘛。素素有了佳原的带动,有了理想,就飞上天去了。"我听了这个解释觉得非常荣幸,很新鲜,有趣,发人深省。我不反对任何人这样解释。你愿做别的解释也可以。又有人说,"屁股帘儿"是对我们生活的污蔑,"屁股帘儿"、风筝这本身就是渺小的、卑微的、幻灭的。这也是一种解释。象征不是比喻,也不是影射。比喻在我们的词汇里,再往前一步就是影射,这影射再往前一步就是赵姨娘。赵姨娘做了王熙凤和贾宝玉的木头人,把他们生辰八字写上,拿针往他们心上扎,想叫贾宝玉得心肌梗塞。这和象征毫无关系。如果认为这个是象征,那么,中国第一位象征派大师就成了赵姨娘和贾环啦,成了马道婆啦。马道婆是巫婆,她不是象征派。所以《布礼》那个场面如果说有象征意义的话,不是比喻,也不是影射,不是赵姨娘的象征,也不是马道婆的象征。

　　《布礼》完了以后写的是《夜的眼》。《夜的眼》是什么先行呢?是感觉先行、感受先行,是对城市夜景的感受先行。这里头有我个人的感觉,但又不全都是。这个我也要说明一下,因为我最怕有人来考证:你那个作品写的是你自己。我只要承认这个是写我自己,那他就要分析别的。承认是写我自己问题不大,因为我没有把我自己写好。但你只要承认这个是写你自己,那就要承认那个写的是谁,这个人是不是影射攻击某某。《夜的眼》就是写一个长期在农村、在边远地区的人对大城市、对我们生活的感受。这个感受是什么?讲不太清楚,有点朦胧。但是有感受,感受这点毫不含糊,感受是实际的,而且我觉得就是从感受上可以看出人的灵魂的不同。同样是电灯,同样是大街上的公共汽车,同样是理发馆,同样是居民区、住宅,但是不同的人感受会不同。一个真正农村的人,他会是一种感受;一个从来没有离开过这个城市的人,他就会有另外一种感受。从感受上能看出人来,看出思想来,看出灵魂来。但是感受本身不是直接对于思想的图解,所以写感受我觉得蛮有趣,这里包含着思想,但不直接说破。这个感受包含着深意,对我们生活的深思,这个深思还没有做出明确的结论,但是它充满了深思。如小说里提到的羊腿,这是对生活的一个思索。写《夜的眼》时还没有取缔西单民主墙,还是西单墙比较活跃的时候,但是作为《夜的眼》的主人公,在总的温暖和希望当中有一点清醒,也有一点点的嘲笑和自嘲。他既嘲笑了羊腿,又嘲笑了民主,他并不认为大谈民主就行,他知道中国还有很多地方需要羊腿比需要民主更迫切一些。我想这应该说是表达了对生活的思索。思索得对不对? 结论如何? 应该由读者来做。不做也没关系,咱们再继续思索,难道中国人现在不正在思索中吗? 我们并不是完成论者,思索并没有完成,不是过去完成式,应该是继续完成。正在进行式的思索能不能出正在进行式的小说呢? 咱们试试看。

《夜的眼》还有一个主题,这也是我在最近才明确的,就是写了我们生活中的转机。高晓声同志的《陈奂生上城》的主题现在正在争论不休。如果我来说,和他的本意也可能不尽相同,他是写了生活的转机。所谓转机,即充满了艰难,充满着历史的负担,但又开始有了新的东西,大有希望。《夜的眼》里既有负担,又有希望;既有伤痕,又有跨越伤痕向前进的努力;既有思索,又有感受;既有想不清的地方,又有相当清楚的地方。我觉得《夜的眼》里包含的东西是比较多的。但是,有一些同志是按传统的艺术眼光来看的。有的同志对《夜的眼》这样分析说:《夜的眼》虎头蛇尾,前重后轻,前边写的各种景色占的篇幅太多,后边进入正题写他为修汽车走后门碰壁就草草收兵了。尽管这也是一种很高明的意见,但是这个意见和这个作品对不上号,按他说,这个《夜的眼》就写了一个走后门的故事,一个走后门碰壁的故事。按一种传统的写法,把它写得曲折动人,或者把它写得富有教育意义,这我不是不会写。问题是这里的走后门的事在

《夜的眼》中所处的地位,和街灯的印象是差不多的。我们往往有一种戏剧观众,就是认为小说要有一个中心矛盾,前边都是为矛盾做铺垫,后边都是矛盾的尾声,我们像穿珠子似的一定要把它们串起来,这样《夜的眼》就成了一个走后门的故事,这当然是头重脚轻了。前边删掉,从他上楼开始,那样也可以成为一篇小小说,但是那样的话,请问和这个小说还有什么共同之处呢?这小说的灵魂恰恰不在于走后门,而在于他零零星星的感受上:对街灯,对售票员,对上夜班的工人,对看足球赛的观众。因为一个从边远地方来的人就是连电视也有点新鲜感。现在我们国家电视越来越普遍了,但是一个边远城市来的人看大家都在看电视也觉得很有趣。为什么要写电视?不写电视不写足球赛就没法写出边远地区来的人的感受。这里有各种矛盾:城乡的差别,言行的差别。《夜的眼》里的主人公,在座谈会上和那些同志在一起谈贝尔格莱德、新加坡,谈民主,谈这个谈那个,谈干预生活,但是,他还要去替别人走后门。有时我觉得很好笑,但是又没有办法。城乡的差别,言行的差别,两代人的差别,老百姓和高干子弟的差别,在某种情况下,我觉得我不用《夜的眼》这种形式就不能表达出这种感受。这些感觉是不是意识流?对不起,我也闹不清什么叫意识流。有人说,你这不叫意识流,就叫生活流。那也请便。还有的同志是因为对我怀有好意,认为意识流是一个很脏的屎盆子,说王蒙写的小说可绝不是意识流,写的是我们的生活,好像谁要说意识流,就准备和他决战。这我也谢谢。但是,《夜的眼》是这么写的。《夜的眼》最大的一个突破、一个变化,就是摆脱了戏剧性的小说的写法,通过联想不断进行时间和空间的对比,过去和现在的对比,五十年代和七十年代、城市和乡村的对比。再一个就是写主观感觉,我写街道,是写人对街道的感觉,就好像电影上的主观镜头一样。现在我们电影主观镜头越来越多了,《七品芝麻官》描写芝麻官给上司叩头,那就是主观镜头。豫剧也可以吸收主观镜头,丝毫没影响民族形式,相反,我觉得《七品芝麻官》拍得很好,在形式上有突破。有突破不见得就是洋的,我们自己有很多好东西被我们的条条框框给扼杀了。七品芝麻官是一个丑角,一个滑稽角色,所以他的化装是非常丑陋的。而他的对手是诰命夫人,诰命夫人是非常漂亮的,是很有风度的、很大方、很漂亮的一个女人。这在美学上、在艺术上形式上到底提供了些什么新鲜东西呢?值得重视。这就是突破,用传统突破传统。

《夜的眼》完了,我写了《说客盈门》。我感到老写《夜的眼》那种题材好像有点儿神神经经。我需要来一个幽默的、滑稽的,来平衡一下人的心理,来增进身心健康。我对写作从来就主张二元论,或者多元论,就是能多试验不同的形式,作为一种艺术上的探索,争取各式各样的读者。除了这些以外,还有一个原因,就是保持自己的身心健康,使自己能多写些。《说客盈门》在形式上也不见得是那么传统,它是从生活当中来的,有些地方近乎荒诞。我描写的那个老女演员,体重超过七十五公斤大关,但又是主人公十几岁时向往过的、爱过的人,她来看他,这难道不是一个十分荒诞的场面吗?这种荒诞、夸张、讽刺、幽默,如果说借鉴的话,《说客盈门》是借鉴了单口相声。我把最严肃的事,用最不严肃的形式写了出来。

就在写《说客盈门》的同时,我构思了《风筝飘带》。《风筝飘带》里有很多对城市生活的感受,特别是对青年的感受。去年十一月开文代会的时候,我就和人谈过救助别人反而被诬的故事,就是那个把老太太扶起来的故事,这是我亲耳听到的事。很多人议论说那个青年工人太傻,管那闲事干吗?有些是我对当前青年人生活的同情。吃炒疙瘩,我很有体会。有一段时间我观察到有些食堂的青年工人是知识青年,很聪明。《风筝飘带》的主题是什么?我一句话说不完,它确实是多元的。故事来自对好多事件的感受,如吃炒疙瘩的感受,自行车撞人事件的感受,最后使我把各种感受捆起来的,就是我确实在前三门高楼公共晒台上碰到谈恋爱的一对青年人,我对他们很同情。我不认为他们有什么不正派,或有什么过于浪漫。我觉得现在一到夏天的晚上,到处都是《风筝飘带》的插图。各位看一看,有的还不如《风筝飘带》那两人选的地方呢!怎么办呢?我们人口多,"四人帮"祸害,青年人很多地方得不到满足。怎么办?要写点文章。但是,即使是在最艰苦的情况下,青春仍然是美好的,仍然是充满希望。所以我就把它统一了起来,写了这个《风筝飘带》。这篇小说的主题,我自己解释它既不是"风筝飘带",也不是别的什么,核心就是人要学习、要向上,你可以当不成大使,但你的道德品质可以比大使还强。这是一个很普通的常识。但是在我们国家里,特别是最近十几年以来,很长一个时期,谁也不敢说自己应有远大的抱负。有哪个青年人,比如搞中文的敢说我的知识要超过中国文联主席、文研所长?不敢说。因为他觉得这是狂妄。似乎每个人的地位就决定了他的知识和价值。青年获得学位的机会是微乎其微的,如果说我们号召青年去获取学位,我觉得这是虚假的煽动。美国有个谚语好像是说,不是每一个士兵都能当上将军,但是不想当将军的不是一个好士兵。这句话是很有道理的。我们没有这样号召:为当将军而奋斗!你如果号召的话,有很多人当不上。但是我们能不能号召为使我们在道德上、知识上达到将军的水平和为超过将军而奋斗呢?这样说丝毫没有篡党夺权的意思。你是一个普通的人,但是你的知识可以超过政治局委员,可以超过党中央主席,这有什么可怕?知识可以超过他们,某一方面可以超过,不见得他的地位比你高就所有的方面都比你高。我是书法家,我在写字这一方面可以超过所有的人。我会开汽车,我汽车修理得很好。毛主席就不会修理汽车嘛,在汽车的知识上我超过了毛主席。这个话有什么不敢承认的呢?敢于承认这一点,使我们处于艰窘状态的青年人也能看到一点理想,也敢往前奔嘛!在《风筝飘带》中,我还特别追求一种节奏,佳原和素素的二重奏。

《风筝飘带》之后写了《蝴蝶》。《蝴蝶》我不想谈得太多。《蝴蝶》更是表现了我用有限的形式大跨度地来思考我们的历史,思考我们的现实,思考我们的城市、乡村。《蝴蝶》里头有些很抽象的概括。有时抽象的东西也是激动人心的。《蝴蝶》到底是一种什么形式?这个我也毫无见解。当然,这里边也有象征的,也有感觉的,也有自由联想的、意识活动的,里边也还有杂文的东西,也还有相声式的东西,有比较粗俗的和比较美妙的东西。有的人看了《蝴蝶》之后,印象最深刻的是"大批""促大便"。这也没关系,五花八门,杂烩,我觉得这种杂烩反映了生活,但不是按照生活自己的结构,而是按照生活在人们心灵中的投影,经过人的心灵的反复的消化,反复的咀嚼,经过记忆、沉淀、怀念、遗忘又重新回忆,经过这么一套心理过程之后的生活。这里种种手法是不是那样矛盾?我有点糊涂了,现实主义和浪漫主义、和唯美主义、和印象主义,或者还有各式各样的其他主义,是不是那么互相矛盾?

　　《蝴蝶》完了之后是《春之声》。《春之声》的特点是它本身具有一个传统小说结构的特点,很集中。在这么一个很小的空间里面、很短的时间里面,在这么一个比较艰窘的环境里,他看到了希望,看到了前途,看到了我们生活当中的转机,他的情绪由低落到高昂。这本身不是不能用传统的方法来写的,用传统的方法写,和我一九五七年一月发表的《冬雨》的结构基本是一样的。但是,我却想在《春之声》中挖出更多的内容。我感到我们的生活之所以有趣,是在于我们今天的生活里哪怕是一件最简单的事件都特别富有时代的特色,都可以让人联想到非常非常多。我们的饭馆、结婚筵席、家庭、介绍对象的一次会面、大街上一个人走过,都特别微妙地表现了我们生活的错综复杂;每一个角落、每一个点上都能反射我们的世界,一粒沙子看世界。街景、农村的风光、语言、一句玩笑都错综复杂:既有最先进的,也有最落后的;既有最土的,也有最洋的;既有最旧的,也有最新的。在《春之声》里,我写的就是这一点。但是我从这一点上伸出去很多放射线,这样的结构是放射性的,伸出去,拉回来,又伸出去,瞬息万变,充分发挥联想的自由,扫描似的,一秒钟就可以有多少画面闪过。这些东西有一种内在的联系,这种内在的联系,就是表现我们国家和生活特有的转变,这是我对《春之声》的想法。

最后一篇作品是《海的梦》。《海的梦》写的是情绪和意境。其实,《海的梦》在形式上不算太繁复。《海的梦》在形式上故事上是很单纯、很明晰的。它去掉了很多叙述语言,没有那么多交代过程的话。为了节约读者的时间,而且也给读者留一点空白,留点思考的余地,它没有加这样的话:到休养所之后头几天干什么什么了,然后第三天去游泳正赶上大风,第四天风平浪静他又干什么啦……去掉了这些交代。去掉交代行不行呢?似乎未尝不可。我总觉得我们现在的生活大大复杂了,变化越来越迅速,人们越来越忙,尽管我是非常尊重十九世纪的大师们的,但我怀疑我们完全用巴尔扎克和托尔斯泰的方式来描写我们的生活,能不能适合当前读者的口味。现在的人越来越喜欢快节奏,电影最明显,为什么有些国产片在某些城市青年中不受欢迎呢?就是它拖沓、太慢,实在没有比拖沓更败胃口的。为什么我们中国的传统戏曲在丧失青年观众?我绝不是借这个讲坛攻击戏曲,我相信我们的戏曲绝不会消失,绝不会被淘汰掉,因为它很独特。但是它要争取青年观众,它要解决一个问题:如何加快节奏。不了解我们的戏曲的人,最怕我们戏曲的节奏慢。大家要求快节奏是现实。粉碎"四人帮"以来的长篇小说缺乏销路,这是很奇怪的,因为历来长篇小说比短篇小说销售快。我们写得最好的短篇小说家如茹志鹃、王汶石、王愿坚的短篇小说集也不能和长篇小说的发行量相匹敌。粉碎"四人帮"以来,我们长篇小说滞销情况严重,并不是大家不愿看长篇小说,其中也有一个原因是我们长篇小说的写法,比较保守。其实大家都在探讨,茹志鹃的作品与她五十年代、六十年代写的东西已大不相同,形式上都在探索。短篇毕竟短,条条框框少一点。我觉得随着生活的复杂化,随着人们文化水平的提高,它会越来越要求多线条、快节奏的结构。我不排斥任何其他的样式,我看《中国文学》登了外国一个读者的来信说非常欣赏中国高晓声的作品的现代派手法,我同意他的结论。高晓声作品的特点是语言生活都很土,但手法结构却很洋,是寓洋于土。大家都在探索,这里有成功,也有失败,有人说好,也有人说坏,我觉得非常正常。

1980 年 8 月

漫话小说创作

每一个写小说的人,对小说的看法往往有他的特点,有他的偏爱,有他自己特别的重点。但整个文学创作是世界各国的人世世代代共同搞出来的,谁要说他对小说的看法最全面、最正确,别人都得按他的那个办,这不行。人家都按你那个办,写出来岂不都一样了?当然,搞创作的人来谈创作,"老王卖瓜,自卖自夸"是难免的,但是,"王麻子剪刀,只此一家"却要不得。我最多能当上一个"老王",决不当"王麻子"。还有姓李的,姓张的,人家对小说创作的看法跟你不一样怎么办?这很好。在这方面"党同"是可以的,"伐异"是不正确的。你何必要"伐"人家那个"异"呢?你写你的,他写他的,你这么看,他那么看,各有侧重。经济上面临一个搞活的问题,我想在艺术上也有一个搞活的问题。

第一,我想谈谈小说的虚和实。由于"四人帮"时期文学作品太虚假,我们很长一段时间里特别强调真实,这是完全正确的,谁也不需要谎言文学。但我们要研究一下,小说本身最大的特点是什么呢?说它最大的特点是真实?那么新闻报道不也是很真实吗?说它最大的特点是形象?那么纪录片不也是很形象吗?挂图不也是很形象吗?报告文学也可以写得很细致,有许多细节。那么我们为什么说小说是小说呢?结构小说的一个基本手段,是虚构。虚构这个词我还不十分喜爱它,我非常喜欢的一个词叫虚拟。小说是虚拟的生活。虚就是虚构,拟就是模拟,模拟生活。从这个意义上说,小说最大的特点恰恰在于它是"假"的。看完《红楼梦》,非得把林黛玉和贾宝玉的档案查出来不可,这叫头脑僵化。看了阿Q非得自个儿去对号,看看鲁迅是不是骂我,后来问清楚了,噢!鲁迅原来并不认识我,又放心了。这叫傻瓜。小说是根据生活的真实来的,但它本身是假的,这是它最大的一个特点。英文管小说叫fiction,fiction本身的意思是虚假。这个"假"是非常严肃的假,是从生活当中来的,是根据真的东西变出来的。但是它变了,它变的方式是通过虚拟。可以打一个比喻:生活真实好比飞机场的跑道,如实的记录和描写,就好比是飞机的起落架。虚拟就好比是它的翅膀,有了翅膀,飞机才能飞起来。小说的"真"和它的"假"是相依存的,没有真就没有小说,没有假也没有小说,没有假只有记录。当然也有例外,苏联的波列伏依曾声明他的小说都是真人真事。有人说:"我就是写实,我不去发展想象,能不能写好小说呢?"我觉得也可以,那就好比不开飞机,不上天,就在地下练跑。你可以当百米冠军、万米冠军、马拉松冠军,你可以有极为巨大的成就。这与能把飞机开起来没有高低贵贱之分。

  我还有一个看法:说真实,可以把这个真和实略加区别。小说应该真,但不一定太实。真,就是真实的感受,真实的感情。这个真和科学上的真意义并不完全一样,因为它包含着主观上的真,就是你感受的真。譬如说一根筷子插在水里头,这筷子弯了,如果从物理学、从科学的角度上讲,说这是一根弯了的筷子,这是错误的。你如果写小说,说我看到了一根弯的筷子,这筷子弯得怎么那么厉害呀,弯得怎么那么有趣啊,这没有错误,你写得很真。李白的诗说"白发三千丈",如果医生在医疗病历上也这样写,就是错误的。但是李白可以这么写,你觉得它非常真,它表达了真情。人老了,一看那头发全白了,那么长的白发,白发三千丈!李白说:"君不见高堂明镜悲白发,朝如青丝暮成雪。"这也不一定那么快,恐怕也不真实。但是在文学上它就真,因为这是人的感受,感受这青春太短暂了,时间过得太快了。所以,小说既应该真,又不要太实,不一定那么实,不是说不要实或者不准实。当然,有人要写得实实的也可以,他写小说就是张三、李四早上吃什么,碰上什么问题,是房屋问题,还是就业问题、营养问题,那也很好。但是我不写得那么实可以不可以?我觉得也可以,因为小说的作用恰恰不在实上。譬如,房子有问题,小说要反映。但是通过写小说来解决房子问题不太容易,它的作用往往是在对读者的感情、心灵、思想方面的影响。当然反过来也会促使实际工作的推进。所以我觉得小说的真和实是可以分开来谈的。要有虚构,小说才能写得活。

上面我拿飞机做例子,那么,这个飞机的发动机是什么?它的动力是什么?为什么它要想象,要虚拟?为什么要虚构一篇小说呢?为什么人们不满足于真实的记录呢?其动机和动力是什么呢?这里有各种各样的情况。一种是为了教育别人,一种是为了认识世界。但是仅仅这种动机,不足以保证你的虚拟成为一种艺术。仅仅是这种动机,可以搞成宣传品,可以搞成标语口号,也可以搞成挂图,这都是有用的,我并不否定宣传品和挂图。但仅仅有口号、有宣传品、有挂图,不见得是艺术,不见得是小说。那么什么是能够使它成为小说的动机和动力呢?除了教育的企图、抓本质的企图、解剖的企图以外,我以为往往和一个人感情上强烈的冲动、感情上的需要和探索的愿望有密切的关系。

先说感情的愿望,感情上的需要。人生活在世界上,即使是在几百年以后,即使世界大同了,仍然存在着主客观的矛盾。主观上的需求从理论上说是无限的,生活好了还要好,不但有物质上的要求,还有精神上的要求。人还有一个很大的愿望,就是对生活体验的愿望,譬如我在北京,但是我想知道边疆的事情,很想体验一下边疆的生活;我在中国,我很希望知道外国的生活。一个人的条件再好,聪明、长寿、见多识广,他不可能体验所有的生活。为什么要旅游呢?为了了解更多的生活。旅游仍然是有限的,于是人们需要以已有的经验为基础去想象他所未曾亲身一一体验过的事,譬如说去一下动物园、植物园,富有想象力的人就可以自己去想象一下原始森林里的生活,这也是一种虚构。严格地说,离开了想象,连语言、文字都不可能,人类的一切交往都不可能。小说的想象更加自觉,我们往往把生活想得比它实有的更好一些、更鲜明一些,来弥补客观上还没有完全达到的状况,这叫做虚拟地去实现客观上尚未完全实现的东西。譬如说爱情诗,写得好的往往是失恋者,或是老单身汉,或是刚开始萌发爱情尚未得到对方的答复的时候,或是两地分离,或是一人早殇。相反,一个人爱情上得到极大的满足,幸福的新婚之夜,也许反倒不去写什么诗了。当然,这不是绝对的。

我们都希望社会前进,人们生活得更好一些。实际生活里既有美好的东西,也有丑恶的东西。我们常常愿意把美的东西集中一点,写出来,让人们认识到生活是可爱的、美好的、诱人的。有时候读者既佩服作家又"骂"作家,原因就在这里。譬如一个作家去了一趟泰山,回来一写,美得使你陶醉。你也去了,但去的人有各种情况,有的去了觉得泰山实在好,作家尚未写出来;也会有人觉得不过如此,觉得作家写得太神。这是因为欣赏美也是需要想象力、激情的,你没有激情和想象力,站在美的面前也是形同陌路。作家写的东西寄托了他自己的感情和愿望,但是他所以能写仍是有现实的根据的。如果没有这么一座泰山,他要去描写泰山那当然是不可能的。

还有一些表现人的幻想的东西,那更是一种虚拟的实现。早在人们发明宇宙飞船以前,已经不知道有多少民族在那里写天使了。咱们那个翻筋斗云的孙悟空,从某种意义上说就是人类对于飞行、对于宇宙航行的愿望的一种虚拟的实现。

结局美好的戏,人们是爱看的,但是为什么悲剧人们也爱看呢?为什么讽刺剧人们也爱看呢?那里集中表现了生活中的苦难和丑恶。是不是我们生性非常残酷呢?我们就想看人在舞台上死的死,上吊的上吊?我想不一定是。人类生活中总是有缺陷、有让人不满意的东西,或者说生活中有悲剧。这些悲的东西郁积在我们心里,我们在看悲剧的时候,又掏手绢又擦眼泪,有一种非常痛快的感觉。这也是得到一种精神上的满足,就是说通过想象虚拟那些悲哀痛苦,你的感情在这里得到了抒发。

还有探索和好奇心。好奇心有高低之分,有一种非常低级的好奇心,就是好打探别人的隐私,这当然是不道德的。但是还有一种好奇心,就是想知道那个你还不了解的,或者干脆是未曾发生过的事情。这又是一种虚拟,叫做探索生活的可能性。我看过一篇意大利小说,描写一个人死了,早上举行安葬仪式,他的朋友们痛哭流涕,表示:"我们真希望你重新活过来呀!"这个死人听到他的朋友们对他感情太深厚了,太动人了,因此,一使劲,就又活了。他想,我就和朋友们再共度一个晚上吧!于是就去看他的朋友,先敲开一个门,那朋友一看:"哎哟,你怎么真的活了,我家里做了一锅好饭,你这个时候来,不是专门来吃我的饭来了吗?"态度很冷淡,想办法把他给支走了。第二个朋友怕他在自己家里睡觉,第三个又怕他惹麻烦……最后,那些早上哭他的朋友,没有一个欢迎他的。当然,它是揭露意大利社会中人的虚伪、自私、冷酷……看了以后,觉得既荒唐又真实,因为它探索了一个可能性——也是"不可能"性:如果那个死人真的复活了,会发生什么事情?这就变成了一篇小说。但是,如果我们说有一个人死了,他的朋友们都哭,哭了半天他还没活过来,我看这就不算一篇很好的小说。

第二,对于作家来说,探索生活,就要探索人的精神世界。世界在变化,随着科学文明的发展,社会的进步,人类的进步,生活越来越复杂,变化越来越多端,进步越来越快。随着人类的发展,人们的精神需要、精神生活、精神世界就大大发展起来、发达起来、复杂起来。对于物质世界的变化,用现代的科学手段是可以去追踪、记录的。一架飞机在天上飞,它上面的各种仪表把高度、方向、温度、湿度、风力都显示出来了。人的精神活动需不需要加以追踪、记录、掌握呢?也需要。心理学在做这方面的概括。但是,很重要的一条是靠文学,特别是靠小说来追踪、记录人的精神活动。人的精神活动是很丰富的，围绕着人的工作、学习、斗争有精神活动，还有个人生活。生活是一个整体，生活里还有各种偶然。精神活动同样有偶然，有灵感、奇想、遐思、出乎意料，当然也有正常的思维、判断、计划、意料之中。探索人的精神世界，应该是小说的一个重要内容。否则，怎么充当人类灵魂的工程师呢？

  人首先是通过感觉来认识世界的。人的感觉很有意思。让我们设想一下世界给一个儿童、给一个青年、给一个诗人的感受吧！多么清新，多么有色彩，有味道，声、光、色、音响、运动、对比……人就好像一架钢琴，这个感觉就好比弹在钢琴上的手指。《静静的顿河》写葛利高里抱着阿克西妮亚的尸体，抬头一看，看到了一个黑色的太阳。太阳而成为黑色，因为这出自一个极度悲痛、绝望、近于疯狂的人的感觉，否则太阳绝不可能是黑色的。正是这个黑色的感觉，使我们体会到主人公的悲剧命运。

  这个感觉储存一下就是印象，各种印象之间会发生联想。有时我们的心理活动不见得都是逻辑推理，而恰恰是联想。我们看到一件东西忽然会想起另一件东西来。比如说"床前明月光，疑是地上霜。举头望明月，低头思故乡"，这个并不是逻辑推理的结果。这个月亮与你的故乡有什么关系呢？你的故乡在月亮上吗？不是，李白的故乡并不在月亮上。他们家乡的月亮特别好吗？或者那里的月亮有什么特殊？也不见得。那么为什么举头望明月就会低头思故乡呢？这是一种联想。联想是可以解释的，但解释是非常丰富的、灵活的，创造的乐趣和欣赏的乐趣正在这里。当然，联想有一个大致的趋向，但它不是绝对的，有时候联想比比喻更丰富、更自然。我们探索人的精神世界，当然要探索他的行为动机，他的世界观、信仰、目的、责任感，他的社会政治观点，同时也包括他的感觉、印象、联想。有时候恰恰是这些感觉、印象、联想，表现着一个人的情操、境界、心灵。

  这就要说到了意识流问题。我没有好好研究过意识流，我想它大概的意思就是说人有很多潜意识的东西,就是不见得非常自觉的那些东西,而这些意识又是不断流动的,永远不会终止。我想这也是客观存在的人的精神世界的一部分,是可以反映的。因为有时人的潜意识里头也非常真实地反映着这个人的情操、灵魂、志趣、境界。但是把它夸张成主要的、首先的甚至唯一真实的,并认为人的正常的思维判断反倒是不足取、无关宏旨的,那就成了蒙昧主义、神秘主义、非理性主义了。对于意识流这个东西,既不必视为洪水猛兽,被它吓住;也不必对它顶礼膜拜,以为它有多么新鲜、多么玄妙,似乎不写意识流就是落伍,这实在是浅薄无知。反过来一见沾意识流的边就生气,就骂街,也用不着,应该把它放在适当的地位。

对人的精神世界的探索应该是多方面的,而这种探索又离不开对社会生活的探索,二者相反相成,相得益彰。只有唯心主义、形而上学才把二者截然对立,我们要像红外线追踪一样去观察它、模拟它。从最初一直到最后的全过程,从生活到感觉、印象、联想、判断、决策、行为,都可以是小说描写的对象。我丝毫无意提倡人们可以不思想,可以不去管人的行为、目的、动机,而一味地琢磨人的神秘的、莫名其妙的、不好解释的、晦涩的潜意识,但是我们也不必否认、回避或敌视意识流的客观存在。

第三,是怎样把小说搞得更丰富,扩大组成小说的要素。小说是一种叙事文学,一般说,要有人和故事。因而,小说主要表现方法是叙事。但是,我觉得,我们可以把组成小说的这些因素加以扩大。一是要写丰富的生活,我们过去写小说当然是写生活了,但是那个写生活往往是服从于人物和故事的。这个人物和故事就好比一棵树,我们写的那个生活就好比是这棵树上的枝杈和树叶。但是我们最后摆在读者面前的是一棵树,我们的目的是让人了解这棵树。如果和这树无关的,我们就把它砍掉,如果枝杈太多,编辑同志和评论家就说你横生枝节,枝蔓太多,也会把它砍掉。这是一种小说结构方法。但是可以不可以设想也有另外一种小说的结构方法呢?就是说在一棵树的旁边还有几棵小树,底下还有草,上边还有云彩。我不贬低一棵树的写法,但是,我认为也不应该抹杀这种树边还有两棵小树,还有点草,还有云彩的写法。因为生活里边往往既有主又有副,既有第一棵树又有第二、第三棵树,既有必然的又有偶然的,既有有目的的东西,还有无目的的东西。谁能够保证你的生活全都按照你的计划、按照你的主线来进行呢?那一棵树的写法,就好像是打光磨光了的一块钢锭,而几棵树或者旁边还有小树、还有小草的这个写法好像是带有毛刺的一块铁块。你不能说这个就不可爱,各有优点,各有缺点。这就是说通过小说,不但要让人看到主题、主线,看到主要的故事、人物,而且还让人看到一种非常真切的、非常丰富多彩的、毛茸茸的生活。这也就是说小说可以是单线条的,也可以稍微复杂一点,当然这里边仍然有主有次。我想这个丰富的生活,应该也是构成小说的一个因素。有些小说所以特别有魅力,恰恰就在于这种生活的丰富性、鲜活性、流动性。小说还有一个重要的因素,就是色彩和情调。一篇小说也像一首歌、一幅画一样,是有它的色彩、情调的。目前我们最常见的、在我国的当代的小说里最常见的有这么两种色调:一种是豪迈的英雄主义,写新的人、新的事、战斗英雄、伟大品德。还有一种,近几年来非常流行,就是感伤。通过写"四人帮",写什么东西都带着一种感伤的调子。但是仅仅有这两种调子,或者很多很多的作品都是这两种调子,太贫乏了。小说还可以有很多的色调,我想特别提这么三个,也是我个人觉得是很有兴趣的。一个就是幽默。幽默不仅仅是逗人笑就完了,幽默应该是一种生活的智慧,对生活的洞察。幽默感就是智力的优越感,他一眼就能看透生活里那些畸形的东西,那些表面上堂堂皇皇,但实际上有问题的东西。如果马上就义正词严加以声讨,你能什么都声讨吗?未必是好办法,也不可能。那么,我们通过幽默,既表达了人们的愿望,又表达了一种宽容。这是一种身心都比较健康的态度。因为你如果专门搜集生活里不如意的事情,把很多不如意的事情堆积起来,那么我们看完这个小说以后就会得出一个结论:哎呀,简直活不下去了。你什么都痛心疾首,你受得了吗?对生活有些该幽默的地方我们可以幽默,这是一种色调。幽默的东西人家很喜欢看,幽默中仍然有是非之感,包含着对于真、善、美的肯定和对于假、恶、丑的嘲笑。再一个是冷静,或叫冷凝。冷静不是没有感情,恰恰是因为感情非常深,对生活、对客观事物、对社会的了解很深,因此,可以用一种不那么急于表态的态度来表达。看完以后,你觉得它的感情是含蓄的,它更多的是引导人们去思考。把生活的复杂、艰难、希望都写出来,用一种冷凝的情感、深邃的思索、客观而又成熟的态度,表达了对生活的高度理解。第三种是温馨,不是狂热,而是温和、温暖,要让人们感到生活的温暖,但不是狂热。我们刚刚经历了那么多挫折,面对现实,会发现生活中仍有许多美好的东西,温暖人心的、让人感到希望的东西,这是一种含蓄的热情。当然豪迈的东西,大喊大叫的东西、口号,也是需要的。

  小说不仅色调应该是多样化的,还应该有自己的旋律和节奏。我们写生活,就有个快、慢、强、弱、主、次、连续、中断。有时候写着写着分了一个叉,它变节奏了。这是吸引人的,有时候你说不清楚你为什么受它的吸引,但是你感觉得出来,它这样就合适。对于这种旋律感、节奏感,我们需要一个概念,就是所谓艺术的直觉。这包括对生活的艺术感觉,也包括对艺术品的感觉。有时候有人问这小说应该怎么样结构?没办法说。你怎么说呢,每篇和另一篇都不一样,就靠你自己去感觉它。你写到这里,你就觉得非出个叉不可了,老这么一味写下来,你觉得非常之沉闷,你要写的内容也表达不出来。你写到另一个地方,就觉得该收回来了。强和弱、浓和淡、疏和密也是这样,从头到尾老是强的也就没有强音了。还有快和慢、主和次,都要掌握好了,感觉好了,才能成为一篇好小说。当然,艺术直觉不是天生的,它和一个人的生活经验、思想水平、学识、艺术修养、创作锻炼、阅历是分不开的。

  我说的这些东西可能有一些是对诗、散文的要求,但是,我觉得小说中有诗、有散文、有这个、有那个并非坏事。具体到一篇小说，它可以有着重点。比如说这一篇小说写人的性格特别鲜明，另一篇小说虽然性格不那么鲜明，但是那生活实感、那毛茸茸的生活，表现得特别鲜活。另外一篇小说呢，它的节奏感、旋律感特别强，等等。去年有一种误解，好像我反对在小说里写人物，那怎么可能呢？我的哪一篇小说里没有人物呢？我是说，不一定每篇小说都着重写人物，要允许例外。文学现象和自然科学现象最大的不同就是允许例外，最被大家公认的文学规律也有例外。小说应该有人物、有故事，这可能是规律，但有的小说不着重写人物和故事，这就是例外。我想，构成小说的要素很多，每一篇可以各有侧重；人物和故事是基础，是一般规律，但也可以有例外。这样，小说就会写得更活、更多样化。

第四，关于小说创作手法的多样化。这个多样化有两条，第一是要严肃，第二是要宽容。为什么要严肃呢，因为愈活愈难，愈多样化愈难掌握。有一种误解，认为小说搞活了，怎么写都是小说，胡说八道也行。这是不严肃的。以为写小说既然是海阔天空什么都可以写，就可以信口雌黄，编起来很容易，这就差矣！难就难在这个海阔天空上，并无严格的操作规程、公式、检验方法可循，却要写得既真实又新鲜、又生动、又高尚，惨淡经营而又天衣无缝、浑然天成，难矣哉！你看那写小说的人写得神乎其神，那神乎其神不是没有根据的，既有生活的根据，他又不断地在那里穷尽人的精神活动的可能性。

这里我要特别讲一下意识流，听说青年人对它很感兴趣。有一个青年对我说，意识流特别好写，写起来省力，怎么写怎么对。我听了觉得很悲哀。问题不在于你那作品能否自命为意识流，问题在于你那个不费力气的信口胡言不可能写出一篇像样的作品。这种省力的"胡乱流"，只是起哄赶浪头罢了。还听说有的编辑部来稿的二分之一、三分之一都是意识流，有人还说是受了我的影响，我一听，确实抱歉。但我也很难负责，因为第一，我写的是不是意识流，我还不知道呢。第二，"学我者生，似我者死"，这又是一句名言。第三，你真要写意识流,也需要两条,一要准确,二要巧妙,而这是很难做到的。你看他似乎是东一榔头西一棒子,但要做到深刻,有内在联系,耐人咀嚼,妙趣横生,缤纷斑斓,容易吗?那不是说梦话,如果梦话是纯意识流,那么精神病院的病号岂不流得更纯了?不能搞胡说八道,你要写得符合心理活动的规律,还要通过心理活动反映世界、反映生活,还要能提高人的审美情操,叫人拍案叫绝,而这些要求又毫无定规可循。反正我觉得不容易。探索人的精神奥秘,是一件严肃的事情,它要靠人的敏感,靠人的经验、阅历、想象、知识、激情,要有丰富的经历,这些东西都不是唾手可得的。这是一个严肃的探索。

第二条就是要宽容,要兼收并蓄。老王卖瓜,自卖自夸,可以。王麻子剪刀,别无分号,不对。我今天在这儿也有"老王卖瓜"之嫌,但是我绝不搞"王麻子"。如果在座的有哪一位说,你讲的我全不信,我写东西都是实打实,每个人都有模特儿,每件事都有原型,言必有据,无一无出处,这样写出来,特别真实。怎么样?很好!我向你敬礼!我一定会是你的热心读者,正像虽然我不种辣椒只种大蒜,但是吃起菜来辣椒大蒜我都要。所以我的态度叫党同喜异、党同好异,在艺术手法上兼收并蓄,从"异"中汲取营养。为什么要酸溜溜地贬低别人的手法呢?有人在讨论"意识流"和"山药蛋"孰优孰劣,为什么要把两者对立起来呢?谁说"山药蛋"不好了?好得很哪,可爱得很哪,我就爱吃山药蛋呀!我不赞成赶时髦,一阵风,也不赞成"葡萄酸"。就跟打乒乓球一样,有人横拍,有人直拍,你说哪个好?打赢了就好。

我主张多种多样艺术手法上并存,自由竞赛,看谁能把小说写得更好,谁能赢得更多的读者,谁能给读者更多的东西,谁的色调更多。各种手法是可以相反相成,互相促进,互相融合再分化,彼此汲取营养,取长补短,从而促进小说创作的繁荣的。我们不是成天说要各种流派吗?怎么能搞只此一家,唯我独尊,唯我独革呢?

1981 年 6 月

漫谈短篇小说的创作[*]

要说明一点,今天谈的不是理论,因为理论总是指事物的共同性质和一般的规律,它应该带有普遍的指导意义。我不想谈那些共同的、带有普遍意义的东西,因那些东西同志们从报刊上、书籍里通过学习早已知道了,可能知道得比我还清楚。而文学现象又特别复杂。我常常感到谈文学创作有时就像瞎子摸象似的,摸到象鼻子的就说像一根绳子,摸着象腿的就说像一根柱子,摸着象肚皮的就说像一面墙,大家各执一词,争执不休。其实,在文学艺术上,有一些看起来相反的意见,大家各执一词,都只是讲了其中某一部分的道理。你说他的道理不对,可是还有一点对;你说他的道理很对,却又不能概括全貌。我今天在这里也可能是瞎子摸象,我不知道今天摸的是哪一部分,可能是象尾巴,或许是耳朵梢。文学创作还有一点很讨厌和麻烦的,就是它颇多例外。文学创作上的所谓规律,哪怕是最好的规律,它也有例外,不容易说清楚。比如,我们一般来说是反对主题先行的,反对图解概念的,但是,搞文学史的人完全可能从文学史上给你找出几个例子,说某某人写某个作品就是先有概念,先有了主题,然后他才寻找材料,才构思,结果写出了很好的作品。这样的例子是找得到的,所以硬是有例外。又如,对年轻的同志练习写作,我们一般劝他从写小东西着手,先写一篇散文,五百字,在报屁股上发表,慢慢

---

[*] 本文是作者在新疆尼勒克牧区给少数民族文学作者作的演讲。

地、一点一点地往大里写。假如看到一个青年习作者,一上来就拿着这么厚一摞稿子,往往替他担忧,同时也感到头痛。但是,文学史上也有例外,比如说,萧洛霍夫开始写《静静的顿河》时非常年轻,还不足二十岁。所以,那些试图概括规律的人,有时往往要碰壁。我说这话的意思,丝毫不否定规律,我们不能够因为有例外就否定规律,同样也不能够因为有规律就否定例外。由于上面说的两个原因,我今天谈的只不过是个人的一些零碎的想法,连一家之言都谈不上,欢迎大家批驳。

第一,小说首先是对生活的一种发现。说到生活,当然是无所不在、无所不包的,同时又是有区别的。我们讲,有工农兵战斗在第一线的生活,有社会生活、政治生活、私生活、家庭生活、精神生活、感情生活等等。生活本身应该说是绚丽多彩的、非常丰富的、扣人心弦的,但是生活本身又是非常芜杂的,有时又是单调的和重复的、很平凡的。所谓不平凡,往往是旁边的人觉得它不平凡,觉得神乎其神。你真身临其境去做那件事,那就觉着也很平凡。我们写小说的人要有这个特点,这个特点应该成为他素质的一部分。就是善于从平凡的、芜杂的甚至是单调的、重复的、貌不惊人的日常生活中,发现迷人的、有趣的、有诗意的、美的、发人深省和富有教育意义的事情。

我刚才用了一大串形容词,实际上是三句话。一句是说迷人的和有趣的。我们写小说,首先是生活中有那么一些事件迷住了我们。所谓迷住也是各式各样的,或者它很好笑,非常幽默,迷住了我们;或者是太惊人了,惊心动魄;或者它很曲折离奇,非常清新,非常新鲜,闻所未闻,它也能够迷住我们;或者不知道为什么原因,它很平凡,但是它也能迷住我们,说得文雅一点,就是发现了生活的魅力。一个对生活非常冷淡、非常厌倦的人,我想他是很难写出一篇小说的。比如西方有些作家,他在作品里散布颓废的情绪,表示这个生活是令人厌倦的、绝望的、没有意思的。其实他并没有完全绝望,他如果完全绝望的话,那么他写小说本身这个行动就不可理解。既然是令人厌倦、绝望的、没有意义的，他为什么还要写小说？作品里大量散布、发泄他的这种痛苦，说明他对生活仍然有一种执着的追求，他的愿望得不到满足，所以他要咒骂。而生活对我们来说，我觉得它能迷住你，是你进行创作的一个前提。如果它迷不住你，尽管报刊约稿，约得很热情，也可能作家的名声能够迷住你，甚至于说得挖苦一点，也可能稿费多多少少也有一定的魅力，但是这和生活本身的魅力是不能相比的，和生活本身的迷人劲儿也是不能相比的。这是一句话。

还有一句话，它应该是美的，是诗的。这个我觉得在今天强调特别有意义。因为，经过十年浩劫的动乱，现在一些年轻人有这种思想，有这种情绪，就是把我们的生活说得毫无意义，觉得活着没意思。当然他们有困难，就业的问题、房子的问题、婚姻恋爱问题等。年轻人有很多困难，但是再大的困难，也不应该、不可能把生活压倒，把生活的热情、生活的勇气压垮。作为一个搞创作的或者试图搞创作的人，应该善于在生活中发现有诗意的美的东西。在很多时候，就像我刚才谈的，对丑恶的东西的敏感，往往也是出自一颗渴望完美的心。你如果不渴望完美的话，你对丑恶的东西就没有敏感，就如同一个非常讲卫生的人，他对肮脏、污秽会特别敏感一样。所以，尽管文学作品里有时也描写丑恶的东西，但它是出自对完美的渴望。

第三句话，小说总是有教育意义的，总是发人深省的。光觉得它迷人还不能构成小说。比如，早晨起来，看到树枝上落着霜花，觉得它很迷人。走到街上，看到一个漂亮的小姑娘，也觉得她很迷人。但光有这样一些东西还不够，在我们的国家来说尤其是不够。我们是很重视文学的思想价值的，总还要有一点能够让人思索、能够让人多想一点的东西，有所启发。我想只有能够善于从生活当中发现如上所说的一大串形容词的东西的人，他写出来的小说，才是有价值的。

因此，小说是一种创造。因为它来自你自己对生活的发现。所谓发现也者，就是别人还没有发现过的东西，那才叫发现。否则的话，你只是跟着人家看了一下，不算什么发现。发现是一种创造，是在生活里的一种寻求,一种寻找。这种创造,不仅对于你作品的读者来说是一个新的东西,而且对于作者来说也是一个新的东西。我在幼年没有练习写东西的时候,非常惊异那些作家,他们怎么能写那么多。私下想,他们得有多大的脑袋呀,能存这么多东西!我以为作家脑袋里一定存着许多小说,就好像档案室一样,这个抽屉打开就拉出一篇小说来,拉出一篇小说以后,这个抽屉就变成空的了。然后过几天又把那个抽屉拉开,又拉出一篇小说来。实际不是这样的,真这样的话,这脑袋太重了,至少有一百二十公斤。脑子里没有现成的东西。后来我才知道,写作品的过程中,对作者自己也是一个创造,他会慢慢地发现。写完以后,他自己也惊奇,哦,原来生活是这样,原来我对生活还有这么一段感受!创作是个不停顿的过程,不停地在发现,不停地在创造,所以他可以写很多的东西。这段创造完了,又从其他的生活素材里边,从各种感受里边,重新加以酝酿,加以排列组合。因此我特别不喜欢,同时也建议大家千万不要走这条路,什么呢,就是"套",不是从生活当中去发现作品,而是模仿,套别人的俗套子。目前报刊上有所发现的作品很多,但是不乏模仿的套出来的东西,雷同的现象很严重。

编辑部收到的稿子,有好多类型。我只讲两种类型:一种是稿子拿上来,觉得似乎什么都不缺,要人物多少有点人物,要性格多少有点性格,开头结尾都有,结构基本完整,主题思想好像也符合当前的要求,既揭露了黑暗面,也不揭露得太厉害,适可而止,结尾还有那么几句高昂上去,文字通顺,废话也不多,似乎马上就可以发表,但他就缺一样——缺少对生活的发现。还有一种稿子,开始觉得根本不能发表,因为还不成个儿,是一堆面疙瘩,又有水,又有干面,还没有蒸成馒头,不成样,但是它里面确实有一些发现。你看稿子看到那里,确有叫人拍案叫绝的地方。有时就这一点发现,使得这个稿子的面目大不相同,他虽然写得不合规格,开头不像开头,结尾不像结尾,但是他确实在生活中有自己的独特的发现、独特的感受。从长远来看,往往有创作前途的是后一种。尽管他要吃很多苦头,走很多弯路。头一种也可能到处发一些稿子,但发到最后也不过发了而已。这是我要谈的第一点,就是我们写小说,首先应该是对生活的一种发现。

第二点,我们的小说往往又是对生活的一种发展。创作的过程,往往是你在生活中有所发现后,又把你所发现的生活往前发展了一步。小说是生活的一种反映,又是生活的一种虚拟和假设,生活的一种补充,生活的一种深化、净化、强化,生活各因子的新的排列组合。

写小说不同于新闻报道,它最大的特点,既是真实的,又是虚构的。没有真实,不是一篇好的小说;没有虚构,一般地说也很难成为一篇好的小说。由于"四人帮"的破坏,这几年来我们非常强调真实性,过去有些作品一看就让人觉得假,假得叫人恶心,这样的作品不会有任何的效果。但是,认真研究起小说来,就会发现小说的特点:第一是真,第二是假。小说毕竟是有虚构的,有假的,如果完全是真的,它就变成传记了,变成报告文学了,变成新闻报道了。我们应该普及一种常识,说清楚小说是假的,是虚构的,免得发生许多打不清的对号入座的官司。但它又是真实的。这个矛盾如何解决,我也说不清。

我所说的假,不是那种凭空捏造,而是在生活基础上的一些发展。为什么有发展呢?就因为生活本身并不是那么完美,它总是和你主观的要求、主观的向往有矛盾和有距离。所以,人们往往在这样的心情下写小说,既对生活充满了热爱,又对生活感到不足,有缺憾。如果生活已经满足了,再也没有其他的欲望了,再没有其他的需要了,那就连写小说的需要也没有了。比如,写爱情诗写得最好的,往往是失恋的人。世界文学史上也有这样的例子,写女性写得最好的往往是老单身汉。当然不能一概而论。生活本身是好的,又是有缺憾的。在这种情况下,人们写作品时,既表达了对生活的热爱,又表达了他对生活有所升华,有所发展。我还有一种想法,为什么世界上描写爱情的作品如此之多?很可能是因为世界上真正成功的、百分之百的爱情如此之少!许多人在爱情上总有某一点遗憾,所以才出现了各式各样的美好的神话故事、小说。如《梁山伯与祝英台》,封建时代男女不能自由交往,只好女扮男装,仍然不能成功,最后变成蝴蝶,然后比翼齐飞。《红楼梦》更不要说了。

小说总是要加进作者的倾向、爱憎、向往和想象的。可以这样说,没有生活,就没有小说;没有想象,也没有小说。所以写小说也确实不容易。我觉得写小说的人,应该有这两方面的特质:第一,他应该是很热爱生活的,是脚踏实地地生活的,实实在在地生活在大地上、生活在人民群众当中。作为一个小说家,他什么都应该关心,什么都应该有兴趣,棒子面多少钱一斤,自由市场的白薯个儿大小,上访的人是增加了还是减少了……对生活的各种样式,经济的、政治的、社会的、私人的、物质的、婚姻的、道德的各个方面,他都有很多知识,两只眼睛看着生活。第二,他还有个特质:他是神乎其神的,他能想到别人想不到的东西,你不知道他脑子里在想些什么。当他进入自己的想象世界中,他能够做到如闻其声、如见其人的程度,说得严重一点,他好像白日见鬼。在他的想象里,各种人物都能出现,就和真的一样,他完全相信自己的想象。他的精神活动,他的想象力达到这种程度,是一般的人做不到的。而推动人的想象的,有两方面的主要动力。其一,往往和激情分不开、和一种情感分不开,所以激情往往成为想象的一个动力。其二,和人们的智慧、探索的愿望也分不开。人们不满足于已有的生活,而想探求一下生活的可能性。小说所以是迷人的,所以是吸引人的,所以是奥妙无穷的,恰恰就在这里。它既是真实的,是植根于大地上的、实实在在的,又是虚构的、虚无缥缈的。要说准他是哪个人,你说不清楚。

我觉得,我们对小说里想象的作用、激情的作用,有时考虑得不够。单纯强调真实、真实、真实,过几天又说光真实不行,还要有倾向,老是这样翻来覆去,你讲不清楚小说究竟是怎么一回事。我有这样一个比喻,不知道恰当不恰当:生活是基础,生活就好像土地,但是土地本身并不是一棵树，也不是一朵花。而我们的激情，我们的倾向，我们的想象，它就像阳光一样，只有有了想象这个阳光，在生活的土地里的种子才能够发芽，才能够破土，然后才能长出一棵树，然后才能开花，然后才能结果。这是我想说的第二点。

第三点，我觉得，我们写小说应该是生活和想象的统一、客观和主观的统一，应该是精细的栩栩如生的刻画和叙述与澎湃的抒情和哲理的统一。这也是大而论之，不是说每篇小说都能够做到，什么都统一，都是一半对一半，可以各有侧重，有的小说想象的色彩浓一点，有的小说如实刻画的色彩浓一点，这都是可以的。难就难在统一起来不容易，比如我看过一些二十岁左右大学生的稿件，特点就是他的主观色彩很浓厚，所谓血气方刚，充满了青春的活力，充满了热情，充满了对生活的渴望。他很喜欢在作品里搞两样东西：一个是抒情，一个是哲理。他们的弱点是抒情和哲理不能和活生生的生活事件、生活画面、生活场景结合起来。而不和一定的具体的可以触摸的生活故事、生活事件、生活画面结合起来，那个抒情往往是空的，无所依附，"抒"得越厉害，越不动人。其效果就和你看到一个人在痛哭，却不知道他为什么而哭一样，你是不会为之动情的。相反，你如果知道了一个人的悲惨遭遇，即使他默默无言，你也会同情的。感情本来是和活生生的生活事件结合在一起的，感情来自生活。只有把生活本身提示给读者，读者才能够得到你的抒情的感染，也才能信服你的哲理。否则，你讲得再深奥，再玄虚，也不能感动读者。

还有一种状况，就是单纯的就事论事，只是记载一个事件，里面没有作者自己的想象，没有主观的东西。作为一篇小说，仅仅有生活本身提供的真实还是很不够的，不能感动人，只是根据生活真实写，不如去写新闻报道。要当成一个艺术品来写，必须给生活事件本身加上你自己的东西，也就是要加上你的倾向，要加上你的激情，要加上你的深思，要加上你的想象，让人们看到在这个小说里的东西，既是有生活依据的，又是不可能在生活当中百分之百地看到的。说它高于生活,也不见得,因为一个"高"字说不清楚,但它确实比生活本身更发展了一步,或者是更美丽了,或者是更悲惨了,或者是更引人入胜了,或者是更让人眼花缭乱了。总而言之它多了很多个"更",加上这些"更"以后,它就更有吸引力了。但它不是生活本身,它是生活本身的发展。有这样的作品,作者本人就在基层,对下面的情况都知道,很熟悉生活,但写出来就是不受欢迎。这是因为他对生活不是有所发现,有所发展,没有能够在他的生活经验上加上自己对生活独特的感受、思考和想象。所以,在作品里真正做到你的主观的感受、思索、情绪和客观的生活高度的统一,那是不容易的。有人只强调一面,也是不全面的。比如说我不管别的,是写自己的感受。你这个感受总要和一定的生活现实相结合,总不能老是关在屋子里感受。或者说,我是最有生活的,我只是把生活记录下来就可以了。那你也只是记录。前面这三个问题,是我对小说的一些设想。

第四个问题,探讨一下能够构成一篇小说的一些因素、一些成分或者说一些要素。我觉得构成和形成一篇小说的成分和样式,实际是很多的,不是单一的。我们往往只知道其中的一部分,而忽视了其中的另一部分。具体到一篇小说,又是可以各有侧重的。

小说有各式各样的形式,各有各的写法,头一条,就是人物。一般地说,小说总是有人物的。这样说也麻烦,因为也有例外,比如有写动物的小说,所以只是"一般地说"。我们写人物的时候,总是考虑到要达到一种什么程度,才能使所描写的人物活起来。这些人物应该有他自己的意志,这些人物在你脑子里是活的,不能由你任意宰割,随便处置。我们中国古代传说女娲造人,据说人是用泥捏的,捏完以后,那个神仙往泥人身上吹一口气,这个泥人就活了,就动了。我觉得这种传说的造人的办法,对于我们写人物来说基本上是适用的。所谓泥捏的,就是从生活中来的,没有生活就没有泥;所谓吹一口气,就是作者在不同程度上把自己的一部分思想感情和愿望给了这个人物。哪怕是反面人物。反面人物就反着给,把憎恨、讽刺、挖苦给他。没有生活，就好像没有泥；而没有泥捏的人，光在那儿吹气，最后气飘散了，也形不成一个人物。不把你自己的思想感情以至灵魂同你的人物做到息息相关，你这个人物就不可能活灵活现，也绝不会感动人。写小说有时有一种很大的乐趣，就是人物的出场、经历、遭遇和最后的离去，使你感觉到他像活人一样，就像你的老朋友和亲人，像你的敌人和对手。特别是较长的作品快写完时，有一种依依不舍的感觉，尽管这些人物中有可爱的、有可憎的、有让人哭笑不得的，但命运使你同这些人物在一块搅和了一阵子，你对他们很有感情，仿佛在火车站的月台上向徐徐离站的列车挥手，因为那上面有好几个你熟悉的人。我觉得，我们写人物的时候应该有这么一种亲切感，既是从生活中来的，又是把自己灵魂的一部分赋予了他。这是第一条。

第二条，小说总是有冲突的，冲突可以是各式各样的。比如两人大喊大叫是一种冲突，内心里有点犹豫不决也是一种冲突。冲突和矛盾是无处不在的，作家的眼光应该很细，大事、小事、外在的、内心的、严重的、不严重的，乃至非常轻微的、一瞬即逝的冲突，都应该细心地观察。就说礼貌吧，我们在无意中有一些不礼貌的表现，会给别人留下不好的印象。比如你和一个朋友交谈，谈得很愉快时，忽然他皱了一下眉头，当时你自己并没有察觉到。事后想起来，噢，我那句话说得很不礼貌。这也是个小小的冲突，也可以写成千把字的小说。

第三条，我们说情节。所谓没有情节的小说，实际上是用一些小的情节来代替总的情节，绝对没有情节的小说是不可能的。就描写一个人坐在那儿想，这也是一个情节。有的作品以情节取胜，有的作品并不以情节取胜，也就是侧重点不同。有些评论家说我近两三年来的小说非常玄妙，是什么意识流，是没有情节的，似乎我写的东西都是"三无"小说——无人物、无冲突、无情节，那岂不是同画符差不多了？其实我没有写过什么"三无"小说，我写的都是有人物、有冲突、有情节的。如同我刚才所说，冲突也是各式各样的。并非一个人拿手枪，一个人拿板斧对峙着才叫冲突。情节也是各式各样的，表面上看它是日常生活中的一些画面,但这里面包含着一定的时代精神,包含着一定的意义,也有它特别吸引人的地方,这也是情节。一连串小的情节,比如怎么刮脸,怎么拢头,门怎么响了,把门打开进来一个人,结果这个人走错了门,不是找他的等等,尽管这些事件相互之间的因果关系不那么明确,但仍然是一系列的情节。所以绝对的所谓无人物、无冲突、无情节的小说我是不相信的,我也从来没有那么做过。如果旁人认为我的小说是那样的话,实在有点诚惶诚恐,我没有那么大的创新本领,把小说创造到"三无"的程度。但是,确有一些小说不以情节取胜,更不愿用过分戏剧性的情节。

  第四条,细节。为什么情节之外要加上细节呢?因为一般地说,情节往往是指小说里比较完整的、有因果关系的那些事件。这是一般情况下我们对小说的要求,特别是中国读者对小说的要求。有些写小说的人很注重小说情节之间的因果关系,像推理小说就很注意因果关系,一环套一环,他不把因果关系告诉你,但是最后把因果关系捋得清清楚楚,使你感觉小说写得很完整,安排得很巧妙,真是天衣无缝。另方面,恐怕也应该允许有这样一种小说,它写了一些似乎并无因果关系的事情,你看到它往上乱堆,但它本身又有统一性,有它一定的色调。在这些似乎毫无因果关系的事情之间,又多多少少有点关系,只是它的关系更内在,不是绝对的没有关系。比如你们从雅宝路出来,经过门口自由市场,问了鸡蛋的价格,或者买了一个,这同你们来这里空军招待所听我谈小说,中间没有什么因果关系,但是不是能写在同一篇小说里?我看还是可以的。因为如果"四人帮"不打倒,你门口绝不会有人卖鸡蛋,有的话早给抓走了,我也决不可能在这里神聊。这两件事没有因果关系,但又有某种内在联系。那种线索很清楚、因果关系非常明确、一环套一环的小说,我完全赞成,我丝毫不贬低这种小说。但是另外一种看来千头万绪,像生活本身一样五色缤纷的小说,我也很欢迎,也很好看。再举一个例子,比如今天我给大家讲课,讲海水。一种办法,我把海水放在玻璃杯里,这是一个很好的玻璃杯,又清楚又透明,圆圆的。我告诉大家这就是海水,你们看,海水的颜色有一点绿,而且是很咸的。另一种办法,我们一起在海边上,我用手从海里捧起一掬水来,海水从我手指缝中滴滴答答往下掉着,我说看,这就是海水。这也可以。我说第二种写小说的方法,注意细节而不注重情节,也就是指的这种方法。你表面上看是一些没有因果关系的事情,但是它充满了生活的实感,我讲不清这个道理,我只能说它是一种毛茸茸的生活,就好像毛钢。钢拿来后带着毛刺,你看着它没有经过加工,但看到它后更知道钢铁厂里的钢是什么样的,实际上不是经过加工的。它们各有各的优点,各有各的特点。如果说我个人的偏爱,我很希望在小说里边给人产生一种生活实感,使你感觉到生活的大海,哪怕它给你的是一掬水。

一些把没有因果关系的细节也写进去的小说,使稿子变得非常杂乱,让人莫名其妙,或者往上乱堆,北京话叫"胡抢",什么话都可往上"抢",这我是不赞成的。愈是缺乏曲折离奇的情节的小说,对于细节,对于生活气息,对于语言,对于描写的准确、精细、深刻、机智的要求就愈高,而且要有它们的共同性,有它们共同的时代精神。这中间是有章法的,你要找出它的道理。

那种因果关系非常明确、一环套一环、故事情节非常强的小说,也很好,它的优点在于清楚、明确、吸引人,让你打开以后就不厌倦,老琢磨它往下怎么发展。但是有没有它的弱点呢?也有弱点。它缺少一点生活实感,戏剧性太强了,故事太巧了,巧得有点离奇,缺少一点真实感,缺少一点让你自己去联系和寻求的真意。总之,两种表现手法各有优缺点。

第五条,谈谈小说的意境,或者叫氛围。我们中国的诗歌是非常讲究意境的,其实小说也应该讲究意境。所谓意境,就是在我们的小说中创造一个艺术的世界,这个世界既是来自我们生活的土壤,又是不可能完全重现的、同生活一模一样的。有个英国作家主张作为分类,短篇小说应该同诗列在一起,不应该同长篇小说分在一起。这个说法当然是片面的,但也有一定的道理。因为短篇小说更精炼,它要用生活里的一斑、一个点滴来传达对生活的某种感受。从这点来说,它的精炼,它的这种传达的方法,跟长篇小说把架子搭得大大的铺开来叙述,是有很大的不同的。我想,创造一个艺术的世界,对于一个写小说的人来说是很重要的。如果我们只是在小说里把要说的一个什么样的人或一件什么样的事说完了,而没有一个艺术世界的话,你看完这个作品后,就会感到缺少一种让你长久地流连忘返的东西。为什么有一些好的作品能够提高人的精神境界?就因为他在作品里创造了一个艺术世界,这个世界激发了人们美好的思想,激发了人们的同情心、进取心、向上的心。所谓意境到底是什么?是环境,又不完全是环境。因为它包含着人的主观心态。我希望我们在写小说时,能够注意创造这么一个艺术的世界。从某种意义上说,在小说里创造这么一个艺术的世界,比我们写出一段很精彩的故事还难。

第六条,谈一下小说的色调。小说是有它一定的调子的,调子本身使它能够吸引人。有了这个调子以后,写出来的作品才不平凡。我所说的色调是指什么呢?是说你这个小说总是具有某一方面的特质,它或者是比较严肃的,是一种深思的调子,或者是一种幽默的调子,或者是一种温暖的调子。一篇作品写得很温暖,这是一种调子。它又可以写得很冷峻,就是所谓解剖刀式的小说,这也是一种色调。所谓冷峻的,不一定让人看了以后就丧失信心,它很理智,有一种科学的头脑。说小说作品里不能够容许有理智,只能够有感情,有直觉,那也不见得。有的小说写得就非常清楚,非常理智,甚至于带有一种档案材料的特质,这也是一种文体。这种冷峻、精确是一种色调,热情奔放也是一种色调,含蓄同样也是一种色调。有时这些色调是混合着的,不是单一的,有时一篇作品里既有温暖的抒情,又有冷静的解剖,又有豁达的幽默。但是什么色调都没有是不行的,如果你完全不考虑你的作品具有一种什么样的调子,我看是一种疏忽。为调子而调子,当然也没有意思,那就是做作,叫做装腔作势、雕琢过分。但在你所描写的生活事件本身自然而然地加上你的感情,使它形成一种调子,那是很好的。

第七条,节奏。包括生活事件的节奏和你叙述的节奏。叙述总是有快有慢,有停有走,比较古典的一种写法,它是经常停下来的,比如一个人物出场时,先写他的肖像、服装、周围环境,在节奏上给你一种停下来的感觉。有时,当生活事件本身节奏正快的时候,他反倒把叙述的节奏放慢了,所谓吊胃口,中国的评书经常运用这种方法。这也是吸引读者的一种手法,他的叙述节奏可以和生活节奏完全相反,引起读者急于想看下去的这么一种心情。有时,它又可以与生活节奏完全一致。

有时,我们会看到一种很快的节奏,在叙述人物和事件时,一个事件接一个事件、一个行动接一个行动、一个思想接一个思想,让你喘不过气来。这样的作品,你看的时候感觉好像它带着你跑一样,这也是一种乐趣,东看一眼,西看一眼,又说了一句话,又喝了一杯水……使得你眼花缭乱。作品里的节奏,同叙述上的疏和密有密切的关系。有些事情叙述得很简单,但是一个接着一个,令人应接不暇。有的叙述一件事情,描写得非常细致,让你一下子就钻到这个具体的故事情节里了,半天也跳不出来。这种节奏的快和慢、疏和密、叙述节奏和生活节奏的一致和不一致,形成小说的一种吸引人的魅力。当他停下来细细地描写的时候,你会得到一种静止地在那里欣赏的满足,仿佛在专注地赏一朵花,看一片云彩,听一支曲子,精神非常集中,完全沉醉在它的旋律里。而那种匆忙的、跳动的、一个接一个的、应接不暇的节奏,它给你的感觉好像坐上汽车兜风似的,刷的一下就过去了。

总的来说,如果拿古典作品和现代作品比较的话,文学的叙述的节奏明显地在加快。这个看法可能很多人会不同意,但我是这样看的,因为生活整个的节奏在加快。"采菊东篱下,悠然见南山"这种节奏,同波音747起飞以前在跑道上刷的冲过去的节奏,恐怕是不一样的,陶渊明描写自己的心情可以用这样的词儿,描写飞机驾驶员开始起飞时的心情,你就很难用"发动机呜呜响,悠然见白云"这种词儿,即使到了天上,开飞机的也很难"悠然"。说以上这些并不是要大家都用一种节奏,更无意在这里鼓吹快节奏,而是建议我们写东西时节奏要有点变化。我们有些小说节奏平均,让你看着很呆板、很枯燥,要慢都慢,什么都是细细地写,要快都快,缺乏变化。那不仅乏味,也缺乏表现力。我想,如果在节奏上有一些变化,就有可能给人以美感,从而增加小说的吸引力。当然,还有另一种情况,人为地控制节奏,使小说像被牵动的木偶们演戏,也令人厌烦。

最后说一下主题思想,这也是小说里不可缺少的。我从不赞成把写人的感觉、写人的情绪、写人的印象同主题思想截然对立起来。思想本身就是生活里存在的,谁在生活里没有思想呢?除非得了神经病,丧失了思维能力。思想本身就是生活真实的一部分,回避思想实际上等于回避生活真实的一部分。就这点说,想象也是生活真实的一部分,人不能没有想象,否则连语言都是不可能的,小说本身就是最大的想象。思想是生活真实里头的东西,不能回避,也不能对立。生活是激动人心的,思想也是激动人心的。那种对真理的追求的思想难道不是激动人心的吗?那种经过混乱、犹豫、动摇、迷惘之后豁然开朗的心情难道不是激动人心的吗?对于真理、对于理性的思维,这和小说本身并不是互相矛盾的。

一般地说,我不喜欢图解式的作品。就是先设一个主题思想,然后去寻找事例往里充塞,这样的作品看完以后使你感觉那些人物是傀儡,是纸人,是你剪出来的,好像就是为了演绎,不相信他是真的。整个小说的故事给人一种"按既定方针办"的印象,一看就明白。举一个例子,有篇小说的主题思想是反对随地吐痰(故意举一个荒谬的例子,以避免攻击某篇小说之嫌),写某某人爱随地吐痰。痰里有结核菌,结果正好被他儿子吸进去,因而染上了结核病,然后,又如何如何……由于主题思想太浅露,而且是摆在前面的,所以底下那些情节的发展都是"按既定方针办",不管写多少人物,耍多少花样,最后无非告诉人家不要随地吐痰嘛。一旦读者觉得你的小说是"按既定方针办"的,也就没有多大读头,因为没有新东西。

　　小说是对生活的表现。而读者读你的小说应该也是一个不断发现的过程。既有一个大致的方向,又不能完全掌握你所写的生活发展的趋向,随时有新东西出来,这样才能吸引住人。而从生活里提炼出来的思想,只能是大致的、基本的和主要的,不可能提炼完。所以一个小说的主题思想,从理论上说,它挖掘起来是无穷无尽的。由于思想深度的不一样,不同的人对一篇小说的理解程度也不相同,这是正常的,而且是小说成功的表现。这和晦涩并不是一回事。因为生活本身的意义不可能一下子挖掘干净。比如一个长期穷困的农民近几年一下子富起来,银行里有两千元存款。这今天全国各处都有,这件事包含着什么意义,不是一下子全挖掘得出来的,也不是一篇小说能说清楚的。最近看张一弓的《黑娃照相》,主题非常明确,歌颂十一届三中全会以来落实政策农民开始富裕起来后精神状态发生的变化。如果你仔细想一想,他写的不限于此。比如黑娃对那个美国照相机,对现代化的渴求,对国外先进技术的态度……还有许多富有意义和趣味的东西值得你慢慢思考,它给你的印象不是单纯的生活富裕起来就完了。所以对主题思想我从来不反对而且是非常赞成的,一个搞创作的人应该有思想,说得口气大一点,应该是思想家。当然这不是很容易做到的,我们要向这个方向努力。但我又很不赞成在创作里赤裸裸地去解释思想,而是要从生活本身的具体形象出发,尽可能地去挖掘它的思想意义,要留有余地,让读者去挖掘。

　　结合主题思想问题,顺便也谈一下象征。生活本身的具体形象往往能给人们很多启示,引起人们的很多联想。因此,象征也是生活真实本身所具有的一种意义,不是主观制造的。那种好的带有象征意义的诗句也好,小说、散文也好,作者在写的时候往往并没有想象征什么,由于作者思想很深刻,感觉很敏锐,他非常出色地表现了一个生活的具体形象,给了人一种很深的象征意义。作者是一个有思想的人、一个社会的人、一个灵魂很丰富的人,他写到生活的某一个事情、某一个具体形象的时候,就流露了他自己的思想、感情和灵魂。读者从他写的具体形象上也就会联想到更多更有意义的东西。

以上所讲各点,我自己也想得不清楚,可能也说得不清楚。我的目的是说我们在写小说时,要能多从几个方面考虑。一般地说,写小说就是人物和情节,这样考虑也是对的,但除此以外能不能考虑得更多一些?比如生活的吸引力,它的调子,它的象征的意义,它本身的主题思想,它的节奏能创造出一个什么样的艺术世界等等,总之要从多方面来考虑一篇小说的构成,这样,我们对小说、对作品、对文学本身的理解就会更宽广一些。

第五个问题,谈谈对人的精神世界和心理活动的描写。探索人的精神世界的秘密,是文学(小说)的一个使命。现在有各种先进的科学仪器来记载和反映大而至于宇宙天体的运动,小而至于电子、原子、核子的内部运动,而对人的精神世界的活动,主要靠文学来探索、记载和发挥。现在我谈几点,一是写人对生活、对世界的感觉。作家通过写人的感觉来唤起读者的共鸣。小说毕竟不是论文,也不同于电影,它不能真正如实地把人物摆在你的面前。小说要通过对人的感觉的描写,使读者有一种同感。我认为,写小说费脑子是不成问题的,但除此以外,还要费鼻子、费眼睛、费耳朵、费舌头。你写到白糖时,如果你的舌头上不能再现一点甜味的话,你这个白糖是一定写不好的。你写到黑夜时,如果你的眼睛不能再现在黑夜的各种感觉,你的夜色一定是写不好的。你写同一个人握手,可能同你最亲爱的人握手,可能同一个口蜜腹剑的"朋友"不得不在那里握手,那时你从手心到手背一直到胳臂这段神经是什么感觉,如果写不清楚的话,也绝不会感动人。要把一个环境的特殊气味写出来,你的鼻子要灵,否则肯定也写不好。如果你能把色彩明暗、声音节奏、气味触觉等等都写得很好,就会给人一种如临其境的感觉,甚至给人一种惊心动魄的感觉,感到你写到他的灵魂里去了,写到他的每一根神经上去了。所以,一个作者对生活,对客观世界,对风霜雨露,对高山大河,对不同的地理环境、气候……都要有敏锐的感觉,同时还要善于把人物的精微的感觉表达出来,这样才能写出人的精神世界,同时也才能影响人的精神世界。

　　二是写人的联想活动。人对外界事物有一种初步感觉时,会迅速产生很多联想,这种联想和逻辑推理是不一样的。比如,看到人的白发就会联想到老年,也可能联想到一个人的成熟、功成名就、事业辉煌,也可能联想到坟墓、乌鸦、猫头鹰……联想可以说是想象的开端,生活上的一点点小事,他可以联想一大串。一个不善于联想的作者,他会找不到写作的材料。

　　这里,简单地说一下所谓意识流。我不懂心理学,也没有看过几篇外国的所谓意识流的作品,更没看过有关意识流的理论。但是我觉得,只要我们不把它搞得很神秘,既不夸张,把它搞得很时髦,也不故意贬低,把它说得很可笑,不抱偏见,事情也不是那么复杂的。专家们说,人的意识是在不停地活动的,而这个活动不一定是很有系统的。其实,即使人在思考的时候,在进行理性思维的时候,他的意识活动也没有完全停止。他会忽然感觉到冷或热,忽然感觉到高兴或忧愁。如果在某种特定的情景下,把人的这种无意识的、杂乱的、不系统的意识流表现出来,我看也是对这个人的灵魂和他所处的环境的一种表现。西方有一种说法,认为思想是文学的敌人,文学本身应该是无思想的,文学要表现的就是人们的这种微妙的、不可捉摸和不可理喻的、蒙昧的、混乱的甚至于神秘的意识流。对这种非理性主义和神秘主义的东西,我是反对的。我从来不否定思想,谁能够完全不用思想呢?谁能够不用理智、思想来指导自己的行动呢?相反,哪怕写一个人的一些感受,一些联想,一些不合逻辑的联想的时候,也同样在反映着这个人的内心。"春花秋月何时了,往事知多少?"这是李后主的词。从春花秋月想到往事,这是一种联想,不是逻辑的判断。从春花秋月怎么能够联想到往事呢？这两者之间好像没有什么关系，但说它毫无道理也不见得。因为，花开花谢给人一种时间推移的感觉，春花秋月似乎也包含着时间的推移。你不能说这不可理喻，也不能说这是逻辑推出来的。当然，这两句词只反映了李后主的心情，今天十一二岁的红领巾，决不会因花开而想到往事知多少，他们没有多少往事。一个锐意进取的人看到春花秋月，可能联想到岁月流逝，触发他抓紧时间加油干。所以，人的联想和感觉，也反映了人的思想境界、心理和品质。有人认为写人的意识、感觉、印象、心理活动等等似乎就是反对思想，就是背离现实主义轨道，就是不反映现实生活，我不这样看。钻在被窝里面，把窗帘被子拉得严严的，然后写起什么意识流来，我也不是这样的。西方有人这样写，那是他的。

反过来，某些青年把意识流搞得很神秘、玄玄虚虚、莫名其妙，似乎意识流可以胡说八道、语无伦次，这我不赞成。我认为，不管用什么手法，深入生活和发现生活，给生活以一定的加工，仍然是基础。离开生活坐在屋子里胡思乱想不是意识流，至少不是我们所需要的意识流。要使一个人的意识流非常活跃地流动起来是需要激情的，中国有句成语"百感交集"，这个词儿是科学的、客观的。写出"百感"不简单，打个折扣你能同时写出"十感"来，不是意识流才怪呢！我们写不出"百感"而写出"十感"有何不可？有什么大逆不道？能说是破坏现实主义吗？反过来，你根本就没有百感交集，既没有生活经验，又没真实的感情，在"无感"之中硬要憋出"百感""十感"来，那就非弄成胡说八道不可。我们在探索人的心灵秘密时，不妨稍微活泼一点，可以写"百感交集"减九十感的"交集"嘛，不妨一试，不必迷信，更不必强求一律。

我个人就喜欢不同风格的作品，而且自己也试着写一点风格各不相同的东西。当然一个人有局限性，就像孙悟空有根尾巴一样，那个尾巴还是要露出来，但我总不想在一棵树上吊死。有人从表扬或批评的角度，把我封定为意识流的小说作者时，我不知道该感到荣幸，还是诚惶诚恐。有时甚至想出来声明——我骗了你们，我不是意识流专家。但我觉得又无须乎躲这个，好像意识流是个屎盆子，谁要说某人搞意识流，他就要当假洋鬼子了，这是绝对不会的。只要我们真正忠于生活，从生活出发，而且又尽情地发挥作者的灵感、想象、感受的话，我看不必在意识流或"流意识"之类的问题上纠缠。那是毫无意义的。因为一个真正写小说的人，他考虑的不是什么意识流不意识流，他只是要表达他认为最有趣的生活事件，要表达在这个生活事件里所寄托的思想和感情。至于写出来以后会被说成是什么，最好让人家去分析。我希望我们能更多地从生活本身出发，从文学本身出发，而不从那些名词和定义出发，进行烦琐哲学式的所谓争论。

最后，结合少数民族的特点，谈几点小意见。

第一点，希望反映少数民族的生活，能够站得高一点，看得远一点，哪怕这个民族人数很少，或者处在很边远的地区，也要把她放在整个祖国、整个世界发展变化的大潮流中来看，这样，我们就会发现过去所没有发现的东西。"身在山沟，放眼世界""身在陋室，心怀祖国"这样的话，"四人帮"时期喊得很响，叫人反感。其实这话本身是不错的，山沟、陋室也是祖国的一部分。不管我们写什么边远的奇特的东西，如果能把少数民族特殊的东西和我们整个国家向着现代化发展、向着建设高度物质文明和精神文明的方向发展这个总的潮流联系起来，我们就会在少数民族中发现很多可写和值得写的东西。

第二点，应该写我们少数民族的发展和变化，因为少数民族的生活也是在发展、在变化的。我不喜欢数十年如一日地写少数民族的风俗习惯，尽管我们发展得不够快，但是生活确实在发展、在变化，特别是粉碎"四人帮"以后和十一届三中全会以来这几年，我们国家的社会生活发生了很大变化。应该承认，这几年的生活，是解放以来前所未有的比较安定的生活。尽管还有矛盾、冲突和斗争，还有批评和自我批评，但确实没有搞运动，没有人成天在提心吊胆，怕突然被搞到百分之五里面去。人们的生活开始富裕起来，富字开始同中国的某些人沾边了,农民手里的钱也多了一些,趣味也有了变化。每个少数民族有她不同的情况,要把这种生活的发展和变化写出来。

第三点,希望能够把继承、借鉴和改革结合起来。如果我们不扎根在本民族的劳动人民中间,我们就会丧失创作源泉,就挖掘不出本民族劳动人民中间那些最美好、最迷人、最有价值的东西。同时,还要有借鉴、创造和发展,否则的话,任何一个民族都会衰退。不能以不变应万变,也不能用代入法把汉族甚至欧美某一个民族的什么样式直接代入,那是不行的。要经过消化,在本民族特点的基础上,有所借鉴,扩大我们的眼界。这样,虽然写的是一个小民族的很边远地方的一件小事,还是可以从中感受到具有共同意义的时代的脉搏、祖国向前迈进的脉搏。

1981 年 9 月

新时期的文学[*]

文学的春天已经到来

粉碎"四人帮"以后,特别是党的三中全会以来,我国的文学艺术发生了翻天覆地的变化。稍加回忆,这种变化就看得更清楚:"四人帮"横行的那几年,今天说这个作品是毒草,明天说那首歌不许唱,到最后就剩八个样板戏,连哈萨克和维吾尔语电台也播放《沙家浜》,什么冲云天、冲霄汉、能胜天、上九天……样板戏有个特点,就是把劲往天上使,不表现地上的生活。从那时到现在,文学艺术发生了巨大的变化。

文学艺术春天的到来,有三个标志。第一个标志是由于党的拨乱反正,文艺政策、知识分子政策的贯彻,把文艺生产力解放了。"四人帮"搞极左,束缚文艺生产力,束缚人的思想,束缚读者,束缚编辑,束缚作家创作的积极性。整天是批判,搞得人们缩手缩脚,不敢创作,甚至视文学为祸水,似乎谁喜欢文学,不定在哪次运动中就要倒霉,就要找来麻烦。而党在三中全会以来所执行的一系列政策,恰恰是解放了文艺生产力,做了很多大事。现在说起来很一般,当时解决起来很不容易。比如毛主席对文学艺术的"两个批示",按照坚持"两个凡是"观点的人看,是不能够改变的。一直到三中全会前

---

[*] 本文是作者在伊犁一个文学讲座上的讲话。

夕,一些人仍然坚持这样的错误观点:即使不提文艺黑线专政,也仍然要批判文艺黑线;"专政"虽然没有,但黑线是有的。像这样的问题,都是在三中全会精神指引下,拨乱反正,才加以解决,同时,在组织上,给许多受迫害的作家艺术家平反,从而使文艺生产力大解放。特别值得提一下"二为"和"双百"方针,"为人民服务,为社会主义服务"的方向和"百花齐放,百家争鸣"的方针。毛主席《讲话》里提的是"为工农兵服务",我们现在又提"为人民服务,为社会主义服务",它仍然是为工农兵服务这一方针的继承和发展。二十多年中毛主席党中央提出的"双百"方针,始终没有得到认真贯彻,因为每次提出都被政策运动冲掉了。粉碎"四人帮"后的几年里,党的"双百"方针开始得到了认真的贯彻,这是事实。

第二个标志,有大批好的和比较好的作品出现。现在全国的文学刊物,其数量之多,订户之大,是全世界罕见的。外国很少有纯文学杂志,而我国现在省级以上出版社出版的和比较大的省、州、市出版的文学刊物有将近二百种。《人民文学》《小说月报》《小说选刊》《收获》《十月》等,出版量都在一百万册以上,这一点,外国的作家是最羡慕的。外国作家和我们座谈,最羡慕两条,一条是中国读者多。美国有些畅销书才印一万册,有位名诗人的诗集三年才卖了三千册。另一条他们羡慕的、在我们来说恰恰是觉得有缺点的,就是铁饭碗。外国很少有专业作家,比较严肃的作家,包括诺贝尔奖金获得者,光靠写作是不够维持生活的。在中国,恐怕有几千万读者在看小说,这在古今中外都是罕见的,当然是好现象,丰富业余生活,推动文学发展,出现了很多好作品。

第三个标志是我们的文艺队伍正在壮大,特别是文学创作队伍,有大批新人补充到这支队伍里来。建国以来,青年作家不断涌现,有两个高潮。一是五十年代,就是我们这一批,这批人在"反右"斗争中,基本打得差不多了。一九五六年全国开了一个青年文学作者会议,据统计,参加会议的被打成右派的近百分之七十。有位对我们很友好的美籍华人女作家,形容我们是被"快速冷冻"起来了,二十年后,现在又拿出来了。她这个比喻很形象。另一批就是最近这几年出现的。文学队伍总是不断更新的,这是一种兴旺的表现,当然,很多老作家正在努力创作。

我想,文学春天的到来,正像自然界的春天一样,水流、草绿、花红、鸟叫、燕飞来,一派兴旺景象。同时,病菌在滋生,疾病也在蔓延,蛹开始变蝇,新陈代谢非常剧烈。在文学战线上,近几年取得很大成绩,同时,缺点问题也不少,这是完全正常的,丝毫也不奇怪的。"四人帮"统治文坛时,一潭死水,经过拨乱反正,长江大河奔腾澎湃,迅速发展,河里有大鱼、小鱼、虾米,也有泥沙、污物、泡沫。所以,文学创作上在出现好作品的同时,也会出现一些不好的作品,天下的事如果纯了,好坏就全没有了。经济上也是这样,自由市场、"三自一包",批得臭臭的,学大寨,"不堵住资本主义的路,就迈不开社会主义的步",到处堵,连社员的鸡都收起来,街上有卖瓜子的都要抓,可是,这么一搞全没啦! 就剩下不一定长期有保障的包谷馕了。现在开放,各种东西都出来了,投机倒把、坑人算命的也都出来了。生命本身就是这样,不能绝对纯。文学上也有这种现象,一是出现了一些不好的作品,有的是堆砌一些离奇、刺激的情节,不是对生活非常严肃的思索和解剖。也出现了自由化的,摆脱党的领导的各种言论和倾向,在有些地方,文学组织和党委闹矛盾成风。出现这些问题,就要开展批评和自我批评。最近,中央召开了思想战线座谈会,发了文件,开展批评,其中包括对电影《苦恋》的批评,中央领导同志讲话我都详细听了,我觉得他们讲得很清楚,就是要开展批评和自我批评,对错误的思想批评说理,和风细雨,绝不搞运动。针对文艺上的问题、思想上的问题,有两条不行:抓人、镇压不行,磕头也不行。只有一条行,就是批评和自我批评。要像洗脸、扫地,像阳光、空气和水一样,要经常化,有好多次。我来新疆后,有的人带着比较恐慌的心理提出问题,各种小道消息比较多,甚至有不少谣言。我认为,不应当用老眼光看待文艺批评,不应把文艺批评看成是政治上的一种判决,也不应认为什么要收啦,政策要变啦等等。现在事实摆在这里,例如对《苦恋》,《解放军报》是发了比较严厉的文章,后来报纸上也多多少少的提到一点,但完全没有搞运动的样子,白桦同志还在进行新的创作嘛!所以,不要用老眼光看问题,更不应用猜测甚至庸俗的眼光看问题。批评和自我批评是正常的,文艺界没有批评那才是怪事,我们应该用正常的、健康的、积极的态度来看待。

注视着新的时期,新的生活

最近三四年,我们国家的政治生活、社会生活、经济生活、文化生活、家庭生活,都发生了而且正在发生着巨大的变化。因此,带来了很多新面貌、新气象和新问题。有些变化由于我们身在其中,并未注意,如果从旁观察变化就太大了。

一个变化就是我们国家初步实现了安定团结、生动活泼的政治局面。尽管每年还会有问题,不会无冲突,不会没有矛盾,还会有批评自我批评、有犯罪分子、有公审、有判刑的,还会有撤职的,还会有各种各样的遗留问题,尽管这样,仍必须承认,国家没有出大事,是安定团结的。这几年搞过运动了?把谁揪出来了?百分之五?百分之一,二,三?没有。重新戴了一批帽子了吗?没有。大家的心情是比较稳定的,没有出现巨大的分裂、巨大的动乱,当然,各种小问题会是时有发生的,但从全局看,是安定团结的。这就必然使人民心情舒畅,精神状态也比较轻松。前几年总强调把阶级斗争的弦绷得紧紧的,"逢人只说三分话,未可全抛一片心"。我们是社会主义国家,应该是发扬民主的,群众应该是敢说话的,最近几年一个重大的特点是大家敢说话。敢说也包含着两重性,有一种安全感、舒畅感,反映对党对社会主义是信任的。当然也会有些错误的甚至反动的东西表现出来,反对四项基本原则的社会思潮,就会有所表现。但初步实现了安定团结,这是第一个明显的变化。

　　第二个比较明显的变化,是人民生活提高了。现在经济政策特别强调贯彻物质利益的原则,无非就是改变吃大锅饭的做法,调动生产的积极性,提高生产生活水平。过去我在巴彦岱公社的几年,大都吃包谷馕,现在都吃白面了。银行有存款,有的农民家里有了沙发,收入比干部还多,甚至原来认为是高级消费品的一些商品,近两年已开始普及。物质生活的变化,使人们感到舒畅,减轻了家务劳动,使人民对生活感到有奔头、有信心。但也产生了一些问题,有的人过分计较物质利益,向"钱"看。不管我们是否喜欢,这也是生活的变化。

　　第三个变化是对内对外的开放,特别是对外开放,效果也是很明显,很多先进的技术和设备引进来了。开放包括思想的解放,接触了很多东西。"文革"前,我国介绍外国文学的杂志只有一种《世界文学》,现在种类繁多,文化交流也多起来了。当然,也会带来某些消极的东西,如崇洋媚外等等,包括有些人千方百计自费到外国留学,虽然国家是鼓励的,但有些人想法非常错误,以为外国给他们准备了现成的天堂,其实出去的人要站住脚是非常困难的,有些盲目出去的人,非常孤立,处境悲惨。

　　总之,我们生活发生了许多变化,是必然的,有的人不喜欢这些变化,从"左"的方面认为,三中全会以来事情变糟了。然而,这个变化过程是必然的,只要不发生战争,不发生大的暴乱,总是应该安定团结、生活有所提高的,单纯的政治口号是不行的。总是要对外交流的,会有人出去,也会有人回来,这总比一潭死水、比"四人帮"禁锢政策好得多,有利于生产力的发展,有利于人民生活的提高。

　　但是,这种变化又带来很多矛盾、问题。因为有这些矛盾和问题就否定这些年生活的变化是不对的,看不到这些变化所带来的问题,认为一切问题都没有,也不准指出任何问题,更是不对的。

　　新的变化带来新的矛盾,一个最大的矛盾,就是革命理想和现实物质利益的矛盾,还要不要革命理想?过去不讲物质利益,但现在也不能反过来只向"钱"看。采取比较现实的态度,比较注重物质利益原则,不讲那么多假、大、空的口号,这是一个进步,但丧失革命理想又是一个倒退。生活就是这样,前进中间包含着倒退的因素。

还有一个矛盾,物质和精神的矛盾。现在物质生活的提高和文明程度的增长、文化程度的增长不成正比。一个人要过美好的生活,应是既包括物质的也包括精神的。应该建立更多的图书馆、阅览室、读报栏,提高人们的精神文化生活。物质文明和精神文明一定要结合起来,才能出现真正的文明,真正的现代化,真正美好的生活。如果我们的学校教育不发展,公共事业不发展,图书阅览室也不发展,即使大家戴上漂亮的尼龙纱巾,穿上皮鞋,口袋里有很多钱,仍然不能算是社会主义现代化的生活。

第三种矛盾就是历史传统和生活中的新事物、新现象、新追求之间的矛盾。我们有很美好的历史传统,每个民族都有很好的历史传统、斗争传统,但什么时候也不能满足原有的传统,有些传统虽美好,但却是建立在非常不发达的生产力的基础上,随着生产力的发展,随着文明程度的提高,我们绝不会永远停留在一贯的生活方式上。低水平的生产力虽然有时也包含着很多美好的东西,然而随着生产力的发展,生活也就有所发展,人们会有新的乐趣。生活的发展虽然不会是一帆风顺的,但在发展变化中,总是会不断丧失一些旧的东西,又不断增添一些新的东西。

现在,常常发现老一代和比较年轻一代人,中间有点隔阂,西方管这种现象叫"代沟"。在我们国家虽不能说是"沟",但某些爱好、兴趣、趣味不一样,是存在的,这只能说明生活的条件发生了变化,完全按原来的脚印走是不可能的。但对青年人来说,轻视和丢掉革命历史传统,也是不应该的。除了这些矛盾外,还有许多各种各样的矛盾,这些新的现象和矛盾,是非常值得文学工作者和爱好者注意的,因为文学工作者就是要做生活的神经、生活的镜子、生活的感官,应该是生活里最敏锐的一根神经。我们的生活在发展、变化、前进,会出现新事物，带来新问题，出现新矛盾。作为一名作家，就应该发现生活中的一切变化，并给以评价，好的就是好的，坏的就是坏的，要注意的就是要注意的。

文学工作者要立足伊犁，放眼全国和全世界

伊犁的文学工作者和爱好者要写作，而伊犁就是生活的基地、是脚下的土壤，伊犁本身值得写的东西太多了。伊犁的同志们已写了很多好的作品，但还有很多东西没有写出来。如夏牧场、林场、三台海子，多少美丽的风光环境；还有农村，有的公社已实现了"三多、五好、一强"的规划，特别是广大农村牧区在贯彻经济政策后所发生的变化、面貌。

有些事情的意义，也许我们现在还认识不清楚，但是如果我们没有看到没感觉，那就非常不应该了。比如农民家里有了沙发，这到底意味着什么？坐在沙发上，思想感情有些什么变化？这是很有意义的事情。哈萨克毡房里出现了录音机，这也是破天荒的。这说明在我们的眼皮底下，生活在不断发生变化，出现新事物、新矛盾、新问题。我曾在伊犁生活过，尚有一定的基础，这次返乡，觉得可写的东西太多了。要发现这些可写的东西，其中有一条，就是必须要立足伊犁，放眼全国全世界，把伊犁的脉搏和全国人民建设现代化联系起来。反过来，还要从全世界全中国的角度解剖伊犁，看到世界和中国发生的变化，回过头再看伊犁，一定会看到很多有趣的、值得写的、好的，或值得批评的、值得讽刺或值得歌颂的、值得赞美或值得分析探讨的事情。如果说窍门，这就是所谓窍门。我在创作上经常用的就是这种方法，比如我写的《夜的眼》，就是用边疆一个人的眼光去看城市。有时我又用城市人的眼光去看边疆，在这里找到很多可写的东西。

观察世界最好的办法是学习。报纸、电台、电视、书刊会帮助我

们了解世界和全国各地的情况,放宽我们的眼界。只要我们的立足点摆对了,我们就会看到生活在前进,受到很大的鼓舞,取得取之不尽、用之不竭的文学材料。

对文学爱好者的希望

希望文学爱好者多抓基本功,不要急于求成。最大的基本功是读书。书总是要读的,包括那些土专家,也是读了不少书的。拒绝接受文化的积累而想搞写作是绝对不可能的。另一条基本功就是生活。我们说的生活不是一定要专门到哪里去,其实就是从生活里发现文学,又从文学里发现生活,没有这个基本功也是不行的。什么叫从生活里发现文学?就是能在生活里发现激情,发现形象,发现诗意,发现美,发现值得去吟咏、值得去表现、值得去怀念、值得去浮想联翩的东西,生活里到处都有文学的东西。什么叫从文学里发现生活呢?就是我们读了一些文学作品后,果然加深了对生活的理解和感受,确实觉得我们的生活更加美好了,更值得我们去爱生活了。

我最反对编造倾向。以为文学就是靠编造、靠杜撰、靠硬编,这是不对的。硬编有时也能得到所谓成功,如在哪个地方发表出来,但这种成功一文不值。你总要让生活给你冲击、给你启发、给你推动,再拿起笔,如果在生活中没有这些东西,只是要发表,要当作家,脱离生活,急于求成,甚至搞不正之风,走后门发表作品,那是不行的。我相信,伊犁这样的人是很少的。随着生活的发展,随着时代的脚步、时代的进展,伊犁一定会出现更多的好作家和更多的好作品。

1981 年 9 月 22 日

漫谈小说创作[*]

先声明一下,今天算是一个漫谈,漫谈一下有关文学艺术,特别是对于小说创作的一些看法。文学创作我谈不全,古今中外,各式各样。有政治性很强的,有政治性不强的;有非常实的,有非常虚的、朦胧的;洋的、土的,拐弯的,不拐弯的,象征的,直言不讳的。

文学现象既有规律,又有例外,而且例外相当多。它和自然科学不同就在这里。在文学上,有些人尽管说得振振有词,引经据典,讲了许多例子,最后人家就是能找出例外,人家就是不按你那一套去写,但人家也写得很不错。你说文学一定要非常形象,语言一定要很丰富,但世界上就有这样的文学家,他的语汇不是以多见长,而是以少见长。而且,他不运用特殊的语汇,而是用一些普通的、一般人都能理解的词语。

一 文学是对生活的一种发现

我们喜欢文学、搞文学的人,有一个最基本的基本功,就是善于在生活中发现文学,又善于在文学里头发现生活。也就是说我们在读书的时候,读文学作品的时候,要和自己的生活、实践联系起来,从书本里头找到对我们生活的启示、鼓舞、温暖、经验、验证,将一些生

---

[*] 本文是作者在广西壮族自治区文联举办的文学讲座上的讲话。

活经验加以验证。同时,我们又要在生活里头发现文学,发现一些有意义的、有价值的、美的、有魅力的、有趣味的东西。一个搞文学的人,头一条就是他在生活里头,每天都感到有那么多东西富有文学色彩。我曾遇到这种情况:有些人认为,哎呀,我的生活中没有什么东西值得写的,是不是能把我调到可写东西的地方去?这就难了。我不大相信,除非你完全脱离社会,否则,无论你做什么工作,总是生活在我们这个社会中,总是要吃大米、吃项鸡(方言,小母鸡)的嘛。而项鸡和大米,总不见得都是你养的和种的嘛。总之,只要你吃项鸡、吃大米,总要和社会发生关系的,总是对生活应该有所发现的。

第二个意思呢,我们的文学只能来自生活,只有生活,才能产生文学,文学本身并不能产生文学。我特别愿意奉劝那些特别喜爱文学的人,要把自己的眼界扩大,让自己的眼睛、耳朵、鼻子都看得、听得、嗅得宽一点、远一点。一个人往往从小酷爱文学,这不是好事情。我常常劝人,你爱文学就够了,为什么要爱得那么残酷、冷酷呢?一个爱文学的人,首先应当更爱生活、爱工作、爱劳动。你应当爱桂林山水,爱天山雪峰,大沙漠、大戈壁也有它的可爱之处。你应该去爱我们的事业,不管有多少困难,多少矛盾,多少痛苦,我们的国家还是在前进的,你应当去爱它嘛。你应该爱你的父母、朋友、同志,爱你的孩子。总之,值得你爱的东西多得很,只有这些东西你都爱的时候,爱文学才是有根基的、有根据的。不要把自己的兴趣搞得那么狭隘,把自己的生活也搞得非常狭窄,除了看小说,还是看小说,一会儿又是模仿外国的,一会儿又是模仿别的什么。你接触的人,除了编辑就是作者,作茧自缚。爱文学,到头来反被文学所累,文学变成你的一个包袱,把你压垮,这没有好处。熟读文学书籍也不能产生文学,只有把我们的视野放得很宽广,和整个社会生活连在一起,然后我们才能够从生活中得到文学。

所谓文学都是来自生活,就是说我们作品的一切情节、人物、细节、结构、悬念、矛盾、冲突、戏剧性和非戏剧性、逻辑和非逻辑、虚构和非虚构、抒情和非抒情，无一不是来自生活的。构成文学的因素，不管再奇、再巧、再大，它都来自生活的暗示，来自生活的启发。一部结构非常严谨、因果关系非常明白的小说，是来自生活的启示。因为生活里头有矛盾、有冲突，你的作品才有矛盾、有冲突，并收到情理之中、意料之外的艺术效果。当然，生活中也有偶然、巧合、悬念，这是生活本身所包含的。什么悲喜交集、百感交集，都来自生活的启示。而另一方面戏剧性不那么强、写得比较平淡，甚至看起来还显得松散的作品也来自生活的启示。因为生活本身也包含着那些戏剧性不强、比较平淡，但也有美感的东西。我说这话的意思，是希望搞创作的人不要走模仿、生编硬造的道路。文学界往往难免有这种情况，有些人创作不是从生活出发，喜欢看行情，投其所好，一些作者喜欢揣摩一个刊物的特点，探编辑的口味。比如说一个刊物发表了一篇作品，随后即可以收到十几乃至几十篇类似的作品，成了一窝蜂。走这种模仿、探行情的路子，虽然有时也能发表一些作品，但这些作品一经发表，就是它的结束。

还有生编硬造。当然，作品离不开编。严格地说，离开了编故事，小说就写不出来。尽管某些作品号称无故事，但仍离不开编。就拿我自己来说，我自己就不敢否定编故事。只不过在我的某些作品中，并没有一个很集中的、戏剧性很强的故事而已。一点也不编故事，实际是不可能的，但编故事必须有生活的根据。完全靠编故事，有时候也能发表一些作品，但从长远来说，是没有生命力的。

我想说的第三个意思，是所谓在生活中要有所发现。发现就是创造的开始。所谓发现，无非是生活中有某些新的东西，或者别人还没有看到，或者别人尚未充分地表达出来，但是你却体会到了，感受到了，理解到了，哪怕是一点点新意。文章之所以可贵，就在于它有一点点新意。

在这里我插一段，趣味对于文学作品是极其重要的。有些同志误认为趣味是小事情，其实不然。趣味有高尚的趣味，有低级的趣味,不仅有低级趣味,还有下流的趣味,还有卑劣、低贱的趣味。趣味往往能表现一个人思想境界的高尚或低下。有时光谈观点,调子可以唱得很高。比如"四人帮"被打倒后,从揭发王洪文的材料看,他们的言论貌似冲云天,冲霄汉,可是从他们实际的生活、实际的趣味可以看得出他们不但冲不上云天,而且还要钻到地狱里去。所以趣味问题,并不是次要的问题。高尚的趣味,代表了人的高尚的精神境界、思想境界。希望我们对这个问题能进行认真的探讨,以期得出自己的一些真知灼见、真情实感。

这次开作协理事会,领导同志在接见部分同志时,特别引用了叶老(圣陶)在一篇文章里说过的话:"每个作家应该有自己的哲学。"我想我们的国家有共同的理论基础,这就是马列主义、毛泽东思想这个理论体系。但马列主义、毛泽东思想不能代替我们具体地对生活的感受、分析、印象,它只能起指导作用,不能成为包治百病的灵丹妙药。不可能不去生活、实践,只靠读马列主义、毛泽东著作就把要推论的东西推论出来。我觉得我们每个有志于搞文学、搞创作的同志,要能够锻炼自己、要求自己在马列主义、毛泽东思想总的革命原则的指导下,有自己对生活的独到看法、感受、感觉,这是很重要的。

换句话来说,每个人走向马列主义,都有自己的道路。不经过自己的探索、实践、努力,不断地总结经验、总结教训,他那马列主义也是不巩固的。所以我们要用自己的头脑,用自己的神经细胞,用自己的感情,去对生活中的各种事物进行认真的对比、观察、认识、分析,才能产生正确的感受,表现客观世界,才能有文学。一个人善于不善于、习惯不习惯于在生活里头发现一些文学的东西,这对于一个从事创作的人来说,是至关重要的。

二 文学是生活的发展

我们在生活中发现文学,但并不等于生活本身就是文学,或者我们把它记录下来，或用胶卷把它拍摄下来，就是作品，其实并不是。如果我们仅仅把一些生活现象记录下来，这只能称之为新闻，或许连新闻也够不上。新闻当然有它的巨大作用，而且就某种意义来说，新闻的作用比文艺要大得多。一个国家的新闻事业对一个国家的思想、观念、舆论，有着直接的、巨大的影响，但新闻并不等于文学。文学是人在生活中有了发现之后，通过我们作家主观的哲学、美感、追求、理想，给生活增加了一点东西，把生活发展了一步。文学往往成为生活的一种补充、一种启示，可以成为生活中的慰安，可以成为生活的集中概括，也可以成为生活的一种探索、一种虚拟、一种新的排列组合。首先，作为文学对象的生活，它既包含着物质的生活，也包含着精神的生活，既包含着客观世界，也包含着主观世界。所以在这个意义上，激情也是生活，激情、愿望、倾向、理想、想象都是生活。我们能不能设想生活中没有人？当然，作为其他的科学对象，比如外层空间，就没有人。一般来说，作为文学对象的生活，百分之九十九点九九九都包含着人的活动，包含着人的实践，没有人，哪来的社会？

而人在实践中，自然有他的主观世界，有他的激情、愿望、想象、倾向、爱憎、理想以至梦幻。再一个意思，人们的主观世界、主观愿望、主观理想、主观要求，往往会与客观世界发生矛盾的。

"但愿人长久，千里共婵娟"，这是世世代代的诗人乃至一般人的共同愿望，希望人能健康、爱情能永远饱满，希望生活越来越幸福。但实践中，往往有许多不如意的事。就好比说我们今天的聚会，就算有最好的记忆力，但若干时日以后，仍不可能把这一切原原本本地再现出来。在这种情况下，就需要文学。尽管文学只能表现生活中的万一，不能把全部生活表现出来，但却有可能把生活表现得更完满、更集中、更永久。如果是一篇描写今天这个聚会的很好的散文，它会比我们今天这个会有更长的寿命。

尽管我们的生活表面上看起来有时是单调的，有时是复杂的，但作为文学，我们要善于透过表面现象，看到时代在前进，摸到时代的脉搏,挖掘出丰富的、生动的、深刻的、美的东西。生活、祖国、时代的步伐是永远不会停止的。我们通过我们的文学创作、文学作品把生活中内在的东西表现出来,让人们看了以后,可以透过一些貌似平凡、单调的现象看到生活的丰富性和必然向前发展的趋势,感觉到我们这个时代是不断向前的,给予人们一种向前的力量,这正是文学的职能所在。

这就涉及到一点,要是没有生活的启示,就难以写出好的文学作品。但仅仅有生活,还不能出文学。一般来说,文学不可能如实照抄生活,还必须加上必要的、人们所能理解和接受的想象。没有想象也就没有文学。特别是小说,必须经过虚构。我们必须在占有许多生活材料的基础上——而且并不是一次生活,而是长期的生活的基础上——进行虚构、加工。比如我来南宁后曾到绢纺厂采访了几次,有些同志就问我是不是要写绢纺厂的小说。我说不一定。小说不是经过一两次采访就能写出来的。除非我这些在采访中得到的东西,和我头脑中的感受,和我四十七年零几个月全部的经验、思想、感受碰到一块,才有可能产生文学。文学的产生是一个复杂的化学过程,而不是简单的物理变化。不是把在南宁采访来的素材,加上三分之二的爱情之水,再纳入一个个俗套子,就可以出一篇小说。那样炮制出来的东西,只可能是次品、废品,甚至有可能还是毒品。

想象力是人很基本的智力。如果没有起码的想象力,就不会有语言,人与人就不可能交谈。没有起码的想象力,任何事物都不可能有名称。想象力是搞创作的人必须具备的条件,要是连起码的想象力都不具备,他不可能进入创作。要是缺乏必要的想象,当我们提起"南宁"这两个字时,就不会因此而产生对南宁这座南方城市的概貌的一系列想象,它只会当做两个互不关联的单字。

我们不但要看到生活中已经发生的变化,还要看到生活中即将发生,或者必然发生的变化,或过去发生的变化。小说,实际上是对生活的一种虚拟。所谓虚,就是虚构;拟,就是模拟。但虚构不能凭空而来、随心所欲，必须有生活依据。当然，这之中也有例外，比如说报告文学就是要如实的。虚构的程度有大小，神话中虚构就很厉害。《西游记》《聊斋志异》等，有的虚构、夸张到怪诞的程度。但所有这一切，仍是为了反映生活。从某种意义上说，荒诞派也是严肃的，它揭露了资本主义的种种黑暗，解剖了生活。

我常常喜欢这样比喻：生活像飞机的跑道，而想象力就像是机翼，有了想象力这双翅膀，飞机才能飞起来。

促使人在文学创作中加工、发展生活的原动力是什么呢？一般情况下有两条：一条是激情，一条是理性、探究。正因为人是有激情的，所以他写出来的东西，总是有倾向性的，表现他的爱、他的恨。有些作品写得淋漓尽致，让人看后痛快之至。入木三分，火上加油，热的非常热，冷的非常冷，黑白对比像木刻似的分明。也有些作品写得比较含蓄，激情不那么外露，以冷凝的形式表现出来，是激情的一种结晶、升华。激情往往可以推动一个人的想象。不管是愤怒、怀念、热爱、向往都会激起我们非常强烈的、各式各样的想象。我们把这些想象注入我们的作品之中，就给鸟加上翅膀，使读者读后，觉得作者的激情在感染着他。一些缺乏想象力的作品，就算它写得再好，读者读后总觉得欠缺了些什么。

和想象力一点不矛盾的是理性。理论的东西假如它是正确的，不会妨碍你的想象，不会妨碍你的形象思维。相反，认识世界、探索世界，这也是一个正常人的激情的一个方面。人总是怀着极大的激情去探索世界，去分析问题，去做社会调查。我认为理论是激动人心的，逻辑也是激动人心的。科学的、正确合乎人们的理性的，经过实践检验的，能引导我们走向胜利的东西，怎会是冷漠的呢？生活中、艺术上有无数的问题需要我们去探索。人们为什么在有了报道、新闻、工作简报、汇报之后还不满足，还需要文学、需要小说？仅仅知道已经发生了什么事情人们还不满足，人们还要探索生活的可能性，可能发生什么事情。一件事情的发生，一个人性格的形成，会有很多因素,有时会有千百个因素。你把这些因素重新排列组合起来,它就会显示出一种蔚然奇观,就会出乎意料,既是绝对真实,又是简直料想不到的,简直是绝了!

我还要不厌其烦地说这只是一家之言,只是小说的一种构成方式。这种假使,这种新的排列组合,也是对生活的一种探索,是为了暴露生活的本质,为了进一步弄清生活的奥秘。

文学作品的虚构,既是激情的表现,又往往是理性的表现。想象力既是一种激情,又是一种理智。这种想象力包含了很多其他的意思。比如说我们每个人的生活经验都有一定的局限性,正因如此,每个人都有体验其他生活的愿望。生活是这样的多种多样,人在他有限的生命中,有谁不愿多知道一些事情呢?多知道一点生活、多体验一点生活呢?但每个人不可能事事都去经历。人要认识自己经历以外的事物,就可以看看文学作品,看一些小说,多多少少都可以得到一点信息。这对我们来说,既是一种求知,一种文化,也是我们心灵上的一种极大的满足,一种精神上的需要。

三 艺术手法的解放与规范

从理论上来说,艺术手法是无穷无尽的,不可穷尽的。为什么艺术手法是不可穷尽的呢?因为生活本身是没有穷尽的,要表现不同的生活,必然会带来不同的艺术手法。而且生活总是不断变化的。生活的旋律、节奏,人们的时尚、趣味、服装都会有变化。这种变化有好的,也有不好的。不管它好不好,变化却是事实。在这种情况下,艺术的手段往往也是没有穷尽的。科学技术的发展极大地影响着艺术,对于文学的影响,或许不太明显,但对其他的影响就很明显。比如表演艺术,由于现在的剧场、灯光、乐器、服装、道具、设备和过去都不一样,所以实际上带来的艺术效果自然不一样。科学技术的发展对文学可能也产生了强烈的影响,这在中国体会不到,在国外就非常明显。如电视的空前发达成了文学的劲敌。在国外，小说的销售量越来越少，至少在美国是这样，因为人们每天下班时都精疲力竭，哪里还有精力去读小说？欧美等国发达的电视事业把很多读者都抢了过去，不像我国这样目前有两百多种文学刊物。在纽约有一个很年轻的黑人女作家是写小说、写剧本的，她跟我说："中国是不是没有那么多的电视节目？"我说没有。她说，哎呀，将来我要到中国去。

我有这样一个想法，不知对不对。由于电视对读者更富于立体感，视觉形象更动人，所以现在欧美等国的文学手段不大注重视觉细节的描写。原因是你把人物肖像写上三千字，写得再细致，不如一个电视镜头。小说的笔触应该向人的纵深、向人的精神世界的最深处发展，而那些在电视上是不好表现的。

我认为现实主义的基本精神是来自生活，反映生活，为了生活。如果让我来谈对现实主义的体会的话，那就是说，我们的文学来自对生活的发现，同时，它又是对生活的发展，它能够成为生活的一种补充、力量、启发。我总觉得这就是现实主义。

有人认为我是意识流专家，我从来是不敢当的。到现在为止，我对福克纳的作品只看过一篇，说实在话我也没有认真地去读过几本意识流的作品。

我从来不怀疑、也不否认文学是生活的反映，即使我写人的精神世界，所要反映的仍然是社会，仍然是生活，绝不是一个脱离开社会环境、脱离时代，或者纯动物性的那种人的精神世界。西方有些意识流写人的动物性，而且主张写超时空的，我从来不写超时空的，我的作品从来都注重时间。我写一九八一年的作品与一九八〇年的作品就力求有所不同，但在结构上我可以把时间交错、打乱。

还有人对现实主义有另一种解释，就是现实主义应以生活的本来面貌来反映生活。在这点上我不敢苟同。它可以以生活的本来面貌来反映生活，也可以以浓缩了的生活面貌来反映生活，也可以以想象的、发展的、虚拟的、变形了的面貌来反映生活。因为这样成功的例子很多,有时一个作家可以同时用几种方式来写作。比如《红楼梦》中宝玉挨打一节,就写得很实,是以生活的本来面貌来反映生活。但在《红楼梦》中,也有许多不是以生活的本来面貌来反映生活的,如宝玉脖子上的那块玉石、宝钗的金锁、史湘云的玉麒麟,女娲炼石的故事也不是以生活的本来面貌来反映生活。《聊斋志异》中的狐仙、女鬼更不是以生活的本来面貌来反映生活。生活中,没有狐仙、女鬼,更不可能变为人,具备人性,这是从作者的想象、愿望出发。《西游记》中的各个角色的选取更是如此。

推理是一种思维活动,不管它是演绎的还是归纳的。人除了推理以外,还有联想、想象,说这是一种意识的流动,不是完全没有根据的。联想不如推理那样确定,但是比推理更有多样性、灵活性,这又是不可以做出死板的结论的。所以,我们探索人的精神活动时,很自然地接触到这一层,印象、联想,以至本能,我们都会接触到。这些东西会不会成为文学描写的对象呢?我说也可能,但不一定都值得写。当我们写到人的精神状态的时候,写到人的联想的时候,我们还要求它有非常明确的因果关系,还要求它有一条直线一样的主线,那是不可能的。

在艺术手法上,往往出现一种相反相成的现象。如戏剧性冲突,这是我们用之已久、屡试不爽的艺术手法,用来表现生活中非常剧烈、奇巧的冲突,很吸引人。《雷雨》之所以能如此吸引观众,就是因为它有强烈的戏剧冲突,大离大合,大起大落,矛盾都纠缠在一起,错综复杂。

不过,不是所有的作品都要按这一格式去写。有些作品就是非戏剧性的。

戏剧性的作品好处是吸引人、扣人心弦,坏处是过分的巧合。每篇都有巧合,多少丧失了一些真实感,让人一看就是戏,戏味甚足。太戏剧了,也往往丧失了生活的开阔感和高瞻远瞩的距离感,往往那个矛盾扣人心弦,把观众扣得喘不过气来。但人对生活的认识呢?

既需要参与到矛盾里边去,又需要跳出来,而只有你站得高一点,多少有点距离,你才能看到它的全局,看到它的发展。因此,写那些戏剧性的冲突有它的局限。近些年来,一些非戏剧性的作品非常流行,尤其是写小说,有一种概念叫非戏剧化,就是说我这个作品里,不写那些巧合、偶然、生死矛盾、巨大的悬念,相反,我力求写生活本身的丰富多彩,写平凡中的意义。这样的作品是不是不如戏剧性强的呢?不见得,我认为各有长短。有些经过提炼的戏剧性很强的作品,像一种很浓烈的酒,装在很好看的瓶子里;非戏剧性的作品好像我们从海中掬起一捧海水,但水是掬不住的,从手指缝中滴滴答答地流了出来,情节具有开放性,你感到他写了许多东西,使你觉得作品内容丰富,很有真实感。

此外,还有逻辑和非逻辑的。作为人的认识手段来说,人是离不开逻辑思维的,但作为生活实象来说,既有符合逻辑的,又有不符合逻辑的;既有偶然性的,也有必然性的;既有因果关系的,也有非因果关系的,不是什么事情都很符合逻辑。比如"四人帮"的所作所为,既有不合乎逻辑的一面,像他们的倒行逆施,就是不合逻辑的;也有合逻辑的一面,他们的产生并不是偶然的。

有些传统的作品,很注重事件的因果关系,但不是一切事情都按固定的因果关系的规律去顺利发展。因而,在我们的作品中,还有可能出现非逻辑、非因果关系的情节或细节。一些作品既注意因果关系、逻辑规律,又注意生活本身的非因果关系、非逻辑的因素。我们的文学作品中,也有反映不符合逻辑甚至是荒诞的东西,比如相声《假大空》《如此照相》等。

至于抒情与非抒情,中国有句古诗"落红不是无情物",文学是需要感情的。但是由于感情表达的方法不同,有的被称为非抒情的小说,甚至叫做反抒情的小说。它尽量不抒情,它用精确的语言,非常客观地、非常精辟地揭示生活真理。他们有一种说法:抒情的东西太多,就像糖吃得太多了一样,有一种甜腻之感。这话有道理。前段写"伤痕"的东西,几乎都是大同小异,什么领导干部受迫害、子女受株连,伤感、哭,抒情的东西太多了,使人受不了。一个人太抒情了,别人也受不了。一个人没有一点诗意别人固然受不了,但一个人全身每个毛孔都充满诗意,一天二十四个小时都是诗意,别人也受不了。假如他起床就说:"啊,新的一天开始了!"端上一盘馒头,他又说:"呀,多么美丽的馒头!"试想想有哪个家庭受得了?总而言之,抒情的东西多了,就会产生非抒情的流派,甚至出现新闻体小说。

我们常说,新闻语言是对文学语言的一种破坏。但国外偏偏有一种专门用新闻语言"卷宗"体来写小说的。我这个人可能是吃糖吃惯了吧,并不喜欢这种写法。但只要他的语言运用得好,很有社会价值,又有什么不可呢?记得我曾读过这样的小说,它非常像从哪个法院拿来的卷宗,他写一个案子,用准确的时间、地点,通过人物的行动来揭示社会、主题,他就是用这种手法取得读者的信任。他既不靠激情,也不靠伤感,既不哭天抹泪,也不义正词严、大喊大叫,而是用一种新闻体精确地解剖事物,报道客观事实。看完后使你觉得这不是小说,而是事实,因而它得到很大的成功。

总之,传统和非传统的手法是相反相成的。在艺术手法上,应当百花齐放、百家争鸣,不要人为地去提倡一种手法。

我从来不反对作品应写人,其实我也没有一篇不写人物的作品。不过,应允许作品有不同的着重点,有的着重写人,有的着重写意境、故事,千篇一律就没有看头。

非传统作品,是在对传统作品充分学习的基础上产生的。非传统作品既是对传统手法的挑战,又是对传统作品的一种发展。艺术手法应当开放,应当吸收各式各样的手法。但我们的目的只有一个:不管吸收什么手法,都是为了更好地表现生活,为了创造一个更美好更高尚的文学境界,为了给读者提供更好的精神食粮。我们吸收这些东西,绝不是为了吸收那些卑下的、有害的东西,而是为了去建设新的、更崇高的东西。

下面谈谈艺术手法的规范。如果单单说艺术手法这几个字，似乎可以解放到可以有故事，也可以无故事；可以有逻辑，也可以无逻辑；可以有因果关系，也可以没有因果关系；可以有主线，也可以无主线。于是有些人以为我在提倡胡说八道，以为照我这么说以后的作品好写了，随心所欲，想怎么写就怎么写。不行，任何一种突破，都和一种新的规范分不开的，没有规范的突破，没有要求的突破，是不存在的。意识流是不是胡说八道？要是，我们完全可以拿录音机到街上把真实的声音录下来，难道这就是作品？还有说梦话，更富有意识流味道。谁家里的人喜欢说梦话？难道把这些梦呓记下来也是作品吗？不是。你写意识流，必须有生活依据。不是胡扯淡，得符合心理活动的规律，还要有社会根据，不能与个人、社会、时代、民族的特点分开。第一要准确，第二要深刻，第三要巧妙。你既然说你写的是意识流，总要写得深刻点嘛。要是你写些非常一般化的、尽人皆知的陈词滥调，胡乱堆砌、模仿出来的，有什么意思呢？第四，还要有丰富的社会意义。第五，要有很强的美感。看了以后，不是让人消极，让人钻到自己的心里去捉迷藏。要能使他的内心得到某种温暖、推动、鼓舞，使人更加热爱生活、热爱人民，但这些又不是直接写出来的。总而言之，心理描写是有规范的。

是不是非戏剧的东西都比戏剧性强的东西好写呢？不一定。戏剧化的东西是很难写的。什么三一律，矛盾的发生、发展、高潮、结局，都不容易写。非戏剧的东西，表面看起来没有抓人的中心情节，但你又要写得入情入理、津津有味、娓娓动听，又要写得可信，又要写得深、写得美，又要写得开放、不混乱，这当然也不容易。这就是生活内在的结构。我们虽然不去写戏剧性的冲突，但我们已去写了生活的更潜在的戏剧性，不是舞台式的紧张，而是一种内在的冲突、内在的紧张。所谓写非戏剧的小说，绝不是把日常的吃饭拉屎记下来就是小说，而是要透过表面上很平淡的生活去探索它的真谛、内在的紧张性，探索这些表面上互不相干的生活现象里内在的统一性，因此这种解放是和各种更高的要求以及规范相一致的。

夸张、想象都应是严肃的。在艺术手法的创新和探索上,我们应当提倡两条:第一条是严肃。对生活有无真知灼见、真情实感?对生活是否真正下功夫去探索?给读者拿出什么东西来?它的社会效果、它的审美作用如何?它的格调如何?都应抱严肃的态度。我们不能随随便便拿出一些格调低下的东西来,更不能堕落到去模仿西方的所谓性加暴力的作品。我们现在某些不成功的作品,就有这种倾向。不管我们怎么去探索,都应该是严肃的,为一个崇高的目标的。第二要宽容,允许别人有不同的手法。须知你这种手法之所以存在,是因为别人有不同的手法。如果大家都按你这个手法来写,你就无所谓风格了。

一个是要解放我们的艺术手法,一个是要给我们的艺术手法树立更高的规范。

无论是工业、农业、文化,往往有这样的情况,哪些部门越解放,它越有严格的规范。程式化的东西,既是困难的,又是容易的。所谓困难就是它有许多程式必须做到,容易就在于它毕竟有程式可循,而任何程式都是固定的和有限的。象牙雕刻,看起来很难,但因它有一定的规律可循,所以它实际上倒还容易。而用大宣纸画画,表面看起来容易,实际很难,无章可循,看起来容易,做起来才更觉困难。而且,一个人越是精通、熟悉某种东西,他的苦功往往正表现在他的轻松里。一个最会唱歌的人,往往他的声带是会放松的。一个会跳舞的人,别人看上去她一点也不费劲,实际上她是花了很大的劲的。就连劳动亦如此,越不会的人越显得卖力。

规范与解放,文体的这种自由与严谨、严肃认真的要求,必须高度地结合起来。

1982 年 3 月

关于塑造典型人物[*]

一九八〇年夏天,我曾在《文艺报》和《北京文艺》召集的座谈会上两次发言,谈到了一些文学观念问题,其中也涉及到"典型环境中的典型人物"这一命题。这两次发言分别摘要发表了,并引起了一些讨论。显然,那毕竟只是两次即席发言的摘要,笔者(在当时只是说话者)无意在这样两次简短的发言中全面论述现实主义的文学理论和重申一些被实践证明了其真理性的文艺规律,同样,说话者也没有简单到企图以这样两次即兴式的发言贬低、否定乃至推翻某个已经被我国文艺工作者普遍接受的、正确的、因而也是推不倒的文艺学命题。这里,用"未作一语肯定"来论证说话者是如何如何的这种逆推理的逻辑,往往难以做出精确的判断。当然,在"已作"的数语中,确有不准确、不精当、不周到尤其是不充分的地方,对此提出批评、商榷、质疑、补充、发挥,是完全必要的,十分有益的。我们过去需要、今后也需要这种以追求真理为目标的友谊的而又是原则性的讨论和争论,我非常感谢与我商榷的同志们的启发、帮助。

上述的两次发言当中,说话者的中心思想是想就扩展、丰富、搞活我们的文学观念特别是创作手法做一点抛砖引玉式的探讨。同时,通过实践的检验,使我们对典型问题的理解更深入、更科学、更准确。因为,对于任何正确的或基本正确的文艺学命题不提出新问题,

---

[*] 本文是作者在一个文学座谈会上的发言。

不接受新事物,不做出新的发挥,不具体分析其特殊性与相对的变异性,而只是满足于论证其永恒性与普遍性,那是不足取的。当然,如果随意抹杀一些基本的文艺学命题,也是有害的。在历史的新时期,生活大大地发展了,文学也大大地发展了,空前地开阔了、多样了,对于日新月异和千变万化的生活和文学现象,我们理应在马克思主义的指导下寻求更开阔的思路,特别是在创作手法、艺术风格这样的问题上,我们的文学观念理应鼓励人们开拓更广阔的道路。说话者的立意在于开阔、在于丰富、在于兼容并包应有的,而不在于贬低、否定、推翻已有的。这就是说话者多次强调的至多做自卖自夸的卖瓜的老王,绝不做只此一家别无分号的王麻子的用意所在。

当然,任何开阔和发展,都离不开原有的基础,离不开马克思主义的基本的认识与基本的文艺观,否则,探索有可能走上虚无主义、走上凌虚蹈空的狂想,甚至走上违反认识论的规律也违反艺术规律的邪路。其实,在任何正常的新探索的潮流当中,都会夹带着赶时髦的轻薄者,这是不足为奇的,也是难以避免的。在开阔和进一步发展我们的文学观念的意图下面,包含着一些未经深思熟虑的、不成熟的、不无偏颇的想法和说法,更是可能的。在强调开阔发展的同时没有足够地强调一些意义重大的文艺学命题的必要性、重要性和基本有效性,这确实是两次发言的一个缺点。如果从而引起"正在爬创作之坡的文学青年对恩格斯确立的现实主义创作原则的怀疑",那就不仅是值得研究的,而且是令人遗憾的了。

在叙事文学(这里主要指中长篇小说、剧本和叙事诗)中,人们从较原始的以编引人入胜的故事为中心到以塑造人物为中心;从主要关心故事的吸引力,情节的紧张和出乎意外,悬念、巧合、误会的大量运用到更加关心人物的典型化,这是文学观念的一次了不起的飞跃。运用艺术概括即典型化的方法塑造人物,充分展示人物的命运、性格、心理和各自的人生哲学,充分展示此一人物与其他人物的关系,人物与社会环境以及自然环境、民族文化传统的关系,这样的创作方法大大提高了文学的严肃性，提高了文学的认识价值和审美价值，使通俗的消闲文学提高为严肃的文学，帮助读者去认识社会、认识历史、认识人、认识自身，其意义是绝对不能忽视、不能贬损的。设想一下，如果鲁迅没有致力于创造阿Q、孔乙己、涓生这样的高度概括又是高度鲜活的艺术典型，如果鲁迅只是在小说中写一些扣人心弦的故事，或者只是抒发一己的喜怒哀乐之情，他就不可能通过他的小说帮助现代中国人民那样痛苦而又清醒地去认识那么多真理。他的现实主义文学创作的深度和价值，必将无法达到他所达到的那种水平。在鲁迅的这一批小说里，人物的深度也就是作品的深度，人物的魅力也就是作品的魅力，人物的典型性也就是作品的认识价值，典型人物是鲁迅的这一批小说的灵魂，没有典型人物也就没有鲁迅的这一批小说。

（当然，不是说扣人心弦的故事或抒喜怒哀乐之情就应该被贬低和怀疑，或写故事抒情与写人物是水火不相容的，我们的某些作家和作品，完全做到了把二者或三者统一起来，这是另外一个问题，这里不做详细探讨。）

这是因为，文学是人学，文学要表达的是人的思想、情感、心理……它以人为对象、为创作素材，所以，我们直接用典型人物来表达对于人的观察、感受和理解，用人物来表现人，这是现实主义叙事文学最顺理成章、最直截了当、最有效、最经过长期考验的创作方法。提到巴尔扎克我们就会想到高老头和欧也妮·葛朗台，提到托尔斯泰我们就会想到安娜·卡列尼娜和聂赫留朵夫，提到西班牙文学我们就会想到堂吉诃德，提到中国长篇小说我们就会想到贾宝玉、林黛玉、王熙凤、曹操、周瑜、张飞、李逵、宋江、武松……这是历史，也是事实，而历史和事实是推不翻也打不倒的。任何正在爬坡写小说的青年，如果无视文学史的这一"大坡"、这一基础，如果自我作古而不接受这一批人类的最宝贵的文学瑰宝和文学经验，那就等于把自己的阶梯悬在半空中，那就不可能登爬到高坡上去，而只能从半空中落下或摔下来。

尽管如此,仍然不能把塑造典型的人物这一要求单一化和绝对化。首先,文学规律,不论是多么科学、精辟、美好的规律,也无法排除例外。文学规律与科学规律不同,就是因为文学既有规律也有例外。我们不能用规律去否认或贬损例外;我们也不能因有例外便无视或贬损规律。如果说把塑造人物放在中心地位是规律的话,不这样做而同样写出了好的叙事文学作品便是例外。这样的例外的例子并不少,以致在文学史上,例外变成了通例的事并不罕见。例如契诃夫的小说《草原》,与塑造人物相比,作者更着力地塑造的是草原本身的形象,是充满了作家的爱恋、赞美、忧郁的令人揪心的草原——俄罗斯大地。这样的作品写的仍然是人的思想感情,它写的是人化的草原的灵魂,但不完全是通过人物性格来写,而在相当程度上是通过写自然来写人,这就是我说过的人不等于人物这一极为含混和过于简单的话的真实含意。指出《草原》在塑造人物上略逊于《套中人》一筹其实和指出《套中人》在塑造俄罗斯大地的形象、俄罗斯大地的灵魂、在表达对于俄罗斯大地的依恋和忧思上大(不是略)逊于《草原》一筹一样,都是大实话,也都是没有多大意义的话。正像我们只能按照京剧的特点、按照京剧艺术的追求来评论京剧,只能按照话剧的特点、按照话剧的艺术追求来评论话剧一样,我们却不必也不应该去指责例如话剧的武打比京剧略逊一筹或京剧的实感比话剧略逊一筹。同样,我们只能按照《草原》这一类作品的路子评论《草原》,而不能以《套中人》这一类作品的路子评论《草原》。《草原》和《套中人》虽然同是小说,同出自一个作家的手笔,但它们是两种类型的作品,各有其特殊性。可惜的是,我们往往只大致地谈论各种小说的普遍性,却绝少去具体分析具有多种类型的千姿百态的小说的特殊性、可变性。即使《套中人》这一类作品是小说作品的多数(其实并非如此),即使这一类作品应该算是小说的大路正宗,也丝毫不会使《草原》逊一筹。如果像《草原》这种写法很稀罕(其实并非如此），如果这种写法竟是个例外，不是使其更加弥足珍贵吗？用塑造典型人物的单一尺子来量《草原》，这就是单一化和绝对化的生动实例，如果从而得出《草原》逊《套中人》一筹的结论，那未免有些简单，有些缺乏艺术感觉了。

同时，尽管塑造"典型环境中的典型人物"的命题，是一个总结性很强、意义很大，甚至可以说是对于现实主义的叙事文学创作具有根本性意义的命题，但它毕竟不是无所不包的、更不是唯一的创作规律，它并不具有排他性，并不能成为主宰全部文学史和文学现象、衡量一切文学作品的独一无二的核心命题。它的适用性和有效性，仍然是有限度的。真理在一定的条件下才是真理，条件对于规律是起着制约作用的，这是马克思主义对于真理的具体性的一个重要的观点，任何对于条件的忽视，任何对于某个具体的真理的夸张，单一化和绝对化地加以运用的企图，都不可能真正捍卫和发扬真理。在这方面，我们不是没有历史教训的。

首先，文学作品的体裁不同，诗歌中的多数、散文、杂文都不是以塑造人物为其主要表现手段的。同长篇小说相比，短篇小说由于篇幅短，难以在每一篇作品中做到面面俱到。要求面面俱到，要求每个短篇里都呈现"典型环境中的典型人物"，只能使短篇小说规范化、同一化，从而取消了短篇小说千姿百态的多样性。典型环境中的典型人物对于具体的某些短篇小说来说，其适用性是有条件的和相对的。岂止欧·亨利，从杰克·伦敦到海明威到最近刚刚逝世的美国短篇大匠约翰·契佛，从梅里美到都德到莫泊桑，从蒲松龄到鲁迅到茹志鹃与高晓声，古今中外的小说家，他们的短篇小说每一篇和每一篇情况各异，类型不一，有的着重写人物，有的着重写一个场面、一种情绪、一种瞬间感受、一个奇特的或是强烈的或是风趣的故事，有的甚至主人公不是人物而是动物。不管我们怎样分析小说里的动物主人公是用拟人的方法写的，但动物加拟人无论如何不等于人物，更不等于典型人物。任何小说的动物主人公如果能获得成功，必然是由于确实具备着、体现着该种动物和这一个动物的具体特点,有别于人的特点,它是不能用人物来替换的,正像以人物为主人公的作品,其主人公不能用动物来替换一样。

迄今为止,契诃夫的短篇小说数量大、影响大、生命力强,在短篇小说创作方面,罕有匹敌者。他的众多的短篇小说中,以塑造典型人物而著称的主要是《变色龙》《普列希别叶夫中士》《套中人》《宝贝儿》《跳来跳去的人》等数篇,而且这几篇的主人公,确实成为了某种人的"共名",这当然是契诃夫的这几篇小说的成功。没有这几篇,也许契诃夫不成其为契诃夫,但是如果没有另外更多的其他样式、其他特点的小说,同样没有契诃夫。把《苦恼》说成与上述几篇小说并无大异的塑造典型人物或典型性格的小说,真不知道这是由于契诃夫的贫乏还是由于我们的文学观念的贫乏。《苦恼》的特点,《苦恼》的价值,《苦恼》的灵魂和核心就在于苦恼的马车夫只能向马诉说苦恼这一点,这是一个非常奇特的、非常强烈的又是非常平淡而又真实可信的行为。这个行为表达了马车夫的强烈而又绝望的情绪,表达了他得不到同情的可怜处境,控诉了沙皇旧俄社会,呼唤了人对人的理解、同情、爱。它采取的手法是用一个典型的行为来表达一种典型的情感,而不是像其他几篇那样,通过一系列贯穿的行为表达一种典型性格。具体地分析具体问题是马克思主义的活的灵魂,分析《苦恼》这种作品是不能忽略从《苦恼》的实际出发分析其特殊性的。当然,行为是人物的行为,情感是人物的情感,从这个意义上说,《苦恼》也是写人物的,这一点,是没有异议的。

再比如契诃夫的《带小狗的女人》,这篇小说当然也写了人物,而且写得很有意思,但这篇作品的人物远远说不上面目清晰、性格突出,说不上是典型,所以他和她就成不了什么共名,它的魅力不在于人物的典型性而在于事件的典型性,在那个行将灭亡的社会里,人们必须隐瞒自己的真情,必须过阴一面阳一面的生活,这是令人痛苦的,却是无法改变的。契诃夫的这篇小说的核心在这里。

我们可以再往前走一步，我们可以探讨一下，在《苦恼》和《带小狗的女人》里，人物的某些特点，他们的性格的特殊性和鲜明性并不是处于小说的中心地位。《变色龙》和《套中人》中的人物是不可更易的，然而他们的行为是可以更易的，作家可以选择这样一些行为写，也完全可以选择另外一些行为写。就像我国当代作家李凖同志的《李双双》，最初是写公社化办食堂的，改编成电影时，事件、行为、背景完全变了，但人物性格没有改变，李双双仍然是李双双。而《苦恼》和《带小狗的女人》，事件和行为是不能变的，人物却可以有某些调整，我们却可以设想用相同的路子不是写城市贫苦的马车夫向马诉苦而是写乡下的贫苦的农民向一头牛诉苦，或是一个寂寞的看林人向一棵树说话。我们还可以设想多种方案来设计《带小狗的女人》中的他和她的年龄、籍贯、职业、经济收入、文化程度、民族乃至阶级成分。这样说似乎有点骇人听闻，甚至觉得那是大不敬，那是由于我们习惯于膜拜名著，认为那是字字如板上钉钉，容不得讨论的。不，那是可以讨论的，任何一篇作品当中都有处于中心地位的东西和处于从属地位的东西，当有了处于中心地位的东西以后，处于从属地位的东西是有一定的弹性的。当然，作家之所以最后这样写而不那样写，他是进行了选择的，他选择了他当时当地认为最佳的方案。但他同时必定考虑过另外多种方案，这些方案同样可以体现他的基本构思。我们何苦不承认例如《套中人》与《苦恼》创作路子的不同呢？前者事件从属于人物，后者人物从属于事件。前一类型的作品，读后多年，你可能忘记了具体事件，却忘不了那反常的、奇突的性格。后一类型的作品，读后多年，你记不起人物是什么样子了，但你忘不了那核心的行为或事件。这是事实，并不需要盖洛普的民意测验便可以获悉的，问题在于面对这样的事实，能否进行必要的思考并得出一定的结论。客观地、如实地、具体地分析作品，谈不到贬低或者提高。我这样说是有一定的道理的，虽然限于学力和理论水平，笔者深感没有将这个道理讲透，也许听起来像奇谈怪论，但愿它能多少提供一点点分析小说的新的角度和想象力。当然,也可能是只提供一个靶子。

让我们再举都德的名篇《最后一课》与《柏林之围》为例,这两个短篇齐名,取材、手法接近,是同一作者的姊妹篇。但是比较一下,在塑造人物方面,前者要比后者弱一些,哈迈尔先生完全不像儒弗上校写得那样鲜明、凸现。我们完全可以设想写一个女教师,例如赛丽娜小姐来替换哈迈尔先生,而小说几乎没有什么大变化,同样表现出那种亡国的悲哀,那么,能否可以因此便说《最后一课》逊于《柏林之围》?否,前者更凝练,更于平淡中见惊心动魄、见小说家之艺术功力,更平易近人,我们能否这样说呢,前者以事件、场面为主而兼顾写人物(不是轻视写人物),后者事件与人物并重,同样很集中、很强烈。而像《宝贝儿》《套中人》,则只能说是人物很凸出也很统一,但事件则比较分散,处于从属的地位。当然,这些分析都是在相对的意义上进行的。因为,我们都知道,在一篇小说中,人物、故事、环境、情趣本来是有机的统一体,很难截然分开,但创作毕竟有一个构成的过程,在这个意义上,我们可以进行必要的与适当的区别和分析。

这里,笔者举的还都是相当严格意义上的现实主义作品。此外,还有大量的神话或半神话小说(如唐宋传奇中的一些),有童话和用童话体写的其实是给成人看的小说,有浪漫主义的小说,有幻想小说和科学幻想小说,有公案小说、推理小说、益智小说……许多品类都不以塑造人物取胜。而且其中许多品种不是以如实地反映生活而是以主观地、虚幻地、夸张地、奇特地乃至荒诞地反映生活为其特点的。是不是这些都是"非现实主义乃至胡编滥造的赝品"呢?当然不是。非现实主义可以是浪漫主义,可以是屈原、李白,也可以是但丁、雨果,都不一定"乃至"到"胡编滥造"上去,用这样的造句方法即概括不了小说创作的多样性,也反映不出文学发展演变的规律。同样,自以为是塑造典型人物而且用"三突出"的方法把塑造典型人物的重要性抬到吓人的高度的人,也可能胡编滥造出《反击》《春苗》来。当然,这并不是塑造典型人物之罪,甚至也不能说是"三突出"之罪,胡编滥造首先是一个态度问题、社会责任感问题、道德问题乃至政治倾向问题,而不是一个创作方法、艺术手法问题。如果按照创作方法来判断作品是否胡编滥造或按照作品是否胡编滥造来给创作方法贴标签,那就和按照衣饰来判断人品一样,未免太表面化、太简单化了。

对于上述虚幻性强的作品,典型化的原则仍然是有意义的,但是,它们所典型化了的,常常不是一个活的人物而是一种精神。普罗米修斯便是这样的,它成了一种悲壮的英雄主义献身精神的共名,为全人类所承认。他只是神话中的人物,正像维纳斯成为美的共名而缪斯成为诗、艺术灵感的共名,难道维纳斯和缪斯也是典型人物?把普罗米修斯说成典型人物并与保尔·柯察金、杨子荣、林道静等并列,未免失之粗疏。如果普罗米修斯也算典型人物(不知是现实主义的还是非现实主义的),那么传说中的夸父、刑天、精卫、孟姜女,寓言中的杰米扬,童话中的丑小鸭、海的女儿……不都可以不同程度地说成典型人物(或神仙、或动物)了吗?须知,某些(不是全部)神话、寓言、童话的主人公,与其说是人物的典型化,不如说是某种典型的精神、特质、遭遇的象征。这里,运用的是一种艺术的抽象、假借和象征的手法,与现实主义按照生活的本来面貌去表现典型环境中的典型人物的方法是有所不同的。当然,即使如此,他们仍然可以不同程度地验证"典型环境中的典型人物"的创作方法,如猪八戒,也许验证得较多,而刑天和精卫,验证得就较少。这些虚幻色彩较浓,但绝非胡编滥造、绝非赝品,而是至美至精的艺术珍品的作品,其创作方法,其典型化方法与象征方法、虚幻方法、抽象方法应该怎样得到更确切与更有特点的表述,笔者还不清楚。我希望得到启发、教正,能有更科学更准确的表述方法与概念来补充已有的方法与概念。

顺便说一下,并不只是现实主义的典型人物才能成为共名,恰恰是一些运用非现实主义的抽象的方法、表现主义的方法、虚拟的方法、象征的方法、干脆还有图解的方法塑造出来的人或非人或事件,更容易成为共名。马大哈之易于接受和流行,正因为马大哈三个字便是三个概念的缩写——马马虎虎,大大咧咧,嘻嘻哈哈。(按:马大哈成为共名,是在相声《买猴儿》演出之后,而不是之前,这是何迟同志的创造,不是拾的现成。)还有许多共名,如杰米扬的汤、特洛伊木马,都不是典型人物。中外许多成语、谚语,其实来自文学作品或故事记载,如毛遂自荐、滥竽充数、周瑜打黄盖、揠苗助长,不但是共名,而且干脆成了民族语言的一个构成部分,丰富了民族语言,靠的却不是人物的典型性而是某一个事件、某一个举动的典型性。讲这些的目的当然不是为了否认典型人物成为共名的事实存在,也不是"锋芒所向"直指典型,更不是指向人们敬仰的文学家何其芳同志。我所怀疑的,仅仅是能否把共名说成是"作品中的人物所能达到的最高的成功的标志"。即使同是典型人物,能否用共名判断其成功与否或成功之大小,我也不无疑问。阿Q精神的抽象程度最高,猛张飞的性格最一目了然,所以它们之成为共名最为常见。至于贾宝玉的性格复杂,难以抽象化成一种类似阿Q精神的贾宝玉精神或类似猛张飞似的贾宝玉脾气。还有许多文学史上的著名典型,基本上未成为共名,如《红与黑》里的于连,但正是何其芳同志对《红与黑》做出了高得不能再高的评价。那么,共名对于判断典型人物被读者接受的程度可能是一个有价值的参考,却不一定是最高的成功的标志。

塑造典型人物,对于不同风格、不同流派的作品,意义有所不同。以讽刺作品为例,《钦差大臣》《死魂灵》是注意塑造典型人物的。美国的幽默名篇《第二十二条军规》则并不注意写人物,它的特色是塑造了像第二十二条军规一样的典型的荒唐逻辑,这种典型荒唐逻辑,成为这部小说的一大发明、一大创造。它靠的是机智和辛辣,奇诡的想象与别出心裁的开掘。荒诞无稽的情节,散漫无序的结构,进进出出的人物,这可能是我国读者所不喜欢的,但在满纸荒唐言后作者深刻地批判了当代美国社会生活中二律背反的逻辑的混乱性与荒谬性。第二十二条军规并非人物,却可以说是该小说的中心,可以说,

《第二十二条军规》的主人公不是哪个人物而是这一条(个)军规。因此,第二十二条军规成了美国人口头上的一个共名了。此外还有一些短小的讽刺作品,其着力点更不在于人物。如笔者六十年代在《世界文学》上看到的一篇题为《外科医生比赛》的小说,描写由于该国当局不准人民开口,一位外科医生竟从肛门里进刀为一位病人割扁桃腺,这是一种相声式的机智、辛辣的俏皮话式的小说,别具一格,自有它存在的价值。

再说,还有许多抒情性强的小说,其主要追求不在塑造人物而在创造意境、情趣。它们的追求类似诗与散文的追求,但采用的仍是小说的形式,小说的手段,这也可以在小说中占一席地位。当然,如果因而排斥用传统的人物与故事的手法写的小说,那就是荒谬的了。还有些小说主旨在于抨击时弊、干预生活,如获得诺贝尔奖金的西德当代作家海因里希·伯尔的名著《丧失了名誉的卡塔琳娜·勃罗姆》,构成作品核心的不是卡特林娜的性格,而是对于一个荒谬事件的冷峻的新闻体(可以说是"卷宗体")的精确描述。这里,事件的精确性代替了性格的确定性。

我的文学知识有限,所举的例子可能不尽恰当,但窃以为提出的问题还是有必要探讨的。所以举这些貌似与"典型环境中的典型人物"抬杠的例子,目的不是为了取消关于典型人物的著名论断,而是具体分析这一论断的具体性、有效性与变异性,从而探讨永无终极的创作提出的新问题。至于"这种令人眼花缭乱的多中心的提法……势必导致无中心",这里所说的"多中心"和"无中心"不知含义何在。七十年代头几年我国经常批判"多中心即无中心论",经常用这种语言,是为了维护"革命委员会"的"一元化领导",讲的是政治体制问题。艺术手法上多样一点有什么不好呢?只要符合四项基本原则、"二为"方向、"双百"方针,有利于人民思想境界的提高,有利于实现"四化"和建设社会主义精神文明,令人眼花缭乱一点有什么不好?离各种风格、各种流派的自由竞赛还差一大块呢!

把人物等同于性格是有害的。破折号(——)不是等号(=),可以表达加注的意思,也可以表达延伸或转折,人物——性格,正是这样一种从俗的延伸,离开发言的论点去判断某个标点符号的"逻辑混乱",恐怕没有多少文章可做。

性格毕竟主要是一个心理学概念,它与人物有着相关联却又各自不同的外延与内涵。例如冯骥才新作《高女人和她的矮丈夫》写了人物,但他写的是拉开距离后所见的几个镜头,几个视觉形象,尽管它只展示了人物的极有限的外观,却能使你受到震动,感受到主人公爱情的悲与美。这篇小说写了人物,却没有贴近人物去写性格。也许有人会说,个高个矮以及忠于爱情就是性格,如果说人物的一切都是性格,或者说艺术典型的性格就等于人物而并非心理学意义上的性格,那么,对于这种语义学的争论笔者只好敬谢不敏。那还有什么可讨论的呢?如果在某些同志的文学词典上人物与性格竟是一个词。如果真是这样的话,恩格斯的著名论断的译文的更改就完全是多此一举的了。

相反,倒确实有有性格而无人物的作品。我们就有不少这样的话剧,作者渲染了半天剧中人的慢性子、急性子、牛性子、假小子或假丫头性格但人物仍然是空洞洞,根本站不起来。推其原因之一,在于对性格的理解简单肤浅,也在于以为人物全等于性格。

以上所说的与一九八〇年的两次发言一样,仍然是个人感想的性质,不是理论,很可能同样有许多疏漏失误之处,愿明眼同志多加批评指正。

恩格斯是伟大的革命导师,他的关于典型人物的论断,是被文学史和创作实践证明了而且正在证明着的,是推不翻的。对这个论断的讨论,应该是严肃的,而不是轻率的。应该是创造性的,而不是呆板的。由于我谈的侧重点有不同,也许正面阐述这一论断的意义方面的话说得少了一些,但少不等于反对,拥护不等于必须次次表态,这一点读者当能明察原谅。上两次发言这方面态度不够明朗、说法不够科学，如有不良影响，我愿与提出商榷的同志一道努力消除之。

同样，我们不能是"够用论""顶峰论"，现实主义的创作方法、创作原则还有待于丰富、充实、发展。古今中外的作家有各式各样的艺术追求和艺术试验，并用各式各样的表现手段创作了许多艺术珍品，这同样是被文学史和创作实践证明了的，是推不倒的、不必讳言的。

海阔凭鱼跃，天高任鸟飞，一个哪怕是最重要的文艺创作手段也不可能包罗万象囊括无遗，而两个不同的创作方法也并非是"不是你吃掉我，就是我吃掉你"的关系，它们会有所竞争消长，却也完全可以互相补充，甚至共存共荣在同一个作家或一个作品身上。上面举了契诃夫的一点点例子，其实鲁迅也是这样，他既写小说，又写杂文。同是小说，他有现实题材小说，也有历史题材小说，二者的创作方法并不尽一样。同是现实题材小说，除了《阿Q正传》《祝福》，也还有《社戏》《鸭的喜剧》《示众》等名篇，这些都需要分别情况，慢慢研究，不必单一化，不必绝对化，不必一刀切。

至于对"正在爬坡的文学青年"，我同意这种观点，应该充分认识塑造典型环境中的典型人物的根本意义，不要任意离开现实主义的理论基础去搞凌虚蹈空。包括笔者本人，决心在今后创作中，加强人物的塑造，加强对人物的命运的历史开掘。笔者去年年底发表的中篇小说《如歌的行板》和今年发表的《相见时难》，便是以人物和故事为经，以心理描写——包括意识流为纬而构成的。笔者今后仍将按照恩格斯的教导，注意爬塑造典型环境中的典型人物这一高坡，努力攀登革命现实主义的艺术高峰，同时，也还将一如既往地进行各种各样的艺术试验和观念探讨，以贯彻毛泽东同志提出的"双百"方针，贯彻各种风格和流派自由竞赛的精神。这是互不矛盾的。

附注：文中引语多见于潘仁山同志《漫谈典型环境中的典型人物》一文。

1982年12月

关于短篇小说的创作

今天讲短篇小说创作方面的问题。需要说明一下,这里说的短篇小说,是指一般的反映现实生活的那种短篇小说。因为小说的式样很多,除了一般所谓的反映现实的小说之外,还有科学幻想小说、神怪小说、推理小说、侦探小说、传记小说、历史小说等等。它们都各有特点,和我讲的这些并不完全一致。

现在我讲第一个问题,短篇小说的三个要素。第一个要素是指故事。人们最早有兴趣的,也是我们每一个个体的人童年最有兴趣的,就是听故事。最初,故事跟小说并没有严格界限,小说就是从故事发展而来的。比较古老的那些小说最主要的特点,就是有一个很完整的、很单纯的、也很引人入胜的故事。像我国的唐宋传奇《李娃传》《崔莺莺传》等,都有很曲折的吸引人的故事。俄国普希金的小说《上尉的女儿》《暴风雪》《村姑小姐》《驿站长》《黑桃皇后》等,也无不以它的故事来吸引人。这些故事既完整又曲折,既有趣味又有内容。这种以故事为主的小说,至今仍然是受群众喜爱的。美国的欧·亨利,他的小说也是以故事见长的。现在,我国的很多小说家也还是以故事来吸引人。像军队的王愿坚同志,他写的小说都是讲革命传统的故事。以故事为主的小说的好处是它比较完整、比较单纯,容易被人接受。但是,它也有缺点和不足,就是把生活似乎是限制在比较窄的范围之内,它的内容和描写都要服从故事的需要,这使它带有一定的人为性和封闭性,而使人不能够从这种小说里得到更广阔的联想和更多的认识。所以,有些作者就要打破故事的局限。我觉得,短篇小说经历了一个从故事到事这样一个发展变化过程。现在我们写起小说,都要有一件事,但这件事不一定都是完整的故事。譬如,鲁迅先生的《一件小事》最为典型,与其说它是一个故事,不如说它就是一件事。我想,故事和事,始终是我们小说从最初到今天不能须臾离开的,尽管有人声明自己写的小说里没有故事。还有评论家分析,说我写的小说没有故事,但我是离不开事的。什么事都没有,你写什么呢?

第二个要素是指人物。在被故事吸引以后,人们逐渐地就发现了故事的主体。故事的主体不是其他的东西,而恰恰是人,是由人来扮演故事的,主宰着故事命运的正是人。所以,慢慢地就出现了一些以写人物为主的小说。附带说明一下,不管是故事也好,人物也好,或以其中哪个为主也好,实际上二者都是不可分的,只不过各有侧重罢了。而且,即使各有侧重,往往也是仁者见仁,智者见智。有人认为,一篇小说给人印象最深的是它的人物,但也可能有另外一些人对同一篇小说更有兴趣的是故事。确实有一大批以刻画人物为主来赢得大量读者的小说,提到这点,我们就会想到鲁迅先生的《阿Q正传》《孔乙己》,尽管事情过去多年了,但是我们提到阿Q,就好像有这样一个邻居:咱们哪个胡同里,咱们哪条街上就好像有过这么一位先生。尽管他的职业变了,可他的那点"精神胜利",他自己长了秃疮怕人说亮、怕人说光的特点和脾气,好像就在我们眼前一样。孔乙己虽然是一个虚构的人物,我也总好像见过这个孔乙己。大高个,驼着背,自己念了一辈子书,一点出息也没有。他自己弄点茴香豆,一边吃着,一边还想教给小孩,"茴"字有四样写法。这些孩子抢他的豆然后他用手指头把那些豆按住说:"多乎哉,不多矣!"这位落魄的老夫子,看了不能不叫人可怜,想起来你都会替他叹气,就是说通过小说表现了这种活灵活现的人物。再有,我们还会想到,像契诃夫的《套中人》《普列希别叶夫中士》《变色龙》,像莫泊桑的《羊脂球》这样的小说,它们都塑造了一些非常鲜明的人物。而人物塑造的最高成就,我们就称之为艺术典型。就是说,这个人物变成了一种典型的、既具有鲜明的个性、又具有很深的社会意义的一个所谓"熟悉的陌生人"。这些问题有些可能要在文学概论里讲到,我也讲不太清楚。我想,人物应该说是我们短篇小说组成的要素。但是,也有例外。就是硬有那样的短篇小说,从头到尾不出现一个人物。有以描写一条狗为题的短篇小说,还有描写一条鱼的,甚至据说西方还有一种新小说派,它里面就是不出现人物,只是出现某种画面和自然的场景。我们当然可以说,你这不叫小说。可是,你不叫它小说,它仍然存在,仍然有人管它叫小说。我想,对这些例外,这些变种,不是一句话能说清楚的,也不是一句话就能肯定和否定的。但是,我认为,不管这种小说中出现不出现有名有姓的、非常典型的人物,它总要表达人的心理,人的对世界和对人的感受和理解,它至少还有一个人物,就是作者。譬如,这篇小说描写的是一条狗,那么这条狗往往表现的是人对狗的理解。我们都知道,这小说是人写的,不是狗写的。当然它所写的狗的情况,仍然是人对它的理解。鱼呀,画面呀,太阳呀,月亮呀,也都是一样。

第三个要素就麻烦一点了,不太说得清楚。一个要素是故事,一个要素是人物,这是公认的。但是,我以为,光有故事和人物还不能构成一篇短篇小说,或者还不能构成一篇很好的短篇小说。往往还需要第三个要素。第三个要素就是小说里边还需要有一种情致,情就是感情的情,致就是兴致的致。我想,所谓情致就是指一种情绪,一种情调,一种趣味。因为小说总是要非常津津有味的、非常吸引人的、非常引人入胜的才行。这种情致是一种内在的东西,它表现出来,作为小说的构造,往往成为一种意境。也就是说,把生活本身所具有的那种色彩、那种美丽、那种节奏,把生活的那种丰富、多变、复杂;或者是单纯,或者是朴素;把生活本身的这种色彩、调子,再加上作家对它的理解和感受充分表现出来,使人看起来觉得创造了一个新的艺术世界。小说里这些人物这些事情,既是周围熟悉的生活,又是经过作家的主观的心灵的加工,因而,它就造成了一种新的艺术世界。我想,这样一种情致,这样一种意境,实际上在作品里也是不可少的,而且确实有一些短篇小说,既不是以故事见长,也不是以人物见长,而恰恰是以意境以情致见长的,譬如说契诃夫的《草原》。《草原》里并没有写出一个曲折动人的故事,也没有着力塑造一个特殊性格的人物。但是,它更多地写了一个孩子,写了他对俄罗斯大地的感受,因而使人感觉到对这个草原的爱、忧郁、期待,还有很多所谓只可意会不可言传的东西,它都通过意境表现出来了。再如,鲁迅的《社戏》和《鸭的喜剧》。《社戏》里边给人印象最深的,既不是一个看戏的故事,也不是他与同伴有什么特殊的关系、特殊的矛盾或是特殊的遭遇,而恰恰是在南方乡村看社戏时的那样一种情调,那样一种趣味,那样一种意境。夜里站在船上,一台戏远远地看,这种对童年生活的怀念,给人非常深的印象。周立波写过一个短篇小说,叫《山那面人家》,也没有什么特殊的故事和特殊的人物,它只是一幅农村的风俗画。再有,茹志鹃的《高高的白杨树》,刘真的《长长的流水》,我觉得都是以情致和意境取胜的,而不是以人物和故事取胜。

故事、人物、情致,这三者并不是相排斥的,也不是可以互相取代的。我并没有意思说,只要其中的某一种。但是,具体到每一个短篇上,会有所不同,有的这方面突出一点,有的那方面强调一点。这是我说的关于组成短篇小说的三个要素。

第二个问题,我想谈谈短篇小说的两大特性。这两大特性是什么呢?一个是真实性,一个是虚构性,这是一个矛盾的统一。

首先说真实性。为什么短篇小说需要有真实性呢?因为只有真实性才具有可信性,才能使读者为之感动。在"四人帮"占统治地位的时期,按照"三突出"的模式写了很多所谓高、大、全的英雄,各式各样的,什么反"走资派"的英雄,"头上长角,身上长刺"的英雄。但是,这些英雄不能让人感动,它是按照一种理念、一种格式、一种口号,或者所谓"中央首长""文化革命旗手"的意图炮制出来的。它们是一批假人,当然就没有真人身上的那种温度、那种活力、那种喜怒哀乐,也就没有那种使人为之动情、为之动容的艺术的魅力了。艺术的魅力完全来自真实。这个真实的意思,是说我们所写的这些材料,这些内容,都是来自生活的启示,都是从生活当中来的。不管我们写得多么曲折、多么惊险、多么离奇,只有它确实是来自生活的,它才能给人以很深的感受和教育。有些编造的神奇的情节,我们看的时候,可能会觉得很热闹,但看完了之后就会叹一口气说:"纯粹瞎编!"而一些好的小说,我们看的时候往往忘了它是一篇小说,就好像是看我们的朋友、我们的同学、我们周围的一个邻居一样,或者是一个同志、一个仇人的经历、故事一样。再有一点是反映生活。不管我们用什么方式,是用比较规规矩矩、老老实实的所谓白描的方法,还是用比较夸张、比较浪漫,突出作品里面的善和恶、光明和黑暗的对比的方法,或者是用讽刺、夸张,甚至于怪诞的方法,我们实际上反映的仍然是真实的生活,使人家看到作品以后就能够从作品里感到生活对他的冲击。这个冲击可能是一种鼓舞,也可能引起他的思索,也可能是一种痛苦,是激怒他的。总而言之,他从小说里既能闻到生活的气息,又能看到生活的形象,又能够感到生活的鼓舞。我想,这样的作品才是成功的,或者至少说这是一个短篇小说成功的先决条件。

但是,除了真实性之外,短篇小说还有第二个特性,就是它的虚构性。小说一般地说是虚构的,所以它和新闻和报道不同,和别人实际上告诉你的一件事情不同。看小说的时候,实际上读者和作者之间有一种默契。这种默契是什么呢?这就是说,你写的是小说,你写的是假的。你写的里边的那个人物不见得实有其人,你写的那个地点不见得就真有那个地点。当然也有一些人不懂得这个道理。他看完了小说之后,就老是纳闷,老是想考证:这人写的是谁,那人写的是谁呀?鲁迅先生的《阿 Q 正传》在报纸上连载的时候,有好多人心里发慌,说:"哎呀,怎么描写的这种精神状态有点像我呀?作者究竟是谁呀？在骂我在糟践我呀！"最后打听一下，知道作者是鲁迅，并不是写他，才放心了。当然这是一个笑话。但也说明有一些人对小说的虚构性不太了解。多数的读者还是知道的，大家不会看过小说之后就马上去找麻烦，马上就去找小说里边的人物。小说的虚构性使它丧失了新闻通讯以至于报告文学的那种直接的可信性，它在虚构的过程中是失去了一些东西。我们常常谈论，说是一件事本来挺感动人的，为什么写成小说之后就不感动人了呢？我举一个例子，一个中学生走在街上捡了一块手表，他就站在那儿等失主，站了两个小时，最后把手表交给了失主。如果我们是这个学生的老师，或者是他的同学，或者是他的家长，或者是他的街坊，我们就会感觉到这件事非常动人，这孩子真不错。可是，您试一试，把它写成一篇小说，那保证退稿。为什么呢？不新鲜。这样的事既简单又一般。既然如此，那么为什么这件事写成一篇新闻就感动人呢？因为新闻有个最大的好处，就是它具有直接的可信性。不管任何一件好人好事，一个先进人物，一个先进单位，你把它宣传出去，大家马上就觉得真不错，或者某一点确实值得借鉴。而小说在它虚构的过程中丧失了这种直接的可信性。这是它失去的东西。同时小说在虚构过程中，它也得到了好多东西，它得到的是什么呢？它得到的最主要的东西，就是艺术的想象，就是艺术的普遍性，艺术的典型性，甚至也可以说是艺术的永久性。一件具体的真实的事情，不管是怎样动人，然而它只不过是一件特殊的事。这件事发生后就过去了，表扬一下，宣传一下，号召大家学习一下，也就行了。当我们用艺术的手法把它写成一篇小说的时候，加以虚构，加以想象，这一件生活原型中的事情就会变得非常完整，变得非常曲折动人，变得更加深刻，更加有光彩，更加有意义。这个时候，这篇小说所告诉我们的就不仅仅是好人好事，而是能够引起读者思考，从中得到更多的东西。所以，这篇小说既是从生活中来的，又是虚构的。在虚构的过程中，丧失了直接可信性，增加了艺术的想象，增加了艺术的典型性，因而它有了更普遍、更长久、更动人的意义。

　　这种基本的虚构的方法,我想可以从两个方面加以说明。一个是我们从生活的大千世界当中,总要截取其中的一段,总要捕捉到其中某一个特别闪光的刹那,总要有所选择,有所舍弃,总要有所剪裁,有所删节。那么,这种虚构的方法,我们可以说是由大及小的虚构方法。我们到一个工厂去,这个工厂的动人事迹可能非常之多。但是,引起作家写一篇短篇小说的,也许倒不是很多大的事情。这不是因为这个作家觉悟特别低,这些大的事情他就不为之感动?不是的,因为这些东西新闻报道写了很多了,小说再重复就不行了。它需要舍弃很多一般化的众人皆知的东西,而抓住最独特的,最有趣味,而且最能打动人的东西。我想,这是一种虚构。第二种虚构往往是在你抓住这一点的时候,要加以生发,要加以发展,加以发挥。本来这件事情,这某一点,就已经很感动人了。但就那么一点很单薄,它可能是一种行为,也可能只是一句话,也可能是某一种情绪,某一个场面,甚至是自然界的某一个变化,忽然使作者联想回忆起过去的许多重要的事情。那么,你能不能只是把这一点变化,如下雨了,或刮风了,或者你听到了一句话,或者看到了一个什么表情,抓住它就写出来,算是一篇短篇小说呢?在绝大多数的情况下,那是写不成一篇小说的。因为它太单薄了,只是简单地抓住这么一点一滴,也许能写一句诗,也许能写一篇散文的开头,但是它没有办法构成全篇。再者,就是作者所受感动的这一点东西,不一定能引起别人的共鸣。你之所以受感动,尽管你的感动是由一件小事,由一个小的场面,由一个画面所引起的,但是,它让你感动的原因是复杂的,是和你的全部的精神状态,和你的全部的经历,和你的全部好恶,和你的爱憎,和你的教养,和你的思想品质,和你的经验是分不开的。同样是落下了雪花,对一个孩子和对一个八十高龄的老人,它就会引起不同的联想不同的想象。所以说,这种感动,这种触发,它实际上是有原因的,而且这个原因是很复杂的。那么,作者为了把它写成一个短篇小说,就需要把这个某一点可取的东西,放到一定的社会生活的环境里,要把它放到一定的矛盾里,把它放到一定的历史过程里。只有这样,它本身才能够是可以理解的,才能够是引起读者共鸣的。所以,往往要加以生发,就是说有了那么一件事,还要问那件事是怎么造成的,它的前面和后面还会有一系列的什么事情;有这么一个人物,这个人物他是生活在什么样的环境里,现在他生活的环境比较单纯,如果他生活的环境比较复杂又会怎么样呢?这就叫做有所生发,有所发展,有所发挥。这样说还有点空,我们可以举一个例子。譬如,高晓声同志有一篇写得很有意思的小说,叫做《漏斗户主陈奂生》,写了一个老实的农民,原来由于我们党的农村政策上有些偏差,特别是在"四人帮"捣乱的时期,陈奂生的粮食经常不够吃,所以人家管他叫"漏斗户主",这篇小说写他粮食不够吃的情况。高晓声同志还有一个得过奖的、相当有名的作品叫做《陈奂生上城》。那是写粉碎"四人帮"以后,陈奂生不但不是漏斗户主了,而且粮食还多了,他要到自由市场上去用他的余粮做点熟食卖,然后用卖熟食的钱买一顶帽子,写这样一个故事。这篇小说写得趣味盎然,让人读起来觉得很有趣。后来,作者又写了一个《陈奂生转业》,是说陈奂生进城的时候,认识了县委书记,回到大队里,大队长觉得他和县委书记有什么关系,于是想办法让他当采购员。最近据说高晓声同志又写了一篇小说叫《陈奂生包产》,这就是说,陈奂生这个人物是高晓声同志非常熟悉的这样一种农民典型。我相信,对这个人物,高晓声同志开始写的时候,也可能没有想到要写这么多篇。他只想写在"四人帮"捣乱时期,陈奂生老是吃不饱,而且老是被人嘲笑成漏斗户主的那种艰难困窘,令人哭笑不得的处境。但是后来呢,因为他对这个人物太熟悉了,而随着我们的生活不断发展,不断变化,他就能设想这样一个人物在不同的情况之下,譬如说在"四人帮"被粉碎的初期会是一种什么情景,而到了城里会是一种什么情景,如果千差万错地竟让人给弄去当采购员会是一种什么情形,包产后又会是一种什么情形。那么,这个人物就越写越丰富,越写越发展了。而说不定,今后高晓声同志还会写下去。我想,这样一种虚构就是抓到某一点而加以生发和发挥的虚构,也可以叫做是从小到大的虚构。所以,我们讲的虚构既包括从大到小,也包括从小到大这么两个过程。以上讲的虚构还都是比较平常比较简单的虚构。还有一种虚构,甚至可以完全改头换面,这种虚构也是有的。本来是一件令人不愉快的事,但是作者不知怎么琢磨的,他把这事情反着写,反面文章正面做或正面文章反面做,这样就会出现一种情况,他写出来的小说和他原来的生活依据中间看不出多大的关系来。有些人写的小说和生活好像挨得比较近,他的熟人,他的朋友,都可以从他的小说里发觉到。尽管他不是专门写某一个人的,但是小说里毕竟有某一个原型的影子。但也有另外的小说家,他的小说里看不到任何生活原型的影子,甚至他本人也自以为我这纯粹是虚构,全是自己脑子里想出来的,也有这样声明的小说家。实际上,所谓一点真实的东西都没有,从脑子里想出来的,这当然是不可能的。你把一个人关到房间里,从一出生关上五年,关上二十多年,关的时间越长他脑子就越空,不会说是由于他被关到房屋里能够尽情地思索,他脑子里的东西就会增多了,不会。所以说,这些虚构,实际上仍然是从生活中来的,但每个人虚构的程度、虚构的方法是不同的,这是我说的短篇小说的两大特点。

除了这两个特点以外,还有没有别的特性呢?有。我觉得,它不算大的特性,要算小的特性。对于短篇小说来说,是应当强调一下的。这小的特性是什么呢?我想:一个是短,一个是快。短,就是它的篇幅短;快,就是反映生活快,反映生活比较及时,换一个术语来说,就是短篇小说具有一定的新闻性。我们国家,我们社会,在新的时期,在新的岁月,发生了一些什么变化,往往能够从短篇小说里面看出时代行进的轨迹。而对长篇小说,我们就不能有这样的要求。从我们国家近几年短篇小说的发展就可以清楚地看到这一点。譬如说,从一九七七年下半年开始,短篇小说中出现了一些真实地反映

"四人帮"造成的动乱、造成的对人民心灵的摧残的作品。我们都知道,像刘心武同志写的《班主任》,可以说是第一篇了。随着三中全会召开,我们党和国家展开了实践是检验真理的标准的讨论。反映"四人帮"十年动乱造成的灾害的作品就大量地涌现。从这些作品里,我们可以感到时代的脉搏,就是人民要求拨乱反正,人民要求清除"四人帮"那种极左的荒谬的理论、路线和实践所留下来的灾难性的影响。再往后,作品就越来越多样化了。有反映伦理道德问题的,有反映我们国家各方面的变化的,也有反映像"反右"扩大化等其他一些历史事件,从中吸取经验、教训,进行历史的反思的。也有像《乔厂长上任记》这样一类的作品,反映在拨乱反正时期人民要求励精图治,要求经济起飞的这样一种努力,这样一种实践。在这方面,又出现了去年一大批反映农村新面貌的变化的小说。这说明,短篇小说具有这样一个优点:它的篇幅比较短,它总是面向当代最现实最新颖的生活内容。

现在讲第三个问题,就是作为一个短篇小说作者,他应具备的基本的能力问题。

第一点是观察力。如果用我所喜欢的语言,观察力就不如说是发现力。为什么叫发现力呢?它是指一种能从司空见惯的东西之中,发现新的事物,发现特别强烈、很奇妙的东西的这样一种能力;是从平淡无奇的生活当中,发现其所有的惊心动魄的或者感人肺腑的东西的这样的一种能力;是从一些细枝末节当中,发现那些具有重大的有时代意义的事物的一种能力。从这些很细小的事物里能够感受时代的脉搏,能够看到社会生活,能够感到人与人之间的关系发生变化的征兆,我指的就是这样一种能力。为什么说是一种发现力呢?因为生活就好像大海一样,我们对生活的认识是不会终结的。我们需要时刻对生活有新的发现。任何一个人,他年纪很大,到过很多地方,看过很多书,有极高的理论和知识的修养,即使这样,他也不可能说,生活里面的一切事都已经知道了,都已经发现了,那是不可能的。

人类历史是不断发展的,人类社会也是不断发展的。人类生活的本身是一个无穷无尽的过程。那么,人们对于真理,对于诗,对于思想,对于生活的各种现象、各种场景、各种情节的发现,也是不会完结的。

这是从理论上说的。但是,从我们一般人的生活中来看,往往又看不到这些新的变化。我们做了了不起的工作,却感到自己的生活是很一般的,平平常常的,不过如此而已。有时,在生活里感觉不到什么特别新鲜、特别有趣的东西。在生活当中能发现新的事物,发现新的变化,发现这些平淡无奇的事物里所包含的矛盾,包含的冲突,或者包含的希望,我想,这样一种能力是并不容易的。这和一个人的思想水平、精神境界,他的神经敏感度,他的兴趣以及他的经验、学识都是分不开的。随便走到大街上,不同的人就会有不同的兴趣。如果是一个小偷,他可能更注意的是别人的口袋。谁的口袋装得鼓鼓的,谁的口袋瘪瘪的。如果要下手的话,在什么样的人身上下手最有成功的希望,而且不容易被人抓住。一个画家走在大街上,他也许更多地发现的是季节的变化,色彩、线条、空间的各种距离呀,明暗呀,各种对比呀等等。一个音乐家走出去,他也许更多地注意各种各样的声音。城市就好像一部交响乐一样,尽管我们听了许多噪音,但是这里边仍然有一些令人鼓舞的好听的声音。譬如孩子在叫妈妈,这个声音是很好听的,这是包含一种爱的声音。母亲叫孩子也是很好听的。当然,还有情人的絮语,还有树叶窸窣的响声,还有各式各样的声音。那么对于一个小说的作者来说,他就不仅仅是要注意某一方面,或者是色彩,或者是服装,或者是声音,或者是季节的变化,街上又增加了几棵树还是少了几棵树。应该说几乎没有他不应该注意的,他什么都应该注意。这样,他才能感觉到生活里的变化,他才能随时感觉到有新的题材,新的内容,新的挑战,新的冲击。我想,这是指观察力或者是发现力。

第二点是感受力。感受力指的是什么呢?一个指的是感觉,对生活有非常敏锐的非常丰富的感觉;一个指的是感情,对生活有火热的感情。生活对于我们来说，它总是通过感觉给我们的神经、给我们的大脑以信号的。我们知道，人都是有五官的，认识世界首先是从感觉开始的，任何一个司空见惯的、普遍的现象都会唤起一系列非常复杂的感觉。譬如说，春天，下雨了，是春雨。下雨了，对一个普通人来说算不了什么，一辈子见过的雨也多了。下雨了，把自行车搬到廊子里边去吧！或者有晾的衣服赶紧收起来，这也就完了。但我们细细观察一下，"下雨了"这样一个现象，它给与人的是一系列多么复杂多么微妙的感觉。你怎么知道下雨了呢？首先，或者你看到了雨丝，这是一种视觉的形象。这雨丝可能是细细的，因为我刚才说了，这是场春雨，不是夏天那种倾盆大雨。也可能你感觉到了一种凉意，有时候，你还会闻到由于下雨而使泥土潮湿的气息。甚至下雨以后连树叶、花，它们的颜色，它们的气味，都会发生变化。下雨的时候，还包括阴天所给你的视觉的感觉，这种阴沉天空的感觉，也许在某些人身上引起的是一种快乐。如果是农民，他的这种感觉就是和他的快乐分不开的，因为他的庄稼地，还有许多地方正需要雨。如果是牧区，对下雨的感觉更敏锐。一场春雨过后，到处都是绿草。放羊放牛的牧民啊，甚至牛啊，羊啊，都感到是非常快乐的事情。所以说，下雨这么一件很普通的事情，它是和一系列复杂的感觉——视觉、嗅觉、触觉、听觉分不开的。再如，我们在等汽车，远远的一辆公共汽车来了。这当然也是件很普通的事。如果只是等着上车，他就顶多注意这个车里人多还是人少。人多的话，就得有挤的思想准备；如果人很少，当然就很容易很轻松上了车。但是，对一个小说作家来说，这一辆汽车就是一汽车的生活。这个不简单，一辆汽车来了，汽车上很多的人，每个人都可以写成一部小说，汽车本身也可以写成一部小说。它的发动机是不是国产的？它是在什么时候造的？是女司机还是男司机？这车经过的路线，它碰到过雷锋式人物吗？它碰到过敢于同坏分子作斗争的好人吗？在这车上还可能出现过小偷，出现过流氓，也可能出现过很多意想不到的事。再说，这个车是大的还是小的？是挂连式的还是普通样式的?是红的还是蓝的?是破旧的还是崭新的?是清洁的还是肮脏的?它们都会给一个人许多的感觉,而这些感觉都超过了"好上"和"不好上"的意义。对一般人来说,只考虑好上不好上,但是,对一个作家来说,这个车也可能带来的是希望。譬如,我们看到这个车很新,擦得很干净,尽管人很多,我们仍然觉得是一种兴旺的景象。相反地,如果这个车很破旧、很肮脏,哪怕这个车人不多,我们上去很容易,也会觉得窝窝囊囊,怎么把工作做成这个样子!可以说,生活中的每一事物都是对于人的感受力的测验,各种现象都需要运用你的感觉去感受它。在这里,一个小说家和一个非小说家,他们的差别应该说是很明显的。

上面所说的不过是一些表面的概念,还有更深一层的东西,就是人的情感。为什么说写小说和做别的事情不一样,不完全是一个技巧和职业训练问题?就因为写小说需要有真实的感情。对一个生活事件、一个人物,或者对一个场景、一个环境,你究竟是爱还是恨?你是喜悦还是厌恶?你是惆怅还是留恋?你是向往还是躲避?人的感情是非常复杂的,有时是一种情感,有时是几种情感,都交织在一起。譬如说,如果有一个孩子犯了错误,要送工读学校,当然工读学校也是很好的,我这里并没有贬低工读学校的意思。但我想,作为父母,如果有一个孩子要送工读学校,他(她)的感情就非常复杂。这里边有爱护也有着急,有生气又有希望,有热情又有灰心。也有这样的父母,孩子老是教育不好就灰心了,随他去了,情感非常复杂。一篇好的短篇小说恰恰是这样一种非常复杂的情感的结晶。比较简单的情感是比较容易表达的,写一个先进人物,非常完美,非常美好,看了以后对他非常钦佩。这样的作品当然也是需要的,特别是对青年人来说,我们需要写更多的这样的作品。或者,写一个大坏蛋,看了以后非常憎恨,恨不得跟他斗争,产生这种仇恨情感。这都是比较简单的。但是,我们生活里还有比较复杂的情感,既有喜悦又有留恋,既有一点惋惜,又有一点希望,又有一点怀疑,怀疑一会儿之后,一想还是要执着地追求下去。我想,这样一种感情,可以说是短篇小说作家的本钱。如果一个短篇小说作家丧失了对生活的感情,丧失了对人民的感情,就不会成为一个好的小说家。这种对生活的感情包括的内容是很丰富的,有对人民的感情,对祖国的感情,对故乡的感情,对职业的感情,对整个革命事业的感情,还包括对大自然的感情。如果这些感情都没有了,我们的感觉也就迟钝了。人们的感觉在什么情况之下比较敏感比较丰富呢?这和他的情感是分不开的。对于自己的孩子爱得比较深,往往感觉得就比较细致。孩子长牙了,长得高一点了,头发又黑一点了,说话的声音大一点了,饭量是大了是小了,往往感觉得非常清楚。对另外一个孩子就漠不关心,就不会有这么丰富这么细腻这么具体的感觉,甚至他从你的眼前走过去了,你还没有注意,都是有可能的。所以,感觉也好,感受也好,和一个人的感情是分不开的。有些人问我,让我把写小说的窍门告诉他。我说,这个窍门实在是不好说。如果一定有什么窍门,那么最大的窍门,就是对生活的爱。只要你有这种非常深厚的对生活的爱,从生活里你才能有所发现、有所感受、有所感觉,也才有表现这个生活的欲望。

所谓感受,最后还包括一个内容。不只是对生活的感受力,还包括对艺术的感受力,对艺术作品的感受力,或者我们管它叫欣赏力也可以。欣赏力本身也是一个非常复杂的心理过程,欣赏包含着分析,但又不完全等于分析。一篇理论性文章,重要的是分析它的论点是不是正确,它的论据是不是正确,是不是全面,它的概括是不是准确。这些主要是靠分析。那么,对于作品,不管是一首诗,还是一篇小说,或者对于艺术品,不管是一幅画,还是一座雕像,一段音乐,一个舞蹈。我们要不要分析呢?当然也要分析。我们要分析它的思想,分析它的倾向,分析它的构成,这些都要分析。但仅仅分析是不够的,一首歌好听不好听,你光靠分析,分析不清楚。你自己不听听,别人说这首歌为什么好听,那首歌为什么不好听,往往是不能说服你的。而对大多数人来说,听的时候差不多不用什么分析,他的感觉就已经出来了,说这首歌可真好听!或者这个曲子真有味儿,或者那个曲子实在俗得很,是俗套子。一幅画也是这样,老远一看,立刻就把你抓住,把你吸引住了。那么,这是一种什么样的欣赏力呢?这就是一种艺术的感受力。小说也存在这样的情形,说老实话,就多数读者说来,主要是靠他自己的这种艺术感受力去欣赏一篇小说。他一看这篇小说觉得很能抓住他,他就看下去了。可他一看那篇小说,觉得抓不住他,他就不看。一般地说,小说毕竟还不是学习的材料,也没有必读的义务。欣赏力和感受力是不同的,是有高低、粗细、甚至有是非的区别的。譬如,喜欢低级趣味的东西,也可以说是他的艺术感受力、艺术欣赏力非常差的一种表现。好的曲子他根本就听不出那里边的好来,它只能够听一些所谓靡靡之音,假声假气,装腔作势的东西。一个具有健康的高尚的欣赏力的人很可能听到那种曲子是反感的。同样,一篇好的小说,如果欣赏力确实太低的话,他也看不出它的好来。他只知道看一些离奇的情节,如果这小说一开头先死一个人,掐死的,脖子上还带着手印,他马上就看下去了。当然,我的意思也不是贬低一个以凶杀案或者比较紧张比较离奇的情节开始的小说,包括推理小说,写得好仍然有它的意义的。我只是说,我们的欣赏力应当高于这种水平,不能够只是追求这种很简单的刺激、很简单的噱头、很简单的趣味。

  有了这种感受力和没有这种感受力是大不相同的。一个人在写小说的时候,他就要有这种感受力,他就能够感觉到自己写的哪一点是比较精彩的,哪一点写着写着不对味儿,就赶紧收。在哪段,或略过去,或想办法加以弥补,哪一点还写得不够充分,还需要再加以补充,加以发展。这些东西如果不靠自己的感受而靠分析是不行的。你写小说时又不能带一把尺子,说开头是不是太长了,是不是头重脚轻了,或者是不是这结尾太拖沓了,是不是脚太大了。一个会看小说的人,一个会写小说的人,拿来一个短篇小说一看,往往就能感觉到,它哪一部分写得太拖太长,哪一部分又写得太不够,它是有比例的。

但是,这个比例又不是死的,还没有这样一把尺子,而需要的就是艺术的感受力。这和经验、趣味都是分不开的。这是说的第二个所应该具备的基本能力,就是这种感受力。

第三个能力,我想说想象力。想象力是非常重要的。其实不仅仅文学事业需要想象力,数学也好,一切自然科学也好,都需要想象力;哪怕政治也好,企业管理也好,也都需要想象力。没有想象力,事情就不可能改进,不可能有发明创造,不可能有革新。所谓改进,就是现实还没有的东西,但是能想象到,在改变了其中某些环节以后,会产生一种更好的效果,我们这才进行改进。想象力是我们大家都需要的,但是对一个作家来说,想象力尤其需要。我认为,一个短篇小说作家,他的想象力,就是他对他的感觉、印象、思绪以及他所掌握的社会生活、事件、人物的各种关系进行新的排列组合的能力。任何事件和人物,都是由各种因子组成的。我们大家都知道怎样填一个干部登记表,一个干部的登记表就包含了不知多少因素:姓名、年龄、籍贯、家庭出身、个人成分、简历、文化程度、民族、是否党团员、受过什么表扬和处分等等。这些在一个表上反映出来的,实际上还是提纯又提纯的,就那么几项。就是看完了登记表,要不见这个人,你仍然不会有具体印象。但是,我说就是在一个表上,我们也可以看出来,一个人成为他自己,是由很多因素组成的。如果这里边的一个因素发生变化,很可能就引起了一系列变化,他就不再是他自己了。譬如,他的籍贯本来是北方,河北省。我们设想,改变一下他的籍贯,还是他这脾气,还是他这文化,他变成华侨了,籍贯从河北到了印度尼西亚,那么他的生活经历、性格、遭遇,就会牵一发而动全身,就会有很大的变化,也就是说产生了新的排列组合。或者他的家庭出身发生了变化,有些人或因家庭出身不好,曾经在某一段时间受到过一些不公正的待遇,而这不公正的待遇又和其他因素组成起来。如果这是一个意志坚强、目光远大的人,那么他受到的这种不公正的待遇就可能变成一种激励,使他更奋发图强,学有专长。而在三中全会以后,政策做了调整,他就有了更高的成就。如果是一个意志薄弱的人,他受到了不公正的待遇后,就可能变得非常消沉,随波逐流,胸无大志,甚至于很忧郁。如果这个人本来毛病就不少,思想感情又不健康,又很自私自利,又有很多坏的毛病,他受到不公正的待遇后,甚至于就会沦为一个犯罪分子,造成悲剧。这都是可能的。这就是说,一个人也好,一件事情的发生也好,它是由生活的许多因素造成的。我们的想象力能够对这些因素进行新的排列组合,因而使这一件事一个人展现一种新的面貌,甚至于展现一种奇观,尽管不是生活里实有的,但又是可能的,合乎逻辑的。这个就叫做想象,很多小说就是这样产生的。我觉得,当作家的人,他的想象并不是凭空产生的,而是从生活的各种因素里边,改变其中一两个因素,就会产生一种新的面貌,一种奇观。这种改变,我们可以称为探索生活的可能性。这也就是一个小说作家所应该具有的想象力。

第四个基本的能力,我们称之为表现力。你又有想象,又有感受,又有发现,你怎么把它表现出来?这表达的工具、表达的武器,各人的情况是不一样的。表现力的问题是非常复杂高深的问题。这里,我只想从两个方面简单地说一下。一个是语言,一个是结构。文学不管是表达我们的感情还是表达社会生活,主要靠的是语言,这种语言是既有容量,又有节奏,又有色调的。所谓容量就是每一句话能说明多少问题。一句话既能交代事件的始末,又能描写出一个人在某一个时间某一种场合的音容笑貌,或者它还含有一些所谓潜台词,就是在已经说出来的话以外的意义,这样的语言我们说它容量大。短篇小说的篇幅比较短,我们能够容纳的文字很有限,这就要求我们的每一句话有更多的容量,我们称这种有容量的语言叫做浓缩的语言。我们称那种没有容量的语言,叫做写得太"水",就是说它啰里啰嗦,没有更多的言外之意。同时这种叙述的语言又有节奏又有色调。节奏就是说,有时把一小时发生的事情,可以写得很多很多。甚至不是一个小时,而是几分钟,一刹那,一点点事情,但我可以把它精雕细刻,说得很仔细。这节奏就比较慢。我们又可以把许多年,甚至是几十年发生的事情,概括在一个段落里,令人眼花缭乱地显示一番,就好像坐着一辆车穿过时间一样,经过多少个时代,各种事从眼前刷地一下子就过去了,但又都有一点印象。光说二十年弹指一挥就过去了,这并不算节奏快,所谓节奏就是叙述了这二十年当中的若干事情,这些事情连得非常紧,就跟蹦豆似的,一个豆接着一个豆地向外蹦,使读者看了眼花缭乱,甚至感到喘不过气来。这也是一种效果,这是它的节奏。同时语言又是有色调的。同样一句话,它可以有十种、二十种甚至上百种说法。都是问一个人:"吃饭了没有?"他会有不同的问法。有的是真问,真关心他吃了饭没有,那意思是你要是没吃我赶紧给你做去。有的只是一种寒暄,有的甚至是心不在焉,问的人心根本就不在这点上头。我们平常说话的时候,由于语气语调,由于声音大小和音量的不同,彼此是能够交流的。但是写到作品上,这些因素都没有了,它是无声的,是文字,只能靠我们修辞造句来表达这种感情的色调。我还想特别强调一下,语言的丰富性和纯洁性,这又是一个矛盾的统一。作为一个作家,语言应当是很丰富的,他能够吸收各式各样的语言和书面语言,包括方言、职业语言、翻译语言,还有近代科学技术的语言,往往吸收进来就会非常丰富。但是,一个真正好的短篇小说作家,他往往不过多地用这些语言,他之所以会用语言就在于他能发挥最普通的语言的最大的效力和潜力。比如,亲人之间的语言都是比较简单的,但是它是很有力量的,很有表现力的。有一些最普通的话:你好!我走了。别哭了!不。好吧!谢谢。再见。气人!都是最普通的话。正是这些话,构成生活当中最有表现力的语言。问题完全在于,你把这语言用在什么地方。这样一些最普通的话,如果用得不是地方,它可以跟白水豆腐一样,一点滋味也没有。而用得恰好是地方,就这么一句话,说:"我走了!"它就可以给人无限的留恋、怅惘和回味的余地。我们应当追求语言的丰富,但也应该追求语言的纯洁,我们应该立足于用那些最普通的最常用的语言,而不是立足于用那种艰深的晦涩的语言,让人看了莫名其妙。

我最后要说的一个问题是结构。结构也是我们构成表现力的重要的部分。一般地说,结构往往是指情节的安排。这是一种比较狭义的对结构的理解。我这里说的结构是广义的,我主要是指叙述的结构。作为写小说的人,作为讲故事的人,他先说什么后说什么,次序是怎样排列的,中间有些什么样的反复,前后有些什么样的呼应。我指的是整个叙述的结构。这里我要说明一下,结构在某种意义上也是一种语言。什么叫结构也是语言?结构它能告诉人们一些东西,这些东西光靠说话是说不出来的。我们大家都知道这个例子,同样一句话,由于前后次序的不同就会有不同的意义。据说,曾国藩和太平军作战时,曾国藩的幕僚写战报说:"臣屡战屡败。"屡战屡败,就是打一仗败一仗。这给人的印象很不好。曾国藩就把它改成"臣屡败屡战"。同样的内容,结构一变,等于说出了其他的话。屡败还屡战,真是英勇悲壮,百折不挠,精神可嘉! 一件本来挺丢脸挺倒霉的事,让他这么一说,含义就完全变了。这说明结构本身也是一种语言,它是有表现力的。其次,我们常常有一种对比的结构,这里举的是长篇小说的例子,但在短篇小说里也是适用的。《红楼梦》写到林黛玉焚稿,林黛玉之死,同时写贾宝玉和薛宝钗的结婚,这两个放在一块写,这本身就是语言。比说其他一大堆的话,不知有效多少。我想,这个比作者出来说话效果更好。所以说,结构的排列也是一种语言。短篇小说的结尾也往往具有更重大的意义。因为短篇小说本身就比较短,如果能在结尾上有出人意料之处,或者给人更上一层楼的感觉,这种结尾就会给人留下非常深的印象。

总的说来,不管是语言还是结构,最好的结构、最好的语言,应该是非常自然的、不费力的、浑然天成的结构和语言。

1983 年 1 月

小说创作要更上一层楼*

粉碎"四人帮"以来,特别是党的三中全会前后,在我国出现了一个古今中外都罕见的"文学热"。尤其是小说创作,有那么多人写小说,有那么多人读小说,这都是空前的。经过一个阶段以后,现在这股"文学热"的热劲好像凉了些。大批的作家似乎都面临着怎样继续把创作推向前进,怎样在艺术上有新的突破的问题。任何作家,任何刊物,如果在创作上不开辟新的道路,没有新鲜的东西,会引起读者厌烦的。下面我分四个问题跟同志们一起讨论。

第一个问题,怎样来加强我们作品的历史感和时代感,怎样更好地反映新时期的社会现实和人民精神状态的改变。

我们的历史发展已经进入了一个新时期,新时期的变化是逐渐的、不易察觉的,不像过去搞一个运动,变化那么猛烈。实际上,我们的生活已经发生了非常巨大的变化,农业上的,工业上的,还有知识分子政策、华侨政策、外交政策,很多政策都有调整,都有变化,出现了建国以来,甚至中国近代史上少有的、稳定的发展时期,政治方面,生产、生活、教育、科学方面逐渐发展,进入了一个全国人民搞现代化、想现代化这样一种局面。解放三十四年来从没有像现在这样重视学习,重视文化科学知识,几乎是一个全民性的学习文化的高潮。这些都是过去不能想象的。这样一个新的时期,人民在精神上有什

＊ 本文是作者在《山花》杂志举办的小说座谈会上的讲话。

么样的变化,我们整个古老的、有着悠久历史、悠久文明的、有近百年来革命传统的国家,它在政治生活、社会生活、经济生活、文化生活、精神生活以至于人的私生活方面发生了什么样的变化,这需要我们文学工作者去研究、去思考、去观察、去体验、去概括、去表现。我们在新时期所面临的生活还有许多微妙之处,比如有的时候很快地就输入一种科学技术,或者新的名词、新的观念,这些可能是无产阶级的、是社会主义、共产主义的东西,也可能是现代西方资本主义的东西。同时,我们的历史特别悠久,有很多古老的文化观念,很多古老的思想,这些也不见得都是好的。往往是好的坏的、美的丑的、善的恶的,交错在一起。有时候我们的社会生活呈现一种奇观,一种新旧交替、美丑混杂、错综复杂、千变万化的奇观。新的名词底下有非常陈旧的东西,在非常旧的名词底下也可能有新的东西。我们住的这个花溪西舍,吃饭到碧云窝,经过农民的家门口,门上挂着春联,既有唐宋古风的"春风开阡陌……"又有比较马列主义的"思想解放,百业兴旺",同时门上贴着门神爷,还有一个比较现代化的弹子锁。我听冯骥才说,他到四川看乐山大佛,那儿贴着四句注意事项,很有意思:"重点文物,禁止吸烟。佛门重地,五讲四美。"这四句全有了。"重点文物",显然是解放以后人民政府执行保护文物的政策。这"禁止吸烟"的说法有点国际化,目前提倡戒烟。"佛门重地"的规矩拿出来了。"五讲四美"是新东西。我不知道贵州的宗教活动怎么样,我到杭州去的时候,在灵隐寺看见烧香的农民,他们粮食够吃了,农村政策放宽了,所以他们打扮得整整齐齐来烧香。要是一九六〇年,一天二两、一天三两饭,那是连烧香的力气也没有的。他们穿得很好,上身还是江浙一带的式样,挂一个兜兜,下边是绸子裤,脚底下蹬的是半高跟皮鞋。过去要带一个香袋,现在香袋改成人造革皮包,式样在当地来说还算是时髦的。生活里面这种现象值得我们很好地去研究,可以看到历史,看到中国几千年的缩影。经过了革命,经过了动乱,打倒了"四人帮",出现了一种新气象,同时我们也面临着一些新问题：

  首先是比较安定的、比较稳定的生活，对人民的精神提出了什么样的挑战？我们大家都希望安定，从上到下，不希望再发生动乱那样的事情，而且现在已经初步实现了安定团结。可是这种安定的生活往往带来一种副作用，就是理想主义的减弱，追求革命理想、献身精神、改造社会的激情、以天下为己任的激情的减弱。过去老话说，家贫出孝子，国难见忠臣。现在的大学生，你想动员他离开家门口都难。

  其次是生活的富裕所带来的新气象和新问题。经济制度的改革，按劳分配政策的实行，极大地调动了人们社会主义积极性。这一点，毫无疑问，是坚定不移的。集数十年的经验，如果我们再不搞责任制，再不好好搞工作、搞改革，再搞那种"大锅饭"，弄得不好，我们国家就要亡国。经济生活的改革和人民生活的提高，也确实带来一个问题，就是一切向钱看。生产发展了，必然带来商品经济，更加精打细算。商品经济的发展、交换的发展，注意利润、注意价值规律，在另一种意义上，有可能成为对比较纯朴的民俗民风的一种破坏。一种新的生产方式、一种生产力的高度发展，带来的社会风气的变化，并不全都是善美的。我在一九八一年写过一篇小说，写的新疆哈萨克牧区。牧区的生产力非常低下，没有扩大再生产，只有简单再生产，所以不重视钱，就是有羊、有羊奶、马奶。牧民都不愿意卖东西，过去来了行商是以物易物，过路来来往往的到他家吃饭从来不要钱，吃多少顿都没有关系。他们有一种非常美好的信念：你在我这儿吃了一顿饭，喝了我的一碗牛奶，胡大（真主）就会使我的奶牛多生产牛奶。喝一碗多产十斤，吃一个饼多生产一百个饼，所以他非常好客。他不懂得粮票，没有这个观念，更不懂得要钱。牛奶太多了，他只吃奶油，多的牛奶全倒进沟里，你看他们的乡风是多么淳厚。他们偶然到城里买东西，骑着大马就下山了，然后到一个百货店，要几件东西，布匹、电池、茶叶，要完以后把口袋里全部钱都给售货员。他不会数，闹不清是多少。售货员看该留下多少留下多少，其余的都还给他。这个很可爱，但是这种可爱是和一种低下的生产力联系着。要提高生产，必须发展商品经济。现在比较能干的人，把牛奶送到附近奶粉厂。现在客人到他那儿连吃带喝他就不干了，他就不招待你了。很简单，他知道这个东西是能卖钱的，奶油能卖钱，牛奶也能卖钱，酪干也能卖钱，连山上的野草野菜、中药、贝母都可以卖钱，他要计较了。他原来不计较钱，现在计较钱，从生产上来说是发展了，从精神生活上来说，我看也是发展了。但是，这里头一定要有恰当的精神文明来教育，如果没有的话，以后干脆咱们什么都是钱，一切都是钱，那就确实跟资本主义社会一样了，感情是钱，爱情也是钱，父子关系也是钱，甚至为了钱可以不择手段。所以生活的提高，生产的发展，责任制的贯彻，在人们的精神生活上提出了新的问题。既不能采取"左"的方法，好像一谈钱就变修了，只有大家穷得叮当响才是社会主义，才是无产阶级。反过来，我们也不能一切围着钱转，特别是我们做文学工作的更应该强调精神文明，强调人民对精神生活的需要。世界上有比钱更崇高、更可亲可爱的东西。

还应当看到，随着科技和知识的增进，人们的精神发生了什么样的变化？人们的生活方式发生了什么样的变化？目前我们国家的城乡人民、男女老幼，从服装到饮食、到生活方式，正在发生变化，很多变化是亘古未有的。比如说，农民旅游，从一九八〇年起就有，现在越来越多。农民自己花上一点钱，纯粹就是为了游玩游玩，有的还坐飞机。现在一些省，有私人买电影放映机的，北方有很多地方结婚办喜事，已经不单纯是吃饭了，要给村里包一场电影。而且有一些农民渴求科学文化知识。农村里能够赚大钱的，一种就是有头脑的，有知识，上过学。他们花很多钱去买怎样养家兔、怎样栽培果树的书，他们把这些知识用到农业生产上，使农村的生产方式发生了变化。现在农村非常明显的是知识不足，他们钱多了，但文化知识还比较差，他们的生活方式仍然不是那么文明，钱多了不知道干什么好，没有一种丰富的、高尚的文化生活。我们可以说,仅仅物质上富裕了,如果文化跟不上去,也不可能过上真正幸福的生活。与此同时,新的科学、新的技术,正在中国推广。北方农村里有很多电视机。我在有些文章里提到过,农民经常看电视,他的精神面貌会发生划时代的变化。过去农民往往视野比较狭窄,我到过很多这样的农村,在山沟里头,有一辈子没有出过门的,住在河的东岸,从生到死没有到过河的西岸。现在不同了,不仅交通方便了,也可以看电视了,坐在家里可以看到北京、看到广州,看到世界各国发生的事情,他的精神面貌也会发生变化。可惜这方面我们反映得不是很多。

　　对外开放政策,对人们精神生活的影响同样有好的也有坏的。好的变化是大家的脑筋、思想解放了,不断得到一些新的启发。从坏的一方面来说,有我们常说的崇洋媚外,极大的盲目性。开放政策既带来了新技术、成套设备,也带来了外国一些并不好的东西、港台一些完全不是什么高级的货色。

　　我只是随便举一些生活里边的例子,来说明我们的历史发展已进入了一个新的时期。人们的精神生活、精神面貌有了很大的变化,也有很多问题。这个变化既有好的也有坏的,有些人专门看这个变化里面坏的东西,于是就抨击这种变化,一提起来就是这几年搞得糟了,人们越来越自私了,越来越只认钱不认人了,好像是越来越坏了。这是不对的。但是不正视这些问题,不正视新的时期人们精神生活上、精神面貌上新的问题、新的挑战,我们的文学如果不能够回答这些问题,也要落后于生活的。所以,新的时期的生活向我们提供了新的创作源泉,非常丰富、也是非常奇妙的。

　　我看七月号的《山花》,当中有石定同志写的《甜美的梦》。写得很好,不过题目一般化。写得很细腻、很从容、也很淡雅。我觉得他能够感觉到老百姓对新生活的向往。里面有一个人物,我希望他以后的作品能很好地写一写、解剖解剖,我说的是那个会计。他比一般农民道道多一点、心眼多一点,有点头脑、有点能力。原来在"左"的情况下,他当干部,多多少少地、有意识或无意识地有一点利用职权来占便宜,把那个王老汉挤到山下去。在现在这个形势下,他脑筋比较灵,他要开店,王老汉很讨厌他,好像跟他一起开店,有点坏了良心。从社会发展、生产力的发展来说,会计实际上是走在前列,至少在一定时候是走在前列。当然我不能预言他开了店以后会怎样,他会不会坑人?也说不定,他也许从此变成了一个社会主义企业家,很难断定。这个会计形象非常有意思,非常耐人深思。还有一点点不足,就是王老汉对新生活的向往,好像是完全由于个人生活逐渐变得寂寞了,才慢慢有了这种要求。我觉得这样写不够充分,也应该是新时期的变化给他的生活一种微妙的影响,哪怕他没有到市上去赶集、到省城去开会,也不读报,也不听广播,但是通过来来往往坐车的客人也好,或者其他方式也好,很曲折地接受了社会生活变化的影响。

我们要致力于表现人民朴素的愿望当中符合历史发展总的趋势的东西,而不是孤立地只写农民身上某种落后的东西。我希望我们的作者,特别是写短篇小说的作者,要用更大的热情来研究新的时期,研究现实中的新变化、新问题、新发展和新挑战,注意历史感、时代感。历史感就是说善于表现哪怕是一件生活小事在历史长河中的地位,它的历史必然性与发展变化的必然性,使一些小事情、小的生活断面和我们的社会、整个人民、中华民族的历史联系起来。使一个小角落和整个国家、整个世界的变化联系起来。时代感就是善于抓住生活的新变化、新面貌、新矛盾、新问题。

第二个问题是怎样提高小说作品的境界、格调和情趣。

我们中国的文学很讲究作品的境界,但是要给境界下一个定义是非常难的。什么样的作品境界高?是不是堆满了革命的词句,就叫境界高?有时候堆满了革命的口号,仍然掩盖不了境界的低下。稍微有一点文化素养的人,对作品,往往都能说出这个作品格调高,那个作品格调低。现在读者对我们的作品有不满的情绪,一方面是作品回避了现实生活的矛盾,写的东西不那么激动人心。再一个就是境界不高,套来套去,粗制滥造,甚至是趣味非常低级,这样的作品确实有。打开一篇小说,描写人物的境界就有高下之分。描写一位女主人公,有些描写是恶俗的,尽管作者说是美的,有些甚至有挑逗性的描写。靠这样的东西吸引读者只能是暂时的。还有一种是编造,这种东西也能吸引人,它的特点是看起来想看,看完以后骂街,发誓说,我以后再也不看这样的小说了,浪费时间。

我们的作品是不是表达了崇高的思想、品德、境界,有一种理想的追求?我们的作品是不是表达了人们应当生活得比现在更好,连人自身也应当比现在更好些这样一种信念、这样一种愿望?凡是好的作品,它都是直接或是间接地表达了一种信念、一种热望、一种对理想的追求。包括政治的、社会的、人生的、美学的。人和人的关系,应该更健康、更美好、更光明。我们要求有一种追求、一种理想和愿望,在反映现实生活时稍加点化,像一种微量元素一样注入我们的生活,生活一下子显出了光辉,就像铁凝的《哦,香雪》那样。她还写了一个《意外》,是在《云岗》上发表的一个一千四百字的短篇,写的是北方山村里一位农村姑娘第一次进城去照相。她从来没有照过相,照相前请教了许多人有关"照相须知"一类的问题。人家告诉她,眼睛要瞪得大大的,一眨眼的话眼睛会照瞎的。她照相时就非常注意,用劲瞪大眼睛。结果昼也盼夜也盼,照片拿回来一看,大吃一惊,因为寄错了,不是她的。寄的是另一个年龄比她大的、头发烫着、很漂亮、又非常自然的姑娘的照片。她越看这照片越好,干脆就不去换照片。她把照片放在镜框里挂起来,挂起来以后还有一种自豪感,你看,我家里挂上照片了,又美丽又大方。别人问她,说照片上是谁呀,她不知道,只好骗人,说是哥哥在城里工作,找的对象,快结婚了,这是没过门的嫂子。别人都羡慕她,有这么好一个嫂子。这故事好像有点荒唐,但作品表达了人们的一种理想,一种愿望,一种动人的善良和追求。

由于在过去年代里,理想这两个字受到玷污,所以一写理想,人家就和假大空联系起来,好像理想就只是一大堆空话。观众看电影,对说理想的场面都厌烦透顶。须知假大空的那种理想只是一种伪理想。正像现实生活是非常丰富的一样,理想也是非常丰富的、有层次的、容易变化的,也是互相交替的。因此我们要提倡真正的共产主义的理想,真正的激情,真正的献身精神,鼓励人们生活得更加美好,让理想的光辉照亮我们的现实生活,永远向着理想的境界前进、发展。好的爱情描写,往往表达了一种美的理想,人们对感情生活的理想。理想不是千篇一律的,有对生活的、对爱情的、对人和人关系的理想。有没有理想,作品的境界就不一样。

文学的样式固然是很多的,散文、小说、故事、戏剧、电影、诗歌(抒情诗、叙事诗),但是,诗情是贯穿一切的。西洋有一种文艺理论说,文学最高境界都是诗,小说写到最高境界也是诗。这个话有一定的片面性,但是从整个来说,我是赞成的。

所谓诗情,实际上是一种对生活美好的东西的凝聚、浓缩,而且以比较含蓄的表现,使作品有余味。境界高不高,不光取决于读者是否被吸引、作品是否被欣赏,读完以后,读者思想感情上是不是确实得到了一些东西,更为重要。挑逗性的、刺激性的描写也能吸引人,但是看完以后得不到东西,而且不会再去想它。我们的作者,要善于发现生活中的诗意和诗情。好的作品都有这种东西。一个风景,写得好的话,把作者对生活的热情注入了对象。本来这山、这水、这树没有什么意义,但由于作者被唤起了热情,给对象一种生气,一种诗情。这种诗情既是客观的又是主观的,既是作家从生活中发掘出来的,又是作家自己本身的。在普通人的眼睛里,初升的太阳和要落下去的太阳只不过告诉人们一个自然规律,但是诗人写的时候,像"大漠孤烟直,长河落日圆"或者是"夕阳无限好,只是近黄昏",就有一种色彩,一种强健的或者是孤独的情调。

还有智慧。作品不仅是人的热爱、情感,也表现了作者对生活的智慧,对人生的智慧。作品帮助我们去接触、去掌握真理。读者越来越不满足于在一个小说里仅仅是引起一点兴趣,或者有一个吸引人的故事,尽管故事是非常重要的。读者希望通过阅读一个作品能够增加他对社会的认识、对人生的认识、对人的认识,这就是我们所说的智慧。在文学里头,智慧往往也是以一种美的形式出现的。一个真正的智者是美的,因为他看什么问题比别人更加深刻,他有一种出类拔萃的对于生活的见地、对于人的见地。这样的智者也还有一种气度,就是对人生大千世界的各种形象、各种纠葛,他都能站在一个比较高的高度来看待它。我们每一个读者并不都是在吃饱喝足、茶余酒后、无事可干的时候才看小说的。相反,我们中国的读者是在层层的生活矛盾和社会矛盾中带着种种问题来读作品的。真正好的作家应该有一种穿透生活的眼光,他的作品能够给人以启发。在智慧这一栏里,我喜欢把幽默放在里面。幽默有两种:一种幽默是低等的,即搞一些噱头,北京话叫耍贫嘴。还有一种幽默,实际上是一种高度智慧的表现。在生活里,难免存在一些不健康的、不合理的东西,作者对这些一眼就能看穿,然后给予温和的嘲笑或是辛辣的讽刺,所以这种幽默是一种智慧。比如说,小人得志,神气活现,在真正有智慧的人看来,这实在是好笑的,但也无须嘲笑太过,把他狗血喷头骂一通,只要通过一种幽默的方式就行了,既表示了一种嘲笑,也表示了一种讽劝。这种智慧,在许多好的作品里都可以看得出来。幽默有时变成一种非常健康的生活态度,既承认生活中有许多阻力、许多麻烦、许多困难,又看到生活是在逐步前进的、有希望的,永远充满了温暖、充满了追求的。有一种对生活的简单化,你说歌颂,他就把什么都写得全部都是好的;说暴露、批判,就写得一团糟,这是一种缺乏智慧的表现。智慧就是这样,有时候表现为一种幽默,有时候表现为一种健康的生活态度。可以说,好的作品,它的见解往往比常人高一等,它的思想更加深邃,概括更为厚实,表达一种颠扑不破的生活哲理。从美学上讲,智慧能够成为一种美。

有一种格言式的诗,就是用最简短的句子,用最简单的语言来总结人生的经验、社会的经验。有一些诗本来不是格言,诗人对于形象非常凝练的概括,使诗有了一种格言的味道。"青山遮不住,毕竟东流去。"辛弃疾写这词的时候,并不是把它当格言写的,他是写山挡不住水流这个现象。这句词现在被很多人当做格言来用,我们在社会生活中到处看到"青山遮不住,毕竟东流去"的现象。作品的这种高度的概括性往往凝聚着作家的智慧,而这种智慧和国家、民族的智慧是分不开的。

我还想讲讲作品的真切。真也可以成为美,为什么呢?虚假的东西是丑的。我们的作品有两种虚假。第一种是为了迎合某种观念,在那儿编造。常常有一种"跟风"的作品,什么时髦写什么,那是一种虚假。再有一种就是创作态度不严肃,粗制滥造,拿不出真正的货色,无病呻吟,这也是一种虚假。当然无病呻吟也可能是一种时髦,"为赋新词强说愁",本来没有深厚的感情嘛。

真切,是对读者负责。自己确实有所体会、有所察觉、有所感动,然后把自己的心交给读者。如果你心灵是丑恶的,越打扮越难看。本来是个猪八戒,披红戴绿、头上插花,穿上超短裙、丝袜子、高跟鞋,那就更难看。有一些作品,一看就有一种真切感,表达了作者的善良和对读者的信赖。为什么真切能够成为一种美呢?因为它是一种善良的表现,敢于把自己赤诚的心袒露出来,敢于把自己的爱憎、自己的向往、自己的追求、自己的快乐和苦恼尽情流露,表现出一种探求、一种善良的心愿、一种对人和人之间关系的理解和信任。我们人身上也有卑劣的东西,但我们写这种卑劣的时候,要抱着一种善良的愿望,一种改造人的愿望。要让作家的心温暖千百万人的心,让作家心里的光辉、理想的光辉去照耀千百万读者的心灵。这样的作品,境界是高的。

整个说来,我们的作品要成为对人的精神力量的一种鼓舞,一种召唤。我们现在不是整天说振兴中华吗?振兴中华包括精神上的振兴,不只是在奥林匹克运动会上得许多奖牌。我们的生产发展了,生活也提高了，房子盖了很多，工厂盖了很多，铁路修了很多，这当然很好。但是如果人们的精神仍然是萎靡不振的，或者是尔虞我诈的，或者是麻木不仁的，恐怕就不是真正的振兴。我们的文学作品，讲理想也好、诗意也好、真切也好，最终是要提高我们的精神境界，提高读者的精神境界。是和读者一起提高，不是教训他，现在读者最怕教训，一出现教训的场面，读者就不看，反感。我们的文学作品，能够在振兴中华的事业中，振作我们人民的精神，呼唤我们民族的精神力量，使我们的人民变得更美好、更强大、也更聪明。我们的作品应该起到这样的作用。同时，我们丝毫不排斥比较轻松、带娱乐性的、没有什么重大的思想内容却能赏心悦目的作品。但是从整体上说，我们的作品需要更高的境界。随着人民文化的提高，对写小说的人要求更高了。你能写我也能写，你能写奇奇怪怪的故事，我也能写奇奇怪怪的故事。为什么我要看你的作品？显然你在思想上、认识上、情感上各个方面，有比一般读者站得更高、感情更炽烈、追求更执着、态度更坦诚、见识更深刻的地方。我想我们应该要求作品向这个方向发展。当然说起来容易，却不是说一说就能做到的。

  第三个问题，我想特别谈谈短篇小说的创作。

  这几年，中篇小说的发展是一个很引人注目、很突出的现象。很多中篇小说在全国获奖，引起了很大的反响。中篇小说确实有它的方便之处，篇幅施展得开，又不像长篇小说那样难以驾驭。由于种种原因，我们的短篇小说——真正掌握了短篇小说特点的短篇——不算发达。现在很多同志写的短篇小说也大致是按照中篇的架子写的。我也写过好多这样的短篇，写得很长，两万字左右。这样的东西当然也有存在的价值，我丝毫不想贬低这样的作品。但是，我们现在要提倡一种真正的短篇。所谓真正的短篇就是以小见大，截取生活的一个片断，所谓"一滴水中见大千世界"这样的短篇。短篇小说毕竟和中篇小说不同，它应该是精炼的、单纯的。单纯不是简单。它的人物是单纯的、故事是单纯的、结构是单纯的，但是单纯应该是和无限的东西,和复杂的东西、丰富的东西联系着。有很多原因造成真正的短篇小说不够发达,这和人们的观念有关系,甚至和稿酬制度也有关系(按字数计算)。写一个三千字的短篇很不容易的,我不想在文学体裁中提高哪个贬低哪个。我的体会是这样的,写一个三千字的短篇,费的力气远远大于写十分之一个三万字的短篇,更大于写二十分之一个六万字的中篇。三千字的一个短篇,写足六万字就要写二十个,很不容易。当然不是强求,字数毕竟还不是决定的因素,还是要看内容。我认为,我们现在有点忽视真正的短篇。

我们要从这么几个方面努力。一个就是取材,真正是取其一点,时间上、空间上、人物上最集中的一点,不是拉得很长。当然也有的短篇是写纵断面,一下子写很多年。铁凝写的照相的故事就是很好的短篇。

还有一个就是从语言上努力。短篇小说也要追求诗的凝练。短篇小说追求的是诗的境界、诗的语言、诗的表达方法,这样的作品确实太少。一种纯净、干干净净的语言,水分很少。长篇小说难免多少有点水分,写什么东西都是细细地写,这间房子怎么样,两人见了面,不厌其烦地写怎么握了一个手,然后他给他点了一支烟,然后给他倒了一杯水。其实这些东西全部可以删掉。短篇小说就容不下写这些东西,一个是纯净,一个是精炼,再一个就是留一些空白,留下给读者想象的余地,这一点非常重要。有些很好的题材,很好的构思,但什么都叙述清楚,不会砍。把能砍掉的都砍掉,留下一部分让读者去体会,去思索,去咂摸滋味,效果会好得多。

再一个是从机智方面。有时候短篇小说表现的是一种机智。写短篇小说和写中篇、长篇稍微有点不同。我的体会只限于我个人,长篇、短篇、中篇我都试着写过。写长篇有比较长的计划性,很早就酝酿、思索、收集材料,有一个大致的安排,当然不是很精确。写短篇往往有一个偶然性,生活里面一个小事情启发了你一下,触动了你一下,这个触动刚开始的时候,自己还没有意识到它能够成为写小说的材料,总觉得某一点挺有意思,或者是引起了你的兴趣,或者是引起了一点情绪、一种追忆,或者是一种怀念,或者是一点迷惘——生活里有一些事情一下子认识不清,引起了一点迷惘。在你有了这种心情、这类体验的时候,千万不要放过,往往那是一种很好的短篇小说的材料,给予机智的处理,加以发展、充实,加以改造,加以生发、延伸,加以提高,它就可以变成一个很好的短篇小说的材料。

最后想讲一个问题,就是作家应该不断地充实自己。

新时期的发展和变化是很迅速的,知识的发展变化也是很迅速的。在这样的情况下,必然会出现一些赶时髦的人,听到一个新名词,这个名词还没有弄清楚,就卖弄起来了。这种人比比皆是,新鲜的东西还没学过来,蛤蟆镜的商标就先戴上了。戴商标这种现象到处都有。同时,也会有一些保守的人,落在生活后面的人。作为一个作者要警惕我们的生活经验、我们的知识、我们的理论水平落后于时代。生活已经发生了变化,文学需要回答生活提出来的问题,回答科学发展提出来的问题——是试着回答,当然不是一篇小说就能回答得了的——所以要充实自己,生活上的充实和知识上的充实。据我所知,有一些业余作者,时间很紧,有自己的工作岗位,八小时以后别人可以去打牌、看电影、喝老酒,他还要坐在那儿写作,这当然是很苦的。这样,一些业余作者就不大看书了,甚至说没有时间看书,看书就没有办法写作了。我觉得这是很危险的事情。文艺作品的数量和质量的关系与物质资料不一样,作品数量非常多,可以不起任何作用;数量少也可以有很大的作用。文学艺术、精神产品,质量的问题更加重要。所以赵紫阳同志在人大会上特别提出提高精神产品的质量问题。要提高质量,如果我们自己没有丰富的库存,生活的库存、思想的库存、知识的库存、情感的库存,写出来的东西必然是浅薄的、乏味的,甚至是粗制滥造的。我觉得,我们在新时期固然要写作,同时,有一个比过去任何时期都更重要的学习的任务,包括在实践当中学习,在生活当中学习,也包括向书本学习。搞写作有两条大忌,一是光写不读。还有一个是只对文学感兴趣,对文人感兴趣,对别的学科、别的生活、别的人不感兴趣。这样搞写作就非完蛋不可。只看文学书,只看文学杂志,只愿接触编辑、作家、文学教师,好像其他一切都是庸俗的,都是没有意思的、单调的、乏味的,好像自己特别清高,特别伟大。当一个作家到这一步的时候,他的创作力就枯竭了,成了无源之水,无根之木。文学本身并不能产生文学,读一千篇小说也不一定能写出一篇小说来。文学艺术活动在人们的整个社会生活里并不是最重要的活动,还有生产活动、政治活动、社会活动,还有家务事。我们要有多方面的知识,知识越多,对生活的发现就越多,对生活的理解就越多。有一种说法,哪个老作家说的我想不起来了,他说有多少知识多少思想就有多少生活。这话虽然片面,但也很有道理。没有知识没有思想,你在生活里面就发现不了什么,有什么呢? 一个商店里面卖货的,卖了四十年、五十年,没有什么东西可写。因为他没有经济方面的知识,没有生活方面的知识,没有理论的素养,没有思想水平。我觉得我们搞写作的人要把写作作为一个毕生的事业来搞,尽管是业余的。对充实和提高应该有一个长远的观点,不要只追求数量,也不要用其他的方法来追逐名利。现在文人也不那么清高,搞写作的人也很时兴拉关系,走旁门,不一定完全是后门吧。

我想,提高自己的境界、充实自己应该包含这些方面。

1983 年 10 月

变化中的生活和文学[*]

党的十一届三中全会以来,我们的社会生活、政治生活、经济生活、文化生活,以至于家庭生活、个人生活,都有很大的变化,穿衣有变化,吃饭有变化,住房有变化,休假或假日活动、恋爱婚姻等一些习俗都有变化。这些变化在中国来说,具有一种空前的形式,更远了我们不说,至少是近百年来,中国一直处在这种动乱之中,而且普遍都是非常贫困。五十年代初期,我们国家是处于一种非常好的气象,一直到现在我们都很怀念。但是那个时候的那种气象,仍然是革命战争所动员起来的、由于革命战争胜利所带来的那种开国气象——自信、胜利。但是,真正按照经济建设的方针来搞建设,还不能说那个时候就做到了。所以,我们一块来探讨一下我们当前的生活发生了什么变化,这些变化对文学创作会有一些什么影响。

头一条,也是最明显的,就是我们常说的一句话,叫做安定团结。像这几年这样安定团结,这在中国历史上是没有过的。解放前不要说,四分五裂,军阀混战,日本侵略;解放后从五十年代后期起,一个运动接着一个运动,一个批判接着一个批判。安定团结影响到人的精神面貌,也影响到文学艺术的趣味欣赏。安定团结影响到人们的精神面貌,就是说,大家比较实事求是地讲,注意按照客观的规律,来改善自己的生活,这是好的。有时候也有不好的一方面,在一种比较

---

[*] 本文是作者在全国文学创作座谈会上的发言。

安定的生活里头,这种理想主义,这种自我牺牲的精神,这种热情奋发的革命激情,从表面上看有些消退。这些我都不详细说,因为大家可以体会到。那种政治热情,往往是在一种非常时期,比较高涨。"起来……中华民族到了最危险的时候……"唱这个歌的时候,是在一九三五年和一九三六年,这跟目前比较安定的形势下,唱这个歌的心情不一样的。在一种比较安定的生活里面,人们对文学艺术的要求也有些不同,比如我们现在探讨一个问题,我现在也参加一个刊物,我们常常也感到苦恼,现在全国的文学刊物的订户是普遍有所下降的。下降的原因非常多,比如刊物越来越多了,现在已有的刊物没有减少,而新的刊物又不断增加。我们国家又没有出版法,有很多选刊,这个选刊一多也有影响。但除了这些原因以外,和人民在新的时期的生活趣味、关心的东西多样了,有某些变化。三中全会前后,一九七八年七九年,那个时候,一直到一九八〇年,是文学刊物的黄金时代。那时全国的几个大刊物,订户都在现在的三倍以上,现在《人民文学》是四十万左右,那个时候是一百五十万左右。《北京文学》最高的时候也是将近四十万,现在《北京文学》不到十万。其他的刊物也是这样。现在去调查一下,人们除了订文学杂志以外,也订跟生活最适用一些的杂志,什么《气功》《武林》《保健》《长寿》《食品科技》(这上面既有关于烹调的,又有关于食物的营养的)以及《服装》《家具》等等,这些东西就比一九七八、七九、八〇年那个时候多得多。一九七八、七九、八〇年订文学杂志还有一个特点,就是经过"四人帮"长期的压抑以后,大家有很多话,感情的抒发和共鸣,要到文学杂志去找,很多咱们国家的思潮、动态,特别政治思想方面的动态,要从文学里面去寻找一点信息,因为你光看报纸上正式的东西,有时还没完全透露出来,从所谓官方的报纸文件中,你还不能完全看得出来,在有些小说有些诗歌里头,那就几乎甚至走在前面,或者同时进行。比如三中全会还没开,那边《于无声处》就演出去了,所以它轰动一时。然后是艾青的诗《在浪尖上》,再后是一个诗歌朗诵会,有些最新最新、最最鼓舞人心,最令人热泪滚滚的东西,是从文学先出来的。现在就比较困难了。

一个是安定团结,一个是人民的生活不断的提高。大家牢骚还是很多,你和那牢骚满腹的同志在一起,他绝对不会承认生活提高,相反,他会说:"工资涨了管什么用?现在物价涨得比那时候还多,我吃还不够呢!"但你到他家里调查,就不一样了。你说他那些东西是偷来的?不是。但是他却硬不承认。实际上他是提高了。特别是大城市,刚出现录音机买一块"砖头"式的,有人就觉得很稀罕,现在就不行了,很难卖。我到一些新结婚的人家里,那几大件如此之齐全,规格如此之好,令我们这些做父母的人自愧弗如。人家那落地式台灯比你的像样。你虽然也有一个,但你的样子不对。他的写字台也比你那写字台要好,他的收录机呀、电冰箱啊、电风扇啊、电视机啊,什么都不错。生活的提高也带来一些心情的变化,也带来一些新的问题:家具越多他就越觉得房子窄小。原来还没有什么家具的时候,房子问题还不那么突出。他越有钱买家具,就越觉得要房屋宽大。好的是,人们有余力和余暇去进行艺术的欣赏。我就发现一点:我们五十年代结婚时,周围同志送礼物,送一个洗脸盆呀、暖水瓶呀,就算比较高级的了。送枕巾啦,送台灯那是要咬牙的,交情特别好的所谓铁哥们儿几个人一咬牙,送我一个台灯。一般的就是枕巾、洗脸盆、茶杯、凉杯,也就是这些东西。现在的年轻人送东西很讲究送艺术品(北京是这样,别的地方我不知道),雕塑啊、名画的复制品哪,或者从工艺美术公司买一个好的工艺品。大家对艺术的要求比过去高多了,生活的趣味不一样了。当然中国现在还比较少,就是这种储存名画的风气。这在生活物质水平达到一定程度的时候,我想中国也会有的。前几天我看电视,伦敦拍卖行卖画创了世界最高纪录,九百多万美金一幅画。我没听说过这个画家(我这人绘画知识也近于零),他说前不久卖过一幅画,也高达四百多万美金。现在我们一般的人大概还没有这个条件,你给我很多画我还没地方放,放到床底下让老鼠咬了,放到外面怕雨水淋了。但如果将来生活水平再提高的话,这方面也完全是有可能的。这是生活的提高带来的好的方面,那么它会不会也带来另一方面呢?有些人特别是一些青年人的胸无大志,每天致力于改善他的"小家底儿"。当然这也有它合理的一面,不能随便否定人家,批人家,但如果把一生的精力全部放在这儿增加一件什么东西、那儿增加一个花瓶什么的,也够呛。不过这是一种变化吧。底下就说到最大的题目了——改革。

我认为改革是一个非常长的过程。因为在中国改革不会那么容易,也不会那么快。报纸上不论讲得多么好,真正改革成功,稳定下来,需要一个相当长的时间,而且需要经过多次反复,改革当中也会出现各种问题。但是现在,党中央也好,很多的有识之士也好,确实是下决心改革,这是一个事实。而且这个改革已经引起了全世界的密切重视,至少农村现在已经收到了明显的效果。这种改革引起的人们在观念上的变化,就更深刻、更复杂。比如说时间观念。就拿讲话来说,凡是国内找我去讲话,可能是表示热情,表示爱听我讲,"你撒开了讲,如果上午讲不够,下午再接着讲。"我说:"哎呀我可没有那么多词儿。""不要紧,上午八点到十二点,四个小时归你。"我说:"我哪有四个小时可讲。""那么你讲三个半小时吧。"反正是越长越好。国外则完全是另一种观念。他在你讲之前就先限制你,每人发言四十五分钟,你讲到了时间的话他就要通知你。包括他那个总统竞选辩论。当时我正在美国,在电视上看里根跟卡特辩论。里根正讲得洋洋得意的时候,主持人说你到时间了,他一句别的话没有,说句"yes sir",马上坐下了。总统也不行。长篇大论,一切从头说起,这是中国特色。

现在深圳也不一样了,那里的人就显得匆忙,闲谈的很少。记得沈钧儒很早就写过一副对联,上联叫"立志长存千载远",这话我记不准了,下联是"闲谈莫过五分钟",因为他很忙。我们有时候表达对一个人的情感,常常说:哎呀,张三李四,很久没有来看我了。好像看得越勤,感情越深。退居二线,来看的人少了,就觉得门庭冷落,非常寂寞。我并不提倡六亲不认,父亲母亲,老同志老首长,身体不好,生了病了,或出了什么事情了,当然还是要看的。但是有一些纯属就是为看望而看望的。这和我们这种时间观念是有很大区别的。时间的观念,人情的观念,人才的观念,到底什么样的人是人才?有些地方选拔第三梯队、第四梯队,或选拔年轻一点的干部,非常困难。选来选去还得找一个年纪大的人才能够通过,或者选来选去选一个最平庸的人,"天将降大任于斯人也",就降到这种人身上了,什么事他都含含糊糊,什么事他都马马虎虎,也比较好说话。有棱有角的人总是倒霉。我觉得做一个工作,只要不是终身制,你就不要把这个领导人当做一个政治领袖那样选拔,那样选拔那全中国能出来多少个呀?讲老实话,你确实把它看做一个分工,他确实能胜任这个工作,你先让他干上三年嘛,三年以后看他在这中间暴露了不少缺点,他的那点招数也发挥得差不多了,那么再换别人。不行的话一年一换,也可以。这叫人才观念。人才观念、法律观念、道德观念,有些问题我也说不清楚,而且很容易有片面性。我是说我们这个改革,它会影响我们对很多问题的看法。建立一个法制观念那是很不容易的。几千年来都不重视法制啊。华国锋出访,那是一九八〇年吧?出访西欧以前,他就在记者招待会上宣布,说是"不会给'四人帮'判死刑"。外国记者哗然。本来这事情应该是法院说的,就算装装样子你也得装啊,说"据法院估计不会给'四人帮'判死刑"。怎么连个样子都不做呢?

改革、开放。开放对我们生活的影响、变化就更多,好的坏的、半好不坏的,好坏难辨。有些事你不是一下子,很简单就能说清楚的。对西方,我们要学习它先进的科学技术和管理技术,但决不学习他那些资产阶级腐朽的思想和生活方式。一种舞蹈到底是不是腐朽的生活方式,到底这种舞蹈跳到什么程度就腐朽了,交际舞不腐朽,那么交际舞的贴面舞肯定就腐朽,脸靠得太近了是不是?那么这个正当距离是多少呢？十厘米？陈建功说他在北大上学的时候就开过一个舞会，找了几个退休老工人来监督舞会风气，年轻人在前头跳着，老工人背着手在后面走来走去，而且不时嘴里头说："注意舞姿，保持距离。"如果这么说起来，迪斯科舞要健康得多。所以你具体到一个事情上你就说不清。最近看一条消息，说程琳的唱歌中央台也要放。你说受过港台的影响，那么港台的影响哪些是好的？哪些是不好的？戴蛤蟆镜、太阳镜这是不好的，上边贴一个纸签就更是不好的？但是香港的这些眼镜至少对我们国内的眼镜业还有点促进作用。这几年我也常接触一些"洋鬼子""假洋鬼子"，他们感觉中国的服装变化很快，当然不是指咱们这些人，咱们这些人还不行。特别是体育场赛球的时候，或举行什么消夏音乐会的时候，真有穿得比较漂亮的。刚才说的是小东西，跳舞呀，服装呀之类，现在说说大的，第三次浪潮。现在我也没弄清楚比较准确的说法，"第三次产业革命"，这样提好像不恰当；"第三次技术革命"，是不是就恰当呢？在我们国家的科技界也有不同的意见。有的非常有地位的科学家，就认为托夫勒是骗子，这样的发言我听过。当然了，我们国家很多领导人认为他不是骗子。这比程琳的歌声到底是圆润还是庸俗不堪就更复杂一点了。你也不能因为领导说不是骗子你也说不是骗子，而你昨天还说他是骗子呢。我们说这里有很多问题，并不是那么简单那么容易的事。我到农村，看到一种现象，非常有意思。门口贴着的春联，既有马列主义、党的政策好、生产步步高之类，同时又有带着迷信色彩的，或者很古老的，有着几千年历史的那样的春联。房屋的式样有的是很古老的，但门是新式的，或者那个锁是非常新式的，往往有这种美丑杂糅、新旧交替这样一些非常复杂的情况。我在几次讲话里提到四川乐山大佛，那里贴着一个标语，说是"佛门重地，五讲四美，重点文物，禁止吸烟"，这个结合得好，什么都有了。佛门重地是老的说法，禁止吸烟有点时代新潮流的意思，重点文物是五十年代国务院就有规定，五讲四美是最近两三年时髦的语言。它包含的意思是，反对青年人到大佛底下谈情说爱,如果在大佛底下拉手接吻拥抱之类的,似乎都有辱清规,佛会不高兴的,对佛有挑逗的嫌疑,有对佛进行污染的气势。人们在这种变化着的生活中的内心体验,是很有意思的。作为作家,我们的感情很丰富,我们的内心体验很丰富,很多人都经历过革命,经历过战争,经过土改,经历过地下斗争,经历过"左"的路线。有的在"左"的路线斗争中整过别人,又被整得一塌糊涂;有的还坐过监狱,既坐过国民党的监狱,又坐过共产党的监狱。各种人有各种不同的内心体验。到深圳去,大多数同志欢欣鼓舞,但也有人情绪上不舒服,还有人看完深圳回去大哭一场,说跟着毛主席一辈子,可就剩这一杆红旗了。这是一种保守的错误思想。他觉得深圳没有延安精神啦,没有长征精神啦,政治也不挂帅啦。有些过去批过的,现在又实行了,你说你内心又怎样想?比较年轻的还有另一种想法,有人认为抗战八年最好那时不打日本,叫日本占领着,那么全中国都成了特区了。他不知道那时候日本人来可不是来投资开工厂的,是抓劳工、来杀人的。我们生活在现在这种变化的生活中,每个人的内心体验是非常丰富的,这种内心体验是一句话讲不清楚的。这是绝妙的,是世界任何一个国家和作家所没有的。因为咱们变化的幅度相当大,而且这变化本身也是一个值得我们探讨的谜。我们的人民到底是喜欢变还是喜欢不变?很多人告诉我说我们中国人要真正改变一种观念一种伦理非常困难。封建迷信,到现在有些地方的程度还与五十年前、一百年前没有多大区别。八十年代,咱们还破获过反革命集团,一个人自称要当皇帝,而且封了正宫娘娘、东宫娘娘、西宫娘娘、军师什么的,好像他要开国了,而且周围还真有人给他朝拜,真有跪的。从一个很小的事情,我就感觉到中国改变之难,就说这麻将牌。我认为打麻将牌本身就是一种旧中国的象征,无所事事,消磨时间,百无聊赖,连赌钱都是慢慢磨的赌,西方赌钱是轮盘赌,三两下立刻一把汗出来了,为什么,输了一百万。咱们那麻将牌两毛钱一锅,打了一天最后输了一块二。这麻将牌消灭之难,我现在就感觉到了。我访问墨西哥,跟墨西哥东方研究所负责研究中国的一个女士交谈。我说中国很大,历史很长,所以中国的变动很缓慢,中国的事情不能着急。她马上就说,第一,你这话当年李鸿章就跟外国人讲过,你这话跟李鸿章是一样的。第二,她说她在中国呆过三年,认为中国很容易变。她说你想一想从粉碎"四人帮"到现在才几年,大家说话的方式、开玩笑的方式以及穿衣服,发生了多么大的变化,我觉得外国人还没有中国人接受新事物那么快。她的这种说法我从没有听到过。我们只议论中国人多么保守,保守得令人慨叹。

还有些小事我也搞不清楚,就说北京这青年人谈恋爱,过去总是男的向女的讨欢心,现在倒过来了。比如在车上,只有一个座位,按我们这么大年纪人想,总应该让女的坐,女的体质弱,可往往是女的让男的坐。我注意观察了两次,还真是这样,为什么?有人说现在是女多男少,但从几个大城市统计数字和人口普查看,不存在这个问题,女孩子完全没有必要为找对象而感到恐慌。最近有几篇小说,据说很有男子汉气。包括北方人搞的男子汉文学,很做作,好比是拿一撮黑毛贴在胸口,来表示自己是男人。我听到各种说法和怪论,都是报纸上没有的,内参上也没有。对这样的问题我就不知道怎样分析。所以说我们每天掌握生活的脉搏,和生活发生联系,那么我们每天都可以发现新的问题、新的现象,或者新的困惑、新的希望。

生活有了变化,那么文学有些什么变化呢?文学的变化同样也有它变与不变的辩证法,有它继承和革新的变革。有一种比较简单的说法,说现在生活变化啦,过去的文学传统不够用啦,这很难说服别人,因为艺术的东西并不像物质的东西过时得那么快。比如马褂、瓜皮帽、朝靴,这过时了,可《诗经》不过时,唐诗宋词有人总觉比我们现在的《诗刊》《星星》上的要好。但艺术总是要发展的,并不是说我们有了唐诗宋词,有了李白、蒲松龄、曹雪芹,世界上有狄更斯、巴尔扎克几个大作家就够了。既要承认继承性、连续性,又要承认变化性。新奇不一定就好,电子表刚出现时新奇,现在就不行了,还是机械表。但你不追求新奇的变异,你就会停滞、就会消亡。苏东坡词作得好,你要照他的填,再填你也不会比苏东坡的好。你不追求新的东西就永远跟在后面模仿。所以文学界常有新派与老派之争,新派往往被攻击学到了皮毛,形式主义,没有根底,标新立异,走上了邪路等;而老派往往又被攻击为思想保守、僵化、观念老化、知识老化、墨守成规、缺乏创造力、缺乏想象力、没有爆破力等。依我看,很多互相攻击都牵扯到原则性、艺术观、世界观,但也有许多是片面性带来的,是一种门户之见。因为你拒绝接受人类的文学艺术遗产,那是绝对不可能的,任何欣赏和创造活动,都是在已有的艺术基础上进行的。美学家有个观念,叫审美心理的保守性,就是说你完全没有接受过的东西你难以接受。别说审美心理,吃饭心理也是这样,现在啤酒在全国几大城市都脱销,但在一九五〇年、五一年时,许多人都不喝。有人说:"喝啤酒干什么,跟喝马尿一样!"后来我到山区劳动,发现那啤酒还真跟马尿一样,色泽金黄,泡沫丰富,但现在大家都接受了。我小时候西红柿很多人不接受,到现在不喝牛奶不吃奶油的人仍很多。但事实证明,经过一段时间后就会接受。我常举一个例子,说舞蹈《丝路花雨》取得了很大成功,秘密之一就是它利用了人们对敦煌文化已有的知识、欣赏和向往,所以看到它,立即想到敦煌文化这个宝窟,这个作品可以唤起人们对整个我们民族优秀文化遗产的迷恋、向往和知识。所以你觉得这舞剧源远流长、扎根深厚,为之倾倒。四川成都舞剧团搞了一个藏族舞剧,剧作者想与《丝路花雨》决一雌雄,但它就是打不响,引不起你审美当中的叹服感。如果从纯文学的观点看,《丝路花雨》的破绽很多,无论是故事,人物。但它极大的一个优点,就是站在民族文化传统的制高点上。所以,忽略民族的文化遗产,忽略我们革命文学的传统,是绝对不应该的。反过来说,如果文学创作不能带来新东西,只是迷恋旧东西,这也不行。前一阶段,我们文学青年中有一阵崇拜沈从文的风气。沈从文是一个很有成就的学者、作家,为人也是谦谦君子,很好,许多作品也是有成就的。五十年代后很长一个时期,对他的作品比较冷淡,甚至有批得过头的地方。但是反过来,说我们新时期的文学就是要走沈从文的路子,那就完蛋了。我们如果专门去写与世隔绝的、穷乡僻壤的、天涯海角的、原始的、野性的、愚蠢的那些东西,甚至专门欣赏那些东西,历史的车轮似乎转得越慢越好,甚至往回转才好,那就完蛋了。我们从中吸取好的东西这是完全正常的,但也有的人一味模仿沈从文。旧的东西也可以是美的、善的,在一定的时候,也可能比新的东西还美还善,完全可能。比如宫灯,有时比电灯泡还美,普普通通的电灯泡,有时还没有一支红蜡烛插在铜台上美。但我们不能迷恋那个,我们的作品中不能都是红蜡烛。从艺术欣赏上来说,随着人们文化水平的提高和生活的安定,在艺术欣赏上肯定要提出要求。一是要深刻含蓄,因为大家文化知识都提高了。越是这样,越希望艺术作品说教的色彩淡一些,包含的思想深一些。现在不是讲信息吗,现代人与原始人最大的区别,就是一生中他所得到的信息量,可能是原始人的几百倍、几千倍。交通比过去发达了,世界各国之间的相互影响增加了,各种新技术、新产品、新理论、新说法,日新月异。人们要求在同样的文学作品,同样的容量中,能够提供更多的信息。比方说你这一千字的作品,可能比他那五千字的信息量还要多。读者常说,某某作品写得水,因为他那五千字写完了,写的就是那么一件事,那么一点意思,他提供不了那么多信息。这当然不是绝对的。文学作品最怕抬杠,他说:"你这不对,我们家那老太太就绝对不看信息量多的,就要看一个很单纯的故事,《棒打薄情郎》,她百看不厌。"这样的老太太,在中国可以找到一千万。所以说这不是绝对的,这是大致的趋势,人们会慢慢习惯于作品节奏比较快的、线条比较多的、复合的这样一种写法。这也不是绝对的,说节奏快,快得跟电子计算机一样,这也不可能。而且节奏总是有快有慢的,都是快的,人就麻木了。有了慢才能显示出快。现在许多年轻人不喜欢京剧,本来几个字的唱词,它啊啊了半天,看着着急,就是因为它节奏太慢。我这意思当然不是说让京剧改快，大锣一敲，那花脸不走方步，跳着迪斯科上来了，那也不可思议。我也不是说京剧会消亡，它绝对不会消亡。中国有它自己的一套美学体系。我认识一位精神病学的专家，他就给我讲这个。他说文化越高的人，他得精神病就越细致，他自己会说属于哪种类型，恐惧，或者烦闷、焦躁，或者是痛苦，他会说很清楚。可一位农村老大娘，和她儿媳老生气，她得了病呢，就不会说"我恐惧"，这话她说不上来，她往往只是一句话，"我心里堵得慌"，而且往往把精神的反应说成躯体的反应。明明是精神病，她不会说自己的情绪如何，她也体会不到自己的情绪如何，说忧郁、忧伤、忧愁，中国光表达忧有多少词啊，什么忧虑、烦忧、烦恼、烦扰、苦恼，越精细就越能分析这些心理和内心体验，相反文盲往往把心理体验说成躯体体验，心口疼、脑袋疼、堵得慌、吃不下饭去、爱出汗上火。最简单的一个说法是：最近我火大。这是事实，也是有科学根据的。人们随着文化的增长，心理就比较细致。所以我们的作品描写人的心理体验会越来越细。但是反过来你又不要搞片面性，你一鼓吹，今后这小说是以写心理活动为主了，人们再也瞧不起性格呀、故事呀、情节呀。这么一来马上就又犯了众怒，大家说："那小说成什么小说了，一上来就心理活动，最后结束还是心理活动，这又不是精神病吗？"然后马上就可以举出例子，说《三国演义》就没有写心理活动，也没写爱情，没有三角恋爱，更没有意识流。《三国演义》多好，你写的能比得上吗？这么一说大家当然都服气了。所以这东西不是绝对的，而且不是截然对立的。艺术是个整体，既有主观的东西，又有客观的东西，又有似旧实新的东西，又有似新实旧的东西。一种新的生活方式、新的生活状态、新的内心体验、新的思想、新的表达方式、新的构思，往往是非常自然的流露。刻意求新，未必就能新，而且还往往给人一种做作的感觉。关键是你能不能站在生活潮流、知识潮流、文学艺术潮流的前列。生产力在不断发展，四个现代化开始实现，对外开放，内部的改革不断提供新东西。国内国外不断有新的作品、新的思潮涌现，需要我们去鉴别、去剔除、去消化。而作为一个非常活跃、非常热情的艺术家,你本身就应该不断创新,你每天都会有新的感受、新的思想。如果一个搞写作的人,甚至一个干部,新东西没有了,每天想来想去就这么一句话,那他确实也就该下场了。不进则退,停滞就是退步,就是老化。所以创新既不是一个形式的问题,也不简单是一个借鉴、吸取的问题,它实际上是一个作家的整个人格的问题。他能不能吸收新的东西,能不能追求新的东西,能不能理解和感受新的东西,而这新的东西又绝不能和旧的东西割断联系,总是在已有的基础上产生的。这是我对创新问题的看法。

1984 年 7 月

当前文艺见解十题述评*

一 关于开拓思维空间和艺术空间，保持精神生活的生态平衡问题

在今年初，就有一些搞文艺理论工作的同志提出，要开拓思维的空间。就是说，我们对文学艺术问题的探讨应该多方面、多角度、多层次地来进行。随后又有一些文学刊物提出开拓艺术空间，就是应该有更多样的风格、更多样的流派、更多样的艺术手法的作品出现，使我们的文艺家，包括评论家的思想的、创造的、写作的活动能够有更广阔的空间。另外，他们套用了关于自然界生态平衡的观念。大家都知道，生物界，包括动物界和植物界，各种门类的生物，它们有一种相反相成、相辅相成、相生相克的关系，只有在这种关系比较平衡、正常的时候，它们才能够健康存在，才能够发展下去。如果破坏了这种平衡，就会引起一种连锁反应。他们用这样一个比喻来说明我们的文艺领域有各种各样的见解，包括一些不同的见解，一些片面的，或者是不够准确的见解，仍然有它们存在的道理，仍然有它们存在的价值，它们可以成为整个精神生活的维持生态平衡的一个因素。因此，不能轻率地把精神生活里头的某一部分（尽管这一部分对它的存在的合理性和必要性有不同的见解）搞掉，否则就不平衡了，不平

---

* 本文是作者为新疆的文艺爱好者和大专院校师生做的演讲。

衡就会引起其他方面的不正常。艺术空间的开拓,意思也很清楚。比如说,那些密切结合现实、题材有很大的社会尖锐性的作品是读者所喜爱的。但是也有一些不是直接描写一个政治事件或者社会问题,而是用一种比较超脱的态度、方法,写生活里头的一点感受,一点回忆,或者抒发一点情感等等,这样的作品也是可以的。上述见解在年初提出来以后,受到了很多人的重视和欢迎。在这个见解当中还包括一种否定,就是对所谓爆破式思维方式的批评。所谓爆破式思维方式,就是当某一种探讨、某一种观点被认为有某种偏差的时候,不是对它进行具体的、科学的分析,运用辩证的态度,肯定它合理的部分,同时否定它片面的、不正确的部分,而是通过逻辑推理上纲上线,把它简单地否定掉,一些论者称之为爆破式思维方式。就是说,用不着细致的思维分析,埋上炸药,一点火,"啪"一声把它炸掉就完了。这种爆破式思维方式最突出的例子就是所谓大批判。大批判用不着分析,尽量把它往坏里说,批倒批臭就行了。有些评论家指出,这种思维方式弊病很多,造成了我们的思想僵化,造成了我们讨论问题的肤浅,今后不应该采取这种方法。

对于上述开拓艺术思维空间,保持精神生活生态平衡的见解,现在公开写文章提出反对意见的,我还没有看到。但是也听到了一些不同的或是一种补充性、匡正性的见解。这些见解的主要意思就是说,开拓艺术空间是正确的,但在开拓当中还要有一个我们的文学艺术的主流和一个文艺理论的主体,我们提倡什么,引导什么。不仅仅是开拓,越宽越好,什么都行,总应该有所选择,有所提倡。而我们所提倡的文学艺术的主流、主体,当然还是要密切地反映当前的社会生活,反映人民建设"四化"、进行改革、开创社会主义新局面这样一个历史性的进程。这种反映千百万人民群众最关心的,也就是我们国家的、民族的命运的作品总还是主体。同样在理论的探讨当中也应该有一个主体,即把建设和发展马克思主义文艺学作为我们当前理论建设当中的一个主体。我们提倡建设性的思维,提倡开拓我们的思维空间,但这并不是抽象的、无边无沿的,而是有主导观念的。在马克思主义文艺学的问题上也有两种不同的见解,实际上已经讨论多年了。一种见解就是,我们的马克思主义经典作家(主要是指马克思、恩格斯)对文学艺术问题,有自己系统的论述,整体性的见解,因此,马克思主义文艺学已经是一个完整的体系,当然它需要我们在新的时期加以运用、加以丰富、加以充实和发展。另一种见解认为,马克思和恩格斯作为革命领袖,在创立和完成无产阶级革命理论的奠基上的历史功勋和伟大建树是无可争议的,但是由于他们从事的活动的种种条件不可能专门地来研究文学和艺术问题,他们对文学和艺术的问题没有或者基本没有专著,而大部分是在他们的一些书信,或是在讨论其他一些重要的政治经济问题的时候附带地提到,或是在举例子的时候提到的。这些对于了解马克思主义的经典作家,对于了解马克思、恩格斯对文学艺术的见解是非常重要的,其中有很多天才的思想至今给人以教益和启迪,但是这些离建立一个完整的马克思主义文学、文艺学的体系还有一点距离,还需要我们后人,包括我们大家来共同努力,来完善、完整,树立起一个真正的马克思主义文艺学的体系。这两种见解有过公开的论辩,我也没有看见谁能够或已经说服了谁。这里头有些专门的问题,由于自己读书少,或是还没有认真思考,也弄不清楚。但是我想,从整个来说,开拓思维空间的提出对于活跃我们的文艺思想是有好处的。开拓了以后,当然就要有所讨论,有所鉴别,有所选择,但是这个鉴别和选择也是一个过程,而且是一个群众性的过程,不是可以简单圈定的。

二 关于创作主体的讨论

今年以来有不少文艺评论家提出,要重视创作主体,即作家、艺术家的作用,并且认为我们过去只重视客体的作用,简单说就是只重视生活的作用。我们说,文学艺术就是生活的反映,写不好就因为没有生活,生活够了呢,自然也就写好了,因此,生活对于创作具有决定性的意义。对这方面大家当然都很熟悉,就是强调生活对于文学的这种促进的、制约的决定性作用。现在有一些论者提出来:我们是否相对地忽视了或是长期以来没有足够重视创作主体,也就是作家和艺术家的创造性,他们的心灵在创作中的作用。因为单纯的生活的记录并不是文学,并不是艺术。总还要经过创作主体的艺术想象、感受,起码还要经过他的选择。尽管有一个作家宣称,他的创作是绝对忠实的客观的记录,但事实上并不可能把所有的事情不分巨细全都记录下来,总得有选择,他的主体总得发挥作用。特别是在我们的作品中,有很多不是以现实本身的样式来显示,而是以幻想、神话、夸张、变形等等方式,以一种非现实的或超现实的手法来反映现实的。有些稀奇古怪的东西,仔细琢磨起来也是一种对现实的反映。所以就有一些论者提出了关于创作主体的作用,即作家艺术家的感情、思想、气质、性格、文化背景以至于他的心理状态、知识修养,也就是过去常说的他的世界观对文学艺术创作所起的作用。有的同志还提出这样一个论点,说我们的文学创作是一个三维空间,一面是生活,就是我们的客体;一面是创作的主体,就是作家的心灵;还有一面就是艺术的形式,被一定的文化、传统和生活的条件所影响的这样一个艺术的形式。创作只有在这样一个三维空间当中才有进行的可能。

  关于这个问题,我的观点是,这个创作主体的讨论实际上很难,它是不能够和创作的客体,不能够和主体的对象割裂开来的,因为主体不是空洞的、来无影去无踪的东西。你说你是创作的心灵,你的心灵是从哪儿来的呢?又到哪儿去呢?如果没有人类的生活、特别是社会生活的种种影响,你那些情感从何而来呢?所以实际上,是生活在培育着、铸造着心灵。同时,你的创作主体若不通过一定的客体的形式、一定的生活的形式,又如何来表达你这个主体呢?譬如你主体的情感是怀念,那你怀念什么呢?你怀念新疆,新疆就是你怀念的对象;你怀念情人,情人就是你怀念的对象;你怀念春天,春天就是你怀念的对象。你在表达怀念的同时，又必须表达你的怀念所作用的对象。你这种怀念的情感恰恰是寄托在你对所怀念的对象的回忆、刻画、形容之中，说起悲伤，那么你的悲伤也不是一个孤立的东西，你总是因为有一定的原因而悲伤，而你的悲伤也总是以一定的方式表现出来。所以创作的主体问题和它的对象问题是不能截然分开，也是不能孤立地、抽象地提出来的。但是，关于创作主体问题的提出对于活跃我们的思想还是有好处的，和这个问题关系非常密切的就是创作方法、风格流派等问题。创作方法的不同是一种主体的差异，对同样一段生活或者同样一个民族，一个国家，一个城市，一个乡村，甚至一个题材，不同的作家会采取不同的方法来表现，也就是说，他可以采取不同的创作主体和创作对象相交融、相结合的方式。有的更冷静一点，更客观一点，他自己尽量不表达非常明显的倾向，而把他的主体倾向体现在相当客观、相当冷静的记叙和描绘中，通过这种记叙和描绘，表达自己对事物的一些看法，用一种比较客观、冷静、含蓄的方法。有的用一种主观色彩非常浓重、非常强烈的，更多的用一种抒发式、论战式的，或者是抒情式的方法。他笔下的现实是他眼里的现实，这种现实甚至是和常人所看到的现实不一样的现实，他能见人之所未见，发人之所未发。这在创作上当然又是另外一种方法，可能是浪漫主义的方法，也可能是别的方法。

　　主体和客体的组合形式是多种多样的，可以是客观叙述占的比例多一点儿，也可以是主观的感触、主观的抒发占的比例多一点儿，也可以是那种想象的、神化的或者是传说的相当离奇的方式占的多一点儿，也可以是那种怪诞的荒谬的方式占的多一点儿。所谓怪诞、荒谬的东西，也就是把生活中的某种荒诞的因素加以集中，加以夸张，使大家看到，我们生活当中不但有合理的东西、正确的东西，也有荒诞的东西、自相矛盾的东西和不合逻辑的东西。具体的组合方式是非常多的。

三 关于文学的当代性以及
与生活同步的问题

这个问题目前在口头上讨论得挺热闹,但是还没有形成文字普遍地展开。有些论者提出来,文学的当代性是我们的文学、特别是我们社会主义文学的力量的最重要的源泉之一。就是说它是面向当代生活的,它是对当代生活的发言,是对我们周围的事物、我们的社会生活、精神生活、道德状况、理智状况、教育状况等各个方面发言的,它是这些方面的一种很及时的反映。我们的文学艺术作品尽管是多种多样的,也有写古代的,也有写外国的,十八世纪的、十七世纪的、原始的,还有凭幻想写几千年以前的原始社会的,但是最主要的来说,受到大家的关切、重视,能够有阅读魅力的,是靠它的当代性。

有的同志进一步提出了关于文学应当与生活同步的论点。同步当然不是指每一个具体的问题都同步,它是从比较宏观的角度、从大的阶段上而言。这些同志并且指出,我们的文学这几年一直基本上是和生活同步的。譬如在拨乱反正的时候,我们写了很多伤痕文学,批评极左的东西所带来的危害的作品;在我们实行改革、发展生产的时候,又出现了很多反映社会变革的作品,基本上都是和生活共同进展的。讲同步的同志也一再强调和指出,现在有些作家落后于生活,对于新的历史时期、特别是改革所带来的人们的物质生活、精神生活、思想观念、心理状态、风俗习惯等各方面的变化不熟悉,或者是认识不足。因而这几年相对地来说,那种激动人心的、能够很强烈地引起社会冲击效果的作品就比较少,所以希望我们的作家能够迅速地投入到当前新的生活中去。我们很多作家在"文化大革命"当中都是跟着一块儿受罪,所以对人民的情况、心情体会也就比较深,但是这几年浮在上边的比较多,需要改变这种现状。

也有一些补充的,或者是不完全相同的见解。一个就是认为当代性是一个广泛的概念,并不仅仅表现为题材。这并不是说,只有写改革才能表现改革的精神。必须直接写改革,写工厂、农村或是城市的改革,写农工商经济联合体、外贸、合资、特区,才够体现改革的精神,那不见得。你整个的思想观念、整个的精神状态,是一种所谓开拓型、创新型的,哪怕你是写历史题材、道德题材,或是不和当前经济改革挂钩的题材,你仍然能体现当代的一种精神。譬如汪曾祺,他是一位很有特色的作家,到新疆来过,主要写旧社会的生活。他有一个说法:我写旧社会的生活,在解放初期是不可能的,在五十年代后期也是不可能的,在"文化大革命"中更是不可能的,只有现在才有可能写。因此,可以设想他现在写了旧社会的一些生活题材也体现了现在的一种比较开放的精神,体现了我们现在在精神生活上的一种比较广阔的胸怀,所以也具有当代性,也有二十世纪八十年代的中国的特点。如果只是强调写改革,大家都去写改革,写厂长责任制,写引进技术,创作题材就会搞得非常狭窄,就不能满足人们的精神需要。这可以说是一种广义的关于当代性的观念。我在给政协讲第四次作家代表大会的情况时候,曾经举过这样一个例子:譬如说童话,到现在为止,我还没有看到过,而且也觉得不大可能用童话来写改革。一只兔、一只鸟、一只猴怎么改革?很难用童话来写改革。但是,如果我们的孩子从小没读过童话,那么他们的想象力就会非常贫乏,他们会不敢想象。我记得在乌拉泊"五七干校"的时候,在供干校学员学习的小册子里,有农民对文艺问题开展革命大批判的记载,农民批判小白兔种菜。不是有一篇童话叫《拔萝卜》吗?兔妈妈、兔奶奶、兔爷爷种了一个大萝卜,拔不出来了,于是老兔子拉着大兔子,大兔子拉着小兔子,公兔子拉着母兔子,一大堆兔子就把那个萝卜拔出来了。"贫下中农"说,这萝卜明明是我们种的,可是作者硬说是兔子种的,这不是睁着眼睛说瞎话吗?可以说,如果这样批判下去,我们会连一点想象力都没有,连说笑话都不可能,还怎么能搞改革呢?所以从这个意义上来说,我们的儿童、少年要读一些童话,当然好的童话成年人也应该读,这样能够使人的思想变得活泼一些,也不能说与改革毫无关系。当然也有同志不怎么赞成同步这个字眼儿,认为提倡及时反映生活是可以的,重视反映现实的题材也是可以的,但是同步怎么办呢?落后一步就不行吗?理想主义靠前一步,靠前一步就不行吗?这也是当前很有意思的讨论。

四 关于所谓纯文学的问题和非社会学的批评问题

今年有相当一批比较年轻的文学评论家提出,我们过去对文学的批评实际上只是一种单纯的社会学的批评,就是单纯把文学看成是一种社会现象,而缺少一种美学的批评,没有把文学当成一种艺术现象,当成一种审美的对象来进行批评。譬如一部作品出来了,说这部作品很有意义,有它的社会意义,因为它塑造了什么样的人,这个人物或是值得我们学习,或是值得我们借鉴,或是值得我们警惕,或是值得我们引以为戒。似乎这方面的批评、讨论比较多。然而,一部文学作品不仅仅是一个一般的社会现象,同时也是一种美的对象,但这方面谈得少,很多人提出了这样的意见。也有的人用一种嘲笑的口吻,讲所谓"问题文学""改革文学"是应时之作,就是应一时的要求。也有的同志嘲笑一些作品基本上是按《人民日报》头版内容来构思、安排和布局的,所以又提出了所谓美的非功利性。美本身是一种喜悦,是一种欣赏的喜悦、创造的喜悦。这种欣赏的喜悦本身就是目的,它不是为了一个明确的功利,它本身既不能当饭吃,又不能当衣穿。这些见解的提出是对那种简单地把文学艺术变成对一时一地的政治任务和政策条文的图解的一种反驳,甚至是一种抗议,不能让文学艺术整天围绕着中心任务转。有一个剧作家说他们十几年来每年春天都写抗旱,每年秋天都写防涝,但是等他抗旱的剧本写完了以后,已经开始涝了,防涝的剧本写完以后又旱了。这当然是在说笑话,不一定准是这样。但对这种现象,大家都不满意,对文学的功能的理解是越来越广泛、越来越多方面了。这和当前社会比较安定也是分不开的,人们不是处在一种动荡状态,并不是看完你的作品,马上就会走到街头去游行,去示威。但在三十年代、四十年代,有些学生读了艾青的诗《火把》,就有想上街的心情。而现在大家都能比较从容地对一些作品进行观赏,甚至所谓拉开距离等等,现在有条件这么做了。这些意见是有它的积极性的,当然也不能够反过来去贬低文学艺术的社会性,因为文学艺术的社会性是一个客观的事实,特别是对我们国家、我们民族来说,从来就是重视文学艺术的社会作用,特别是它的教化作用的。就是说,文学艺术能影响人们的精神状态,能够影响人们的情操,能够影响人们的文明礼貌、言谈举止、思想修养。所以自古以来,从孔子开始,就非常重视文学艺术的所谓教化作用。其次,我们中国近百年来,一直处在一个非常巨大的和激烈复杂的变动过程中,中国从一个古老的封闭的封建社会变成一个现代的开放的新型的具有中国特色的社会主义社会,这是一个漫长的过程。从鸦片战争开始,各种仁人志士寻找拯救中国的真理,进行革命的实践,这个过程的最大的特点就是急剧的社会变动。每个人的命运都离不开社会变动,譬如说"文化大革命"当中,正是"血战到底"的时候,你到乌鲁木齐来,那又是一番景象。每个人的命运都是和那个时代的命运有关的。"四人帮"刚倒台时是一种景象,现在又是一种景象。这种景象的区别是完全由于每个人个人的情况不同所造成的吗?不是,它是和我们整个社会从动荡到比较安定、从混乱到比较健康的发展这样一个过程分不开的。在革命当中、战争当中,就不可能给你一个从容地对文艺进行观赏、欣赏、玩赏的条件和机会。譬如说抗日战争爆发了,日本鬼子已经打过来了,或者是正在攻城呢,你说我现在要写部作品,是非功利性的,是纯粹供欣赏用的,这是不大可能的。所以,中国文学的这种非常强烈的社会意识,中国作家的这种非常强烈的社会使命感和作品所表现出来的强烈的对社会命运的关心是很自然的,只要不把它搞得褊狭化和绝对化,就并不是我们文学的弱点。我还有一篇文章,接着那篇文章发表的,题目叫《社会性不是文学之累》,社会性并不是文学的一种累赘。我刚才讲了,现在我们有可能提出所谓"纯美"的文学,不管你赞不赞成这种说法,哪怕是提出所谓"美本身就是目的",那就等于是"为艺术而艺术"了。我们现在不是要扣帽子,也不要说它荒谬,现在能提出这个,这本身也是和当前的社会状况分不开的。如果咱们现在正戴着高帽子游街呢,在那种情况下也不大可能讨论这些问题,因为那时候,你对你个人的安全的考虑会大大超过对文学纯美性的考虑。当然如果是吃不饱饭,那就是民生问题没有得到解决,也不行。所以现在能够提出这样一些问题来,恰恰是温饱问题得到了基本解决,政治上安定团结,在这样的基础上才有可能对文学的这一方面的功能进行更充分的探讨,如欣赏的功能,鉴赏的功能,以至于玩赏的功能,游戏的功能,娱乐的功能,我们才能够有更多的探讨。

今年以来在有些作家里头吹起这么一阵风,似乎是谁要写改革或是什么,就会变成一件受攻击的事情。今年评奖的短篇小说里头,有一篇叫《小厂来了个大学生》,是河北的陈冲写的,写工厂里头一种文明和愚昧的矛盾,也是改革题材。这篇作品不能说它写得非常好,但是在评奖之初的时候,从各地请来一些编辑、评论家进行第一期初审的时候,就曾经有过一些非常激烈的意见,说只要这篇不得奖,就是我们评奖工作的胜利,我们就是不能够奖励这种赶时髦的所谓迎合时尚的东西。这就又太过了。我想,造成一时的社会轰动虽然不一定是一部文学作品的最大的成功,但也至少不是一部文学作品的最小的失败,虽然不一定是一部文学作品的最大的光荣,但也至少不是一部文学作品的最小的耻辱。如果说我这篇作品写出来之后大家都非常关心,争相传诵,而我却感到这个太丢人了,没脸见人了,那也是荒谬的。

五　关于所谓"民族文化寻根"的问题

大家会从《文艺报》上看到,这个问题最近讨论得比较热闹。据我个人的了解,最早明确提出来的是湖南的一批中青年、特别是比较年轻的作家。他们提出,我们的文学作品的民族文化的根源不深厚,特别是楚文化(当然指的是汉族的文化)。中国的汉族的文化有两大源泉,一个是黄河流域的文化,从西安、洛阳这些地方发展起来的;另外还有一个和黄河流域的文化有很大不同的源头,就是楚文化(楚就是春秋战国时的楚国,现在湖南湖北一带)。但我们楚文化的根现在似乎找不到了,而在湖南湖北的一些山区里,还保留着一些非常古老的风俗,一些很古老的语言,这种语言和现代汉语有相当大的差别,还有一些很古老的文学艺术的遗产,像民歌、民间传说等等。我们要从这里吸取文学的营养。又有的同志提出来,只有把我们的文学作品浸泡在几千年的深厚的文化传统之中才有可能和世界对话。有的文章还用一个很通俗的比喻,说是你为了在世界上旅行,先得取得国籍,然后才能有护照。这里头牵扯的一些问题比较复杂,讨论的人也都还没有把他的论点全部阐述清楚。其中一个问题就是所谓泛文化的概念。文化,到底指的是什么?因为对文化这个词,各种不同的人有不同的说法。比如我们填表的时候,"文化程度"基本上指的是学历,有的指的是书本知识,主要是用文字所固定下来、记载下来的各个方面的知识。而"民族文化寻根"呢,它是一种广泛的概念,是指一切人为的生活所形成的东西,不是自然形成的,这些都算文化。譬如你怎么吃饭,这是文化;你怎么穿衣,这也是文化。每个人每个民族都有自己吃饭、穿衣的特点,这就是因为他(它)们有不同的文化。当然文字是文化,音乐舞蹈是文化,科学医学是文化,包括生活习惯也都是文化。所以有人提出所谓泛文化的概念,有的人还提出了所谓文化形态和文化心理的概念。文化形态就是指表现出来的,特别是风俗,如婚丧嫁娶都是一种文化形态。有的人认为,一个民族,特别是像中国这样一个具有相当古老的历史的国家,几千年来形成了自己的文化心理,就是人为的、历史的形成的一种心理。对于一件事情的看法,譬如穿衣服,衣服穿成什么样子大家就认可,穿成另外一种样子大家就不认可,认为你是奇装异服,招摇过市,但是如果换另外一个民族,也可能觉得这很正常,没有什么问题。所以说这是一种民族文化心理。

这个问题现在讨论得很热闹。但是到底这个意思是什么,我也没有完全弄清楚。我自己体会到的,和从一些同志的创作当中体会到的,觉得可以从两方面来理解:一种是强调要挖掘我们民族文化的优秀成果。作为一个作家,应该充分地掌握、接受这种优秀的成果,要挖掘我们这个民族的文化形态和文化心理当中的那些积极的东西。用一个比较简单的政治的说法,就是为振兴中华起积极作用,为振兴我们自己的文学艺术起积极的作用。在贾平凹、阿城的一些作品里就表现出了对我们古老文化的一种向往,一种热爱,一种珍惜。我们不能丢了我们文化的根,不能丢了我们文化的基础。还有另外一个方面就是指的批判,也是一种挖掘。是挖掘我们长期积淀的这种文化形态和文化心理的弱点,挖掘、认识、反省我们民族的文化的局限性。因为第一,我们这个文化是好的;第二,它又是有毛病的。否则如何解释中国在古代的时候有那么多辉煌灿烂的成就,而后来封建社会长期停滞不前,而在近百年来又陷于一种落后挨打的局面呢?在陆文夫、韩少功以及吴若增的一些作品里,也有一种对文化的探求,但它探求的是一些消极的方面,就是我们的文化当中有些什么消极的东西,把它挖掘出来。对积极的东西和消极的东西,有时候也不是一下子就能够分得非常清楚的。从继承民族文学艺术传统方面来说,可以看得出来,我们有一些作家更有意识地使自己的作品向我们民族古老的文化传统靠拢,譬如从语言、表达方式、修辞、叙述结构等方面尽量和我们民族的心理靠拢,这在很多创作中都有所表现。

对于上述的这种创作上的努力和理论上的探讨持补充意见或者不完全相同的见解的人当然也是有的。其中一种见解是,不能把文学艺术的民族性和它的世界性割裂开来。因为一个民族,只有把它摆在整个世界的范围之内,才能够发现它,认识它。所谓特点,如果只呆在自己家里,你就不知道自己有什么特点,只有和别人比较才有特点。一个民族的特点,只有和其他民族相比较,才能表现出来。一个国家的特点,也只有和其他国家相比较,才能表现出来。有的同志指出,上述这种所谓"民族文化寻根"的热潮本身恰恰就是外国文学影响的产物,具体地说,就是加西亚·马尔克斯的《百年孤独》影响的产物,在《百年孤独》里,他把欧洲和北美的现代文学的一些技巧和拉丁美洲的传统的古老的文化遗产,各种稀奇古怪的传说、神话、秘闻乃至于迷信都熔为一炉,写出了拉丁美洲很长远的一段历史。拉丁美洲有所谓文学爆炸,引起了全世界的注意,创造了所谓魔幻现实主义这样一种新的创作方法。它在中国的影响确实非常大。很多青年作家看了以后,觉得我们中国,特别是民间,不仅仅是汉族,也包括兄弟民族,都有非常丰富的这种文学艺术的材料,都有类似加西亚·马尔克斯在《百年孤独》里所写到的那些传说、习惯、风俗、神话、故事,很多这方面的材料没有得到发掘和利用。有的同志还提出,只有把自己的作品浸泡在深厚的中华文化里面,才能够和世界对话。这说明他们出发点仍然是面向世界的。世界上的事物的道理往往有两方面,所谓逆向思维,从东到西一个道理,从西到东也是一个道理。总之,只有具备了民族性才能有世界性。每个民族都要发挥自己文化的特点,没有自己的特点就无法在世界文化当中,包括世界的进步文学当中站稳自己的脚跟。但还有另外一个道理,就是只有具备了世界性,才真正具有了民族性。否则这个民族性是狭隘的、僵化的,怎么能有所发展呢?只有从交流当中、开放当中,从世界的文学艺术当中得到启发、得到营养,本民族的东西才能发扬光大,才能有所取舍,才能有所前进。

其次有一种批评,对提所谓"文化寻根"以后,很多同志争相写出的深山老林、荒野或孤独的原始人的作品持不同的看法。这种批评认为,难道寻找文化必须得上山旮旯里头找一个说话还说不全、语言机能都还没有充分发挥出来的野人?这样的人才有文化吗?难道北京没有文化?上海没有文化?乌鲁木齐也没有文化?这个讨论正方兴未艾,还有一些具体问题争论得就更激烈了。有的人提出,我们的文化传统发生了断层、断裂地带。说"五四"以后,我们的文化发生了一次断裂,"文化大革命"当中又发生了一次断裂。当然也有另外一些同志对这个论点抨击得相当尖锐,认为怎么能把"五四"和"文化大革命"相提并论?"文化大革命"是一场灾难,不是断裂,而是一种毁灭;而"五四"则是一种更新。"五四"时虽然对中国的传统的文化提出了比较激烈的批评,但它批评的锋芒是针对着那种僵化的封建文化,只有和这种僵化的封建文化决裂,对它进行批评,甚至是进行比较激烈的否定,才有可能取得中华文化的新生。至于创作上,我觉得还可以看一看,现在在这股潮流下出现的一些作品有的也很有意思。不仅仅是从社会关系,或者是从一个时期的政治背景、地理条件、本人阶级出身来刻画一个人物,而是从我们长久的民族文化的影响积淀下来的一个民族的共同的心理上来理解一个人,深度有所加强。但是我个人认为,文学艺术的问题还是要靠实践,要靠新的突破。我说个笑话,加西亚·马尔克斯运用了很多神话、传说、风俗、习惯,他的作品引起了轰动,那是因为在他以前没有人充分地运用这样的方法来创作。如果中国马上又出来一些二号加西亚·马尔克斯,或者张·马尔克斯,李·马尔克斯,达吾提·马尔克斯,米吉提·马尔克斯,恐怕就得不上诺贝尔奖金啦。光认一条道理是不行的。文学创作的路子是无穷的,什么东西形成一种潮流,第一,不是偶然的,它有着充分合理性;第二,又不能盲目跟上,盲目跟上就会实际上降低了创造性的水平。

六　关于"方法论"的问题

　　这个问题在一九八三、八四年已经提出来了，但以一九八五年讨论得最为热烈，特别是以福建为基地的一批中青年文艺评论家提倡得最为热情，他们运用自然科学的三论——信息论、控制论、系统论——的方法来讨论文学艺术的问题。关于这三论的本身，我自己学习得不够，今天也不是详细讲这三论的场合。在座的都是关心文艺或者从事文艺的创作、评论、教学工作的同志，大家可能都接触到了这些文章。福建的一大批评论家还办了《当代文艺探索》，还有甘肃的《当代文艺思潮》，都登了不少这方面的文章。力图用一种新的科学的方法，一种方式，或曰一种模式，来对文学艺术进行更加客观、更加科学、更加系统的研究。福建的一个中年文艺评论工作者林兴宅在这方面写了很多文章，据说他在自然科学方面修养也很好。他不但写了文章，而且还绘制了大量的图表，把文学艺术的功能、阿Q的性格等问题用制图的方法加以分解，加以解释，解释它们的分化和它们的统一，引起了全国很多评论工作者、教学工作者和文科学生的兴趣。充分肯定这种努力的人认为这是对我们文艺评论模式的一个突破、一个扩展。我们的文艺评论长期以来比较单调，把许多评论家的作品放在一块儿，感觉都差不多，基本的写法，甚至文风都相当接近。一个作品，先分析它的时代背景，再分析它的社会意义，人物的典型性，然后是语言、风格，最后再谈一点儿缺点。现在把系统论、控制论、信息论的方法引入到文学艺术的研究当中来，可以使我们的文学艺术的研究给人耳目一新的感觉，启发人的思维，更富有一种条理性、全面性，而且可以解释一些原来没有能够很好解释的一些文学现象。也有不大赞成用自然科学的方法来研究文艺的同志，他们认为，用这种自然科学的、很大程度上是数学的方法来研究文艺，只能破坏人们的艺术欣赏。文学艺术毕竟不是一个科学实验室里的东西，毕竟有很多东西是需要人们以情感去体验的,有一种所谓只可意会,不可言传,说不出多少道理的东西。齐白石画的虾好,为什么好?用尺子量,说是因为它的尺寸好,或者说颜色分多少度,现在颜色不是也可以分多少度吗?你找出数据来,把齐白石的虾的各种数据找出来,用优选法,找出最佳方案,这么一分析,人们岂不是兴味全无了吗?还有一种批评意见说,什么系统论,信息论,控制论,大家都看不懂。现在文学评论发生了名词大换班的现象,名词来了个新老交替,大换班,可是基本论点却没有什么更新鲜的。分析阿 Q 性格,表倒是画出来了,可到底比何其芳、冯雪峰或其他老评论家的评论前进了多少呢?

这些问题讨论得正是方兴未艾。我个人体会,这些问题不妨继续研究下去,现在肯定或否定都为时太早。但从总体来说,有这么几点:一是增加一点儿自然科学的知识,对于文学工作者、特别是搞文艺理论的人来说,恐怕是必要的。现代哲学从自然科学里得到的启示和启发是非常多的。要认识世界、认识宇宙,没有自然科学的知识怎么行呢?文学艺术再微妙,把它作为一个研究对象,是可以对它进行比较客观的研究的。作家可以不理睬你那个研究的结果,也不会按照你画的那个图表去进行创作。要真按你画的那个图表去进行创作那肯定搞不好。但是作为研究家来说,他要把文艺学变成一门科学,而事实证明科学是在越来越扩展着自己的研究范围的。它不仅仅要研究那些比较清楚、比较明白,规律比较容易掌握的东西,也要去研究那些充满了偶然、混乱和充满了各式各样可能性和或然性的东西,它也要尝试对文学进行比较科学的研究,这种尝试,至少是可能的。其次,懂与不懂并不是一个绝对的标准。有一些东西一开始大家都不懂,但慢慢就有更多的人懂了。我们过去常常吃不懂就批的亏。不懂也有几种态度,一种是看不懂,就被吓唬住了,或者一看不懂,就认为它特别好——"哎呀,这怎么看不懂呀?一定是太伟大了吧?"这是一种盲目性。还有一种,就是不懂就批,也是一种盲目

173

性。我觉得对于不懂的东西也不必急于采取批的办法。

当然,现在反过来说这"三论"的方法就是最新、最高的方法,最科学的方法,其他的一切分析方法都不行了,都落后了,都过时了,好像这个"三论"一提出来,图表一画,文学艺术马上进入了一个新的阶段,那当然也不符合事实。这些只是刚刚开始探讨,对这种相当专门、相当学术性的问题,有一些人在探讨,是有益的。既不必搞一阵风,也不必搞一窝蜂,更不必搞一刀切。如果你越研究越觉得内容宽广,发现越多,探讨的问题越有价值,你就研究下去;你研究研究,觉得这样研究下去不行,这条路不通,或者是你个人搞不下去了,你要用另外的方式来对文学艺术进行研究,这也可以。我觉得还是要让时间来慢慢做出结论。

七 关于所谓现代主义和东方美学思潮相结合的问题

这个问题在前几年有过一段热烈的讨论和争论,当时有过对所谓现代派的批评,但是那次讨论是在一个比较一边倒的情况下进行的,所以一时间好像听不到再有人说现代派如何如何了。

今年开始又出现了一些应该说是更有理论分量的文章,一些见解。譬如说,有的同志在论文中提出,现代文学、现代主义对中国文学的冲击是很强大的,影响也是很强大的。有些同志指出,鲁迅和郭沫若在他们的初期,与其说是受现实主义的文学艺术的影响,不如说是受现代主义的文学思潮的影响。还有的同志指出,在新的历史时期,指"四人帮"倒台、党的十一届三中全会以后,现代派的,或者叫做现代主义的文学思潮对我们的国家也有很深的影响。第一个阶段表现为对我们的形式和技巧的影响,他们称之为穿着中山服的现代派。它的整个思想内容还是传统的、正统的,但是接受了一些现代派的形式和技巧。后来又有过一段所谓穿着牛仔裤的现代派,就是说它不仅仅引进了现代派的一些形式和技巧,也引进了它的一些思想观念。他们指出,现在更有一个大有来头的趋向,既不是穿着中山服的,也不是穿着牛仔裤的,而是用现代主义的文学艺术观念和中国的古老的,或者是整个东方的古老的美学传统相结合。中国的古老的美学并不是非常强调写实的。国画并不讲透视,并不非常讲细部的真实。还有京剧,这些都不是我所熟悉的,所以我不多说。还有关于时间和空间的观念。甚至有的同志从东方的语言,特别是从中国汉民族语言的特点去考察,认为它适合表现所谓现代意识。譬如说汉语有时并不是十分清楚地讲时态、人称,有一种模糊性,不像其他很多民族的语言,动词都是非常明确的,现在时、过去时、未来时、正在进行时、过去正在进行时,时态分得非常清楚。主语是什么,非常清楚。而为一句中国的古诗,常常要争论几百年。因为可以这样解释,也可以那样解释。

当然,也有另外一种论点。认为所谓现代意识,所谓现代主义并不是一个一般的概念,而是一个特定的、有特质的一种概念。它指的是二十世纪三十年代开始兴起的一种建立在没落、恐惧、对资本主义社会完全丧失信心的基础上,而且否定了正常的健康的文学艺术传统的流派。因此这种流派对于中国来说是消极的,尽管它的某些个别的论点,或者个别的手法,个别的技巧对我们可能有借鉴的意义,但是它整个的体系却只能用来表达一种孤独、绝望和所谓疏离这样一种比较颓废的情绪。我们只能对它抱一种批评、批判的态度,不可能吸收过来为我所用。我想这个问题今后还会讨论下去的,也许会有相当激烈的争论。现在的一个困难就是争论的双方用的语言意思并不完全统一,在语义学上没有达到协议。譬如主张现代主义与东方美学结合的一些论点和文章,它们对现代主义的解释是一个非常广泛的解释,它们说所谓现代主义就是现代意识,就是现代最新的科学、艺术、文化的成果所造成的人们对各种事物的观念和理解。按它们的说法,前面所说的自然科学的"三论"——系统论,信息论,控制论和"新三论"（包括"耗散结构论"，另外两个论我实在记不起来了）都是现代主义。主张肯定现代主义和东方美学相结合的命题的人，把这些最新的思潮全称作现代主义。昨天晚上十一点多钟，我随便打开电视机，是上海台搞的一台节目吧？戏曲演唱，上面全是各种彩灯、迷灯的变幻，用电子琴伴奏，而且打着很强的节奏，唱越剧，唱昆曲，唱京剧，唱沪剧。沪剧唱的是《蝴蝶夫人》，穿的是够得上时装展览的服装。还有评弹，也带上那种"叭、叭"的节奏。当然成功不成功，还要经过一段时期的观察，反正大家都在琢磨这个事儿。另外一些人，持比较严峻的批评态度，他们对现代派、现代主义的理解，我刚才谈了，是一种非常特定的理解，其范围、界限是非常明确的。但我相信，这些都可以通过研究、通过讨论来解决。

八　关于通俗文学的讨论

大概从一九八四年开始吧，甚至更早一点，就有一种现象，即所谓通俗文学的兴起。武侠小说、传奇小说、传奇故事、侦破小说、推理小说兴起，而且很受欢迎，销路非常广。各种小报，有的还是相当大的刊物，在相当堂皇的名义下出现，但内容基本上是属于通俗读物、通俗文学。譬如说介绍一些案件啊，有的甚至还是公安局、政法部门办的刊物，介绍一些案例，谁谁谁犯罪，怎么落网；谁谁谁怎么谋杀亲夫。也说不上是一种什么心理，反正它的阅读面是很广的。今年年初和去年年底，由于一些内容比较低级、比较差的小报的泛滥，引起了有关领导和纪律检查部门的注意，采取了一些措施。但是，通俗文学的问题仍然存在着。我们很多刊物首先面临着一个订数减少的问题，它们也在考虑如何来吸引读者。其实这个问题不是从文学上开始的。从新的历史时期开始以来，通俗艺术的问题已经讨论过好多次了。我个人认为，它是从音乐上先开始的，其次就是电影，文学还算是比较晚的。不是在一九七九年已经为李谷一的唱法争论得不亦乐乎了吗？李谷一的《乡恋》争议很热烈。然后就是苏小明,然后就是关于港台流行歌曲。程琳也是个有争议的人物,忽而在电视上出现得比较频繁,忽然又好几个月之久不知道哪儿去了。包括上海的朱逢博,她的唱法引起过争论,甚至引起了相当激烈的争论。

  文学的问题从去年以来受到了各方面的关注,有各种不同的意见。一种是基本上持肯定的意见,他们认为整个文学是由多层次的文学所构成的,有所谓"高精尖"的文学,所谓严肃的文学,也有通俗的文学。通俗的文学和比较严肃的文学都可以出好作品。有的论者还举出中国的很多传统的章回小说,大致都可以归入通俗文学的范围。很多话本小说本来就是用以在茶馆里说书的,当然是通俗文学,是靠故事性,靠巧合、悲欢离合、悬念取胜。正说到精彩之处,"欲知后事如何,且听下回分解。"正好吸引住你,让你心里老惦记着,到底是怎么回事。有的人说《三国演义》《水浒传》开始时都是通俗文学,已经在民间流传很久了,然后由罗贯中等加以整理、提高,加以再创造,才成就了这样伟大的作品。所以认为通俗文学是我们整个文学结构中的一个层次,而且认为我们的文学结构是一个塔形的结构,那比较高的层次是阳春白雪,阳春白雪有它存在的价值,但往往是曲高和寡的。大量的容易被群众所接受的,仍然是那种消遣性的、趣味性的、娱乐性的东西。那些在国际唱歌比赛中得金质奖、银质奖的人,唱得好不好？好,但是他们唱的没有多少人能听得懂,因为人家是用意大利文唱的,我们有几个会意大利文的？底层的人还有的是半文盲,有的甚至是文盲,或者只有比较低的文化程度,他们还不能一下子接受那些太高雅的东西。这是持肯定态度的意见。他们甚至进一步提出来,我们的作家也应该尝试着去写一些通俗的文学作品,或运用一些通俗的文学手段、公案小说的手段、侦破小说的手段,乃至于武侠小说的手段来吸引人,同时把通俗文学加以提高。

  持否定态度的认为,现在的通俗文学和过去所讲的那种通俗文学完全不是一回事,它指的是那种以赚钱为目的的、粗制滥造的,其至是低级下流的、重复抄袭的、危言耸听的、欺骗读者的,或者是挂羊头卖狗肉的这样一些作品。特别是在一些被取缔的小报里表现得最为明显。关于电影争论的也相当多,今年以来,武打片拍了很多,侦破片拍得也比较多,而严肃的、反映现实题材的作品比较少。电影又不上座,电影界的压力大极了,各方的指责声多极了,这都是从来没有的事。有的电影厂还赔了钱,过去凡是沾了电影一律赚钱。现在电影多了,特别是电视也普及了,再加上电影的创作上不去。关于电影中的通俗的东西的影响大家也正在考虑。

我个人觉得,通俗的文学、通俗的艺术的存在,这是一个事实,是不能否定的。而且它还有它的优越性,它能够比较容易地被接受。而我们现在要警惕的与其说是通俗文学,不如说是商业化对文学的冲击。以赚钱为目的,总不是文学艺术的正路。文学艺术这种精神产品,尽管目前也以商品的形式出现,但商业化的冲击会降低文学艺术的质量。实际上从全世界看,苏联就不用说了,苏联花在文学艺术上的财力是很大的;就是资本主义国家,比较严肃的文学艺术都是赔钱的。我不知道有哪个国家的交响乐团是赚钱的。但是哪个国家他都要花钱,资本主义国家不见得是用政府的形式,可以是用基金会的形式,可以是财团、大资本家捐款的形式,都要通过社会上掌握财富的力量来加以资助。商业化肯定会败坏和降低我们文学艺术的水平。国家应该把发展严肃的高档的文学艺术事业当做一项智力投资来考虑。再一方面,从目前对通俗文学的讨论,对小报的泛滥等等的讨论中给了我们一个很重要的启发,就是我们还要注意逐渐地提高观众、听众、读者的欣赏水平。你没有好的作品,就不会有足够审美能力的读者;反过来,如果整个的社会,整个的读者的审美能力、审美水平相当低下,那么好的作品也就实在难以出现,即使出现了也是曲高和寡,很难被理解,很难被接受。这两方面是互相影响的。容易被接受的东西可以是好的,也可以是并不怎么特别好的,所以,我们在这方面还需要做大量的工作,提高我们全民族的、提高我们整个社会的文化水平,加强美学教育,也就是过去所说的美育。我们评论工作者除了写一些高深的文章以外,是不是也要写一些面向一般群众的、特别是面向一些在文学艺术知识、素养方面不是太高的群众的作品。否则,这些矛盾永远也解决不了。电影就很明显嘛,搞电影的同志说,现在有两种电影,一种叫"叫好不叫座"的,譬如《城南旧事》,在菲律宾得了金狮奖,宣传得也很好,吴贻弓现在也担任了上海市的电影局局长,但是《城南旧事》发行不了多少拷贝,而《武当》发行数量非常大,但是却没有那么多人叫好。所以这个问题光在作家艺术家里边谈,还是解决不了,必须想办法,在我们整个观众、读者、听众当中做宣传、解释、引导、讨论工作,逐步提高欣赏水平,突破原有的局限性。

九 关于典型和人物性格塑造的问题

这个问题争论也很多,特别是去年刘再复同志写了《论人物性格的二重组合原理》这篇文章后,讨论就更加热烈。据说新疆也有同志写了文章,同意或是不同意这种种的提法。这个问题我不详细谈了,这也是当前文艺探讨很引人注目的问题之一,是解放以来一直讨论得非常热烈、众说纷纭的问题之一。什么叫典型?共性和个性的统一,共性和最鲜明的个性的统一,阶级性和个性的统一,各种说法多得很。

十 关于创作心理的讨论

有一批人,一批搞文艺评论的同志,如河南的鲁枢元写了一系列文章来专门研究创作的心理,认为文学创作是一个重要的心理现象,在文学创作过程当中,人们的思想、感情、意识、下意识、联想、幻觉等等各个方面都是一个非常活跃的过程。有些同志特别提出了创作中的下意识作用问题,这在过去是被视为禁区的。在写作过程中有一些没有完全意识到的东西,心理过程的模糊性自动性,本来打算这样写,但写出来又成了另一个样子了等等。创作中是有稀奇古怪的现象,你下大功夫写的东西反倒没有写好,一挥而就的反倒写好了。创作当中的这种心理现象、灵感的现象,到底有没有灵感?灵感是怎么爆发的?灵感思维的特点是什么?钱学森同志提出过,人们不但有逻辑思维、形象思维,而且有灵感思维。对于这种创作心理探讨,也有人提出了不同意见。如不同意模糊性的提法,认为把创作过程说成是模糊的,有陷于神秘主义、非理性主义的危险。这里面有一系列科学的问题和文艺的问题。

以上等于是个读书札记。一九八五年以来,我读到一些创作谈、创作通讯、论文等等,把它归纳了一下,有上述十个问题。上述比较活跃的种种问题的讨论,反映了大家都愿意简短地回顾、反省、总结一下前一阶段文学艺术的现状,希望能有新的认识、新的体会、新的突破、新的开拓。

1985 年 10 月

关于小说的一些特性*

首先,我想谈谈小说的真实性和虚拟性。

我们一般都讲真实性,很少讲小说的虚拟性。但小说所以是小说,不是科研报告,不是制图,不是交通规则,也不是档案材料,就在于小说这种虚拟性质。我们读小说,和看电影一样,和看戏一样,都有一个假定的前提。这个前提是什么呢?就是它并不完全是照实的记述。固然,也常常发生这种官司,古今中外都有这种官司,看完了一部小说以后,去考证这部小说写的究竟是谁。也有人主动出来对号入座:"这写的是我。"还有告小说作者的状的:"这部小说中伤了我的名誉。"

但这不是主要的,一般地说,多数的情况小说是虚构的。读小说的时候,读者和小说的作者之间实际上已经有了一个默契,就是说你写的这个小说允许虚构。你写工作汇报加上虚构不行,你写科研报告加上虚构也不行,做了多少次试验,试验结果如何,你加上虚构,加上夸张,那不行,但小说行,文学行。

小说是虚构的,但它又必须是真实的。因为它真实地反映了生活,真实地反映了人们的思想、情感,所以它才有感染力,所以它才能令读者信服,所以它才合乎情理,所以它才能够有认识的价值,帮助读者认识生活。你看了一部描写内蒙古草原的作品,看完以后,确实

---

* 本文是作者在内蒙古自治区一个文学讲座上的演讲。

是帮助你认识了内蒙古草原。这个道理,大家都是明白的。问题是:文学的真实性和科研报告不太一样,有时你写了一个文学作品,你完全按照实际发生的事情写,但你写了之后,很可能有一些读者,有一些编辑说你写得不太真实。因为你没有把它的合理性写出来。有时我们听到一些稀奇古怪的故事,稀奇古怪的故事是真实?确实是。可你写出来人家不信,而有些明明是虚构的情节,在文学里偏偏显得非常真实。

这说明对文学的真实性的概念和我们日常对于科学、对于新闻、对于档案材料的真实性的概念又不完全一样。文学的真实性,特别是小说,大部分情况首先是指它符合生活的逻辑,符合人的思想、感情、行为的逻辑,而不是指所写的内容的可考证性、可验证性。所以,同样一件事情,不论它是否真的发生过,有的作家笔下写出来人家就觉得真实,而有的作家写出来人家觉得不真实。

还有一种真实,就是感受的真实,感情的真实,这种真实和客观生活的真实又有一些距离。文学作品,它在很多描写中,既是客观的存在,又是主观的感受,这主观的感受可以和那客观的存在完全一致,也可以有某些不一致。如李白的诗"白发三千丈",这"白发三千丈"不符合客观事实。全世界最长的头发有多长?反正没有三千丈,三千丈合几公里?人在这儿,头发在十公里以外,这不可能,而且完全不符合实际。但它表达了什么呢?表达人们到了老年,对人很迅速地老了的叹息,这种叹息是真实的。突然看到自己的头发白了,而且那么多的白发:"啊呀,这么快就老了!"

这是古今中外都有的叹息,今后一万年也还会有人叹息。李白的"君不见黄河之水天上来,奔流到海不复回",这有点不符合客观事实:黄河之水不是从天上来。天上下雨,这我们都知道,但我们不知道天上"下河"。那么,"黄河之水天上来"是什么意思呢?一是它从高处来,另外它奔流得非常快,有这样一种气派。表达了这么一种感受:河水流得非常快,奔流激荡,而且河水长,好像是从天上,从地平线上流下来似的。从感受上是真实的,而客观上不真实。

所以说,小说的真实性和我们一般的真实,有它的区别,有它的特点。

其次,我们讲它的虚拟性。就是它描写出来的东西,有些确实是生活里发生过的,有些不一定是生活里绝对发生的。有这样的小说家,说"我写的这个小说,每个人,每个事情,都是生活里发生过的,不过只是改了改名字"。其实,你一改名字,这本身就带有虚拟性了。人家本来姓张,你改成姓李,有的地方你还调换了性别,你虽虚构的不太多,但严格地说总会有一点的。

那么,小说这种东西是怎样产生、发生的呢?人们对客观世界这样一种想象,这样一种虚构,这样一种模拟,它是怎样产生的呢?譬如,我们在日常生活中,有时就有一种无意识的,或半有意识的虚构。人做梦,做梦是一种无意识的虚构。在梦里,好像又经历了一番已经发生过的,没有发生过的,或你想象它要发生的一些事情,这是无意识的虚构。你不可能有意识地说"今天晚上,我想办法来做个梦"。你试试,这恐怕是不可能的。

有半有意识的虚构,譬如一个人回忆的时候,往往回忆的本身,就省略了一些东西,加强了一些东西。回忆故乡和真看见故乡,这感受并不完全一样。回忆故乡,在多数情况下,当然不是绝对的,很多人给自己的故乡染上了一种特别吸引人的天真的、古朴的、亲切的色彩。

有时,我发现有些人在讲述一件发生的事情的时候,多少有点添油加醋。他喜欢的事,讲得很生动,但他的目的并不是为了说谎。我这里所说的不是指某种人为了个人的目的,栽赃陷害而添油加醋,那是另一种性质。比如,他讲经历了一次翻车的事,也许原来并没有像他说的那样惊险,也可能当时他的感受比较简单,但事后当他又讲起这段翻车的故事的时候,就会增添一点细节。另外,有的地方他也稍微删掉了一些,这个故事与他原来实际经验的相比,一下子就活了。

就像画画一样，给某些人画肖像，你说画得像不像？非常像，但不是照片，稍微把他哪儿的特点增加了一点，你看了以后就觉得生动得很。

还有一种是属于想象。每个人都有自己的所见所闻所经历的，但同时世界上还有大量东西是人们无法用自己的感官感受到的，所以便产生了许多想象。由于这种想象，就有很多传说，很多神话。关于月亮，不知各民族有多少种不同的传说。我不知道蒙古族有什么传说？可汉族说月亮里有吴刚、嫦娥、桂花树、小兔；维吾尔族说月亮上的小兔不是小兔，是马，甚至那上面有一个人叫艾山，艾山在上面骑马。关于日月星辰都有各种想象。

古代想象往往表现在天空，想象一个天国，一个天宫，如孙悟空大闹天宫完全是按照地面上的结构来想象天上，有传说、有故事、有神话；一个是想象大海，大海中未知的东西很多，龙宫呀，海上仙山啦；还有，就是想象地下，于是阎罗王的故事就出来了。

随着科学的发展，从文学的角度我觉得很遗憾。如月亮，有无数个关于月亮的故事，小时候听到非常吸引人。但早在六十年代，美国太空船已经飞到了月亮上，而且人已经上了月亮，他告诉我们：月亮上什么生命也没有，也没有小兔，也没有树，更没有嫦娥。月亮上面全是沙子，软软的，一面非常冷，太阳照着的一面又非常热。

对月亮的实地考察，对科学研究说是一大进展，对我们的文学想象来说未免是大煞风景了。但这并不等于说随着科学的进步，技术的进步，人们的想象会逐渐减少。因为你在通过科学技术的手段认识了很多过去不认识的事物的同时，使过去的想象不存在的同时，又提供了新的想象，使更多的没有被认识的东西展现在人们的面前。现在虽不会有古代的神话，可现在，特别是在一些科学比较发达的国家，科幻小说非常发达，比咱们中国发达得多。我不是搞科幻小说的。依我看，目前国外科幻小说特别集中在这么几个方面：一个，是关于外星生命，对外星人的想象。过去，你可以想象各种神，太阳神、月亮神、森林的神、土地的神、瘟神,但还没有对外星人的想象。可现在外国对外星人的想象愈来愈多,这与人类宇宙技术、太空技术的发展是分不开的。因为你从理论上讲"宇宙无限"。宇宙无限,也就具有无限个像地球这样的星球存在的可能性。但是,到现在为止,我们也还没有一个真正可靠的根据说什么是外星人。现在关于外星人,不管是科学、文学、电影,以此为题材的很多。电影成天讲那种荒诞无稽的外星人的故事,但它却引起像美国这样国家人民的兴趣。也可能这从一侧面反映了人们对地球上的人类生活感到不满足或者不满意吧。现在各国的怪理论都有了,如飞碟。我在墨西哥参观他们一个文物展览时,上面有些人物造型,画得很奇特,结果出现了些专家,说这些人物形象不是地球人,而是多少万年前的外星人,是根据外星人画的,还说某几样发明是外星人创造的。各种怪理论都有啊,甚至有人说埃及的金字塔是外星人造的。

其次想象最多的是关于机器人,有各种机器人的故事。显然这是古人幻想不出来的,这与现代电脑技术思维科学的发展分不开。

刚才我说的虚拟的各种状况,有想象的、回忆的、无意识的。在小说创作当中,这种虚拟往往又和强烈的情感有关系,因为一个人的强烈情感能把自己一些想象放在事物上。比如,我们非常爱这片土地,你用照相机照你那片土地了,但仍然表达不了对这片土地的爱。照相机它没有生命。但在小说的描写里,我可以把这块土地的自然风光,它的树、它的草、它的云、它的风、它的雨,都写得那么栩栩如生,我可以强化它的某些特点,甚至我可以加上某些虚构,使我对这块土地的那种感情,或是爱恋的感情,或是一种叹息的感情,或是一种惊叹的感情,充分地表现出来。

有时候,人们还通过一种虚拟的东西来补偿自己的情感。比如故乡,故乡离我非常远,但我通过一篇描写故乡的文学作品,一首诗也好,一篇小说也好,极大地抒发了我对故乡的怀念和爱恋,把这些情感表现得淋漓尽致。写这么一段以后,就把我对重返故乡的那种愿望虚拟地实现了。虽然我没重返，但通过我的描写，好像表达了、实现了我的愿望。

为什么有些人喜欢写童年呢？因为人老了以后他想返老还童。这种故事很多，世界各国、各民族都有关于返老还童的各种传说、各种故事，但实际做不到。这些因素我就不详细谈了。它都可以成为虚拟的动力，成为虚拟的契机。当然从认识生活的角度来说，虚拟是一种概括，是一种对于生活的本质的东西的提炼，是为了更好地认识生活的本质，这也是不能忘记的。正因为小说作品既有真实性，又有虚拟性，所以小说作品它既反映了真实，又带来了一些生活本身所不具有的东西；小说里写的，和生活不完全一样。另外，现在西方国家有种叫非虚构的小说，它是小说，但非常接近报告文学，它尽可能地按照实有的事情，而且相当严格地按照实有的事情来写小说。

这事也很有意思，我们有些报告文学在国外都是被当成小说的。如刘宾雁同志的《人妖之间》《一个人和他的影子》，在美国、苏联都有人研究，但都把它放在小说集子里，当做小说。而且每年在美国还有一次非虚构小说奖，奖励非虚构的，根据真人真事写的小说。有一位很著名的得奖作家，结果最后查出其中有一两个相当重要的情节是虚构的，被人家检举了，结果搞得这个人非常狼狈，奖金也收回去了，名誉上也很受影响。

非虚构小说有它特殊的吸引力，就因为它的真实性比一般的小说的真实性更严格。它具有一种新闻的真实性。正像我们现在看报告文学作品，按故事本身来讲，一般说报告文学作品没有小说那样完整，也没有小说写得那样细致，但为什么报告文学有它的吸引力呢？问题就在于报告文学的读者相信：这写的是真的。

其实，中国的文学作品是非常丰富的，但我们缺少理论的概括。中国的作品既有写现实的，又有写传说的、神话的、想象的。这类作品太多了，中国古典小说一大批就是写这些的。我们先不去讲《西游记》《聊斋志异》，那里面的想象当然非常多，都是想象出来的嘛。

像孙悟空这样的猴你到哪儿去找?就拿我们从来没有想过它是魔幻现实主义的,都认为它是非常经典的现实主义的《三国演义》来说,这是历史演义小说,应该算是比较真实的,但里面却有大量是属于传说、迷信的东西。诸葛亮"设坛祭风",这就非常"魔怪"。还有"夜观星斗"一节也是。曹操在他得了病以后,看到被他错杀的人的鬼魂来索命。还有关于征兆,关于死后化作神灵,或化作鬼魂这样一些描写。当然,我们不能牵强附会,以为现在魔幻现实主义这个名词很时髦,我们考证出来了,说《三国演义》就是魔幻现实主义。这毫无意义。《三国演义》毕竟魔幻的分量不多。《三国演义》主要不是写这些。那种描写实际上是当时迷信观念的一种产物。

《红楼梦》里的想象就更多了。我们可以说,没有真实的再现生活就没有《红楼梦》。我们同样可以说,没有那些奇妙的想象同样没有《红楼梦》。没有女娲补天遗下石头的故事,难道会有《红楼梦》——《石头记》吗?

所以,人们的这种想象,人们的这种虚构的能力,和他真实生活的感受几乎是同时发展起来的。对生活的感受越多,他的想象能力就越强,因为他想象的材料,它的基础还来自生活的真实。

我们所喜爱的现实主义的小说的虚构性在于它的典型性。它以典型化的手段来反映生活,并帮助读者认识生活。既然是典型,便不是生活的照抄照录,而必须通过对生活的取舍加工,这个问题,我们一般是比较熟悉的,我这次就不多谈了。

下面,我说一点小说的规定性和假定性。

小说中描写的很多事情都有它的规定性。一个人物是男的,是女的,这不能乱变。是男的就是男的,是女的就是女的,是汉族就是汉族,是蒙古族就是蒙古族,是混血儿就是混血儿,事情发生在古代就是古代,发生在现在就是现在。你描写的武松就是武松,是武大郎就是武大郎,不能够混淆起来,他们两人高矮不一样,性格也不一样,武艺也不一样,这就是它的规定性。林黛玉就绝对不能和《水浒传》

上的孙二娘混淆,说明它有明确的规定性。但是,它又有它的假定性。文学的文字本身,小说的本身,就是假定的。因为我刚才讲了,它不是一个文件,也不是档案,也不是一个历史。这种假定性还表现在一切文学的描写上,不管它描写得多么详细,用语言再现形象,这本身就带有假定性。它有一种不确定性,你写得再细致,也不是完全确定的。林黛玉,这我们都是熟悉的,但每个人心目中的林黛玉又不完全一样,有人想象林黛玉是这样的,又有人想象是那样的。

所以,越是好的小说,越难以改编成电影和戏剧。从形象性、规定性来说,电影、戏剧,比小说不知要强多少倍,你描写得再生动,你能有银幕上真出来一个人生动?

但是,好的小说,恰恰在于它有规定性的同时,它又有假定性和不确定性,使你有很多想象的余地。而往往在你搞成视觉形象以后,想象的余地就不多了。和小说相比,非常好的演员,最好的演员,也会限制了你的想象。如越剧《红楼梦》,那是不错的。演林黛玉的王文娟,在当时来说,她也是越剧里的极好的演员。但是,就是爱读《红楼梦》小说的人,看完了越剧都有一种不满足的感觉,除了其他原因以外,其中有一个是她破坏了假定性。小说这东西,它和照相不一样,和电视剧也不一样,它就在于让你猜。大致的规定,同时又有无穷的想象余地。电视剧《安娜·卡列尼娜》,包括电影《简·爱》,反正我看了有一种非常不满足的感觉。当然,视听艺术又有它的特点,有小说不及的特点,它容易接受,它的直观性强,群众性比小说要大。你写得再好的小说,也没有电影观众多,这是实际问题。

下面我想讲讲小说的直观性和它的思辨性。

文学作品虽然在你的面前只是几张白纸,上面有一些黑字,可它给你的是如临其境、如见其人、如闻其声这种逼真的感觉;它能够使你足不出户而体验这个事情。北极、南极,我们去过的人并不多。但我们通过一些描写北极和南极的文学作品,有时多少能体会一些。

我们很多的普通群众对于大海呀,对于敌后斗争呀,主要是通过文学作品多多少少体验到的。一篇小说的直观性,往往能决定这篇小说有没有读者。所谓被小说吸引住了,被故事吸引住了,被人物吸引住了,往往就是由于这个小说的直观性,你一看这个小说,立刻使你的想象、感觉都活跃了起来。文学的语言往往直观色彩是非常浓的。说"天气很冷"这句话本身就不科学。"天气很冷"要用科学的表述是:摄氏多少度,零下多少度。但我们文学作品虽然也可以写这些,但更多的是靠直观的描写,随便举个例子,说"西北风刮在脸上就像小刀子似的",这是非常直观的一种感受,这不是靠分析,要分析的话,西北风和小刀子之间差别也太大了。

我说的思辨性是什么意思呢?就是说,这种直观不是一种单纯的记录,它往往和作家的思想、作家的世界观、作家的人格、作家的品质、作家的知识、作家的学问、作家的修养有关系。因此,哪怕一个最简单的直观的形象,往往会包含着深刻的思想,往往能使读者获得深刻的思想触发,能提供思辨的对象。

如我们读苏东坡的《水调歌头》:"明月几时有?把酒问青天。不知天上宫阙,今夕是何年。我欲乘风归去,又恐琼楼玉宇,高处不胜寒。"这是非常直观的对月亮的感受,没有分析,既没有从自然科学的角度来对月亮进行分析,也没有从政治的角度对月亮进行分析,说:"我一生有很多坎坷,我看了月亮感慨很多,我感到世界是这样辽阔,人生是这样的漫长,而人的愿望又是那样难实现。"没有这些东西。好像就是写他看到明月以后的自己一些直接的心情。当然也有一些想象。但是,通过他所描写的月亮,已经使人感觉到他的身世,和他的思想,和他的情感,既有一种孤独,又有一种悲凉,又有潇洒,又有自慰和解脱。

因为苏东坡的学问,他的思想修养、他的智慧,他有一种超脱。古代很多文论家都是这样分析的:"我欲乘风归去,又恐琼楼玉宇,高处不胜寒",说他的"高处不胜寒"是影射他在政治上的失利;"高处不胜寒"是指的朝廷。我们知道,苏东坡是因为反对王安石变法几次被贬,因此说"高处不胜寒"是表达了他政治上的失望、悲观、退缩、消极的或者痛苦的一种情绪。当然,现在死无对证,没办法把苏东坡从坟墓里头挖出来,跟咱们讨论讨论。但我主观上老认为,苏东坡写"我欲乘风归去""高处不胜寒",未必是为了影射他不愿到朝廷那里去,或觉得朝廷那里的政治空气非常寒冷。未必。要是那样的话,就不是一首好的词了。他很可能写的就是想到了月亮:啊呀,月亮上的琼楼玉宇,半透明,或者透明的,多美啊,真想飞到月亮那里去。想飞上去,但又觉得那个地方太高了,太寂寞了,太寒冷了。这是写对月亮的感受。但这种对月亮的感受,有一种思辨性,这和他政治上的遭遇,和他自己对人生的态度既有消极的一面,又有自我安慰、自我解脱的一面是分不开的。

　　同样对月亮的一个直观,你如果再换上另外一个人对月亮的感受,他就不可能有苏东坡这样美的感受,这么美的想象,又有悲凉,又有潇洒,又有解脱,又有愿望,最后还是"但愿人长久,千里共婵娟"。我记得解放初期看过一篇小说,描写一个小资产阶级知识分子和工农在一块。小资产阶级知识分子看见月亮:"哎呀,月亮好美呀!月亮像一面镜子呀,月亮像一个银盘呀!"工农说:"那月亮像一个烧饼,可惜不能吃嘛!"当然,这个描写本身就简单化了,我们的工农不见得就是那样看月亮。

　　我们再举个例子:一九六四年,在一个政治文件里引用了晏殊的两句词:"无可奈何花落去,似曾相识燕归来。"这是说国际共产主义运动的消长,是不以人的意志为转移的。

　　这很有意思。词人是晏殊,他是描写暮春"去年天气旧亭台",我相信晏殊在写这两句词的时候,并不是指政治现象,他更想象不到他这两句词会引用到今天的政治文件里头。

　　晏殊是一种直观的感受,这个词对仗很工整,描写暮春花园的景色,但它本身有一种思辨性。有一种什么思辨性呢?这样一种直观的描写,它本身就体现了宇宙万物,万物消长这样一个规律,有的慢慢没落了,有的慢慢兴起来了,这是非常符合哲学规律的一种概括。

这种概括,你可以把它放到某种新的技术的涌现,也可以放在政治势力的消长上,也可以放在很多其他方面上。"无可奈何花落去,似曾相识燕归来"它本身就是一种概括性,既是具体的、直观的,又是概括的、抽象的。

形象的东西,它可以说明一个道理,它可以蕴含着一个道理,它可以体现一个道理。

我相信在座的同志都知道海明威。海明威是美国著名的作家,得了诺贝尔奖金,而他的代表之作,最突出得奖之作是《老人与海》。乍一看,也不知道写的是什么:一个老头跟一个孩子的关系不错,后来他到海上去了,然后他整天与鱼斗,和鲨鱼斗,抓住这个鱼啦,没抓住那个鱼啦。但写得真好,懂不懂文学你都得服人家,特别是那些对鱼的描写,实在是精彩极了。鱼怎么跳起来,是什么样的光泽,实在是描写得不错。我真希望咱们内蒙古能够出现一些作品,对羊呀,对马呀,对牛呀,对骆驼,对黄羊,对兔子,也都有这么精彩的描写。

但这个作品很多评论家都认为有一种深厚的、悲天悯人的象征,写人的奋斗,写人的倔犟,写人的刚强,又写他奋斗的屈辱。奋斗的成绩他得不到,但即使得不到什么,我还要奋斗,知其不可而为之。老人最后与鲨鱼打,他到底是要干什么呢?鲨鱼把大鱼都吃了,最后只剩下骨骼的架子。

海明威他自己坚决否认小说有什么象征意味。他说《老人与海》,就是老人与海,就是写一个老头出航,带上一叶扁舟,行驶在海上,然后和这些鱼奋斗,既有美好的风景,又有饥饿、痛苦、伤残、流血、最后回到陆地上来这么一段故事,没有别的意思,绝对不是什么象征。

对这个问题我们应该是怎么看呢?关于是不是象征,不在于作者自己的意图,不在于作者说我这是象征。你说你是象征的,也许你写得很浅薄,让人家看完以后觉得没什么可象征的,不过只是一个很粗浅的比喻。而你说不是象征,只是就鱼写鱼,就事论事,却恰恰可以蕴含着极丰富的思想意义。我相信很多人在看《老人与海》的时候,从不同的地方可得到共鸣,这种共鸣可以舍弃《老人与海》的具体的规定性。因为一般地说,《老人与海》的读者具有和那老人差不多的经历和经验,恐怕连一亿分之一都未必有。但是,人们又能够理解的《老人与海》所表达的那样一种情绪,那样的一种遭遇。比如说,资本主义社会里,生存竞争剧烈,人们的这种孤独感,斗争残酷,顽强进取,不服输、不认输的这样一种精神是很普遍的。在资本主义社会很多人都有这种心情。他奋斗了一生,好像得到了点什么,又好像白白的,什么也没得到。但他毕竟没有被生活打败,他常常觉得非常孤独,但即使孤独,还要活下去,还要斗争下去。在《老人与海》里,这种形象本身所提供的思辨的内涵,这种思辨的价值,所表达的这种感情的共同性,也是概括的。

无论写一草一木,一猫一狗,还是写风花雪月,自然现象,它本身是形象的、直观的,但同时它又可以有许多思想和内涵,而且,这思想和内涵你得慢慢去挖掘,你一下子也挖掘不完。好的小说往往具备这样的特点。当然是有主题思想的,有思想倾向的,但是,这个主题、这个思想倾向只是大致的,它本身所提供的加以咀嚼的可能,提供加以思考的这种可能几乎是无穷无尽的。当然说的是好的小说,粗制滥造的小说不在其列。

一篇成功的小说,一篇好的小说,往往具备这样一些特点,而且这些特点不是分裂的;它既有直观性,又有思辨性,既有具体性,又有抽象性,既有纪实性,又有寓意性;它好像暗指着什么东西,又不是非常明确的。

有一种机械的思辨法,写上一段故事后,发一番议论,当然这也有思辨性。我说的不是指这个,我说的思辨性具有一种特殊的概括力,而这种概括不是用概念,而是用形象,甚至是细节。拿这个来衡量,我就觉得我们写的小说实在差得太多,缺少"言外之旨,象外之意"。就是说,小说本身应该真切、真实、生动,而小说的背后呢?又有"言外之旨,象外之意",它的蕴含又应该是很丰富的,很概括的,很具有普遍性的。

拿当代作品来举个例子,我觉得比较有味道的,就是今年小说评奖得奖的陆文夫的《围墙》。大概大家都看了,这《围墙》的故事本身不算太复杂。一座建筑研究所的墙倒了,然后下面分成什么现代派、古典派,还有一派大概可以叫做怀疑派或骑墙派,三派。三派组织讨论怎样修这座墙,然后领导讲了些什么话。结果被一个三十多岁的年轻干部马而立听了,他没听清他们争论来争论去、争得面红耳赤的是什么问题,不知是怎么回事,反正领导让修,他就找了几个人,结果一晚上让他给修了起来。结果,大家都不满意,这个也说不好,那个也说不好。又过了好几个月,事情都过去了,要在这儿开个什么建筑工作会议,有一帮专家来看了,说这个墙修得好。一分析,左一条好处,右一条好处,结果,原来三派反对的人又都出来说这个墙修得好,就是那时他按照我们那个意见修的嘛,所以才好。这三派反对的都出来摘桃子,反倒没有人知道是马而立修起来的墙。就是这么一段故事。

这段故事,我觉得很有味道。修墙这件事,可能有人说这不太典型。是的。修这么一座墙,一个机关楼的外面围墙,没有墙也没关系,墙塌了也不要紧,也不影响"四化",也不影响世界和平,靠修墙就可以体现改革、开放?或可以体现什么?这全都体现不出来。问题就是故事的背后,你觉得他写的这些人、这些事,在我们周围非常之多。也许你那儿不修墙,你那儿是农机站,修拖拉机的,你修拖拉机也有类似的事情。也许你那里是编辑部,编辑部也有类似的事情;你那里是种子站,研究种子的,但你那里也许也有这类事情。上至党政机关,下至个体户、国营商店,都有那种人:有爱空谈的,有不爱空谈的,有注重实践的,有争执不下、犹豫不决的,有多快好省地在那里进行建设的,有拖拖拉拉、含糊其词的,有抓紧时间讲求效率的。这个作品很短,而且是今年刚刚奖励过的,我希望大家再看一看,读一读。它本身没有什么议论,但是它给人的启迪是多方面的。所以,就出现了这么件事:河北省委书记高扬同志在全省干部工作会议上,要求大家必须读一读这个《围墙》。他的出发点是从组织工作、干部工作上,就是说你们看一看,你们那个单位有没有马而立这样的人在那里没着,不尚空论,注重实践,讲求效益,思想解放,脑筋灵活,做事麻利,不争名,又不夺利,我们提拔干部,就是要提拔这样的干部。他是从这个角度上提倡读《围墙》的。

当然,这也不是陆文夫同志开始写《围墙》的本意,他没有说,我写这个《围墙》的目的,是提醒一下领导上不要埋没这样的干部。恐怕他的动机没有这么简单。他是有感于社会上的某些现象而写的。《围墙》故事的本身是单纯的一个故事,但是,这样一个单纯的故事,为什么能够有这么深厚的思想内涵呢? 就是说,作者在他的生活中有许多阅历,他见过各式各样扯皮的现象,他也见过各式各样虽然实干、但是不被重视的人,他也见过各式各样摘桃子的人,因此,他写《围墙》,和他的这些生活的经验,和他对生活的认识是分不开的。

作家对世界如实地描写,在这些描写中,很自然地流露出他那些思辨的成分:他的学问、他的修养、他的思想、他的情感。一个高尚的人,他即使描写一朵小花,一棵小草,一段小插曲,也能显示出、自然而然地流露出他的高尚的情操;一个卑微的人,他哪怕是描写几个伟大的事件,他往往也流露出他的卑微。这文学也怪了,伪装老是藏不住,有的人哪怕是描写气壮山河的事情,他也会流露出一种庸俗的东西,露出自己的低级趣味的小尾巴。

由于这种直观性的思辨性的结果,产生了其他一系列像我刚才讲的:纪实性、寓意性、或者象征性这方面的一些特性;也产生了它的具体性和抽象性。感情是具体的,但是对感情的描写又是有抽象性的。"问君能有几多愁,恰似一江春水向东流。"这是李后主词的名句。他描写的愁是什么呢? 是亡国的愁。他是皇帝,小皇帝,小皇帝被俘虏了,失败了,所以"雕栏玉砌应犹在,只是朱颜改"。但是,别人吟咏"一江春水向东流"的时候,不一定想的是亡国的愁。电影《一江春水向东流》写的"愁"是抗战当中张忠良的妻子是怎样含辛茹苦,她的丈夫在国民党政府里,怎样从一个爱国青年变成一个腐化的官僚,丧失天良的故事,但他也用"一江春水向东流"这句词来描写。

小说还有一个微观性和宏观性。它描写得很具体、很细腻。描写细致的时候,它可以写人的头发、眼角、一个小的动作。如一只小鸟翅膀怎么扑动,脚爪怎么抬起来;雨怎么打在树叶上,怎么又从树叶上落在地上,可以描写得非常细致,这是它的微观性。

有时,我们觉得作家,写小说的人,他的眼睛特别的好,耳朵也特别的好,记忆力也特别好,但他也有宏观性。他不仅仅是写了一个故事,写了一个人,而且,在这一个故事、一个人物里头表达了他对生活、对人生,乃至对世界、对宇宙的感情。他有一种悠远感,有一种宏观感,这是我们今天的作品非常缺少的。所谓宏观感,主要是指对于小说的对象——人、事,加以生活的、历史的、世界的、民族的把握,哪怕是写一件小事,但能让人看到这样的小事在历史、在全世界、全民族的生活中的位置。也就是说,从一粒沙上确实感到了、看到了大千世界。

我们今天的很多作品,属于就事论事,小打小闹这种性质,耐不住咀嚼。描写一个人干了一件好事,就是这个人干了一件好事;描写这个政策带来好的变化,看完了之后:"啊,这个政策确实是很好!"我不是否定这些东西,这些东西都需要。三中全会以后,我们党的很多政策带来了生活的巨大转变,带来了人民生活的提高,这些东西当然应该反映,但是,如果一篇作品只能够反映这么一个很简单的命题的话,那么,我们就觉得小说不生动,觉得简单化,觉得思想深度不够。当然,要做到这一点,不是靠主观愿望就行了,写得口气大一点,豪言壮语多一些,也不见得就有宏观感。

只有丰富我们的知识,提高我们的思想修养,提高我们的思想境界,包括我们从知识上、理性上、感性上,从各个方面加深我们对世界、对社会、对人生的理解,才能对世界和人生有宏观的、俯瞰的感受。

还有一点也是大家都知道的,就是小说的娱乐性和教育性。

目前我们搞小说的面临一个问题,一个什么问题呢?不知道我的看法对不对,就是群众对小说的要求和前几年有些不同,发生了一些变化。

粉碎"四人帮"以后,特别是在党的十一届三中全会以后,我们中国曾在相当一段时期,出现了古今中外历史上相当罕见的文学热,特别是小说热。文学刊物一下子那么多,订户那么多,而且大家都那么关心文学。那时,我还在新疆,我准备回北京看病,就去理发,两个理发员一边给我剃着头,一边议论陈国凯写的那个作品《我应该怎么办》。他俩议论得非常热烈,我在那儿不放心,因为他的剪子咔嚓咔嚓地剪着,老说这个小说。我想:"你这也太不专心了,你一下子把我的耳朵剪了怎么办?"这说明了当时热烈的程度。当然,说这篇小说就是写得最成功的、最好的一篇小说,也可能有不同的看法。就是曾经有这么一些小说:《班主任》《爱情的位置》等,引起了相当大的轰动,这种轰动和思想解放是分不开的。就是说这作品闯了禁区了,突破了,而这种突破具有很强的政治性,小说走在了前头,它好像是一种什么信号似的。

当时"天安门事件"还没有平反,因为有"两个凡是"干扰,但小说里头写到"天安门事件",即使不是正面平反,那也比给"天安门事件"平反要早得多。戏剧就更早了,《于无声处》那也是罕见的,一下子全国都演,呼和浩特恐怕也演了一段吧?

但是,我们必须面对这样一个现象,一个已经发生的现象。当然,我们不断有新的引人注目的作品,前年有《高山下的花环》,今年有《绿化树》,电影有《城南旧事》《人生》等等。与此同时,我们不能不想一想我们的普通群众的文艺生活。现在轰动的是什么？我认为一个是《霍元甲》，一个是《血疑》。在内蒙古我还没看见，在山东我看见好多孩子穿的背心上都写着"霍元甲"三个字。

忘了是在沈阳，还是吉林，我看了《报刊文摘》，说有个小女孩看了《血疑》，被幸子的遭遇所感动，每天在那里长吁短叹，同情万分，悲哀流泪，最后，看完《血疑》以后，服敌敌畏自杀了。

这种事情，使人感觉到、考虑到某一类文学艺术作品的娱乐性，以及它的某些特点和不足。特别是我们对这种通俗叫座的作品分析得还不够。我个人看法，对这种娱乐性的，特别是电视剧的好多东西，像《霍元甲》《血疑》，应该进行分析。首先声明，这类作品我也能看，有时看得也是津津有味，也有时候看得不是津津有味。但是，好像既然已经看了，就理应继续看下去，也说不清是一种什么原因。看《霍元甲》，主要是等着他打，等了半天他也不打，觉得很遗憾。也不能老打，老打就打累了。看他扯过来扯过去的，我也明白他在那里瞎扯，扯完了才打，其实光看打还不如看武术表演。这是说电视。再一个是歌唱，歌唱里的争论也非常多。搞歌唱艺术，歌唱家对现在走红的所谓"歌星"们，那些拿着话筒走来走去唱歌的歌唱演员们，确实是非常厌烦，非常轻蔑。我们那些老歌唱家，老音乐家，提起他们来实在恼火得很。这我也相信。你要去欣赏真正花腔女高音，匈牙利布达佩斯国际比赛第一名胡晓平，那嗓子，有共鸣，那种音量，那种对声音的控制，我看现在这些人是不能相比的。但是一般所谓通俗文艺，娱乐性强，人们听这歌，也并不是想从这里面欣赏声音的控制，他们不讲究这些，就是为了轻松一下。有时软绵绵的也听得怪舒服的，精神可以轻松一下，换换脑筋。有时饭后，茶余酒后，听了还可以助消化。争论了半天，最后这类歌还是唱了。所以，从歌曲，从电视剧上，都给了我一种新的启发：今后将有一大批娱乐性的文艺作品出现。只要基本健康无害，就应该允许它存在，但是，也不要吹得太高。我是不赞成把《霍元甲》吹得太高，什么爱国主义啦，甚至在一些晚会上唱《霍元甲》的主题歌,我是不大赞成的。在霍元甲当时所处的那个时代里,不对中国进行革命性的改造,就靠练武术打败外国人,就能摆脱"东亚病夫"这种称号?根本是不可能的。那就成了"国术救国"了。(旧社会称武术为国术。)而且,里面也有一些狭隘的东西,甚至有一些愚昧的东西。本来,这样的电视剧,你放了就放了,大家看了挺好玩,大家看了解解闷(当然也有一点民族自强,民族自尊的心理),但不宜拔高起来吹。

《血疑》看了可以休息休息。《血疑》的演员演得也不错,特别是山口百惠,演得很天真,很可爱,她又会唱,唱得也天真可爱。但把这个东西说得太高了,就未必恰当。要加以分析。这个《血疑》实际上是程式化非常厉害的,我没看完,看了几集,可我基本上可以替它总结出来,每一集大概是:幸子任性一次,她妈妈糊里糊涂善良一次,大岛茂忍辱负重一次,那个教授坏事一次,教授的妻子搬起石头砸自己的脚一次。大概就这么几个程序,这么个结构。但是,它的娱乐性我们不可低估、忽视。第一,它有很强的悲欢离合;第二,它有不停的悬念。其实,它的悬念就是"不知道"。一个是幸子的妈妈到底是谁不知道;一个是幸子得了白血病不知道,一直你瞒着我,我瞒着你。

这样一些文艺现象告诉我们,就是我们要满足群众的娱乐要求,满足他们的好奇心。他要悬念呀,他要听几支歌呀,他要看武打呀,但是要提高。同样是娱乐性的,但有的它就能够使人提高,有的只能够消磨时间。比较好的通俗作品,它也有娱乐性,它也充满了人生的悲欢离合呀,美好的情操呀,动人的故事呀,动人的景色呀。但是,它本身最后呢,潜移默化地增加了读者对生活的认识,丰富了读者的体验,丰富了读者的感情。这是一个新问题,值得我们共同研究。

同样是一个草原风光,一个完全没有文学修养的人,和一个有文学修养的人,他们的感受我相信是不一样的。如果他看过了世界上那些著名的描写草原的小说,如果他听过那些描写草原的音乐、歌曲,如果他看过一些草原的图画,那么,他来到草原,他看到草原上的风雨晨昏,是落日,还是明月大雪,他贯注于草原的感情,无论是美好的、辽阔的,或是自由的,或是寂寞的,或是亲切的种种的情感,是会与众不同的。

所以,我觉得,我们要重视小说的娱乐性,而且我们不排除一些作品有更多的娱乐性;但另一方面,我们的着重点应该是把它的娱乐性和它的教育性结合起来。因为从整体来说,我们读者的文化修养、美学素质、知识水平,还不够,还不符合我们四个现代化的要求。所以,我们的作品应该有更多的思想性、知识性、教育性的内容。

刚才谈的只是大致的,具体到每篇小说有每篇小说的特点。科幻小说强调它的虚拟性。纪实小说、传记小说,比较注意它的真实性,报告文学那当然就更不用说了。不同的创作流派,不同的创作手法,不同的小说品种,不同的体例,都可以有它各自侧重的方面。我上面所说的一套东西,并不是企图给小说定个规矩,而只不过是对于读小说、研究小说、写小说的人,或许有一定的参考作用。我也没考虑得那么多,写小说的考虑得太多了往往就写不下去了。

内蒙古的作家很多,蒙古族的、汉族的,这几年很多都写了很好的作品,可以更多地交流,可以更多地探讨。探讨中也可能有失误,不要因为失误就不探讨,也不能说我是探讨的就不准失误,或是就没有失误。文学的问题总还是要不断地切磋、不断地探讨,但最后归根结底,探讨也好,谈创作生涯也好,讲几个理论问题也好,还是要落实到作品上,拿出作品来我们研究。

1985 年

从生活到小说[*]

我今天讲的题目是《从生活到小说》，就是讲小说是怎样从生活变过来的。

现在我向大家介绍一下我经常采用的把生活加工成小说（即做成小说）的几种方法，但这些方法不是全部做小说的方法。

第一种情况是大致以真人真事为基础，但是适当对某些部分给予强调或点染，使之比真人真事更吸引人些。一九八三年我在《人民文学》第六期发表的《在伊犁》系列小说第一篇《哦，穆罕默德·阿麦德》，我写了伊犁农村维吾尔族青年农民、回乡知识青年穆罕默德·阿麦德这样一个软弱、懒惰、聪明而善良的形象。这个人物形象是有生活原型的，我是根据实有的人和事加工而成这篇小说的。小说中有"我"对阿麦德和他的家庭成员以及家庭状况的一段印象描写，这都是以真实情况为基础的。在实际生活中，我和阿麦德的原型人物接触过多次，我到他家也去过多次，可我在小说里却把这些多次接触留下的印象集中在"我"第一次到阿麦德家的访问里。这样小说就不会显得与实际生活中得到的印象那么琐碎。

在这篇小说中，一方面我以大量的真实生活素材作基础，一方面我又适当地加以虚构。阿麦德同一个回乡的知青产生了一点感情，但最后她没有嫁给他，这是实有其人其事。阿麦德心境一旦恶劣低

---

[*] 本文是作者在一个文学讲座上的演讲。

落,就跟这个斗嘴,跟那个耍贫;他情绪越坏,就越爱说笑话,越肆无忌惮,越厚颜无耻,这也是真实的。但是我在小说中又对某些部分作了强调或点染,加进了虚构成分。比如阿麦德到南疆要媳妇,第一次给他说的媳妇是一个秃子,头上一根头发都没有,结果他哭了一场说:"我一辈子也不娶媳妇了!"这些都是有事实根据的。但我在小说中写他第二次找了一个有白癜风的女人,后来又治好了白癜风,这就是虚构了。小说发表后,我接连收到了十几封信,问我白癜风怎么治,这我非常抱歉。我会写小说,但不会治白癜风。小说中阿麦德的妻子出走了,回不回来还是个问题。在小说结尾我写阿麦德要去流浪,有几个读者看了,写信给我说,他们很欣赏这一细节,看了觉得一惊:像阿麦德这种人,他还想到世界各地去流浪。事实是怎么样呢?事实是阿麦德原型人物说过这个话,但是在未婚前说的。结婚后就变得老实巴交了,也不说要流浪了。此外,阿麦德唱的那首歌他也不会,这歌是我会,我跟房东学的。我把这歌移到阿麦德嘴上,把他说要流浪移到他妻子出走的时候,这样就使他出去流浪这个情节变得富有一种感情色彩了。

第二种情况是把不止一件事情、不止一人捏合在一起,加以新的排列组合。这就不是给一个人化装了,而是把好几样东西,又有白糖,又有香油、白面、杏干,我把它做成果子面包。这就是新的糅制,新的排列组合。最明显的例子是我在一九八三年第九期《人民文学》上发表的短篇小说《灰鸽》。这篇小说是写一个从乡下到城里挣钱的木匠,有一天干活时,一只鸽子飞到他的眼前,他由于勒着肚子好多天不吃肉了,就想捉这只鸽子开开荤,解解馋。他去捉这只鸽子时,鸽子飞到了大马路上,好多车怕轧着鸽子,停了下来。鸽子不飞,却钻到了一辆大公共汽车下面,周围的人都很善良,希望这只鸽子别被轧着。这个木匠为了吃鸽子肉,不顾一切就往汽车底下钻,但没有抓到鸽子,鸽子从汽车底下飞了出来,飞走了。周围的人以为他是为了救那只鸽子,把鸽子给轰出来,使鸽子回到安全、自由、辽阔、美丽的天空。大家都说他好,一个少先队员还给他行了一个队礼。结果这个木匠觉得很不好受,也不好意思,于是他想起他的故乡,在故乡有个天主教堂,那里面也有很多的鸽子。他想也许这只鸽子还是从他故乡那个教堂里飞出来的。这故事从何而来呢?小说中的主题,生活经验是长期积累而来的,但引起我写这篇小说的念头是两件具体的事。第一件事,我家楼下有两个木匠在去年天最热时干木工活,实在脏极了,也辛苦极了。晚上就躺在楼下的洋灰砖上,旁人说这些木匠多能挣钱,一个月挣几百块。但他们挣来这些钱实在不容易。第二件事是有一天我在大街上看见一只鸽子站在车来人往的马路中心,结果就出现了交通堵塞的情况,这件事给我的印象很深刻,我感到很温暖。经过"文化大革命",出现了一些不礼貌、不文明的人和事,一再出现枪杀天鹅的、宰了熊猫吃肉的现象。但还是有文明善良的人。如果我要单纯写后面这件事,我可以写一百零二个字,寄给《北京晚报》"古城纵横"。但这个故事包含着潜力,这只鸽子变成了象征。小说发表后,有人批评我写的木匠不对,在北京干活的木匠哪有《灰鸽》里面那样苦,他们喝啤酒,吃羊肉,花钱冲着哩。我不跟他们抬杠,因为我的用心不在于写木匠的生活。这里面灰鸽成了真善美的象征,变成了纯朴心灵的象征,人类同情心的象征;哪怕在一个人利欲熏心的时候,哪怕贪欲把一个人变得十分丑恶的时候,这真善美象征的灰鸽,这纯朴的心灵,这对美好辽阔天空的向往,也仍然能够唤醒那些有贪欲的人的心灵。引起我写《灰鸽》里的那只鸽子是我家附近的,但是我写小说不能写主人看管不周,因为这样毫无意义。所以,我写那个木匠家乡是一个美丽的山村,那里有座破败的教堂,教堂上有个歪歪斜斜的十字架,每到黄昏有很多野鸽子在上面飞翔、栖息。所以那个木匠一看到灰鸽就想起他的家乡,想起那个教堂,想起他追求而未能追求到的情人。这样一种新的构思,新的排列组合,小说的情调就不一样。小说的容量、情调、格调就迥然不同。再如发表在一九八〇年第五期《北京文学》上的《风筝飘带》,它也由好多件事排列组合而成。比如说有这样一件事:我在坐电车时听几个女工模样的人在聊天。一个女工说,她们那里有一个人走在大街上,看见一个老太太被人撞倒了,那人扶起老太太并送她回家,结果被老太太的亲属给包围了,他们问那人是你给撞的吧?那人说不是我撞的,我在大街上看见老太太被人撞后送她回来的。老太太家里的人不相信,说现在哪里有这么好的人呢?电车上这几个女工越说越气。最可气的是这个老太太,把她弄回家后,她家里人问是不是送您那人撞的您呀?那老太太迷迷糊糊地看了看,竟说:"就是他!"这事确实让人哭笑不得。十年内乱破坏了社会风气,做好事反受到人怀疑和诬陷。单说这件事也可写篇杂文,但这件事我没有动笔,单这件事我觉得还缺乏点味道和生活。又如我也常常看到北京男女青年的生活情况,他们谈恋爱要想在公园和大街上找个地方坐下来都很困难。还有北京的房子问题,由于房子问题造成了许多可笑、可悲而又让人难过的事情。包括在外面排队买馄饨吃呀,买老豆腐呀,我也有许多北京普通市民的生活经验。我把这些事情(当然还有其他一些事情)给串联在一起,使他们发生了有机的联系,就形成了《风筝飘带》这篇小说。我写完《风筝飘带》以后,北京市文联的一些同志,在晚上走过大街时,看见大楼背后、树底下、胡同墙根底下正在谈恋爱的青年男女,就对我说:"这不正是一幅幅《风筝飘带》的插图么?"

  第三种情况是在生活里有一点苗头,有一点触发,然后需要慢慢地加以补充。生活提供给你的材料、灵感只不过像一粒种子,需要你埋在生活土壤里,让它慢慢地生根发芽。大量的小说,我指的是短篇小说,就是这样写出来的。我在一九八二年第六期《人民文学》上发表的短篇小说《惶惑》就是这样写出来的。《惶惑》是写一个人正值年富力强、又红又专、官运亨通、青云直上的得意洋洋之中,他到T市去,一方面他回忆五十年代,他作为一个很单纯的、大学刚毕业的干部的情景……这位官运亨通的人有一个女同学,恰好在T市,她是一个普通老师,生活地位一点不高。当她知道来T市的这个人是她的同学后就一再来找他,请他与她班里的学生见见面,讲讲话。这个老同学非常忙,他既不是官僚主义,也不是看不起这个被他忘记的女同学,他心眼也不坏,他只是太忙,工作任务太重,没有时间去。后来都安排好了要去,可由于有特殊事耽误了,仍然没有去。最后我写这位老同学上火车离开T市时,女教师来送他,他没有理这位女教师,开车后那女教师还扔进一网兜梨。这位老同学接到梨后,他心里突然感到一阵难过,自己觉得一阵惶惑!这篇小说的来由是,有一次我到一个地方去,同行有一个比较有成就的人,在那里碰上一个老同学,而他对这个老同学已记不清了。当时我都觉得这个老同学找他的热情有点过分,有些纠缠。最后我们上火车临走时,这位老同学又来了,在火车开车前扔进一网兜梨。真实情况是车上这位老同学很生气,说:"这……这……"但又不能把梨扔回去。事情本身是简单的,但是我从这件事来揣摩这两个人的心理。我同车那个朋友,我设身处地为他想:他工作很忙,来到这儿时间很短,突然冒出一个老同学,偶然相见,重新叙旧,越说越远。从这个朋友的角度来想他是无可非议的。但我又从那位女教师的角度想:你是从北京来的,是过去的老同学,何况你现在很有地位和成就。她是在偏远的小城,说不定你的到来是她若干年来生活中最辉煌的一件事,她从你的出现看到了一点生活的玫瑰色,看到一点理想、一点往日的热情和青春时代的幻想以及当今现实的光明。这篇小说的来源就是上面所说的那件小事,本身也没有多大的意义。这小说要有分量就全靠我的重新处理。这种处理有些主观的东西,小说写出来后已经和原来的事情脱钩了,小说的面貌同原来的事情发生了根本的变化。在《惶惑》中,两个老同学相遇是一粒种子,我把它放进我的生活经验的土壤里,再加上我的写作技巧这个水分,照上我的情感这个阳光,最后,这粒种子长成为《惶惑》这篇小说。这种从一点苗头生发出小说的例子是很多的,我的《春之声》也是如此——我在《关于〈春之声〉的通信》里已经写了。

第四种是取生活的形式(外壳),注入新的内容。即事件的外壳只是它的表象,整个的故事是新的。如我的《心的光》,它的外表是真实的,就是我在伊犁的一些生活感觉。《夜的眼》也是这样,小说写一个人为边远地区一个单位修理汽车走后门,事情本身是实际存在的,但里面的感情、思想和人物,全是在构思和创作中加入的,这就是取其生活的躯壳,注入新的内容。

第五种是埋藏在心中让它自然而然发酵——即有一段生活经历早记在心里,埋藏在心中老想写,始终写不出来,可时间过得非常长了,回过头来一想,反倒对事情有一种新鲜感情,这靠的是记忆的沉淀。我过去写文章曾经讲过,写小说靠的是记忆的沉淀。昨天发生的事情你把它完全记住了,可里边有很多是没有意义的,没有什么感情的。十五年前发生的事你现在还记得很清楚,这就很可能是这件事在某一方面给了你很深刻的印象。

第六种是改头换面,隐去真事。有的事情很能引起你的某种想法,觉得能成为小说,但绝对不能按真人真事写,如按真人真事写麻烦就太多了,既麻烦,又容易带来很多副作用,所以必须把它改得与原型越远越好。如果是一个男的,你就把他改成女的;原来的事发生在东北,你就把它改成在海南岛。不能让读者看出来你取材于何人何事。这样一变的结果,就会出现新的可能性,给人一种新鲜感。

第七种是物、情、人的相通。你写的是人物,但又写的是某一种感情,但这种感情与人物又可以寄托在某一件东西上,寄托在某一种动物、某一种植物,甚至是某一件静物上。比如我写的《木箱深处的紫绸花服》,我把一件紫绸花服当做小说的主人公,这又和别的不一样。我想,写小说的方法还会有第八种、第九种、第十种……但是现在我能回忆起的就这么一些。

那么,以后我要用什么新的方法来创作呢?新的艺术探索又是什么呢?我要给自己做一个广告,那就是请你们看我的新作!

1985 年

文学的新课题[*]

今天我谈的题目叫"文学的新课题"。新课题是指在新的历史时期,我们的时代给文学出了什么样的题目。

第一个问题:文学反映改革的进程。

这个问题,我只提出题目来,不准备细谈,因为这个问题我们大家比较清楚。我们国家正在进行一场新的经济体制改革,由于这样的改革会引起我们的生产、生活方式和观念的重大变化,这个改革意义之重大,影响之深远,都是我们现在难以全面估计的。而这个改革的过程也是相当长、相当复杂的,是充满了重重阻力的,也会有曲折的。但是这个改革又是蓬勃的,不可阻遏的,非常有生命力的。现在我们已有一批作品,或是正面反映改革的行程,或是从某一个侧面反映改革当中出现的新的生活画面,或是提出新的问题。这里不再详细谈了。

第二个问题:文学在反映并推动观念的变化方面有什么课题及其作用。

文学毕竟不是新闻报道,它除了正面反映改革过程,反映改革中的典型人、事以外,还有很重要的一个方面,就是反映人们观念的变化。因为改革当中,随时会碰到旧的或虽未过时但已不适用的观念,阻挡我们改革的脚步,引起某种困惑。都说改革好,但它也容易引起

---

[*] 本文是作者在河北省业余文学创作座谈会上的讲话。

理论上的困惑,引起道德的困惑和审美的困惑。在理论上,由于咱们过去学苏联模式太厉害,总觉得这不符合理论、那不符合模式,不符合老祖宗的哪一条。比如传统的审美观念,光着脊梁,最原始的劳动,认为是美的。劳动总是美的,但摆脱了这种原始的生活方式,还美不美?会不会变丑?有的人很能算计,他是不是丑恶的?不能算计、糊里糊涂的人,是不是美好的?这里有很多问题。现在我谈这么几个观念:

第一个是富与穷的观念。这个反映在文学作品里比反映在改革上还难办。因为文学是人精神里的东西,是人血液里的东西,是人感情深处的东西。在我们的文学作品里,可以说古今中外总是努力塑造清贫的美丽、伟大、崇高的形象。从孔夫子时代就塑造又穷又有节操的形象,高风亮节,又一定是破衣烂衫;阔人是坏人,谁阔谁坏。阶级社会中财富掌握在少数剥削者、寄生虫、吸血鬼手里,因此财富往往和罪恶、为富不仁、贪婪、争夺、敲骨吸髓、欺诈、奸诈、狠毒、残暴联系在一起,而贫穷往往和诚实、清白、内心的平安、自重联系在一起。外国也一样,很多作品批判人的贪财,批判财富,特别是批判金钱对人的腐蚀。从莎士比亚就批,到莫里哀更是批,到巴尔扎克还是批。在中国就更多了,《创业史》第一句话,柳青同志引用的是"家业使弟兄们分裂,劳动把一村人团结起来"。这个话放在阶级社会里是对的,但这话本身有很大的表面性,你劳动是要创造财富的,单是为"炼红心",那就变成了电视剧《今夜有暴风雪》里的论小镰刀能战胜机械化,一论、二论,还有三论,再发展一步就是宁要社会主义的草不要资本主义的苗,宁要穷社会主义不要富资本主义。

这个观念我们也要一分为二,首先从历史上说,它事出有因。在今天来说,它仍然有相当的价值。什么价值?就是真正成大事业、大学问的人,他仍然不把物质享受放在第一位,仍然要有一种献身精神,仍然要有一种相对艰苦奋斗的精神。当然,每个国家有每个国家的艰苦奋斗,但这种献身精神都是需要的。甚至真正的大事业家,都有某种程度的禁欲主义。大文学家、大艺术家、大政治家、大革命家、大军事家,都有一种严肃的生活态度。声色犬马,最后成大器的也有,文学家里也有,但很少。相反,夙夜匪懈,孜孜以求的多。从另一方面来说,特别是对于广大的老百姓来说,我们要歌颂劳动对财富的创造。劳动不是没有目的的,劳动是为了创造财富。旧社会剥削阶级占统治地位,财富之所以肮脏,并不是由于财富本身肮脏。玉器不肮脏,金条也不肮脏。我们很多诗骂金条是因为黄金掌握在剥削阶级手里,他用黄金使一个人叛变,甚至于用黄金来玷污少女的贞操,用黄金来离间友谊。但是这个责任不能让黄金来负,黄金不知道谁来用它。马克思在《资本论》中也讲了黄金,它可以分割,可以延展,可以保存,分割以后价值不变,黄金是最理想的一种货币形式,是价值的一种体现,所以罪恶不是黄金本身。财富之所以被诅咒,不是因为财富本身肮脏,贫穷之所以被美化,不是因为人天生受穷,那是阶级社会造成的歪曲。我们要建设社会主义,就要把这种歪曲颠倒过来,我们要歌颂这种创造财富的劳动,我们不歌颂"小镰刀战胜机械化",那种愚蠢的、只算政治账、不算经济账,叫做"炼红心"的劳动。

再一个是关于才智和道德的观念。正像长久以来物质财富被剥削阶级占有一样,在阶级社会里,往往一部分精神财富(文化)也被剥削阶级占有。所以就形成一种观念,一个人越聪明,知识越多,就越不可靠。再加上中国特有的"左"的论调——所谓读书越多越反动,就造成一种习惯。回忆一下我们的电影、戏剧、小说里,书念得多、说话有条理、样子比较聪明、动作比较麻利的人多半是不可靠的,遇到关键时刻会当叛徒。最典型的形象是《杜鹃山》里的温其久,农民军里就他一个显得精明一点,他就当了叛徒。和最聪明、最麻利的人成对比的,另一个人大舌头、结巴、个矮、脸黑,一说话嗡嗡的,他虽然笨,但可靠。长久以来,才智变成了可疑的东西,这是历史造成的。法捷耶夫的《毁灭》里也是这样,有一个知识分子美谛克,最后自杀了。相反,真正贫穷的工人,革命是最坚决的。

一种观念形成,需要时间和文化的背景,冰冻三尺非一日之寒。中国的庄子就反对机器,他说使用机器的人必有"机心",机心是什么呢?就是机巧、不老实、不正派,四两拨千斤,老想取巧。庄子对生产科技、文化的发展有一种抵制,用一种原始的朴素的唯道德或泛道德论来抵制。他说人知识越多越滑头,从某种现象上来看,你也不能说他说的完全不对。跟不识数的人打交道倒也放心,但你不能要他办事,他办事非办砸了不可。我在新疆呆了多年,新疆哈萨克牧民不讲究商品生产,也没法发展商品生产,一个小帐篷,跟着一群羊。跟羊打交道,很美好,很善良。谁从他那儿过,在他家住三天,他热烈欢迎,绝不会说你怎么来我这儿吃?没有那种观念。因为轻易没有客人来,来个客人稀罕得不得了。而且他还用宗教加以解释,说,客人吃了,真主会对他十倍、百倍加以补充、报答,客人在这里吃了一斤肉,那羊就能多长一百斤肉;客人喝了一碗奶,那牛就能多出一桶奶。看来这里头也有"经济核算"神学。现在商品经济发达了,他也知道剩的奶可以卖给奶粉厂。一九八一年我回去时,有些牧区的公路修通了,牧业社买了汽车,汽车每天把奶收了之后,就去卖钱。他们知道钱有用了,就不那么好客了。结果就有人议论,说现在哈萨克牧民良心大大的坏了。为什么这么说?就是因为他们不让客人白吃了。其实,对经济观念,效益观念,我们不能用抽象的道德来否定。相反,我们应该看到观念上的进步,精打细算是很合理的。今天我们在自己的作品里也要为知识、文化、才能、科学、眼界、创造性恢复名誉,我们要赞美人类的智慧,赞美人的创造性。知识是美的,愚昧是丑的,愚昧会干很多傻事。

　　第三个是关于人性和竞争的观念。这个问题马上也要提到我们的面前了。我们这个民族是一个非常讲究人情的民族,这里有非常美好的东西,但竞争有时又不能事事讲究人情。改革说着容易,真正做起来非常困难。就拿大锅饭来说,形成大锅饭的原因很多,和经济水平低有关系,和苏联模式有关系,和军事共产主义的影响有关系,和我们重人情也有关系。似乎大锅饭是比较有人情味的,比竞争人情味多一点。竞争里包含着优胜劣败,或者优胜劣汰,这工作你完不成就得出来,换个另外适合你的工作。有一定竞争是合理的,但竞争不是无限制的,不是放任自流的,你放任自流地竞争,发展到最后就成为大鱼吃小鱼了。其实这个思想在严复翻译的《天演论》中就已经讲了,一方面承认自然界的竞争,另一方面人类又不能完全照搬自然界竞争的法则。自然界就是大鱼吃小鱼,小鱼吃虾米。人类要这么搞就要造成巨大的社会矛盾,造成混乱。

第四点关于干部和领导的观念。长期以来,由于我们国家的具体条件,在社会发展的进程中,使得我们对领导的要求往往是对父母官的要求,就是领导各方面都是表率,都是模范,不但工作任务完成得好,而且还必须是个道德家。因为某种变相的或不变相的终身制,说得严重点就是家长式的领导,对一切都事无巨细地过问,所以他要处处高明。比如有的电影上说,当领导的就要有个婆婆嘴,遇事要多说点儿。这在某一个阶段可能说是对的,但现代化的领导还真不需要婆婆嘴。权力是分层的,你管的那部分你说了算,用不着来回扯皮,另外一部分权力是下级的,就让下级去干。现在各单位选拔干部似乎很困难,因为求全责备。其实一个单位能担任领导职务的不只是一个人,有一个以上的人,才有实行任期制的可能。如果说一个单位长期以来搞得离了他不行,这往往是由于他的工作制度、工作方式不够现代化造成的。当然,对这些也不能简单化地看,就像对艰苦朴素不能简单化一样,不能说我们现在不要艰苦朴素了。领导的威信还需要,忠诚的品质也还需要,不能简单化地解释。

第三个问题:满足全面发展的人们的精神需要。

第一点,物质的开始富裕提供了使人们全面发展的条件。物质和精神不是对立的,没有起码的物质条件,人谈不上发展,连生存都不能。所谓一个人的全面发展,包括一个人的体力、脑力、道德、审美、情趣、爱好、本业、业余的全面发展。由于前面说的那种旧的观念,我们往往把一个人物质上的丰富和精神上的丰富对立起来,认为物质上的丰富只能带来精神上的空虚,所以我虽然穷,但内心平安。其实当一个人具备了温饱条件后,他的精神要求就大不一样了。一般地说,人在温饱都不可得时,精神上难以有更多的需求,因为这是一个很平常的道理。在肚子饿时,"饿"就成了主要矛盾,肚子饿了就不会先去看电影,一顿没吃饭还是可以看这场电影,你要两天没吃饭就什么电影也看不进去。随着人的富足,精神上的需要会更多,因而精神上的矛盾也会产生。

第二点,物质的富裕并不等于精神的富裕。精神不能自然而然地丰富。有吃的了精神就丰富,那确实不见得。我们现在已经有大量的例子,触目惊心的例子,物质上丰富了,精神上还相当贫乏,因而造成悲剧。吃饱了走邪道,钱多了不知道合理消费,而去赌博。过去,山西的地主喝酒时,把酒杯放在老婆穿着绣花鞋的小脚上,认为这是人生一乐,我们今天听起来只能感到丑恶,令人作呕。前几天报纸上有一条消息,题目叫《列车上的新气象》,说是吉林的三个专业户,到餐车上就问:"你们最贵的饭是什么?"餐车的人说我们这儿的饭有八元、十元、十五元的,按天吃。专业户要一顿十五元,把餐车的人难住了,因为餐车不是宾馆,没那么多材料。最后挑最贵的吃,才收一人十二块。记者报道说这是列车上的新气象。农民经济上翻了身,就非挑最贵的吃不可?对这条消息我有点看法,农民兄弟富起来是值得祝贺的,我也愿意祝贺,但这种吃法并不文明。文明讲究合理,消费要讲究消费的合理。什么叫合理?该花时一万元也不多,不需要时一分钱也不花。就是百万富翁,也要讲究合理。吃饭首先是营养,其次是口味,第三是环境,第四借吃饭也可以交际。几个人一起吃饭,可以谈一谈,交流思想。专挑贵的,那是盲目性,是摆阔气,至于富了就搞封建迷信、低级下流,这样的事情也有。我还在《青春岁月》月刊上看到一篇报道,写的是农村一对新婚夫妻,生活很好,感情也不错。这个男青年有一个朋友,这个朋友晚上去找新郎,说:

"我告诉你,不好了,你家里进去野男人了,你看把墙头都扒掉了一块。"实际上是他扒的。这新郎一听,回去烧红了通条,对着他老婆就冲过去了。我看了很难过,二十世纪八十年代的青年人,居然还这么盲目、这么落后,这太原始了,总要有更文明的方法处理家庭的不和谐。所以物质的充盈并不等于精神的充盈,这里有封建的、落后的、迷信的各种原因。

第三点,特别提出来,就是审美和娱乐。随着物质的富裕,人们在审美、娱乐方面要求越来越高,审美和娱乐在人们生活中占的比例越来越大。我们经常讲提高人们的物质和文化生活,因为物质和文化是密不可分的。同样两个万元户,一个是文盲,一个是高中毕业,他们的吃穿摆设都会不一样,生活方式也会不一样,肯定有高低之分、文野之分。生活不会是一个模式,同样是穿,也不是花钱越多衣服就越好。所以消费本身就包含着文化,而且随着人们物质水平的提高,精神消费、文化消费比例越来越大,低水平时人的主要消费是吃。外国人对中国人有点意见,就是太重视吃了。朋友请客,你到他家里去,好客的热心很动人,但你到他家里就见不到你的朋友了,他扎在厨房里出不来了,来不及跟你说句话,一会儿满头大汗,一会儿油冒烟了,全是这个,不是交际。生活提高后,在文化、娱乐上的消费是多方面的。审美方面,收藏艺术品啦,欣赏艺术品啦,旅游看自然风光、社会面貌、文物古迹啦,以及欣赏绘画、音乐、舞蹈,发展自己的业余爱好,发展自己对知识的渴求等等。学习知识不单是消费,本身还有生产的性质,本来消费和生产就是不可分的。欣赏好的文学艺术作品,你说是消费也可以,你说是生产也可以,因为它可以增加你的审美体验,并且这方面占的比例越来越大。娱乐是人们基本要求,我们过去对这个要求重视不够,有时甚至抹杀这种要求。当然娱乐不是无限制的,任何真理都是有条件有限制的。娱乐很重要,但娱乐要提高,娱乐本身有低级高级之分,有文明与不甚文明之分。而我们文学能在这方面起特殊的作用,使人们在娱乐当中有一种对美的追求。如果一个人没有对美的追求,那么他的财富即使很多,他的精神也是荒凉的,甚至是可怕的。这种对美的忽视往往反映出一种愚昧,会产生一种无视客观规律的倒行逆施的行动。比如北京两次发生枪杀白天鹅的事件,各家报纸都非常愤慨,杂志上还写诗追悼白天鹅。这不是偶然的。对生态平衡的爱护,也是一种对美的爱护。特别是对绿化,不懂得爱护树木,不懂得爱护花草,也是一种愚昧。我在北京有时常常生气,因为有的人大概一共多走五步路就可以不踩草坪,但他非踩草坪不可,最后把草坪踩成秃子头,中间被踩出一条道来。所以说这种对美的爱护,对美的珍视,也包含着对文化、对知识的珍视。人类的文化所创造的美,艺术所创造的美是更高的美,音乐、舞蹈、绘画、雕塑、文学,不懂不要紧,可以一点一点学。

第四个问题:文学反映并促进现代化生活方式的形成。

这个问题提出来了,但并不非常清楚,到底什么样的生活方式是现代化的,什么样的生活方式是非现代化的,哪些生活方式我们过去当资产阶级的生活方式批了。随便举几个例子。第一个,现代化的生活方式要有现代化的时间、空间观念。我们中国和生产比较先进的国家相比,节奏太慢了,我在新疆时就有突出的感觉。我早上七点去上班,八点还没走到班上,一路上碰到朋友、熟人就要下车子,一块推到马路边上,然后互相问候:大人好?孩子好?工作好?身体好?他问候我,我也得问候他。老朋友、新朋友、熟人、半生不熟的人、刚见过一面的人,你都得下来一回。这在外国绝对不行,是上班嘛,又不是闲逛,要约会另找一个机会。有时我们觉得外国人跟赶三关似的。空间的观念也不一样,我们中国因为交通不发达,行路难,出趟门是个大事情,了不得的事情。这就形成两种现象,一个是不能轻易出门,安土重迁,我在这块地方就是这块地方,不能随便离开。我也写过这样的作品。我们不少作品就是描写这个人不能离开他的故土的,这里有他美好的一面,但也反映了不发达的生产、生活水平。另一个是出去一趟不容易,可不能随便回来。我在美国纽约开一个学术讨论会,开一天,有人头一天夜间坐飞机从旧金山出发,在丹佛倒一次飞机,六个小时到达纽约。第二天开会,会开到六点,他搭乘七点的飞机回去了。我大吃一惊,觉得他飞的距离比从北京到拉萨、到乌鲁木齐还远,如果我去新疆出差,头一天晚上到乌鲁木齐,第二天开完会,绝对不会当天晚上走。来一趟新疆不容易,我也走不了,没有飞机。另外,按我们的习惯,我们如果到外地去办事,去的地方越远,呆的时间越长。一天完了之后,逛商店逛大街总还要一天,看周围名胜古迹要一天,出席亲朋好友的家宴要一天,让你走你也不走。昨天早晨我听中央台广播,在京的国家机关团体从一九八五年起中午午休一小时,包括吃饭。这也是一个改革,不要小看这个改革,还真有想不通的,我们几个同志议论就说,午觉不让睡了,我们的命就靠午睡。其实我相信这是个习惯,中午不睡晚上睡得踏实,早睡一点就行了。当然这个不是绝对的,还有身体不好的,还有年龄很大、适应不了新生活节奏的,但发展的前途肯定要取消午睡,太耽误事了。紧接着时间和空间观念的就是效率的观念。干什么事都要讲究效率,要有干净痛快的劲儿,不能拖拖拉拉,能节约一分钟也好,要爱惜时间,节约时间,讲究效率。接受了一项工作,是按部就班地做下去好呢,还是在做的过程中想点主意、变变方式好呢?也许想了十个主意,六个对的,有三个差一点,还有一个错了,我觉得这也是好事,因为他有想象力、创造性。我看美国的课本,从小学一年级就培养想象力。讲一个小故事,然后是作业,其中有一个问题是你认为这个故事结尾怎样?你能不能给它改一个别的结尾?小学一年级时就让你多想主意。到小学三年级,一个课本上画一个图,图上有三棵树,有一个男孩,一个女孩,下面还有一只狗,然后要求每个学生对这个图写出六种说明,做六种解释。想象力不只对于搞艺术创作的人是必要的,对做领导工作的、搞工业的、搞经济的、搞科学的,同样非常重要的。一个图可以有六种解释,就是说接受了一个任务不光是有一种办法,你脑子至少要有三种办法,多一些选择的余地,从中选择最好的、最有效的办法去做。所谓富有想象力的生活方式,包括了娱乐和休息。既有了钱,又有时间,除了打扑克,钻桌子,喝酒,吃肠子,吃五香花生米之外,就没有别的招儿使身心得到更有益的休息,既增长知识,又增强健康?我们的服装设计、商标、包装、书籍的装帧,包括作品题目,有没有更好的想象力?有的作品不错,但没有个好的题目,要不然就题目老长。题目现在越兴越长了,恨不得变成一个小故事,又有逗号、又有句号、又有问号、又有惊叹号,要不然就是大实话的题目。现代化的生活方式就该是珍惜时间的,是敢于跨空间的,是讲究效率、富有创造性的。现代化的生活方式在中国也应该慢慢发展起来,应该有更多的社交活动。现在我们大龄青年婚姻引起中央的关心,因为这也是一个社会问题,已经反映了我们缺少社交活动。有时候我们太重视血缘关系,而不够重视血缘关系以外的关系,六亲不认是各种恶名中比较可怕的。但是社会的发展一定使人们不那么重视血缘关系,而更重视社会关系、重视志同道合。紧接着交际就是一种开放型的生活态度。所以说中央开放的政策是非常深远的政策,让事物在发展过程中互相竞争、彼此补充、自然消长。开放的精神就是让你不要担心那么多,不要生怕唱了一个歌就会亡国,包括那个《月亮代表我的心》,这个歌好不好,可以讨论,你也可以不爱唱,也可以不听,但她唱了究竟有多么大的危害,会不会由于唱这个歌影响了社会风气,影响了"四化"建设,影响了无产阶级专政?《最后的晚餐》是宗教画,我们不信天主教,但是不是要大家都别知道达·芬奇的画呢?有些曲子如《圣母颂》,咱们今天听,不一定是去听圣母,而是听那种庄严的神圣的精神,所以我说开放型的生活态度有利于吸收新的东西,也有利于克服、批评消极的东西,使好的东西得到提高和增长。开放了以后,通过别人的帮助和自己学习来分辨是非、好坏、美丑,用这种方式来扶助好的东西的成长,历史已证明这是比较好的方式。如果封闭起来,好的东西也能变成坏的。最典型的例子就是其他一概是封资修,只准唱八个样板戏,其结果是走向了反面。还有就是对知识的渴求,特别是对新知识的渴求,将成为我们生活中一个很重要的组成部分。因为科学发展的速度日新月异,不像中世纪,多少年不变。中国的民族性格是很有意思的,一方面有很大保守性,很多东西是几千年形成的;另一方面又有很强的应变能力,也能吸收新鲜事物。所以形成了一个很特殊的现象:第一是中国是最古老的国家,第二是古老的文明国家现在还能保持自己强大的体系的就剩中国了。所以有些外国人说,对中国充满信心,不要谈中国这不行,那不行,因为历史上她曾经不行了不行了,但不知怎么就又行了。"文化大革命"搞得灰心丧气没活路了,结果来一个三中全会,柳暗花明又一村,这村比那村好多了。在应变中又保持自己的传统,这是不简单的。

第五个问题:文学作品应该有新思想和新的水平。

历史在发展,时代在发展,文学本来是"阶级的神经",应该最敏锐地感觉到历史的发展、生活的发展。如果没有新思想、新观念,对生活中新的问题的感受和探讨,你就不能满足正在增长和变化的读者的精神需求,哪怕你是写历史传统题材,也要有新发展。这里我想着重谈这么几点:

一是作品的宏观性,或叫宏观感。新的历史时期应该是更高瞻远瞩的时期,作家不但要面向全国,而且要考虑到整个世界。小平同志讲面向现代化,面向未来,面向世界,我觉得我们对这三个"面向"讨论得太少,研究得太少,这对文艺工作也是有指导作用的。这本身是一种精神状态,这和那种抱残守缺、鼠目寸光、僵化保守的精神状态是截然相对立的。面向现代化,反映现代化的进程,包括观念现代化的进程,生活方式现代化的进程,敏锐地注视现代化进程中出现的新事物、新问题。现代化进程中每件事都是好的?不见得,你开放了自由市场就有投机倒把、坑蒙拐骗,但不能因噎废食,关闭了更糟。面向世界,面向未来,这对业余作者也是非常有意义的。业余作者最大的优越性就是在生产第一线,应该最直接最真实地反映群众的情绪,群众的心理。业余作者千万不要割断自己和生活的联系,要真正从生活深处感受生活的脉搏,最勇敢地把生活的脉搏反映到自己的习作中,这是我们最大的优点。怕就怕在有的业余作者不懂得珍惜自己的优势,不用自己的话说话,不用自己的生活去构筑作品,而是从刊物里找,街上流行红裙子,咱就来红裙子,流行白帽子,咱就来白帽子。业余作者要敢于拿出自己的土特产,不搞仿造。业余作者的不足之处,是眼界往往受影响,有时境界也受影响,不能从历史总的发展上考虑问题,就是眼前这点小打小闹的事、好人好事、小场面。这个场面在历史发展上的地位是什么?对于全国来说,它意味着什么?对整个世界意味着什么?思考不足。因为我们生活中的变化,尽管从宏观上看是小变化,但往往是意味深长的,尽管是你那个村、乡的一件小事,但这件小事有很深长的意味,反映了中国的时代变了,历史变了,改革了,人的精神面貌变了,文化水平变了,观念也变了。所以我们如果不能从宏观的、巨大的、长远的、历史的背景来观察、判断、感受、思索日常生活中的事件,就无法挖出这些事件的重大意义乃至它的审美价值。要做到这一点,就要学习,要开阔眼界,这还是有条件的。当然不只是参观,我们讲信息社会,传播信息的手段越来越多了,电视就是最重要的传播信息的手段之一,而且它的深远影响是不得了的。所以,善于吸收信息、培养多方面的兴趣,都有助于我们从宏观上对生活进行考察。喜欢文学的人最忌讳的是只喜欢文学,对别的事都不感兴趣。文学和万事万物交叉,描写农村对农业知识一点也不知道,就写不成农村题材的小说,描写工厂对工厂的事也得了解,描写战争,没有一点军事知识,也写不成。文学家从某种意义上说是杂家。

第二是文学作品思想的丰富性。随着人们思想文化水平的提高,对文艺作品的要求也越来越高。物质的富裕造成了培养全面发展的人的条件,全面发展的人对文学作品的要求也是多方面的。他不仅要求你演绎一个简单的思想,往往是几方面的要求都有,突出的有三方面，一是教育性，二是审美和娱乐性，三是认识价值。教育性就是你的作品自然而然地流露出比较高尚的思想和感情，不是靠加注解、贴标签。那些把话说尽，把标签贴足的作品不一定是好作品，正像看一个人不是看他的宣言一样。作品的认识价值，也不是简单地对生活做出判决，而在于我们能够对生活进行真实、深刻的概括，让读者历史地看到生活各个侧面，是立体的而不是平面的。还有娱乐、审美价值，就是让人从作品里能体会到、感受到一种更高的思想艺术境界。我们现在生活富裕了，但离真正的文明、发达、富裕还有距离，所以文学作品应该有更大的丰富性、思想性。

第三是我们的文学作品应该有更深厚的内涵，应该更浓缩。这也是人们的文化提高、思想提高、生活提高对文学的必然要求。读者可以举一反三，并不要求把什么都说得清清楚楚，要求在同样的字数里提供更多的信息量。你写一篇三千字，我也写一篇三千字，但我这三千字内涵比你丰富，提供的信息比你多，你那三千字光套话就占了一千二，废话再占一千字，有用的话就不多了。所以一篇作品内涵的丰富、表现的浓缩是很重要的。

第四点，人们对文学作品的要求更加多样化。更加多样，甚至多变，因为生活发展得快，文化发展得快，前几年时髦的，不见得现在还时兴，不断地有新要求。现在人们既要幻想的，又要纪实的，因此，科幻作品和非虚构作品同时并存。非虚构小说就是纪实作品。咱们的报告文学，拿到国外去，实际上是非虚构小说，因为你用的方式是相当文学的，而他们要求报告文学的每一个情节都必须是真实的。人们对文学作品要求的多样化，还表现在他们既需要娱乐性很强的作品，也需要非常严肃的、忧国忧民题材的作品，真正提出社会问题、提出思想观念上的问题、提出对生活新的见解的作品，同时还要求非常通俗的东西。我们要发展通俗的东西，但也不能排斥暂时还是少数人欣赏的东西，如交响乐，不要动不动就抹杀。

再谈一谈文学的心理描写，这也要具体分析。过去我们有一种观念,以为民族形式是不大进行心理描写的,我不同意。我们如果对文学进行宏观地考察,就会发现,中国的诗歌和散文是非常注意心理描写的,《红楼梦》也是非常注重心理描写的。当然,一些传奇、演义小说不讲究心理描写,只讲究事件。但中国有一个特点,从中国历代来看,是重诗歌、散文,轻小说。小说是下层的、市民的文学,而那些士大夫是不写小说的。韩愈、苏东坡、屈原都不写小说,他们写诗、写散文。古代有写策论、写散文做官的,有写诗做官的,写小说者则不入流,因为它是通俗文学。所以,吸收中国的传统文化,不仅仅要吸收演义小说的传统,还要吸收散文诗歌的传统,在表达人的心理、咏物抒情方面,我们诗歌的传统太丰富了,在全世界都是无与伦比的。这是一个因素。还有一个因素,现代心理学告诉我们,随着人们文化生活的发展,心理活动逐渐变得细腻。一个文盲老太太难过了,生气了,绝不会详细地叙述自己的心理,甚至心理和生理也分不开。北京的一位精神病专家跟我谈,文化越低的,心理活动越混沌,只是说心口堵得慌,这就无法判断是一种精神病,还是肉体病。心口堵得慌,可能是心绞痛、心肌梗塞、慢性胃炎,也可能是因为生气。知识分子就不说心口堵得慌,如果是心理、精神健康方面出了问题,他们说烦躁、压抑、难过、悲哀、失眠、慌乱、失望,词很多。这些词到文盲那儿就剩一个"堵得慌"了。所以我们很长时间以来把心理活动当成了资产阶级、小资产阶级的专利,甚至把审美也当成小资产阶级的东西。我们常常用一种偏见嘲笑文学作品的心理描写。但是我们应当看到,随着人们生活的富裕、文化水平的提高,他们的心理活动会慢慢变得更细腻,会分化得更细致。从长远来说,我们作品的多样化,也包括了以情节取胜或以心理取胜。我不赞成搞门户之见,应该让读者去选择。不准想象也就无法选择,让人家去想象,就增加了选择的可能性。文学的多样化就发展了想象,也增加了读者选择的可能,把"百花齐放、百家争鸣"真正变成现实。

第六个问题:丰富、提高我们的文学生活。

我们这几年取得了一条很重要的成绩，就是文学进入生活，生活也进入了文学。生活进入文学，就是说文学不是和生活不沾边的，不是假大空的，不是"冲云霄，上九天"的。"四人帮"文学的一个特点是冲天干，不描写地上的生活。现在我们写的是现实的生活。同时还有另一面，文学进入了生活。这是指在相当一部分读者中、一部分青年中，阅读、欣赏、评论文学作品成为他们精神生活的一部分，成为他们求知思考的一部分，甚至成为他们爱情的一部分。这在古今中外也是罕见的。尽管这两年具体刊物的订数有点下降，但实际上订户仍然很多，因为刊物多了。目前在中国，阅读、欣赏、传播、讨论文学作品，确实是精神文明建设的一部分，无法想象再回到如毛主席说的没有电影、没有小说、没有诗歌的年代。文学进入生活，有助于我们追求知识，提高情操，改变旧观念，美化生活，提高全民族的精神素质。有人认为文学作品是危险的东西，这几年这种论调也有。某人犯罪了，问他为什么犯罪，他说是看了哪个电影，或是哪本小说，似乎文学家都是教唆犯。不好的作品当然有，过去批评过，最近也批评过，但好的还是多数。至于作品的副作用，情况比较复杂，不一定完全是作品本身的问题。上海有一个小孩，嘴里喊着："我是霍元甲!"从六楼跳了下来，没摔死，还在喊："霍元甲! 霍元甲!"电视剧《霍元甲》有缺点，但你能说这事该让电视剧负责吗？如果一定要那么说，生活也有副作用，吃饭也有副作用，喝水也有副作用，开会也有副作用，我今天讲的这些也有副作用，我就不敢讲了。所以，副作用这个问题很难说，相反，应该说多数作品还是起到好作用的。我赞成占祥同志说的"浇花"。

文学生活已经成了我们生活的一部分，广大业余的文学创作者、爱好者，是文学和生活之间的桥梁，正是有了这个桥梁，我们的文学才能对生活起作用。希望广大文学创作者能成为群众与新知识、新观念、新思想之间的桥梁。文学家敏感，往往得风气之先。当然，文学家也有短处，有时流于空谈，不扎实，文章写得头头是道，生活处理得乱七八糟。他写打仗,几百万军队写得笔下生花,实际上给他一个班他也带不了。但他们眼界宽,读书多,敏锐。从广大业余作者里会出现人才,原因在于文学本身就有业余的性质。从整体说,文学是人类的业余活动,人类的主体活动是生产,所谓阶级斗争、生产斗争、科学实验,这是很好的概括;从一个人来说,谁都从业余开始。别的可以搞专业,舞蹈、音乐、戏曲可以从小培养,小提琴得从六岁、八岁开始练,还有从五岁开始练的,唯独文学不行,说这孩子聪明,从五岁开始培养写小说吧,说不定到后来一事无成,弄不好还得精神病。文学只能从生活中来,而不能从文学产生文学。"一大抄"的文章也有,外国用电脑写小说,也写出来了,编出程式来了,但真正好的小说不是从程式中出来的,而是创造性的思考、感受、想象的结果。所以广大业余文学作者的优势是不可忽视的,他们是会大大地丰富提高我们的文学生活的。

1985 年

最诚恳的呼号*

我赞成《文艺报》召开这个会。有这样一种说法:对一些不愉快的事,对一些阴暗的事,不要老去说它了,不要老去揭疮疤了。别老讲走麦城,多讲讲过五关斩六将岂不更好!似乎老揭疮疤的人是不够伟大的。自己有疮疤不揭,也不让别人揭,都捂着,以为这样是对国家、事业的最好的爱护的方法。我以为这不是一种最好的爱护的方法。疮疤并不是巴金制造的,也不是任何一个普通的知识分子、小说家制造的。巴老是先揭自己心灵上的疮疤,他不是美化自己,给自己弄一道光环,再去指责别人。如果说揭出来的东西使某些人感到不舒服的话,巴老的这些文章也不是在一种舒服的情况下写的。巴老几次讲"欠了账是要还的"。这话我们过去也常听说,一搞运动就说"欠了账是要还的",但那都是让别人还,或别人让你还,讲欠了账要还,往往带有逼债的味道。巴老讲欠账要还,是从他自己开始,反映了一个正直的人、公民、作家自己对自己的一切是负责的,对国家、事业是负责的。如果说他揭了什么疮疤的话,也是为了治愈这些疮疤,该上什么药就上什么药,使我们有一个健康的肌体。这实际是长久以来的一个不同的认识问题。事实证明,不正视疾病就不能维护健康。巴老在他的文章里提到了很让一些人不好意思、不愉快的事情,这对一些文过饰非的人,投其所好的人,有一种警醒的作用。

---

* 本文是作者在《文艺报》召开的文学座谈会上的发言。

给我印象特别深刻的,是他不仅仅是揭了疮疤,而且使我们看到了一种精神,一种公民的责任感、道德感,如果我们都有了这种责任感,国家就有了希望。

我并不认为巴老的这些文章仅仅是揭疮疤的,它是一种最诚恳的呼号、吁请、请求,这就是我们都用一种负责任的态度对待我们自己、对待我们的国家。我还想到:写"文革"的作品,数量非常多了,但总有一种隔着一层的感觉,一种模式化的东西,比如把"文革"写成少数跳梁小丑因品质恶劣或是看中了某个好人的妻子所造成的陷害,这样的故事很难说服人。真正能诚恳、深刻地再现我们国家的这样一场民族浩劫、民族历史悲剧的作品还有待今后。

1986 年 9 月 27 日

文学的诱惑*

我今天很高兴跟大家见面。见到大家我就想起三十多年前,当时我的年龄比在座的各位小得多。那时候我提笔写作,觉得这是一个非常迷人的工作,一个非常诱人的事业。但是,那个时候我还不知道在创作的道路上会有许多困难,会有许多的挫折,会有许多的困惑,所以,今天当我看到年轻的朋友、年轻的同志,能够在安定团结、民主和谐的气氛中开始自己的写作生涯的时候,我既为各位感到庆幸,同时又有一个小小的问号,就是在我们写作的道路上,究竟会碰到一些什么样的问题呢?在创作的喜悦中,又包含着多少干扰和诱惑呢?譬如,以我个人的经验而论,文学本身就是一个极大的诱惑。当我们从事写作的时候,不但要运用自己的全部的智慧、知识、经验,而且往往充满了一种自我陶醉的激情。越年轻的时候越陶醉,也可以说没有陶醉就没有文学。在我比较年轻的时候,脑子里全是词儿,白天也是词儿,晚上也是词儿,吃饭的时候也是词儿,真跟生了一场病一样——词儿病。有时候搞得自己都无法控制自己的头脑、情感、身心,有时候自己完全被文学所淹没了——文学就像海一样,把自己淹没了,看不到别的东西,也无法掌握自己的前途了。作家的称号是那样诱人,但是生活和写作的辩证法,有时候也嘲笑人。比如在自己最热最热快把自己烧成灰的时候,觉得自己写得好极了,可偏偏自己

---

* 本文是作者在第二届青年创作会议开幕式上的讲话。

觉得写得最好的那部分,别人看起来是相当俗气、相当平庸,或者是相当狭窄的。再比如我们现在处在一个比较活跃的时期,有各种各样的观点、意见、旗号、招牌不断出现、不断更新,这也是我们当年开始写作时所没有的,这对活跃我们的思想,扩大我们的视野也是很有好处的。如果我记得不错的话,我在提出对某些小说观念的讨论方面,在我的一些评论文章里边,也是走在头里的,但是写作本身并没有一种所谓关键、窍门。对文学观念的讨论是很有趣、也是饶有益处的,但是观念并不能够决定写作的成败。我们无法说文学史上哪一个伟大的作家、哪一部文学作品的出现是某种特别新的观念的派生物。譬如说并非曹雪芹有了什么观念就有了《红楼梦》,或者屈原、杜甫、李白有了什么观念就产生了伟大的诗歌。不管多么了不起的观念,也无法代替人生,无法代替一个作家的人格、灵魂、心灵,无法代替一个作家的学习、积累、知识,无法代替一个作家的长期的、艰苦的、坎坷的、曲折的劳动。所以,在各种令人眼花缭乱的宣言和旗帜面前,有时候我倒愿意奉劝自己保持一点冷静,不必被某种最新的旗号推着走。旗号也罢,观念也罢,可以是文学活动的参考,却不是主宰。世界上有没有非常孤独的作家呢?有的,文学史上是有的。比如美国的狄金森,大学毕业后就基本上没出过自己的家门,他的作品是他死后别人替他整理发表出来的。这样的作家和我们现在的抱着话筒宣传孤独、表明清高,又要求大家为自己的清高喝彩的作家不尽相同。还有一种比较简单的办法是宣布某某某的文学观念或他的作品已经过时了,但是这个"过时"宣布得太快了,又产生了一种现象:甲作家上午宣布乙作家的作品过时了,下午丙评论家又宣布乙作家的作品过时了,第二天丁作家又宣布丙评论家的观念过时了。如果大家都互相宣布过时了,说明还是有很多东西没有过时。所以,真正的艺术、真正的文学,既不是某种观念的简单的产物,也不怕被宣布过时。真正的艺术经过千百年仍能保持它动人的力量,它不会过时,比有些大吹大擂、一时非常热门,但是过了一两年就无人问津的东西,生命力长久得多。我们现在从事文学的环境跟中国历史上的许多时期不一样,现在有那么多刊物,有那么多文学活动,有那么多年轻的作家,所以又有另外一种诱惑,就是在如此众多的声音中,如何发出自己的声音,如何能让别人听到自己的声音。不管怎样甘于寂寞,作家还是希望别人听到自己的声音、也希望听到回声的。所以有的作家就用一种比较特殊的办法,我把它叫做"爆破"的办法,来收到引人注目的效果。但是这种"爆破"的方法未必是能够保持长久的生命力的办法,也未必是有特别的艺术价值的办法。

我今天很大胆地和青年朋友们商量。今年以来,我们的一些作家写性题材蔚然成风,竞相写性,其中当然不乏严肃之作。我不想从理论上来讨论或者发表一个宣言,宣称不准写性或者写性的作品都是不好的,丝毫没有那个意思。我只是说,按照我们中国今天的生活条件、教育条件、文化条件、家庭的状况、婚姻的状况、社会的状况,如果我们有些写性写得很过分的话,确实会使我们的作家脱离广大的社会,脱离广大的人民群众,引起教师、家长、政法部门的工作人员以及其他很多人的反感,这个问题怎么解决?所以我愿意以朋友的身份发出一个呼吁:至少在目前,对从今年下半年以来掀起的"性文学"大潮,我们有必要冷静地考虑一下,不要做过分脱离社会的事情、脱离广大群众心愿的事情。我想每个作家都会掌握的。现在创作的外部的环境,比历史上的任何时候都好,我们要珍惜这个环境,但好的环境也是一种诱惑。各种从早到晚包围着的约稿,这儿一个笔会,那儿一个旅游,迅速成名的种种前景,很快地出国或当理事,也是一种诱惑,一种文学以外的干扰。在这种美好的或比较美好的环境中开始自己的写作道路的朋友们,我觉得我们既要有足够的思想准备,来面对我们写作道路上可能碰到的种种困难、曲折、挫折,也有必要或不妨用一种更清醒的态度来对待文学与文学以外的种种的干扰和诱惑。

新年之前我讲的这些话好像不够吉利,我想,今天我们的走上文学道路的年轻朋友,比起我们那一代人,肯定会在更好的环境下、更广阔的知识准备的基础上,在一个安定团结、民主和谐的社会环境和文化环境里,做出自己的贡献。祝大家新年快乐!

1986 年 12 月 31 日

中国文学的命运与作家的使命[*]

一

中国文学的命运,一直和人民的命运与祖国的命运紧紧相连。一九一九年五四运动以来,由于中国社会的急剧变动,严肃的作家无不或投身于、关切着中国人民争取民族独立与社会解放的斗争。离开民族的独立与社会的解放,无法想象某一个作家或作品的独立和解放,离开人民的愿望和需求,无法想象某一个作家的个人的幸福和充分发展。

早在三十年代,鲁迅就指出:"中国的无产阶级革命文学和革命的劳苦大众是在受一样的压迫、一样的残杀、作一样的战斗,有一样的命运。"(《中国无产阶级革命文学和前驱者的血》)

二

从中国的文化传统来看,人们十分重视文学的社会意义,重视作家的社会使命。

孔子说:"诗可以兴,可以观,可以群,可以怨;迩之事父,远之事君。"(《论语·阳货》)

---

[*] 本文是作者在美国圣若望大学亚洲研究中心当代中国文学研讨会上的发言稿。

曹丕说:"文章者,经国之大业,不朽之盛事。"(《典论·论文》)

韩愈干脆说:"文以载道。"这个道,指的是修身、齐家、治国、平天下之道,是伦理与政治的统一。

甚至当评论一出戏的时候,人们的说法是:"不关风化体,纵好也枉然。"

中国传统精神的明显特点是伦理化倾向、义务感、忧国忧民的抱负。深深进入中国文人的灵魂,不论是屈原还是李白,杜甫还是白居易,韩愈还是柳宗元,都曾经有过"济世""兼善天下"的雄心。

被社会主义思潮所吸引、所熏陶的现代和当代中国作家,更加自觉地把自己看作人民大众的代言人,把文学作品看作一种强大的社会意识,表达人民的爱、憎、心愿,把自己的作品献给中国人民改造古老腐败的旧社会和建设新生活的斗争。

三

中国作家并不排斥文学的娱乐作用,补偿作用,不排斥自我表现或者移情,但是,文学的首要意义在于它对社会的前进所起的作用。中国的作家更多地是从社会的、历史的眼光来看待文学创作的。单纯的心理分析,单纯地把文学看作"智力游戏""自我表现""为艺术而艺术"乃至单纯从性心理的角度来解释文学现象,这是与中国作家,中国读者的观念相距甚远的。

这种强大的社会意识,使中国作家享有崇高的社会地位,被目为人民的良心和喉舌、灵魂的工程师、青年的师表。

中国作家拥有人数最多、态度最虔诚的读者。有时候,一篇小说,一出戏剧,可以在社会上引起轰动,出现那种"满城争说《十五贯》"的动人情景。

和人民——读者的血肉联系、社会使命感,是中国作家的精神力量和创作灵感的源泉,是作家的勇敢和乐观主义的源泉。读者的信赖和爱戴,是中国作家最引为满足和自豪的东西。

四

正因为这样,作家在受到尊崇的同时也会受到更多的关心,包括批评、指责、希望和各式各样的要求。

作家议论社会,社会也议论作家。

文学干预生活,生活也干预文学。

小说影响政治,政治也影响小说。

多数情况下,目前中国文学与社会的这种交互作用是正常的、有益的,至少是可以理解、可以接受的。

当然,也存在一种危险,某个极左的教条主义者利用作家的社会义务感,对文学创作横加干涉,违背艺术特性,追求短视的一时一事的宣传效果,这对文学的发展是有害的。

少数野心家,如江青,更可以凭借手中的权力,以社会或者革命的名义,扼杀作家的创造精神,禁锢乃至摧残迫害作家,制造一个时期的文学沙漠。

但是,中国文学是不受扼杀也不受控制的。正是"四人帮"横行的年月,中国人民在天安门前声势浩大的斗争中,用诗歌,用各式各样的手抄本文学做武器,与"四人帮"进行了英勇的斗争。

我们接受了历史的经验教训,取消了文艺从属于政治、文艺为政治服务的提法,以防止短视的社会功利主义对文学发展的有害影响。

五

当然,中国作家也与其他国家的同行一样,深知文学创作是一种最富有个人特点的个体活动。深知创作自由是创作繁荣的前提。

作家的社会责任感不是来自行政命令或权势强制,而是来自作家对祖国和人民的爱。我们追求的是这种义务感、使命感、对社会的严肃负责与作家的自由选择、作家的个性的平衡和统一。

只有严肃地进行文学创作才能得到自由的文学,粗制滥造、低级趣味、不负责任的诽谤,只能受到全社会的抵制。

只有自由地选择了严肃的文学创作的作家,才是真正严肃的作家,趋炎附势、随风转舵、投机取巧、违心作论的作品,本身就是不严肃的、低下的。

随着中国社会的日益安定和发展,随着人民文化水准和精神需求的发展,文学和艺术的审美作用会逐渐提到更重要的地位,艺术的相对独立性会有所加强。近年来,中国文学早已从一个劲地写"伤痕"中跨越出来了,在题材、手法、风格上呈现了某种多元的景象,这是可喜的。今后,在保持自己的社会使命感的同时,人们的视野和文学观念会日益开阔和丰富,文学创作的天地会日益开阔和广大,我们可以指望中国文学有更多样、更健康、更成熟的发展。

1986 年

我的几点感想[*]

我有一个体会,就是不要被众多的新名词吓住。反正新名词包含的也是人类正常智力能理解的东西。你理解得差不多的时候,就会用了。用错了也不要紧,人家给你指出来你再改。因此,我能放着胆子谈谈几点感想。

一、关于主体和对象。现在各方面都强调对创作主体的作用进行充分的估计,包括评论的主体意识。这很有意义。对创作主体作用的充分估计,我觉得有三方面意义。首先,承认创作主体作用就是承认这是艺术规律,承认创作是创作。长久以来,我们的文学知识和艺术教育并不普及,由于特殊的政治条件和历史条件,不把创作当做创作,而把它当做新闻、材料、汇报等。加上过左的知识分子政策,所以出现了很多贬低创作主体的言论,把所有的作家都当做精神贵族。这不仅对作家的态度是错误的,对文学创作劳动的态度也是错误的。其次,否定了过去简单的哲学上的反映论代替创作论。例如,过去对创作方法的简单的理解,一谈创作方法就是现实主义(绝没有贬低现实主义的意思)。还有人甚至把坚持不坚持现实主义提高到是不是和中央精神保持一致的高度,这样就杜绝了对创作方法进行讨论的可能性。一探讨就要陷入什么泥坑。第三,这说明了文艺本身的属性。文学艺术是人类心灵追求自由的表现。它表明人类历史是从

---

[*] 本文是作者在青年文艺理论批评工作者座谈会上的讲话。

必然王国自由王国发展的历史。文学艺术既是对现实的一种反映,也是对现实的一种突破。为的是使心灵达到理想的境界。在创作中,既有生活的心灵化,也有心灵的生活化,没有心灵的生活是一种僵化的生活,没有生活的心灵是空虚的心灵。

二、关于方法和模式。我先从"三论"说起。"三论"被引进文学研究的领域,说明了我们文学艺术努力用现代、当代最先进的自然科学方法来把握自身本质的要求,这是很有意义的。现在有人非常反感,我一点儿也不反感。林兴宅同志很会制表,他制表是为了对非常复杂、很难解释的文艺现象做出准确的、清楚的解释。我觉得这种尝试是完全可以的。有人说最高级的数学是诗,诗是最高级的数学,这是很能启发人的命题。因为诗和数学都是相当纯粹的人的一种深邃的精神活动。数学和诗有很多共同的东西。因此,和数学一样,创作是有规律的。不但有规律,而且有模式。创作过程体现为不断熟练地运用掌握这个模式,又不断地打破这个模式。突破就是不断用新的模式代替旧的模式。例如中国小说三大模式:一是才子佳人。公子落难,遇到红颜知己,结果有的幸福,有的死去。第二是善恶循环模式。善有善报,恶有恶报。开始好人受恶人欺,但最后恶人自食其果。第三是清官模式。这个模式自有它伟大的力量。苏联文学对我国的影响也形成了一种模式。我就深受其影响。所以模式虽然和创作对立,但模式又是创作的凭据。这二者之间的关系很复杂、很值得研究。所以,我们对现在一些同志搞新方法论的研究,既不要吹得过高,也不要过于苛刻。因为它刚开始,还不到欢呼胜利的时候。

三、艺术和社会的问题。这好像是很老的问题,但由于我们很长一段时期内对文学艺术的特点有点贬低,所以造成一种不平衡的现象。比如欣赏文学作品的问题,我们轻视欣赏。这实际上是如何对待艺术本身的问题,为艺术而艺术的文学,鲁迅已经把它批评得一塌糊涂,我这里不重复了。但是,我认为也不要把它全盘否定。为艺术而艺术,这本身也是作为艺术的天性所决定的。有时候最佳的写作状态就是为艺术而艺术的创作。所以我以为为艺术而艺术的文学可以讨论的。为人生的艺术,对人生发展起作用的艺术也是一种艺术。这种为人生的艺术也许不那么美妙,但它更强烈、更泼辣、更广阔、更坚实。一个真正的艺术家可以把为人生的这样一个理想、这样一种历史的使命感和他全身心沉浸在艺术世界里的那样一种欢愉,那样一种艺术创作的喜悦,那样一种忘掉一切的为艺术而艺术的癫狂结合起来。他有他明确的、社会的、政治的、思想的、文化的观念。这本身已经超出艺术的感觉。文化寻根也好、文化的反省也好,这本身已经超出艺术的感觉。所以我多次表示,我不欣赏纯文学这种艺术,金无足赤,人无完人。纯粹的道德家、纯粹的水、纯粹到一点杂质也没有,不见得是最好的。相反,文学本身的特点就在于它既是文学又是别的什么。文学就在各种学科中,就在现实生活中,就在社会当中,也在你个人的精神生活当中,从多方面有所交叉、有所沟通、有所重叠、有所对立,有时会造成冲突。所以,我始终不赞成把心灵的东西与社会的东西搞得那么对立。

四、文学的观念问题。现在对文学的观念的研究很多,如小说的观念、诗的观念。现在的青年评论家写得很多,有的文章写得相当精彩。如关于小说的艺术审美心理的发展、小说的诗化、情节的淡化等等,对文学观念的发展做了很有意义的研究。特别是其中有些从历史的观点来研究文学观念的变化。因为文学观念是历史的产物、是文化的产物,它还是世界本体的反映。我们说的这个本体就是指我们反映的世界、人生、命运,这就是本体。每一种文学观念都可以从世界的构造,人的构造以及古往今来的文学的成果里找到它的根据。例如说意识流是弗洛伊德学说的产物,是帕金森的产物,是乔伊斯的影响,所有这些说法可能都是对的,但所有这些说法也都是非常令人不能满意的。因为意识流首先是人的构造,是人对自己的意识流动的一种反省、自省、自己对自己的觉察。所以意识流的因素远远在意识流的学说之前就存在。这就叫做本体优越性。世界的构造比各个学派都更丰富,这个文艺学的成果比各个流派更丰富,一个好的作品经得起你用各种观念、各种方法加以解释、加以检验。用信息论解释一个作品的过程完全可以解释得通,但是你又不能完全把它解释通。举一个伟大的例子,《红楼梦》你可以用佛学解释,可以用实用主义解释,也可以用叔本华解释,用电脑解释,用信息解释,用数学解释,等等。因此,我以为,一部真正的作品,需要由各个时代的各种新的观念加以补充,才能体现出作品在这个时代的新的价值;作品才是伟大的、永恒的。

五、治学和争鸣中的问题。我希望我们在探索文艺问题,在治学和争鸣当中,有一种更宽阔的胸怀、更求实的态度和更严谨的学风。宽阔的胸怀,举例说,不要忙于定性,不要听到反感的意见就忙于定性。对错误的东西,你要不要表态?当然要表态。对作家要理解,理解了才能支持他,理解了才能批评他、严格要求他。作家的主张应该通过我们的评论家从不准确的信息变成准确的信息,从不符合逻辑的匆忙得出的判断变成比较可靠的判断。这种比较严谨的态度是应该提倡的,只有这样,我们才能使我们的文艺评论,文艺学的研究在一种比较健康的气氛下进行。

1986 年

小 说 家 言[*]

第一,概括的代价。我作为写小说的人,听到人们要概括新时期的文学的时候,就有一种忧心忡忡的情绪。因为在多种多样的文学现象面前,几乎每一种概括都是以牺牲其他角度、其他侧面的观察,或是牺牲其他事实为代价的。如果一篇很好的理论文章概括了一百篇小说里的五十篇的特点,那么,也是以牺牲另外五十篇小说为代价的。如果一篇很好的理论文章概括了一个作家的一篇作品里边的最主要的成就和缺陷,那么,也常常是以牺牲这个作家的虽然次要但不见得不重要、有时也许更重要的那些方面为代价的。所以,从小说家看来,理论家未免带几分呆气。何必忙于去概括新时期文学的得失呢?

新时期文学存在着进行多种角度的概括的可能。可以从政治生活的变化上来概括新时期文学所发生的变化,也就是说,它是我们国家整个的社会生活、政治生活、历史进程的变化的一个有机组成部分。也完全可以从文学作为语言的艺术、从艺术本身来概括这个变化,就是说,文学怎样恢复、开拓和发展它的语言、它的艺术特点。也可以从文化思潮上来概括它代表的是一种什么样的思潮。同样也可以从中国文学与世界文学的关系以及中国文学与传统文学的关系来进行概括。出现多种概括的可能性,本身就说明,我国的新时期文学有了可喜的发展,新时期文学像生活本身一样,是丰富的整体。因

---

* 本文是作者在新时期文学十年学术讨论会上的讲话。

为,那种为政策做注脚的作品,概括起来是比较容易的。现在,我们概括文学就不那么容易,花样很多,这是一个可喜的现象。这种概括又是一项掌握新时期文学十年基本情况的有趣的工作了。

第二,选择的困惑。从一九七七年《班主任》这篇小说发表,到一九七九年,文学创作最突出的特点是打破了"四人帮"所设立的文学禁区和思想禁锢。可以写伤痕了,可以写冤案了,也可以写爱情了。一九八〇年到一九八二年,文学表现出一种开拓的精神。题材上、手法上、文体上都进行了广泛的探索。一九八三年以来,又出现了新的选择的可能性。大量的新观念、新名词、新体系涌了进来或是发掘出来。许多作家也提出一些新的主张,打出些新的旗号,或者是发表一些宣言,确实给人一种目不暇给的感觉。我最近在《文艺研究》上看到张辛欣写的一篇文章《在交叉路口》,很有代表性。现在在创作上,什么都不新了,你说你新,一年以后就不新了。有时你费了半天劲搞出作品,不但不新,甚至还有人说你是抄袭别人的。有的说是"各领风骚三五年",据说这次会上竟然是"各领风骚三五天了"(当然是说笑话)。在一九八〇年以前,还有一些被全国上上下下所承认、使人震动的作品,可是到了一九八〇年以后,这样的作品就太少了,在创作上和理论上出现了特别多的分化,当然我不认为这是一种坏现象,多半是好现象。我听上海的一位同志用了一个很生动的比喻,用在文学上也很恰当。就是说,现在干什么事都是红灯绿灯一起亮,刚一做事,红灯就亮了,你赶快停下来,绿灯又亮了。无论是工资调整、职称评定,还是写小说,都会碰到红灯绿灯一起亮。现在,作家增加了对作品题材、角度的选择,却又减少了社会对文学的关注。有时,出现了哥几个激动得不得了的作品,但是,出了哥几个这个圈子,就没有人理会这类作品,甚至遭到别人的鄙视。所有的这些现象都正常,都可以存在。但是我认为,选择可以缓慢点,不必太急,因为急匆匆的选择中或是在急匆匆的宣告之中,往往创作的实际和急匆匆的选择与宣告之间也存在着某种不平衡、倾斜或错位。我觉得,我们国家的文学热已经走向平稳,走向正常。而新的理论热和文化热正在兴起。新的理论热和文化热可以热几年,过几年后,也会平稳。到了那个时候,我们就可以平心静气地冷静下来,进行一种冷静的从容的选择,这种选择也许是最好的。我觉得,不管选择什么样的角度,什么样的范畴,什么样的符号系统,什么样的方式,它总得有一些根本的、真实的货色,这就是对世界、对历史、对人生的真知灼见,对艺术的真知灼见。这种真知灼见不是一时选择、押宝的结果,而是十年生聚,十年教训,读万卷书,行万里路,长期积累的结果。选择,靠的是积累。有了充分的积累,选择就会自然而然地完成。没有积累的选择,只不过是押宝。如果一个人对艺术有着自己的真知灼见,就应该有对自己的存在价值的自信,永远不会操心自己一觉醒来,变成一个旧面孔,被别人遗忘,也不必操心自己会落在别人的脚印里。创造的过程不是一个平面的选择过程,而是一个积累的过程,更重要的是螺旋形的积累而不是平面的选择。

第三,对模式的超越。我们作品创作的模式,有旧小说才子佳人的模式,更多的是苏联文学的模式,现在又出现了西方文学的模式,还出现了加西亚·马尔克斯的模式。所有这些创作模式对于我们的创作和理论研究都是很有意义的,因为,模式也是人的认识的结晶。但这些模式有很多局限和不足,我们新时期的文学是有可能超越这些模式的。苏联的文学曾对我们国家的文学有过很大的、而且是很好的影响,对我本人也有很大的影响。苏联文学模式仍然是有强大的生命力的。但是,苏联文学模式有一个极大的缺点,就是我在《北京晚报》写的小小说中提到的,苏联文学模式常常是真善美与假恶丑这两家的斗争,这是苏联的基本模式。或是社会主义的公民与资本主义的市侩的斗争,或者是革新者与保守者的斗争,或者是人道主义者与对人民漠不关心的人、官僚分子的斗争。他们常常把生活的进行完全写成了道德的问题,或是性格问题,或是对性格的道德评价。因而,有的小说尽管是反对、揭露特权的尖锐作品,但我看了,不能使人满意,它没有达到应有的思想水准,似乎一切灾难都是个别人的道德性格缺陷所造成。在苏联文学中,往往真善美一方面的人是胸怀宽阔的、无私的、伟大的、善良的、正直的、纯朴的;另外相反的一些人是懦弱的、奴颜婢膝的、自私的、虚伪的、阿谀奉承、八面玲珑的。在苏联电影里早就有这样的形象。这些,孤立地来说,都有它的精彩之处。苏联文学中的人道主义是相当精巧地为它的爱国主义服务的。以上这些模式遍及苏联文学中。苏联文学中有许多可贵的东西,但它的这种文学模式、思维模式往往并不符合生活,或者不能特别深刻地反映生活。另外,人们常常把感情、无私、爱都放在正极,把恨、自私、保守都放在负极,但是,人类的感情生活并不是这么简单的。我从自己五十多年的经历中特别体会到,从爱出发也能出现那么多的恶。爱有时带着对你所爱的人的关切,关切又使你能为你所爱的人做许多事情,但做的许多事情不一定真能为他好,对他好。比如父母爱子女,有时就变成了一种制约。所以,我的看法是,理解比爱高得多。爱还是一种青年时期的情感,但是,一个成人的情感是爱的升华,那就是理解。简单地说西方的模式是精神空虚也可以,但精神空虚有两种:一种是真空虚,另一种就是在精神生活上提出了非常高的要求,甚至提出了超前的要求,就是不能马上实现的要求,所以,精神上非常痛苦,而这本身是发达的产物,是发展的产物。所以,对于所谓空虚,也要具体分析。我发现,劳动人民一天到晚考虑的问题是怎么才能活下去,而知识分子整天围绕着的是我如何活着,这就够麻烦的了,更麻烦的是,我为什么活着。劳动人民生活是非常充实,一天忙到晚,为了生活一点不敢偷懒,有点怠慢就活不下去了。而知识分子就不是这样,吃饱了饭就精神空虚了,撑得慌。所以,有时精神空虚是与物质生活满足或大致满足以后精神上更高的追求联系在一起的。但是,也不能完全照搬,因为,你搬来的话,它总是焊接不到地方。它是在不同的文化、社会、历史背景下的,照搬过来,总是扭着的,总是焊接不到我们的心灵里、生活里,焊接不到我们的意识中和无意识中,不得其门而入。西方的模式的精髓似乎是活得腻歪得慌,而我们大多数感受到的还是活得艰难。有些作家借鉴西方模式,越写越像,确实跟美国人写得一模一样,不是冒牌的。但我总觉得,离开了中国的历史、社会、群众、文化心理,就不可能真正被中国读者所接受,也不可能有真正的创造性。因为你要改造中国的文化心理,也必须运用中国文化心理的一些积极的东西,如果不能运用,就很难改造,那就成了一种文化侵略,或文化包办。前不久,我听说河北有个农民砍电线杆子当木材卖,他这是什么问题?是人道主义的问题?还是当代意识的问题?而且,近年来,我还听说过流传在八十年代的奇闻,一起是四川山区的一个农民突然宣布当皇帝了,全村老少都给他下跪,当时,一个小孩吓哭了,他的母亲亲手把他摔死。另一起是黑龙江农村里的一个儿媳说她公公是黑蛇精,给她公公灌雄黄水,用烟熏,都没有使他现原形,最后,大伙把这老头活活钉在棺材里,全家抬着棺材去埋,老头在棺材里哭喊。当然,这些人都给抓起来了。我并非是用些耸人听闻的事情跟大家说中国如何落后,我们都知道全国有显著的进步,有许多先进的、世界第一流的东西。但是脱离开中国现实的土地,脱离开现实的生活,把西方的文学模式奉为圭臬,急急忙忙地去表现活得如何腻歪,只能引起还活得相当艰难的人的极大反感。学得再像,其价值也是可疑的。

说到《白蛇传》,这些年也是受一种文学模式的影响,解放后的处理都是法海代表恶魔,许仙是动摇分子,白蛇、青蛇代表正义。这样处理也可以,但并不是唯一的处理方法。我认为,《白蛇传》的矛盾要复杂得多。如果她是蛇,许仙对白娘子警惕、害怕是有道理的,不能算是软弱分子。因为在借伞的时候,她并没有说我是蛇,后来变成蛇了,许仙是害怕。法海要维护佛法,维护正统,维护人的尊严不受蛇侵犯,他要过问许仙的事,是为了爱。白蛇也是为了爱。许仙就处在两种爱的撞击上。包括对《雷雨》的解释也是一个模式,周朴园、周萍是坏人,剩下的人都是好人。其实,也可有另外的、非正反两方模式的艺术解释。繁漪也是为了爱,但她的爱是非常可怕的。一直到刚才有人提到的某些改革题材之作也是这样,把当今世界的过程特别是中国社会的过程,简单地解释为正与反的两种力量,改革与反改革两种力量,这并不能真实、深刻地反映改革的进程。这种概括付出的代价是极大的,这种概括模式也使文学付出了极大代价。

第四,生活是文学最大的参照系。心理学、社会学、哲学都是文学的参照系。我觉得,文学最大的参照系是非文学,就是那些不靠文学吃饭、不以文学为业的人一天到晚在想什么、在干什么,他们的生活状况是什么。或者再扩大点,文学的参照系就是世界。因为,我想一切新的观念、新的范畴、新的名词、新的学派也好,凡是能够在一个地方流行起来的,都有它的生活依据,即使是错误的东西也是一样,也有它生活的依据。只有把一种观念、思想、手法、名词与活生生的生活联系起来,它才有生命力。比如说象征,有几个作家研究过象征的定义、象征主义、象征的发展?象征性正是由于生活本身的提示。春天来了,花开了,鸟飞来了。这是小学生都懂的。生活里,象征到处都有,晚上看星空,有一种寂寥的感觉;秋天树叶在落;送别的时候,轮船和火车冒出的烟由浓到淡,这些都是象征。当然,这都是最粗浅的例子。比如意识流,有多少人是靠钻研弗洛伊德、伯格森著作研究出来的?如果他没有这种体会,没有对这种微妙心理活动的体察,或叫内审力、内视,也不可能有这种意识流,哪怕是近似的意识流。又比如说神秘,神秘是一个美学的范畴,它本身也是生活提供的,当你看大海的时候,当你看夜空、当你的亲人与你离别或死去的时候,都有一种神秘感。我不一一举例了。我觉得,最大参照系还是生活,只有一切理论名词与各式各样的生活、各种层次的生活包括人的内心生活联系起来时,这种讨论才不是繁琐哲学。所以,我主张,搞文学的人一定要努力地生活在非文学的生活环境里,如果,周围都是文学的话,有时是一种危险,如果只能从文学到文学,那么文学就要枯萎,就要真的"腻歪"起来了。这不但影响文学,也影响自己的身心健康。

　　第五,关于争鸣的文明。现在,在红灯绿灯一块亮的情况下,会出现特别活跃的论争。我们非常欢迎这种活跃,也期待着。持什么观点都没有什么不可以,但是,我们也应当跟踢足球一样,有一点文明的规矩。踢足球从东往西踢或从西往东踢都可以,但是,要遵守规则,不能搞危险动作,不能伤害别人。搞了危险动作,就要黄牌警告。这是必要的。又比如说,能不能不用定性的方法来进行真理的检验?因为我们讲实践是检验真理的唯一标准,我们并没有讲性质是检验真理的唯一标准。我们过去往往用定性的方法,不用分析的方法,这是很难被许多人接受的。这种定性而不加分析的方法是违背马克思主义的,因为马克思主义既然是真理,它就得不断地受实践的检验,就要反复加以论证,并不存在一个不需要检验的先验真理。你可以说别人的观点是错误的、是荒谬的、是无济于事的,但是你不能光说人家是什么什么主义的。实际上这样的仅只用定性来战胜对手的做法既贬损了争鸣,也贬损了马克思主义,也贬损了唯物主义。所以我想,争鸣时不要忙于定性,不要扣帽子,还是用实践来检验它符合不符合生活的实践。作为文学来说,看它符合不符合文学的实际、符合不符合艺术实践的实际、艺术创造和艺术心理的实际,这样检验才不唯心。再有一点,对于一些互相截然对立的观点,能不能都站得高一点?各种不同的观点也要理解。我也许是太和稀泥了。我认为,有时,我看到各种的争论,就觉得是一种瞎子摸象。他摸到象耳朵了,是振振有词;你摸到象尾巴了,也是振振有词,有时各方面的观点没有大的不同,只有一点不同,就是说当前的主要倾向是什么。这个说,我抓到牛鼻子了。那个说,我抓住了牛鼻子。那么,我们能不能允许你抓住牛鼻子,同时还有牛耳朵、牛毛、牛尾巴等等也让别人抓一抓?

　　过去的教条主义和极左都有两个基本的命题,一是异即敌。就是说,凡是与我意见相反的都是敌人。二就是我即真理。这两个命题作为信仰主义是可贵的,作为科学是不行的。因为异有时是相反的,但也可以是并行不悖的。你抓你的牛鼻子,我抓我的牛尾巴、牛毛;你研究你的典型性,我研究我的辞章;你的文章价值大,我的文章价值小,但互相并不妨碍。有些意见是互相吸收的,有些是互相转化的,我们对不同的各种意见要尽量地抱着理解的态度、商讨的态度、温和的态度。有人说,我们的文艺争鸣太差了,还不如西方,这话说得也是对的。因为我们过去的争鸣往往到最后伴随着上纲,到那时也就不能或不便争鸣了,造成了争鸣的脆弱性。如果争鸣的结果不是取消争鸣,那么这种争鸣才有味道。一个文明的争鸣不该是取消争鸣,也不应是"引蛇出洞",也不必动不动就造舆论、争取同情、争取多数。争鸣应是互相理解,不要简单地互相否定,都不要认为自己垄断了真理,这也许可算是一种当代意识吧。

1986年

附:夏衍就《小说家言》致王蒙信

王蒙同志:

今晨读尊作《小说家言》,不仅"大悦"而且"甚佩"。理论家早该"言"而未"言"者,反由小说家说出来了,而且说得那样既有真知灼见而又不"先期定性"。现在文艺界有一些人有意或无意地故弄玄虚,搞"空对空"。年轻人有点狂,这并不足怪,值得担心的是上了年纪的共产党人也跟在后面"起哄"。"起哄"决不是对青年人的爱护,"起哄"可能会招来我们最不希望再出现的干涉。我特别欣赏您"理解比爱高得多"这句话。不理解而爱,而关心,而放纵,其结果只会闹得不可开交而挨打屁股。那时再言"言",就太晚了!

读了两遍,终于写了这封信,"不足为他人道也"。希望您多写一点这样的文章。匆匆致

敬礼!

夏衍 九月二十二日下午

人类共同目标的纽带*

环境文学刊物《绿叶》终于问世了,这是件可喜可贺的事情。回想一年前,办这样一个刊物,只不过是个念头,是个设想。而如今,念头已变成现实,第一期《绿叶》已经和读者见面,第二期也即将出版,而且从目前来看,这本刊物还是很有影响的。这说明,环境保护日益成为全人类的共识,成为一个能够把人们团结起来的,使人们有共同目标的纽带。虽然在环境与发展的关系上,各个发展程度不同的国家对环境保护的责任与义务应该怎么分担,会有一些争论。但是我们应该看到,环境问题确实是一个世界性的大问题。尤其是在一些发达国家,以环境为题材的文学作品非常多,可以说是越来越多。我在八十年代访问美国、访问当时的西德时,和一些作家有过接触,他们在言谈中也希望中国在实现现代化的过程中少走一些弯路。看得出,对大自然的追求,对纯朴的生活方式的追求,对返璞归真的追求,他们是发自内心的,有时那种对大自然的迷恋是超乎我们想象的。大家知道,河北有个女作家铁凝,她的一篇小说《哦,香雪》被改编成电影,在国内不上座,但在西德上演时却获了奖。吸引这些西方观众的,恰恰是北方的农村以及农村的许多生活场景:开荒、种地、吃窝窝头、农民们怎么播种、秋天怎么收获等等。一些德国观众看了电影,发出感慨说,中国的劳动人民是很富有的,而我们是很贫穷的。他们

---

* 本文是作者在《中国环境报》座谈会上的发言。

认为的富有,就是在大自然中,真实地、没有纷扰地生活。所以,爱护大自然,保护大自然,这是一个古老的传统,是一种对环境的关心。真正把环境问题重视起来,不过是近四五十年的事,而在文学作品中,对环境的关心却很早就出现了。比如,我在五十年代买了一本《契诃夫戏剧集》,里面有一个话剧《万尼亚舅舅》,在北京也曾上演过。这个剧中就有大量的台词是关于保护环境的,是让人们去爱护大自然,保护森林、河流的。剧中人物阿斯特洛夫说:"我在你们这儿摆了一张画图桌,……这个图是我们这个地区五十年前的样子。森林是用深浅的绿色画的,你会注意到,地面有一半都遮满了密丛丛的森林。在用许多细斜的红线标出阴影的地方,都出产野鹿和野羊……我们再看底下,这是我们这个地方二十五年以前的样子。森林只遮盖着三分之一的地面了,虽然野鹿还能维持存在,可是野羊已经完全绝迹了。你会注意到,蓝颜色和绿颜色,也都没有上一个图那样深了,其余就可想而知了。最后,咱们再看看这一个图,这是我们这个地方今天的样子。你看见了,绿颜色变成了分隔着的绿点子,只是在这儿那儿的分布着,野羊、天鹅和大雷鸟都已经绝迹了。"可以说,作家契诃夫一百年前就对环境问题发出了警告,就曾告诫人们要懂得人与自然的关系。中国也有许多作家和作品注重阐述对自然的感情,从古至今都有。例如,邓刚的一些描写海洋生活的小说,就很有力。这里我就不一一列举了。不过,我倒是建议请一些搞外国文学的专家给我们写稿,因为外国文学作品中,涉及环境问题的作品很多。作为一个作家,是应该用手中的笔,去讴歌大自然的美,去鞭挞破坏大自然的陋习。因为,比较起来,作家对大自然,有一种直觉、一种关心、一种爱护、一种眷注。所以作家们能有这么大的积极性,一说为《绿叶》撰文,立刻就能得到他们的响应,而且还非常热烈。我想这不是偶然的,这也和环境保护日益受到重视有关。

文学本身有这样一种使命感,有一种对地球的热爱,有一种对大自然、对祖国山河的热爱,而且从审美的角度,对环境也能产生一种很深的感情。当然，宣传环境保护在很多情况下需要从科学的角度去宣传，用科学去解决大气污染、噪声污染等。但除了用科学知识之外，怎么样才能把人们的认识统一起来，把人们的环境意识提高一步，使更多的人都来爱护这个环境，关心这个环境呢？我觉得，还应提高整个民族的文化层次，使人们的审美情趣得到提高，自觉地避免对环境的破坏。比如说，对野生动、植物的破坏，许多是由于盲目无知造成的，所以，要培养人们对环境审美的情操。就我个人而言，也很乐于尽一点微薄的力量，为环境文学出力。因为，事实证明，你有很系统的法律，有很强的环境保护机构，也不可能把老百姓全都调动起来，全都管理好。要从文学的角度去唤醒人们的环境意识，使人们认识到，人与自然和谐，人类才能更文明、更进步，生活才能更美好，所以，这里面有很多属于精神文明建设的东西。

总之，《绿叶》的创办，是一件好事。用文学来促进和宣传环境保护，这是我们的责任，是我们的使命。希望《绿叶》能产生更大、更深、更远的影响，这是我们所期待的。

1992 年 2 月 22 日

小说的可能性[*]

为什么我要讲小说的可能性呢？从某种意义上来说，小说是人类智慧、情绪、愿望、勇气的实验场，是人类动机的虚拟的实现。因为它是虚拟的实现，所以它的天地是无比广阔的。一个人能走到的地方很有限，但在小说里可以去许许多多地方；一个人的经历也很有限，最惊险的事情不一定每个人都赶得上，但在小说里你可以经历许多惊险，于是它就很广阔很自由，具有无穷的可能性。同时，相对来说它又比较安全。譬如说人生里的恋爱也是不能随便搞的，搞多了一定会出麻烦。但小说里的爱情，如果你有许多对爱情的幻想、经验以及渴望的话，你就写吧，不会出事情。这又是小说的软弱性，因为写来写去小说也就是小说。小说不仅告诉你世界是什么样的，还探讨世界可能是什么样的。

一 生活的可能性，即用小说表现生活的可能性

（一）真实性。一说到表现生活的可能性，就会碰到"真实性"这样一个概念，一般说来小说都追求一种真实感，为了追求和体现这种真实性，作家们运用了许多手段。首先可以从创作方法上分，现实主义是一种非常大的流派，在一定的意义上说，现实主义仍然是一个最

---

[*] 本文是作者在中国人民解放军艺术学院的演讲。

根本的流派，其他许多流派都与现实主义有关系，或者是由现实主义延伸，或者是从现实主义蜕变，或者是把原来现实主义的条条框框打烂，但起点仍然在现实主义。当现实主义在小说创作中以及阅读中占据了突出位置的时候，人们对现实主义的真实性又有一种不满足，因为你怎么真实它也是小说呀。于是就出现了所谓"无边的现实主义"这种提法，就是什么都可以写，不要那么多选择，不要那么多典型化，不要那么多本质，因为你认为是本质的别人不一定认为是本质。有的写得很琐细，有的既写美的东西，也写丑的东西甚至写得很丑。中国这几年又出现了新写实主义。一开始我个人对新写实主义这些说法非常不感兴趣，动不动就搞什么主义。但是现在新写实主义已经蔚为大观，你不承认也不行，你可以不喜欢但不能否定它的存在。新写实主义倾向于平静地客观地叙述，倾向于写一些小人物、非英雄人物，他们认为这样写更真实。但有人认为这样往真实逼近是以牺牲"崇高"这样一个美学理想为代价的，真实了但无崇高性可言，认为这是爬行现实主义，是得不偿失的。

其次从体例上看，一些作家力图搞纪实小说和实录小说。一般地说小说是虚构的，但纪实小说是建立在真人真事基础之上的。这个世界各国早就有。中国的笔记小说实际上就是纪实，苏联的波列伏依写的《真正的人》也是实有的事，说的是无脚飞将军。描写一个苏联飞行员，两只脚都切除了，安上假脚能继续驾驶飞机，并且击落了敌机。波列伏依还写过一本书《斯大林时代的人们》。波列伏依还有一个理论，他说由于他生活在斯大林的时代，他们生活中的故事、人物已经足够了，写真的都写不完，不用虚构，所以他的小说全部是真人真事。如果减去声明中对斯大林个人迷信的成分，单纯从艺术上来说，这完全不失为一种追求。近些年纪实小说在西方国家也非常流行。如美国一个著名作家杜鲁门·卡勃特就写过大量的非虚构作品，也就是纪实作品。有一个小说写得非常之神，叫《玻璃棺材》，简直比一般的警匪片还要神，但他标明是纪实小说。又比如刘心武写的《5.19 长镜头》写一场球场闹事事件,中国队输给了香港队后球迷闹事。有人提出要严肃处理闹事者,注销他们的城市户口,报纸指责这种行为丢失了人格国格。事后没两天英国球迷闹事,把警察打死了,把对方的球员也打死了,警察抓了一大批人。英国球迷闹事在世界是出名的,所以,撒切尔夫人发球迷证,证明你没有闹事记录,凭这个才能买足球票。与英国相比我们的闹事是小巫见大巫了,于是被抓的那几个小鬼也就被宽大处理了。刘心武就以这个为题材写了《5.19 长镜头》。后来他又写了《公共汽车咏叹调》。由纪实小说再向前推进一步,要求比纪实小说还要真实,又产生了实录小说。写小说前我访问许多人,拿着录音机在那儿录,然后整理这些素材,稍微文字上作一些加工,删一删,排列组合一下,这就是小说。这说明作家们为追求小说的真实性也是挖空了心思。

再次,从文体上看有所谓新闻主义。外国的新闻主义搞了些什么名堂我也不太清楚,在国内有些人搞这个东西,他们尽量摈弃小说中常用的脉脉含情的语言、精雕细刻的描绘,而用新闻语言甚至是公文语言,或是用生活中的其他文体如书信、笔记、案卷、证词、判决书,用这些来表现小说的真实性,如谌容的小说《太子村的秘密》。我一九八七年写的发表在《十月》上的小说《要字 8679 号》,用的就是调查组谈话,调查组与第一个人的问答记录、与第二第三个人的问答记录。这样的小说从文体上说很少有小说常用的那些形容词——忧伤啊、薄暮啊、惆怅啊等等。

(二)变异性。人们在追求真实的同时也追求真实的变异。什么都真实得不得了也没有兴趣呀! 真要看公文的话那何必看小说呢? 到档案馆去看档案不就完了吗? 你新闻主义了半天,去看报纸好了,我看小说是希望小说能有所变异。变异性又是一个很大的概念,我这里所说的是指从总体上仍然追求反映真实的局部的变异,不是指完全的变异,完全的变异我将在后面谈到。

有一种小说整体上是非常真实的,但是其中某一个因素明显是虚构的,而其他方面——逻辑、环境、人物等都是真实的。小说只是抽换其中一个因素,把这一个因素抽换成虚构的,假的,不可能的,那会发生什么?加以想象,加以合理的推论,从而成为一篇别具一格的小说。比如说果戈理的《鼻子》写沙俄时期官场上的气氛、人际关系、人的愚蠢、无聊、多事都是真实的,但寻找鼻子这是不可能的。人可能丢了钱包,丢了名誉,丢了官职,丢了人格,丢了朋友,丢了爱情,丢了老婆,却不能丢掉鼻子。如果鼻子让人用刀割了下来,那鼻子就烂掉了。丢鼻子是假的,但人物状态、社会氛围、人际关系是真的。霍桑有一篇名气很大的小说,题目译法不一——《长寿水》《青春药水》《复活水》。写三个老头一个老太太在一块叹息,叹人生之短促,惜韶光之不在。他们得到一种药水喝下去马上可以变得年轻,这四个人就喝了,于是三个老头一下子变成了英俊的小伙子,老太太一下子变成了妙龄少女、美人儿。这本来是一大好事,但麻烦跟着就来了。三个小伙子都追求这个美人儿,勾心斗角,决斗,恶言相加,你蹬我我蹬你丑态百出。药水的效力很短,就在他们打得不可开交的时候他们一下子都变老了,于是全踏实了,又坐在那里叹息。在医学的世界中这是不可能的,但真实地表现了人性的弱点。还有大家都熟悉的《百万英镑》也是如此,一张百万英镑的大钞是无法流通的,谁找得开呀?但得到它的穷光蛋凭着这个大钞票立刻住进了最豪华的旅馆,穿上了最豪华的服装。这一点上显然是假的,但它表现的社会中的拜金主义、趋炎附势则完全是真实的。这样的小说还很多,它们变化其中的一个因素从而得出全然不同的故事和结果,引起人们阅读的兴趣,在变化了的特殊环境下表现深刻的真实。

另一种变异就是把人生经验重新加以排列组合。所有的因素都是真实的,但是不可能凑得这么巧或这么不巧。人生经验的重新排列组合也会呈现出一种动人的情景,呈现一种奇观,使人进入佳境,为作品提供无穷的可能性。用这种方法作家把那些有意义、有趣味、打动了作家也能打动读者的经验集中起来、凸现出来,使作品有更强的连接或者对比。

还有一种变异是对生活的夸张。通过集中生活中有特殊意义的东西,使它具备一种强烈性。比如欧·亨利的小说,其短篇常以出其不意的结尾赢得读者。你既觉得它是真实的,又感到它太强烈了。雨果的小说被称为浪漫主义,因为它非常强烈。敲钟人外貌那么丑而心地那么善良,卫队长英俊漂亮而灵魂是那样肮脏以及冉阿让的转变等,都很强烈。

以上三种都是以变异的方式表现生活,是变异性地对生活的探求和表达。

(三)概括性和模糊性。人们除了追求生活的真实性、变异性以外还追求生活的概括性、模糊性。长期以来人们相信小说写得越具体越好,越鲜明越好,越不可更易越好。古典小说如巴尔扎克的小说就是这样写的,某年某月某日,什么季节,什么天气,在巴黎的哪条街上,在什么样的灯光下,一个什么样的女人在等待着谁。但近几十年人们又感觉到小说可以有一种模糊的写法,不确定的写法,由于它的不确定它就变成了一种框架,这框架可以容纳许多不同的东西。它的概括性是通过不同的途径达到的,有一种就是我们常讲的典型性,尽管我写的是一个具体的人,然而他(她)是一个典型。阿Q到底在哪里你很难考证出来,未庄在哪里你也很难考证出来。阿Q的概括性在于他的典型性,表现了一种人的语言方式、行为方式、存在方式。典型性是一种手段,模糊性也是一种手段。现在有这样的小说,主人公干脆没有名字,或者虽然有名字,但没有肖像没有职业没有国籍,甚至于没有时代、时间。比如韩少功写的《爸爸爸》,炳崽是哪儿的人?湖南人?是什么时代发生的事?民国时期还是更早?大革命时期?抗日战争时期?"文化大革命"时期?谁能说得清楚。与其说他是一个具体的人,不如说是一种精神状态——愚昧。他就会说两句话——"爸爸爸""日妈妈",而且长不大。他是模糊的。比如我写的小说《来劲》,它引起了一些批评。《来劲》表现的是生活的不确定性。生活中不能确定的事太多了。一个人出去可以是出差,可以是探亲,可以是旅游,三者兼而有之就成了既是出差,又是探亲,又是旅游,或者既不是出差,又不是探亲,又不是旅游。你不能说我写的没有意义,我们在现实生活中不是常碰到这样的事吗?以办学习班、开会为名进行旅游购物不是新鲜事。邓刚写过一个短篇小说《出差》,妙极了——领导找他说:你要出差。问:出差干什么?答:就让你出差。问:上哪儿去?答:我让你出差。出差就出差吧,买票时人家问他:去哪儿?他答:出差。去南京?答:出差。去上海?答:出差。去乌鲁木齐?答:出差。人家只好随便给他一张票。到某地后人家问他:您住哪里?他答:出差。人家欢迎他前来检查工作,他说我不是检查工作是出差。欢迎他莅临指导,他说我不是指导是出差。小说写得损了点!可糊里糊涂出差的事可是有的呀。这是小说的模糊性。在典型性、不确定性之外,小说本身就有一种重新排列组合的可能,就是外国的所谓扑克牌小说,它是不是可取咱们另说,世界这么大,外国的事儿咱们也管不了,有个把人搞点扑克牌小说也无大害。小说的页码是活页,看前先洗,洗完了再看,每次能有不同的效果。中国还没有人敢搞扑克牌小说。我一九八八年写过一篇小说叫《组接》,它分成头部、腰部、足部、尾部等几部分。写一批女同志,头部是写她们年轻时的情景——活跃的、风骚的、古板的、聪明的、愚蠢的;腰部写她们中年的时候——受到了打击的、吃了苦头的、嫁给首长的、事业上有成就的、居里夫人式或半居里夫人式的、发了精神病的;后头又写她们老年的时候——牢骚满腹的、拖家带口养儿育女、九斤老太式的、保命的、老有所为的。我写的意思是人年轻的时候的四五种情况,而到中年谁变成哪种情况都有可能,你可以自己设想。中年时受打击的年轻时也许是活跃的,也可能是风骚的或古板的。老年时牢骚满腹的可能是青年、中年时的任何一种情况。它让人们思考在人生旅途中各种变化的可能。

(四)深潜性。作家们在追求真实性、变异性、概括性、模糊性的同时,还追求小说的深潜性。近百年来人们认识到文学尤其是小说不仅要表现表层的生活,更要表现人的深层的内心东西,不仅要反映外部的世界,更要反映内部的世界。小说家在这方面作出的努力也是空前的。比如普鲁斯特的《追忆似水年华》,在中国能流行到这种程度说明它还是很有特点的。他写记忆、时间在人的精神里的沉淀、沉淀的方式以及通过回忆来追回时间的种种体验确实是前所未有的,写得如此精微! 在表现人的内心世界上现在又有一种新的流派,我把它叫做"心理现象流派"。它不直接写人的心理,只写人的外在的表现,着眼点是通过外在的表现来表现心理。这种创作流派的观点是人的心理无法察觉的,一切心理实际上都要表现出来。比如我们看到一个人的表情,他表情可以是故作镇静但仍然掩饰不住惊慌,可以故作豁达但仍然掩饰不住痛苦,可以佯狂但仍然掩饰不住清醒。我就写你的举止、你的应对、你说的话,可能你所说的话与你想的正好相反,但我仍然能通过你的举止、应对看到你的内心。比如一对情人热恋过,许多年后他们又见面了,一见面就说很多话这是不合逻辑。他们早已分手多年,各奔东西,各有各的命运,各自有了新的伴侣新的家庭,若干年后偶然碰到了:你好吧? 好。你怎么样? 可以。这里我是随便这么一说,这样的对话可能是最拙劣的设计。我的意思是我们可以通过他们极为平淡的话语来体察他们感情深处的东西。这就是海明威的理论了——冰山的三分之一露在上面,三分之二藏在底下。数年前我曾激赏过一篇小说《牌坊》,作者是上海的一个女作家陈洁。写一男一女看贞节牌坊。尽管小说没有指明,但这一男一女给人一种婚外恋的感觉。他们无处可去就到了郊外,谈谈心。他们看到了这个牌坊,男的和女的反应很不相同。小说没有写明他们之间是什么关系,没有写两个人都想了些什么,只是写了他们一些细微的动作,一些言不及义的语言,但它表达出来的东西非常多。《红楼梦》里也有许多这样的东西,中国没有大段描写心理的传统,但《红楼梦》又很注意人的心理,它的心理描写很多都是通过心理现象表达出来。最突出的就是贾宝玉一见黛玉就摔玉就闹,问林妹妹有玉没有。黛玉说那是个稀罕物怎么能人人都有呢。宝玉一看黛玉没有就立刻把玉掏出来往地上砸。为什么?没有说。但这时包含的心理活动非常丰富,比你用巴尔扎克式的解剖法写上十几页还要丰富,比你用几十页的意识流去写还要丰富。宝玉的询问、摔玉很奇特也毫无道理,到现在为止我们也不能很好地解释宝玉的想法。但从这样一个强烈的、奇特的情节中,我们已经感觉到宝玉与黛玉关系的不寻常,一见面就把他内心深处的烦躁痛苦压抑苦闷表现出来了。小孩子总是见到了他最爱的人他才会发泄。过去我的孩子们,现在我的孙子们,他们在幼儿园表现都是非常好的,见到客人表现也还好,但一见到自己的母亲,最疼他的那个人,各种恶劣表现就都出来了。宝玉摔玉表现了他与黛玉之间从一见面就有的一种非常特殊的亲近的感情,也表现了他们关系不平常的不祥的性质,太不祥了,所以贾宝玉一摔玉,黛玉就垂泪。我个人很欣赏这种心理现象的写法,但我写不好,写到那儿就忍不住把笔伸到人物的心里搅和一阵子。

二 创世的可能性

西方有一种很有趣的说法——小说是与生活的竞赛。生活提供给我们悲欢离合、生活方式、感情关系、浮沉变迁、爱爱仇仇等等,是不是生活提供给我们的就够了呢?还不够。我们要更精彩的东西,要与生活本身赛一赛。当然这就与波列伏依的观点不一样了,与纪实小说、实录小说不一样了。还有一种说法更妙:法国《世界报》向全世界的五百个作家提出了问题——你为什么写作?回答各式各样。我发现其中不止一个作家在用一个说法——小说家干的是上帝第八天的工作。上帝创造世界用了七天,这是《圣经》的说法。所谓"上帝第八天的工作"就是上帝还没有创造出来的那部分,这部分应由小说家来创造。当然这是种比喻,不是说作家膨胀到了认为自己就是上帝。许多作家非常注意通过自己的笔去创造一个世界,使读者也使作者本人在这个世界中得到漫游,得到享受,得到教益,得到休息。我讲的创世的可能性与生活的可能性完全不是分不开的,因为创世的可能性也是运用生活的可能性。我把它叫做创世的可能性无非是突出一下这个命题,而且也是为了有别于那种反映生活的创作观点。写小说就是编故事,这话并不难听,因为故事像食品、服装、语言一样,它可以是高级的,也可以是低级的。言情小说、三角恋爱是一种故事,尽管它是陈陈相因的,但也是作家的创造,生活中很难找到这些没完没了的故事。人不可能生活在纯情里,再纯情也得有许多实际的考虑。你在哪儿工作?一个月挣多少钱?家里多少人口?有几间房子?如果这些问题大量地走进琼瑶的小说,那气氛就全没了!介于通俗文学和纯文学之间的有徐讦的小说,很有读者。《鬼恋》《吉卜赛的诱惑》等作品创造的也是与现实生活脱节的世界,在这个世界里人变得既神秘又高雅,半洋半古,酸溜溜的又很雅致,爱情至上。近几年里故事写得好的非常多,我印象比较深的有一篇由一位福建青年写的《无尾猪轶事》,写得很妙,是反映知青生活的。一个知识青年晚上不愿去看电影,当时电影出不去"三战一嘎"——《地雷战》《地道战》《南征北战》《小兵张嘎》。他穷极无聊,就把附近一家人养的猪的尾巴割下来了。看到这儿你只是感到知青生活的单调,因为这个知青的恶作剧不带有认真的性质,不是政治性的,不是阶级斗争性的。神就神在看电影后的第二天这一带猪的尾巴都被割掉了,而且这一年凡是割了尾巴的猪都长得特别好特别肥,召开现场会推广这里养猪的经验——割掉尾巴才能把猪养肥。你说这个故事到底是什么意思啊?到现在我也说不清它是什么意思。推广新式养猪方法?绝对不是,到现在我还未听说过割猪尾法。是表现知青生活的穷极无聊?那你写一个知青就行了,何必写那么多人都来割猪尾巴呢?也不是。或按一些"左"棍们的逻辑说它是影射?用割猪尾巴影射知识分子,暗示知识分子也只有"割掉尾巴"才能"长肥"。匪夷所思。但你看它十分吸引人。割尾巴已经是一奇了,都割就更奇了,割了以后还割成功了是奇上加奇。我还有一个得意之作叫《在我》,其实是无题,学五四时期把文章的头两个字做题目,小说是以"在我们这个……城市里"开头的,一千多字。写早晨大家在一个地方练功,一个青年男人在那儿练刀,他身穿一件印有可口可乐英文字样的蝙蝠衫。还有一个老太太练剑,老太太武功也非常好,仔细一看老太太还是小脚。两人正练得高兴的时候,旁边旅游饭店里出来一个洋人,身后两个随员——翻译和保卫。洋人对练武很感兴趣,又喜欢摄影,通过翻译向男人和老太太建议,请他们表演一番对打也好拍个照片。当两人比划到最精彩的场面时,洋人按下了快门。就在这一瞬间出来了一个意外的情况:一个卖蝈蝈的青年农民一看洋人要照相就凑过去了,站在练武的两人中间,伸着脖子张着嘴一副傻相。相片拍下来了,群众气得不得了,保卫人员、翻译也气得不得了。冲着农民喊的话就很难听了——谁的裤裆破了把你露出来了!你哪个单位的?送公安局!干脆毙了算了!一通起哄。但洋人连称好好好,很满意,并记下了这三个人的通讯地址。此照片一年后在国际上获奖。洋人把照片寄给原接待他的人员,让他们按地址分送这三个人。老太太和可口可乐青年感到最恶心的就是那个卖蝈蝈的傻样,采取同一措施,把那个卖蝈蝈的剪掉了,只剩下他俩,这样才感到满意,压在玻璃板下或镶在镜框里挂起来。那位卖蝈蝈的青年农民也接到了照片,他很满意,干脆把那两位全剪掉了。他家里很穷没有地方放,就把照片贴在顶棚上了。每当他躺到床上就两人相互瞪着,他瞪着照片,照片上的眼睛瞪着他。《在我》就是这样一个故事,明确的意义到底是什么我也说不清,我说不清故事的明确的意义正是我的得意之处,但你不能说它没意义。第一它不是没意义,不是思想贫乏,这个小说思想并不贫乏。第二不是故作高深,这里没有障眼法。它就是一个故事,能引起阅读的兴趣,也反映了生活。

以上说的是创造一个故事,其次是创造一种环境。这种环境是人生中并不存在或很难存在的,一种非常特殊的环境,比如说大观园。尽管胡适说《红楼梦》是一部自然主义的小说,但不少评论家研究家认为这是不可能的,大观园实际上是不可能存在的,这是一个十分稀奇古怪的地方,它是封闭的又是美妙的、极其美妙的,风景、设备、服务都美妙极了,尤其奇特的是一个多情公子周围有那么多美丽的少女,聪明的、美丽的、可爱的少女,她们都围着一个贾宝玉。这种环境有非常独特的一种魅力,特别对男性来说。你说它是天堂?是情人的理想国?它又充满了苦恼,包括感情带来的种种苦恼。宝玉既专爱林黛玉又人人想爱,一碗水端不平,整天闹矛盾。与大观园形成鲜明对比的我举一个例子,就是海明威的《老人与海》,这又是一种环境,与大观园截然相反。一个老头、一叶扁舟漂流在大海的惊涛骇浪之中,周围是鲨鱼、鲸鱼、凶恶的鱼,老人孤身奋战,水天茫茫,这样辽阔,这样孤独。这样一个世界也是很少有的,甚至是没有的。一叶孤舟在大海上漂流,中国人也不是没有想过,李白的诗有"人生在世不称意,明朝散发弄扁舟",这是飘飘悠悠的道家的幻想,不会有老人与海的那种心境。在险恶的惊涛骇浪中的一个孤立无援者、一个老人的形象表达得既孤独、苍凉,也很勇敢、悲壮,但又是没有多少意义的。他究竟是为了什么?最后老人胜利了,把鲸鱼拉回来了,但鲸鱼被鲨鱼吃得只剩下一个空空的骨架子。这也有人生的经验在里头。一个人奋斗一生,如果你失败了,你就葬身海底了。你胜利了又怎么样呢?你得到的不过也是一副空架子。它是就人生尤其是资本主义的自由竞争所带来的空虚失落而感叹。

再次就是魔幻。不管是中国的《聊斋》,还是拉美的魔幻现实主义,都有所选择地把狐狸、神、鬼、法术、奇迹引入到小说当中。梦幻则是创造一种梦境,也可能写得很不错。意大利的一个作家写过一本书,写的都是梦境。梦境不要求真实但它也有个真实与否的问题,使之感觉像梦。我也做过这样的实验,专写梦境,一九八九年底上海的《收获》发表了我的一篇小说《我又梦见了你》，我觉得我自己写得也是很来劲的。

童话、神话更不要说了，都是作家的心灵所创造的一个世界。还有就是荒诞，小说中的荒诞比生活中的荒诞不知浓缩了多少倍，那些情节、环境、人物、故事远非生活中的荒诞能比，它夸张了不知多少倍。还有就是象征、寓言式的东西。从这样的小说中你可以引发许多的联想，现在不是也讲什么"所指""能指"吗？一些简单的寓言含义是十分清楚的，比如狼和小羊的故事。但小说的情况就微妙得多，很难说它一定指什么。越是好的小说它的涵盖面越广。王朔的《我是你爸爸》写了一个父亲与儿子的关系，既写到了父亲的慈爱，也写到了他处境的可怜，父亲不是什么大人物，生活也很困难，也写到了他的专横，他的情绪的忽高忽低，对他孩子的态度忽好忽坏。有人看后就觉得它这里面包含了什么讽刺，但你要说得太具体了也没有什么意思，不但没有意思而且也没有根据。说他写的是政治？是社会？是教育问题？是人性？是人际关系？都不完全是。这样作家创造出来的这个世界不但有其本身存在的意义，而且它背后还有一个更大的世界。作家的创造性，作家创造一个与现实的世界既有联系又有区别的世界的愿望是我们的文学评论中很少深入研究的一个课题。但小说的魅力恰恰在于这种创造的可能性，你可以创造一个理想国，也可以创造一个反面的理想国，所谓反面的理想国就是你最厌恶的那样一种状态。可以创造出引人入胜的故事，可以创造出非常独特的环境，可以创造出非常独特的情调。而这些东西是你在现实中不能或很难得到的东西，不能或很难集中得到的东西。

三　小说作者的角色的可能性

关于作者在小说当中扮演的角色，可以从几方面来谈。

（一）作者和作品。你可以选择许多种情况，一种情况我们可以称为"隐形者""司幕者"。隐形者是指一个作品没有作者出现,作品一开始里面的人物就行动起来了,该哭的哭,该笑的笑,该杀人的杀人,该救人的救人,作者就走了离开了。司幕者是指拉开大幕以后就没他的戏了。这样的作品成千上万,它给你一种真切感,引人入胜。另一种情况我们可以称为"叙述者"。作者很顽强地充当一个介绍者、叙述者、描绘者,他不断地用作者自己的语言精确地、细腻地、温柔地、嘲讽地向你叙述一些人、一些事、一些场合、一些经历。如王安忆的一些小说,她就越来越突出其叙述者的地位,甚至于带有一种威严。还有一种情况我们可以称为"思考者"。他对他的作品不断地在评价,评价他所介绍的人和事。如昆德拉的一些作品,他很得意于他的思考,用他的思考给其作品带上一种哲理的色彩,带上一种强烈的倾向性。最后还有一种情况是"抒发者"。作者要在他的作品中发泄某种感情。"发泄"这个词在我们国家似乎有贬义,其实没有贬义。孔夫子的儒家教育使我们觉得发泄是不道德的、不好的,人应当很有礼貌、很有尊严,克己复礼,自我控制,非礼勿言,非礼勿行,非礼勿视,非礼勿听。但发泄是不可避免的,也可以升华。比如对爱情的追求,可以使你写出很好的爱情小说、爱情诗歌来,这不是很好吗?有些作品就是作者发泄的产物。

(二)作者和读者。一种情况作者是教化者。他实际上是以教师的面目出现的,他很急切地传播他所认为的真理,来唤醒民众、唤醒读者,疗救读者的灵魂。鲁迅就很伟大,他以疗救国人的灵魂、表现中国的国民性作为自己的使命。当然教化者有时可能走向反面,如果教化者本身就思想保守,水平很低,教化了半天使人生厌,被时代抛弃在后边。这样教化者就走向了自己的反面,成了"教师爷"。毛主席很讨厌教师爷的角色,这里包含了他对以王明为代表的左倾机会主义者的厌恶。另一种情况作者是"先驱者"。他有一种历史的使命感,最先感受到时代的脉搏,表达出历史前进的要求。这也会走向反面,作者以"救世主"的面目出现,以一种君临读者的姿态出现,高高在上。不管是教化者还是教师爷,不管是先驱者还是救世主,他们的特点就是大大地高于读者。长期以来像我这个年龄的人接受的是这方面的影响,就是认为作者一定比读者高明得多。即使不那么高明,也要踮起脚写。本来你的身高是一米七,写的时候你要想象自己是两米二,踮着脚,伸着脖子把自己拔高。除了高于读者的这种可能性也还有一种对话的可能性,作为读者的朋友与读者来交换一些经验,有一种与读者交流的愿望。作者不再觉得自己一定比读者高明,也许他自己觉得高明的地方恰恰是他的弱点,因为所谓的高明是你想得高明,你想得越高明你越脱离实际。而你所认为的读者的那种平庸、庸俗恰恰是大多数人共有的或不能没有的一种形态,你必须适应这种形态,了解这种形态,理解这种形态,否则你与读者格格不入。契诃夫当然是人家,是无与伦比的。他的小说就常常描写人的庸俗。读他的小说你感到非常的温柔,非常的高尚,非常的雅致。他站在云端,为众生的平庸苦恼万分。我前面提到的那些新写实主义者恰恰就是要写这些平庸,就是要写平庸的生活。你觉得平庸,但大多数人就是这样生活的嘛!像王安忆的小说《庸常之辈》,写一个普通女工的婚事办得很大,为什么呢?她说因为一辈子只有这一次她当主角,其他时候都没有她什么事。政治学习她不是主角,评奖她不是主角,受处分、"一打三反"她也不是主角,好事坏事都不是主角,只有结婚的时候是主角,所以她要大办。这样使平庸也得到了理解,读了以后使读者得到一种温暖。池莉的《白云苍狗谣》使你觉得她嘲笑了许多"官迷",写一个级别很低的小单位要提一些科级、处级干部,于是小说中的人物这个这么活动,那个那么活动,这个这么想,那个那么想,不想当的也被别人煽乎起来了,把胃口吊起来了。但你看完以后并不觉得这些人特别坏,就是这种水平嘛,不能人人都那么高雅。有时作者把自己摆得过高也让人反感。有一位女作家写她的婚姻生活,写她要到香山欣赏红叶,而她的丈夫呢却要去买带鱼,证明她丈夫与她没有共同语言,于是爱情也就失去了基础。我个人认为爱情既需要红叶,也需要带鱼,饿着肚子欣赏红叶这爱情还能搞得好吗?吃完带鱼欣赏红叶不是欣赏得更好吗?近几年越来越风行一种与读者对话的关系。这种对话的关系有益于角色的认同,也有一种写法上的考虑。有的小说我们可以明显地看得出来,写着写着作者就出现了,来叙述来倾诉了,写得非常之动人。我年轻的时候非常喜欢读法捷耶夫的《青年近卫军》,它表现了一种理想主义。它最使我感动的、最使我入迷的、最使我泪下的是后面的一段述说。作者写到了青年近卫军的覆灭的时候,忽然插进一段,回忆他在战争中的一段经历:他负了重伤,很想喝水,他的战友就冒着枪林弹雨到小河边用靴子打了一些水,但当战友返回来的时候就咽下最后一口气了,然后他就把这盛满了友谊的一靴子苦水都喝下去了,一饮而尽。当然这种写法也有得有失。作者的出面、作者与读者的对话大体反映了作者与读者是一种平等的关系。除了上面谈到的高于读者、与读者平等的两种关系,也还有第三种情况,即作者有意识地以一种低于读者或低于部分读者的面目出现,它有一种明显地取悦读者、迎合读者的性质。这里也有真有假,有的是故意作出这样一种姿态,实际上未必觉得自己比读者低下,比一般读者的平均水平还要低。我们前面提到有些作家是踮起脚来写作,一米七要踮成两米二来写,而有些作家本来一米七,可他却要蹲下来以一米二的样子写。王朔就是这样,与王朔接触你觉得他很正常,不是痞子,不是黑社会,很懂礼貌,但他一写小说就蹲下来。写一些小人物,写一些泄气的话,怎么没出息怎么写。你说他是什么意思呢?真的认为自己很低下,比读者还要低下?像他在作品中说的——我是个傻瓜,千万别把我当人?未必!他的下蹲动作本身就是一种调侃,包含着一种嘲讽,既是对读者也是对自身的一种嘲讽——各位读者,你们太低了,我站着说话你们看不见我的脸啊,你们接受不了,那我只好蹲下来。这是作下蹲状。还有一种是真正下蹲的,我指的是那些迎合低级趣味、拾人牙慧、趸点洋货的假冒伪劣产品。作者扮演的几种角色——高于读者、平等于读者、低于读者,都可能成功,也都可能失败。

（三）作者自身的面目在作品中是如何表现的。有的以智者的面目出现,从运用语言到处理人物和场景,不卖弄也让你感到他的卖弄,他就是词多,就是特立独行,就是探幽知微,见人之所未见,思人之所未思。但并不是所有作家都以智者的面目出现,有的则以狂者的面目出现。好像他在那儿胡思乱想,他痴迷痴情于他的某一种观念、某一种情绪而不能自解。比如我们读陀思妥耶夫斯基的小说,感到他不断地写那些带有精神变态的东西,使你不能不感到作者本身的某种状态。了解陀思妥耶夫斯基历史的人会知道他的经历很复杂,他的内心世界也很复杂。他喜欢赌钱,特别喜欢轮盘赌,经常输得一塌糊涂。他曾被沙皇宣布处死,临刑时赦免了他但要他陪绑,拉上绞架才宣布赦免,对他刺激很大。他本身有羊角风,他笔下的许多人物都抽羊角风。从医学的观点说他当然是不健康的,但作为作家来说他是独特的。没有他,我们的世界文学宝库中就缺了点什么。有时迷狂也是创作中的一种状态,作家钻得太深,想得太深了。此外,有的作家在创作中是以一个道德家的面目出现的,虽然他是在写小说,但他更注意从道德出发来评价生活,评价他笔下的人和事。德国的诺贝尔文学奖获得者彪尔(有的译作"伯尔"),他的道德意识非常强,德国的评论界对他获诺贝尔文学奖也有争议。有人说与其说他是一个文艺家,不如说他是一个道德家。他致力于揭露社会的弊病,充满了一种道德义愤。他的名著《被损害了名誉的卡特琳娜·布鲁姆》写一个女仆结交了一个男朋友,而这个男朋友是被警方通缉的。这个女仆就成了记者所追踪、所猎取的对象,他们发表了大量文章描写她的私生活,描写她的一切举动。她火了,搞到一把手枪把记者杀了。小说对西德的社会结构、新闻状况、传播手段等进行了道德谴责。也有的作家是"情种"。当我们读《少年维特之烦恼》的时候,当我们读《红楼梦》的时候,我们不能不为作者的多情,对人类的感情、特别是男女之情的体贴入微而惊叹。任何作者的角色都不是全能的,但对某种角色的偏执都会走向反面,导致作者的失败。你说多情好不好？好。但你一味多情,感情泛滥,就会让人起腻,就像糖吃多了倒胃一样。一个作家给人的印象是黏黏糊糊、啰啰嗦嗦、哭哭啼啼、老拖着二尺长的鼻涕,这不可取。道德家的道德义愤、道德评价本来很好,但做得过分了,读者会感到你是在装腔作势、大模大样、空话连篇、居高临下而讨厌你。智者的形象本来很好,过分了也会引起读者的反感,觉得你在卖弄聪明、卖弄博学、目空一切。以狂者的面目出现,本来读者会同情你,觉得你内心有许多不平,有许多痛苦,觉得你很真情。但发泄多了,读者会觉得你不够自爱,自损形象。总之,作者的形象不是全能的,又不能过分偏执,过分偏执会导致相反的效果。

四　结构的可能性

人们在小说结构上作了无数的试探,任何人都讲不全,我也讲不全。我读过的小说有限,我写过的小说更有限,我无法给一个全面的说法,只能顺手提几种。一种我们可以称作线性的结构,它大体上是以时间的顺序、事物的因果关系来组织小说的。许多小说是这样的,我们中国的传统小说更是这样,很注意事物的这种因果关系,善有善报,恶有恶报。线性结构中又有多种情况,有单线的,有并行或平行的两条线或三条线的,有主线副线的。此外还有网状结构,它有几个点放射出去许多条线互相连接。比如托尔斯泰的几部长篇就是这种网状的结构。在《安娜·卡列宁娜》里安娜和渥仑斯基、安娜和她的丈夫卡列宁是一个点;安娜的哥哥斯契潘及其家庭又是一个点;列文、吉蒂又是一个点。这些点有时发生关系,有时各自发展,有时又互相影响,我们称之为网状的结构。近几年的"先锋小说"等新潮小说里头又出现了一种平面结构。本来小说是写事物、生活或想象中的世界的动态及其发展的,而新潮小说中有些写的不是动态而是静态。这样的小说可以称为"绘画小说",它非常像一幅画。一九九一年《上海文艺》发表了我翻译的新西兰的英文小说五篇,其中两篇就是这样,一篇叫《三联画》,总共三段文字,这三段文字基本上一样。写一个女人躺在床上,一段写她向左,一段写她向右,一段写她平躺。这里没有任何别的暗示,不要想入非非,因为这个女人是个死人。语言都一样,写了流淌的鲜血、床单、枕头等,只不过是从左中右不同的方向来写,文字稍有不同。就像一幅画。这个女人是自杀?是他杀?是刚死?还是已死一段时间?有没有人报案?警察发现了没有?一概未提,你自己想去吧。另一篇叫《八角形》,写得更怪。写了一间八角形的房子,八角形的墙,每面墙上标着度数。我们可以简单地说这不是小说。那你说这是什么呢?是散文?散文我们也不这么写。你说它毫无意义?也不见得。我觉得它包含着对西方的技术社会、对生活的高度的技术化的一种反叛,生活中没有别的东西了,全都是计算,计算机计算出来的数字、方位、角度。最流行的结构不是这种绘画小说而是"建筑小说"。它在拉美非常流行,被称为"结构现实主义"。这种结构现实主义从理论上我也说不清楚,它侧重于把一个故事立体化,其影响非常大,许多电影吸收了这种手法。阿尔巴尼亚有个电影叫《脚印》,写一个人死了,与死者有关的每个人各自回忆一些往事,这些回忆加在一起就把死者的成长、长处、短处、失误等都表现出来了。一个长篇小说用这种写法有时会达到意想不到的效果。我在长篇小说《活动变人形》和中篇小说《相见时难》中很注意用这种方法。同样一件事,在写到倪吾诚的时候,对这件事的解释、理解、感受完全是倪吾诚的;在写到倪吾诚的妻子静珍的时候,对同样的这件事的理解、感受、反应则完全是静珍的,而且是截然相反的。任何一个事件都有多面性,都有不同的方向、不同的视觉、不同的看法。这样既表达了事件的全貌,又表达了人与人之间相通的困难。这种建筑性的结构对构思鸿篇巨制是很可取的一种方法。最后我还要提一种音乐性的结构。它与画面的结构不同,也与建筑的结构不同,它更注意情调的顺序,很像音乐,因为音乐是一种时间的艺术,建筑是空间的艺术。开始时是一种什么样的调子,以后它逐渐发生什么样的强弱变化都有精心的设计。它既有轻柔的抒情像弦乐的协奏,也有热烈的场面像雄浑的交响,热烈过后又是感人的描述像大提琴的独奏那般如泣如诉。茹志鹃在六十年代写的一些作品就有这个特点,有音乐的节奏感,尽管她未必是很有意识的。她把小说看成是一个推移、转化、连接、中断的过程来处理。

小说的可能性还包括许多其他的内容。比如语言的可能性。语言的可能性也是无穷的。是选择口语,还是书面语,或是半口语半书面语;是选择规范化的语言,还是选择独特的非规范化的语言。独特的语言中又有许多种,是方言?是行话?是作者故意制造的一种破碎的、独特的处理语?甚至是违反语法的语言?这方面语法家与作家的矛盾是非常之大的,这倒不能一概而论,有的是由于作者独特的艺术追求,有的就是由于作者文化不够。还有的是用半文言或干脆用文言,文章写得非常漂亮。汪曾祺的半文言就运用得十分漂亮。另外,是繁复的还是简朴的?有的作家的语言以繁复见长,非常之丰富,巴尔扎克就是这样。而海明威则相反,他用的词就非常少,他大大低于一般作家用词的水平。他了不起的地方正在于他用普通的词汇来表达独特、深刻、复杂的东西,这当然也是本事。还有,对小说的评价的可能性也是无穷无尽的。把它作为一个资料来评论,把它作为一个信息、新闻来评论,把它作为一个教材、一个示范读本来评论,把它作为作者观念的载体来评论,把作者抛开只就文本来评论都是可能的。还有小说制作的可能性。对此看法也是各不相同的,大体分两类。一类是劳动说,认为小说创作是非常艰苦的劳动,十年辛苦、数易其稿的故事也很多。另一类是冲动说,认为文学的创作是在一种冲动之下写的,追求的是一种如痴如狂、如醉如魔的境界,而这种创作的心境是转瞬即逝的。还有小说的趣味的可能性,小说到底靠什么引起读者的兴趣。还有篇幅的可能性,这方面花样也是越来越多了。

最后概括几点。第一，小说的可能性是无穷无尽的，我们的作家、文学工作者还远远没有开掘够小说的可能性。真正要让我们的文学繁荣起来，让我们的小说创作繁荣起来，让我们的小说呈现百花齐放的局面，必须拓宽思路，解放思想。第二，这些可能性并不是互相分割的。不是说追求了真实就不能追求创造，或者说有了音乐的过程性、节奏性就不能有建筑的立体性、多面性。不是。我们阅读或创作一个小说，我们选择和实际达到的不是一种可能性而是多种。越是杰出的作品越具有多种可能性。读《红楼梦》我常觉得它用尽了小说的可能性，我这里谈到的可能性《红楼梦》里都有。第三，各种可能性之间往往是一种相反相成的关系，比如高于读者、低于读者、与读者平等这三种情况是相反的关系，但它们又是相成的。一个好的作者不会把自己画地为牢，用某一种可能性去排斥另一种可能性。又比如语言的选择，究竟是简朴好还是繁复好？我认为是该简则简，该繁则繁。一个好的作家往往路子比较宽，能简能繁，能冷能热，能深入也能浅出，能雅能俗，因为他还要考虑读者、寻求读者呀。

1992 年 11 月

新时期文学面面观[*]

在写作上我觉得最重要的品质就是自然。什么叫自然呢？就是有什么写什么，是什么样就怎么样写，想怎么写就怎么写。有什么写什么就是指我们确实有的一种经验、一种见闻、一种感受或一种想象和愿望。搞写作的人往往害怕自己搞的东西没有意义或意义不大或缺乏艺术色彩，于是在自己的东西上加许多俗套子，硬要拉到一个什么大题目上来，或要拔高某些人和事。一个本来很普通也很实在的东西被拔高被添加的结果，使它进入了一个俗的套子，这是很可惜的。一块石头、一块璞玉本来很好看，经过加工以后变成老一套，很机械，使人们看了反倒不能产生兴趣。我夏天到海滨去常常看到一些卖贝壳的人，在他们那里一些本来很好看的贝壳被加工成千篇一律的那么几个图案，使人对贝壳的兴趣反而丧失了。当然为了使自己拥有深厚的写作的内容，就需要不断积累自己的经验、见闻、感受、愿望和情感的记忆。在确实有了这样的积累的情况下，越是不讲求写作的技巧和方法，越是采用自己最惯常的叙述方式效果反而好。一些文化低的人在叙述一件事的时候往往很生动，他们很注意一些细节，不用已有的表达方式把具体的生活打磨平整。当然不是所有文化低的人都行，我们是指那部分虽然文化不高却很有口才的人，他们的讲述常有很好的很生动的效果。在这一方面越能放得开，越自

---

* 本文是作者在《金融时报》新闻写作培训班的演讲。

信,写出来的东西越好。

我谈谈我所接触到的我国文学生活、文学事业的情况。

我们所关注的文坛主要是指作家和作品,能留在文学史上的只能是作家和作品而不是别的。就我国的现行体制来说,我们有若干与文学生活有关的工作单位和群众团体,如作家协会。有宣传文化部门、出版部门以及文艺工作的领导部门,这些文艺工作的领导部门、管理部门、群众团体等都有十分重要的意义,但最后留在文学史上的不是这些部门、团体和单位,只能是作家和作品。当然作家和作品也不是孤立地产生的,但在文学史上表现为作家和作品。所以我们可以从作家和作品上来回顾一下这十几年来我国的文学面貌发生的巨大变化。

一 从现实主义的回归到现实主义的开拓和超越

现实主义是十九世纪一个十分发达的文学流派。由于它如实地反映生活,刻画典型人物,揭露社会的黑暗和弊病,同情生活在社会底层的劳动人民,所以它很快地扩大了自己的影响,而且也被社会主义国家所喜爱。苏联进一步把它规定为社会主义现实主义,而且给社会主义现实主义下了一个定义,即真实地、历史地和具体地描写生活,把反映生活的进程与对人民进行社会主义、共产主义的思想教育结合起来。这样提从艺术上来说也不是很充分很全面的,不是每一个文学作品都必须或都适合"真实地、历史地、具体地描写生活"。拿《红楼梦》来说,贾府里的许多人和事可以说是真实的历史的具体的,但写贾宝玉和林黛玉的爱情前生注定的及宝玉生下来脖子上就挂着块玉等等都不是真实历史具体的,《西游记》也是这样。很多诗歌也很难做到真实历史具体。戏曲的许多内容是模拟。诗歌有许多是幻想,"白发三千丈""长风九万里"这样的诗句都很难用真实、历史、具体这把尺子来衡量。对许多文学体裁它显得狭窄,如神话、童话、魔幻、诗歌、戏曲等。但就是这样一种不完备的对文学的要求,到了"文化大革命"时期也被否定被歪曲。"四人帮"害怕真实,讨厌真实,大张旗鼓地批判写真实,其实写真实是斯大林提出来的,可见"四人帮"在某些问题上,在文学的某些问题上表现得比斯大林还"左"。在"四人帮"倒台后,我们几乎用了两三年的时间恢复现实主义的名誉,恢复写真实的名誉,使人们敢于正视、敢于接触生活中的真实。到了一九八〇年出现了现代主义与现实主义的争论,一些青年人也许在学术思想上,在知识准备上很不充分,但他们希望能拓宽对现实主义的理解,希望引进现代主义的一些文学观念。另一方面,则表现为一些人为此而担忧。在这一问题上,苏联曾发生过很大的争论。四十年代日丹诺夫的报告主要就是批判现代主义和世界主义的。日丹诺夫是斯大林时期主管意识形态的,对文艺问题持严厉态度,批了许多人。包括作家左琴科。左琴科写了《猴子历险记》,写了猴子只会模仿别人的样子,没有自己的头脑。于是就说他诽谤苏联人民,认为苏联人民都是猴子。其实文学上的许多事情很难用这种方式来讨论。还包括作曲家萧斯塔科维奇,他搞了一个歌剧叫《伟大的生活》,于是说他的歌剧引进了西方的爵士乐。日丹诺夫本人在文艺上很内行,会作曲。据说他做报告的时候台上放一架钢琴,当他说到被批判的作曲家的曲子的时候,他就过去故意歪曲地把这曲子一弹,然后大骂这是噪音,是对苏维埃人民的侮辱。接着他说看柴柯夫斯基的作品是什么样儿的!他把柴柯夫斯基的曲子一弹,弹得倍儿棒!呵,要碰到这样的领导太可怕了!我常想要是好领导,那么越内行越好,要是坏领导不如干脆来个外行,怕的是又坏又内行,那你就没法活了,想逃也逃不出去。日丹诺夫对中国也是有影响的,一些人对现代主义怕得汗毛倒竖。但在中国八十年代,这个讨论或者说这个批判没有进行下去,因为文学生活有它自己的规律,有它自己的机制。经过了三年两年,实际上大家都认识到单纯地用社会主义现实主义来要求一切是不可能的。这个问题虽然在理论上至今没有解决,但在实践上已经解决了。当时被认为很新鲜的一些写作方法,今天已经司空见惯了,如写幻想、荒诞、内心世界的主观感受等的作品已不鲜见。

二 从突破题材的禁区到改变题材的观念

在"文化大革命"时期批判过"反'题材决定'论",其实没有过什么"反'题材决定'论",无非是"文革"前一些文艺界的领导提出不要受题材的限制,对于不同的题材还要看你如何去处理,这就被说成是"反'题材决定'论"。"四人帮"批它的意思就是主张题材决定一切,只能写三大革命运动,只能写工农兵,写工农兵的正面人物,写工农兵的英雄人物,表现他们夺取胜利的光辉历程。生活中的许许多多的方面都不能写,变成了禁区,现在回想起来觉得很好笑。比如说一段时期爱情是我们国家文学的禁区,这将来可以写入"笑话大全"的。爱情是资产阶级人性论,好像只有资产阶级才有爱情。一九七八年刘心武发表了小说《爱情的位置》,这题目很像个论文的题目,小说意在说明爱情还是应当有它的位置的,引起了很大反响。当时我还在新疆,正在理发,收音机播送着《爱情的位置》,理发师不好好给我理,理几下停下来听两句,被小说吸引过去了。一九八五年以后就不再强调题材的问题了。许多作品很难说它是什么题材,比如《红高粱》,你说它是抗日题材?是爱情题材?似乎都不是,又都是。又如韩少功的《爸爸爸》,它表现的是一种愚昧的精神状态,也不好说它属于什么题材。高晓声有一篇小说叫《绳子》,写一个新参加工作的土改队员的事,在群众斗争大会斗争恶霸地主之后,要把恶霸地主绑赴刑场执行枪决,需要一条绳子,于是领导就向这个新队员借他的行李绳用用。这个队员起先不愿意借,经历了一番小小的思想斗争,当然还是要服从革命的需要,最后把绳子交给了领导。有意思的是领导后来也没有用他这条绳子,还绳子的时候还特意向这个年轻人说明绳子没用。这个新队员觉得这件事很值得纪念,并感到自己成长了。这个故事是什么意思?我请大家来思考。你很难说它是土改题材。我国描写土改的小说很多呀,特别是得过斯大林奖金的《暴风骤雨》和《太阳照在桑干河上》。这些小说表现的是地主阶级的残暴、凶恶、贪婪,贫下中农的苦大仇深,在党派来的工作队的领导下群众觉悟了,起来控诉,起来斗争,土改取得胜利,年轻人参军,保卫胜利果实,这是土改题材。相比之下高晓声的《绳子》算不得土改题材,你说它是知识分子改造题材?也不是。这样的作品太多了,我也不一一列举了。我只是想说,我们的作家我们的读者已经从过去那种按社会分工划分或按社会历史阶段划分题材的简单模式中超脱出来,用一种独特的艺术家的视角来截取生活的一个片断、一个部分、一段感受,而不必使自己的作品一定排列组合到这种或那种题材之中去。

三 从主题的丰富和实在到主题的化解

"文革"期间文学作品的主题是被规定好了的——歌颂伟大的领袖,歌颂正确的路线,反对错误的路线,表现工农兵英雄人物的高大,表现资产阶级、封建地主阶级代表人物的渺小等等。在七十年代后期到八十年代初期在我国文学的发展复兴中,作品所表现出来的主题丰富多了,实在多了。一大批作品表现了我们社会主义国家社会生活的曲折历程,表现了一些人在历次政治运动中所受到的不公正待遇,表达了人民希望安定、希望太平、希望克服"左"的以阶级斗争为纲的不正确做法的愿望,有很多作品也表现了在党的十一届三中全会以后城乡各地所出现的生机,如著名的小说《乔厂长上任记》,还有表现平反冤假错案的很多作品,这有很多说法啦——"伤痕文学""反思文学""改革文学"等等。这使我们的文学变得无比丰富和实在了,但是一个艺术家、一个作家的任务毕竟与一个社论的作者并不相同,他的作品所提供的也不是对一个历史问题、一个社会问题发表自己的主张,当然也不妨碍作者在自己的作品中流露自己的主张。这个主张可以很强烈很鲜明,也可以很含蓄,没有很鲜明的判断。现在我们看一些年轻人的作品的时候,很难用过去的标准,用一两句话概括出主题是什么。这样的作品多得很,比如刘震云写的《故乡天下黄花》,里面写了许多农村的事情,写了抗战前,写了抗日,写了土改,一直写到"文化大革命"。其中一个情节给我印象特别深,一想起来就要笑。也是写土改中县里要枪毙几个地主,土改工作队队长晚上失眠,睡不着觉,就起来看这几个要枪毙的人的材料,发现其中一个没有什么值得枪毙的罪行,于是就像当编辑的那样把这个人的名字勾掉了。第二天就没有枪毙这个地主,但他被拉去陪绑吓疯了,三年后才好。别人就告诉他全是工作队长救了你。他为了表示感恩就攒了一口袋绿豆、一口袋芝麻带上去看这位队长。队长已是县里一位不小的干部。当时是一九五二年,正进行"三反"——反贪污、反浪费、反官僚主义运动,这队长有点经济问题,晚上正写交代材料哪,门吱呀一声进来了这位"狗地主",背着一口袋绿豆、一口袋芝麻,接着就下跪感谢队长的救命之恩。这个队长晦气得要死,大怒,冲"狗地主"喊:"我要知道你今天来给我送礼,我当时非枪毙了你!"吓得地主背起口袋就往家跑。你说这个情节是什么意思?是同情地主?这说不上。是歌颂那位"明镜高悬"的干部?不是。是骂那位干部?不是。是对土改有什么不敬?同情地主、帮助地主反攻倒算?这个帽子也扣不上。人们对主题思想的理解开始采取更宽泛的态度。文学作品并不能直接对社会生活做出评价和裁判,有一部分可以这样做,但更多的是向读者提供一种人生的经验或者一种感受,提供人们生活的一种状态:它可能有几分幽默,也可能有几分尴尬;有几分快乐,又有几分伤感;有所留恋热爱,也有所厌倦厌烦。文学作品的主题思想不再起答案、结论、裁定的作用,文学作品的主题思想就表现在对这样一种生活境况、人生意味的刻画叙述之中,应该说这是我们的文学观念中相当大的一个突破、一个发展、一个变化。当然这样的变化也给我们带来许多不习惯,一些人在读完作品以后总要思考一下作者要告诉我们些什么,是什么目的。这样的读者在读了我刚才说的这样一些作品以后总是不放心,睡不着觉,总想找出一个简单的答案来。甚而至于由不放心变成疑心——这些作家鬼鬼祟祟地要干什么?我曾经开过这样一个玩笑:八十年代初期,张洁写了一篇小说《爱是不能忘记的》,写一个未婚女人爱上了一个有妇之夫这样一个婚外恋的故事。一个同志问我,发表这样的作品是什么意思呢?是提倡除配偶之外再爱一个?很不放心。我就对他说,这个小说还是提倡晚婚的嘛!你看那个主人公一直没有结婚嘛,没有合适的干脆不结婚,还有让社会承认这些独身者不结婚者。听了我的解释他的心情就好一些了,安静了,可能晚上觉也睡得安稳了——婚外恋不可取,提倡晚婚还是好的呀!提倡独身不更好吗?计划生育工作就好做了。这样就产生了一种情况:越是读文学作品多的人越喊看不懂,不常读文学作品的人拿过来翻翻,觉得很有意思,很有趣,很好玩,看完就完了,没有什么更高的要求了。但是读得多的人就不行了,时代背景是什么?主题思想是什么?非得找出一个诸如提倡晚婚这样的主题思想来才心安理得。

四 从风格的被承认到风格的难以捉摸

"四人帮"被打倒以后直到党的十一届三中全会,特别是十一届三中全会以后的一段时期里,作家们都争取风格的被承认。最早由南京的作家提出来,以后在全国影响很大的一句话叫做"寻找自己"。就是每一个作家应当寻找到他自己,这个话说起来好像很可笑,怎么叫寻找自己呀?很像中国的一个传统笑话:一个差役押解一个和尚从甲地到乙地,由于他比较傻,他老婆临出发前嘱咐说一定要不断清点四样东西——马、和尚、枷和我。他一路上这样做，一会儿摸一下——这是马，摸一下和尚的光头——和尚，再摸一下和尚戴的枷，再摸一下自己——我，他就放心了。和尚看出这个差人智商偏低，晚上看差人睡着了，就把枷打开给差人戴上了，用推子把差人的头剃光，然后就跑了。第二天要上路了，差人一摸马在，一摸自己脖子上的枷在，又一摸自己的光头和尚也在，"我"呢？"我"没了！把"我"给丢了！"四人帮"倒台以后的那几年作家们好像都有差人的这种体会——"我"没了，提出所谓寻找自己承认自己的风格。其实那个时候对风格的理解很简单，山西写农村的是"山药蛋派"，很土很朴素，运用农民的语言，很有味，很实在，以赵树理为代表，后来还有五位老作家西戎、李束为、马烽、胡正、孙谦。河北有以孙犁为代表的"荷花淀派"，更明丽秀美一点儿。还有"含着微笑看生活"和"皱着眉头看生活"的说法等等。对于风格的承认和提倡，提出寻找自我的口号在当时也还是很勇敢的，因为我们长期受"左"的教条主义的禁锢，使"我"字成为一个忌讳，成为错误的标志和名称，作家应该表现的似乎不是个人的独特的感受，而应是社会的精神、社会的公意。所以这个口号的提出在当时来说也是不容易的。但是现在文学的发展已经超过了承认作家的个人风格和特色的阶段。现在的一批作家他们所表现出来的所追求的已不是自己风格的被承认而是风格的不断发展不断变化，使自己的风格更具有涵盖力、适应力和弹性，就是说不同的作品、不同的篇幅、不同的体裁可以表现出不同的风格特点。所以我们现在比较少见那种简单的、外在的关于风格的评论了，如说某某的作品很幽默，某某的作品很质朴之类。现在的读者更习惯于或者说更喜欢那种酸甜苦辣咸五味俱全的作品，当然酸也有各种各样的酸，甜也有各式各样的甜。既是幽默的，又是郑重的；既是苦恼的，又是乐观的；既是荒诞的，又是真实的。风格的概念已经大大地发展了，变为一个活的不断发展不断充实的概念。那种僵死的、一眼就能看出来的、确定了它的界限的风格往往并不是最有前途的风格,而且风格也不是判断一个作家成就的最主要的标志。有些很有特色的风格家,他们的作品并非最上乘。以外国文学来说,屠格涅夫的风格比托尔斯泰鲜明得多,屠格涅夫的作品细腻、清新、抒情,托尔斯泰的作品则雍容、丰富、充实。如果我们只从风格上说屠格涅夫恐怕比托尔斯泰还要强,但要从作品的分量上说屠格涅夫则要差一些。类似的例子太多了,中国唐朝的诗人,要单纯从风格上说温庭筠、李商隐要比李白、杜甫、白居易更风格化一些,但要从诗的容量分量上说,他们就不如李白、杜甫、白居易了。

五　从语言的生活化到语言的艺术化

"四人帮"时期的文学作品充满了假大空的语言,我常讲样板戏幸亏是八个,要再搞八个就没有词儿了。样板戏的英雄人物的唱词有一个特点,跟放二踢脚似的冲着天干——"能胜天""冲云天""冲霄汉"……两眼望着天,好像随时都想用棍子把天捅个窟窿,以表现英雄气概。文学语言变得十分贫乏,因为一句话都可以歪曲地解释,把它变成政治问题。"四人帮"倒台以后,文学语言中出现了一些像真话——说得刻薄一点儿,像人话——的话,已经是一个很大的进步了。这些年来作家们认识到,语言是最重要的一种艺术手段。许多作家是以语言取胜的,比如说前一段很流行很火的王朔的作品,使用的就是北京的年轻人纯熟的口语,它与机关干部、大学教授、年龄比较大、地位比较高的人的语言完全不一样。它恰恰是——现在不好说是下层了,有个词儿叫"基层"——来自"基层"的语言,有人说是"胡同串子"的语言,作为文学语言来说这并不带有贬义,它完全可以成为文学语言的素材。有人说王朔的语言是北京痞子的语言。其实痞子也不一定带贬义,毛主席就在《湖南农民运动考察报告》中为"痞子"正名嘛,论述痞子运动就是农民运动,痞子正是农民中的贫雇农,革命性最强,最有生活智慧,他们的行动"好得很",而不是"糟

275

得很"。王朔特别善于运用那种冷嘲热讽、真真假假、虚虚实实的语言,《编辑部的故事》里那几个故事本身没有什么好看的,它吸引人靠的就是语言。编辑部里那种满不在乎又无可奈何,还得同舟共济的那样一种情调,那样一种环境,给王朔提供了一个很好地利用这种语言的机会。再比如比较老的作家汪曾祺的语言,他的语言是一种很有火候的、带有闲适和恬淡意味又常是半文半白的语言。他文言文的修养很好。他既有老知识分子的正义感,又是从最急的旋涡中退到一边的人。他的文章表现出一种精粹的、淡而有味的、很有文化知识和修养、很有自己的见解然而又是普通人的一种生活情调。他不是生活在象牙之塔里,不是生活在书斋里,仍然要上街,要去买菜去买酒,要处理日常生活中的种种问题,还是很有人间味儿的。这与宗璞的那种生活在校园里边,生活在书斋里边,经过了净化的、书香门第的、很高尚很清雅的语言又不一样。林斤澜就很喜欢做语言的实验,有时候把它切割开,有时候把它进行新的排列组合,语句的分段与一般人不一样。这要让语文老师一看就麻烦了,这样的句子到了语文老师那里被认为不通。这也是一个矛盾——文学语言与规范语言之间的矛盾,这也是一个争论很大的问题。叶圣陶老先生是一位人品文品极好、很受尊敬的老作家、老教育家,他晚年把他年轻时候的作品做了一番改动,把不是普通话的字都改掉了,使之规范化。对此也看法不一,有人认为改得非常之好。对于推广普通话,提倡正确的语法,对于提高中小学语文水平非常好。但从文学来说不可能那么规范,一切都那么规范就不成其为文学了。文学要传达一种韵味或者传达一种场景,这种场景下语言就应当是破碎的,就应当是前言不搭后语的,就应当是切割的。林斤澜是一个十分重视文学语言的人,在语言上惨淡经营,下了很大的功夫。当然对他的语言有激赏的,也有不能领略的,这都不足为奇。另外,随着描写人的深层的意识活动,如梦境、幻觉或高度紧张的心理活动的作品的增多,也出现了一些越来越抽象而且有时还带有神秘色彩的语言。如果你看孙甘露等人的作品,就会发现语言的这种变化。我们把今天的文学作品与过去的文学作品放在一起比照,就不能不慨叹文学语言发生了这样大的变化。

我们文学事业其他方面的变化还很多,我就不一一列举了。比如说一部分作品越来越向纪实方面发展,追求文学更大的新闻性。为了写关于乞丐的报告文学,作者混在乞丐里生活了一年以了解其中的秘密,使作品具有很大的新闻性,甚至可以说补充了我们新闻的不足。文学作品的另一翼则向荒诞虚构方面发展,这种荒诞或带有荒诞色彩的小说越来越多。人们已经不用"这是真的吗"或"可能是真的吗"来作为对文学作品的要求了。

综上所述,我们的结论是:一,十余年来我国文学事业发生了巨大的变化,这种变化是不以人的意志为转移的,令人十分感慨。二,这种变化中出现了许多令人不理解、不习惯的文学现象,当然也充斥着假冒伪劣产品。因此,对文学作品的种种议论、种种批评还会继续下去,这个不足为奇。我们的文学也还会在这种议论、批评之中发展下去,这种文学的发展不仅拓展了我们的文学观念,实际上还拓展着我们的思维空间,使我们整个民族精神上更加丰富、更加活跃、更加解放。它对我们国家的现代化也是一个贡献。我是不赞成把这十余年的文学生活、文学事业彻底骂倒的,实际上也骂不倒,你有多大本事也骂不倒。

(作者答与会者问)

问:文学是大众性的,而朦胧诗却令一般人很难接受,这应该如何看待?

答:我想文学的大众性是从它的整体来说的,至于某个作品那就很难说。有些作品雅俗共赏,如《水浒传》《西游记》《三国演义》《红楼梦》;有些俗赏雅不赏,如一些言情小说、武侠小说、侦探小说。又如对汪国真的诗,年轻人非常喜欢,可一些高档专家文人的评价并不很高；琼瑶的小说也是如此。但它们仍然很有阅读的趣味、阅读的价值，受到相当多的读者的欢迎。还有一些雅赏俗不赏，文坛反映很好或专家反映很好，但老百姓并不喜欢，就像《秋菊打官司》。所以文学的大众性不是说每一个作品都有一样多的读者、观众或听众。大众性可以说是文学的一个品格、一种特质，但它不是文学唯一的特质，也不是文学所独有的，电视连续剧、电影、歌星演唱往往比文学更有大众性。文学除了它的大众性的一面外，也还应该有它精品性的一面。应该有，也一定会有能够代表我们民族最高文化水准的精品。

问：请谈谈关于"稀粥"的官司。

答：《坚硬的稀粥》（简称《稀粥》）打官司的事已经过去了。我想说明，在一九九一年的情况下，对《稀粥》的指责带有一种不平常的、凶险的性质，因为它给作品扣上了"影射"的帽子，这就没有边儿了。另外它居然引用台湾的言论把作品与我国最高领导人联系到一块儿，带有一种凶险的征兆。由于作者本人和文艺界的许多同志的既坚决又有节制的抗争，它没有发展成一个文字狱，没有发展成一个大批判，没有发展成一个"海瑞罢官"或"三家村"式的事件。这首先说明时代不同了，说明党的十一届三中全会以后我们的国家和我们的社会生活、文学生活有了非常大的进步。这也创造了一个纪录，就是在文艺界占有一定领导权力的人企图通过政治上险恶的指责批倒一个作家的企图受到了挫折，没有成功，这是新中国的一个进步。过去一个作家挨了批，就是跪在地上检讨也没有人听啊。在中央领导同志干预以后，关于《稀粥》的争论就停下来了，官司也停下来了，也批不成了。《稀粥》在我们国内照常出版，华艺出版社出版的我的小说集《我又梦见了你》中收录了《稀粥》，最近长江文艺出版社出的"跨世纪文丛"里干脆以《坚硬的稀粥》作为书名。《稀粥》在世界各地有了翻译。有一位地位很高的老作家，他是个严肃的人，他经常是忧心忡忡的，不大开玩笑。他见了我开玩笑说，你的《稀粥》成了世界名著了，你应该感谢《文艺报》使它成了文学名著。现在，这件事已经过去了,中央号召团结,号召繁荣创作。

问:现在有许多描写中央领导生活的文章,这些文章是否真实?

答:这个我实在不知道。不过权延赤写毛泽东的几篇文章,我听胡乔木同志讲还是真实的。乔木同志长期和毛主席一起工作,担任过毛主席的秘书。其中记述的毛主席看《白蛇传》的事,毛主席是以阶级斗争的观点来看的,他是站在白娘子一边的,认为法海代表的是封建正统势力,所以看到最后他站起来说:"不革命行吗?"他要领导白蛇、青蛇打烂雷峰塔,活捉法海。毛主席肚子大,看戏的时候把裤带给解开了。他一站裤子掉下来了,警卫急忙帮他把裤子提上。乔木说这是真的,当时他在场。这些东西写多了会怎么样?天知道。现在有一种情况就是他根本没有采访你,从这个报纸看到一点儿情况,又从那个报纸看到一点儿情况,把几篇报纸往一块儿一串就成了一篇文章。最近我看到一些采访我的文章,作者是谁我都不知道。

问:我国文坛这两年有影响的作品不多,这是什么原因?

答:这就比较复杂了,不只是某一方面的原因。有影响的作品也还是有一些,但对大众的影响并不大,只是文学家们说起来这个不错那个不错,而且这些年纯文学作品的销量在减少。这个问题太大,不是一两句话能说清楚的。

问:最近您有什么作品问世?正在写什么?

答:我主要是在写一个系列的长篇,一九九二年五月完成了它的第一部,叫做《恋爱的季节》,在《花城》杂志的一九九二年第五、第六期已登载过,今年人民文学出版社即将出书。第二部我正在写。

问:您如何看待王朔现象?

答:关于王朔我写了一篇文章登载在今年第一期《读书》杂志上,题目叫《躲避崇高》,是专门谈对王朔的看法的。

问:请谈谈您最近的生活情况。

答:生活情况我觉得很好,现在没有行政工作的负担,可以用更多的精力投入创作。来访的人很多,我也到全国各地去,也到国外去访问，前年去了新加坡，去年去过澳大利亚，今年三四月份要去新加坡和香港，可能还去马来西亚。对我个人的写作来说，我认为现在是我写作的黄金时代，实在是太好了。对于其他方面来说是不是都好，那倒不一定。我也从来没有为市场的问题忧心忡忡，每个人的遭遇处境不一样，我还没有碰到过为出书向出版社交两万块钱这种情况。不过最近我感觉到，尽管我精神面貌还好，头发也还比较黑，但确实是老了。今年我五十九岁，明年就六十了，现在写得多了感觉十分疲劳，所以现在写作的数量也就是每天千字。我年轻的时候最多一天写过一万五千字，平均也能达到每天三四千字。从节奏上不敢搞得太紧，特别是我们陕西的同行路遥和邹志安，一个四十二岁，一个四十六岁，接连谢世以后，使我感觉到写作也还得细水长流。

问：《北京青年报》最近刊载了一篇文章说您六十、七十年代领导了文学潮流，是这样的吗？

答：六十、七十年代我正在新疆劳动，常用的工具叫砍土镘，正在那儿抡砍土镘呢！但我也领导不了砍土镘的潮流，因为劲儿比人家小。我六十、七十年代实在没领导过文学潮流。

问：王朔的作品已成为一种新的时尚，您对此怎么看法？

答：王朔的作品有很大的影响，是不是新时尚现在还很难说。现在的作家与从前的大不一样，说句大白话就是谁也不听谁的、谁也不信谁的。说王朔写得最好，我们都学王朔这么写，这是不可能的。谁也不能说谁是样板。现在文学现象概括起来十分困难。

问：请谈谈对江南的看法。

答：对江南的身份，我并不了解。但是从个人来看他文字能力很好，写过一些文章。我两次到旧金山去，他都热情地招待，我应该感谢他。他以私人朋友的身份邀请我去参观旧金山的几大风景点——红杉林、海洋公园、日本公园等等，所以他去世的时候我写过一篇悼念他的文章。他的骨灰埋在大陆他的家乡。

问：有人说郭沫若文品好，人品（指私生活）不好，您有何看法？

答:我对此没有什么看法,对旁人的私生活我很少感兴趣,我觉得我很难了解一个人的私生活。至于郭老,时代、年龄都不一样,我觉得我没有资格,也没有可能来评价。最好由更了解情况的人来说。

问:《人民文学》近年来没有发挥它应有的作用,为什么?它的领导班子会调整吗?

答:领导班子是否会调整这我不知道,但从年龄上说它的负责人可能会调整。这几年《人民文学》的质量实在是低,说萌芽不是萌芽,说作家刊物不是作家刊物。有些言论是在不正常的气氛中搞出来的,如声言"《人民文学》回到人民手中来了"。上海的作家就提出一个问题——《人民文学》是什么时候沦陷的呢?我对《人民文学》是很有感情的,我的作品在《人民文学》发表过,我也在《人民文学》编辑部工作过。它今后的命运会怎么样,这我也不知道。从我们国家的文学生活来说,文学刊物的行政级别已经不起什么作用。从行政级别来说《人民文学》是司局级单位,有些刊物则是处级、科级单位,是不是还有股级或二级处、二级科级单位呀?但是我想这对读者来说没有意义,即使你在自己的刊物上写上皇家级、总统级,如果读者不看,你也没有办法。从销售量上也能看出来,在我们国家现在最有影响的刊物是《当代》《收获》《十月》《花城》《钟山》等。

问:中国至今没有人获诺贝尔文学奖,为什么?是否与创作环境有关?我国的"百花齐放"是不是有所限制?

答:无人获诺贝尔文学奖无非两个原因:一是他们不了解中国的文学,我们的文字、国情、社会都有它的特殊性,他们要有一个了解的过程;二是我们的文学需要更加文学化,需要有更高的成就。另外,诺贝尔奖也有它的局限性,政治上的局限性,了解上的局限性。所以有人举例子说世界上有许多大的作家都没有得诺贝尔文学奖,也有得了诺贝尔文学奖以后就销声匿迹了的作家。所以它也不是绝对的。至于"百花齐放"是不是有所限制,当然是有限制的,对限制的说法也各不一样。去年李瑞环同志在内蒙古讲只要不违背宪法和法律就不要横加干涉。限制就是宪法和法律，这不仅是对文学的一种约束，而且是对全国人民的。这在全世界都一样，宪法和法律带有规范性、约束性，甚至于强制性，这都不足为奇。现在有时令人忧虑的并不是宪法和法律，宪法和法律完全是应当服从和遵守的。可忧的是某种莫名其妙的方式，如某某处长或某某局长给刊物打个电话——你们发表的那个作品不大好吧！你也不知道他是代表谁，是代表部长，代表省长？接电话的人还不敢问，问你代表谁，代表中宣部？代表书记处？代表政治局？还是代表党组？他不敢问。神经衰弱点儿的接到这种电话就不知如何是好了，紧张得要死。神经坚强一点儿的人可能放下电话就把它忘了，结果也没有什么事。我认为我们要贯彻好党的文艺政策，就不应采取这种不负责任的做法。

问：谈谈文学的失落和文学的前景。

答：很长一段时间，文学创作成为一些有能力的人出人头地发挥自己才能的一条唯一道路，因为他们无法走其他的路。比如你有经商的才能，可你无法经商，现在当然是可以了；你想搞点社会科学的理论，也非常困难，于是就都来搞文学。现在情况不同了，社会变得开放了，选择的机会增多了，竞争更为普遍，人们的注意力必然会有所转移，再加上通俗读物的冲击，人们阅读的选择面更宽了，所以有些文学作品的销路不像过去那么大，甚至有些书出不来。但是从整体上看这也是正常的，也没有什么不好。一本小说印上四千册，一册如果有两个人看，那就有了八千个读者，这也不错，你不能要求人人都来看小说。

问：您读了金庸的武侠小说后是否也准备写几部？

答：到现在为止还没想，将来大概也不会。我要写的东西还太多，若是要写的东西都写完了，我也许会考虑这个建议。但也不要以为好写，人家有人家的路子，很可能我写不了，不会写。

问：在一般读者心目中作家是人类灵魂的工程师，作品应当让人感到某种力量。就作品的主题思想而言，难道仅仅是向人们提供一种经验吗？是不是有更深层的东西我们无法悟到？

答：经验和经验也有很多不同，有普通的经验，有特殊的经验，有深层的经验，也有浅层的经验。能不能悟到这又与读者的悟性有关系。有时对一个作品的理解甚至达到这样一种程度——作家的意图和读者自己的补充各占一半。像解放以后对于《红楼梦》的分析，有些显然是研究者在接受了马克思主义的唯物史观、阶级斗争学说以后产生的理解和看法，大大超出了作家可能意识到的范围。另外作品的层次也不一样，我们希望作品里有非常深刻的东西，但我们必须得承认有些作品没有什么深刻的东西，就是读起来很有趣味，或是文字写得很漂亮。对每一个作品我们不能用统一的规格来要求。对作家是人类灵魂的工程师这一问题也是可以探讨的，作家都是灵魂的工程师这是不可能的。也有人认为作家未必是人类灵魂的工程师，因为他所能做到的，事实上并不能缔造人的灵魂。真正能够达到这个标准，当得起这个称号的，只能是作家中的极少数。就像是运动员中得金牌的一样，只能是极少数，不可能人人都得到。

问：请谈一谈您作品风格的变化。

答：这个问题我还没有很好地想过，只能说个大概。从五十年代到八十年代初期，我写的东西明显地可以看到当时苏联文学的影响，带有理想主义色彩，对生活充满热爱。其后多了一些讽刺、对社会生活阴暗面的揭露。我的诗歌有内心独白的性质，还有一些有调侃的意味。世界上有些东西很可笑，你又不能一下子消除它，也不必为它生很大的气，它就变成了调侃的资料。调侃也是生活的一种反映。

问：您对目前文坛不景气的情况如何看待？

答：刚才我已经说了。我个人认为基本上是正常的，很景气倒也不见得。说它不景气是我们对它要求太高了。

问：您最崇拜的人是谁？

答：如果是指文学方面的，我对唐朝的诗人李商隐特别感兴趣，也谈不上崇拜，我写了一些有关他的文章。在作家里我对《红楼梦》

的作者曹雪芹确实是崇拜的。

问:您最欣赏的当代青年作家是谁?

答:这有一大批了。比如张承志,我喜欢他的操守,他写得很严格,写什么不写什么,精神生活中有他执着的追求。王朔,完全是另外一种样子——游刃有余,调侃众生。铁凝和王安忆,都是很有才华的女作家,对生活的体会都是非常独特的。刘震云,他很幽默也很含蓄。等等,等等。

问:您创作生涯中最值得回味的是什么?

答:我现在还想不出很特殊的值得一提的事情。不管怎么样一个人在写作的时候,他的心态还是好的,不管你有过多少苦恼,受过多少挫折,一进入写作,起码是一个精神集中的过程,是一个挖掘自己的记忆、挖掘自己的思想的过程,也是与读者与世界对话的过程,因此,这个过程是美好的。

问:在市场经济中作家的价值怎么体现?

答:我认为作家的价值并不仅仅体现在市场上,他的收入是体现在市场上,但他的名誉他的社会地位他的影响,都不表现为市场。世界上最有钱的人可能是大银行家、保险公司的董事长等等,但我们并不知道他们,也不会对他们感到亲切,而许多作家和诗人能够受到读者的热爱,能够成为读者的朋友,这也是一种价值。所以我们对价值的理解也是多样的,并不是只有一种价值,即表现在金钱上的价值。

问:对王朔他们的海马创作中心的议价作品您怎么看?

答:每个作家都可以有维护自己正当权益的方法,王朔他们这样做完全是正当的,但也会有作家不这样做而采用其他方式。

问:您对文人下海怎么看?

答:我认为一个真正献身艺术的人不会轻易地放下艺术去赚钱,当然他会关心自己正当的权益和收入,但这不等于说他要放下作品去经商。至于有的人,他更具有经商的才能,或者对钱有迫切的需要,也有可能,说得不好听一点就是他写了一批作品以后写不下去了,干脆以下海为由转业算了。我们用不着阻拦他们,也用不着宣传和提倡,作为茶余饭后的谈资,知道一下就算了。我们也不必为此而忧虑,在有的作家大张旗鼓地下海的同时,也有一些作家如汪曾祺就表示——面对市场经济无动于衷。这也是一种选择嘛。

问:市场经济给当代文学带来哪些冲击?文学家在新生活中应如何有所作为?

答:我们还是要再看一看,一个劲儿地喊冲击,好像太急了,似乎作家都活不下去了。如果说作家都活不下去了,这也是假话。很多人比作家更困难,比如许多地方的农民,卖了粮食打白条,我们的作家没有拿白条的,不必那么诈唬。当然我这样说有些作家朋友可能会生气——敢情你吃得挺好!唉……至于文学家在新生活中应如何有所作为,我想刚才我已经谈了,文学的发展实际上在拓宽我们的思维空间,增加我们的创造性和想象力,作家通过自己的创作促进文学的发展就是一种贡献。如果文人生活太困难了,国家应该改善他们的待遇,应当有更好的支持创作的制度和措施,对此,我毫不怀疑。

问:请谈谈您研究《红楼梦》的情况。

答:我对《红楼梦》一贯有兴趣,我一直想用自己的角度来谈。作为一个五十多岁的人,我有自己的政治生活、社会生活和私生活的经验。在担任行政职务的时候我没有时间去写关于《红楼梦》的文章,不再担任行政职务以后,研究《红楼梦》是我的一大乐趣。有这个心思是很早的,但动手做是在卸去了我想卸去的那些职务以后。

问:张承志坚持他的理想就一定能实现他的理想吗?

答:我想理想与理想的实现是个互相矛盾的过程。我们之所以有理想,当然是为了实现这种理想,但是任何理想的实现都要打折扣。搞对象也是这样,你所设想的心目中的那位恋人与实际上搞成了结为配偶的对象之间总是有折扣的。有人就曾设想罗密欧与朱丽叶如果爱情成功会是什么样?他们所追求所向往的爱情生活,还能那么火热、那么浪漫、那么动人吗?文学中的理想主义就是在现实生活之上之外还有一种精神上的追求，而不是说哪一个能实现、哪一个不能实现，它的意义正在这里。比如说爱情，人们对爱情的幻想、想象、赞美、讴歌是永远不会停止的，但我们不能说对爱情写得十分成功的作家就一定能实现他的理想。怎么实现呢？恰恰相反，如果实现了，他的爱情就写不出来了，这种可能性很大。他和他的配偶生活得那么理想、那样美妙，他们之间卿卿我我亲亲热热的时间都不够，哪还有时间去写爱情小说呀，一个活人在那儿就够他侍候的了。所以有许多最美妙的爱情诗歌和爱情小说的作者，恰恰是爱情上的失意者。福楼拜写了《包法利夫人》，但福楼拜是个老单身汉；安徒生写了那么多美好的童话，安徒生也是一个老单身汉。

问：请谈谈《青春万岁》。

答：《青春万岁》是我写得最早的长篇小说。开始写它时我只有十九岁，是整整四十年前的事情了。我曾经说过《青春万岁》作为我最早的一部作品，就像我的初恋一样，是我非常美好的一种经历，或者说也是很幼稚的一种经历。我最近发表的《恋爱的季节》，在取材的背景上有许多与《青春万岁》有共同之处，但对生活的体会已经大大的不同了。

问：建国以来我国哪些作品最优秀？

答：这个我回答不上来。有的当时觉得最优秀的现在未必觉得最优秀。好的作品总还是有一些的，也有它们不同的价值。

问：社会上说一千年出一个毛泽东，五百年出一个贝利，请您从历史发展的角度预言过多久我们才能看到类似《红楼梦》的作品。

答：我们不希望看到"类似"《红楼梦》的作品，我们希望看到完全不类似《红楼梦》却有着和《红楼梦》一样巨大的生活容量和艺术特色的作品。至于需要多长时间才能产生，这或许从《易经》和妇产医院的记录里能找到答案，我预言不了。

1993 年 2 月 18 日

文学生活的新格局*

我想谈的是这些年来我们国家的文学生活发生了一些什么样的变化。当然,我也不能全面掌握我国文学事业各个方面的情况,另外"新"这个字不包括价值判断,"新"可能是进步,可能是变革,也可能是新的问题、新的挑战。

一、我们的国家我们的社会正处在一个转变时期,这会给文学带来一些什么样的新课题新困难?

从以阶级斗争为中心转变为以经济建设为中心,从苏联式的计划经济转变为市场经济,这对每一个人思想感情生活的影响是巨大的。尽管这种转变才刚刚开始,尽管它还需要有个过程,尽管会出现种种不成熟的甚至是混乱的现象,但我们确实感到一个更客观更符合经济规律更能体现人民群众的物质文化需求的市场在发挥作用。市场很热闹,有的作家高呼"下海",有的还提得很高——现在作家下海就和当年作家参加土改一样,好像作家的中心工作就是下海。有的提出早下海比晚下海好,反正迟早都得下海。有的作家对这个看得很淡,比如老作家汪曾祺,汪老说市场经济在世界上搞了几百年了,没听说搞市场经济作家就都得下海。他提出——面对市场经济我无动于衷!刘心武还写了一篇文章,叫《为了尊严我不下海》。一些老同志很忧虑地提到一个歌星的出场费高达上万元,而一个作家

---

* 本文是作者在中央美术学院的演讲。

辛辛苦苦写十年也拿不到多少钱。当然这也是让人心理不平衡的事情。

文学除了面对上述带有体制性的或者说带有指导性的变化以外,也面临着从温饱问题还没有解决、从科学文化手段还很落后到向小康迈进、向拥有现代化的文化手段迈进的变化。

二、文化消费与文化失落。

过去在我们的文化生活中消费的特点不明显,读一个作品,参加一个文艺活动首先不是为了消费而是为了"积累"——我们姑且借用一下经济学的名词,不一定恰当。我们读一个作品、看一个电影、看一个戏往往首先想到的是"积累",读后看后从文艺作用中获得一个政治的激情、道德的激情。包括提高觉悟、提高认识,增加对一些事情的了解、对一些知识的了解。现在随着从温饱到小康的发展,随着市场经济的发展,人们开始怀着一种消费的心理来接触文艺,就像在可能的范围之内吃好穿好一样。在读一本书看一个电影听一场音乐会时首先想到的是它能不能引起兴趣,能不能解闷儿,使自己的精神通过文化方式得到某种满足,得到某种休息或某种发泄。把这种消费型的文化生活与积累型的文化生活相比较就会发现许多变化。首先我们看到大量适应消费的精神产品出现在市场上,这在文学上表现得尤为明显。据说现在全国的报刊不下万种,这比过去不知增加了多少倍。刚粉碎"四人帮"之后不久的一九七八、一九七九年,那时报刊亭出售的刊物百分之七八十是文学刊物,而现在文学刊物的比例已大大下降,更多的是那种综合性的生活刊物了。刊物服务的范围大大地扩展,有关于下棋的、养生的、养花的、养鱼的、裁剪的、烹饪的等等,于是产生了比较悲哀的说法——没有人再需要我们文学工作者了!另外一些新的通俗的文化娱乐形式出现了,像通俗歌曲演唱会呀,卡拉OK呀,这也是过去所没有的。即使是比较矜持的文艺事业、文学刊物、文化设施,在思想、感情、情绪上也都发生了很大变化,出现了从理想主义到比较务实的心态的演变。从五十年代甚至更早的时候起,我们的文艺作品不乏政治激情——不管这种政治激情是宝贵的,还是幼稚天真的,以至于是盲目的,但它不乏激情。我们现在在文学作品中很难看到这种激情,人们变得更实在了,不再相信和热衷于一些口号。如果只是停留在务实这一阶段,我们还不至于那么困惑。问题是从理想到务实以后并没有打住,而是继续向调侃、向粗鄙,乃至在一定程度上向颓废方向发展,这也是事实。

过去,拿我们这一代人来说,尽管在文艺问题上争论也很多,有许多不同的见解,但我们始终相信一条——文艺起一种教化、促进、提携的作用,我们的文艺工作者总要比读者、观众、听众高出一点儿来。这是对文艺作出了教师文化、精英文化的理解。现在就大大不同了,比如王朔就认为上述见解是最臭的见解。过去作家在写作时总要把自己拔高、踮起脚来写,王朔则相反,他跟你穷逗,自己糟践自己,说什么叫写作?写作就是码字儿嘛!我们认为很崇高神圣不可侵犯的东西到了王朔笔下成了调侃的对象,有的时候你不知道他说的是正话还是反话。比如说一个小流氓被带到派出所去了,但他"英勇不屈"。这本是一个褒义词嘛,但他拿来形容小流氓。在《编辑部的故事》里葛优扮演的李冬宝说"像我这样一个老奸巨猾的人","老奸巨猾"本是个坏词,在王朔笔下,它可以变成一个好词,特别是一个人自称老奸巨猾的时候,使你不能不觉得他有几分"老奸巨猾"的可爱,他很真诚。

再比如张洁,她的成名作都是表达一种优美的感情。《从森林里来的孩子》写一个受委屈的音乐家对祖国、对人民、对大地的爱。《爱是不能忘记的》表达出对爱情的刻骨铭心。近年来张洁的一些作品不但没有了美好、清纯的东西,而且引进了一些非常粗鄙的词语,一些难登大雅之堂的、不大卫生的语言。她有一篇题目很长的小说,一上来就写一个局长在那儿拉大便,写大便拉出来又缩回去。按过去规矩这是不可以的。近些年有人对文学的禁笔也提出了质疑,提出不但要审美,而且要审丑,把过去认为和文学性质格格不入的东西引入了文学领域。我想我们简单地说它好还是不好于事无补,它反映了一种情绪——不希望把生活净化,要面对一下别人不愿意去面对,或不敢面对,或煞风景的东西。

当然不是说所有作家都这样。最近铁凝发表在《中国作家》上的两篇小说《孕妇和牛》和《笛声悠扬》,给人的印象是又回到了真善美的境界。《孕妇和牛》写一个孕妇和一个同样怀了孕的牛一起到集市上去,又从集市上回来,人累了牛也累了,就坐在一块石碑旁休息。她看到石碑上有一些字,觉得这些字非常好看。她家世世代代都不认识字,她就想到自己所怀的孩子,希望孩子将来能认识字。不识字的孕妇就找了张纸把石碑上那几个字照着样子一笔一画地画了下来。铁凝很善于写生活中一些美好的东西,当然她在长篇小说《玫瑰门》中也写过丑恶和残酷的东西,最惊心动魄的是写"文革"中工宣队住进一所院子并占了最好的房子,那里先前住的是一个出身不好的人,他家的猫吃了工宣队家的牛肉,于是工宣队家里出来两个人把这只猫活活撕成两半。真善美是不会过时的,假恶丑也无须回避,这是我个人的看法。真善美也可以很荒唐、不可思议。铁凝写的这几个故事都带有这种性质。

还有一个现象也很值得注意:一方面是纯文学与通俗文学的分离,另一方面又存在着他们相互结合的契机。由于过去我们缺少通俗文学这一块,所以一会儿是琼瑶,一会儿是金庸,一会儿是梁羽生,一会儿是席慕蓉、三毛,最近还有梁凤仪,都很热闹。大家都很想读读这一类型的书,起码这类书读起来不那么费劲,它也在构筑一个世界,一个纯情的世界、一个侠义的世界等。我们大陆也在出现这样的作品、这样的作家。比如汪国真在一九九一年到一九九二年初很红火过一阵子,他的诗集发行的数字是很惊人的。另一部分人则不管不顾地进行艺术的探索,写一些只有很少一部分人能够欣赏的作品。从这里我们可以看到文学的分离。海外有一些作家艺术家提倡这种分离,我们的理论是通俗文学非常容易被音像制品所取代。通俗的诗固然容易被接受,你把它编成一首歌经歌星一唱就更容易接受,而比较纯粹的文学你就是不要怕知音少。我们国家人口基数大,十几亿人,知音少到万分之一、十万分之一,哪怕百万分之一也还是有一定数量的读者。比如说一个小说卖了三千册,这在国外是非常令人羡慕的数字,当然在中国是比较低的,也不算太低,因为现在纯文学的读者少。这说的是纯文学与通俗文学的分离。另外在我国也出现了它们之间的结合,作品中既有通俗文学的东西,也有纯文学的东西。比如王朔的作品就不是一般意义上的通俗文学,他有自己的语言、自己的人物、自己对社会对生活的态度。苏童的作品也介于通俗和纯文学之间,他很热衷于写一些和男女之间的事情有关的题材。苏童的作品在台湾畅销,台湾最近还有一种说法——大陆无文学,除苏童以外。

还有一个情况很奇怪,一本书十分畅销但基本上没有人来评论,这就是梁晓声的《浮城》。这本书描写我国南方沿海的一块土地,由于地质上的种种原因与大陆分离了,被海水冲过来冲过去,一会儿被冲得太靠近日本了,日本海军前来阻挡,很害怕。这时一股海流又把它冲走了,冲到别的地方,所以叫"浮城"。小说描写了浮城上发生的千奇百怪的事情,人鸟大战呀,抢劫呀,当然也写了善良正直的人,写了人们慌乱的情绪。这本书半年以前已经卖了十二万册,这在纯文学作品销量很不景气的情况下是罕见的,但基本上没有人去评论它。

另外,在文化消费的高潮中还有一种情况我无从解释,即南方与北方的差别越来越大。许多在北方很受欢迎的作品,在南方起码在广东人们都不喜欢,像《黄土地》《老井》《红高粱》,他们认为简直是胡说八道,糟践人。《南方周末》的同志最近告诉我他们的报纸在北京发行二十八万份,在广东省只发行二十万份,它很符合北京读者的口味,而不怎么符合广东人的口味。过去中国作家协会搞文学奖,广东的作家很有意见,认为评奖是以北方为中心,他们喜欢更多的趣味和幽默,不喜欢板着面孔的作品。可见南北方的心态很不相同。

三、关于现实主义的嬗变和突破。

在中国的文学创作中,现实主义一直占有突出的地位,这与我们面临社会改革的任务是分不开的。中国的现代史上我们始终面临着生死存亡的阶级斗争、民族斗争和变革社会、振兴中华的任务,为了增加文学的教化、认识的功能,中国文学界十分尊崇现实主义的传统。大家选择了现实主义,如实地描写生活,立足于工农大众,这都不是偶然的。但现实主义的传统在"文化大革命"前后,特别是在"文化大革命"中受到了很大的破坏,把写真实的口号也当做修正主义的口号来批。写真实是斯大林肯定的口号,但当时觉得这还不够革命、还不够左。一提到真实,有人就要问是哪个阶级的真实?所以"文革"中就出现了不顾真实,完全按照阶级斗争甚至权力斗争来加以图解的作品。粉碎"四人帮"后,许多老作家为了恢复现实主义的传统做了大量呼吁——文学作品要敢于反映真实,必须反映真实。

与此同时有些作家对现实主义又感到不满足,认为创作方法应更加多样化。有人提出了客观真实与主观真实的概念。客观真实就是要与事物客观的外在的物质的面貌相一致,主观真实就是要真实地表达你自己的思想感情。一个艺术家的思想感情当然也包括幻想、虚构、变形、荒诞、魔幻等方面。我们一度把现实主义搞得十分严重,把现实主义政治化了,认为现实主义就是进步的正确的靠拢人民的,非现实主义就是落后的错误的颓废的甚至于是反动的。苏联曾有作家提出过这个问题,指出生活本身也包括精神生活。吃喝拉撒睡是生活,开会是生活,毛主席说的三大革命运动——阶级斗争、生产斗争、科学实验是生活;但精神生活也是生活,你的情感、意志、梦幻都是生活。出于一种矫枉过正的热情,有的作家提得很绝对,强调自己从不反映生活,从不反映现实,说我写的是我的渴望,是生活中没有而我认为应该有的东西。对现实主义的不同认识反映到作品上区别就很大。

有两篇用同一个题目写的小说,名字都叫《淹没》。一篇发表于一九七九年,作者陈蔼丽。写小说中的"我"——一个女性与她男友之间的爱情。男友在"反右"斗争中被戴上右派帽子,发配到边远的地方,因此爱情没有成功。这对"我"是一个非常大的打击,一辈子一想起这个人就恨他。有人给她介绍男朋友,也有男同志追她,在她和新的男友接触或感情发展到一定程度的时候,原来男友的形象就隔在她和新男友之间。后来虽然结了婚,但她没有幸福没有爱情,所以她恨原来那个男友。"文革"后再去找这个人,但这个人早已经死了,被政治的风浪"淹没"了。小说写得很动人。前两年有个叫洪峰的青年写了一篇小说也叫《淹没》,小说一上来就描写男青年的女朋友和他吹了,临吹时女朋友说:你很讨厌。他说:我就是有点讨厌。女友说:我不愿意和你来往。他说:行啊,没关系。可我又觉得你有点可怜。那怎么办呢?我再给你介绍一个吧。那也行啊。于是就给他介绍了一个新的女友。两天后原女友给他打电话——这个人怎么样?没觉得怎么样。那你是否愿意和她来往下去?也行吧。就这么无所谓地来往上了。男青年与新女友越来往越多,他们常常去划船,划船的时候新女友爱向他提一个问题——你爱我吗?能不爱吗?你要真爱我,我掉到水里你救我吗?我不会游泳。新的女友就哭了,说:你还是不爱我,你要真爱我的话你一定会救我。他说:好好好,我救你我救你。过了几天他们又去划船,女友又问:你爱我吗?我不是跟你说过了嘛!那不行,你得再说一遍。爱爱爱。我掉到水里你救我吗?救救救。你说得不真诚。那我真诚还不行吗?你说得就是不真诚。真诚。还不真诚!男青年一把把女友推到水里去了,两人都不会游泳,所以女友慢慢地就被水"淹没"了。就是这么个故事。

从以上的两个"淹没"当中我们可以看到一个很有趣的比较,在小说的表现形式上,后者要比前者游戏得多,对文学要游戏得多,对爱情要游戏得多。我们似乎也不宜用写实的角度来衡量它,因为我们很容易提出一个问题——你这样做是违法的,是要追究刑事责任的,你这不是谋害女朋友吗?你成了杀手killer了。在文学观念的变化中有一种失落感,一些文学作品表达出一种无可奈何、无所谓的情绪,据说这还很时髦。当然它和现实生活并不贴得很紧。

另外还有荒诞抽象的一些作品。比如韩少功的小说《爸爸爸》,你说不清是童话、神话还是寓言,而且年代也不详。写山区的一个孩子丙崽,丙崽一辈子也长不大,就会说两句话,一句话就是"爸爸爸",另一句是骂人的粗话。但有一阵子大家还把丙崽看成预言家,什么事都要问问他。对这个作品的看法分歧很大,有人认为它很不好,也有人认为很好。一个教授还认为它是经典性作品,可以和《阿Q正传》相比照。还有一个老作家著文说,我就是一个丙崽。这是不可思议的。作家刘毅然的一些作品也是比较离奇的。电影《摇滚青年》是根据他的小说改编的。他还有一部很受欢迎的长篇小说《青春游戏》,写两个中国男孩子和一个美国女孩子之间的爱情,他既不是留学生文学,也不是崇洋媚外的文学,也不是防止和平演变的文学,而是作家幻想出来的文学。这些都说明人们对文学作品有多样的选择和理解。

四、对艺术与艺术形式的投入。

这些年来文学已经不再和最尖锐、最迫切的社会问题、政治问题紧密地联系在一起,这使人们有可能对艺术形式更加讲究更加在意。当然,在艺术里,形式和内容怎么区分,这本身就是一个非常麻烦的问题。比如说语言,语言是形式吗?还是既是内容又是形式?这在美术上也是争论十分激烈、令人十分困惑的一个问题。有一种很极端的说法——过去的小说看故事,现在的小说看语言,是一种语言的操练,是一种语言的尝试,作家本身并不是一定要向你叙述什么故事。河南很有名的一位评论家鲁枢元写了一本书叫《超越语言》,他主张一种理论,当然国外也有人提出过类似的理论,即超越语言的理论。因为国外的结构主义者非常强调语言的作用,认为语言实际上主宰着文学的一切,文学中的一切都可以从语言中得到领悟。他们提出,人类如此辉煌的文学创作实际上都离不开语言的模式。有的甚至提出来说这是语言的专政,因为任何人都脱离不了他的思维方式,都脱离不了他母语的限制,母语把你的一切都规定了。所以另一派就提出了超越语言的理论,他们认为结构主义者只是取得了艺术的骨架,而杀死了艺术的生命,认为艺术本身所体现的正是与语言规则的一种对抗,提出了潜语言、显语言、超语言的概念。潜语言是指还没有化为合乎一定的语法和规律的语言时候的语言,如人碰到意外而惊呼,惊呼的声音还没有化作思虑的形式,只是本能地"啊"的一声,这是潜语言。第二个阶段就是显语言,我现在讲的就是显语言。文学所追求的是一种超语言,这是语言的第三阶段。它所追求的是在新的形态下表达一种言外之意,追求一种艺术的境界。许多诗歌,它的每一个词并不高深,没有什么难认识的字。如李商隐的诗,每一个词的含义并不复杂,但它连接起来就有一种朦朦胧胧、至高至远、神神秘秘、像有暗示又像没有的很特殊的感觉,那是超语言的一种境界。有一批作家在语言上进行种种实验。另外,就是在结构和叙述上也有很大的不同,和过去比较多地按照因果关系、按照时间顺序所做的叙述不同,现在出现了千奇百怪的对叙述顺序的处理。有的作家提出小说就是叙述的艺术,不在于你说什么,而在于你怎么说,以一种什么样的方式、次序、结构讲述你要告诉别人的内容。由于对叙述方式的讲究,就出现了过去很少见的叙述方式。

此外,现在还时兴一种方式,即把构思的过程写进小说里,当然这在国外早已有之,特别是引起拉美文学爆炸的阿根廷作家博尔赫斯。作者在写小说的同时,不断地把自己的构思写进去,不断有作者的一些旁白,不断提醒你这是一篇小说——是我虚构出来的,这篇小说有几种可能的结尾和处理。这样一种对艺术形式的应用使我们的作品呈现多种多样的面貌。

五、文学的歧义、机会和危险。

我们的文学面貌和过去相比真是多种多样了,各种说法也不一而足,其中包括一些很大胆、很离奇的说法。问题是怎么对这样一些东西做出判断,现在加上市场对文艺的冲击,使问题更加复杂,草率地下结论不是好办法。我个人认为市场对文艺的冲击并不像报纸宣传的那么大,那么厉害。我最近刚从香港回来,香港的报纸也是整天在那儿报道:大陆的作家下海,大陆的教授卖馅饼,似乎商海已经把文艺淹没了一样。我想没那么严重。几种作家都不惧怕这种市场的冲击,一种是确有成就、确有读者的作家,尽管读者面不是很大。五十年代一部长篇小说可以卖到五万、十万册是很容易的事情,那时书籍没有像现在这么多,也没有电视,除了政治学习的材料以外,你若想丰富一下自己,感情上得到一点调剂,那你就去看小说好了。现在的小说远没有这么多的读者,但我觉得卖到一万册、八千册也还可以,不必太悲伤。还有一种就是跟得上市场需要的作家,如果说他下海的话,那他是一个弄潮儿,绝不是在海里惊慌失措、连连呼救的作家。像王朔、梁晓声都不会特别恐惧。特别感到失落的是两头靠不上的作家,他们痛感到理想主义的衰减、对传统的尊重的衰减。在这种情况下很容易认为我们的文艺一天不如一天,一年不如一年。当然我们文艺工作理想的传统,对某种价值执着的追求,这本身就包含着十分可贵的东西。其实我们对理想的追求不可能丧失殆尽。我们如果把理想、道德、操守全都贬个一文不值,那一定会引起另一面对它的反动、对它的严厉批评。例如我国电影在国际电影节上屡屡获奖,当然这是令人高兴的事情。我不赞成那种人家给你发了奖而你自个儿在那儿犯嘀咕的心理,人家不给你发奖你觉得对华人歧视,人家给了奖你又觉得他们就是愿意看描写我们落后的影片,我觉得这样看问题就太不自信了。有人甚至说得奖是对我们中国的耻辱。如果老外想用发奖的方式来侮辱我们中国人,那这事也太绝了!但是对这些获奖影片显然也有很大的分歧意见,这分歧意见不在老外身上,不在老外用没用"发奖侮辱法"。有一个年轻人叫王干,他去年在《文汇报》上发表一篇文章,很有分量,题目叫《大红灯笼为谁挂》。

他说现在这个世界实际上是以西方文化为中心,所谓东方文化是在以西方文化为中心的情况下臆造出来的一个概念,是一种人为制造出来的和西方文化完全不同、十分奇特、以满足老外好奇心的伪文化,这种文化的突出代表就是泰国的人妖文化。话说得不大好听,也很严厉。很不幸,有时用王干提出的构筑人妖文化的概念一衡量,你还真是有点不寒而栗。不过我首先觉得我们的电影能在国际上获奖还是一件很好的事情,我没有那么偏激,那么忧心忡忡。

还有一个问题我没想到会搞得这么大。我最近从新加坡、马来西亚、香港回来,一路上走到哪里都有人提一个问题——中国作家为什么得不上诺贝尔文学奖?什么时候能得上?你看谁能得上?你得上得不上?快成一块心病了。我对他们讲,文学应当有它自己的矜持,文学、作家不应当两眼总是盯着奖,说不定两眼越盯着奖创作越搞不好,还是应当写好作品。中国文学与世界文学之间有一个互相了解、互相认知的过程。我也讲了一句豪言壮语——中国迟早会有自己的文学精品,让世界倾倒在它的脚下。

1993 年 4 月

清风·净土·喜悦[*]

"山重水复疑无路,柳暗花明又一村",这是我这些年来的人生经验,也是文学的经验。我要特别加个注解,就是冰心老人在六十年代于报上写过的:民间说"山穷水尽疑无路,柳暗花明又一村",用字与诗文不符,应该改为"山重水复疑无路"。我想用"山重水复"也可以获得一点对自我和别人的安慰,所以我绝对不用"山穷水尽"。

致力提倡理性

从七十年代后期,所谓我"复出"文坛以后,我一直想做些事情。如大家所知,中国大陆经过长期革命风雷的激荡、革命的胜利、连年的政治运动,直到十年空前的浩劫,到了近十几年来,才慢慢走上经济建设较正常的轨道。在这种情况下,多年来,我一直致力提倡以理性代替冲动,以吉祥和平的心态取代惊疑和搏杀,以心平气和取代义正词严的声讨,以取长补短、"三人行必有吾师""十室之内必有忠信"的信心,来取代隔海或隔洋的语言炮轰。因为这种炮轰,我们已经经历得太多了,炮声隆隆,放炮者十分悲壮,轰来轰去的结果,会把自己的心灵轰成一片焦土。我身为一个过来人,愈来愈感觉到这种炮轰的孩子气。与其说像悲剧里的英雄,不如

---

[*] 本文是作者在台湾访问时的演讲。

说像喜剧里的角色。

我还希望大家都能以宽容和大度取代剪除异己的霸道,以客观的历史主义取代对于昨天的审判。我不希望以今天审判昨天,因为今天审判昨天的结果,常常形成明天审判今天,于是便不断地审判、不断地转弯子。我的年岁虽然不是很大,但是在这方面的经验却很丰富,所以我是以过来人的口吻来说这些话。我也不希望以这种意识形态审判那种意识形态,以这种主义审判那种主义。

我很欣赏吴亮先生讲的"从迷茫开始,到更深刻的迷茫",虽然这句话似乎有点虚无主义的色彩,起码却留下切磋和探索的空间,来取代严格和排他的断语。

向鸽子学习

我曾经在一篇文章里说到"积我五十年的经验",因为我已年近花甲,不免摆出老资格的架势来。积我五十年的经验,凡把复杂的问题说得像小葱拌豆腐一清二白,凡把解决复杂的问题说得像探囊取物、顺手牵来者,概不可信。这是我一辈子的经验,也是留给儿孙的忠言。如此一来,就可以去掉很多煽情和火药味。我是主张用黄油来代替大炮的,我还要借用一个不伦不类的比喻,外国人很喜欢分鸽派、鹰派,从本质上来说,我是一个文人,借用这样的比喻可能不甚恰当。不过我想,鸽与鹰如果打起架来,鸽绝对不是鹰的对手,因为鹰有尖嘴利爪,我尤其佩服的是鹰的那种搏杀、狠劲和战斗性,相形之下,鸽又如何成为鹰的对手呢?鸽子只有纯洁的羽毛和驯良的眼睛。为了常常采取对鸽的向往和态度,我已经付出了代价,今后,我也准备付出代价。但是,我相信,我们的国家、华人、文学里面还是需要鸽的纯洁和善良。最终,我们还是要生活在鸽子的和平和安详里。

大作家本色

我们当然希望祖国富强、民主、法治、进步。但是文学毕竟只是能做文学的事,廖沫沙先生受过很多迫害,他生前写过两句诗:"若是文章能误国,兴亡何必动吴钩。"反过来说,若是文章能救国,世界上的事也就太好办了。文学承担了过重的使命感和任务感,反而使文学不能成为文学,使命不能成为使命,而且使得作家的生活太苦,愈是把作家捧得高,作家的日子愈是难过,这又是我的一个人生经验。

我们当然希望得到世界、历史,至少是全世界华人的承认,但是这只能瓜熟蒂落,水到渠成。我从来不操心中国为什么没有人获得诺贝尔文学奖,因为艺术比奖金崇高百倍,一个大作家应该有信心,让世界倾倒在他的才华、他的作品脚下。一个大作家应该有信心,让他的得奖使某项奖增光,而不是靠某项奖来为自己的脸上贴金,如果只是为了自己的光荣而争取得奖,这个奖不得也罢。

大作家在哪儿都是大作家。耶稣降生在马棚里,他的襁褓放在马槽里,然而他还是上帝的儿子。同样,不是大作家放到哪儿也不是大作家,放在宫殿里、放到监狱里、放到自由女神的火炬下,都不是大作家,因为作家的工作毕竟是个人的工作。摆脱掉那种关于中心/边缘、主流/非主流、大陆/海岛的计较,我们会活得更舒服一些。

形而上的永恒

我也想借用一句话,就是我确实也在追求仙山,但是这个仙山不是地理的概念,更不是政治地理的概念,这个仙山就是艺术。我是一个入世很深的人,从小就参加政治活动,还有种种经历都是不可回避的。我深知艺术并不是生活在真空,我深知艺术不断地受到政治、经济、权力、金钱、意识形态、社会心理、观众好恶以及奖金的利诱和威逼。即使是这样,艺术毕竟还是艺术,艺术毕竟还有自己的品格,它的品格在于心灵的一种自由,因为人生实际上是不自由的,不仅仅在政治上会有各种各样的问题,而且生命本身有时候就是那样的可怜,但是正是艺术知其不可而为之,在自己非常短暂的生命当中,渴念着一种天马行空的境界,渴念着一种形而上的永恒,渴念着能够突破地理政治的意识形态的局限,能够成为被更多的人所接受,让更多人联系起来的一个因素。

知足和放松

我觉得艺术多少能克制和减少人的贪婪和嫉妒心。然而艺术家或文学家却又常常是最会互相嫉妒的,至少大陆上的经验是如此。有许多文学生活上的灾难,是由作家的互相嫉妒引起的,特别是当一个作家失去了创作能力以后,他就转而去充当文学的宪兵、警察,甚至杀手。可是,真正的艺术或作家并不需要打倒任何人,李白需要打倒杜甫吗?曹雪芹需要打倒罗贯中吗?我觉得不必要。同时,真正的艺术家是不会被打倒的。

艺术也为我们带来一点形式的美感,因为内容是那么复杂、那么让人伤脑筋,有点形式美也够让人知足的。也许在别的问题上,还很难取得共同的语言。别人都嘲笑说,华人不管走到哪里,都在互相斗争。又说一个华人战胜一个日本人,三个华人就一定要败在日本人的手下了。但是,起码我们还有点形式,有汉语。在语言上终其一生也未必能穷尽汉语的可能性。

我还特别要强调艺术的游戏性。给我们一点游戏性吧,我们实在是够紧张了。现在只要稍稍一点游戏性,往往就受到左面的和非左面的、专制的和非常民主的精英的攻击,说是"玩世不恭的又来了"。中国有这么多的作家,有那么悠久的传统,没有点玩世不恭,怎么活下去啊。请各方面不要动不动要作家去做烈士，作家有生活的权利。文学本来就是心灵的游戏，当然不仅仅是心灵的游戏，但是，起码有一部分是心灵的游戏、文字的游戏。我希望我们和文学多一点游戏性，少一点情绪性或者表态性。

中国人生活得太紧张了，中国作家生活得太紧张了，让文学给我们送来一点清风，让文学给我们保留一块净土，让文学给我们一点喜悦吧！

1993年12月16日

在《汴京梦断》研讨会上的讲话

现在正是写作品的好时候

我来沧州参加研讨会,乘车过运河到市二招那边顺便看了看,沧州也在迅速发生变化。市里领导都很客气,说自己与自己比有变化,但与山东比,人家一个县城都比我们强。我看更大的变化还在后边。

现在对文学的各种说法都有,又是"市场"啦,又是"下海"啦,我看没有那么严重吧!相反我倒认为现在正是写作品的好时候,相对来说总还比较稳定吧。不一定在非常诈唬的时候写作好,还是安下心来写作好,不必幻想得太高。因为中国人基数非常大,所以说你不能要求你的小说人手一册。让人人读、天天读,这不可能。十亿人里头有一万人读你的作品,就是十万分之一,这就不错了;如果能发行五万、十万、十五万更好;即使一万人也没有,有三千人读也好。总是有人写作,总是有人看的。到现在为止,中国还是纯文学刊物最多的国家,中国还是作家最稳定的国家。国外很少有作家专门做作家,那些得诺贝尔文学奖的,他得的十五万、二十万美金,也不够他花一两年的,因为他们整个的生活水准比较高。那么他真要维持生活的话,他还要写作挣钱。而我们比较有充足的时间写作。因此,我认为现在是作家写东西的好时机。至于写出来怎么样,总会有一个更长远的评价,更长远的文学价值、文化价值。

视听发展反而会更需要文学

我觉得一个人喜欢文学,愿意谈文学作品,当然尽可以读;喜欢写作尽可以写作。至于能不能当作家,还是慎重一点好。现在社会提供了更多的机会,有很多机会在功利观点上要比写作更好一些。比如有人发牢骚,说他自己如何之穷。这个我一般不赞成,因为中国穷人多了。如果说过去一些作家比较富裕,因为那时作家的长篇小说发行量都很大,一部长篇小说就可以买一套房子,当时房价便宜。现在房价上去了,你买不了那就不买呗!可有别的机会,经商啊,当个体户啊,出国啊,这不也很好么!要说从此之后就没有人看小说了,这不可能。说二百年以后可能有人不看小说了,那是二百年以后的事,离现在太远了。说因为电视发达了就不看小说了,这个我也不信。小说因为它是文字的东西,有文字的魅力。唐诗它只能是文字的东西,绝不可能因为看电视而消亡。各有各的功能,各有各的特点。如李白描写瀑布"日照香炉生紫烟,遥看瀑布挂前川"这个你不可能用摄影来代替,尽管你摄得比这个更形象、更具体,但是你没有这种文字的韵味、美好。如《红楼梦》电视剧拍得再好,也代替不了人们看小说。因为小说写得细,可以把在手里来回看。文学本身就有一种魅力。林黛玉的描写非常美,林黛玉的葬花词非常美。这些东西当然你搞成镜头也很好看,落花飘下来,一个燕子飞走了,小桥流水,但你搞成镜头后有时倒叫人非常失望。本来林黛玉是很抽象的,大家怎么想怎么好。你不管找一个多俊的丫头来扮,大家说:"就是她呀!"越看越不像,看完了倒失望,真不如看书中林黛玉。说因为视听发展文学会慢慢没落了,或说人们愈来愈追求功利了,也不一定。他追求功利太多了,反而会更需要文学呢!

演讲录(一)

美国文化与中国文化异同

　　这个题目太大,我只说些花絮吧。有人说美国人傻,是不是傻,咱们先不做价值判断。一个中国留美的研究生跟我说,他想换一个信用卡,银行说可以,要交手续费五元钱;说我要重新开户几块钱?答不要钱;说我要销户几块钱?答不要钱。那好我先销户然后再开户。那个工作人员就摸脑袋,还从来没有一个人提出像先生你这样的问题,好,那五块钱我给你垫上。他很高兴地向我介绍经验,说美国人怎么傻,中国留学生很精,这是一件事。去年在美国三个月,我租了一套房子,这套房子四个门,就用一把钥匙。这一把钥匙实际可以开八个锁。跟我一起去的我爱人马上就提出一个问题,这安全么?要是一个锁就够的话一把钥匙就行了,四个锁应该四把钥匙才对啊!这是什么道理,请你来琢磨。再如买东西,买一件十五元,如果买两件第二件十二元钱,你要再买第三件十一元钱,中国人怎么买呢?他一下子买三件,过一会儿把第一件、第二件都退了,最后仅花十一元钱。这种聪明只有中国人想得出来,日本人想得出来想不出来我不知道。类似这样的事特别多,所以好多中国人说美国人傻。从另一方面来说,他们生活条件比较好,不需要像我们那么样去找窍门。美国的文化太缺少这种历史,有时你觉得他过于简单。美国那些奠基的著作,并不是现在我们国家最流行的,现在我们这里流行的恰是美国的一些精神快餐。最近三联书店出了一套叫《美国思想丛书》,其中包括美国缔造者乔治·华盛顿、杰克逊、林肯,还有默森、富兰克林、查特曼等等的著作,基本上代表了它建国时的精神。我随便说些花絮,更复杂的东西我也说不上来。那边一些华人也在说,美国想制裁中国,他们与中国人斗心眼绝对斗不过。咱们中国人心眼太多了,心眼太多了也误事。春秋战国的时候,那时还没有美国呢,可是咱们斗心眼已斗成什么样了,声东击西呀,明修栈道、暗度陈仓呀,李代桃僵呀,围魏救赵呀,多了。中国人人和人斗的心眼太多了,有的人斗心眼成了乐趣,这很可怕。咱们中国人多,中国人又喜欢集团性的活动,人和人之间又非常关心,假如我头发黑,许多人问我你是不是染了发?假如我头发白,也有人问我你是不是少白头?如果我秃了,肯定有人问。可在美国,你自己把头发一根根拔了,也不会有人理你。还有一家一家距离,越有身份越远,越是高级住宅区越不准设商店,你想买点卫生纸需开车二十分钟。人和人的关系淡。淡,有人觉得没劲。中国人则愁得不得了,觉得没有人关心我。中国人又太互相关心了,你妈你爸关心你,书记科长下级都关心你,你上台有人关心,下台也有人关心。你跟他说完了,他还不信,绕个弯找你的孩子打听去,确实思路完全不一样。我相信中国人有中国人的本事,如果中国人把精力正正经经地用在干事上,那中国的潜力实在是太大了。但是,长期以来,特别是近百年来中国社会一直在动荡,斗争不止,中国人的本事都用在人和人斗上。这十几年开始把心思用在搞建设上,所以成果就好一点。如果专心致志地搞建设效果就更明显。美国人不想找小处的窍门做生意,他考虑的是大处,要的是大市场。简单说,美国一些商店在防范盗窃上绝对没有中国严格,你到美国商店买东西要想偷东西实在太容易了。他的逻辑是,一万人中可能有一个人偷我的东西,我甘愿损失这一个人偷的东西,但是我便得到了九千九百九十九个人,使这些人都成为我的常客。这样我获得的利益,比我为了防个别人而给大多数人带来的不便,更划得来。他们是从大处考虑的,我用最方便的服务来吸引顾客,至于个别人偷一把摸一把那有什么了不起呢!他是这样一种思维。所以美国的商业非常精,但你表面上看不出来。美国的快餐店,美国人的习惯是晚上吃得多,中午吃得少,可是他的自助餐非常大。中午吃五元钱左右,比中国还便宜。中国西餐自助餐已到七十五元了,而且还加百分之十的服务费。下午吃八元钱,以三点钟为界。有一批美国人包括中国留学生专门三点去吃,你交上五美元但三点半他绝不轰你。你想继续在那儿呆下去,就呆下去,接着把晚餐也吃了。有人觉得这个老板非常傻,其实他一点不傻,他有他的战略。因为快餐的特点,就是从开门到关门客流不断,来人就吃,他那固体酒精炉老点着,中午两点到四点半之间吃饭的人又少,如果撤了火再点上,费的人力物力都不如这样省。在这种情况下,你觉得花了五元钱吃了八元钱赚了三元,其实由于你来吃他,那五元钱等于白得。可见他算的账在商战上是有战略意义的。我对他们门锁的理解,我琢磨是防小人不防君子。凡正经住进这房里来的没有坏人。我万一忘了带钥匙还可以向邻居借用。他们这套思路有他们的道理,咱们中国也不能推广。

《汴京梦断》是一部言之有物的作品

我很愿意到沧州来,一说话有南皮味;还很愿意读熙亭同志的长篇历史小说。他比较特别,熙亭同志既不是舞文弄墨,风花雪月——用王朔话说,靠"八字"吃饭——的专业作家,与文坛素无瓜葛;也不是像北科院历史研究所搞史学研究的教授型、学者型的作家,像凌力、任光椿,那是学究型的。熙亭同志一生现在说一生还早了点,算半生,他是一个实行家,一直做很扎实的工作,一直脚踩着我们河北省农村的土地。但他很喜欢读书,很喜欢琢磨事。他既善读书,又爱总结,就是说理论与实际相联系、工作与读书相联系、历史与现实相联系、文艺与生活相联系,确实是非常难得的。

《汴京梦断》是一部言之有物的作品。看熙亭作品我最感兴趣的就是他说的那两句。"行百事不如进一言",这进一言不一定都是打小报告的那一言,主要是上边最想听的那句话。又是在他最要听的时候你说出来,这一句话就挠到了他的痒处。这一挠他舒坦得不得了,比你干一百件事、赚一千万元钱还好一些。你给你公司挣一千万元钱就开始派调查组查你去了,因为你就没说出一两句让领导满意的话。你快六十的人了,你怎么就学不到呢?"做大事不如做细事",还有刚才随便一翻"食俸者众,许国者寡"这话是很厉害的话,实际是很沉重的话。"食俸者众",吃朝廷吃政权的人多;"许国者寡",真为国家办事,真为国家献身的人少。这话实际非常沉重。我觉得这都有熙亭同志一生的酸甜苦辣,一生的经验在里边。"世事洞明皆学问,人情练达即文章",用《红楼梦》里的话是"翻过跟头的人",所以说他这里头有许多人生的实际体会,也有他读书的体会。可能咱沧州这地方家学好,熙亭掌握的这些资料,还有文言文,假冒古人写的说的那些文言的话,大致上还差不离吧。王安石当年怎么讲话是没有录音的,但是能琢磨到这一步,要有一定的学问基础,比电视剧里台湾人说的半文半白的话看着舒服。写历史小说实际非常难,你写得不像就会露馅。所以我觉得一个人要会做事情,又要会思索,又要能写下来,写下来咱们还得会看。慢慢看有点味道,有点意思,虽然有的可以提一两句,有的不要提得过多,大致体会体会,琢磨琢磨意思到了,点到为止就可以。衷心地祝贺熙亭同志这部新作的出版,而且期待着熙亭同志进一步把他人生的体会,包括为政的体会,或者做事的体会,也包括胸中的豪情和块垒,都通过历史小说的形式一部一部地表现出来。来日方长,等着拜读。刚才主持会的同志说了许多欢迎或抬举我们的话,非常不安,我非常愿意和沧州和河北及在座的市的各位领导加强联系,请各位多加指导和关照。

1994 年 5 月

小说面面观*

中国长期的传统观念是把诗歌、散文（包括议论文）当做雅文学，而把小说当做俗文学。一些著名的文学家，如春秋战国时期的屈原，汉代的司马迁、司马相如、班固，唐代的李白、杜甫以及后来被称为"唐宋八大家"的韩愈、柳宗元、王安石、欧阳修、苏轼等人，所有这些著名的文人学士都是不写小说的。我想"小说"这个名称在当初带有一定的贬义，因为它是"小说"，不是"大说"。我们中国人的习惯以为大比小好，"大作""大人""大驾光临"都是表示尊敬的词；"小可""小学""小人"则表示自谦或鄙视。小说从一开始就充满了世俗性。它在一个时期内甚至是通过说话人以口头文学的形式存在的。元代以后小说开始发达起来，明、清的小说进入了一个辉煌的时期。近、现代由于市场、商品经济的发达，使原来这种口头通俗文学，这种带有"评话"性质的小说带上了现代的市场的色彩。

一 不管是古代的通俗小说，还是近、现代的通俗小说都有一些特点

故事的戏剧性——尖锐的冲突、明确的主线、急速的发展。它不能停下来做静态的或铺张的描写。金庸的武侠小说是写得很好的，

---

* 本文是作者在中国人民解放军艺术学院的演讲。

他小说中的人物出场以后,打斗几乎是不停顿的,这与戏剧一样要求很强的行动性,很忌讳大段的内心描写和静态描写。写一个人的肖像也是简单的几句话——丹凤眼、卧蚕眉、面如重枣、面如锅底、闭月羞花之貌、沉鱼落雁之容、鹰鼻鹞眼、尖嘴猴腮等等。

情节的模式化。如果我们对中外的通俗小说做一个细心的分析归纳(这也是现代的结构主义者最喜欢做的事情),我们会发现它是有一些模式的,它几乎离不开这些模式。比如好人受冤枉、受迫害,最后得到昭雪的模式。大仲马的一些小说就是这样。审案、断案的模式。三角或多角恋爱的模式,这是言情小说所离不开的。才子佳人的模式,公子落难,小姐慧眼相救,引为知己。今人的一些作品依然能看到此种模式的痕迹。张贤亮、刘绍棠的一些作品就常给我们这种感觉。这也是很吸引人的,因为男人更政治化一些,他们常被冲击到政治斗争的旋涡里,很容易发生这样那样的事故,而这时候能得到一个女子精神上物质上的帮助,无疑是男人渡过难关的巨大动力。因果报应的模式,基本上是两种。一种是好人好报,恶人恶报,这是全世界人们的共同愿望,好莱坞的电影几乎都是好人好报。另一种是相反的,好人没有好报,写苦戏常用这种办法。看这种小说或这种小说改编的电影、戏剧,我们得带上手帕。

情节的模式化似乎带有贬义,文学不应有模式,但你进入小说创作的时候,你就会发现许多模式有强大的生命力,这些模式最适合读者的阅读心理。你完全摆脱这些模式,就很难得到读者的认同,所以我说到这些模式的时候丝毫没有贬低它的意思,这些模式的出现自有它的道理。比如复仇的模式,那么多武侠以至非武侠小说都是写复仇的故事。《基度山恩仇记》写的就是一个复仇的过程,吴越之争《卧薪尝胆》的故事也是一个复仇的故事。这样的故事拥有广泛的读者、观众或听众。

主题鲜明,符合公众的价值标准。比如忠孝节义,一般说来这是老百姓所认可的,而奸诈、忤逆、出卖朋友是老百姓所唾弃的,于是通俗小说就可以按这个标准确立它的主题。这样它的主题总是包含着道德和劝善的成分。越剧《五女拜寿》的细节我已记不清了,大概的意思是一个大官在政治斗争中触了霉头,地位一落千丈。女儿也都是势利之徒,对亲生的父亲也是躲得远远的,只有家里最穷的小女儿对父亲很好。戏的倾向性非常明显,赞扬贫贱不移、富贵不淫的人际关系,不赞成趋炎附势、落井下石的小人行为。我们不妨把这个故事与莎士比亚的名剧《李尔王》做个比较。当然李尔王的故事有许多神秘和恐怖的东西,这是《五女拜寿》所没有的。但主题是相近的,可见在这样的事上古今中外情同一理。

人物的类型化。通俗文学的人物是分类的。为官为臣,有忠有奸;为君,有明有昏;儿子有孝子有逆子等等,类型非常清楚。《三国演义》并不是历史,是在长期口头文学的基础上加以整理的。它本身琳琅满目,非常丰富,但它口头文学的痕迹还是很重的,许多人物是类型化的。看书的时候你感觉不明显,看电视剧《三国演义》感觉就明显多了。其实电视剧对人物还是做了一些校正的,如对曹操的描写就没有写成像戏剧舞台上所表现的那样奸诈。实际上《三国演义》人物的类型化是很严重的,如关羽体现着忠和义,张飞则又忠又猛,诸葛亮智慧,刘备仁义,曹操奸诈,周瑜狭隘,鲁肃忠厚等等。

通俗小说的语言浅显、明确。

二 雅小说与俗小说的联系和区别

雅小说与俗小说的关系也很有意思,一方面雅小说不断利用俗小说的经验来丰富自己,另一方面又反其道而行之,用俗小说所不用的手段来表达自己独特的艺术追求。这两者有些东西是不能截然分开的,因为小说本来就起源于世俗,你想把小说写得没有人间烟火气是很困难的。保持一个故事的线索,有一定的悬念,也有一些巧合、误会等等,这些都非俗小说所独有。比如一个用得滥俗的方法就是写两个面貌相像的人的故事，他们可能是孪生兄弟，也可能不是，一个大忠，一个大奸；一个大善，一个大恶。由于长得一样，于是演化出一连串的故事，一连串的误会、巧合和机会。这样的故事电影上不知有多少，中国有，外国也有。雨果的《悲惨世界》就使用了这个方法，一个是主人公、逃犯冉阿让，一个是与冉阿让长得一模一样的人。这个人被当做逃犯抓了起来并判了重刑。这时冉阿让已经当了市长，地位很高。他受到良心的谴责，终于站出来指出了事情的真相。《双城记》也是这样，把面貌相似的两个人调包，情节富有震撼力。刚才我们还提到了张贤亮、刘绍棠。可见古今中外许多著名的作家也常常利用通俗文学的手法进行创作。至于三角、多角恋爱的故事就更多了。

另一方面，文学性较强的小说又追求与通俗小说反其道而行之。最突出的是非故事化，你愈倚重故事我愈要淡化乃至取消故事，取消了故事才显出了雅小说的过硬本领，靠人物、描写、语言、新意取胜。通俗小说很忌讳写内心世界，而有一些文学的大家偏偏不吝惜笔墨写人的内心世界，写人物的情绪、心理活动。外国有所谓心理写实主义，甚至形成了意识流这样的派别。他们的重点不是写人物的外部关系，不是写事件的变迁，而就是要写人物的内心感受。当然外国有外国的情况，中国有中国的情况，我们不能简单地说它好或不好。对它的是非长短做出判断是另外一个问题。

有一些外国的文学作品在中国非常受欢迎、受重视，如《战争风云》。它描写第二次世界大战，写到了希特勒的第三帝国、张伯伦、丘吉尔、罗斯福、杜鲁门、斯大林、莫洛托夫，一直到下面的一些平民百姓，气魄非常之大。但《战争风云》在美国被认为是通俗小说，也许这种看法有偏见，但它确实存在。这或许多少反映了一部分作家在文学创作上对另外一个世界的追求。俄国的作家冈察洛夫在他的小说《奥勃洛莫夫》中，洋洋洒洒写下了数万言，主人公还没有任何行动，他躺在床上还没起床呢。躺在床上想这个事，想那个事，呼啦，这一章就过去了。

作家为了读者能够接受,也为了自己容易结构小说,有时是离不开这些既有的模式的,但为了实现一种全新的创意,又必须背叛这些模式。《红楼梦》里就嘲笑过这些千人一面的模式。这里牵涉到欣赏和审美的不同要求,用中国传统美学的说法就是一个"生"和"熟"的问题。通俗文学的手法用得好,人们读起来熟悉,亲切,不觉疲劳,不觉乏味,用北京人的说法就是"不累"。你如果想攀登艺术的高峰,又必须陌生化——这是西洋人的说法,就是你写的东西给人一种从未见过、只此一家的感觉。陌生化有它的道理,它强调了不落窠臼另辟蹊径。事物总是有一得必有一失,你陌生得稀奇古怪,人家不接受,会提出"这是小说吗?"的疑问。或者读起来累得很,觉得你在与读者找别扭。由陌生化再前进一步,就是"先锋文学"所说的"阅读的颠覆"——我偏偏让你看着难受!这是反其道而行之,是对阅读心理的一种颠覆。

文学性较强的小说与通俗小说之间,既不是截然分开的,又有明显的区别。前者追求陌生化,追求创意,追求语不惊人死不休,甚至有时候不惜以颠覆阅读为代价,来追求文学上独特的创造。后者更能照顾广泛阅读的心理、阅读的趣味和接受的方便。有了模式接受起来非常方便,你写的和读者猜的差不多。电影和电视剧看得多了,观众能把剧情猜个八九不离十。

三 小说的风格和类型

解剖型的小说。代表作家如巴尔扎克和鲁迅。他们的作品侧重对人生和社会的解剖。他们的特点是在表面的文章下面把社会的本质,特别是丑恶的本质揭露出来。他们笔下的一些人物表面看是仁义道德,是绅士淑女,是优雅文明,但内里充满了利益和欲望的纷争,利益和欲望的折磨。巴尔扎克的一些作品特别善于写人的内心的动机。鲁迅对国民性中的一些问题看得特别透彻,在他的一些小说中得到了充分体现。他们就像拿着一把解剖刀,打开病人的身体,让你看到他的五脏六腑,看到他的淋巴,看到他的细胞,看到他的病灶、脓和血。这些作家的特点是深刻和无情,他们写一个人的弱点,写一种文化或社会的不合理,甚至能达到让胆小的人不敢看的程度。他们揭露出来的是许多人不愿看到或有意回避的东西。他们的作品震撼人心。

刻画型的小说。代表作家如列夫·托尔斯泰和沈从文。他们的特点是善于栩栩如生地描写人物的音容笑貌、喜怒哀乐,描写各种不同的人生场面。有时你回忆托尔斯泰描写的一次宴会、一次旅行、一次打猎、一次割草,不管人物多少,都是那样鲜活生动,实在是达到了极致。你仿佛听到了他们的声音,看到了他们的风采,甚至闻到了那里芳香的气味。《红楼梦》的最大成就也是在这些刻画上,《红楼梦》读得多了,你好像也进入了曹雪芹所描绘的那个世界,众多的人物都成了你的熟人。赵姨娘一张口,话就很难听,而且水平非常之低。凤姐的八面玲珑八面威风更是随处、随时可见,想一想她对尤二姐的"文明绑架",骗入府中后口蜜腹剑的那一套话语和行为,真让人不寒而栗。读这些作家的作品使你觉得他们手中的笔不像解剖刀,更像雕刻刀。他们的人物是立体的、活的,好人坏人美人丑人都是活人。用中国的说法叫"生气灌注",好像吹了一口气人都变活了,使作品永远保持新鲜和生动。这样的书是不老的书,再过三百年你读它还是那么鲜活生动,不管那时的风俗习惯和人们的境遇有多大的变化。

倾泻型、宣泄型甚至爆炸型的小说。俄国的陀思妥耶夫斯基就是写这种小说的怪才。他有很痛苦的生活经历。他本人是癫痫病(羊角风)患者,他有对这种疾病的尖锐彻骨疯狂恐怖的体验,所以他能写出《白痴》里主人公犯羊角风病时的极度痛苦,这是别人做不到的。他对社会的黑暗特别敏感。他曾被沙皇假处死,沙皇判一批政治犯绞刑的时候让他陪绑。他当时并不知道自己是陪绑,亲眼看着一个又一个的人被吊死在他眼前,心想再过几分钟就该自己与这个世界告别了！最后,才宣布了沙皇对他的大赦。他精神上受到了摧毁性的打击。

他经常是稿子还没写就与出版商签了合同,先拿了钱再写。而合同对交稿时间和字数是有规定的,到时交不出稿子如同欠账不还,是要被送进监狱的。他本人很喜欢轮盘赌,嗜赌成性。多方面的原因使他写作时急得一泻千里,可以连续七页段落都不分。有人考证他写的时候可以临时把报纸上的东西加进去。鲁迅在他的《故事新编》中也这样做过。他们都是大家,也都是个性很强的人,在写作时对坏人坏事顺手给予一击不算什么。陀思妥耶夫斯基不注重刻画,也不注重解剖,他只是充满了压抑、痛苦、愤怒、呼吁、呐喊,情节怎么折磨人他怎么来,怎么难受怎么干。高尔基是很不喜欢陀思妥耶夫斯基的。陀思妥耶夫斯基也不喜欢屠格涅夫和别林斯基。时隔一百年,我们很难细致地了解和体会当时的情况,不过能看出文人相轻不但自古已然,而且中外亦然。文人之间的意见很难一致,这是没办法的事情。契诃夫不喜欢托尔斯泰;托尔斯泰完全否定莎士比亚,认为莎士比亚写的东西太俗。所以,伟大作家的话也不能全听,全听的话就会变得非常狭隘。

精雕细刻,雅美型的小说。这类小说高雅、讲究,如屠格涅夫、契诃夫。尽管他们之间又有很大的不同,但都具备着含蓄、精致、优雅、文明、伤感、温馨的情调。作品的度数不太过,很像我国古代诗教所要求的——怨而不怒,哀而不伤,乐而不淫。这种比较适度的情调是无可比拟的,青年人最喜欢读这样的书。

与雅美型的小说相对是一种强烈型的小说。这类小说大起大落、大喜大悲、大善大恶,对比强烈。如狄更斯的小说,刚才我们说到的写法国大革命的《双城记》就是这样。当然他的作品也不全都如此,《大卫·科波菲尔》的自传色彩更多,所以显得舒展,显得平一些。他的多数小说倾向性是非常强烈的。在好人好报这一点上，狄更斯与通俗小说是靠拢的，他笔下的好人总是经过千辛万苦、千磨万难后得到成功、得到胜利，而坏人虽嚣张于一时，得逞于一时，但最后难逃失败的下场。他经常把人物放在最危险的境地，使人物动辄发生一百八十度的大变化。雨果更是这样，以中国读者最熟悉的《悲惨世界》《巴黎圣母院》和《九三年》为例，它们的情节瞬息万变，气势恢弘，你不能不震慑于作者笔力之雄健。读这几部小说你的感觉是惊心动魄、痛快淋漓。这可与前面讲到的几位作家有所比照：巴尔扎克的作品使你叹服，托尔斯泰使你入迷，陀思妥耶夫斯基使你恐怖、痛苦，屠格涅夫、契诃夫使你流连、叹息。

体验型的小说。代表人物是我比较喜欢的美国作家约翰·契佛，他前几年才去世。契佛被称为"美国当代的契诃夫"，但我觉得他与契诃夫有很大的不同。契诃夫强调的是内在的忧郁，契佛追求的是一种直观的印象与内心特殊体验的结合。《北京文学》的"新体验小说"、《钟山》的"新状态"我还没有完全弄明白。其实，我觉得契佛才真正是体验派的小说家，他离开了事物本身的因果关系和逻辑关系，而直接写生活给人的感觉。到了契佛那里，一切事情的意义本身并不存在。他写烦恼，写爱情生活中的不愉快，写妻子以外又爱上了一个什么人，都写得极为平静，如实写下自己的感觉和印象，不对这些感觉和印象进行过多的校正，这样看似平常的人和事都成了他的小说材料，并且使你一方面觉得他的小说十分平易，另一方面又觉得稀奇古怪。写的人物都是一些普通人，既没有总统议员，也没有间谍强盗，也没有吸毒贩毒分子，写的地名也是大家熟知的纽约、宾州等等，平平静静地把生活中的事情变成了小说。有人问我为什么喜爱契佛？我说契佛的语言就像用水洗过一样那么干干净净，在他那里没有粘粘连连和精雕细琢的描写，没有唠唠叨叨和解释疑难的分析，也没有咋咋唬唬乃至装模作样的表演和煽动。他有的只是聪明的、行云流水般的、亲切而又含蓄的述说。

幽默小说。这样的小说也是越来越多了。顺便说一下,我所说的这些小说类型也不是截然分开的。比如鲁迅的小说有些就既是解剖型,又是幽默的。美国的"黑色幽默"表现着对人生的无奈,以及无奈之中还要活下去的幽默感。生活的现实有时是十分残酷和难以把握的,它使人痛苦,也使人觉得好笑,于是人们就用既嘲笑别人,也嘲笑自己的生活态度来自解。一度走红的王朔的小说稀稀松松、怪话连篇,什么事到他那儿都变成了调侃。这样的小说受到欢迎也是有道理的。建国后五十年代,我们受当时苏联社会理想主义思潮的影响,歌颂新社会,歌颂光明,歌颂英雄,充满了理想主义的色彩。经过几十年的实践,我们取得了很大的成绩,但也看到了原来想得很简单的事情其实没有那么简单,人们面临着现实的许多困扰。过去人们也有困扰,但那时所有的困扰都可以用两个字解决——革命。革命可以解决一切问题。现在不同了。困扰造成心理的不平衡,不平衡又不能通过激烈的方式、呐喊的方式去解决。呐喊也没用,比如没有房子住,你到街上去呐喊就有了吗?于是人们的心态中就增大了幽默、讽刺、调侃的成分,嘲笑别人,嘲笑自己,这样既表达、宣泄了心理的不平衡,也弥补、缓和了不平衡。所以王朔小说的走红也是有原因的。当然,仅仅有幽默和调侃是不够的,读者需要各式各样的小说。

我最喜欢的小说是《红楼梦》,用我的话说它是属于混沌型的。它几乎什么都有,既有栩栩如生的写实,也有童话神话式的遐想。在大荒山无稽崖青埂峰的一块石头变成了人——贾宝玉,宝玉生下来脖子上还系着这块石头;宝玉与黛玉的关系又是前生注定的,宝玉是神瑛侍者,黛玉是绛珠仙草;众多女子的命运又都是写在警幻仙子的本本上;太虚幻境,和尚道士,所有这些都不是写实的。而小说的主要部分又都是写实的,对人物进行了诚恳、优美、悲伤的刻画,尤其是对林黛玉的描写,表达了作者对人生、对世道、对命运的失望。同时,他又有一些闲笔。现在有"痞子文学"的说法,《红楼梦》里的痞子也不少啊！薛蟠是一种类型的痞子，秦钟是一种类型的痞子,贾琏、贾蓉更是痞子,痞气十足,痞得厉害！

上面我们讲了小说的许多风格和类型。而我最崇拜、最向往的恰恰是对这些风格和类型的超越,对这些风格和类型的包容。一切都熔铸在作家对生活的记忆、体验、编织、表达之中,这是我所追求的小说的境界。体现这种小说境界的范本就是《红楼梦》。古今中外的小说名著很多,但我感到没有一部能与《红楼梦》匹敌。托尔斯泰当然是伟大的作家,但我觉得他的眼光太明确了太清晰了,他的作品没有《红楼梦》所呈现出的广阔和幽深。走入《红楼梦》的大观园你逛不完,那里有逛不完的景致。当然,对这些文学大家分高下是很困难的,各有各的特点。我说的这些与其说是科学的判断,不如说是我阅读时的感觉和体会。

四　小说在体例和体裁上的区别

最普通的说法就是长篇和短篇小说,在中国又加上了中篇小说和微型小说。中国构词的特点反映出我们喜欢演绎,先要抓住最大最根本的东西。比如说"牛",这是各种牛的本质,是牛的普遍性,然后就产生出大牛、小牛、母牛、公牛、种公牛、菜牛等等。小说也是这样,从"小说"就产生出长篇、中篇、短篇、微型小说。这样划分的好处是强调了它们一致的方面,坏处是忽视了它们之间许多本质的差别,而只看成是篇幅长短的不同。外语对小说都不是这样表达的,长篇小说英语叫 novel,法语叫 romance,似乎与爱情故事、传奇故事的意思相近;中篇小说在外语中找不到对应的词;短篇小说在英语中叫 short-story,完全是另外的词,没有一个统一的"小说"的概念。所以它们除了量的不同以外,还有本质上的区别。

长篇小说应有更大的生活的容量,有对人生、对社会更完整、更透彻的审视。我常常用比较浅俗的一个词"干货"来表达我对长篇小说的认识:长篇小说要有干货。干货包括经验、体验、知识、材料等等,很多是文学以外的东西。即使你写的是幻想、荒诞、神怪、魔幻型的长篇小说,你内心所把握的仍然是真实的人生、真实的社会。前几年魔幻现实主义在我国红极一时,加西亚·马尔克斯的《百年孤独》大受欢迎。《百年孤独》的情节不管多么奇特,多么不可思议,但它要表述的仍然是南美洲百年来的变化。南美地区原来是落后封闭而又十分淳朴美丽的一块土地,殖民主义者剑和火的入侵,人民的革命、起义,跨国公司的兴建等等给这块土地带来了翻天覆地的变化。这些变化都在《百年孤独》魔幻的外衣下得到了真实生动的体现。

我国众多大型文学刊物的出现推动了中篇小说的发展。相对长篇的巨大容量而言,中篇则相对集中地表述着某种人生的经验。在我国多数中篇给人以压缩了的长篇的感觉,只有少数像拉长了的短篇。这跟作者写得急有关系,急于完成作品,不想放开了写。许多中篇到外国以后变成了长篇,七八万字的小说翻译成英文、日文,差不多能占到十一二万字的篇幅,纸张又厚,单行本印出来完全给人以长篇小说的观感。

我非常欣赏一位英国女作家对短篇小说的看法,她认为短篇小说不应该与长篇小说划归一类,如果非要划的话,应该把短篇小说与诗、散文划归一类。这也算一家之言吧。她的说法很奇特,但有一定的道理。短篇小说我觉得是非常文学、非常情绪、非常机智地对生活的一点把捉和表现。这种文学、情绪、机智的特征确实与诗和散文十分接近。一个有灵气的短篇小说很像一首诗,读完以后使你依依不舍又怅然若失,感到它是那么灵巧,那么好,却又不过瘾。这种感觉只有读诗和散文的时候才会有。当然也有以故事见长的,"三言二拍"讲的不都是故事吗?欧·亨利的短篇也是精彩的故事,有趣,但也很机智。

微型小说在中国这些年有很大发展,上海的《小说界》每期都有一些微型小说,有些报纸也登一分钟小说。写得好的并不多,好的微型小说常有些隽语。我觉得微型小说的发达和受欢迎，与魏晋南北朝以来的笔记小说有关。笔记小说常记下一些名人轶事，都是非常好的微型小说。新加坡的华文作家也喜欢写微型小说，这与那里的作家和读者都很忙碌也有关系。新加坡的职业作家很少，他们的稿费标准与我们差不多，而生活消费比我们高得多，工资也高。

我们东方有尊师重道的传统，新加坡大学教授的工资是全世界最高的，香港、台湾也高。有不少在美国任教的台湾学者又回台湾了，因为在美国挣不到钱。按美国的标准说，美国学人的生活是不好的，远远不如律师、医生的收入高，当然更不如经商的。在美国我碰到两家人，他们住得很近，一家是大学教授，一家是消防队员。消防队员家里比大学教授阔多了。所以，我们也不必老埋怨脑体倒挂，脑体倒挂也是到处皆然。我们说拿手术刀的不如拿剃头刀的，搞原子弹的不如卖茶叶蛋的，美国人认为这很正常。在美国理发师、美容师是最赚钱的职业之一，卖茶叶蛋是经商，当然也赚钱，作家、学者、知识分子怎么能与他们比呢？我过去说过多次，文学的价值并不完全体现在钱上，如果仅是为了钱的话，与其搞文学，还不如到大街上去卖糖葫芦呢。今天我所讲的小说面面观，不过是我个人在阅读和写作中的一些体会，意在与大家交流。

1994 年 12 月

三 点 建 议[*]

我非常赞成刚才巴老的讲话,也赞成黄菊同志的讲话,我也看了将要讨论的会议决议的草稿和刚才张锲同志所作的工作汇报,对这两个文件的基本原则我是赞成的。中国作协的事情,要有耐心,慢慢地把它做好。我想用最简练的语言把自己的建议概括为三点:

第一点,我希望中国作家协会做改革开放和社会主义现代化建设的促进派。我们的国家,正如黄菊同志所说的,在党的十一届三中全会以后特别是邓小平视察南方讲话以后,我们改革开放事业和社会主义现代化事业成绩非常之大,有目共睹。但同时,问题——包括文化生活中的问题——也非常多,大家的意见也很大。在这种情况下,怎么样能够面对这些问题解决这些问题,而又把我们国家十一届三中全会以来的事业继续推向前进。我希望我们的作协和我们作协所属报刊,对这件事都抱一个积极促进的态度。

第二点,正如刚才张锲同志所说的那样,希望作协做团结的工作,作团结的模范。文学界各种的矛盾非常多,历史上的、现实中的。矛盾造成的原因其实不足为奇,古今中外,概莫能外。这里有认识上的差异,有创作个性上的差异,也有艺术观念乃至哲学观念上的差异。怎么样把矛盾解决好,实现在大的——就是邓小平建设有中国特色的社会主义理论的思想基础上的团结,始终是中国作家协会面

---
[*] 本文是作者在中国作家协会主席团会议上的讲话。

临的一个重大问题。我也在中国作家协会担任过工作,也有过不少的经验和教训,其中一个教训就是,你不可能用以阶级斗争为纲的思想来解决各种矛盾,把各种不同的意见划分成革命的和反革命的,或者我是革命的、与我不同的意见是反革命的。用这种方法来划分,事实证明,解决不了问题,即使一时解决了,后遗症也非常之大。再譬如,我是特别不希望作协以及作协报刊本身也变成矛盾的一个对立面,变成矛盾的一个方面。我们作协既然要做文学的工作,应该力求对各种矛盾采取比较超脱的态度,能够冷静地加以分析和处理。确实是属于阶级斗争的问题,用阶级斗争的方法来解决,是属于思想认识、理论观点、艺术观点的问题,就用"百花齐放,百家争鸣"的方法加以解决。

第三个意见很简单,其实巴老、光年的讲话和张锲刚才的汇报都讲到的,作协各项工作应按章程办事。中国共产党的党章规定,中国共产党的活动是在宪法和法律的基础上进行的,那么中国作家协会的各项工作也应该在章程之内进行。我跟翟泰丰同志说过,我就不相信作协开一次代表大会、开一次理事会、开一次主席团会就那么难!现在我们的全国人民代表大会每五年换一次届,每年开一次会,全国人大常委会至少是每季度开一次,党代会是每五年开一次,中央委员会是每年开一至两次,从来就没有困难。难道我们的作家协会就比一个党一个国家还要复杂、还要困难、还要麻烦吗?我总认为这种情况是人为的。不要把问题看得那么大,也不要认为开那么一次会就会惊天动地,就怎么样了。按会章开嘛!我想是能够做到的,我也充满了希望,泰丰同志来了以后,确实也给大家带来了许多新的希望,也做了大量的工作。这次主席团会议的召开——当然尚未圆满结束——就是一个胜利,我希望大家共同把这次会议开好,同时作协还要按照它的章程,就是光年同志说的,正常地、健康地发展下去。

1995年4月

当代中国文学的新话题[*]

我想尽量客观地向大家介绍一下当代中国文学界、文人当中在议论些什么,争论些什么。对议论、争论的这些东西,有些我一时还不能作出价值的判断,可以与大家一起来研究。

最近几年文学界面临许多新的情况,与前几年有所不同。我们的社会更加稳定,经过一九八九年的动荡之后,尖锐的斗争气氛逐步让位于稳定的、和平发展的气氛。近三四年以来,特别是一九九二年邓小平同志南巡讲话和党的十四大以来,市场经济的迅猛发展不但带来了经济生活的巨大变化,也给文化生活带来了许多新的现象、新的成就和新的挑战。

新时期文学界的一致和分化

按习惯的说法,我们称党的十一届三中全会以来的文学为"新时期文学"。在最初几年,它的一大特点是批判乃至控诉以"文革"为代表的极左路线、极左思潮给中国各族各界人民,包括给文化界带来的巨大破坏和灾难,呼唤和赞扬改革开放和社会主义现代化建设,它形成了一股强劲的热潮。当时有所谓"伤痕文学""反思文学"。上海一个年轻的作家卢新华写了一篇小说叫《伤痕》,反映"文化大

---

[*] 本文是作者在中央党校的演讲。

革命"给人们的心灵带来的创伤。"反思文学"是上溯到"文革"以前,如《天云山传奇》,写一九五七年"反右"和阶级斗争扩大化的错误所造成的生活悲剧。这个时期文学界在思想上很团结、很一致,与中央的号召也相当一致,有一种万众一心迎接新时期到来的朝气。这种情况到八十年代,特别是八十年代中期开始分化。

首先在意识形态问题上、政治倾向问题上有过几次交锋。一九八二年有对白桦同志电影文学剧本《苦恋》的批评,一九八三年有对精神污染的批评。这些批评已显示出新时期思想批评、思想批判的一些特色,与过去毛主席领导的思想斗争有很大不同。批评资产阶级自由化思潮的同时,尽量避免牵扯面太大,不把它搞成像老百姓所说的"一个人生病,大家吃药",而是谁有病谁吃药,药也要适量,在批评的同时也有团结,也有帮助,给台阶。小平同志亲自掌握对《苦恋》批判的火候,让《文艺报》写一篇批评,《人民日报》转载一下,其他各报都不转载,白桦同志做一个自我批评,到此为止,采用很有控制,很有领导的方式解决了这个问题。

除了政治性的争论外,还有文学界本身的争论,这在八十年代初期已露端倪,到八十年代中期就十分明显了。在举国一致地批判极左,欢呼社会主义现代化建设新时期的到来之后,下一步文学怎么办?基本上有两套思路。一是认为文学应该与时代同步,继续反映改革开放当中出现的重大社会问题,继续反映人民的呼声、人民的愿望,使文学为改革开放、为四个现代化建设的政治任务服务。二是认为我们国家的文学与政治绑得太紧了,一篇小说、一首诗写得好和不好都是政治,弄得文艺非常敏感。文艺作品中有一部分政治性很强,有一部分政治性就不那么强。齐白石的画,小虾米、小鱼儿、一棵白菜、一个瓜等等,老实说挂在谁的屋里都是可以的,共产党人的屋里可以挂,国民党人的屋里也可以挂。因此,一部分青年作家希望更多地讲究一点文学的形式,文学的审美价值和娱乐价值。

关于现代派的争论

　　一九八二年和一九八三年出现了关于现代派的争论。其实我们中国所说的现代派,与西方国家在资本主义高度发展的情况下对古典艺术的批评和否定或对工业文明持反抗态度的现代派有很大的不同。有些外国人看到中国争论现代派的问题,而且争得头破血流,很不明白——你们到底在争什么?我们国家这种事情还特别多,有时借着一个外国名词就能打起来。一九八二年的争论不过是以现代派为由头,被指责为现代派张目的作家、艺术家和评论家,他们的思想实质是想把政治与文艺的距离拉开一些,保持一点距离。他们讲形式,讲叙述学,讲借鉴国外的一些叙述方法。解放以后我们受苏联社会主义现实主义的影响,基本上是以现实主义的手法写事情的发生、发展、结局,表现事物的因果关系和线性关系。而国外的现代派的叙述方法则大大打乱了这种关系,如心理写实主义,它是靠心理活动来结构作品的。心理活动再隐蔽一些就是意识流,写人的潜意识,它可能是连作者自己也不太明白的某种心理现象。又如结构现实主义,它从不同的角度、不同的空间去表现同一事物,就像一个建筑,从正面看、从侧面看、从上往下看、从下往上看、从里面看,你的印象和感觉各不相同,而表现的又是同一事物,给你一种立体的观感。诸如此类的手法,使现实主义在回归的同时又有所开拓和超越。人们对题材、主题、风格、语言等概念的理解也发生了很大变化。这种趋势或倾向遭到了文艺界一些同志的严厉批评,认为现代派是资产阶级腐朽思想的体现——先定了性;认为文学如果脱离对社会的关注,不反映人民最关心的社会问题,那文学就失去了存在的意义,文学就会变成面壁虚构或空中楼阁,学习现代派的方法将使中国文学走上死路。

　　关于现代派的争论后来不了了之,因为谁也作不了结论。一九八三年下半年开始反精神污染，就更没有人提现代派的事了。一九八三年以后在理论上对现代派的争论没有再进行，但是，在实践中人们学习引用现代派手法已成不可阻挡之势，特别表现在一九八五年以后"先锋文学"的出现。它与过去的文学样式有什么不同呢？无非是主题思想晦涩一些，看完以后有时你闹不清写的是什么。在叙述方法上淡化故事，心理活动增多。形式结构上讲究一点、怪一点、洋一点。有人在"先锋文学"上走得很远，他们的作品确实非常难懂，比如孙甘露的一些作品。我有时也被人们看做比较先锋的一个人，但对孙甘露的作品我看着也很费劲。我看不懂不意味着我反对，看不懂有多种多样的因素，有时是由于不够耐心，如果仔细琢磨琢磨，或许就能悟到它的某些含义。

文学观念的变化

我们举一个例子来说明人们文学观念的变化。一九八○年《北京文学》上发表了女作家韩蔼丽的一篇小说《淹没》，可说是"反思文学""伤痕文学"的代表作。小说采用第一人称的写法讲述了一个爱情的悲剧故事。"我"的男朋友被错划成右派，大学毕业后被分配到边远的地方并死在了那里，被政治运动"淹没"了，这给"我"带来了无穷无尽的痛苦。小说写得十分动人，作者运用了典型的现实主义手法，主题思想也很明确，无非是说极左思潮给人们的生活和心灵带来的创伤。

一九八六年又有一篇《淹没》，完全是另一种思路，作者叫洪峰，吉林的一个青年作家。一上来也是"我"，是个男的，对爱情抱着无所谓的态度。第一个女朋友要跟他吹，他不气不恼；在与他吹之前，女朋友表示要给他再介绍一个，他也不拒绝。与第二个女朋友交往中，女友总是爱盯着他问一个问题——你爱我吗？"我"最不愿意正面回答这种问题。有一次划船，"我"被女友这一类的问题问烦了，一把把女友推进了水里,于是女友被水"淹没"了。对这样的小说你还不能理解得太实,如果以现实生活为标准,这是绝对不能原谅的,首先法律就不能答应。显然,后一个《淹没》游戏的笔墨很重,它也反映出新一代的年轻人对感情生活,特别是对爱情生活的某种特殊体验。

八十年代中期以后,在作家当中出现了一些表面看是贬低作家的言论。我觉得这表达了一种愿望,就是希望文学的空气轻松一点。说作家是人类灵魂的工程师,这话对不对?对。但是不是每一篇作品都能塑造灵魂,每一个作家都是工程师呢?工程师不是也有高级工程师、一般工程师、见习工程师、助理工程师的区别吗?尽管这些言论、这些说法也许表达得不科学、不准确,甚至有些荒谬,不足为训,但它希望文学空间和创作自由能有所扩展的愿望是很明显的。我个人觉得这也有它合理的一面。

文化消费现象的出现

近几年随着市场经济的发展,严肃文学被重视的程度降低了。怎么看这个问题我后面还要谈到。一九九四年全国出版新长篇小说五百多部,平均算差不多每天出一部,可真正引起热烈议论的有几部呢?五六十年代每年出长篇小说十来部,出一部是一部,《青春之歌》《林海雪原》《红旗谱》《红岩》以及《烈火金钢》《野火春风斗古城》《铁道游击队》……在群众中的影响都非常之大。我记得《红岩》出版正值三年困难时期,为买这部书王府井新华书店门口排起了长队,比排队买猪肉罐头的长多了。那时的食品供应很差,与现在根本没法比,人们见卖食品的就排队。有时交通警察解决问题围一堆人,一会儿后面排起了长队,以为是卖食品的呢!在这种情况下买《红岩》的人还能排起长队。在粉碎"四人帮"后的八十年代初,文学也是这么热。那时《人民文学》《当代》《十月》等文学刊物的发行量都在五六十万册,而现在最好的发行十二万,差一点的五六万。是不是现在的作品写得差了?我不这么看,现在的作品还真有写得好的,但文学在人们的心目中没有那么重要了。消闲性的、实用性的、趣味性的精神消费越来越多,适应这种消费需求的刊物发行量最大。《读者》(原来的《读者文摘》)发行三百九十七万册,《家庭》发行二百多万册,其次是陕西的《女友》,这三个刊物的品位都不错,它们都不是靠低级趣味,靠黄色、浅黄色来赢得读者的。读这样的刊物你感到很轻松,很随意,不累。

现在的文学到底进入了一种什么状态呢?理论家都在研究。北大的一批教授提出中国的文学进入了后新时期文学阶段。外国有现代、后现代,工业、后工业,博士、博士后的说法,于是他们提出了"后新时期文学"的概念。新时期文学是批极左、批"文革"、批江青,这是大家认同的。那么后新时期文学的特征是什么呢?人们提出了新写实、新体验、新状态等不同的看法,名词不少。最近我在《文汇报》上还看到冯骥才同志写的一篇文章《文化四题》,第一个题目就是《无主流的文学》,意思是你现在说不清文学的主流是什么。现在从整体上概括我国文学的状态和特征还比较困难。

最近两年对文学现状的批评十分尖锐。它不是由政府部门发起的,而是由一些作家、评论家,一些年轻的博士、教授发起的。

文学的市场化和多样化

批评者认为,随着市场经济的发展,文学市场化了。大量的通俗文学、通俗文艺作品出现,它冲击了严肃文学、严肃文艺,败坏了广大读者、广大观众听众的欣赏水平,乃至于造成了我国文艺生活、精神生活的滑坡现象,更严重的说法是——我们的文化在崩溃。严肃文学不再像过去那么热是事实,这从发行量上就能看出来。有的中老年作家想把自己的作品搜集起来出个集子,一征订仅有一二百册,出版社无法开印。要印也可以,您先交两万块钱——这还不把作家的肺气炸了!道德文章都非常好的一位老学者,他同时还是著名的翻译家和诗人,他三十年代的诗非常有名。他想把自己早年的诗汇编成集,由于不赚钱,被出版社拒绝了,他气得不得了。安徽一位老诗人最近写了两篇文章很尖锐,他说中国的一九九三年令人想起法国的一七九三年,这一年将以中国文化的大崩溃载入史册。大量品位不高的文学作品充斥大街上的书摊乃至新华书店;北京的期刊门市部越来越少,过去较大的一个在八面槽,现在没了,早改成卖服装的了。这些令人忧虑的问题确实存在。他的另一篇文章说中国现在搞的是"裤裆文学",话说得不大好听,激愤之情溢于言表,话显然是针对性描写的下作乃至下流而发。

最近召开的一个评论家的会议上,有人批评说"作家冷淡了现实,所以现实冷淡了作家"。作家们有的写边塞大漠、盗匪孤侠,有的写偎红倚翠、红颜薄命,有的沉湎于旧事,有的用死去的语言来写今天的生活……因此觉得中国的文学正在堕落,中国的作家正在堕落。当然也有不同的意见,认为上述的情况没什么不好。我们不是整天说百花齐放吗?加上这些样式顶多十花齐放,怎么十花齐放就受不了了?你无非感到这些不是最好的作品,对呀!百花齐放不可能朵朵都是牡丹,如果朵朵都是牡丹,那不又成了一花独放了吗?百花中可以有牡丹,有荷花,有品位比较高的,有朵比较大的,也可以有波斯菊、喇叭花、狗尾巴花……这样的小花,品位不太高,朵也比较小呀。

在当前的文学批评中,有一个被某些同志讨厌的人物就是王朔。他的小说也好,电视剧也好,很大程度上靠"侃",说一些挖苦的话、调侃的话。你说他有什么大的、很激烈的言论吗?也没有。可他不断地在那里打哈哈、开玩笑,在裉节儿上打个诨就过去了,所以有人说王朔的特点是"一针不见血"。喜欢王朔作品的人很多,他的书始终卖得不错,比我的书卖得多多了。王朔不是靠写性、写暴力、写离奇的故事、写封建迷信等赢得读者的,他写的是现实。他在写小说的同时还有一些言论,这些言论让一些严肃的知识分子非常受不了。他说他没有上过大学,没有受过专门的训练,但他就是要把书写得好好的,比他们那些上大学的、得学位的还要强,最后他还要把他们踩在脚底下,这可把一大批知识分子惹火了。几个月前王朔发表了一个告别文学界宣言说:他搞文学纯粹是不得已,想当年他要是不写小说,就得去当工农兵,他这个人觉悟低,不愿当工农兵,就写起小说来了。一写还写了好几大本,一想把宝贵的光阴都放在这么无聊的事情上,真是痛心!现在形势大好,各种机会多了,他再也不干这么无聊的事了。你们这些自己懵自己、自己骗自己、自充大人物、除了写点字儿什么也不会的文人,大概连肚子都快混不饱了,你就眼馋吧,你就发火吧,气死活该。这是大概的意思,不是原话。

骂王朔的人,说他的小说是"痞子文学",是"文学的堕落"。王朔的小说用的都是北京胡同里年轻人的最新口语。我也算是在北京生活了几十年的人,对其中的许多话也觉得新鲜。比如"爱谁谁",就是对"爱是谁是谁"的简化。"大腕儿""大款"这些词儿好像都是从王朔那儿来的,现在已为全民所接受。有学者说这是语言的糟粕,是流氓语言。不管你给它戴什么帽子,反正这些话大家都在说。我写过一篇评论王朔小说的文章,对王朔我说了些好话,觉得他的轻松、调侃给"假大空"戳了个窟窿。结果我被认为偏袒王朔,有几篇文章把我和王朔绑在一块来批。

严肃文艺的阵地在扩大

另一个争论的具体问题是"精神滑坡,人文精神失落"。对这个看法我个人抱怀疑的态度,当然你说现在精神滑坡,可以找到一些例子。比如过去大家做好事是学雷锋,现在有些人做好事先要钱。我就看到过这样一条消息:小孩落水,家长急得要死,有人站出来与家长砍价——你出多少多少钱我就下去救。这确实令人气愤。干部作风也与战争年代没法比,那个时候实行的是军事共产主义,领导同志行军的时候最多有匹马,后来有辆吉普。胡宗南进犯延安,连毛泽东都吃大灶,中灶、小灶都取消了。毛主席在延安也是住窑洞,吃小米。甚至与"文革"时期也没法比,就是那些"坐火箭"上来的部长、副总理,他们拿的也还是原来的工资,最多再拿几十块钱的补助。说句不好听的话,那时你想贪污都没地儿贪去。浩然同志的《艳阳天》《金光大道》发行量巨大,而他从出版社仅拿到几百块钱,稿费都不给。我知道当时全世界只有两个国家高度革命,取消了稿费,一个是中国,一是越南。朝鲜的作家、艺术家的地位很高,稿酬也多,它的国徽是镰刀、斧头加一支笔,它完全是照苏联那一套办法来的。现在我国的经济发展了,人们的手里也有钱了,私欲也看得见了,出现了过去没有的一些新情况。我结婚那会儿,人家送个竹皮暖壶就很不错,送一对枕巾就十分高级了。现在结婚这些东西能拿得出手吗?在农村也拿不出手。这些新情况能不能说明我们的精神就是"滑坡"了?经济越发展老百姓的思想就越落后,反而一代不如一代了?我很怀疑这样的结论是科学的。

  问题固然不容忽视,但更要看到我们今天文化生活、精神生活的全貌。严肃的学术、文学刊物并不是没有人看。在商品大潮、市场经济冲击了文学、冲击了精神生活的叫喊中,我们看到许多严肃的刊物、作品越来越受到读者的欢迎。《读书》是品位很高的一个刊物,主要登学术作品。它已创刊十几年了,一直维持近三万本的印数。《读书》的同志对此很满意,他们说我们登的都是大洋古,很多文章比较高深,能有这么多读者很不错了。恰恰是这几年,它的订户不断上升。到一九九四年底,它的印数达到八万册;至今年五月份,已达近九万册。一个学术刊物能拥有近十万的订户,这几乎是不可能的,然而是事实。在美国一本诗集能发行一千册就很不错。上海有《书林》,广东有《传统与现代》《东方文化研究》,天津有《散文》海外版,北京有《中华读书报》《东方》,南京有《书与人》,河南有《东方艺术》《寻根》,云南有《大家》,北京语言学院有《中国文化研究》,三联书店有《中国文化》半年刊,还有北京一批教授办的在香港注册的《书评》等等,我是讲不全的,起码有十几种学术刊物在一九九四年成功、畅销或创办。对此各地也有报道,说学术刊物开始走出谷底。文学刊物这些年是不断地提价,一九八〇年的时候一本《人民文学》大概是七八角钱,后来涨到一元就了不得了,现在这样的刊物都是十元、十几元。就在大幅度涨价的同时,一九九五年《当代》增加六千订户,《收获》增加五千订户,《诗刊》也在不断增加订户。而且我们的纯文学刊物那么多,全世界没有一个国家的文学刊物像我们国家这么多。我们的读者选择的机会、选择的式样丰富多了。真正研究学问,关心文化建设,着眼提高国民的文化素质和精神品位的同志还是很多的。拿《读书》来说,如果一本《读书》杂志有两三个人看,那它就拥有了二十多万的读者,这是非常可观的,因为还有许许多多别的杂志可以看哪!前年由于江泽民同志的提倡,我国的交响乐坛也出现了热烈的局面,每逢元旦我们也搞一个新年交响音乐会,说是跟奥地利学的。《爱乐》是个专门谈交响乐的刊物,它的订户竟然达到两万,这是我想不到的。去年,我们又大搞了一次梅周(梅兰芳、周信芳)艺术生涯的纪念,总书记也讲了话。一个传统的,一个洋的,国家都予以高度重视。北京音乐厅最近一直很活跃,组织了规模大小不等,包括义演在内的许多音乐活动,既有西洋的,也有民族的,有的形式还很新颖。看不到好的、成绩的一面,只看到问题不足的一面,然后得出我国文化正在滑坡、正在崩溃的结论,我不能接受这种意见。中国文化在日本占领时期没崩溃,在"文革"时期也没崩溃,现在吃饱了,电视机普及了,中国的文化却要崩溃?

另外,你不能设想大家都关心学术问题,都进行纯艺术的欣赏。外国人听交响乐和大歌剧是了不起的大事,一个女人为了晚上听交响乐从中午就开始打扮,找出衣服来,左换一件,右换一件,处理发型,抹口红,抹胭脂,照一下不满意洗了重来,能折腾半天儿,其中多数是中老年人。年轻人更迷恋的还是摇滚乐、摇摆舞、酒吧。严肃文艺欣赏者的比例不可能太大。另外一部分人你让他干什么去呢?过去通俗文艺不丰富,许多人对纯文艺又无兴趣,那只好打扑克,输了就钻桌子喝凉水戴高帽儿,要不就喝酒划拳。而现在他可以唱卡拉OK,可以去跳舞,可以翻翻通俗读物,可以看电视等等。通俗文化的发展为满足一般人的精神需求提供了可能,它使人们的心态更健康,使社会的状态更和谐,这实在没有什么不好。我们是要提高人民的精神品位,但你又不能设想全国人民都能欣赏交响乐、昆曲、大歌剧,都能欣赏经典的文艺作品。更多的人能接受的是通俗文艺,进入通俗以后再逐步提高。和平时期与战争年代、非常时期的精神生活、文化生活也有很大区别,我们必须承认这种区别,承认文化消费现象一定的合理性。

"针眼儿风波"

近年来各报纷纷扩版,副刊和周末版增多。很多作家,包括我在内经常被编辑追着给这些副刊和周末版写一些小文章,过去叫报屁股文章。写这些文章的人当中有相当一部分是女作家。这些文章中有写喝酒的,有写养猫、养狗的,有写旧居的,有写房子装修的,有写自己婚姻生活为自己辩护的,写出国的、购物的……有的评论家就讽刺说我们的一些女作家写来写去就是她的厨房、她的天花板、她的先生、她的儿子、她的孙子、她的碗、她的盆……批评这些作家不关心重大的事件,都是写一些"针眼儿风波"。不同意这种批评的意见认为写一些日常的生活小事,是国家稳定、社会安定的体现。如果出事了,外敌入侵,我们当然不能再写这些东西,应立即投入救亡,这是毫无疑问的。在和平时期,在中国这样一个拥有十二亿人口的大国,要求人人都关心头等重要的政治大事这是不现实的,甚至会走向自己的反面。因为我们社会的建设并不是人人都在做同一件事情,而是各司其职,各安其业。这样社会才能正常发展。如果十二亿人,人人都想当政治局委员,人人都想制定国家的发展路线,我觉得这不是什么好事。也许我为文艺的现状辩护太多,批评太少。文艺现状的不足和问题当然不少,脱离实际、脱离人民、孤芳自赏以至道德败坏的现象确实存在。任何一个地方都可以找出这样的例子。前几天报纸报道北京两个知名的女演员缺乏职业道德,拒演,给剧院带来很坏的影响和损失。至于出版物,扫黄打非的工作一直在进行,披露出来的黄和非也是触目惊心的。但出版上的黄和非基本上是被个体书商控制,不能说这是中国文人的心态。

作家不同的处境

另外,个人的处境和接触面有很大的不同,在市场经济发展的情况下,作家的生活状态大体有三类。一、生活如常。我属于这一类,我的作品从来没有畅销过,也从来没有滞销过,一本书最低也能维持上万册,好的也能到十万、十几万册。出版社能印销三千册的书就不亏本,所以我从来没有这方面的忧虑。有人问老作家汪曾祺对市场经济、文人下海怎么看?他说面对市场经济他无动于衷。这不是说汪老不关心中国经济的发展,是说市场经济对他的个人没什么影响。世界上实行市场经济的国家多了,没听说有了市场经济,文学就没有了,美国还活着的获诺贝尔文学奖的作家就有四个。二、适应市场经济的发展,扩大了自己文学活动的领域。这样的作家也有一批。最成功的是王朔。还有山东的作家贾鲁生。贾鲁生也是没有工作单位的,他的书卖得不错,等于是写作个体户。他们才不怕市场经济呢,没有市场经济他们就完了。还有一些作家本身不是商业性的作家,但也不妨按市场的需求做些尝试。如陈建功、赵大年创作的《皇城根儿》,虽说不是特别成功,但也还过得去。一边放映电视连续剧,一边出长篇小说。你说他们就是为了赚钱,我觉得也不能这么看,他们还是比较严肃、比较正派的作家。长江文艺出版社实际上是与个体书商合作,出版了"跨世纪文丛",几十本,销路相当好,有的已经重印了三五次。里面都是著名作家的作品,没有下流黄色的东西。华艺出版社出的"当代名家新作大系"也是如此。市场经济对一些作家和出版社来说如鱼得水,他们没有灭顶之灾的感觉。三、确实有一批中老年作家,他们曾有过辉煌的成就,但他们的作品现在不特别受读者的喜爱。于是就感到某种失落,觉得作家的地位也不如过去高了。过去社会主义国家作家的地位是最高的,但挨整也是最厉害的。这有它的道理,因为你地位高,大家就注意你,对你的要求就高,你做得不够可不就整你吗?如果你地位低一点,没那么重要了,对你的要求可能就不那么高了。在战争时期,在计划经济时期,在以意识形态的斗争为中心搞运动的时期,一篇文学作品的作用可不得了,一言可以兴邦,一言可以丧邦。廖沫沙同志对此很不服气,他的诗说:"若是文章能误国,兴亡何必动吴钩。"要是小说的作用真有这么大,这倒省事了,不用打仗我们弄篇小说把对方给灭了不就完了吗?

由于不同的处境,作家的态度很不相同。一些作家对我火气很大,面对困境你王蒙怎么这么高兴呢?你不端着刺刀抱着炸药往上冲,不批判文学的堕落,反而说这是积极的、那是必然的、合理的……还有一些年轻人他们是从道德理想主义的观点来批判当前的文化格局、文化现象的。我是从历史唯物主义的观点对当前的文化格局做了某种辩护,角度不同。所以当前文艺上、文化上的争论也很热闹,我是想尽量客观地向大家作个介绍,至于到底怎么看,有些问题也还要再看一看。

汉学家的担心

我最近刚从美国和加拿大回来,很多善意的汉学家担心的不是中国发展不快,而是担心中国发展得太快了。发展太快很多东西就跟不上,不配套,社会容易发生动荡,容易出问题。我觉得他们讲得很对。一九八二年我去墨西哥,它的一个很有名气、很活跃的女汉学家,中国名字叫白佩兰。我对她说中国很大,历史很悠久,中国的事得慢慢来,不能性急。她说你这个话和李鸿章多少年前见日本首相伊藤博文时所说的一模一样,你这个话李鸿章多少年前就说过了。我也没脾气了。她说她不这么看,中国人还有另一面,就是非常喜欢新鲜事物,变得特别快。我一想,她的话也不是没道理。世界就是这样,你经常需要用两点论、三点论来解释它,一点论不够用。从李鸿章到王蒙都说过的话有道理,说中国人善变也不是没道理。你说现在中国人变得快不快?市容市貌、社会风气、食品饮料、服装发型,连说话的腔调都变了。北京的小姐说话已不是战斗性很强的红卫兵语气了,也加进了港味儿。对迅速发生的许多变化,人们的看法很不一样。说好的、说坏的、气急败坏的、痛心疾首的、痛不欲生的、认为尚可的、得其所哉的……文坛上的很多争论实际上是老百姓对社会变革不同态度的反映。而事实上老百姓对文坛上的这些争论并不十分关心。不信你们回到各省以后去问问,有多少老百姓知道刚才我提到的那些争论?老百姓的心态也是越来越务实。意识形态的问题不能不争,也不能不管,但又不能举国上下人人介入。

关于爱国主义和民族主义

关于爱国主义和民族主义的问题。美国有一个学者叫亨廷顿,原籍是阿拉伯人,他发表了一个作品讲述东西方的文化冲突。他认为在世界上两大阵营的矛盾结束以后,文化冲突已经成为世界的主要矛盾,而西方文化的主要对手是中国的儒家文化和阿拉伯国家的伊斯兰文化。他的文章一出来,一些中国的知识分子很受刺激,顺着这位学者的思路感到了一种文化侵略的危机。有些作家在这个问题上发表了很激烈的言论,比如有人说中国现在面临着列强的重新瓜分而没有一个人站出来说一个"不"字,他只好一个人站出来与世界诸列强作战。他在一篇文章里提到一个日本人说,中国太大,在中国旅行不像是在一个国家旅行,而是像在几个国家旅行。从这个话里他感觉到了亡我之心不死的味道。最近还有另一篇文章是讲爱国主义的,他和十几个中国作家到法国去,一位台湾老板举行酒会招待中国作家代表团。台湾老板致欢迎词的时候用的是英语,他明明会中文,但他不讲中文而讲英语。他旁边有个翻译,翻译没有把他的英语翻成中文而是翻成了法语。我们的十几位中国作家基本上是既不懂英语,又不懂法语,于是就很气愤。有一个作家就想提出——请你们用我们大家都懂的中文讲话!被其他同志制止了。文章就很感慨,中文这样伟大的语言和文字,写出了《离骚》,写出了李白、杜甫的不朽诗篇,写出了《红楼梦》,难道现在变成二等语言了吗?他进一步批评说,中国一些文人的心态实际上是一种"汉奸"的心态。

这种激进的爱国主义和民族主义的言论受到了广泛的喝彩,许多报刊加以转载。我现在没有看到公开反驳的文章,但私下里也听到一些不同的意见。比如说中国是不是现在就真的面临着被瓜分的危险?无非就是批租一点土地,当然我们的工作也有做得不细的地方,也有有问题的。

关于使用语言的问题,在国外或香港是有这种情形,都是中国人,但在开正式会议的时候讲英语,在法国就讲法语,不讲中文。除了他所在地的原因之外,还有两个原因:海外华人的中文是很不规范、很不统一的,与你说些简单的对话可以,正规了复杂了不行。他们当中有广东话、闽南话、海南话、客家话等等,讲起中文来反倒有障碍。另外，这些人在海外受的教育都是英语或法语的教育，讲中文只限于日常生活，一进入专业他非讲英语法语不可，你如果把那些英语法语译成中文是非常麻烦的事。比如使用电脑的许多术语翻译过来就很别扭 menu 译作"菜单"，我们一看菜单想到的是下饭馆吃饭，其实它是项目的选择。path 译作"路径"，就算这个还凑合，那 DOS 怎么翻？没法翻，只好还是 DOS。社会科学领域也是如此，也有一大套专门名词，翻译时要加许多解释的话才能说清楚。所以语言的问题也是很复杂的，不好一概而论，不能都看成是崇洋媚外，看成是对中文乃至中国人的贬低。

关于重写文学史

关于重写文学史的争论。这个问题是上海的几个青年批评家提出来的，他们认为过去的现当代文学史受政治的影响太大，比如被鲁迅骂过的作家都是坏人，对一些不太革命的作家如沈从文、张爱玲等重视不够等等。有一阵把重写文学史的意见也当成资产阶级自由化来批评，但这个批评也没多大效力。去年又出了一个事，北京一批非常年轻的博士、教授与南方的一家出版社合作，要推出一套"二十世纪文学大师文库"，以北京师范大学的王一川教授为首。他是北京大学的硕士，北师大的博士，牛津大学的博士后，三十刚过，是全国最年轻的教授。他们认为"鲁郭茅巴老曹"的名次实际上是政治地位的排列，这种排列对非左翼作家，对通俗文学作家重视不够。于是他们又重新排了一个名次：小说家——鲁迅、沈从文、巴金、金庸、老舍、郁达夫、王蒙、张爱玲、贾平凹等；散文家——鲁迅、梁实秋、周作人、毛泽东、林语堂等等。诗人第一名是穆旦，后面的我记不清了。他们的排列顺序一发表，哗然，而且有老鼠过街，人人喊打之势。一是把金庸排在这么高的位置；一是把茅盾拿出去了，说茅盾的作品缺少文体价值，主题先行的痕迹太多；再有就是把贾平凹排进来，因为《废都》发表后批评甚多;还有就是把毛泽东算成散文家,而且排在林语堂和周作人中间,林语堂是"白华"——高等华人,周作人是汉奸,这种排列也令人匪夷所思。有人批评说这样的排列是出于商业的目的,用这种奇怪的排列来促销。还有人指出,你们说过去的排列受政治影响,其实你们排列了半天仍然有政治方面的考虑。小说、散文第一把交椅都是鲁迅,这就站住了,然后左中右都有一点,大陆台湾都有一点,以大陆的作家为主,这不也是政治吗?在批评的同时我也看到了四五篇为之辩护的文章,说给文学大师排名固然不是很严肃很科学的方法,但它反映的无非是对现当代文学的理解,是一家之言,如果你认为他排得不好,那你可以另外再排一个。有一个同志曾气愤地说:二十世纪文学大师的排列绝不是少数人能决定的!别人就问:不由少数人决定,那由谁来决定呢?全民投票这不可能,由政治局、人大常委会通过显然也不可能。本着百家争鸣的精神,我看有十样、八样或十几样的不同排法,中国也还承受得了。

关于中国文学走向世界

关于中国文学走向世界。说穿了就是中国文学得诺贝尔文学奖的问题。在体育上全世界有统一的规则,中国获取的金牌越来越多,最近乒乓球、羽毛球又连连告捷,可以说中国的体育在许多方面走向了世界。中国的电影在世界上也纷纷获奖,中国领导对其中的某些问题也很恼火,比如一味注意迎合西方人的口味,制片发行过程中不按国家规定的手续办等等。这就出现了这样的情况,在外国获奖的片子,在中国反而不能上演,如《蓝风筝》《活着》等。外国人讲笑话说,国际奖变成了中国电影的死亡之吻。文学上有些年轻的批评家非常着急——我们为什么得不了诺贝尔文学奖?尤其是去年诺贝尔文学奖发给了一个日本人大江健三郎,在他之前获此奖的另一个日本作家是川端康成,而中国还没人得过。有些年轻的评论家写文章说,大江健三郎的得奖是给中国作家的一个耳光!一个上海的作家说,诺贝尔奖,我心中的痒。还有人说日本财大气粗,社会各界为此付出了极大的努力,而我们对这个事关心得不够,国际公关活动不够。也有人指出瑞典的这一文学奖充满了西方的偏见,甚至包含着某种政治企图。我个人对这些说法实在是非常的不感兴趣,我觉得艺术应该比任何现实的奖金更高。这个奖无非是一批瑞典老头根据译本做出的决定。中国文学和世界文学之间的相互沟通和了解恐怕需要一个过程。我们反过来看,最近几年得诺贝尔文学奖的作家在中国的影响很小,知道他们的绝无仅有,其中只有哥伦比亚作家加西亚·马尔克斯例外。他的《百年孤独》用魔幻现实主义的手法,把神话、传说、故事、历史融为一体,写一个地区如何从蒙昧落后走向现代化和为此付出的沉重代价,历史跨度相当大。《百年孤独》对中国作家和读者的启发非常大,很多青年作家模仿它的写法。再早一点获此奖的海明威和福克纳中国读者也比较熟悉。其他的人对中国的文学界、读书界几乎没有影响,比如戈迪默、毛里森、布伦斯基、帕斯、索英卡,还有埃及和秘鲁的两个作家,我记不起他们的名字了。老实说这些人的作品在中国没有什么影响。同样的道理,我们的作品,即使在国内很有影响的作品,由于各式各样的原因,如语言的原因、文化传统的原因、处境的原因,当然也不排除意识形态的原因,不能引起外部世界的注意。我们认为很优秀的作品,翻译成外文,老外就是不感兴趣,这是事实,也是没办法的事情。所以我个人很不赞成把得诺贝尔文学奖当做走向世界,当做判断文学成就的标志。我有时想中国幸亏没有人得诺贝尔文学奖,要是中国真有人得上了,那还不变成活神仙,还了得吗?那么梦寐以求,那么少见多怪。就冲上述的那些说法,不得也罢!日本作家得了奖就是给中国作家一个耳光,那中国作家得了奖你准备给谁耳光呢?准备打倒几个国家的作家呢?这是何等的愚昧乃至野蛮呀!对于作家来说最重要的是写作。

今天主要是向大家通报一些信息,介绍一些情况,包括文坛上的一些争论和说法。对这些争论和说法怎样分析、怎样逐步理出一个头绪、怎样树立在市场经济条件下精神生活的规范,做到既有精神生活的规范,又保持它的多样性,保持各种争论和意见的并存,这是我们面临的一个任务。完全没有规范不行,有规范又不能对每一种争论和问题都做一个结论,这既是不可能的,也是没有好处的。

1995 年 5 月

世纪之交的文学选择*

我一直不用"世纪之交"一类的说法,世纪是一个纪年的方法,是一个人为的东西。一百年作为一个世纪与十进位有关,而十进位又与人有十个手指有关,如果人有十二个手指头,那一个世纪将不是一百年而是一百四十四年。但是后来我接受了世纪之交的说法,看一看今天我们所面对的世界和现实,还真能感到那么点儿变化的味道,新旧"交"替的味道,"后"什么什么与新什么什么的味道。新的世纪会带来哪些新的情况、新的问题呢?我们可以探讨。

另外,我所讲的偏重于对一些问题的理解和介绍,而不偏重价值的判断。近几十年我们在探讨问题研究学问上,太注重价值判断即表态了,却不注意认知判断。甚至还在不知道它是什么的时候,就给它做出了肯定或否定的结论,说它是好的或坏的。比如批判一个作品的时候,居然没弄清作品的题目,把题目搞错了,这样的文章竟能在报纸上登出来。又如在"文革"当中由工宣队、军宣队组织批判爱因斯坦的相对论。不知道是什么就可以批,这是稀奇古怪的事情。然而时至今日这样的事情还在屡屡发生。当然在我谈的过程中会有我自己的某种倾向,倾向终归是倾向,这不意味着我有了充分的把握去肯定它或否定它。我觉得在肯定和否定之前,我们首先应当弄清楚什么事情、什么东西发生了;什么事情、什么东西正在发生;什么事

---

* 本文是作者在首都师范大学的演讲。

情、什么东西可能发生或注定发生。

世纪之交的背景是什么呢？

后冷战与后现代

从世界来说最突出的有两条：

一、是冷战时期的结束，两极对立的格局的结束，用带点洋味的说法就是进入了后冷战时期。

两极对立的格局是一种全面的对抗，包括意识形态、社会制度、政治、军事、外交、价值观以至于文化、精神、道德等等，这种势不两立的对抗常常达到了战争边缘的状况乃至就是实打实的战争——如朝鲜战争与越南战争。随着这种局面的结束，世界进入了一个多元共存而又动荡不已的时期。美国和一些独联体国家都销毁了一些战略核武器，减少了在全世界爆发热核战争的危险，为这些国家把更多的力量投入和平和造福人类的事业提供了可能，也增加了全世界各国各民族以及人民之间沟通与交流的机会。这当然不是坏事。

但也产生了一些新的问题，而不是说冷战结束之后，就天下太平了。冷战时期，说下大天来一个是社会主义，一个是资本主义。不结盟国家都有各自的倾向。这个时期局面清晰，谁站在哪一边，谁要干什么，彼此都明白。斗争有一种十分崇高的意识形态色彩。现在的民族教派地域矛盾和斗争则显得更原始，缺少为了"主义"的伟大旗帜。现在发生的战争多半是赤裸裸的利益之争、领土之争。

苏联的解体既是苏联和东欧的失败，也是美国的两极对立价值观的失败，因为随着社会主义阵营的解体，维系美国的所谓自由世界的价值观也在瓦解。布热津斯基写了一本书叫《大失控·大混乱》，反映了美国原来那杆用以团结美国，团结西方世界的反共、反社会主义的旗现在也不灵了。

简单地说，进入后冷战时期的结果使习惯于冷战格局与两极斗争的各色人等感到了某种失落。冷战虽然不好,但冷战时期人们活得紧张而充实,都知道自己应当干什么与反对什么。咱们社会主义国家的任务就是要消灭以美国为首的资本主义,以我们原先理解的方式和途径投入埋葬帝国主义的战斗,满怀激情地推进和迎接国际共产主义运动在全世界的胜利;资本主义国家则视社会主义国家为黑暗的极权主义,共产党人都是魔鬼。里根就说过一句话:共产主义是万恶之源。

前几天我看了一个美国电影《浴血战舰》,是个商业片。它写日本签署投降书的密苏里号巡洋舰被一个极端狂热分子彼得劫持了。战舰上有舰对舰导弹、鱼雷和战术核武器。美国政府十分恐慌。美国舰队司令与彼得通话,问他为什么要劫持战舰?彼得说:因为美国人太堕落了,六十年代的时候,我们的斗志多么昂扬,那个时候我们在古巴、在越南为美国的利益而战,而现在一个一个只管自己,没有道德,没有责任心,只知道吃喝玩乐,人心涣散。彼得说他就是要用这种方式来振奋一下堕落的美国、堕落的美国人!这个电影在一定程度上反映出冷战结束后美国极右分子在精神状态上的尴尬处境。

二、是后现代。工业、科学技术的急剧发展使社会暴露出来的矛盾越来越多,比如环境污染、家庭解体、道德沦丧、计算机犯罪、新的疾病的产生和蔓延以及西方主义(一切以西方为中心,为圭臬)等等。因此,在西方发达国家有越来越多的知识分子批评科学主义,批评技术主义,批评工业文明。比如他们认为工业文明造成了和正在造成能源的浪费和枯竭,美国一个国家消耗的能源占全世界的极大比例,能源越来越少,这样耗费能源是不道德的。但也有人认为这是道德的,因为美国有能力创造出巨大的物质财富,它的物质财富最终也为世界所享用。

我最近访问了韩国,韩国和日本把后现代翻译成"脱近代",它给人的感觉与"后现代"有所不同。韩国的一批学者认为西方文明已经走进了死胡同,得用东方文明、天人合一、阴阳五行、混沌这些思想来救援西方文明。

后现代的局面也在使一些人感到失落。外国叫做经济乐观主义的动摇。就是说并非现代化了经济发展了一切就会变好。我国有人称之为认同危机（认同危机一词，用语可能需要推敲，这里姑妄从之，也许应有更准确的说法。），过去热衷于历史进步，国家富强，而现在，不知道追求什么好了。

从以上的情况可以看出我们国家的一些讨论也是有源之水，有风之浪。不同之处是我们现代化的目标还远未达到。在最近的一本杂志上看到一篇小文章，它说我们离现代化还有一段相当的距离，可有的学人懂得了批现代化，正在和国际接轨做国际型的知识分子。论点容易接轨，情状则大相径庭，话语容易接轨，语境可是大有不同。这正是我们的尴尬所在。用什么来批判现代化呢？在我们这里最方便的是用"前现代"来批判现代，而不是用"后现代"来批判现代化，因为你习惯和熟悉的是前现代那一套。有些人留学西方以后，从毛泽东批评现代这一点，突然发现毛泽东才是后现代的大师，"文革"才是后现代的先锋，这种"前"冠"后"戴真足以令人昏倒。既然工业文明有那么多害处，还是农业文明好——日出而作，日入而息，或者还是"五七"道路好，大家都来学工学农，大家都来批判与现代同命运的资产阶级，岂不甚好？岂不超级后现代——超成了前现代？极端的个人主义造成道德的沦丧，怎么办呢？最方便的办法就是孝悌忠信，礼义廉耻，君君臣臣，父父子子，用孔子之教圣人之教来医治现代化的弊端。或者更好是用学习"老三篇"来狠斗私字一闪念。这些主张并非没有局部的道理，但总体上恐怕是向后转的乌托邦。是不是呢？

经济、市场与回归传统

从国内来说，我们面临的背景：第一是从政治斗争意识形态斗争为中心到以经济建设为中心的转变。第二是从自然经济与计划经济向社会主义市场经济的转变。第三是知识分子从急于西化现代化向更重视传统本位的转变。

革命不是浪漫主义的东西,历史不是浪漫主义的东西,同样改革开放进行现代化建设也不是浪漫主义的东西,不可避免地要碰到这样那样的麻烦。近百年来,我们国家经过革命、战争、阶级斗争(包括实在的阶级斗争和人为的夸大了的阶级斗争)、政治运动这样一段很长的历程之后,在近十几年,逐步转移到以经济建设为中心。人们生活的重心由政治和意识形态向经济转化,向世俗转化。中国的经济长期以来是自给自足的自然经济,后来是半封建半殖民地经济,建国后是苏联式的计划经济,现在则向社会主义市场经济转化。这两个转化给人们带来的影响是巨大的,就像后冷战、后现代给世界带来了许多新问题一样,它也给我们带来一系列的问题。

拿道德来说,在战争年代人们常常表现出高尚的道德情操。我们参观延安看到了什么是列宁所说的军事共产主义。革命领袖如毛泽东、朱德、周恩来、刘少奇等住的窑洞非常简朴,吃饭最多分大灶、中灶、小灶三种,胡宗南进犯延安,中小灶都取消了,连毛泽东也吃大灶。在部队工作的同志还有这种经验,一打起仗来,思想问题就全没有了,同志间你保护我我保护你,英勇杀敌;但是仗一打完,各种问题如入党的问题、升级的问题、立功授奖的问题等等又都冒出来了。在和平时期,特别是在进入市场经济以后,人们的心态变得越来越务实,有些禁锢长年的"人欲"横流了起来,给人以世风日下,人心沦丧的感觉。道德的标准也在发生变化,不道德的行为也很多。这都需要人们加以正视并进行实事求是的分析。不过有一条是明确的:人们不能靠战争去维护和保持高尚的道德,也不能靠贫穷去维护和保护高尚的道德。宁要穷"社会主义"低指标"社会主义"的论调及其实践我们早就尝够了,我们早就是过来人了。那么能不能靠批判斗争来维护道德理想呢?我们也是有经验的了。当然,这种话语可以以作家的感情之抒发而存在。

后现代之说对中国知识界既有失落也有启发和激励,特别是中国在向以经济建设为中心和社会主义市场经济转变的情况下,那就是不能一味地追逐西方的模式。连发达国家都在讨厌西方模式,都在"脱近代",你还"现代化"什么呢?中国的知识界也是很灵的,伦敦或波士顿打个喷嚏,我们这里都有反应。所以近几年,那种急剧地追求现代化乃至西方化的意识或倾向受到了很大的抑制或开始改弦更张。传统的民族主义、爱国主义或超民族主义、超爱国主义(大大超过了主流宣传的调子)以及以东方文化为中心、回归传统文化的精神和倾向有了很大的发展。这也顺山顺水:西方批评工业文明、科学主义、技术主义、西方话语霸权;我们党和政府也提倡弘扬民族文化批判全盘西化。再说,恰逢市场经济带来了不少新的困惑与问题,使一些心比天高的学人甚感失望。有人出来激励一下,也是应运而生,合乎潮流的吧。

"下海"热

在这种国际国内的环境下,我们的文学,我们的作家是什么样的动态呢?我们可以简单地回顾一下。

一九九二年前后掀起了一阵"下海"风,声音最响亮的是宁夏著名小说家张贤亮同志,他兼了四个公司的董事长。他发表谈话说,现在作家下海就和当年作家参加土改是一样的,要积极地投身到时代的洪流中去,否则你怎么用你手中的笔反映改革开放的历史进程呢?

后来又传出非常优秀的小说家陆文夫先生在苏州办了茶馆,陆先生自己倒没做什么宣传。他是中国作家协会副主席,全国人大代表,定居在苏州,实际上茶馆是他小女儿在管,他的下海不过是象征性的。陆先生的生活仍然是上午写点东西,下午喝酒(现在身体不好酒也不喝了),有时借着酒兴就给我拨个电话。他不算真的下海。

真下海的是广东的几位作家,他们都不嚷嚷,不但下了海,生意还做到了境外。这说明,捉老鼠的猫不爱叫唤。

与下海热同时,作家里发出了一些哀鸣,我说这话的意思不带贬义,我想不出一个更合适的词来,想用"悲声",觉得也不好,我们家乡的河北梆子把哭腔叫"大放悲声"。这种情况最初在上海表现得较明显,说市场经济来了,商品大潮来了,纯文学走向低谷了,我们怎么办呢?谁还需要我们呢?很有点狼来了的味道。

更多的作家表现得相当冷静和自持,商就商吧,谁愿意下海谁就下呗,这有什么了不起的呢?又有几个创造力正旺盛的作家弃文从商去了呢?几个作家多搞一点钱又有什么了不起?香港台湾商而兼文的有的是,谁也没咋呼过。恩格斯还经过商嘛。作家都去下海那是不可能的。最突出的是北京的老作家汪曾祺,他回答说:"对于市场经济我无动于衷。"这个话也需要稍加解释,因为话是很容易被人抓辫子的,他的意思不是说对改革开放漠不关心,而是说下海热不会动摇他的写作。我也明确表示过我不下海。

许多作家在冷静的同时还满怀着希望,因为市场经济毕竟多了一点民主,多了一点空间,多了一点公平竞争,也多了一点经济的发展。它不是靠权力意志制定经济生活,而是靠市场的选择。它是一个进展。

对市场的亲和态度

另一种情况,就是文化活动与市场经济迅速而紧密地联系起来。一是搞影视,它得到的报酬比写小说高,这在全世界都一样。最突出的是王朔。对他的影视作品说好的、说坏的、认为尚可的、无所谓的,看法五花八门。《编辑部的故事》好,《爱你没商量》不好,《过把瘾就死》反映不错,但很多人对这个题目非常反感,认为痞气十足。

陈建功、赵大年写了电视剧《皇城根儿》;梁晓声写了《年轮》,四十五集,与建国四十五周年相合,得了五个一工程奖。王安忆与陈凯歌合作搞了电影。与张艺谋合作电影的有刘恒、苏童、余华、李晓等。与王朔合作影视的有史铁生、刘震云、贾平凹等。这方面的例子很多。

二是通过包装为作品促销。比如辽宁春风文艺出版社的《布老虎》丛书,他们运作非常快,很会做宣传,给作家付的稿酬比别的地方都高。他们对作品的要求不是通俗文学,你写得怎么高深、怎么伟大、怎么新潮都没关系,但要求要给读者一个故事。入选《布老虎》丛书的作品一般都卖到十到十五万册。

三是准畅销书的出现(提法不一定准确)。比如汪国真的诗很热了一阵子。还有就是陕西的一批小说,如《废都》《白鹿原》等。对《废都》的性描写,很多读者和作者都是抱批评的态度,我本人也不喜欢它的性描写,但要把它纳入扫黄之列,就不大符合它的实际情况,因为它表达出了许多在社会的转型期出现的消沉和苦闷。他们的小说与"洋"通俗有所不同,洋通俗是通过比较洋的方法接近读者,如梁晓声的《浮城》、铁凝的《无雨之城》、张宇的《疼痛与抚摸》,其实这些小说都有相当的品位。贾平凹他们是用一种"土"的方法,用亚古典主义来表现。冷不丁他们的书里也冒出"文联主席""市长助理"这样的新词儿,但整个的情调给你的感觉是回到了明朝。这种土的方法、古典的方法在直指明清的意图同时,也达到了通俗畅销的目的。

张爱玲热也从某种意义上让人看到亚古典主义的力量。奇怪的是责备当代中国作家媚俗、迎合、琐屑、缺少理想与"抗争"的批评家们对于决不理想决不抗战决不不俗不腐的张爱玲可是五体投地的。如果说原因是张爱玲的描写与语言天才以及使她深刻的悲观,那么是不是说有了天才和悲观也可以不要理想和抗争呢?

四是"报屁股"文章的大量出现。这个说法早就有,不是我的发明，这种文章常登在报纸的最后一版上。这种现象与报纸扩版，与晚报、副刊、周末版的增加有关系。

这里我顺便插一句，作家常常喜欢自嘲，说自己给报屁股写点文章，这是自嘲，并不等于说他就是毫无责任心地视那一版为屎尿交加的屁股。作家的自嘲有时让人听着不舒服这是完全可能的，但如果一点幽默感都没有，这个作家也太难当了。有人对"千万别把我当人"痛不欲生，这是王朔的自嘲与反讽嘛！有谁在"提倡""千万别把我当人"呢？你就是把这句话理解成王朔的"恶毒攻击（不把人当人）"，也比理解成"提倡"强，怎么能理解成王朔要求我们大家相互之间"谁也别把谁当人"呢？说实话，（千万——）云云，如果发表在"文革"期间，王朔说不定因此而被枪毙掉的。"千万别把我当人"的意思就是提醒大家"一定要把人当人"。《过把瘾就死》听起来是很流气，我个人并不喜欢这个太歪太邪的题名，我也从来没有用过类似的题目，我们完全可以更喜欢文雅一些深沉一些正经一些的题目。但是它内里头也有一种辛酸，它是说让人开心让人过瘾让人畅快的事太少了！你可以批评他世界观不够进步开展或遣词造句太野，却不可以批评他是提倡大家及时行乐完了就嗝儿屁。连这个都不懂，还看什么小说？天天写检讨和大批判算了。

南帆在近期《小说评论》上发表了一篇谈王朔的反讽的文章，就比那些连王朔的"浅薄"小说都看不懂的评论家们多了许多阅读的常识和平常心。

小说题目可不是号召大家行动的口号。否则就只剩下"前进啊前进""向着红太阳"之类的题名了。

报屁股文章有一些也是相当言之有物的，带棱带角，有自己的爱憎。当然也有一些谈天说地、风花雪夜、先生太太、养生防老、美容美发、美食美饮的，这也是作家的一种选择。它也反映出人们的过稳定与祥和的日子的愿望。这些文章是不是篇篇锦绣字字珠玑？当然不是，其中不乏敷衍成篇与混稿费之作，虽无大恶，也不妨批评。

这可以看出,一部分文学家并没有抱与市场经济势不两立的态度,而是在某些方面可以和它合作,因为不管怎样,你的书总是要通过市场的。不通过市场怎么办呢?一本一本地送?一本一本地寄?打电话朗诵?这都不大可能。对市场经济的亲和态度在程度上有所不同,有的是热烈欢呼奋勇投入的姿态,有的是静悄悄地参与,有的是与市场互相使用互相合作等等。当然在与市场的合作中也会出现问题,东北的一个女作家前不久状告一家出版社,说这家出版社未经她同意在她作品里塞进了拙劣的东西,且封面不堪。有合作就会有摩擦,有斗争,有愤愤不平;这也是一定的。

对市场的严厉批评

还有一部分作家对市场与近年来中国的变化抱着激愤的态度,抱着严厉批评的态度,乃至大批大骂起来。认为市场是黑暗的,是劣胜优汰的,中国文人与市场某种程度的合作是中国文人的"堕落",是中国文人的"投降",是"崩溃""痞子化",是"汉奸",是"蠹虫""软骨",乃至说是中国文化已经进入了最黑暗的时期,认为文学作品中日益增多的性描写乃是"裤裆文学"……继两位年轻作家之后,刘绍棠等也预言中国现在将出现比历史上任何时期都更多更多的汉奸、皇协军。张贤亮立即表示他从来不用日货。他利用职权不许宁夏文联买任何日本产品,如果买了的话不予报销。

这部分作家号召愤怒,号召不宽容,刘绍棠就指出,不能对日本法西斯分子宽容。一些吹吹打打的议论就更加激烈,如提出要抗战,抵抗投降,提出全国出现了由痞子作家领导的全民痞子化运动。大有天欲(或已)堕,赖我一人擎的意思。

你不能说这种态度没有道理,他们的爱国主义情操与对于坏人的警惕性是蛮可贵的,南京大屠杀日本杀害了我们三十万同胞,日本政界的一些人后来在侵略不侵略的问题上总是跟你转腰子。于是我们这里发出了正义之声，激愤之声。他们对于人欲横流的局面的激烈批判也有一部分理由。一个几千年几百年与几十年"存天理灭人欲"的国家，一旦开了人欲的口子，是会突然变得粗鄙贪婪暴发户心态起来。其实党和国家一直是重视对于文化市场的整顿的，曾经提的是一手抓整顿一手抓繁荣，现在提的是一手抓管理一手抓繁荣。扫黄打非，是抓得紧的，对于个别屡教不改而且情节严重的违法书商甚至处以了极刑。对于《废都》，也采取了严肃的措施。看来，不能说领导人愤怒得不够。问题是对于汉奸的定义与候补汉奸增多的论断似乎可以有更加理性和科学的分析。对于中国的欲望的释放与某种程度的务实化直到世俗化，应该有更加历史主义的认识。另外把对于市场经济的批判对准尚未那么激愤的同行，或既无公职又无工资三无公费医疗而居然能混得人模人样的同行，是不是有点同行是冤家乃至葡萄酸的味道？

市场经济与民主

好心的朋友劝我：王蒙啊，你可别为市场经济辩护啊，要知道连西方的作家都在天天骂市场。我觉得中国与西方还是有些不同。西方的市场已经发育得十分成熟，甚至过于成熟，几乎什么都通过市场，不仅是经济。音乐有市场，绘画有市场，文学有市场，甚至名誉、性都有市场，它非常完备，同时也日益暴露出它的种种不如人意。西方作家批评它，但是并非有人钟情计划经济，而是诉求一种新的人文主义与产业主义。而我们这里，市场经济还远远没有成型，我们的市场经济还不完善，正在发育的过程中，并正因为权力的转化成经济利益（以权谋私）而滋生腐败。在这种情况下，以一种激进的姿态发出道德沦丧的警告，发出假冒伪劣的警告，发出出现汉奸的警告当然是必要的，有它的意义。但是以为只有这样做才能与发达国家知识界保持一致，则过于一厢情愿和便捷了。还有一点带有嘲弄的意味，这种激愤的言论被一些人吹吹打打,经过包装之后也推向了市场,也成了商品,因为它有刺激性。西方文学只知道两个刺激,一是暴力,一是性。我现在发现"批判""骂"也很刺激,因为这也是一种暴力——语言暴力。如果开一个会你从头骂到尾,而且骂出点刺刀见红来,那是很有刺激性的。"文革"一开始,电影与艺术表演全停了,但是人们天天看斗争游街,也填补了业余生活的空白,也得到了类似看戏的某种"审美"满足——这对于某些人来说,大概也算是后现代,因为取消了生活与表演艺术的区别,该有多超前!

同时我们也可以看到与市场经济同时存在的还有比较保守的选择。即怀念军事共产主义与计划经济乃至怀念阶级斗争为纲时代的价值取向。不但有取向而且有大声疾呼的报警——革命在危险中!敌情严重!到处是阶级斗争新动向!保守二字并无贬义,中国需要严肃的保守思潮(而不是政治策略),以与激进思潮取得制衡。

不同姿态的选择之间有时也会产生一些摩擦,发生一些辩论,这是正常的。问题是应该心平气和与多元互补。现在不是纪念顾准吗?适当的经验主义与相对主义,正是顾准所主张的。以纪念顾准为名横扫俗世,恐怕是只知道顾准的精神伟大却没有读过顾的文章论述的结果。

我不是政治学家,也不是经济学家,我可能说的是外行话:我总觉得在对于市场的分歧意见的背后有一个对人的价值界定的问题,对民主怎么看的问题。因为显然市场经济是一种经济民主,是由权力意志经济向民主经济的转变,是由精英化向世俗化的转变。民主不是万能的,因为人民的素质是受现实条件制约的,有限的,民的当家做主途径是可以操作可以干预的,也决不会是完满足赤的金子。民主的结果首先出现的会是乱哄哄的假冒伪劣。民主与效率,民主与稳定,民主与质量,民主与精英意识一开始都可能存在着严重的龃龉。民主与效率可以举个例子,克林顿任命了驻华大使,议会的外交委员会为了和克林顿讨价还价,迟迟不开会,致使包括驻华大使在内的众多使节得不到任命;民主与稳定这不用多做解释;民主是不是有利于质量的提高呢？我说不是，一开头肯定是降低，言论的自由往往是和言论的贬值联系在一起的，一开始自由言论中胡说八道可能比正言谠论还要显得响亮，因为大众和精英有区别。大众是在数量上占优势的，他们很容易淹没精英。李光耀就提出过一人一票不见得最民主，我理解他不好说别的，就以婚否和年龄为例，认为已经结婚的成年与壮年人应当一人两票，其他年龄段的可以是一票。这样的选举会更为公正，大意如此。但是一人一票却是一个可行的规则，如果一个人因了年龄与婚姻而可以获得两票权，那么由于受过完善的教育的人可不可以获得五票权？智能出众又有政治经验和威望的人能不能获得更多更多的投票权？

民主特别是不问时间与条件照搬照抄的民主是会带来许多问题，但是从长远来说，民主应该有利于发挥众人的积极性，有利于效率、稳定、质量，也有利于鉴别与实现精英们的正确主张。我读到王元化先生的一篇文章，他引用丘吉尔的一句名言，丘说，不要以为民主制度很好，这个民主简直是糟透了，但是不民主会更坏。我看可以用同样的造句方式谈市场经济。不要以为市场经济很好，不，市场经济实在糟透了，但是不搞市场就更糟糕得多。你们想想是不是这样？

悲观与希望

世纪之交的世界确实发生着很大的变动，中国的变动更是空前的。在这种变动面前发生歧义，产生一些争论和浮躁情绪是正常的，它是一个必然的过程。大相径庭的各种意见是对这一巨大变动的不同感应，感应不同的一个重要原因是选择的参照系不同，各人的条件与处境不同，利益关系不同。我们这个年龄的人往往是把我们一生的经历作为首要的参照系，不会拿哪一本书或芝加哥的哪个教授的最新议论作为参照系。我已经六十一岁了，小学时期生活在日军占领的北京,小学校里有日本教官,要背诵强化治安运动的标语。然后是三年国民党的统治,贪官污吏搜刮压迫百姓的情景也是我亲眼看到的。一九四九年中华人民共和国成立,五十年代初期以俄为师,抗美援朝,后来是连年的政治运动,一直到"文化大革命",再后来就是拨乱反正,改革开放。从这个参照系我得到一个判断:社会主义市场经济的中国是有希望的,现在的许多问题可以冷静对待,可以在社会自身的发展当中找到某种新的契机和希望。

有些学人主要的参照系是西方对现代文明的批判,因为在西方比较出色的知识分子多数都对现代文明持一种批评的态度。他们的批评带来的是一种清醒和反省,也带来一种对于精神乌托邦的向往。却根本不存在使社会回到前现代时期封建时期的危险。西方社会里的文学与政治社会实践比较分得清,没有人急于把作家的激愤变成立即操作的实践。然而用西方的"后现代"这服药,给尚未现代化的中国吃是否"对症"?我觉得是可以讨论的。保持文化与市场经济适当的张力是必要的,但片面地过分与激烈并不可取。我担心的不是什么时候中国"脱近代""后现代",而是又出现走回头路的"前现代"。你把这说成我的局限性我也并无异议。因为事实如此,血泪斑斑的经验就是如此。

我们可以从学术争论中享受它的热闹,但也要为它付出代价。许多的争论和意见带有泡沫的性质。我国的教育还不发达,还有许多文盲,受过充分的良好教育的知识分子还很少,当然从绝对数量上说不少,因为中国是个大国。知识分子的书斋化带来了许多可喜可爱的思绪也带来空谈自恋和自闭。在这个意义上说,我认为毛泽东的关于知识分子不与工农结合就一事无成的论断至今仍是有意义的。当然不能绝对化。关上门掉书袋的精英常常成为历史的泡沫,这是悲剧,有时也成为喜剧。我们面临的一个课题是要分清楚哪些是泡沫,哪些是学理的论争。

张承志在八十年代有一篇小说叫《胡涂乱抹》,前言里有这样一句话——只有最深刻的悲观主义者才能乐观(大意)。我很欣赏这个话,这个话并不是故弄玄虚,以我的理解所谓深刻的悲观主义者,就是知道人类的全部弱点,也知道我们民族所有的重负,知道我们文化上所有的积弊,因此,不抱不切实际的幻想。我是一个深刻的悲观主义者:人类不会因为一个口号、一纸药方、一面旗帜、一个思潮、一种理论、一场革命就能进入极乐世界,人类是如此,中国也是一样。我从来不认为中国能在一个早上实现几千年几百年没有做到的事情。为什么这种情况下才能乐观呢?因为它是相对的。有了这样的认识才能脚踏实地,才能看到生活的某些方面有了一些什么样的机会、转变或可能性。我觉得我们的希望仍然在于国家的发展,生产力的发展,民主与法制的完善。这种指望和乐观可以受到深刻的怀疑,例如,也许我们应该以生态平衡、天人合一、回归自然的观念来补充和修正发展的观念。也许我们应该以道德、艺术和宗教来制衡物欲。但是请逆向思维一下,如果不发展不建设不改善人民生活不增加综合国力的后果会是什么,我觉得这倒不必怀疑。我们有"认同危机",好,但对于上述情况似乎没有"认异"或"认谬"危机。一个作家应当不事声张地进行文学的创作和积累,用自己的心去判断去寻觅,因为中国的思潮太多了,来自世界的各个角落,和历史的各个时期的思潮,纵的多代与横的多元都在中国这块土地上交错碰撞着。

  每个人最后只能做他自己所能做的事情,我能做的是写小说。在电影《毛泽东的故事》中有一段不知大家注意了没有?我相信这是根据事实编的,毛泽东对尼克松的女婿说:世界是你们的,我老了,很快要去见马克思了。尼克松的女婿很会说话:马克思那里可以晚点去,中国还需要你,世界还需要你,你改变了世界。毛泽东哈哈大笑:我改变了世界?世界像个西瓜,那么大,怎么改变?据回忆录毛泽东当时是这么说的:说我改变了北京的几个郊区还差不多。这与他过去"一万年太久,只争朝夕"的劲头不完全一样了。我说这个话的意思不是灰心失望,是说像伟大的毛泽东在晚年都认识到能改变几个郊区也不错了,当然这是毛泽东的谦虚,他改造的远不是几个郊区。

我想在这样也许是有点悲观的论点基础上建立起来的理性和乐观或许更可靠更真实。

(作者答与会者问)

问:请谈谈您对知识分子、青年知识分子和作家的看法和希望?

答:一个直觉的想法是潜心进行文化的建设。这不是说要知识分子不关心不参与政治,但关心参与的程度要依不同的问题而定,比如外敌入侵,投入抗战,这是全民的;计划生育也是一项基本国策,我们执行就是了。另外也要因人而异,也有从治学走向完全从政的,这无可厚非;那种基本不参与现实政治的操作,始终保持自己独立学术品格的做法,也是一种非常值得尊敬的选择,人各有志人各有境人各有异,用不着互相傲视。中国知识分子对国家、对民族的关注是一个好的传统,体现了中国知识分子的责任心,但每个知识分子要有自己的领域,自己的基地,在自己的领域、自己的地基上进行耐心的建设和积累是中国文化的希望。

问:对中国的传统文化应当怎么看?对世界的影响如何?它会不会成为包袱?

答:当然有可能成为包袱,因为传统文化中有不少太"前现代"的东西,如三从四德,裹小脚,绝对的君权、父权等等。中国几千年的传统文化没有被割断,流传至今,也是有原因的。儒家重视人际关系,重视人的道德义务和伦理,注意保持社会的秩序和和谐,这都是很有道理的。

中国传统文化对世界的影响,首先是对汉字圈内一些国家的影响,就是那些多多少少采用了一些汉字的国家,像日本、朝鲜、韩国、越南、新加坡、马来西亚等。我们必须承认在晚近的几百年以来,我们对世界的影响和贡献还不够大。

影响总是相互的，不管是积极的，还是消极的，哪怕是歪打正着的影响。毛泽东发动的"文化大革命"就对世界有巨大影响，对这个影响的看法到现在也还有争议。中华文化如果不进行改造，不进行创造，不与世界的文明相交流相结合，（同时又保持自己的个性）也很可能成为中国发展的障碍，因为在我们的传统文化中有一些根深蒂固的弊端，如封建特权，家长制，人治而不是法治，缺乏民主的精神、讨论的精神、探求真理的精神，长官意志决定一切，以及各种愚昧迷信等等。我所说的"前现代"就是指这些，我们还没有实现现代文明，就要批科学主义、技术主义，我觉得太着急了，就像人还没胖就忙着减肥。

就像传统文化会成为包袱一样，过于先进的思想也可能成为包袱；没有文化的愚昧是包袱，书读多了也可能成为包袱。

问：请您谈谈通俗文学。

答：通俗文学是一个很广泛的概念，从中国的传统来说诗和散文是雅文学，小说就是俗文学。中国历史上有以诗取仕的，以文取仕的，却未听说过以小说取仕的。在中国有一批最好的小说是雅俗共赏的，如《红楼梦》《水浒传》《西游记》《三国演义》，你不能说它是纯精英文学。文学的价值也是多元的。作品艺术水平高超，流传年代久远，又雅俗共赏，面面都占上了，这当然最好，但很难碰到。有的很精深，但曲高和寡。有的大致无害，略微有益，很热闹，能解闷，也可以存在。要说通俗文艺最厉害的是美国，它有麦当娜、杰克逊这样闻名世界的通俗歌星，有大量的电视连续剧（肥皂剧）和通俗文学作品，但这并不影响它的高雅艺术的存在，费城交响乐队的名气很大，现在还活着的诺贝尔文学奖的获得者就有四个。通俗文学、通俗文艺并没有成为产生精英佳作的不可逾越的障碍。至于"扫黄""打非"之类，那完全是另外一回事。

我很尊敬的一个文学前辈提出来"文学上也要打假"，我就很恐慌，谁有权力判断文学作品的"真假"呢？你认为他是假，他要是认为你也是假怎么办呢？呼吁行政对文学轻易地进行干预不是好办法。

问：您的特殊经历会不会对您也造成某种局限？

答：当然有可能。我有了自己的经历，就会失去别的许多经历——比如，饱受现代化之苦的经历，饱受金钱泛滥之害的经历（我钱多得活不下去了），饱受高级科技服务之害、城市文明之害的经历，饱受民主与法律之害的经历等等，我都缺乏。我也没有举旗呐喊、应者云集的目标，又没有海外孤影、了此残生的神秘。我也完全没有纯粹的书斋生活的纸墨幽香、兰菊高洁、遗世独秀。我只是我而已，对于旁的类型，我自愧弗如，即使心向往之也未必能至。何况，我何必羡慕旁一种人生呢？

1995 年 10 月 13 日

小 说 的 世 界[*]

我写过一些小说,但我不是小说史专家,不是文艺学专家。写小说的人并不是读小说最多的,因为他把精力都放到写上去了。搞教学的、搞评论的可能读得更多、研究得更系统,所以我讲的不一定符合经典的、史的、论的眼光,只是我个人经验之内的那个小说世界。

一、小说的产生。小说产生于民间故事,人们对小说的需要,对小说的实践起源于讲故事。我们小的时候都愿意听大人讲故事,这不是正式的学习,不是上课,是娱乐性的。我们不考虑各派的学说,只考虑一个很实际的现象——我们为什么希望讲故事?人有一种好奇心,有一种寂寞感和局限性。人有一个很大的矛盾——生命是有限的,而你渴望了解和体验的东西又是无限的。一个孩子看到一只大鸟在天上飞,很有兴趣,而他自己没有翅膀不能飞。看到水里有鱼,他也不可能下到水里和鱼一块儿生活。所以人从有了心智以后,就感到现实的人生和自己的生命处在一种非常局促的状态。一个人能活到九十岁就很不错了,你每年搬一次家,也不过九十次,而且这很难做到。你的见闻、知识都很有限,讲故事则能使你得到一种趣味、一种知识、一种新的体验。

我们中国人常给孩子讲大灰狼的故事,它使人感到亲情的可贵,感到如果自己的母亲被大灰狼冒充的话是非常可怕、非常悲惨的。

---

[*] 本文是作者在鲁迅文学院的演讲。

中国有受后妈虐待的故事。意大利《爱的教育》中有一个故事,讲一个孩子走了几千里去寻找他的母亲。多数孩子都没有这样的经历,这使孩子反过来感到一种安慰,更珍惜自己的母亲。

世界上最精彩的关于故事的故事是《一千零一夜》,大家都很熟悉。一个暴君由于妻子对他不忠实,就要报复所有的女人——每天娶一个,第二天把她杀掉。后来娶了首相的女儿,她给国王讲故事,故事讲得太好了,第二天早晨该死的时候国王没杀她,让她继续讲,一直讲了一千零一夜,最后国王改变了他杀人的规矩。有一个学者非常重视这个故事本身,认为讲故事是对死亡的一种抵抗,是对暴戾的一种抵抗,是对人性的一种召唤和抚慰。人有一种孤独感、恐惧感,通过悲惨恐怖的故事能让人获得一种宣泄和温馨。

中国二十四孝的故事所宣扬的观念是十分陈腐的,但其中一些作为民间故事看很有趣味性。父母病了想吃鱼,冬天黄河结了冰,孝子就脱光了身子卧在冰上,把冰焐开,一条大鲤鱼自己就蹦了上来,孝子把鱼拾回了家。还有为母埋儿的故事,家里穷得过不下去了,要把儿子埋了。这十分可怕,而且本身就是很不道德的。为了埋儿挖地挖出了金子,这是令人反感的白痴行为,没有任何可行性,但它们都包含了故事的契机,都有一个理想化的结尾,使不可能的事情通过故事成为可能,使人的愿望得到虚拟的实现。

从哄孩子睡觉到有教化色彩的故事,已经看到了小说的萌芽。

二、古典主义的小说。不管中国还是外国最早的小说都带有古典主义的味道。所谓古典主义的味道,首先是人物的类型化、英雄化、精英化。写帝王将相、才子佳人、游侠骑士、奇人异士,都非平庸之辈。同时我们看到这些人物又相当类型化,君有明昏,臣有忠奸,美丑分明,善恶分明。很少写普通的人和平凡的事。其次,古典小说追求故事的戏剧化,追求故事的大起大落。如好人经过千难万险,各种考验和试炼,最后取得胜利;坏人权倾一时,嚣张一时,最后归于失败。再次,情节的模式化。它有几个相当固定的模式:复仇的模式,如外国的《基度山伯爵》,中国的《赵氏孤儿》《狸猫换太子》,都是从冤屈到复仇的故事。才子佳人的模式,公子落难,小姐慧眼相救私订终身,经过种种曲折,公子建功立业与小姐完婚,夫贵妻荣。这种故事太多了。这里有一个很有趣的含意——男人在危难时需要女性的保护。人类在很长的历史阶段中是以男性为中心的,男人更政治化一些,总是处在斗争的前沿,莫非是让风险小一些的女人打掩护?或者仍然体现着以男权为中心的一厢情愿?这是很有魅力的一种模式,一直到今天许许多多的小说仍未能摆脱它。清官赃官的模式,如人人皆知的包公的故事,他的秉公执法,他的料事如神一直发展到神话的程度:白天断阳间的案子,晚上做梦断阴间的案子。民族英雄的模式,中外各个民族几乎都有自己的民族英雄的故事,他们首先是体形体能就与众不同,其次品德高尚、智慧超人。最后他们在战争中杀人如麻,屡立奇勋,或者是屡战屡败,备尝艰苦而终获全胜。与民族英雄相对比,还会出现一些超常的坏人丑类。

古典主义有非常强的教化色彩。不管故事多么复杂,最后都是好人胜利,坏人失败。包含了一个劝善的主旨,它与社会公认的道德评价是一致的。忠战胜奸,孝战胜逆,节操战胜淫乱,信义战胜邪恶等等。古典主义在古典小说中占有正宗的地位,但有些古典小说虽然仍旧不能完全摆脱古典主义,但它们已程度不同地包含了现实主义的因素,如《红楼梦》《儒林外史》,又如魏晋的笔记小说,一直到蒲松龄的《聊斋志异》,它们大部分是文人创作的小说,以文人的创作为主,而不是以民间故事、传说、口授文学——话本等为主体。它们表现得更多的是文人的趣味和幻想。古典主义并不完全是一个历史的概念,它的一些准则到今天也没有完全死亡,比如贾平凹的有些小说,它的语言,它的叙述方法,甚至一些人物有很强的古典的色彩,我称之为亚古典主义。

三、现实主义的小说。它与古典主义有很大不同,它的人物不是类型化,而是典型化,尽管典型化这个概念说不大清楚。它塑造各式各样的人物,有大人物,而更多的是小人物,自相矛盾的人物,无所作为的人物,莫名其妙的畸零人物。如百无聊赖的"多余的人"奥勃洛莫夫,谨小慎微的"套中人",罗亭式的言语的巨人行动的矮子,还有高老头,阿Q,等等。从以情节故事为中心转移到以人物为中心,它可以把人物写得很深。如巴尔扎克笔下的单身汉、野心家或一个感情世界非常复杂、强烈、痛苦的女人。现实主义希望表达和显示人物更独特的性格和对人性更新的发现,而不仅仅是外在的性格或气质,如鲁莽、急躁、多疑、马虎等等,这就比古典主义前进了一步。同时,从可读性与奇、巧、完整等方面,又似乎不如过去。

其次,对细节的描写生动、详尽、准确。有一个苏联电影《托尔斯泰的手稿》是写托尔斯泰如何在小说《复活》中反复修改女主人公玛斯洛娃出场时的形象,画家根据他几稿不同的描写分别画出人物的肖像,作者最后选定其中的一种。现实主义写对话如闻其声,写肖像、场景如月光、晨雾、树林、暴风雪、海、船等使人如临其境,都达到了前所未有的高峰。现实主义在描写上取得的成就是无法逾越的。你现在想在人物肖像、城市氛围或天气变化的描写上超过托尔斯泰、超过巴尔扎克,简直是无望。我觉得西方现实主义大师在描写上的功力与科学技术和实证主义的发展有关,中国古典小说不重细节的描写,重在意会,写一个女子好看——身如弱柳,面似桃花,这无法从实证的角度去分析。而西方的几何学、光学比我们发达,给它的文学描写带来一种准确感、精确感。

再有,就是人道主义的批判精神。关心人,特别是被侮辱与被损害的可怜的人,弥漫着对不公正社会的批判精神。《复活》的批判锋芒指向俄国的整个上层社会,它写到了大理院、元老院、教会。《木木》写一个老农奴心爱的一只狗也被剥夺了。它们都是从人道主义的立场出发,批评批判了社会的权贵和富豪们,为生活在社会底层的老百姓鸣冤叫屈。

在现实主义中也有一些变化的因素,如狄更斯,我觉得他既是现实主义的,又是亚古典主义的。他作品的情节、脉络十分清晰。如《雾都孤儿》写一个出身贵族家庭的孩子,不幸落入黑社会之手,受到坏人的教唆,处境非常危险。故事是在善与恶、忠与奸、高贵与卑鄙的矛盾斗争中展开,情节大起大落。这与巴尔扎克和托尔斯泰有很大的不同。还有法国的梅里美,他写了一些对欧洲来说也是少数民族的故事。歌剧《卡门》就是根据他的写吉卜赛人的小说改编的。他的另一篇小说《高龙巴》是写苏格兰人。他追求的很难说是现实主义的,他追求的是戏剧化、是奇风异俗,写爱情、流血、仇杀,古典主义的味道非常浓。

中国现实主义的情况比较复杂,中国式思维的特点是对事物总体性的把握。当我们说《红楼梦》是现实主义的时候,我觉得从总体上说是不错的,特别是对人物的描写,它不是类型化的,它重视现实生活中人物的命运。也有对被侮辱与被损害的小人物的同情,如对晴雯、金钏、芳官等。也有对家族和社会黑暗的揭露。但它与在欧洲工业革命时期的现实主义有很大不同,它充满着梦幻、虚无、对人生无常的慨叹,不拘泥于写实。

四、浪漫主义的小说。它与比较客观,比较冷静地描绘社会和人生的小说不一样,它充满了激情。比如雨果的《悲惨世界》《九三年》,都是把人物放到最尖锐的矛盾当中来写,使你感到作者的激情就像火焰一样。又如陀思妥耶夫斯基,没有哪个文学史家把他看成浪漫主义,但从我的阅读来说,我觉得他更接近雨果的性质。他写作时急得有时多少页都不分段,或是请一个速记员,由他口述。使你感到那种激情就像泛滥的洪水把他自己的作品都淹没了。他顾不上精雕细刻,顾不上冷静分析,也顾不上"如实反映"。你如果用对巴尔扎克的期待读陀思妥耶夫斯基的小说,可能读不下去,反过来说你如果用对陀思妥耶夫斯基的期待读巴尔扎克,也读不下去。

五、现代主义的小说。现代主义是一个非常混乱的概念,我所理解的中国所谓现代主义小说有这样一些特点:(一)写人物的内心。

它与现实主义写人物的性格、命运和显示其社会性有很大区别,侧重把握人的灵魂深处的东西。它与弗洛伊德的学说有紧密的联系,因为弗氏发现了人的无意识。一些现代主义的范本写人的心灵所达到的深度是前所未有的,甚至是惊心动魄的。就像一个精神病患者丧失理智后凸现出来的隐秘的恐惧或欲望使人震惊一样,能令读者感到一种灵魂的刺激或共鸣。(二)反煽情。人类越来越走向成熟,开始感觉到过去文学作品的煽情性太强了:好的就是那么好,坏的就是那么坏,爱起来就是罗密欧与朱丽叶式的,就是贾宝玉、林黛玉式的。人们慢慢认识到事情并非那么简单,爱情是美丽的,但它又不能永远沉浸在诗意和圆满之中,不承认这一点常常使你陷入某种尴尬。王朔写爱情带有一种嘲笑的口气,《过把瘾就死》中女主人公把男的捆起来问:你到底爱不爱我?女子痴情执着不能说是缺陷,但你看到这儿就觉得很可怕。王朔本身并不是现代主义,但他的这种生活态度和艺术观念与现代主义的潮流有关。(三)人们开始用审慎和批判的眼光看待世界上一切美好的东西,用相对主义的观念来看待人生。圣人伟人也有很可怕的一面,他们在一定的条件下可以视旁人凡人如草芥。钱锺书三十几岁就说过:绝对洁白的心、绝对洁白的观念与完全的黑心其效果是一样的。你的心被神圣、伟大、崇高、健康都占满了,你容不得一点世俗、平庸和缺陷,这是一种很可怕的压力和异化。这就构成了现代主义的另一个特征——非英雄主义。(四)形式上的颠覆。文学充满了悖论,没有一定之规。所谓不要故事,不要人物,不要节奏,不要标点符号,没有秩序——扑克牌小说等等。现代主义作为一种文学思潮有很大的革命性、创造性,但它又有很大的破坏性。有人认为我是现代派,其实我离现代派远得很。现代主义的经典之作我一个也没完整地看过,看不下去,但是,作为一种艺术创作我完全能理解。比如不用标点这是许多语言学家深恶痛绝的,但我觉得没什么不可理解,它就是相声中的"贯口",一口气说下来,表现一种技巧或激情。还有京剧中的"骂殿"也是如此。又比如扑克牌小说,也没有什么可怕的。中国的古诗讲究集句,比如把四首诗中各一句拿出来,联成一首新诗,这不就是扑克牌诗的意思吗?当然,这些都不是正统,但作为一种试验没有什么不可以,不足为奇,不必义愤填膺。至于外国的现代主义、新潮小说、新小说到底在追求些什么?成败如何?我知之甚少,却很值得研究。

六、我自己的创作体会。(一)从自己的经验和感受出发。我写的东西都是以我的经验和感受为依据的,而这种感受又不能强求,不是为了写小说才去感受。《活动变人形》中就有我童年时期刻骨铭心的感受,它不是为了写小说才寻求的。是不是所有的作家都是从他的经验和感受出发呢?我不敢这么说。苏童所写的东西我不敢说都是他体验过的,他写《妻妾成群》的时候还未结婚。作家是需要点敏感和激动的,太冷静了写不出来,而太激动了写出来的东西往往比较虚,这又是一个文学上的一个悖论。(二)文学是一种记忆的形式,那些内心的深刻的体验在历史教科书上是不会有的,在论文集上是不会有的,只有通过小说、诗歌来表现,通过文学来表现。(三)有了经验、感受、记忆还是不够的,一定要有虚构,要有一种对艺术乌托邦的向往和追求,要有能力去建构一个艺术的世界。小说提供的世界毕竟与现实生活的世界是不一样的,比如你写一个苹果,假若这个苹果和真实的苹果一模一样,那你何必写这个苹果呢?你给他买一个苹果不是更好吗?这种虚构实际上是向读者提供一个文学的乌托邦,使读者得到一个在现实生活中不一定能得到的东西。古往今来,以爱情为题材的小说最多,说明什么呢?说明大家都有爱情的要求、欲望、幻想和激情,然而很少有人能使他的要求、欲望、幻想和激情百分之百地实现。爱情总是带有不满足和某种遗憾,这就需要文学来填补。又如复仇的小说也很多,这恰恰说明现实生活中平冤狱的困难。(四)追求文笔的自然和行云流水,不赞成雕琢和过分的苦吟,所谓"吟安一个字,拈断数根须"。我也不赞成"惨淡经营"四个字,它立刻使我联想到"捉襟见肘",联想到您只有二百块钱就想开一个公司。当然每个作家的习惯是不一样的,据说福楼拜写《包法利夫人》,为了追求艺术上的完美,拿到一次校样他改一次,拿十次改十次,拿二十次改二十次,永远没完,几乎成了一种病。书商火了,不许他再改,这才打住。(五)不拘一格,博采众家之长。我不认为各种风格和流派是对立的,如上面提到的古典、写实、浪漫、现代等等,到我这儿都不对立。《红楼梦》就不对立,它既是写实,又不是写实。我还主张写作不要勉强,写不出来不要硬写。

(作者答与会者问)

问:现在文学的发展趋势是什么?

答:看不出来。像我这个年龄的作家,很多人在写长篇,在回忆自己曲折的生活经历,像陆文夫等人。也有一些年轻一点的女作家在写自己的私人生活,她们的写作越来越私人化,包括表达自己的内心世界,像陈染、林白等。有一段时间,所谓新写实主义的作家为人瞩目,如方方、池莉、刘震云等人,也包括王朔。下一步他们怎么写?这要从他们的作品中找答案。余华比较先锋,但现在写的东西开始向写实靠拢。莫言、张炜都写出了有分量、有冲击力的大长篇,体现了中年作家的创作势头与执着追求。同时,市场对文学创作的影响也非常大。所以,我能说的是现在的文学创作越来越多样化,更多的说不出来。

问:您复出文坛以后,写了不少意识流的小说,影响很大,是什么促使您当时选择了这种手法的呢?

答:如果看过我的散文和诗的话,你能发现我希望更多地表达人的内心感受,而且这种感受不是因果链条上一种线性的展现。比如写丈夫参军,妻子不愿意,发生了矛盾,通过回忆旧社会的苦,妻子想通了,高高兴兴送丈夫参军。它的感情世界在因果链条上的发展是十分清晰的,而我深深感到人的感情世界内心世界并不是这么简单这么清晰的。又比如一个人在政治上受了冤枉,几十年后平反了,他会很感动，但这绝不仅仅是感谢党的关怀一种心情所能表达的。几十年的光阴过去了，人也老了，此一时也，彼一时也，心情不一样了，往事不再。我希望更深入更立体地展现人的内心感受，而不是用线性的因果链来写人的情感。另一点，我感到中国小说的空间太窄小了。写一个班组，写一个家庭，写一个村镇，都是围绕一个社会重大的政治事件，写进步与落后乃至革命与反革命的矛盾和斗争。写的方法也是大致依照因果的顺序、时间空间的顺序、由近及远等等。我希望通过我的创作对中国的小说有所开拓。回想一下，一九八〇年有人对《夜的眼》《风筝飘带》都说看不懂，再看看现在的小说，你就会发现小说的空间确实比过去扩大多了。

问：请谈谈您与某些人的论争？

答：谈不上论争。当前中国处在一个变化的阶段，人们对文学的价值判断和选择有很大不同，有时也产生一些摩擦，但从我个人来说我无意也无兴趣针对哪一个人说三道四，我谈的是文学现象、社会现象和对转型期文化的总体把握。这里也不无"代沟"的问题。例如最近舒芜写了一篇文章《让那伐木者醒来》，说到一些人当了"右派"，在北大荒的林子里劳动改造并死在了那里，希望他们醒来。今年第十一期《读书》上发表了一个读者的小文章《让那伐木者睡去》，什么意思呢？说一些年轻人议论，如果我们遇到那种情况，无缘无故给戴上一顶右派的帽子，我们的选择是要么杀人，要么自杀。那些人居然能忍受，就让他们睡去吧，无须再醒来了。最近我还看到一个人的文章，说中国的作家太没出息了，中国的作家没有一个为了主义而死的，中国的作家连自杀的勇气都没有，都特别惜命。我想说这个话的人自己大概也没准备自杀，也没有自杀的勇气。从这样的议论中我们可以看到明显的"代沟"，他们是在现在的环境下说这个话的。其实，中国的作家非常英勇地参加了革命，中国的作家为主义而牺牲的太多太多了，左联的烈士柔石、殷夫、冯铿、胡也频、李伟森不都是为主义而死的吗？中国的几代作家为革命的理想主义付出了沉重的代价,他们对敌人是非常勇敢的,从来没怕死过。而对革命自身来说,革命者又是委曲求全顾全大局任劳任怨不怕冤枉的。一个人革命的时候不可能一边打击着敌人,一边怀疑着革命,尽管决策可能不正确,领袖也有犯错误的时候。你一面与敌人拼刺刀,一面怀疑与分析领导关于战斗的决策是否正确,这可能吗?如果你保持充分的怀疑主义和理性主义,那就没有革命了。革命本身就是一种激情,就是一种信仰主义,坚信革命是正确的。投身革命的这一代人的悲哀在哪里呢?革命的时候他们很勇敢,什么都不怕,但后来被自己的革命阵营给收拾了,这使他们自己就失去了信心:也许收拾得对吧?应该接受改造吧?这就是信仰主义的代价:一方面对敌人英勇牺牲,一方面对革命自身委曲求全。否则你无法解释被斯大林错杀的苏联高级将领在枪毙的时候还高喊斯大林万岁。你何必怨这些作家呢?中国的那些将领们在敌人的千军万马面前害怕过吗?陈毅元帅在苏区被包围的情况下写的诗是何等壮烈?彭德怀怕过哪个敌人?但毛泽东要收拾他,他毫无办法,信仰决定了他第一要和蒋介石血战到底,第二要无条件服从毛泽东。现在的一些说法反映出人的记忆是无法保持的,沟通是困难的。类似的责难外国人也喜欢讲,他们是隔岸观火,而有些青年人是隔代观火。当然出现这样一些言论也有它可喜的一面,说明中国现在已经跨越了那种单纯的信仰主义。

问:你八十年代的意识流小说使你的文学创作出现了一个高峰,但我觉得它又影响了你向另一座高峰跨越,你以为如何?

答:或许是吧,有一得就有一失。我无意追求做一个中国的什么"旗手",说实话文坛不是拼刺刀的方阵,我不喜欢"旗手"这种概念。对我来说,意识流是为我所用的,写实、梦幻、抒情、幽默也是为我所用的,我吸收融合一些东西不是为了它本身,而是为了表达我和我这一代人的思想和情感。

问:随着市场经济的发展,文学是不是有走向市场的可能?

答:不是可能,而是已经走向市场。很简单,书和杂志都是卖的呀,"著作权"本身就通联着"市场"。但是,市场不能决定一切,文学作品毕竟与其他商品有所不同。

问:现在不少小说的故事性越来越小,一个动作、一个眼神就能写一大篇,给我一种小说走上了穷途末路的感觉。你认为这种重视叙述,不重视故事的情况是一种进步,还是一种衰退?

答:小说应各式各样,没有优劣之分。注意叙述,写好了就是进步;注意故事,写好了,还是进步。这和打乒乓球一样,横拍直拍,守球攻球,一面攻两面攻,都可以是最佳运动员,赢了球就行。你用的是世界上最先进的方法,输了球也是白搭。文学上也常常是物极必反的,如果大家都不去写故事,读者也会感到不满足而期待故事性较强的作品,于是故事便又会红火起来。

问:什么是文学的边缘?您认为文学走向边缘是新生吗?

答:这是套用海外的说法,不是说文学的边缘,而是说文学在社会上所处的位置在走向边缘。在以意识形态的斗争为中心的年代,文学常常处在社会中心的地位,如批判《海瑞罢官》一下子就成了"文化大革命"的前奏。现在文学的地位不再提得那么高,开始由中心移向边缘,这很正常,这不意味着文学不重要。

问:请谈谈魔幻现实主义?

答:它的代表人物就是哥伦比亚的作家加西亚·马尔克斯,在中国的影响非常大,很多人模仿他的写法。他的《醉孤独》我看了三次,没有读完,因为我确实觉得读上三分之一至多三分之二就足够了。青年评论家王干对他有所批评,说马尔克斯是站在西方话语中心的立场上,写拉丁美洲一些稀奇古怪的东西,以满足西方人的好奇心理。在西方一些非常成功的东方题材的电影,也是把中国、把东方写得稀奇古怪。老外对这些作品提供的"杂碎"很有兴趣,这反映出东西方文化的隔膜,也反映出当今世界仍然是以西方文化为中心的。王干的批评很尖刻,却是真的。

1995 年 11 月 16 日

我们是世界的希望和果实[*]

我非常感谢爱文文学院,非常感谢新疆驻京办事处、新疆文联、新疆兵团文联、伊犁文联,也感谢这届评奖的评委,还有今天来的朋友们。我说真话,我确实也觉得不好意思,一个是因为我得这个奖未免太老一点,我今年快六十二岁了,应该让更年轻的作家获奖;再一个呢,——这我也讲老实话,我从开始拿笔到现在已经四十三年了,从一九五三年开始算起,这四十三年也写了很多东西,也出过很多书,甚至也出过一些风头,但是,是不是达到了我原先写的那个样子?我觉得我没有达到。我在年轻的时候,从十九岁开始写《青春万岁》的时候,那个时候我对文学的追求,对文学的想法,对自己的自信,对自己的激情、敏感、博闻强记……那是非常有信心的。但是我越写越感觉到,仅仅靠激情、记忆力、想象、敏感,未必就能够达到自己写作的追求和目的。回想一下我自己的这一生,我的写作,我觉得,我确实还只是历史的回音。历史给我以厚爱,历史给我所启示,同时历史也给我以局限,甚至也有历史的牺牲。我的经历未免是太历史了。从小时候开始算,我出生后四年是卢沟桥事变,八年以后是日本投降,国民党军队到了,然后三年多以后,是北京解放,然后八年以后开始"反右"……这样,大体上每隔三五年七八年绝对有历史的重大事件,我的命运——甚至我也找不到自己的命运了,因为我的命运完全

---

[*] 本文是作者在第二届"爱文文学奖"颁奖大会上的致词。

变成了历史的回音。虽然我主张作家写得可以个人一点,也可以写得花样多一些,但实际上,我做不到,我的作品里除了历史的事件,还是事件的历史。这是一个很大的局限。还有一个局限,就是你写作的追求本身是包含着悖论的,因为我们说追求真、善、美,或者说你还有别的什么追求,但是任何一种追求都是一种价值观念,而任何一种价值观念都包含着一种危险,因为有价值就有竞争,有竞争就有排他,有竞争就会对自己缺少的东西不能很好地认识。所以想到这一点,我也常常对怎样把一个东西写好感到困惑。最后我说我不好意思,是因为觉得不管怎么吹牛,毕竟我的写作已经不是非常活跃了,越写越年轻那是不可能的。我想我大概还有五六年七八年的写头——当然,这以后还可以发表一些鼓励青年人的小品、讲话之类的作品。"季节系列"完成了我就基本搁笔了。所以我想到我现在并非在一个最佳的状态下。但是我感到了大家、朋友们的友谊和这种友谊的鼓励,我还要努力写下去,也还要争取最后的一搏。能不能达到最初写作的目的,还得试一试。为了感谢大家,特别是为了感谢新疆来的同志们,我现在分别用汉语和维吾尔语朗诵一首诗:

我们是世界的希望和果实,
我们是智慧眼睛的黑眸子;
如果把巨大的宇宙比做一个指环,
那么无疑
我们就是镶嵌在上面的那颗宝石。

1996 年 4 月

小说的本原与还原[*]

首先感谢温儒敏老师对我的评价和邀请。但说老实话,遇到这类邀请我一般都很为难。因为对于一个写小说的人来说,话应该由其作品来说。而作品以外的话,在最成功的情况下,也往往显得过于直露,有时候难免片面,属于蛇足一类。遇到面对面交流的时候,我还有另一种惭愧,就是不能提供一个例如与刘晓庆、巩俐交流那样的欣赏与愉悦。

我讲的题目是小说的本原与还原。这也是杜撰的说法。我的讲话可能不合文艺学的规范,和文学概论课程的提法有时候不搭界。因此仅供你们参考。有不一致的地方,一切以老师在课堂上的讲授为准。我讲的都属于野狐禅。

先谈小说的本原。

小说是从哪里来的?我不想从理论上说,我只谈谈小说家们是如何感觉小说的由来的。

我愿意举一个例子,就是《红楼梦》对小说本原的说法。它说小说来自大荒山无稽崖青埂峰上的一块石头,那石头上写着小说。这个说法本身当然是靠不住的,我们走遍世界也找不到那样一块石头。但是这个说法不无道理。就是说好的小说,即使对于作者本人,也有一种原先就已存在的感觉。我称之为"先验感"。当创造物离开了

---

[*] 本文是作者在北京大学中文系的演讲。

创造的主体以后,它本身已经成为一个有生命的,一个生气贯注的自足的甚至是可以自己发展的存在。我觉得这可以说是一个作品的最高境界。小说写出来以后,你不觉得这篇小说是你写出来的,而觉得是天假尔手(在中国哲学史里,"天"的意思就多了),是原本就在大荒山无稽崖青埂峰那个地方,真是有那么一块石头,上面的书就写成那样。你如果写到这一步,有了这个感觉,很可能你的作品就有点戏了。这就和那些捏出来的、编出来的或者完全改出来的作品大不一样。当然,改是非常重要的。我也常改,不是不改。有人认为我是下笔千言,倚马可待,实际不是这样。我有时候也不厌其改。但真正好的作品不是改出来的,也不是惨淡经营出来的。好的小说应该成功到一个什么程度呢?它对作家来说也好,对读者来说也好,都是一个先验的存在。第二,一个好的小说,它所具备的特质,应该是宇宙本身所具备的特质。这个话似乎说得又夸张了。它的意思是什么呢?就是说它具有一种原生性,一种不可穷尽性。你读这个小说,就像进入了一个宇宙。你是探讨不完的,咀嚼不完的,消化不完的。宇宙的特点是什么呢?万物生于有,有生于无,道生一,一生二,二生三,三生万物。天何言哉!天何言哉!然后有四时,有五行。当然有人,有悲欢离合,有人的沉浮、用藏……你觉得宇宙的一切特点,恰恰是小说这个世界所有的。最好的小说,都是最逼近宇宙本体的小说。你在这个小说里体会到的是整个世界。不仅仅是人的世界,也是天的世界。我们都很推崇一个说法,就是高尔基讲的,文学就是人学。我想这大致上是不错的。但是从我个人感情出发又常常觉得不满足。诚然,文学是人学,但应该还有天,还有宇宙。这是小说的一个本原。

其次,小说还是人的灵魂。它是由于人的精神需要而产生的。小说的本原肯定离不开我们幼年听故事的经历。一个孩子从很小,大概从两三岁就开始有听故事的要求。第一个给自己讲故事的很可能是自己的母亲,也可能是外婆、奶奶,或是别的亲人。我们中国孩子所听到的极为普遍的故事,恐怕是大灰狼的故事(当然这个故事经过了多次加工)。说的是有三个姐妹,或者是四个姐妹,她们的妈妈出门了。随后大灰狼来了,假装是她们的妈妈,骗孩子。一开头没骗着,后来骗成了。解放之后改编的说法是几个孩子团结起来,经过英勇顽强和充满智慧的斗争,把这个灰狼给消灭了。但民间故事的原型,似乎是没有斗争得那么顽强。有的说法是某个孩子傻一点,还被灰狼给吃掉了。当然最后怎么样,我已经记不太清楚了。我想这是一个特别引人深思的故事,启发我们探讨小说的起源。

在国外,最引人深思的故事,我觉得是《一千零一夜》的故事。在《一千零一夜》的开篇,第一个故事就是关于故事的故事,也就是宰相女儿山鲁佐德给暴君讲故事的故事。她要靠故事来战胜死亡,她要靠故事来战胜强暴,她要靠故事来维系生存,保全性命,她要靠故事来改变一颗充满了仇恨和残忍的心。那么回过头来,我们再看中国孩子所喜欢的那个故事。我觉得那个故事很天真,也相当悲哀。如果三个女孩留在家里,而妈妈不在,便有被大灰狼吃掉的危险。这个故事包含着一种对寂寞、恐惧的抵抗,包含着一种对温馨的需要。为什么孩子特别在临睡觉的时候希望听故事呢?临睡觉的时候人会感觉到自己的某种软弱,某种无助。哪怕你是一个强者,是人猿泰山,你也有睡觉的时候。睡觉真是一件很危险的事情,老虎也有打盹的时候。一打盹,连老虎也不可怕了。记得一部武侠小说里描写的,一位江湖上的邪教教主,他睡觉的时候手里面总捏着一根香。当香烧到手上,他立刻疼醒,换一个地方去睡。他不能够很安心地睡下去了,否则就会有很大的危险。所以小孩子在临睡的时候希望亲人给自己讲大灰狼之类的故事,通过大灰狼的故事,更感觉到母爱之不可或缺,家防之不可或缺。这说明什么呢?这说明听故事是人的一种精神需要,小说是人的一种需要。人在生活中现实中有一些不满足,有一些缺憾,有一些希冀,比如在临睡觉前,更需要母爱消除恐惧;或者说他的生存受到威胁,像阿拉伯那个宰相的女儿一样,用故事来抵抗威胁,用故事来安慰自己。

但小说的起源不仅仅是这些。小说里面还有一种很有意思的现象。就是它开始并不是小说，而是实用的语言和文字，比如说书信、日记、口头汇报、历史记载等。它们本来是用于一个实用的目的，为了记载，或者为了传达。但是这样的一种记载、一种叙述、一种传达无意之中有了文学性、有了观赏价值。它无意之中能吊起人的胃口，逗起人的好奇心，吸引人的兴趣。这样的例子很多，譬如中国古代的小说，许多是与历史分不开的。我读《史记》就常常感觉到一种疑问，就是它的有些记述，太小说化了，我读的时候常常会产生在读报告文学的感觉，因为它不像是真的。《史记》里的故事常常让人觉得不太真，也许古人实际生活真是如此，跟小说一样？它的故事性太完美了。譬如说张良拜师，这只能是小说，怎么可能是事实呢？这不开玩笑嘛，人哪有那么办事的呢？作为小说它是完美极了，可爱极了。作为事实简直不可思议。还有鸿门宴，多好的一个故事。当然有解释说，司马迁写得很老实，没有把它小说化，而是因为越是古人，身上小说的因子、色彩越多。越是现代的人，又是下海，又是电脑，又有各种的算计，于是艺术细胞、艺术气质越来越少。特别是赠绨袍那一段，不但是小说，几乎就是京剧本子，不用排演。"先生别来无恙乎？"太戏剧化了。还有霸王的故事，范增的故事，比比皆是。但不管怎么说，以史为特点的撰述，却提供了小说的各种特点：生动的描绘，引人入胜的情节，性格，悬念，大起大落，大开大阖以及各种氛围，或雄壮、或悲凉、或凄惨。有趣的是，当人们从实用的文体当中寻找到小说的因素之后，职业的或者专门的小说家又要拼命使自己的小说与某种实用的文体靠拢：譬如日记体的小说，不管是《狂人日记》还是《腐蚀》，甚至《腐蚀》的前面还要说明，这本日记是在重庆的一个防空洞里捡到的。再譬如书信体小说。我在五十年代读过我国《译文》杂志上发表的苏联小说家巴甫连科的一部小说，通篇都是关于爱情的书信，写得实在好极了。这里顺便插一句，巴甫连科这个人很可悲，他能把小说写成那么好的情书，但是据揭露出来的材料，巴甫连科是搞个人崇拜最厉害的一个人,就是说他也写过许多小报告,害过许多他的苏联同行。小报告有没有可能有文采,譬如说把假的写得跟真的一样,而且特别能投其所好,无中生有?这个且存疑。但实用当中有文采,我是颇见到过一些。

我曾多年在农村劳动。我发现越没有文化的人,没有上过学受过教育的人,它叙述一件事越生动。当然不是绝对的。这要有前提,就是这个人要很聪明。没文化的人中也有很笨的,话说不清账也算不清的。但确有没文化又非常聪明的人,他叙述一件事实在是活灵活现。叙述他买一件东西,叙述他与城里人打交道的一段经过,哪怕是叙述一件车祸,他不会把一件事情提纯了说,即说清楚:上午几点几分,在四道口向右拐一百五十米处,对面来了一辆奥迪,车号京AC8888,压住某人左脚,要求赔偿。这是提纯了说的。但没有文化的人一定不会提纯,他一定要把许多细节说进去。

以上讲的都是小说的原生起源。还有次生的起源。即小说本身也可以产生小说。人们读小说的结果,便产生了一种定势,就是什么东西是小说,什么东西不是小说,而且小说形成了自己的模式,自己的套子。绝对地不依靠任何模式写小说的人,也许有,但很少很少。比如以中国小说而论,才子佳人的模式,公子落难、小姐慧眼识英豪的模式,在今天的许多作品中,大家还可以看得到。如写一个右派,各个方面都处在最严峻的条件下,正在这个时候,一个可爱的女孩子,或是寡妇,总之是出现了一位很貌美、很善良的女性,对他伸出了援助之手,甚至使他起死回生,转危为安。即使一些非常高雅的作品也有一定的模式。譬如说,一次不成功的爱情,一次爱的冲动但最后又错过去了,失之交臂。不知有多少中外雅人都写了这样的故事。而这类故事是写不完的。爱情越不成功,越是让后人、读者为之唏嘘不已。最后,如果成功了,男人官至一品,女人诰命夫人,生了五男二女(那时是不搞计划生育的了),反而无趣了。而那些不成功的爱情,真是写不完的。

我曾经非常陶醉于一篇印度小说,后来我从许多小说里找到跟它相通的故事。小说的题目和作者的名字我忘记了。它写一个农村的妇女,新婚以后和她的丈夫过得很幸福,很愉快。后来丈夫到加尔各答去打工赚钱。女人不希望丈夫去,但丈夫一定要去,因为周围的男人都到加尔各答去赚大钱。丈夫去了以后,十几年也没有回来。女人每年都等着他,每个节日、纪念日都等着他。女人含辛茹苦,把自己的公婆都养老送终,靠自己的劳动使家道小康。终于,十几年之后,女人下决心到加尔各答去找她的丈夫。去以前买衣服,换衣服,打扮自己;想到她的丈夫最喜欢吃的家乡的土产、菜肴,她把它们做好了,准备好了,然后她去了。在加尔各答,历尽千辛万苦,终于打听出丈夫的下落。丈夫在一个收容所里,女人发现她的丈夫已经是一个麻木的人,各种坏毛病都染上了,成了无家可归的流浪汉。她不敢相信那人是自己的丈夫。最后,她把各种好吃的东西都放到丈夫的面前,让他来吃。然后她就悄悄地走了,她不准备再要她的丈夫了。我不知道当时为什么对这个故事这么感动。我觉得它就是我所说的那样一种天地不仁、万物无情的感觉。世界上几乎没有什么美妙的东西是可以永存的。当然这并不是哲学的或者伦理学的命题。如果在座的同学想写一个小说,反其道而行之,说明美好的东西千年不变,万年不变,也很了不起,也许会超过这个小说。但是类似的故事,我在许多的作品里看到过,譬如香港的李碧华写的《胭脂扣》。总之小说除了这些原生的本原之外,还有次生的。小说本身还形成了一定的模式,你不可能完全摆脱它。不可能设想,一个小说家在写小说之前,一篇小说也没有看过。

下面我想谈谈小说的素材。小说有没有自己的素材呢?

我认为一种是经验型的,这一点非常明显。就是说小说写的大致是作者的经历,大致是和作者的经历、阅历分不开的。譬如说奥斯特洛夫斯基的《钢铁是怎样炼成的》,许多地方都是他的真实经历。当然也有作者不如实描写的地方。前几年国内报刊上有过许多很有趣的说法。说实际上冬妮亚的原型根本不像小说里写得那么坏,她实际上是一个很可爱的女孩子。有一点娇嫩,那当然了,她毕竟没有《红色娘子军》吴琼花那样的经历,不是那样的出身。还有过讨论说,按书中的描写,冬妮亚也没有太严重的错误。因为保尔在修路,破衣烂衫,饥寒交迫,而冬妮亚穿着一身翻毛皮大衣,从那个车站经过。但所有这些都没有意味着冬妮亚反对修路,轻视保尔的穿着,都不能构成冬妮亚道德上的欠缺。这些争论,我们不去管它。这些是经验型的。又譬如说韦君宜女士,她说她写作品,大致都实有其事,都实有这个模子。没有模子的话,她觉得很难下笔。她的有些作品,像《露沙的路》,虽然没有在文学界引起很大的轰动,但是读过这本书的人都给予很高的评价。再譬如五十年代后期,有一个老干部,叫李六如,写过《六十年的变迁》。主人公名叫季交恕,李字头上加一撇成了季,六字下加一个乂成了交,如字下添个心成了恕,显然季交恕就是李六如。这是比较明显的经验型的。

还有一种非经验型的,我们姑且应该称之为体验型。它更多的是写作者的心里对于他的环境,对于周围的世界,对于他经历的一种事情的反映。譬如说《老人与海》。我不知道外国文学专家是否考证过海明威到底有多少海上生活的经历,他是不是喜欢一个人独自驾着一叶扁舟,漂流在海洋之上。这是另外的问题。他的可贵之处不在于写出生活的经验,而在于写出了体验,写出了他自己的精神自己的灵魂对这个世界、对这个宇宙的感受。孤独,奋斗,勇敢,险恶,但最后几乎是一无所获。最终他带回的是一条大鱼的空架子,大鱼的肉一路上已经被其他的鱼吃掉了。这样一种体验,使故事大大地升华和演化了。你可以把它看做是一次航海的经历,甚至也可以看成是一种人生的经历。因为你如果生活在一个险恶的社会里,一个险恶的环境里,你不断地对付鲨鱼,对付仇恨,对付雷雨,对付迷失方向的恐惧。你常常感觉到孤身一人,濒于绝望。你取得了胜利,但又得不到对胜利本身的满足。又如契诃夫的小说,那更多的是一种体验。他的小说也有自己的模式,写一种小康,一种平庸,在平庸当中满足的困惑和精神的委靡。让你觉得一切的日常生活是那样的无聊,那样的野蛮。当你获得了你所要获得的一切以后,会发现一切以后是零。这都是体验型的小说。

还有一种触发型的。我们研究作家写作的动机,写作的缘起,会发现它的触发可能是很简单的事,是非常单纯的、甚至是毫不相干的,但是却引起了他那么多的思绪,激活了他那么多的回忆,唤起了他那么多的柔情,使一部小说得以诞生。

这样的例子多得不得了。譬如苏联作家费定,他写了"革命"三部曲。《早年的欢乐》《不平凡的夏天》,都是大部头的。他曾讲过写作的缘起。在一个冬天,走过奥德萨的街道,看到满城的白雪,洁白的雪使他产生了一种冲动,要写这个城市的历史,写这个城市的人们在十月革命前后所经受的考验。譬如冯骥才写的《高女人与她的矮丈夫》,他告诉我,他写这个作品,就是一次坐公共汽车看到夫妻两口子,女的个子高,但也不像他写的那么高,男的个子相对矮一点。其实这也不足为奇。中国人比较少见多怪,我在外国常常看到高女人和她的矮丈夫。因为外国女人本来就个子高,又穿高跟鞋,很容易给人一种比他的男人还要高的印象。冯骥才写这个小说,是从这么一件事情触发的,至于其中其他的一些情节,都不是他所亲历的。譬如我写《风筝飘带》,那时我刚从新疆调到北京来,好不容易在前三门分到一套房子,一个很小的两室一厅的房子,那时我刚搬进去,楼里还没有完全住满。一天我走过楼道的时候,发现一个男孩和一个女孩在那里谈恋爱。我忽然觉得,他们的确没有地方谈恋爱。天那么冷,他们上哪儿谈恋爱呢?他们偶然发现这幢房子开始有人住,楼门打开了,还没有住满,相当的空荡,他们就寻着一个角落,可以缩在过道的一个地方,可以靠得近一些,互相亲热一会儿。

所有说的这些,都大致上符合毛泽东同志对文艺的一个论断,即生活是文学的唯一源泉。

但也有另外的解释。国外和中国都有人更喜欢用潜意识或用比较神秘的色彩来解释创作。譬如湖南比较有特色的女作家残雪,多次讲她写作的时候从来不知自己在写什么。坐下来,进入一种情境,进入情况,如痴如醉地写下去。写的什么不知道,写完了才知道。她在美国讲演的时候,在费正清研究中心,和听众辩论起来了。因为相当多的听众,包括美国的听众不相信。大家知道,美国是一个最见怪不怪的国家了。你即使长了三只脚在美国的街上走,也没有什么人注意,但是他们不相信残雪。但我大致相信,我不认为残雪有必要到美国去故意地北京话叫做"矫情"。这是有可能的。当她内心的感受非常饱和,当她不管是情感上还是语言上都有了太多的内驱力,就有一种不吐不快的创作欲。它涨满了,产生一种鼓胀,一种憋闷的心情的时候,作家大致上能够做到听凭下意识的驱使来写作。但这不是绝对的,因为当你写字的时候,起码还要想一下这个字怎么写。是不是错别字,是不是可以换一个字,肯定还是要想一下的。

这就是说,写作的素材在一定的条件下也可以是自己的内心,也可以是自己精神的一种活动。当然这也不能否定"生活是文学唯一源泉"的说法。因为人们可以解释说生活也包含了人的内心生活,也包含了人的精神。我看过苏联一个人谈这个问题的文章。我们可以称之为迷幻型素材的蓄积。

当然,还有考察型。要写一个什么东西,譬如说我为了写北大,便到北大做一年的考察,然后写出关于北大的作品。我不擅长这种写作,但真有会的。譬如谌容对我说,她写《人到中年》,就是专门跑了一段同仁医院,在同仁医院叫体验生活也可以,叫带职下放也可以,问题不在于名分。实际上她是考察型的。茅盾写《子夜》,也在上海做了一段考察工作。通过考察掌握大量的材料,能够有所取舍,再和自己的经验自己的想象结合起来。这样写小说也大有人在。

还有历史小说,多是考察型的。有的人为了写历史小说阅读大量的典籍、杂书,还要到实地去考察。譬如写一个故事发生在陕西,他就要去一趟陕西,去一趟遗址,去一趟山沟。写一个故事发生在河南,他就要去一趟河南。

小说到底是怎么写出来的?这实在是太多种多样了。

还有一种我想称之为经营型。就是这个小说家下死功夫,经营他的小说。他掌握了一些材料,或者他有一个初步的想法。他想过来,想过去,树立了几十种方案,下功夫。我有几个挺好的朋友,他写的作品就是这样的。这种考察型的、经营型的,都是我所陌生的。我所陌生的,不等于是不好的。因为小说之不同,证明人之不同。人们需要各式各样的小说。

第三个问题,谈谈小说的还原问题。

什么叫小说的还原呢?我主要指两个意思。一个是对小说本事的考察,一个是把从生活中来的小说再还原给生活。对小说本身的考察,是一个非常吸引人的工作。古今中外,都有这种考察,这种研究。这有一个前提,就是假定这个小说是有一个本事的,有一个模特儿,有一个故事的原型。

譬如说文学史里谈创作的时候,常常讲到托尔斯泰写《安娜·卡列尼娜》。因为他写作的缘起,是在报纸上看到一个女人在车站自杀的消息。这种本事的考察,几乎不能说明什么问题。报纸上看到的那则消息,在他写成小说之后,已经与之毫不相干了。那个女人卧轨自杀,究竟是什么情况,现在也没有更多的资料来研究它。

譬如刚才提到的冬妮亚的故事,引起了一些回味。再如评论家周寿裳写过一部专著,谈鲁迅小说的人物原型。这也是一种对本事的考察。那么对于《红楼梦》,就更热闹了。把《红楼梦》的情节,关于曹家的故事,还有纳兰性德的故事,还有谁的故事,都拿来比较、考察。不仅考察故事,还要考察大观园在什么地方,在江苏还是在北京,还是在辽宁,或是别的什么地方。还有一些趣闻。如福楼拜出版《包法利夫人》,一时法国有那么多的女性声称自己就是包法利夫人的原型。最后福楼拜说,包法利就是他自己。

这种对本事的研究,有利于对作品的理解,但是不可能把一部小说完全还原于本事。还原于本事之后,往往非常扫兴,大杀风景。最近不是有人考察三毛么?北大的学生不是很爱三毛么?三毛去世,北大还设了灵堂。考察三毛的人说,三毛和她的丈夫根本不是那么一回事,她的爱情一点也不美好,她的男人一点也不可爱。这样的考察和考据不但是非艺术的,而且常常成为对于艺术的败坏和亵渎。但这种考察也有好处,它使我们年轻人脑子里多一根弦,对某些事情要既信且疑,不要太入迷。入了迷吃亏的是你们自个儿。你看她写得那么好,那么浪漫,那么纯情,那么不凡,那么超拔。但你一考察本事呢,没什么。最近我还看了一篇文章,那不是讲小说的,是从另一个角度上讲瓦尔登湖,讲《瓦尔登湖》的作者,美国人梭罗。有人考察梭罗之所以在瓦尔登湖住,是因为他在城市里声名狼藉,也有人说他有许多不法的不道德的行为,受到舆论谴责,至少是不被理解。如说他有一次野餐,引起了火灾,给公共财物带来重大损失,他呆不下去了才躲到了乡村,躲到了瓦尔登湖边,高唱起回归大自然的调子。其实这也不足以影响我们对《瓦尔登湖》的赞美。有些作家的清高、伟大、清贫、纯洁,都是被逼出来的。一开始他们也不见得那么纯洁,后来不纯洁没有办法,得不到别的东西。如果李白官运亨通的话,他还会"举杯邀明月,对影成三人"么?很可能他举杯之时,不但有影子,还有大太太、二太太、三太太,还有一帮达官贵人围着他转。所以对本事的考察,使我们知道文学除了有高尚的、迷人的、动人的、充满魅力的,把我们带进一个非常纯美的世界的特质以外,也看到了它本事里有许多不能免俗的东西,许多不是那么理想的东西。这就像我们到了一个餐馆,不仅在桌子上品餐,还要到人家厨房里去看一看。一般的,专门供人参观的,那是有准备的。一般的情况下,我请朋友到家里吃饭,并不希望他们参观我家的厨房。在厨房里看到那个肉血糊哩啦,那个鱼一半鳞刮下去了,一半还没有刮下去,黄瓜上的泥还没有洗干净等等,着实雅不起来。

这种还原是杀风景的，又可以是实事求是的，还可以帮助我们了解人生、也了解艺术的多侧面。它是有益的，但又不可能太当真。因为任何一部作品，一部小说，它本身都不是简单的，有的是可以说出来的，譬如说冯骥才可以说得出来，他有一次在公共汽车上看到一对夫妻；但更多的，冯骥才小说里的画面，它的某种伤感，甚至是他自己也说不清的。

下面一点，就是小说能不能还原为生活。这是一个非常有趣的话题，有过非常有趣的文章。我看过一篇写张爱玲的，说是生活太有趣了，有时候不是生活在创造小说，而是小说在创造生活。张爱玲写过一篇小说《色·戒》，写一个美人计。一个女情报人员和一个汪伪政府中风流好色的头目建立了感情关系，然后她奉命要把他杀掉。但在关键时刻，女情报人员感觉到真正产生了感情，稍一犹豫，便放了那男的。男的从这件事情中，识出了破绽，就把女情报人员抓起来枪决了。然后文章说这个小说发表以后，过了一年左右，一个类似的真实的事情发生了。我想这当然是巧合。即使真是如此，也不是小说创造了生活，而是说明人的想象不可能离开现实可能性。

小说对生活的影响非常之多，以至于梁启超认为小说可以起到移风易俗、改变社会、改变国家、振兴民族、改变世界的作用。兴一国之政治，要先兴它的小说。兴一国之经济，要先兴它的小说。兴一国之风俗，要先兴它的小说。这种日常积累和片片断断的影响，是不计其数的。譬如说有人看了小说，影响了他的服装，影响了他的打扮，影响了他的举止，影响了他的笑容，这都是可能的。但这种还原，又常常有失败的地方。

举两个例子。《三国演义》里有对木牛流马的描写，而且有尺寸，说得非常具体。据说不止一个工匠按那个尺寸做木牛流马，结果做出来的什么都不是。我五十年代在北京郊区劳动，有人考证说木牛流马实际上就是手推车，车子化，因为当时提出来要车子化，这倒更像真实。

还有《红楼梦》里刘姥姥逛大观园的时候吃的那个"茄鲞",有人按书上的说法,用多少茄子,多少鸡,按它讲的程序去做,据说做出来难吃得很。

文学基本上是不能照搬到生活当中的,你可以受它的影响,但是很难照搬。

问题还不在于木牛流马和茄鲞,问题在于小说之所以是小说,是经过提纯和取舍,往往相当理想化,它和现实人生当中的错综复杂的利害关系之间总有一段距离,一层隔膜。我不知道我这个看法对不对,欢迎有人提出相反的看法。

有个很古老的话题:林黛玉好还是薛宝钗好?如果说林黛玉好,你敢跟林黛玉搞对象吗?敢跟林黛玉结婚吗?有一天北京有线电视台的一个同志对我说,他们要组织一次关于薛宝钗和林黛玉的讨论,让我参加,我谢绝了。听说他们搞了一个调查,说是随着市场经济的发展,薛宝钗的得票率越来越高于林黛玉了。我不知道这是不是真的,但我们完全可以说,林黛玉作为一种纯情的爱情之神来说,是无与伦比的。但是现实生活当中,谁都很难避免一点点薛宝钗的影子。因为总还要考虑到一些各方面的关系。我曾经说过,如果没有一点克制的话,甚至两个热恋当中的人也很难在一起相处十分钟。即使林黛玉本人也不是没有克制的,譬如林黛玉刚到荣国府的时候,吃完饭,漱口,喝茶,她发现荣国府里的规矩和她原来在家乡的习惯是不一样的。她既然来到这儿,就不能按照原来的习惯生活,赶紧大家漱口她也漱口,大家喝茶她也喝茶,说明林黛玉也还很注意入乡随俗、也是可以妥协的。那么林黛玉后来在感情上语言上那样的不妥协,有一个前提,就是贾宝玉对她的爱。如果没有人爱她,她不会那么任性。任性是对爱的一种享受。但是你要把这一套还原为生活,确实很难过下去。如果我们当今一些很钟情的女孩子,要摆出林黛玉式的行止、气质和派头来,那也实在很难被理解。我们有些作家,化不开这些事,总想把文学、把小说还原为生活。当然这些作家可能非常执着,也可能他有一种特殊的精神状态,但也往往产生一种不幸的结局。

鲁迅讲的那个例子非常有启发性,你在舞台上演关云长,五绺长髯,手持大刀,是很英雄的。演完戏,如果还不卸妆,如果还手持大刀,抚髯长啸,反而做作矫情,令人添堵。"食"文学戏剧,也有一个化与不化的问题,诚然。

譬如说张爱玲的人生,她过分地自我小说化了,她的人生本来可以不是那样的。从这个意义上来讲,顾城也是一个不能把文学和自己的生活适当分开的人。他总想把自己的文学还原,要到一个孤悬海外的地方,整天和大自然为伍。至于他杀妻,那又是另一种性质的问题了。刚才说过,有些人与大自然为伍,其实是被逼出来的。这个东西在诗篇上写出来是非常动人的,你一年里有那么几个月去试一试,也是很动人的了,但如果多少年地那么过下去,是过不下去的。另一方面,正因为人常常离开大自然,对它就更一往深情,这也是很自然的。最突出的例子,就是武侠小说、言情小说。我也很喜欢看金庸的小说,但是我不会看完小说到武当山、峨眉山、洞庭湖、鄱阳湖去寻找大侠。你看《鲁滨孙漂流记》,也不意味你一个人真的开着船任凭狂风把你刮到一个小岛上去。这本身是一个悖论。我承认文学是从生活当中、从现实当中来的,也不否认小说反过来会对人生、对生活、对人的各个方面产生长期的巨大的影响。但我主张适当地把它们分开,小说就是小说,人生就是人生。我常常举歌德写《少年维特之烦恼》的例子。一些失恋的青年读了作品之后就自杀了,可是歌德并没自杀呀!非但没自杀,而且活的时间非常长,八十多了还有艳事。所以我觉得,我们面对文学的时候,应该有自己的理想,自己的诚挚。特别是当世界变得非常物质化,当一种物欲的潮流弥漫着毒化着我们的人生的时候,我们面对文学,应该有几分干净、有几分理想、有几分沉醉、有许多温柔,这是非常可贵的。与此同时,我们要保持一点清醒,知道它不能还原得那么简单干脆。

我也不太能接受中国作家为什么不自杀的讨论。有人认为中国作家自杀得太少是中国缺少伟大作家伟大作品，得不上诺贝尔奖的一个重要原因。那么如果中国每年有二十个作家自杀，是不是几年之内就能得到诺贝尔奖呢？很可惜诺贝尔文学奖有一条规定，它是要给活着的作家，好像还没有给死后的作家颁奖的。如果给死后的作家，说不定自杀的人还要多一些。

当然也许我的说法显得过于老练，过于成熟，有几分狡猾。如果我的这个说法伤害了你们对文学的爱恋，请你们原谅。

（作者答与会者问）

问：您如何看待您写于七十年代末、八十年代初那些理想主义的作品？

答：我最近没专门评价它们。理想主义的小说当然是要写的。我刚才透露了一点关于小说的秘密，但不等于我就不写小说。我没有做到彻底看透，彻底看透了就不写小说了，也不到北大来了。我本人就是这样，不断地有自己的想法，不断地有自己的沉醉，也有冒傻气的时候。人可以越来越聪明，但不可以一点傻气也没有。

问：能否谈一谈对当代现实主义文学的看法？

答：我们现在的文学作品始终是各式各样的，但反映现实的作品始终占主导地位。问题不在于手法。有的手法比较奇特，但也是对现实生活的一种反映。刚才讲到残雪的那些作品，实际上也反映了"文革"的那一代青年，他们心灵的一些经历。

问：理想主义往往容易写作，太成熟或太圆滑会不会导致文学的失语？

答：我希望这样一种状态：一个人总是能够用自己的理想主义来超越自己的成熟和经验，又总是能够用自己的成熟和经验来校正和丰富自己的理想。这是一个最好的状态。既是理想的又是经验的，既是成熟的又是天真的。成熟的极点，并不是像四川话说的"趴"

了，成了一摊烂泥了，绝对不是。成熟的结果，应有更高的天真，更高的目标，更高的对于真理、正义、道德的追求。我从来不相信一个人如果有理想就不能成熟，或者一个人成熟就不能有理想。打一个最庸俗的比喻，就是吃的肉越多，你要喝的茶也越多。如果说喝茶是理想的，吃肉是成熟的，那么一点肉不吃，一个劲地喝茶喝水会对自己的身体造成极大的损失，结果茶也喝不下去了。如果只知道吃肉，一口茶都不喝，那也要得脂肪肝之类的疾病。

问：能否谈一谈您对《白蛇传》的看法？我是研究戏剧的，一直想排演这个戏。

答：我非常喜欢《白蛇传》。我写过关于它的文章和一首短诗。我觉得用蛇来象征爱情，来表现爱情的某个方面，就是那种纠缠，是极有创意的。非常抱歉，纠缠这个词好像有贬义，但我此时在讲这个词的时候，是爱上了这个"纠缠"，这种纠缠，这种怨苦，这种由爱而产生的仇恨。特别是它是一场爱情战争，会让人联想到希腊争夺美女海伦的那场特洛伊之战。《白蛇传》是一场跨越了人、佛、妖界限的爱情战争。解放以后对《白蛇传》的解释偏重于同情白蛇，批判法海。据权延赤记述、李银桥回忆的书里说，毛主席看《白蛇传》演出，看到白蛇被法海压在雷峰山下，非常激动和忘情地站起来说："不革命行吗?!"他是从革命家的角度来看《白蛇传》的。《白蛇传》纠缠了佛、僧、人、妖、蛇等等更复杂的关系。我预祝你们的排练成功。

1996 年 12 月 4 日

文 学 的 歧 义[*]

对于文学方面的各种不同的意见、不同的见解,以及有关的争论,是非常多的。由于人们不同的文化背景、不同的意识形态背景、不同的性格、不同的素质,对文学问题便会有各种不同的见解。同时也由于文学本身具有深刻的内在矛盾,我们也可以把它称做悖论。所谓"悖论",就是你可以做这样一种论述,也可以做那样一种论述。港台喜欢用"吊诡"一词来表述它。"吊诡"本来是《庄子》里的一个词,但又与英语里的辩证法——dialectics 谐音,翻译成"吊诡"。不管用什么词吧,我就谈一谈这方面的看法。

文学的歧义,从根本上说,是从两个问题引发的。第一是关于真实和虚构的问题,第二是关于功利和非功利的问题。其他的歧义还非常多,但最根本的是上述两个问题。

文学是真实的,它具有一种真实性,这无可怀疑。我们可以举出许许多多的作品。譬如我们为什么喜欢鲁迅的作品?为什么喜欢《阿Q正传》?因为《阿Q正传》描绘了某些中国国民性的特点。事实上并不仅仅是中国人,外国人也有这种情形。作为一个弱者,当他不能够正视现实的时候,就采取一种精神胜利的方式,来自我安慰,以至于《阿Q正传》发表以后,许多人怀疑鲁迅是在骂他们。

譬如说《红楼梦》。毛泽东曾经说,《红楼梦》是中国封建社会的

---

[*] 本文是作者在珠海为文化出版界及"三联"读书俱乐部会员作的演讲。

百科全书。据说在长征途中有人看《红楼梦》,这件事还引起了争论。在长征中能不能看《红楼梦》?一直争到了毛泽东那里。毛泽东表态说可以看,长征的时候也可以看《红楼梦》。

再譬如说巴尔扎克。恩格斯高度评价巴尔扎克,说阅读《人间喜剧》比他阅读的全部经济学著作还更能帮助他掌握那个时期法国的社会经济生活。我们都知道列宁对托尔斯泰的评价,认为他的作品是俄国革命的一面镜子。

文学是真实的,所以它有很高的认识价值,就是说,文学可以帮助人们认识世界。但细究下去,对文学的真实性又产生了许多复杂的说法,有几百种不同的说法。对真实性的理解,就有典型的真实,本质的真实,细节的真实,背景的真实,环境的真实,或者是思想的真实,论断的真实……总之有各式各样的说法。

具体到文学创作上,文学的真实性问题更加显而易见。有的作家特别是一些现实主义的作家,自然主义的作家,他们在描绘细节的时候非常下功夫。一片树叶是什么样子,一朵花是什么样子,一个地区的地貌是什么样子,写得细腻极了。他们主张按世界的本来面貌描述世界。

苏联曾经有一位作家,他写了大量描写鸟的小说,为此他被当时的苏联科学院吸收为生物学通讯院士。他的小说证明了他对鸟的观察已经达到一个科学家的水准。

人们对一个作品简单的反应,通常表现为评价它是真还是假。比如不喜欢看一个电视剧,就说它太假。山西的老作家西戎讲过一个山西习语,山西人喜欢皮肤比较白的女人,说是"一白遮百丑"。这是山西人当时的审美习惯,现在也可能是越黑越漂亮了。西戎说文学作品是"一真遮百丑"。作品写得非常真实,你就有一种说服力、感染力。这个说法很简单,也很有道理,但深究起来又不那么简单了。因为不止一位作家有这样的经验,他按照生活中实际发生的事情写下来了,但读者反映说写得很假。作家当然不服气,说那写的是真事,某时某地某人,完全按照那个素材写的,但读者仍然觉得很假。另外一些作家,他完全没有那方面的经验,但他写出来,读者反而觉得很真实。阿城的小说《棋王》就是一例。人们看了小说肯定认为阿城很会下象棋,但是阿城不会下象棋。这是作者亲口说的。但他写下象棋写得那么热闹。再譬如说金庸的武侠小说,读者可能会认为金庸也是身怀绝技,奇门遁甲,内功外功。但据我所知,金庸也不是以武功见长的一个人。

这就牵扯到一个问题,即文学之所以是文学,并不仅仅在于它是真实的。或者说,文学的真实或不真实,其划定的标准并不在于是否确有其事。如果说真实,那么报纸新闻应该更真实,干部登记表应该更真实,医院的病历应该更真实。你的日记,你给朋友的信应该更加真实(当然如果你说谎,那是另外一个问题)。文学之所以是文学,不仅在于它是真实的,还在于它是虚构的。

我们还以金庸的小说为例。如果成年人看他的小说,就非常之明确,明白它是虚构的。要是小孩子看了很多的武侠小说,就存在一种危险。打我上小学的时候,就经常听说这样的事情,这样的事情到现在也没有绝迹:几个高小的或是初中的学生,结伴离家出走,按照武侠小说的描述去峨眉山、武当山寻找名师。成年人在阅读时把文学作品与实际生活区别开来,是把文学当做一个虚构的东西来看的。成年读者不会在读了金庸的小说之后埋怨它太假,因为它本身就是假的。他们也不会读了《西游记》之后说太假,不会在读了安徒生的童话之后说太假。但是他看完一个电视剧之后,常常说太假。好好琢磨一下,这是什么原因? 就是说,文学已经使作者和读者之间达成了一个默契:有些东西是可以虚构的,情节是可以虚构的,人物是可以虚构的,地名是可以虚构的,人名是可以虚构的,你把人物名字起得很复杂,现在大家都是两个字的名字,但作家把主人公的名字起到六个字或八个字,没有人会认为它假。但是有些东西又是不能虚构的。这个不能够虚构的,就是《红楼梦》里所讲的"事体情理",

391

就是说虽然你的人物的姓名是虚假的,人物的心理生理特征是虚假的,这些可以虚构,因为事实上一个人物很难单纯到那种程度,比如说性情比较暴躁,就变成了李逵,或者张飞,事实上人很难单纯到那一步。但是你的事体情理,你的人生逻辑应该是真实的。为什么人们不批评《西游记》虚假,而批评一个电视剧虚假呢？在《西游记》里面,尽管一个猴子从石头缝里蹦出来是不可能的,一头猪会说话也是不可能的,但是它里面生活的逻辑又是可能的。猴子很活泼,看不起权威,又到处捣蛋;那头猪就更真实了,有点自私,有点懒,好色,有各种可以原谅的毛病,其实猪身上的毛病都是人的毛病。这里面人生的逻辑、人生的智慧是真实的。

为什么文学要虚构要"假"呢？我们都写一些真实的事情不就解决问题了么？不。只阅读真实的事情,人们永远不会满足。人之所以需要文学,一个重要的原因,就是这种不满足。人有一种虚构的愿望和需求。

具体的虚构又有各种不同的情况。从现实主义来说,它把这种虚构叫做"典型化"。它认为虚构的目的,就是使你不仅看到现象的真实,也看到本质的内在的真实。比如一个人,他穿什么样的衣服,说什么样的口音,音容笑貌,这个很容易判别。但是他更内在的东西,你掌握不了。作家把一个作品写出来,即是所谓更深刻地来表现一个人的精神面貌。不仅表现他做了什么,而且表现他为什么这样做以及他怎样做。这是从现实主义的文学理论来说的。然而文学理论中不光有现实主义的文学理论,不光有文学的反映论,即认为文学是反映社会和人生的,同样很强大的文学理论中的一派,是表现论,即认为文学是表现主义的。

其实中国的传统文论,很大一部分是从表现主义出发的。例如"诗言志",它首先看到诗是表达一个人的志向、志趣、愿望、爱憎。郑板桥画竹子、画石头,但中国的画论从来不深究他的竹子是哪一个品种的,不从植物学的意义上来看他的竹子,而认为郑板桥画竹子、石头,是寄托了画家的志,寄托了他的不平之气,他的清高,他的与社会的不和谐。再譬如八大山人,他画的鹰,挤着一只眼睛,他的动物都是怪怪的一副样子。但中国画论也从来不把他的鹰从鸟的角度来加以分析,而是把它看成画家对自身的内心世界、精神情绪的一种表现。因此我们不要求把鸟画得跟真正的鸟一样。当然也有一种画,把鸟画得极其逼真,连每一根羽毛的质感都表现出来,乃至触手可及。它也是一种表现形式。

我们讲"诗言志",讲所谓寄托,在山、水、竹、石、梅、鹰身上寄托某种志趣,这个中国人很容易接受。但是有一个词比较难接受,就是"表现自我"。"诗言志"的"志",可以是很大的,救国救民是志,忧国忧民也是志,为人民服务是志,学雷锋也是志。所以对"诗言志",大家没有意见。但如果有人说"表现自我",大家就感觉到似乎你生活在一个自我的小圈子里。但是它已经允许你不仅写你看到的、已经接触到的东西,而且可以写你所想、你所感知、你所追求和寻觅的东西。其实从表现派的观点看,也有一个真实与不真实的问题,这里指的真实,就是真诚,就是主观的真实。就是说,你表现的是真志还是伪志。

还有一种观点,认为文学的虚构表达的是一种心理补偿的要求。我们每个人的生命是短暂的,每个人都生活在现实的很坚硬的壳子里面,每个人拥有的空间、时间非常有限。如果你在珠海,就不可能同时又在北京。你是中国人,就不可能同时又是外国人。有很多的限制。所以一个人有时候希望读一些书,读一些自己所不熟悉的事情。譬如说读探险的书,为什么北京的一些大学生对三毛那么大兴趣?其中一个原因,就是看到三毛很厉害嘛!又是去撒哈拉沙漠,又有一个鬼佬朋友。这哪里是每个人都做得到的?你想找一个鬼佬或是鬼妹朋友,不是那么容易的;你想到撒哈拉沙漠,不但到撒哈拉沙漠不容易,就是到新疆的塔克拉玛干沙漠也不是那么容易的。所以人们要从阅读里面得到补偿,试图通过虚构突破自身生命的有限,去接触无限逼近无限。

这里最容易举的例子,就是爱情。为什么世界上有那么多的爱情小说?有一位特别好的领导同志好心地对我说过,有那么多的爱情小说泛滥,我们会亡国的呀。他想,一代几亿中国青年都抱本爱情书在那里哭,这个国家可怎么办?那么写爱情写得最好的,是不是都是爱情上的高手、老手,都是最风流倜傥的人物呢?不是。文学史告诉我们,写爱情写得最好的人,往往爱情很不成功。写女人写得最好的,起码有一部分是老单身汉,他们一辈子就没有找到一个理想的异性共同生活。我们都知道这些例子,福楼拜写《包法利夫人》写得非常好,最近中央电视台几次播放这个片子。《包法利夫人》出版后,法国前前后后有相当数量的女士宣称自己就是包法利夫人的原型。然而福楼拜最后宣布"包法利夫人就是我",是他自己,但他是位老单身汉。安徒生写了那么多美丽的故事,写了海的女儿、冰姑娘,那么多神话中美丽的女性,但安徒生也是一个老单身汉,一辈子没结婚,怪可怜的了。我是这么想,不知道对不对,如果一个人爱情生活非常幸福,恐怕很难写出伟大的爱情文学来了。假如他(她)和最喜欢的异性,两人每天同床共枕,白头到老,举案齐眉,相敬如宾,携手拍拖。"你喝咖啡吗?""不,我们一起喝红茶吧。"这样子还顾得上写什么爱情呢?你就尽情地享受吧!哪有一边拥抱情人,一边走神构思爱情诗的呀?失恋以后才写诗啊。我看过一个香港电影《六宫粉黛》,描写俄国作曲家李姆斯基·柯萨科夫到中东航海,写了著名的《谢赫拉萨达组曲》。电影里有一个镜头我难以忘怀:当地有一个美女爱上了柯萨科夫,正同他拥抱接吻的时候,作曲家突然想起了一段旋律,一段中东生活的旋律,于是两眼就发直,找不到接吻的感觉了。那个美女就很失望地离去了。没有人喜欢与那些整天构思爱情诗的人搞恋爱。那些写爱情诗的人,爱情大都不怎么样,在生活中可能是不成功的。太成功了,有时候那一点浪漫和美丽就没有了。譬如《罗密欧与朱丽叶》,我就听有评论说,观众在看了《罗密欧与朱丽叶》之后,觉得这是场误会嘛。本来问题已经解决,结果她吃了毒药。本来是可以活过来的,结果他不知道,否则不至于全都死了。但又有评论说:死了,对这两人来说是不幸的,但对这个戏来说是好的。假如两人发现是误会,都没有死,于是结婚,生了四子三女,老了之后,朱丽叶每天晚上给罗密欧打洗脚水。罗密欧说:"我的腰疼得不得了。"朱丽叶说:"明天我给你煲一煲汤吧,放点西洋参好不好?"这就没戏可看了。所以从心理补偿的角度看,文学不可能有什么写什么。

关于文学,第一,它写的是有的,这是肯定的,不可能凭空捏造。第二,它写的是希望有但是尚未有的。所以有人说,文学是一个民族的梦。这也是一种说法。但是梦太多就长不大了。人不可能生活在白日梦中。

还有一种关于虚构的理论,它既不是从典型化的观点出发,也不是从表现的观点或者补偿的观点出发。它认为文学本身是一种娱乐,有一种游戏的性质。文学虽然不完全是游戏,但起码有一种游戏的性质。小平同志就讲过,他是不大看文学书的,但他有时候也看一点,换换脑筋,换换精神。为什么有那么多的人喜欢看金庸的小说?这是我没有想到的。因为我看金庸的书看得很少,后来才看的。但是最近几个地方搞民意测验(当然这只能供参考),你最喜欢的现代当代作家是谁?得票最多的是金庸。不管我们对金庸的评价如何,选票就是如此。我看到的一个材料,得票最多的,第一是金庸,第二是鲁迅,第三是王朔,第四是巴金。这是完全按照得票的情况。就是说人们有时不把文学完全当做一种历史的科学的东西来看,他要求作品能够满足自己游戏的要求。为了满足这个要求,就需要虚构一些更戏剧性的情节,更曲折的故事,更离奇的细节和风俗,虚构一些实际没有而人们神往的特异功能特异本领,等等。它既有真实的一面,又有虚构的一面。

上述诸种主张,都可以构成对文学的歧义。它有很高的认识价值。我刚才讲了许多例子,还有许多这方面的文学作品。有的从游戏的功能出发加以虚构,有的从典型化的方面加以虚构,有的虚构又是从自我表现、"诗言志"的传统来进行的。我想这是一个根本的歧义。围绕这个歧义,争论一直会进行下去。

  第二个根本的歧义,是功利还是非功利。文学究竟是功利的,还是非功利的?文学是功利的,这个说法太明确了,就是所谓为人生而文学。不是一直就有这样一个争论吗?叫做为人生而艺术,还是为艺术而艺术。为人生而艺术,就是说文学也好,其他的艺术门类也好,是为了人生的功利而进行的。我们中国有这样一个传统,就是孔子说的,诗可以兴,可以观,可以群,可以怨。这就是说,《诗经》也好,诗人也好,要表达的是对社会的一种教化,是对社会的一种精神的调解。我们一直重视文学的道德教化功能,"不关风化体,纵好也枉然"。如果你的戏、你的故事、你的小说,不能够移风易俗,使风俗更加淳厚,使人心更加公正、公道、光明,那么你的作品就没有价值。这是古人的看法。曹丕说,"文章者,经国之大业,不朽之盛事。"他更是把文学与国家的兴衰联系在一起。到了梁启超,对小说的作用提得更高了:欲兴一国家之教育,先兴一国家之小说;欲兴一国家之风俗,先兴一国家之小说;欲兴一国家之政治,先兴一国家之小说。这是拿小说做范本了。要改造国家,先要有小说才能改造,把文学的功利性提高到登峰造极的地步。

  所谓功利性,一个是道德教化的功能,另一个则是宣传主张的功能,通过文学来宣传一种正义的主张,好的主张。历史上这样的例子很多。外国文学史也有这样的例子。譬如说美国的《汤姆叔叔的小屋》,过去林纾译作《黑奴吁天录》,蓄奴还是释奴,成为爆发南北战争的一个因素。通过文学可以把一种主张以很激动的形式表现出来。中国的情况更多。如搞计划生育,就要写计划生育的作品;要搞土改,就要写土改的作品;要搞抗美援朝,就写抗美援朝的作品。在道德教化、宣传主张方面有很强的功利性,至于其他方面对社会生活潜移默化的影响更多。有人读了一本书,连自己的服饰、梳妆打扮都受书里某个人物的影响,这是完全可能的。特别是当社会处于一种急剧变动的时候,文学常常成为社会变动一个很重要的符号。我们可以举出许多这样的例子。譬如中国"五四"以后以鲁迅为代表的新文学,鲁迅、巴金、曹禺、老舍,他们都描写了旧社会旧中国的种种罪恶,再加上左翼作家对社会上阶级矛盾的描写,在极大的程度上促使了当时中国青年的革命化。再如苏联的奥斯特洛夫斯基的《钢铁是怎样炼成的》,当然还得加上《铁流》《士敏土》等一大批作品,对推动世界共产主义运动,就是起了很大的作用。中国抗日时期光未然的《黄河大合唱》歌词,在当时所起的作用也是这样。所以有些主张为人生而艺术的人、主张文学功利性的人,对为艺术而艺术、文学是非功利的观点非常反感,有的甚至认为这种非功利论、为艺术而艺术论,是资产阶级的理论,是象牙之塔内的理论,是一种欺骗,是对祖国对人民没有心肝,或者认为这是知识分子的自恋、自私、堕落等等,给扣上很多很多的帽子。

那么文学有没有它非功利性的一面呢?主张文学非功利性的人,一般认为文学更多的是给人一种阅读的愉悦、一种精神的享受、一种审美的快乐,因为文学并不具备一种规范性、一种可操作性。这一点是非常明显的。读文学作品,在绝大多数情况下,都不是为了去操作、去实行什么。譬如它与交通规则就不一样,跟证券指南也不一样。你如果买一本证券指南,是希望在做股票的时候能够得到一点指导,做一点参考。文学作品并不是一个可以直接投入实践的东西。你不可能读了言情小说后立刻就给人写求爱信,除非你原来就有这个意思。也不会读了武侠小说马上就开始练剑。十年前有一位基层干部,与蒋子龙《乔厂长上任记》中乔厂长的经历很相似,经过了"文革"经受了迫害之后,担任了一个小单位的领导,他读了小说后热情激昂,干劲倍增,"我就要像乔厂长那样大刀阔斧地去干",他按照那个样子去干了,干了半年多,搞得全面关系紧张,给撤下来了。

有的爱情小说写得非常美,读这样的作品可以使一个人的心理更加健康美好。好的爱情小说,很值得一看。但是如果设想一下,你的一位朋友或者配偶从早到晚都是用小说的语言与你打交道,甚至用爱情诗的语言与你打交道。早晨一醒来,就是"啊,你像一抹朝霞一样出现在我的身边"。然后吃早饭,说"我看着你像一朵花一样在那里开放"。然后上班以后十分钟给你打电话,说"这十分钟我像在牢狱里一样熬煎"。如此这般,谁受得了啊?没有人能够受得了。小说里的许多东西是不能够在生活里照搬的。鲁迅讲的那个例子也是很好。他说你在舞台上演戏,演关公,抚捋长髯,每一个动作都那么英武,那么豪杰。但是你演完戏,就该赶快卸装,把脸洗干净,恢复成正常的人。相反你演完戏,不卸装,握着青龙偃月刀,踏步上街,跨进餐馆,大呼:"拿饭来!"那不把人吓死了?因此有人认为小说是非功利的,是超越了生存竞争的,不可直接投入操作的,它主要给人一种精神上的愉悦,精神上的满足。

　　文学的功利性与非功利性是不是绝对矛盾的呢?不是。因为文学中有一种现象,就是以非功利来标榜或者说他主观上确实是非功利的,但实际上却达到了某些功利的效果,甚至有可能超过那种一味追求功利的作品。

　　就拿《红楼梦》来说。我们很难设想,曹雪芹写《红楼梦》的时候,他有什么特别功利的目的。说他想通过这部作品来为中国的封建社会唱挽歌,那就等于说曹雪芹预计到他的作品发表百十年后,中国的封建社会将要解体,香港将会割让出去,再过一百五十余年才能收回来。他绝对没有这个预见。他写《红楼梦》也不会有个人的功利,说作品写出来后,能得到很好的效益,能够到中国作协当主席,能够享受多少级的待遇。这也是不可能的。但是他非要写这本书不可,因为他有这种内心的需要,不吐不快。如他自己所说的,想到自己一事无成,半生潦倒,便要把平生所见的几个女子感人的事情写出来。写出来的目的,不干涉朝政,不干涉国家的大事,只不过为大家佐餐下酒,破闷解愁,对什么事都看得开一些,不要在那里虚费精力。这是曹雪芹的目的。他没有功利的目的,却达到了解剖中国社会的结果。有一些作家,他写作的时候完全无意对这个社会做出什么评价,甚至他的下笔非常偶然,只是写个人一些小的感受,但是恰恰是这些小的感受,反映了那个时代,反映了那个时代的变迁和人们精神状态的变化。所以功利与非功利也不是绝对矛盾的。

再譬如说美国好莱坞的电影,它非常商业化,批量生产,其中有大量的糟粕,有恐怖、刺激、色情及重复的千篇一律的东西。但是不可否认,这种商业化的电影虽然有大量的劣质作品,但也起到了宣传美国的生活方式、文化观念的作用。现在好一点了,前几年我国产生了出国潮,很多人不惜一切代价卖光自己最后一件衬衫,一定要出国,要到美国去。他们从哪里了解美国?有几个是由于读了美国史,还是看了美国地理介绍,还是研究了地球仪和世界地图?很多人对美国崇拜、向往和梦想(不管它是对的还是错的),是从好莱坞的电影里得到的。起码他从电影里看到那儿公路很好,汽车很舒服,男的女的都挺靓。相反如果把功利的目的强调得太过分,当读者从作品的第一页起,就感到了你的功利目的,那么读者会产生一种拒斥心理。这一章是为了让我搞计划生育,那一章是为了让我节约,这一章是为了让我不赌博,那一章是为了让我警惕阶级敌人。他都看破了,就觉得自己上班有科长教育,下班有爸爸教育,差不多了,不必再买一本书从头到脚再把我教育一遍了。所以说,有时候非功利色彩非功利状态能达到一种功利色彩功利状态达不到的功利目的。非功利目的这种状态存在的本身,在一定的意义上表明了社会的一种成熟。从我个人来说,我是不相信绝对非功利性的,但是我觉得文学本身要追求更开阔更自由更自然的一种状态,它才能达到最好的效果。

真实与虚构,功利与非功利,造成了许多歧义。其他的歧义和矛盾还很多,有些我刚才已经联系到了,讲到了。我想再讲几个。

一是真诚与表演的问题。

文学究竟是真诚的,还是一种表演呢?我们可以肯定地说,文学是真诚的,没有真诚就没有文学的动人。那么文学里头究竟有没有表演呢?我接触过一个有名的诗人,他的诗写得很美。但是我从他的实际生活里头,发现实在是不太美。所以我就得出一个结论,原来他是把最美好的东西献给了诗,献给了读者,然后把丑恶的东西都留给自己了。真诚与表演,这确实是文学中一个矛盾的两个方面。

再一个是作家与作品的关系问题。

作家与作品究竟是完全一致,还是有某些方面的不一致?作家与作品是不能够完全分开的,这不可否认。但是作家与作品之间能画等号吗?譬如现在有些女作家写爱情、写性,写得非常之大胆。男作家都自愧不如,一边读一边害怕。可是你们与她们接触可以放心,她们都很严肃,都很正派。为什么呢?因为她们头脑很清楚,那些都是在小说里写的,不能在生活中实行的。如果真这样做,不用说别的,就是技术性困难也解决不了。只有在小说里面,才能克服一切技术的障碍。你看她们写得那么尽兴、那么鲜活、那么挑逗、那么朦胧,她们是离开了一切技术层面。大家想一想,如果文学里头加上许多技术层面的东西,恐怕就很难成其为文学了。

三是关于精英与大众的关系问题。

文学究竟是精英的还是大众的?文学是独白还是演说?有的作家,特别是一些女作家,声称她写东西,就是给自己看的,从来不考虑任何读者的口味。但是马上就会有人反驳她,既然这样,你写日记就罢了,何必拿出来发表,这是干什么呢?

在中国,诗歌、散文一直被认为是雅文学,小说被视为大众文学,小说的始祖是话本嘛。虽然魏晋时期已经有了笔记小说,但大规模的小说的产生,还是从话本开始的。小说属稗官野史,稗官大约就是"二十五级"以下的官,像稗子一样的小官。小说是不入大雅之堂的。一个有身份的人,是不能承认自己喜欢看小说,更不能去写小说的。小说是大众用品。《红楼梦》被认为是一部很成功很好的作品,但它采取的也是大众化的形式。《水浒》《三国》是在民间流传了很多年了,才最后成书。所以把文学与大众割裂开来,这个是很困难的。但是反过来说,大众喜欢的作品,就一定是好作品么?畅销书就是最好的书么?我想这一点全世界任何国家都难以认可。不管外国还是中国,都一样。畅销书的艺术品位往往并不是很高。我不知道大家看美国电影《爱情故事》,会认为那是一部高雅的还是大众化的电影,至少在美国文学界,对这本书艺术价值的评价是很低的。现在流行的《廊桥遗梦》等,也是如此,很畅销,但文学价值并不高。那么我们能不能反过来确认,越畅销越受读者欢迎的作品艺术质量就越差呢?作品好到最后只有你自己懂,或者只有三五个人读得懂?究竟怎么样才算是成功的文学作品呢?

有人说文学是精英们搞出来给精英们看的,这样的话,文学如何才能获得更蓬勃的生命力呢?那么,迎合大众的口味,会不会降低自己的艺术品位呢?这个问题实在是非常麻烦,也争不清楚。但是我总觉得一个人不可能赢得所有的成功、所有的分数、所有的点数。假如你的书畅销了,但是没有赢得文学圈子里的人很高的评价,也应该感到满足。或者你的作品赢得了文学圈子很高的评价,但是没有畅销,我觉得你也应该感到满足,用不着互相攻击互相排斥。

四是关于继承与现代的关系问题。

文学作品没有一个完全是作家凭空发明的。它不可能不与传统的文学手法文学语言发生关系。如果你在某个作品里头,没有一丝已往文学的痕迹,读者无法接受。这就像欣赏音乐一样,一支完全没有听过的曲子,一下子就打动你,有时候很困难。你听熟了烦了你自己都会背了的曲子,也很难再打动你。掌握这种又生又熟的既陌生又似曾相识的境界,非常不易。

五是关于形式与内容的关系问题。

这也是一个很大的悖论,很大的问题。我们往往习惯把它们看成是衣服与人的关系。似乎人体是内容,衣服是形式。你可以穿衬衫,也可以穿休闲衫,当然也可以不穿。游泳的时候,衬衫就穿不了,穿条游泳裤即可。但是文学里头,内容与形式的关系又不像身体与衣服的关系那么简单。例如语言问题,究竟是一个形式的问题还是一个内容的问题?如果说语言是形式,那语言本身又连接着表现着承载着那么多的思想、那么多的情感、那么多的变化。说语言就是内容,那么结构呢?人物呢?思想呢?

再譬如说形式的追求。有时候我们讨论一个作家,说这个作家非常注意形式的追求。那么这个形式的追求仅仅是形式吗?是否代表了他的一种精神?是否代表了时代的一种精神?譬如说改革开放,为什么改革开放一发生,连小说、诗歌的形式都发生了变化了呢?为什么在改革开放的时代人称的运用、时空的交错,这些手法都被越来越多的人所运用了呢?因此前些年,有些评论家又反过来强调文学就是形式,艺术就是形式,文化就是形式。他讲的也不能说完全没有道理。他说结婚就是形式嘛,你不走这个形式,就不叫结婚了嘛。两人相爱有那么纯洁美丽的感情还非得登记吗?不经过民政局登记就不叫婚姻不叫爱情吗?当你承认形式是形式的时候,形式本身就是内容。过生日是不是一种形式?又送蛋糕又送蜡烛又给红包,这都是形式。这次你给他红包,下次他又给你红包,基本上给的都差不多。既然都是形式,我们两免,两免的结果如何?所以形式并不像我们想象的那么不重要。但是你说文学就是一种形式,我们作家听了这个说法,就有点身上的血液让人抽走了的感觉。原来文学就是一个骨头架子,一个模型。那么内容在哪里呢?这些问题很难说清楚,提出来供参考。

六是感情与理念的关系问题。

很多人都讲,文学最大的特点,是它的形象性和情感性。但是细研究起来,这个问题也说不大清楚。文学是充满情感的,文学的样式又有许多不同。有抒情诗,那当然就是充满情感的。抒情散文和议论散文放到一块儿来比,抒情散文更加充满情感,这毫无疑问。小说就很不一样。有抒情性很强的小说,但也有抒情性不强的,侧重于叙述历史的事件,叙述社会的大的变动、叙述提供的信息超过了抒情。那么感情深厚的小说,是不是就是最好的小说呢?我们知道香港很喜欢用一个词,叫做"煽情"。煽情的作品在艺术品位上一般不被人们看好。煽情在某种意义上是一种不成熟的表现,或者是一种迎合大众的表现。过去有所谓苦戏,有人看苦戏的目的就是为了哭一场。家里的老太太们最喜欢看苦戏了。看苦戏以前先预备手绢。那些戏真是苦上还要加苦。好人受了委屈还要接着受,好人苦死了,好人的孩子也不得好下场,孩子死了,好人的朋友也不得好下场。老太太们哭啊哭啊,从头哭到底,几条手绢都哭湿了,很过瘾哪。显然,煽情的作品不是最好的作品。

在小说里,我们要用理念来过滤来鉴定来处理自己的感情。现在又出现了在小说里出现长篇的议论。其实托尔斯泰就喜欢这么做,如《战争与和平》结束的时候,大讲历史与个人的关系,完全变成了议论。夹叙夹议的作品,我也实验过,从读者的反映看,不是特别成功。他们并不喜欢看作品中大量的议论。把作品搞成三分之一的哲学教科书,是不是一个可取的办法?那么又说回来了,为什么一定要读者的欢迎呢?你不欢迎,我偏是要这么写,我就要这个"伟大的孤独",那只有自便。

文学中这样的矛盾实在很多,围绕这些矛盾产生的争论和歧见就更多。这样一些争论,这样一些歧见,大概永远不会消失。文坛上的争论,有很大一部分是由于人们对文学的见解各执一端,各执一词,加上社会背景、利益背景的不同,再加上文人相轻等情绪因素,很容易演变成人际纠纷的。如果我们从一开初就承认,就探讨文学的歧义性,那么我们在探讨文学的时候,能多从几个角度、多从几个方面、多从几个思路来衡量一种文学思潮或者一部文学作品,也许能帮助我们对文学现象有更成熟的认识。

1997 年 4 月

关于九十年代小说*

近年来深感自己老化,写作量是过去的三分之一,读书量是过去的五分之一,对当前的状况不太了解。汤吉夫先生要我谈谈对小说的看法,我就——作为一个读者——建议说我们讨论讨论九十年代的小说罢。

为什么提出一个九十年代的问题呢?是因为我认为九十年代小说创作与过去很不一样。九十年代长篇小说是热点,作品大量增加,七八十年代重点在中短篇小说上,如《班主任》《神圣的使命》《天云山传奇》等。从我个人来说,也是由中短篇小说创作为主转到长篇小说创作为主的。九十年代由中短篇为主到以长篇小说为主的转变,反映了时代的变化。七十年代后期我们面临着现实主义的回归,我觉得那是浪漫的现实主义的回归,带有浪漫主义的色彩。如《天云山传奇》,很浪漫。一个右派叫罗群,含冤二十载,故事是浪漫的,大家都痛定思痛,迎接新的生活。新的时期,对新的生活充满梦想、幻想,包括我本人写的《春之声》《风筝飘带》都这样。我可以说说我写长篇和中短篇的不同感受。短篇是它找我,我写它,我写短篇从来没有计划,但有人有计划。有人在年初时和记者谈话就说我今年写七八个短篇。我从来没有计划,我常常比喻我写短篇就像守门员,当足球来的时候,我"梆"的一声顶回去。谌容也说过,短篇是可遇而

---

* 本文是作者在中国小说学会第三届年会上的讲话。

不可求的。生活的冲击从各方面带有现实感,当冲击变成小说题材时我抓住了它,虽然还没写出来。也许写出来用了五天、七天、十天,也可能一天,但是我掌握了它。写长篇是我找它,我总是掌握不住它,是它控制着我。我觉得从我个人经验来说,人们经过新时期的开始,经过浪漫的、多梦的、多感的阶段,经过了倾诉、喷发阶段以后,才会进入一个概括的、追思的、回溯的阶段,长篇才会多起来。但也不见得,有此一说而已,一家之言,也可能有别的说法。顺便说一下,"九十年代小说"这个说法,既是科学的又是不科学的。因为你考察任何一部作品总离不开空间和时间的坐标,离不开作者的境遇,知人论世嘛。但同时小说往往应该是超越的,离不开艺术之神、文化之母,是假作家之手留下来的痕迹。这是和九十年代八十年代七十年代,甚至和你在北京在天津在青岛没有多大关系。有些作家我们很清楚他是在哪个国家、哪个地方、什么背景下写的作品,有的作家的情况我们并不十分清楚,却不影响我们欣赏他的作品。但是大体上这和环境有关系,当然和个人的创作阶段也有关系,包括一批年龄比我们小十五六岁的作家。我指的是一批知青作家,他们实际上是长篇创作的主力。包括王安忆、张炜、韩少功、张宇、余华,他们写的长篇非常多,而且很受瞩目。那么他们是不是也是这样一个由喷发的、诉说的阶段进入了一个概括的、追溯的阶段?我不知道。

陆文夫跟我讲过,说他身体不太好,想好好写长篇,写来写去无非是写半个世纪一个人。"半个世纪"指时间跨度,"一个人"指他自己在这半个世纪之内的种种感受。冯宗璞也跟我讲过,她写的是更早一些的事,写抗日战争时期的事,写的是更老一些的知识分子。因为冯的年龄比我们大六七岁。我们这个年龄的好多人是这样。原来是知青的作家现在也进入了长篇创作高潮。

其次一个特点,现在长篇数量大为增加,样式也分化得非常厉害。有一个统计,在"文革"前十七年,长篇小说平均每年是十部,现在每年是五百部至六百部,平均每天都可以看到两部新长篇。长篇小说有一个特点，普遍销路比较大，经常发生全民争读一部长篇的热烈情况。比如说《红岩》，那时候是困难时期，我记得买书的人从王府井一直排到东单。还有《野火春风斗古城》，电影正演着，大家却都争着买书看。还有《铁道游击队》《李自成》《创业史》《红旗谱》《红日》《红岩》，还有《青春之歌》《林海雪原》。那时写一个长篇就能买一个至两个院子，现在写八个长篇也甭想。"文革"开始时，我在小报上看到过，揭露"三名三高"，柳青写了《创业史》，得了一万五千元，当时一千元就可以买一个院子。

现在小说数量多了，而且式样也非常多。我想总有这么一些式样罢——我的分类是非常不合学理的，请高校的同志原谅我。有一类是艺术小说，他们追求艺术价值，在艺术上进行营造，试图在长篇小说创作中增光添彩。其中有一部分向国际靠拢，比如向加西亚·马尔克斯学习。这位作家影响太大了，他为我们提供了土洋结合的道路，让你写最土的东西，让它具有洋的价值。我们一些作家对马尔克斯极佩服。他们在写到心理变态时又受卡夫卡的影响，在写到人道主义情感时又受艾特玛托夫的影响等等，但加西亚·马尔克斯影响最大，许多作家作品都能看到受马尔克斯影响的痕迹，比如莫言谈到过他读马尔克斯作品时倾倒的情景。有的是向古的靠拢，往古的方面发展，希望自己的作品能够透出古色古香来，如历史小说，在销路上他们也特别成功，《曾国藩》《康熙大帝》《世纪晚钟》，这些历史小说之所以吸引人，是因为带有史鉴小说的特征，读的时候能够增加对国情的了解，以史为鉴，不是简单的类比、影射，而是讲道理，讲中国发展，权力运作，非常好看。它能增长智慧，增长人们对历史、社会、人生的了解。还有社会小说，突进、逼近社会中大家最关心的问题。社会小说有的是用调侃的方式、有的是用古典的方式来写的，比如王朔、刘震云的一些小说是带有调侃的，而《苍天在上》这部小说写得非常古典，戏剧性，在写实方面不如其他一些作品，我将之统称为社会小说。还有一种也可称之为社会小说，就是写特区的企业家、靓女、中产阶级、白领、小资本家,他们不知今夕为何夕,不知该地为何地,但基本上是真实的。还有一些写私人生活的小说,最近我看到陈染的一篇文章,她反对人们将她的小说称作"私小说"。日本的"私"就是"我",如果一个作家写的私小说就是写作家自己的经历,这很可怕。如果再加点性描写,会更可怕。我曾在上一届小说学会年会上提出对文学作品先进行认知判断,再进行价值判断。再有就是最近热闹起来的社会问题小说,写农民、农村、乡镇企业、国有大中型企业等人们比较关注的问题。这是从小说的内容、风格上来说的。

从小说作者方面来说,现在变化也非常大,老作家没有停笔,新的当红作家不断涌现。代与代之间差别比较明显,有些老前辈在作品中表现对人民革命光辉记忆的铸造,同时也隐约地透露出对世风日下、人心不古的担忧。有些五十年代写作的作家,就是我这一代人,在作品中更多地表现为对历史的超越,同时又传达出对历史走回头路的担忧。再往下一代人,更多的是对商品经济、市场经济,对物质化、科学化、市场化做出批评,追求进一步接轨的环境,自然、大地、公正、终极等。再更年轻一点的作家,对写作没有这么大的激情,游戏性更多点。在如此多种多样的状况下,就没有举国捧读、举国称颂、举国掏手绢擦眼泪的作品出现了。有位当司局长的朋友对我说,现在没有什么好作品出现,一本《青春之歌》也没有啊!八十年代初,邵荃麟在讨论我的《青春万岁》出版时曾对我说:"王蒙同志啊,在我们国家出版长篇是大事情啊!"那么现在平均一天出两部长篇就是两个大事情了?可你仔细读一些作品,显然得承认写得有现在的优点,可现在作品让大家交口称赞太难了。现在有的作品可以看出倾注了作家的激情、生命、语言和财富,思想和光辉,作家是拼了,事后又有几个朋友喜欢写几篇评论文章,印了一版八千册,又印了一版一万册,再印一版一万两千册,也就如此而已。这个现象特别值得注意,就是五六十年代,人们的精神需求比较单纯、集中,我们提供的精神食粮也比较单纯集中。现在社会的精神需求多样了,花样多、情趣多、读者多，读者与读者口味不同了，他们更挑剔，需求多样化，歧义更多了，因此，在小说园地笔墨官司多得不得了。现在有时作家倾注了吃奶的力气，感觉很好，但称赞者也就那么几个，而且许多是熟面孔，说不准从哪里冒出一冷枪，给你嘲弄两句。五十年代出了为大家喜欢、我也非常喜欢的双面卡，六十年代我才知道有一种料子叫的确良。从这点可看出当时物质消费也是单质的、集中的，而现在人们需求却是多质的、分散的。不管你作家写得如何好，人们就是不看，你一点办法也没有。或者他看了一点说看不下去，或者就是不喜欢，你有啥办法？现在小说由卖方市场变为买方市场。过去一年出二十本不看没得可看，"社会主义好""革命人永远是年轻""山连着山海连着海"，大家万众一心，歌也是一个调，"我们走在大路上，意气风发斗志昂扬"。那时出一个长篇是一件大事，一年抓十部二十部长篇全民轰动，有些即便不太重要的长篇，销路和影响也是很大的，如《晋阳秋》《苦菜花》，那影响多大啊！这都是六十年代初期的，那是多么营养丰富的精神食粮啊，对于有着革命精神饥渴的人们是多大的满足啊！对现在文学作品要求多样又极挑剔的现象，我们还是缺少研究。刚才提到的小说类别，还有一类就是更注意市场的小说，包括引进的。最近我看到上海的抽样调查，让读者选出他们最喜欢的作者。第一位是金庸，第二位是鲁迅，第三位是王朔。我进不去这个名次，但有一个调查让我安慰，把我算在编外，调查后边有个说明，说"还有很多人，琼瑶、三毛、席慕蓉、王蒙等"。金庸现象值得研究。过去人们说金庸的作品如何好看，而我不想再看，因为从小我看武侠小说太多了。后来三联书店送我一套金庸的作品，我看了觉得写得极好。还有一个例子，就是布老虎丛书，这些作品也许没有太大的成就，但"布老虎"确实是做成了，它成功了。它要求三条，第一条，城市题材；第二条，给一个故事；第三条，给点理想，不能太消极了，给上面看也给老百姓看，老百姓不喜欢哭哭啼啼的。这现象值得研究。

除了时代特点外，还有超越时代的理论性。小说的歧义是由小说的特性所决定的,小说就是充满悖论的东西,它是虚构的又是真实的,是精英的又是通俗的。在中国自古以来诗和散文是雅的,而小说是通俗的。小说不能没有人间烟火,它有自己的倾向又是含蓄的,小说本身的特性就造成歧义的可能。这是第一。第二,小说的价值观念是统一的还是分离的,是一种还是多种,还是有合有分的?比如你衡量布老虎丛书,衡量金庸的小说,衡量鲁迅的小说,你能用一把尺子吗?如金庸小说,他不可能摆脱武侠小说的套子,而且写来写去他自己也重复。这套数本身是有局限性的,他能写到这个程度就算不错了,差不多是尽头了。我还想到一个问题,就是我们的小说是否过剩?我们一年出几百部长篇,看死了也看不完。我们各省都有几个文学刊物,整个社会力量养着刊物。我们许多作家是不需要找食的,找食的也有几个,王小波是一个,最近去世了;王朔是一个,最近走了,呆不住了。我们高等学校上课负担比外国少,这是笔墨官司多的原因之一,大家有较多的时间,互相之间就吵来吵去。去年五月初我在英国介绍说我国一年出五六百部长篇,英国人很礼貌,点头。可吃饭时,他们说,中国一年出五六百部长篇,这不算多,你知道我们英国一年出多少吗?我们英国人少,我们英国人一年出一千部长篇小说。这些小说大部分是商业化的,是满足一部分人需要的。过去《人民文学》是满足全体人民需要的,是人民就是读者,现在就不行。广东的《佛山文艺》被认为是打工仔打工妹的刊物,发行很好,十几万份,二十几万份。如果每一种刊物,每一部小说都是以全民为对象,那就是多了。但每一个刊物每一部长篇的对象比较具体恐怕还可以,就像饭馆,饭馆很多,但都是面对不同需求、不同口味的消费对象开的。这些情况我们还都不太熟悉。小说的功能侧重也不同,没有互相贬低的必要。你的小说侧重于宣传教育,这不是非常好吗?你的小说侧重于对少年儿童普及科学知识历史知识,你的小说更多的是宣扬一种理想。还有的小说是高度精英化,一些精英作家生怕自己的作品成为畅销书。如果他的作品只卖一千册,他觉得非常遗憾,卖到五千册他就感到满足,卖到一万册,他就表示再不能多卖了,再多卖的话我就要惭愧死了,我就要上吊了,害羞了,一万多人看你的书,你的书媚俗到了什么程度！商业性可以为人所不齿,但是完全没有商业性又怎么办？商业性也是为人民服务之一种嘛。作为个人完全可以拒绝商业化,保持文学的矜持与清高；作为文学现象,却必然是多种类型的小说共存。还有探索性的,考据性的,学者型的,既然它分化成多种多样的,必然有各种各样的功能。那么在这些小说中,传统文化的影响是什么？外来的影响是什么？任何一部小说都不是从天上掉下来的,经过几千年的中国文化的积淀,经过几百年来的社会急剧变动和新文化运动的沉淀,不能没有一点影响。有许多问题是可以讨论的,或者可能是很有趣的。九十年代提供了一些新的情况新的问题。是不是九十年代的人文环境已经非常市场化了呢？九十年代提供了很多新的文化新的技术,但如果认为中国现在已经是后现代主义、科学主义,已经是科学主义控制了中国人,大家都崇拜技术、崇拜科学,这种认识又太超前了。在中国是现代多还是前现代多？起码前现代比后现代多得多。在中国现在是科学主义多,还是反科学的迷信多？我看也是一样多。科学是不能迷信的,因为对任何东西一旦迷信,它本身就变成了迷信。但是迷信科学比起迷信迷信来说是不是算是一个进步呢？比如说原来我相信算命,现在我不相信了。中国的人文环境中有很多不同时代的东西,几千年前的东西和很新的东西都掺和在一块,非常难分析。借一把刀砍,砍到这儿本来是砍得对的,又砍到别处去就砍错了,不该砍的地方很可能砍下去了。所以我觉得九十年代的小说创作呀,还有文学与生活呀,有许多问题值得探讨,因为九十年代社会急剧转型,带来小说创作上的一些新现象、新问题,出现了新的空间、新的可能性、新的契机,出现了某种分化和无序状态,给人们许多困惑。我没有什么固定的看法,只有上边说的一些感受。

1997 年 5 月

中国文学怎么了？*

近年来，中国文学批评界常常出现一些悲观的否定性的看法，他们说中国文学面临着巨大的问题，中国文学，或者其中某个品种，例如诗歌或者小说，正在走向衰落。

他们的根据是：

文学刊物与文学书籍的发行量锐减。一些文学刊物现在的发行量是一九八〇年时的十至三十分之一，一些长篇小说的初版发行量是五十年代时期的十至二十分之一。

人们对文学对作品对文坛的关注程度正在下降。现在没有什么文学作品引起全民的关注和普遍议论，像一九五七年的"干预生活"之作，一九七七年的《班主任》……那样。回想六十年代人们排队争购《红岩》的情景，回想《李自成》第一卷与《创业史》掀起的波澜，人们觉得文学在社会生活中所占的比例正在下降。出现了关于中国文学是否在变得边缘化与是否应该边缘化的讨论。

消费性的文学作品日益泛滥，包括港台通俗文学作品在内的言情、武侠、明星自述、政要秘闻乃至封建迷信之作，在商业上常常比严肃文学作品成功。

商业利害的计算正在玷污文坛。一些作家不再谈理想、使命、信仰、牺牲、终极关怀、道德纯洁性与斗争的长期性艰巨性，而是谈稿费

---

* 本文是作者在意大利罗马举行的中国文学讨论会上的演讲稿。

谈生意经。出现了许多调侃文学亵渎文学的说法。

建国五十年来没有出现鲁迅式的文学大家。迄今没有哪个中国作家获得诺贝尔文学奖。没有哪个作家成为人民的哪怕是一部分人心目中的精神领袖。这说明中国作家没有出息,骨头太软了,矮小化了。

有着较强烈的自诩的精英意识的作家与作品没有得到公众的足够的承认与拥戴,有时还受到不公正的攻击嘲笑轻薄。一些精英作家之作在书市上受到冷遇,他们纷纷抨击中国受众之素质太差,中国大众现在只知道搞金钱。精英作家感到寂寞、愤怒直至憎恨。

视听艺术、传媒与互联网技术的发展正在夺走读者,而上述种种的纯文学含量是很低的。

于是出现了:

郑重地表示对中国作家中国文坛的失望宣告。

宣称中国文学特别是小说或诗歌正在衰落。

宣称中国作家对自己的文学道路无影响,乃至宣称中国没有像样的作家。

批评中国部分作家已经堕落,正在陷阱盖子上跳舞,已经失去了自己的灵魂,正在或者已经准备当汉奸。

声称今后只有傻子和极例外的天才才搞文学。

对这种观点提出质疑的人则认为:

中国正在或已经从阶级斗争与政治挂帅的高潮时期向和平的经济建设时期转变,人们不再像七十年代末那样期待从文学作品中发现政治生活的新动向,不再总是预期文学会透露更超前或更隐秘的政治与意识形态信息,文学作品不再具备那么多政治风向标的作用,没有哪个政治变动再从一出戏、一篇小说或一部电影开始,这是正常的。过去年代的文学热是特定历史条件下的产物,难以为法。

现在中国文学出版物的品种年平均量大约是"文革"前十七年年平均量的二十至五十倍。例如十七年期间每年出版新的长篇小说十余种,现在达五百余种。现在年平均出版文学书籍上万种,其中百分之七十为新版书。此外八千种报纸大多设有文艺副刊。断言中国读者正在从文学面前转过脸去,尚须具体分析。问题是现在的读者阅读的选择可能性比过去宽泛得多。

传媒与视听艺术对文学有负面的影响,但也有正面的影响,例如钱锺书的《围城》,狄更斯的《大卫·科波菲尔》都是在播放了电视剧后才掀起了购书热潮的。至于互联网等等,虽然使传播手段更加便捷,但并没有改变文学的本质与功能。它们可能改变文学传播的手段,但未必能改变文学本身,也未必能取代传统的纸页书籍。

受众有权利选择娱乐性消闲性作品。这正如批评家有权为这一类作品痛心,或为之辩护。消闲式读物的存在与严肃文学读物不一定是势不两立的,二者很难互相取代,它们各有各的地盘。二者可以井水不犯河水,也可以互相有所借鉴,当然有时也会有所冲撞。批评家当然可能有责任劝谕读者选择精英们的作品,但批评家也不妨理解文学作品与功能的多样性。

国家不幸诗家幸,鲁迅式的精神导师式的大家是旧中国土崩瓦解前夕的特定历史条件下的产物。很难想象中国今天一个作家变成公众的导师和精神领袖,东施效颦的结果不像正剧,而且今日的中国大众是否嗷嗷待哺地期待着某位作家指引他们也还是一个问题。即使当今有伟大作家,也不可能是鲁迅的克隆。也许当今更需要的是公众友人式的、更深思的与更理性的智者而非煽情式的爆破式的勇敢怒吼者。

我个人基本上同意后一种意见。同时认为,种种焦虑、批评、责难、哀鸣有助于使我们看到社会转型与经济迅猛发展时期存在的价值失范、精神生活贫困、脱贫还要脱愚等等问题。这些责难性意见也有助于我们正视与汲取历史的经验教训,大家为创造更良好的精神生态环境而努力。我们的基本教训是:只有足够的精神活动的空间,只有抱更开放的态度,才能创造出无愧于伟大的中国文学传统的新作品。

批评和责难也刺激作家们反省自身克服自身的积贫（精神和知识方面）积弱，对自身提出更高的要求。振兴文运与作家有关，也与出版、编辑、发行、传媒、受体以及组织领导的水准有关。在二十一世纪到来的时候，让我们从头学起。

同时，随着经济建设的发展，文化教育的建设也会有大发展，这当然不是说经济上去了一切自然迎刃而解。在中国，文学大概很难再像过去那样常常成为社会生活的焦点，但也不可能完全走向边缘。中国是一个有着悠久的文学传统的国家，中国人包括老百姓与领导人都有重视——有时是过于重视——而不是轻视文学的社会功能的传统。在调侃与责难的同时，中国文学仍会发展，并在新的千年获得新的生命力。

1999年10月

作为艺术的文学*

今天,想同大家讨论一个话题,话题是关于文学的艺术性的。

文学的艺术性,这个问题乍听起来好像很普通,大家都知道。一谈文学,就讲什么思想性、艺术性的,等等。但是,很少有人论述:文学是艺术,文学为什么是艺术?文学的艺术性表现在什么地方?与其他艺术比较起来呢,与美术,与音乐,与戏曲,与杂技,与建筑,与雕塑……与这些东西相比,文学的技术性似乎相对少一点。譬如从事美术吧,大家都知道,它又要有天才,又要有训练。从事声乐呢,也不是每个人都能唱的。它既要有好的声带,又要上音乐学院学理论学技术。从事器乐呢,同样要苦练专业技艺。可是文学呢,相对来说,文学就是写字。字就是话。绝大多数智商正常的人,都会说话,也都会写字。所以一般感觉,认为文学的技术性比较弱。有时候看文学,似乎它可以算艺术,也可以不算艺术。文学似乎不但具有艺术的质地,更具有非艺术的、宣传的、历史的、新闻的、社会学的和哲学的质地。比较起艺术来,人们更愿意从历史的社会的哲学的角度讨论文学。与其他艺术门类相比,似乎是任何没有受过专业训练的人都可以搞文学、谈文学、阐释和分析文学、指点文学。是的,人人可以从政治的、社会的、意识形态的、信息的、宣传的层面放论文学,就是不大谈文学的艺术性。说件真事儿,在五十年代"大跃进"的时候,那会

---

* 本文是作者在中央美术学院的演讲。

儿我正在农村劳动，改造思想，那时候村上就是要求每一个农民每天作两首诗。我们曾经想过，到了理想的社会，人人都是莎士比亚，人人都是托尔斯泰，人人都是鲁迅、郭沫若。

咱们中国的文学传统呢，比较重视的，是文学的社会功能和教化功能。从编《诗经》起，孔夫子就说：诗"可以兴，可以观，可以群，可以怨"。兴观群怨，主要讲的还是它的社会功能。中国古代设立诗官采集诗歌，采集民谣，它的目的是为了了解群众反映，用现在的话来讲，就是了解民情，看看民间都唱点什么顺口溜，说点什么绕口令，从这里头来搞调研，启发为政的思路。这样一个传统，到了韩愈那里，就总结为"文以载道"。就是说，文章如同一条船，或者是一辆车，它运载的是什么东西呢？是"道"。中国的"道"，当然又是一个很抽象的概念，一个很大的概念。既是哲学之道，更是经世致用之道，治国平天下之道。"大道之行也，天下为公。选贤与能，讲信修睦，故人不独亲其亲，不独子其子……"《礼记》里讲的，就是这个"道"。这样，文学便只是一种载体，而哲学便成了文学的实质。

我们翻开中国的文学经典，讲文学的艺术性这方面的东西，自古以来就不多，于今就更少。为什么呢？因为中国近百年来如此严酷的阶级斗争、政治斗争，使一切都高度政治化了，尤其使文学政治化了。你想不政治化，不可能的。譬如说，在抗日战争时期，在九一八事变之后，在那个救亡图存的时候，如果你还在那儿咬文嚼字，还在那儿谈文学的艺术性，那么，你会有一种"准汉奸"的嫌疑。这个时候，你能不考虑怎么样用你的文字、用你的语言、用你的绘画，去呼号、去鼓动全国的人民抗日、去拯救危亡的民族，而在那里高谈什么艺术性，还要走进什么所谓的"象牙之塔"里头？过去，"象牙之塔"是很有讽刺意味的一个词呀。其实，中国人有几个有"象牙之塔"的？木头塔也没有几个。由于这些原因，谈艺术性的就非常少。这也是必然的、可以理解的，文学的功能和效应不限于文学本身，它的影响远远超出于文学专业，这也许正反映了文学的群众性和重要性。

我们完全可以而且必须继续谈文学的历史的真实性,思想性和倾向性,意识形态的归属性,等等。但同时,也可以并必须注意研究文学的艺术特质。今天我就想试着谈谈,因为现在国家的情况毕竟大不一样了,日子太平多了,现在我们谈谈文学的艺术性,我想,当不为过。

那么,怎么谈呢?一种方法是从理论上来谈。谈文学理论,我不灵。因为我没有受过非常正规的文艺学、美学的教育,远远不如在座的各位老师和同学。因此,从理论上怎么样理解艺术的问题,请你们不要听我的。你们听我的,考试不及格,毕不了业,我可不负责任。但是,我可以从另一个角度,就是从经验上来谈。因为不管怎么说,我是一个文学爱好者,文学阅读者,我也是一个文学的创作者。我写过一些大大小小的文学作品,小说、诗歌、杂文、散文……大概除了剧本和电影剧本以外,其他的各种体裁我都试过。所以我们可以从经验来谈。

文学的艺术性究竟是一个什么东西呢?它表现为一种什么样的东西呢?我可以概括地说,文学的艺术性表现为营造了一个精神的世界,这个世界具有比现实世界更浓重、更集中、更完美的审美对象功能,能够满足受众的审美的需要,能够提供审美的、艺术的愉悦和满足,这个精神的世界,既是真实的,又是虚构的。这个精神的世界,对读者有着极大的吸引力。当然,它对作者也有着极大的吸引力。它能够让你如痴如狂,能够让你哭哭笑笑。我们说得文雅一点,就是说,它有着一种艺术的魅力。那么,这个艺术的魅力,又是一个什么东西呢?因为有吸引力的东西是很多的。例如对于一个搞政治的人,政治上的事情,那个吸引力也是非常之大的。谁要上了,谁要下了,谁犯了错误了,谁看好,谁不看好,谁碰到什么问题了,谁跟谁幕后有什么关系或者交易。吸引力真是很大。搞军事的人,军事对他也有吸引力。哪里打仗,他就进入状态了。搞数学的人,一道数学题,可以吸引他一辈子,他可以为它献身。有吸引力有魅力的,并不仅仅是艺术。

然而艺术的吸引力和这类吸引力,和上述的斗争的吸引力,和智力挑战的吸引力,又有一点区别。

首先,它是直观的。它基本上是直观的。谈文学是非常难的,你每句话都可能是错误的。我说艺术是直观的,如果有人愿意与我抬杠,他可以立刻举出一百个例子来,证明艺术是概括的,是可以不直观的。"前不见古人,后不见来者,念天地之悠悠,独怆然而涕下",这并不是特别直观。但它要求的是直观的,它不需要你经过特别多的分析和判断,而你立刻直观地感到一种吸引,感到一种满足,感到一种愉悦。接触了这样一个精神的世界,文学所营造出来的精神世界,你感到一种愉快,或者感到一种满足,满足了你精神上灵魂上的一种渴求。

它又是比较感情的。当然,艺术不排除理智,绘画也不排除理智。但与人类的其他精神活动相比较,文学艺术是比较感情的。它所获得的震撼,是一种感情的体验。它不仅仅是一种智慧,当然艺术也要有智慧,也要有道德,也要有正义感,等等。这些都不用说。但是,它的特点往往在于获得的一种感情的体验。

同时,它又是趣味性的和带有娱乐性的。这是我们不能不正视的。当然,不是所有的文学作品都那么趣味娱乐。因为如果你要想抬杠,问《义勇军进行曲》的歌词,算不算一个趣味性之作,那我就傻了。"起来,不愿做奴隶的人们"!你趣味?都要做奴隶了,你还趣味哪!

但是,在很多情况下,甚至于大多数情况下,文学艺术是有着它明显的趣味性和娱乐性的。因为你阅读文学作品,相对来说,也是比较非功利的。如果你又抬杠,问阅读文学作品,全都没有功利的考虑吗?当然不能这么说。你学语文应付考试,这不是浓重的功利么?语文成绩,可能跟你找工作也挂得上钩。还有许许多多功利的考虑。在一个作品里头呢,毛主席也分析过,它也有功利,有的是对少数人的功利,有的是对多数人的功利、对民族的大的正义的功利。这当然都是对的。但是,一般来说,你阅读文学的兴致,它与那个直接的功利性相距比较远。你阅读交通规则,是为了考一个驾照。你阅读证券指南,是为了炒股票。北京有一张报纸,发行量非常好,叫做《精品购物指南》,你从那里会得到购物方面的指导。但这里我就要补充一句,这就是艺术的微妙之处了。《精品购物指南》,有人订阅它是为了购物,有的人不常购物,他也订阅。这就带有一种艺术鉴赏在里边。报纸上面有一些好的商品的形象,看它就如同逛商店似的。女性一生气就爱逛商店,我不知道我这个总结对不对。她们逛商店,有的是为购买,有的不是为了购买,有的可能压根儿就没带钱。它有一种非功利的直观的愉悦的欣赏的东西在里头。就是说,非艺术品,它也可以具有艺术的功能。一块面包,原本是一个吃的东西。但一块面包,你也要做得尽量好看一些。这美术是无处不在的。非艺术品、功利性极强的物品也有艺术的功能。但是,大致上来说,文学艺术是比较非功利的、直观的、感情的,带有趣味性娱乐性的。它构成了文学作品的一种特殊的吸引力。

这些吸引力是从哪里来的呢?这些吸引力表现为什么样的一种作用呢?对于受众,也就是说,文学对于读者来说,它发挥一种什么样的力量呢?

首先,它有一种冲击的力量。有许多文学作品,由于表现了非凡的激情,它对读者的心灵,对读者的情感,有一种很大的冲击。譬如《革命烈士诗抄》中:"砍头不要紧,只要主义真,杀了夏明翰,还有后来人。"不管什么时候读到它,你都会感到一个很大的冲击。再譬如方志敏的《可爱的中国》,生死关头,那样一种强烈的情感冲击着你。

我很喜欢看陀思妥耶夫斯基的小说,他的作品往往写得相当乱。因为陀思妥耶夫斯基是一个赌鬼,他喜欢轮盘赌。他常常与书商早就订了合同,比如说两年以后,交一部长篇小说,五十万字。他已经把预支的稿酬都花完了,离交稿的时间还有三四个月。他如果不交稿的话，书商就要向法院起诉，把他关监狱了。这个时候他急了，找一个人速记，他口授。后来那个速记员也嫁给他了，这个当然很好，夫妻合作了。在他述说的时候，他像发狂一样。陀思妥耶夫斯基受过精神上很强烈的刺激。第一，他本身是羊痫风、癫痫患者；第二，他被沙皇假处决过。拿到绞刑架上陪绑，说要给他处以绞刑。他等着被绞。然后等别人一个一个被绞死了，突然宣布对他大赦，给他放回去了。他的精神被彻底摧毁了。所以他写出来的那些东西，冲击力太强了，让你对社会的黑暗，对人性的黑暗，有极度的恐怖感。譬如他的《白痴》，他的《白夜》。有时候看陀思妥耶夫斯基的小说，你觉得他在折磨你。你怎么难受他怎么写，你怎么难受情节就怎么发展，你最不希望发生的事儿，它准发生。你希望发生的事儿，它一件也不发生。看着看着，你觉得都很好很好了，就在这个时候，啪！急转直下。让你真是感觉到你要发疯。这个陀思妥耶夫斯基，他确实是要发疯啊！你看了之后，也有那种疯狂感。

　　再说雨果，雨果不是靠那种精神的疯狂，精神的折磨，他是靠强烈的对比。例如《悲惨世界》，那事情怎么向坏里发展，他就怎么写。他也是折磨你。但他更多的是那种特别强烈的对比。这个事情正在发展发展着，一下子急转直下。我年轻的时候，还爱看狄更斯的小说，他的小说也有这样一种强烈的对比。而且说来好笑，现在你们年轻人已经体会不到了。我看狄更斯的小说，是什么时候进入高潮呢？就是一九五八年把我揪出来划为"右派"的时候。那时候我就没完没了地看狄更斯的小说。看在那些历史的大变革中，人们受到的考验。他的《双城记》描写在法国大革命中各种不同人的不同命运。在历史的狂风暴雨当中，人会碰到什么？会受到什么样的挑战？会碰到什么样的问题？狄更斯的小说帮助我度过了我青年时代最困难的时期。狄更斯当然不会预见到那么多年以后，在那么远的中国，会发生一场"反右派"运动之类的事儿。但是他的作品确实有很大的冲击力。

也有的文学作品,不表现为强烈的冲击。它们更多的是一种渗透。我是说,它是一种情感的渗透和慰藉。那种非常非常强烈的作品读太多了以后,读者也受不了。人的情感需要是多方面的。有时候他需要相对比较平和的东西,有时他需要相当淡的东西。你老是吃川菜,或是墨西哥菜、韩国菜,它们的味道比较重,于是你就想吃味道比较淡一点的东西。陆文夫的小说《美食家》里就讲,当然也是一家之言了,吃一道道菜,盐要越放越少。因为开始吃的时候,人的食欲非常好,那时候菜稍微咸一点,能刺激食欲,他觉得你做得真好。在吃得很饱以后,你还做得很咸,他就感到不舒服了。小说里边甚至提出,最后一道汤,最好是不放盐的,非常鲜非常鲜的原因是没搁盐。这是中国的习惯了,外国不行。外国人是先喝汤,中国是后喝汤,大家吃得酒足饭饱了,又上来一碗淡淡的汤,喝了之后,你觉得爽口得很。所以,文学作品也需要比较淡的东西。它不表现为冲击,写得很日常、很平常,写得非常含蓄,甚至写得还有点模模糊糊。这样的东西很多,譬如说契诃夫的很多小说。契诃夫的很多小说没有那么强烈,恰恰不强烈,他写很多琐事。他的小说里也有爱情,譬如《带小狗的女人》,但那个爱情决没有要死要活的,既没有《白痴》里面的那种爱情,也没有《安娜·卡列尼娜》的那种爱情,也没有林黛玉式的那种爱情。它淡淡的,好像有那么一种关系,那么一种感情。我们讲鲁迅,鲁迅的有些作品很震撼人心,很强烈。但是,他也有一些很平和的东西。譬如说《社戏》,他甚至写得相当琐碎。还有他的很多关于百草园的回忆,什么长妈妈呀,什么老鼠的娶亲图啊,白无常黑无常啊,这些东西并不强烈,并不表现为强烈的冲击。写得淡一点,也是文学作品风格的一种。

除了冲击力、渗透力和慰藉力以外呢,我觉得我们尤其要讨论一个问题。就是阅读文学作品,所取得的一种快感,阅读的快乐。这种快乐,从心理学上来说是非常复杂的。因为你看一个悲剧,我刚才说过,它是折磨你的。你一边看,一边哭。当然,这种悲剧性的东西,在政治上有一定的倾向性。譬如看到了社会的黑暗，看到了沙皇的黑暗，看到了国民党的黑暗，这咱们另说。但是，从阅读来说，你会得到一种满足。你会在掩卷休息一下的时候，有一种快感，就像吃了辣椒一样。本来小孩都是喜欢吃甜的，吃糖球，岁数大一点，到了我这个年纪，我最不喜欢吃的就是糖球。我吃苦瓜，吃辣椒，吃的是苦的，但是吃了之后，味觉上得到了一种刺激，得到了外界的一种信息以后，有所获得，有所经验。

小的时候，我的一些亲戚，姥姥、姨妈、姑姑，她们都没有受过正规的教育，粗通文字。她们一大愿望，就是看苦戏。看苦戏的时候，口袋里头都带上手绢儿。一边看着苦戏一边哭，哭得一塌糊涂。哭完之后回到家里，感到非常痛快，看了一台那么苦的戏，觉得满足。就是说，人在精神上，需要更多的体验，体验一些在生活上难以亲身体验的东西。在现实生活里有许多东西难以体验的，譬如死亡。当然人人都会有死亡的体验，但是就一回，你体验了之后，就无法再叙述这个体验了。战争也不是那么容易体验，你为了体验而发动战争，这是不可能的。疾病，当然你有了疾病，如果你没有疾病呢？妻离子散，也没有什么人欢迎有这种体验。众叛亲离，妻离子散，霸王别姬，自刎乌江……所有的这些东西都很动人，但是在现实中体验都有困难。顺便说几句玩笑话，小说里边，特别爱描写婚外恋。其实我知道的那几个国内描写婚外恋的专家，他们都没有什么轰轰烈烈的婚外恋。他要真有很多婚外恋，就顾不得写这些小说了。没有婚外恋，又老想象婚外恋，所以他就写出很多小说来。有些写爱情写得最好的作家，都是些老单身汉。冬天来了，外边吹着西北风，屋里一个炉子，没有几块煤，自个儿一个人，没有佳偶相伴，没有红袖添煤，清冷得很。干点什么呢？写吧。越写，那爱情就写得越好，佳偶红袖都出来了。不光在中国，外国也一样。婚外恋谈何容易啊，技术上困难很多呀。哪怕是总统，比尔·克林顿，他也算不上婚外恋，我是给他说得好听一点了，他算胡来。弄得自己名誉扫地。所以，人需要一种体验。而且这种体验需要是多方面的。需要有快乐的体验,甚至需要有当国王的体验。我们的电视剧里头,老是皇上。韦小宝最后做上大官,还娶了七个老婆。这反映了多少中国男人潜意识里头梦寐以求的东西啊。你只能在韦小宝身上体验一下,真么么干,走韦小宝那个路子,保证你两年就送去劳动教养了。

当然,文学还有其他的娱乐性,譬如说解闷,换换精神。但是其中起码有一种娱乐性,就是虚拟地让你更多地体验一下人生。人生有限,你短寿,也许六七十岁就"拜拜"了,你长寿,也许能活到一百二十岁。如果你能活到一百五十岁的话,那后三十年也不会有太多的体验了,除了对睡眠体验得比较多之外,其他的体验就会大大地减少了。婚外恋、婚内恋你都恋不着了。在短暂的人生里,你自己是不自由的。你无法选择你的出身、你的家庭,有时候也不完全能自由选择职业。地区也不一样,你有北京的生活体验,就没有上海的,起码你缺少上海的。你有中国的生活体验,你就缺少外国的。但是我们通过文学作品能较多地体验人生。这实在是人精神上的一大需要。

上述的这些作用这些效果,冲击力、慰藉和渗透的力量、阅读的趣味和欣赏的愉悦,它们是从哪里来,又是怎样使得文学作品具有这样的性能呢?文学作品是如何获得这样的性能的呢?让我们再想想我们所读过的作品,我们可以想到下面一些方面。

首先,文学作品是构思的艺术。作家究竟选择一个什么样的题材作为一篇作品的基础?我也可以讲一点我自己的体会。我的许多短篇小说,都是偶然碰上的;也有按计划写的,但是少。长篇是经过较多的酝酿,短篇则很少是很有计划的。譬如在一九五六年,我二十二岁。那年我写了一篇短篇叫做《冬雨》。《冬雨》的写作,是缘自那天我的心情特别不好。为什么不好呢?因为我一九五六年九月份发表了《组织部来了个年轻人》,后来就听说有人有这个意见,有那个意见。写《冬雨》是十月份时候的事儿。十月份我从北新桥坐电车往西城走。当时我家住在西四那边。那时外边正在下霰,霰,正确的

423

读法是 xiàn，很多人念 sǎn，应该念 xiàn。霰，那种小冰核儿似的。那是十月份，开始变天的时候，电车的玻璃窗上都是哈气。有两个小孩，就在那个哈气上画画儿。我在那种沉闷的不愉快的情绪当中，忽然看到两个小孩在哈气上随便地画画。他们画的不一定很好，可是我的心情却忽然获得了一种什么启发，就觉得心中一亮。后来我就写了小说《冬雨》。我觉得艺术的创造，特别是那些短小的作品，往往就是源自你突然心动的一刹那，一个场景，一个故事。

再譬如冯骥才的短篇小说《高女人和她的矮丈夫》，写得非常动人。有人说，他写得有些像法国小说的情调。冯骥才本人也会画画，他画得好坏我不懂，他很喜欢画画。他写那个高女人，后来在政治运动中过早地离开了人世。但是，她的矮丈夫每逢下雨出门的时候，老是把那个伞举得高高的，这是高女人活着的时候他养成的习惯。矮丈夫对高女人非常好，虽然他的个子比高女人矮得多，他俩一块出去的时候，他老是打着一把伞，这个伞得高高地举着，才能把他的妻子保护住。他没有妻子了，可是遇到下雨出门的时候，他的伞还是这么举着，让人感觉到那个伞底下缺了一个人。我觉得他的结尾写得非常好，也很有视觉形象。冯骥才写这个小说，也无非是他在北京坐公共汽车，看到有一对夫妻，其高矮比例比一般夫妻差距大一点儿。为什么人们都同样地到了一个地方，经历了同样的事情，有的人就有这样一种艺术的构思，而且这构思本身就有一种吸引力？下面我还要分析这是一种什么性质的东西。所以我们说，构思本身就已经是一个艺术。

其次，文学是叙述的艺术。你光有构思不行，你还得把它说出来。这说出来就有很多讲究。

第一，你用一个什么角度，用一个什么样的叙述主体，用一个什么样的视角，这很有讲究。作家和非作家处理起来是不一样的。初学写作者往往都是用"我"，"我"如何如何，用第一人称。而且你感觉那个"我"起码与他差不离。但是那些会写的人，他甚至用一个狗的视角,用一个猫的视角。这样的小说有很多。我写过一篇短篇小说,叫做《木箱深处的紫绸花服》,用的是一件衣服的视角。就是一件衣服,它的故事,它的感觉。这是一个视角的问题。

再一个就是叙述的次序的问题。叙述的次序也很重要。譬如说推理小说,主要靠在叙述次序上下功夫。作家要是把次序全打乱,一上来就把案情的过程全告诉你,底下再看破案的经过,你会感觉这些警察都相当傻,连作家和读者都相当傻。但是,正是因为案情的揭开是在推理小说的最后,你方能读得下去。大部分推理小说,写到案情破了的时候,往往索然寡味。但是也有个别写得好的。譬如说一个日本作家,大概叫松本清张。我没有看过他的小说,看过他的电影。他写的那些最后都侦破了的案子,你会感觉到很吸引人。

文学作品里的一些心理独白,按正常的时空顺序叙述和按打乱了的时空顺序叙述,给人的感觉也是完全不一样的。

还有叙述的排列,叙述的力度。哪些地方叙述得详细,哪些地方叙述得粗略,哪些地方一笔带过;哪些事情明写,即把事情的场景端到读者的眼前;哪些是暗写,即通过别人的嘴里就带出来了。这在情节上很重要。这种讲究的叙述达到的效果,也是难以做到的。举例来说,我特别服气的,是曹雪芹描写贾宝玉挨打。通过贾宝玉挨打,把贾政与贾宝玉的矛盾,贾琏、赵姨娘与王夫人、贾宝玉的矛盾,贾母溺爱孙子,贾母与贾政之间的矛盾等等写得非常充分。还有丫环之间,借着贾宝玉挨打,袭人来向王夫人表忠心等等,都写到了。这种场面是非常难写的。因为这算一个大事件了,荣府的一个大事件。在这样一个大事件里头,写到了王熙凤。王熙凤在这里是一个次要的角色,因为她既不能干涉贾政,她的辈分低得多,也不能减轻贾宝玉的痛苦,也不能够去安慰贾母——这个时候,贾母处在痛惜和盛怒之中。她也无法在这个时候调查事件是怎么酿成的。但是在有一点上,显示了王熙凤毕竟是王熙凤:贾母来闹了一顿,贾政"直挺挺地跪在那里",也没法再打下去了。贾政那次真急了,是想把贾宝玉打死的。贾母一来，不能打了，几个丫环过来搀贾宝玉。这个时候，王熙凤马上就说："你们这些死人，他被打成这个样子了，还能搀着他走吗？"于是赶紧搬来藤子编的床，让贾宝玉趴在上面抬走了。这个时候，你就看出王熙凤确实非常精明。在这种极度的混乱之中，她仍然还保持着她的特点，她的精明，她的注意细节。这种叙述上的错落有致，真是达到了毛主席爱用的一个比喻：弹钢琴。毛主席说，当领导要像弹钢琴一样，有的音轻一点儿，有的音重一点儿，但十个手指头都要动。你不能单打一，只干一件事。你也不可能所有的事都费同样的力量。这是叙述的艺术。

还有描写和刻画的艺术，写得鲜明，写得生动；或者写得不那么鲜明，但是大有深意。刻画得立体，也很重要。好作家的作品，那里的人物，往往刻画得非常立体。而不是简单的性格符号。以前苏联有一个纪录片，叫做《托尔斯泰的手稿》。说托尔斯泰在写《复活》开篇时，叙述玛丝洛娃从监狱里走出来。玛丝洛娃就是卡秋莎。使女卡秋莎在跟贵族少爷聂赫留朵夫发生了性关系怀孕以后，被主人赶出来了，流落风尘，沦为妓女。最后又被牵扯到一个命案里，投进了监狱。托尔斯泰写玛丝洛娃的长相，前前后后就改了十几次还是二十几次。有的描写侧重于她的堕落，她的淫荡，她在社会的底层变得完全邪恶了。有的描写侧重于她的病态。有的描写侧重于她的美丽，因为她毕竟原来曾经是那么一位清纯美丽的少女。在他改的过程中，每一次描写，他都附一个画家的画。就是说，按照这个描写，画一张像。这样的描写，这样的刻画，确实达到了非常惊人的程度。而他最后的描写最准确地表达了玛丝洛娃在那个时刻的形象。他是这样描写玛丝洛娃的：

> 一个个儿不高、胸部丰满的年轻女人，身穿白衣白裙，外面套着一件灰色囚袍，大踏步走出牢房，敏捷地转过身子，在看守长旁边站住。这个女人脚穿麻布袜，外套囚犯穿的棉鞋，头上扎着一块白头巾，显然有意让几绺乌黑的鬈发从头巾里露出来。

她的脸色异常苍白,仿佛储存在地窖里的土豆的新芽。那是长期坐牢人的通病。她那双短而阔的手和从囚袍宽大领口里露出来的丰满脖子,也是那样苍白。她那双眼睛,在苍白无光的脸庞衬托下,显得格外乌黑发亮,虽然有点浮肿,但十分灵活。其中一只眼睛稍微有点斜视。她挺直身子站着,丰满的胸部高高隆起。她来到走廊里,微微仰着头,盯住看守长的眼睛,现出一副唯命是从的样子。

这种描绘和刻画的艺术,往往是非文学家和文学家之间一个很重要的分野。有些有特殊经历的人,到了晚年,很愿意把他自己的经验写出来,有的是写回忆录,有的就是以小说的形式写出来。因为小说的形式比较自由一点儿,与原来的事实有一点出入也不要紧,别人不会说你吹牛或是损害了别人的名誉。但是这种作品,往往很难有一种精美的细腻的鲜明的生动的描绘和刻画。譬如六十年代,有一个老同志写的小说《六十年的变迁》,作者叫做李六如。它的主人公叫季交恕。李加一撇,就是季;六下面加一个义,就是交;如下面加一个心,连起来就是"季交恕"。季交恕就是李六如,让人感觉是如此。《六十年的变迁》是作为小说写的。这类的东西可以写得很好,也可以写得很有阅读价值,拥有很多读者,甚至很有史料价值,但是它难以有精美的描绘。这种描绘确实是一种特殊的功夫。有些老人,他的一生充满了戏剧性的事件,讲起来听起来都十分来情绪。许多人听了都鼓励他把经历写成小说。他写了,或是助手帮他整理出来了,结果读起来效果平平,乃至索然无味。什么原因呢?没有艺术发现,没有艺术独创,没有艺术细节,没有艺术刻画和描绘。

除了构思的艺术、叙述的艺术、描写和刻画的艺术,还要有独白和抒情的艺术。因为在作品里头,特别是在诗歌一类的作品里头,都有所谓抒情主人公。除了人物的语言、故事的进展以外,还有作家本身。有时他会突然出现,或者不是突然地,不是突兀地,而就是在行文当中,自然地出现作家自己的独白,或是人物的独白。这种独白写好了,一下子就把这个作品提上去了。

我读法捷耶夫的《青年近卫军》,感到最佩服的是读到三十多章的时候。法捷耶夫忽然离开青年近卫军的故事,写了一段独白。他怀念他的战友。他这么写:当我写到这里的时候,我想起了你。接着法捷耶夫叙述说:在那场战斗中,他和那个战友一块儿被敌人包围了。法捷耶夫在远东参加过游击队。他们被包围了,很长时间他们没有喝到水了,渴得很。他的战友知道不太远的地方有一条河,他们到那个河里去打水。用什么东西打水呢?靴子,俄国人都是穿靴子的,因为没有别的盛水器皿。战友拿着这个靴子冒着弹雨,到了那条河那里,打满了水,把这个靴子拿回来。但是,他这个时候中弹了,牺牲了。法捷耶夫说,这时,他把带着革命战友的友谊的盛在那个很粗犷的马靴里面的比酒还要苦的水,一饮而尽。这一段独白以后,法捷耶夫就开始写青年近卫军是怎么样被破获的,底下全都是他们被逮捕、被破获、被处决的叙述。我想,如果说许多故事许多情节别人也能写得了,那么这一段独白,别人是写不了的,而法捷耶夫写得了。

最后最重要的,文学作品是语言的艺术。我们常常看到这样的定义,说文学是语言的艺术。对这个定义,我既接受,又有一点怀疑。因为我觉得它不光是语言,这种概括太表面了。如果说文学是语言的艺术,那么绘画呢?就是色彩、明暗或是线条的艺术?音乐,当然是声音的艺术。仅仅说文学是语言的艺术,好像不能够完全说明问题,因为还有许多语言以外的东西。但是语言在文学中起着一个构筑材料的作用,这是事实。

语言的第一个功能是表意。这个我就不多说了,因为语言本身是用来叙述的。我们用语言来独白,用语言来描写,用语言来刻画,所有的构思都要体现在语言上。然而,你一旦运用了语言,语言本身又有自己相对的独立性,因为语言不仅仅是你的奴仆。你驱遣语言来表达内容,而语言自身又有一种活力。现在有新的名词,叫张力,有一种张力。语言和语言之间,会产生出下一个语言来。有时候,你写到这里,你会非常自然地往某一方面发展。这是因为语言本身有一种结构的力量,有一种相悖拗的力量,也有一种相亲和的力量,有一种演绎的力量。

不仅如此,语言还有它的纯形式的东西。中国的语言是用汉字来表示的。而汉字呢,不仅能表达意思,也表达声音、表达形状。汉字本身往往是形义结合的。有时候,形比音还重要。所以说,汉字有自己的视觉形象,有自己的听觉形象。语言是作家们永远搞不完的研究不完琢磨不完的一个对象。语言里头有新鲜的语言,有老的语言,有相同的语言,有不同的语言。每一种叙述每一段独白每一种翻译,都可以选择类似的十个、五十个、一百个甚至二百个语言来表达。那么,你为什么选择这个而不用那个?这里既有内容的考虑,也有形式的考虑,譬如说,要考虑读起来是不是铿锵悦耳。也有人偏偏要找那种读起来比较怪比较险的声音,譬如韩愈作诗,人家讥笑他诘屈聱牙,但是如果韩愈不用那些字,不用那样的韵脚呢,他就不是韩愈了。

所有这些,说明文学都有很多的艺术方面。那么我们现在来追溯一下,这种构思的艺术、叙述的艺术、描写刻画的艺术、独白和抒情的艺术、语言的艺术,是从哪里来的?文学作为一种艺术活动,它的前期、它的准备期是什么?我觉得,概括起来,它又变成两个艺术:一个是感受的艺术,一个是想象的艺术。

感受的艺术,就是说,作为一个作家,一个创作者,他应该对世界、对人生,常常有一种艺术的发现。从大家习以为常的日夜星辰、春夏秋冬、喜怒哀乐、升降浮沉当中,他有了自己独特的发现。就好像这个世界,到了作家这里,到了艺术家这里,突然打开了一扇门。他突然看到了别人没有看到的东西。这可以说是最惊人的一种感觉,最惊人的一种快乐。

这种惊人的发现,可以是发现这个世界的鲜明性,形象性。中国古代的一些诗文里面,有些特别简单的东西,本身就像一幅画一样,而且像一幅特别简单的画。譬如王维的诗"大漠孤烟直,长河落日圆",像个几何图形。长河落日圆,是一个圆与一条线相切的关系。大漠孤烟直,大漠本身是平的,这是一个平面。上面是一个垂直的一条线,或是一个圆柱体、一个多棱体,它们是一个垂直的关系。王维的另一句诗"明月松间照,清泉石上流",就那么简单的一个东西,但是在他以前,没有人这样写。你感觉他把一个新的世界一下子就传达出来了。再如苏轼《后赤壁赋》说"山高月小,水落石出",这个概括得也好极了。你什么时候会感觉到月亮大呢?你如果在海边看月亮——我们都看日出,其实在海边看月出也是很好看的——你会感觉到月亮很大。因为它周围的参照物,是树、草,是地面上的一些小东西。但是,当月亮升得很高的时候,它的参照物是整个的天,你便觉得月亮小了。水落石出,洪水季节过去了,这秋天的景象也描写得非常好。这样的一些发现,既很普通,又富有一种鲜明性和形象性。

有的作家,不仅能发现鲜明性和形象性,还能发现世界和人生的丰富性和深邃性。就是说,他看到的还不仅仅是表面的一些东西,而且这里头有一种特殊的丰富和深邃。这个我不想解释了。有的作家还能发现人生当中的戏剧性和故事性。人生当中,有的是喜剧,有的是悲剧,有的是悲喜剧,有的是正剧,有的是闹剧。这样的剧,在我们的周围日日发生,时时发生,我们完全可以表现它们。有的作家还能在生活中发现它的哲理性和终极性。这种感受,有一种同整个宇宙同构的感觉。你写的可能是一件具体的事情,譬如说,有一位日本俳句的专家,似乎叫松尾芭蕉。他有一首最有名的俳句,写什么呢,按我们中国人的习惯,可能接受不了,但我们可以暂时抛掉一些习惯。他写"青蝇",一个绿的青色的苍蝇。俳句写道:请你先不要打那个青色的苍蝇,那个苍蝇正在窗上搓手搓脚呢。日本人对此服得不得了,认为这首俳句写得真好。我们由于从小就觉得苍蝇、蚊子是害虫,看了这首俳句,这方面的艺术感觉就可能被麻痹掉了,或者被堵住了。一见到苍蝇,赶快找苍蝇拍或者"敌敌畏"什么的。但是,作者是以一种纯审美的态度来描写的。这么一个小蝇子,它在那儿搓搓手搓搓脚。当然我们从纯功利的角度一考虑,它一搓手搓脚,把霍乱菌给我们带来了,这是另外的一个问题。在这里头他表达了诗人对生命的一种关注,一种细心。

中国古代唐诗里头,我比较喜欢李商隐。李商隐的那些无题诗,怎么解释的都有。有的还不算无题,以作品头两个字为题,也是无题诗的一种。解释最多的就是《锦瑟》。"锦瑟无端五十弦,一弦一柱思华年",一种解释是思乡,一种解释是怀念亡妻。他和他的妻子王氏关系特别好,王氏夭折了,他非常悲伤。一种解释是写他在政治斗争中站错了队,在"牛李党争"中,他先接受了李党的许多恩惠,后来又投靠了牛党。所以被当时很多人认为是风派,为很多人所不齿,后来他的生活很不幸。他为什么要写《锦瑟》呢,有种解释说,因为曾经对他有恩的那个大官,是令狐家的。令狐家有一个使女,名叫锦瑟,他借怀念使女,痛心自己的仕途坎坷。又有人解释,说他是写音乐,就是写瑟,因为古时候讲瑟的音乐适怨清和,正好他的诗的前两句和后两句,就达到了适怨清和。有的解释是说他写感遇,自己一生的不顺利,一生的坎坷曲折。还有的人说,《锦瑟》辑在李商隐的诗集之首,这就是写他自己的诗。特别是那个"沧海月明珠有泪,蓝田日暖玉生烟",就是写他的诗的风格。在大海在月光之下,珍珠好像掉出了一点一滴的眼泪。有一种朦胧,有一种深沉,也有一种广漠,有一种茫然。我想这些解释都是可以的。但是它说明了一个什么问题呢?就是李商隐这八句诗里边,它本身与诗的品格相通,与人生的品格相通,与爱情、家庭的品格相通,与故乡、他乡的遭遇相通。这确实是很了不起的艺术成就。你的艺术选择和艺术处理,使你能够做到举一隅而三隅反,举一隅而八隅反。你写的是一个实际的东西,但是它所含有的意义具有一种普遍性,从一个很具体的题材里面,让你感觉到它同人生的各个方面都是相通的。

我常想,海明威得诺贝尔文学奖,主要是因为他的小说《老人与海》。《老人与海》其实很简单,不太复杂,就是一个老头儿,驾着一叶扁舟,在海上打鱼,抓住了一条很大的鱼。但是在回来的途中,大鱼又被其他凶暴的鱼特别是鲨鱼攻击撕扯。最后,老头儿精疲力尽,带着一副空空的鱼骨头架子回到了岸上。当然,他有硬汉精神,他最后说:人,不是轻易能被打败的。但是,把海明威的这篇小说理解成是为了鼓励人勇敢,这个解释相当困难。因为你能感觉得到,小说里面有很多是孤独,是茫然,天海茫茫,甚至实际上你很难说他是成功的。一条大鱼是带回来了,但是那鱼上的肉啊,肝啊,深海鱼油什么的,都没了,只剩下骨头架子了。顶多送到学校当生物标本,但小说并没有说老头儿想支援教学。海明威自己也坚决否认,说他写这个,没有什么象征的意义。他越否认,理论家们就越觉得它有象征的意义。他表现了五天五夜一个老人海上独自打鱼的体验。我们很少这种体验,但我们读了之后也非常感动。我们的心情,起码有可能在有些时候会与海明威的《老人与海》相通。当你感到孤独,你又不愿意承认失败,你还要奋斗下去。奋斗之后,你觉得你胜利了,但胜利之后,你又感到没有得到什么。人常常有这种情形。失败的人有失败的人的痛苦,胜利的人有胜利的人的痛苦。你可以说我的感情不太健康,但是,我读这篇小说,就有这样的感觉,得到了很大的满足。

　　我也常常举李后主的例子。李后主是一位亡国之君,他写了那么多感人的词。没有几个读者能有亡国之君的体验。有亡国的体验容易,有亡国之君的体验难。中国被日本人占领的时候,会有亡国的感觉,但是你不会有亡国之君的体验。但李后主的词"问君能有几多愁,恰似一江春水向东流",几乎所有人都从这里得到共鸣。你可能不是由于亡国而痛苦,而是由于工作不顺心而痛苦,由于没有考上名牌大学而痛苦,或是由于没有评上职称而痛苦;或者不管因为什么,你会感觉到有许多忧愁,人生并不是那么顺利。所以,我觉得作家有对人生的发现,从表面的细节的到根本的普遍性的发现,然后把它传达出来,实际上是一部文学作品具有艺术性的前提。

　　我还要提一个发现,就是对世界和人生的诗性的发现。世界和人生不仅有戏剧性,有故事性,有哲理性,有终极性,有鲜明性,有丰富性,有深邃性,而且还有一种诗性。能够始终保持一种诗的感觉,对一个人来说,真是太重要了。特别是在一个物欲化的市场经济的又是竞争非常激烈的社会里。在这样一个社会里,一个人很容易被磨掉那些感情的东西。现在有一个二十世纪末最流行的词儿,digital,就是数字化。这个世界确实是越来越数字化了。我多次去美国讲学访问,我感觉美国人真是生活在一个数字化的社会里。你想在美国住下来,那你脑子里就要全部是一些数字。美国每一个人,有一个社会安全号码,social security number。你领工资也好,领讲演费也好,如果没有这个号码,就会被扣得一塌糊涂。有了这号码,才是合法的。根据中国和美国政府之间签订的协定,中国的访问学者,五年之内是不交税的。这个在美国太重要了。因为它的税可能高达百分之三十到四十。除此之外,其他各种的编号也非常多。在数字的社会里,什么都可以做数据分析。有的人分析爱情。我在香港看过这样的电影,把性当做科学的材料来研究,里边一点黄色都没有,就是科学分析,看完之后,你的"食色性也"全都没有了,那实在是一种消除性欲的好手段。它真是把性数字化了,细致极了。但是,人生不能全是这些玩意啊。你全是科学?全是数字?全是金钱?全是电脑里面的符码?我们说,人生还需要一种补充,需要一种精神上的新鲜感、沉醉感,就是说,需要有一种对人生的诗性的发现,要发现人生的诗性。

这就是说,我们对生活要有艺术的发现,世界和人生不能没有感受的东西,不能没有感受的文学,不能没有感受的艺术。

文学还不仅仅是感受的艺术、发现的艺术,文学还是想象的艺术,仅仅发现是不够的。文学家有一个权利,就是在发现的基础上,有所铺陈、夸张和推衍。你可以想象很多。稍稍有一点文学细胞的人,走到大海的边上,都会有一种感觉,譬如辽阔啊,伟大啊,雄伟或者一片汪洋一片混沌,都会有这种感觉。但是一个文学家呢,他对海的感受，就可以发展得很多。安徒生从对海的感受，就生发出一个那么动人的《海的女儿》的故事。

我们在文学作品的阅读、欣赏乃至创作中补充这个世界、补偿这个世界。因为最终来说，世界是无限美妙的、是被人们贪恋的、是被所有有生命的东西所喜爱的，但是世界又是不完善的、非常局限的。我们通过文学活动，给这个局限的世界以一点补充，或者再夸张一点说，通过文学，我们提供了另一个世界，这个世界既是从现实世界来的，反映了这个现实世界（我一点儿也不反对反映论），又是对这个现实世界的一种补充。与现实世界的滋味相比，文学的滋味更醇厚、更感人、更动人。有这样一个精神世界，和没有这样一个精神世界，是很不一样的。这是一种精神能力，更是一种精神品质、精神境界，是精神上趋向完美和丰富的努力。人有这样一个精神世界，他的情操，他的道德，他与别人的关系，以至于他一生心理的平衡和失衡，与一个完全没有这个精神世界的、只知道竞争、只知道满足物质欲望、只知道为私利打算的人，也是不一样的。在座的都是艺术家，比我更懂艺术的艺术家，所以在今天讲话的最后，我希望我们共同创造这样一个更美好的精神世界。

（作者答与会者问）

问：请您谈谈对现代主义美术、先锋前卫艺术的看法。

答：我认为，各种艺术都充满了悖论。第一，任何一种艺术，不可能完全离开传统。完全离开传统，艺术很难发展，也很难被别人接受。第二，任何艺术作品，都不满足于传统。这个悖论，在艺术史上永远存在。支持先锋和前卫的东西，是要付出代价，冒一点危险的。前卫美术，我个人感觉，目前最成功的前卫艺术，是前卫雕塑，很多东西被人接受了，但也不是都接受。在国外，我参观过很多前卫艺术展览，那主人跟我说，您来了，我们请您看一看。但是我也闹不清楚这个算垃圾堆还是算艺术。古典主义的艺术与非艺术的界限是很清楚的,其艺术是一个封闭的系统。但是现代主义极力想摧毁这个界限,极力想把封闭的艺术变成开放的艺术。有些貌似胡闹的东西,都是企图表达这个愿望。法国一位艺术家,把马桶什么的,都拿上去做美展,他是想告诉人们,这个东西也可以成为欣赏的对象。因为它也有形状,有色泽。例如还有"钢琴独奏一分三十四秒"。当然我们可以说他是骗子,颓废,堕落,胡闹。在社会主义国家,你当然可以这么说。但是,他们的目的是什么呢?是让你在这一分多钟里,听到各种声音。听到有人鼻子响了,有人胳膊蹭桌子,当然放到现在,还可以有谁的手机呼机在那儿呼叫。这些探索性的东西,你要支持它,是非常危险的。你要扼杀它,又是非常不明智的。这就使我们陷入一种矛盾。你支持它,有支持垃圾的危险;你扼杀它,有扼杀艺术的可能。所以世界上的事儿,总不是那么方便。谁也得不出一个全面的答案。这种前卫艺术再与某种意识形态、某种功利结合起来,那就更复杂了。在支持垃圾和扼杀艺术的两难处境中,我们应该怎样选择呢?从理论上说,我们宁可冒保护垃圾的危险也不要去扼杀艺术。当然,这是一般地说,具体问题还要具体处理。我的看法大致如此。

问:你认为中国当代最有力度的小说有哪些?这些作品是否体现了现代作家真实的心情、真实的思想和水平?

答:这里有一个概念,就是"力度"。这个力度是一种什么样的力度?批判的力度、战斗的力度,这是一种力度,它还可能是指概括的深度。我觉得现在中国的情况与过去又有很多的不同。有一些作品写得是不错的,我读了以后,也受到某种感动。譬如王安忆的有些作品,铁凝的有些作品,张炜的有些长篇,等等。也有些作品,力度是很有力度,但是他那个力度,很难以为继。因为他的调子非常高,力透纸背。透完了之后,我就很替他发愁,他底下的文章怎么做呢?你看完他的作品之后,你感觉他下一步就得浑身捆上手榴弹往前滚,只有这样,才能把他作品的精神发挥出来。我想,那个不是我们想说的力度。

问:请谈一下鲁迅作品的艺术性。

答:这个题目很大,够讲一门课的。当然,鲁迅先生的作品很有艺术性。它很强烈,也很深沉。

问:有一句话,叫做"越是接近抽象,越是接近真理"。您能谈谈对这句话的看法吗?

答:这句话所说的"抽象",我不知道是什么意思。抽象,如果是指一种普遍性的话,那么抽象也可能是具体。如果是把具体完全洗干净了、完全把具体排除了的抽象,为什么它接近真理?对这个问题,我的脑力还没有达到。看来,我还要再回家修行修行,仔细地抽象一下,看一看是不是越抽象,就越接近真理。

1999 年 11 月

文学是必要的吗?*

非常高兴有机会到汕头大学,和汕头大学的师生见面。我讲的题目是"文学是必要的吗?"

这本来不是一个问题,因为我们可以看到全世界各国、各个民族都有自己的文学事业,而且我们的国家对文学一直都是非常重视的。在中国有一个十分重视文学的传统。几千年以前的孔夫子就高度地评价文学的作用。我们都知道孔夫子的理论,因为他编辑了《诗经》,诗可以兴,可以观,可以群,可以怨。尽管对兴、观、群、怨的具体解释,各家各有不同,但大致上可以说,孔夫子认为:诗是认识世界的一种方式,是相互交流的一种方式,是表达并且影响人的思想、精神和灵魂的一个现象。所以又说,"诗三百,一言以蔽之,曰'思无邪'"。就是说,诗能够把人的思想引导到一个正确的道路上去。到了三国的时候,曹丕的《典论·论文》讲"文章者,经国之大业,不朽之盛事",头一句话,说明文章对"治国平天下"是有重大关系的。因为文章里头讲述了许多道理,这些道理,有益于"修身齐家治国平天下";那么后一句呢,又讲到文章,能够给人带来长久的名声,是不朽的,人的肉身不过就是这么几十年,但是一个人的文章呢,却会长久地保存下去,所以中国又讲"立德、立功、立言",文学应该说也是一种"立言"。到了唐朝,又有"文以载道"的论述,就是说文章本身是

---

* 本文是作者在汕头大学的演讲。

一个载体,尽管对"道"的理解各不相同,有的把它理解成世界的本源,有的把它理解成宇宙的普遍规律,有的把它理解成为人处事的一些基本的规则,但是都认为文章有这方面的作用。我们往往认为,在资本主义国家文学好像没有这么重要,它们不讲文学的内容,文学的意义。其实并不是这样,就是在资本主义国家,对文学的这种类似所谓"经国""载道"的作用也并不否定。我举一个例子,在《大美百科全书》上,给文学下的定义是这样的:文学是人类传达情感、心灵或知识方面的信息时所采用的最具有创造性与最普遍的方式之一,优美的文学具有想象力,有意义的表达,以及良好的表现形式与技法,文学可以兼具教育性、报道性、娱乐性,表达个人的喜乐与哀愁,反映宗教的虔诚,表达对国家或英雄的赞颂,或用于鼓吹政治社会或美学等等。我们可以看出来,即使在美国这样的国家,也不是仅仅把文学看做可有可无的或者是消闲解闷的一个东西,还是把文学的社会作用看得非常重的。

　　我长期在新疆生活,新疆有一种说法,这个说法我现在还考证不出最早的源头在哪里,有点类似柏拉图对"理想国"的说法。它说,任何一个国家都有三种人,这三种人是国家的统治者或成为国家的脊梁:一种是国王或首相,一种是宰相,一种是诗人。这个说法很奇妙,国王无非就是指最高领导人。每个国家的制度不一样,有的国家不是国王,而是总统或总理,或者是议会制或是其他什么名义吧,反正国家会有个头这是毫无疑问的。其次宰相,我们也可以把他看做是国家的公务人员。但是它把诗人提到这样一个位置,认为诗人表达的是一个国家一个民族的精神。中国还有一个传统,就是认为诗反映了民情,诗是一面镜子,它反映了这个国家的状况。到了近现代,对文学的这种重要作用的评价有越评越高之势。其中有代表性的就是梁启超,梁启超把小说看成社会改革、社会进步的先导,把小说看成社会改革、社会进步的最主要的标志。他说:欲兴一国之政治者,先兴一国之小说。欲兴一国之文化者,先兴一国之小说。欲兴一国之风俗者,先兴一国之小说。反正不管干什么,你先得有小说,小说可以把你的理想表达出来。要发展汕头的经济,先得发展汕头的小说,小说里描写出了汕头经济发展、社会进步的美好景象,然后大家就有了目标了,这大概是梁启超的逻辑。似乎中国的存亡啊,光明与黑暗啊,就取决于中国的小说了。

到了鲁迅呢,我们都知道,鲁迅本来是学医的,后来他看一个新闻纪录片,看到在日俄战争中中国人糊里糊涂地给俄国人当奸细,然后被日本人砍了头,而中国的留学生看了以后也在那盲目地鼓掌。他觉得,医学只能医治人的身体、医治人的细胞,但是不能医治人的灵魂。所以他弃医从文,想用文学来疗救中国人的灵魂。

我们知道巴金老,他是中国作家协会主席,他特别喜欢引用高尔基的一个故事。高尔基一个很有名的作品就是写俄罗斯的民间英雄丹柯。丹柯把自己的心挖出来当火炬,高举着这样一个火炬率领人民走出了黑暗,已经迷了路走失在森林里边的人民找到了自己的道路。巴金最喜欢用这个故事来表达文学的崇高使命。文学家应该用自己的心来照耀世界,来照耀读者,使在黑暗中摸索的读者寻找到自己的前途,自己的出路。

毛泽东对文学也有一些非常重要的说法,所谓文武两个战线等等,在二十世纪六十年代他还提出"一言可以丧邦""一言可以兴邦",就是说,一句正确的话,一个正确的思想,一个正确的信念,可以使国家变得兴旺。当然,一句错误的话,一句荒谬的话,可以亡党亡国。我们还可以举出许多例子来说明古今中外的大家都十分重视文学,有时候甚至我们感觉到有点儿过于重视文学了。比如一言可以丧邦,一言可以兴邦,一方面是我们听了以后觉得很伟大,一方面又觉得很可怕。因为你一写,写几十万字呀,哪句话能丧邦,哪句话能兴邦,一下子就有几十万个丧邦和兴邦怎么不可怕呢?所以也有人用委婉的语言表达了对这种说法的质疑。比如"文革"初期被批判的"三家村"之一的廖沫沙就有两句很有名的诗:"若使文章能误国,兴亡何必动吴钩。""吴钩"就是指武器,如果说文章能够左右一个国家的兴亡,那何必还打仗,弄几个酸文人,你骂两句,他骂两句,马上就把一个你不喜欢的国家灭掉了。然后,你夸两句,他夸两句,你所希望的一个政权就兴起来了。对文学的重视,这是个传统,是我们必须正视的,却很少有人研究。

而在中国还有另一方面,这就是排斥文学、轻视文学、藐视文学、怀疑文学。这同样是一个传统,这样一个传统也是源远流长的。虽然传统是潜在的,我们一时还找不到它最有根据的东西,但是有。从古以来,中国的文人就有一些说法,比如说搞文字的东西,特别是什么作诗填词呀,或者是什么小说,都是所谓"雕虫小技,壮夫不为"。因为这些无非是编个故事,悲欢离合呀,英雄气短、儿女情长呀,风花雪月呀,好像都干不了什么正经大事。做生意赔钱,踢球球进不去,这样的人竞选肯定落选。几十年提不了一级,工资也上不去,这样的人才写小说,才写作品。这个话也有道理,不是没有道理。

法国的《世界报》,曾经给全世界的一千个作家提出问题,说你为什么写作,回答问题最认真的都是第三世界的老作家,巴金先生就有一个很长的回答,说他年轻的时候看到社会有很多黑暗,他要用自己的笔起来抗争。我们完全可以相信巴金老讲的话都是非常真诚也是非常感人的。还有马烽先生,他就回答说他是在抗日战争期间拿起笔来写作的,他用他的笔来歌颂对日本侵略者的斗争等等。但是发达国家的一些作家,他们的回答就很不认真,就在那瞎开玩笑,很有名的英国女作家朵丽丝·莱辛,她回答说是因为我是一个写作的动物。最精彩的,我觉得也是最可笑的就是去年获得诺贝尔文学奖的德国的那个作家,叫根特格拉斯,他是怎么回答的呢?他说:"因为别的什么都没干成。"我觉得他这个回答也有点道理,如果他是个足球明星,他就不需要去写作了;如果他是德国的总统或是总理呢,我相信他也不会去写作了;如果他是西门子电力公司的董事长,他也不会去写作。他别的没有办成嘛,所以只有去写作。哪怕他是好莱坞的明星,到哪里去笑话一下都会成为大的新闻,也比他的写作更有利得多。这就是贬低写作,嘲笑写作。包括作家自己的一些类似的语言,很多。

我多次去美国一些大学访问或者讲学,有个美籍华人,是我很好的一个朋友,他对我说,你跟美国人介绍你的职业的时候,最好不要介绍你是一个小说家或者是作家。因为在美国,任何一个人会写字就算一个作家了。他拿起笔写出两个字来,就是一个 writer,一个 writer 就是一个写作者,因为美国没有"家"这个意思,只有中文才有这个意思。我在新疆劳动的时候,有时候由于我多少会写几个字,包括维吾尔的字,我常常帮着人民公社的社员记工分,后来又发现他们这个记工分者和作家用的都是同一个词。哎,作家可以是记工分的,也可以是作家,也可以是在邮局门口摆个摊,替别人代写家书的。所以这个美国的朋友就建议我说,你如果在大学里有兼职,你可以介绍你在大学里的兼职,你如果在文化部做过事,你可以介绍你在文化部做过事,这样别人就会知道你是一个有稳定的职业和稳定收入的人,如果你只说你是一个作家,信用卡公司都不愿意给你发信用卡,谁知道你哪个作品能卖钱,哪个作品还是要自己贴钱的。

我们还可以看到有许许多多的对作家对文人的一些不利的语言,譬如"文人无行"就是说一些文人做的事情没有原则,没有道理。比如"文痞""文丐",为文的痞子叫做"文痞",为文而且又穷得不得了只能伸手向别人讨钱花的就叫"文丐"。可是我们就没有"武痞""武丐",动武的人都不会是痞子,不会是乞丐,因为起码可以当保镖。最有代表性的就是在《红楼梦》里边薛宝钗曾经对林黛玉进行过的一场将心比心或叫做掏心窝子的教育,这个教育就是"远离文学"。因为林黛玉讲了《牡丹亭》《西厢记》里边的一些语言,被薛宝钗听到了。于是,薛宝钗等到别人都走了以后,就说我要审一审你。林黛玉说你审我什么呢?薛宝钗问她刚才说的那两句话是哪来的,林黛玉说是文学书里边来的。说完立刻就非常的羞愧。薛宝钗非常诚恳地对她说：你要知道我也是个淘气的，兄弟姐妹们都怕看正经书，《西厢记》《琵琶记》《元人百种》他们偷偷背着我们去看，我们也偷偷背着他们看。所谓正经书是什么，是四书五经，那么所谓看那些不正经的书，要偷着看，要背着看的，就是《西厢记》《琵琶记》《元人百种》，这都是指当时那些戏曲。薛宝钗又说，后来大人知道了，打的打，骂的骂，烧的烧。喔，你们听多可怕呀，《西厢记》《琵琶记》《元人百种》，这些现在看起来还都不属于"扫黄"的范围。但是在清朝的时候，薛宝钗的家长们对这些就已经采取了超级扫黄措施。打和骂当然是对人了，不会是对书，烧呢我想是对书，倒不是对读书的孩子们，大概不至于。我们可以看出文学书所处的地位。然后，薛宝钗接下去就说：最怕见了些杂书，移了性情，就不可救了。说得真是生死攸关，触目惊心，很吓人的。就是这一类的文学书，如果你看多了，就会移了性情，就会使你有某些改变。这种改变是不可救药的。到了那个时候就只有死路一条，就不可救药了。这是薛宝钗教育林黛玉，《红楼梦》上写着呢。林黛玉听了薛宝钗的教导以后，非常感激，感觉薛宝钗真是知己，真靠得住的人才能把心里话告诉她，才能够这样关心她，从精神上，从灵魂上关心她，不使她走上邪路。

二十世纪七十年代，当时我在新疆的一个公社里担任一个大队的副大队长，管水利，那个时候公社里正在搞清理阶级队伍，发现有一个维吾尔族的青年，他的故事作为原型我曾经写在小说里边，现在我就不仔细说了。后来"清队"搞得热火朝天，把他揪出来了，他把他自己的一些小说，都是在苏联，就是现在的乌兹别克共和国塔什干出的维吾尔语的长篇小说都上缴给大队部了。我们大队书记是一个非常好的人，文化也不太高。他就教育这个青年人，说："兄弟，这些书再不要看了，看了以后你的思想会混乱的，你会变化的。你变了以后我们就不好办了，麻烦就多了，今后不知会出多少麻烦。"我发现我们中国人真是无师自通呀，认为文学会把人教坏，文学会有误人子弟的危险，有误自己的前途的危险，从薛宝钗一直到新疆的维吾尔族的不识字的老农。我们古代,杜甫在讲李白的时候说"文章憎命达,魑魅喜人过",就是说你的文章写得太好了,你的命运就好不了。李商隐说"从来才命两相妨",就是说一个人的文才和他的命运总是互相妨碍。你的命太好了,就写不出好文章来,你的文章写得太好了,你的命就好不了,这真是一个令人两难的选择。一个搞文学的人当然希望自己文章写得好,但是谁又希望自己的命运很恶劣呢;由于写文章写得吃不上饭,或者是娶不上老婆甚至还会带来各种麻烦,也不是大家所愿意的。所以,另一方面就是"排斥文学,怀疑文学",认为文学是一个可疑的东西,是一个危险的因素,是一个靠不住的东西或者是一个会给人的命运带来不安带来妨碍的东西。我想对这个问题可以分析一下,这样我们就能更全面地了解文学的一些特质。

首先我要说明上述的文学不包括被社会普遍认同的诗歌、散文。在中国,诗歌和散文一直处于一个比较高雅的地位,特别是散文后来成为科举的很重要的一项。过去的考试不像现在的高考,什么3+X。过去的考试就是写一篇文章,广义地说基本上就是一篇散文,一篇议论文。那么刚才从薛宝钗到我们可爱的大队书记,他们所说的,会移性情使人陷入不可救药的深渊的,主要是指小说和戏剧,因为小说和戏剧是从民间流传起来的,它是流行在市场上的所谓稗官野史、所谓传奇或是佚闻等等,这些东西始终是不登大雅之堂的。为什么这些东西有时候会引起社会的不安,或引起一些争议呢?我有下述的看法:

第一,文学是强调独特性与创造性的,它带有某种似乎是个人主义、风头主义与非群体意识的特点。你如果担任领导工作,你说话很重要的一条就是要有根据,你不能按照你自己的意思想什么就说什么,国家是什么政策,有关法律是什么样,社会上公认的是什么标准,你心里应该很清楚。一个学生学得不好,就应该说鼓起勇气来好好地学习,因为这样就符合社会公认的标准,相反你不能说其他的话。但是作家在创作上,最怕的就是他说的话和别人一样,最怕的是他的话是有根据的。你想出一个故事,哦,这个很好,很有根据,前年人家已经这样写过了。那人家就该说你抄袭了,起码说你模仿,或者说你没有创造性,或者说你很笨,没有创意。可是所有的创造都带有风险,因为创造就是别人没这么写过,别人没这么写就有风险。为什么有风险呢?你这样写以后别人可能不认同,可能认为你写得不好,认为你写得不准确,或者认为你写得有问题。我想这是第一个原因,我不仔细地展开,大家可以共同来讨论。

第二,对文学来说,人也是非常重要的,特别是在小说和戏剧当中,文学表现了一定的世俗性,正视了人身上种种世俗的东西,正视了人的各种欲望。而对人的欲望的描写,对人身上的这些世俗的东西的描写有时候是有副作用的,所以自古以来中国对不好的文学作品的谴责就是说这些作品诲淫诲盗。所谓诲淫,简单地说就是现在所说的性描写;诲盗现在来说就是暴力,就是暴力的描写。可是在文学作品当中,特别是在一些畅销的文学作品当中,你又很难绝对地排除这种对人的欲望包括对性的描写和对暴力、对犯罪事件的描写,因为打斗里面有暴力,武侠都是搞暴力的,没有暴力哪来的武侠。你不是用剑就是用刀,要不就用棍,最后也要用拳头、用掌,哪怕用指,练的那个铁指功,用指头一下就可以把树捅一个窟窿,这都是暴力。文学还很难把自己说得那么干净,我们不说属于扫黄范围的那种下流的东西,就一些比较严肃的作家,比较好的作家,有相当成就的作家的作品里也有这些东西。比如说,《红楼梦》里也有这些东西。我看也是儿童不宜的。我的儿子们这一辈都已经很大了,四十岁左右了,我不管他们了。但是我的孙子们,如果他们要读《红楼梦》,我又会非常矛盾。让他读还是不让他读?你说我在家搞一次扫黄,也不是太好的方法。而且这也是世界名著,况且我还研究《红楼梦》,还写了那么多文章。让他们读吧,我一想到里面的某一些章节,对纯洁的少年真是让人不忍,但是你又很难过滤清楚。有很多著名的作品里头有这些东西,贾平凹当然是个很好的作家,但是贾平凹的作品我现在在家里也要藏起来,怕我的孙子看到,影响不好。而文学在写到人的欲望、写到人的打斗、写到人的挣扎的时候,它又不总是很严格地按照道德标准写的,文学在某种程度上表达了对道德的模棱两可的态度。比如说,《婚姻法》重视保持家庭的稳定,家庭不稳定是社会不安定的一个因素,而且会造成各种各样的犯罪,稳定的家庭对任何一个社会都是有好处的。但是我们的文学作品里往往又有意无意地表达出对婚外恋,对社会上所不能认同的一些男女关系的某种程度上的渲染乃至于同情。同样,我们是应该严格按照法律办事的,一个人犯了偷盗的罪过就应该给他处以适当的刑罚,如果一个人犯了杀人或者伤害别人的罪过就要受到更严厉的处罚。但是在文学作品当中,有时候甚至会表达对某一个罪犯或者某一个有问题的人的同情,这也是事实,我不一一举例子了。

第三,文学本身常常带有煽情性,非常煽动人的悲情,而我们在社会、在人间生活,一定要使自己的悲情处在一个可以控制的状态。如果你的感情处在失控的状态,你就非常危险,就会引起社会的不安,乃至于引起社会对你的一种恶意。可是在文学作品里,一个人在悲情冲动中做的一些事情,都是可以原谅的。因为悲情冲动,是动了人的真感情,是所谓的性情中人。比如说一个官员如果在公众场合酗酒,他会被炒鱿鱼,美国一样,法国也一样。有一个法国大使就是因为坐飞机的时候撒酒疯,回去就被炒了鱿鱼,丢了差事。可是文学家,所谓的性情中人,却往往传为佳话。"竹林七贤"一醉多少天不醒,酒量如海,色胆如天,好像都成了佳话。文学浓厚的悲情色彩和缺少理性控制的这一面也常常会受到社会的抑制和批评。

第四,文学渲染的是人的理想,理想是非常美好的,因此文学往往对现实表达出各种各样的挑剔,各种各样的批评,各种各样的批判,乃至于各种各样的不满。孔夫子说过,诗可以兴,可以观,可以群,可以怨。你可以怨,就是可以发牢骚。作家都是很善于发牢骚的。《离骚》就叫"骚"嘛,文学的世界是一个想象的世界,所以在文学的世界里往往充满了真善美,充满了世界上最美好的东西,最纯洁的东西。你用这个最纯洁的、最美好的东西来衡量现实的生活,也许你就会发觉现实生活中有很多不如人意的东西,有许多不够理想的东西。文学的这样一种态度,在很多时候也引起人们的怀疑。作家究竟要干什么呀?是不是他们要把社会搞乱?是不是另有企图?是不是有不轨之心?等等。

第五,确实在许多文学作品里,面对茫茫无际的宇宙,面对着无穷的时间和空间,他们表达出了某些消极的以至于颓废的情感,这是古往今来很难回避的一个问题。前唐陈子昂的最著名的诗句:"前不见古人,后不见来者。念天地之悠悠,独怆然而涕下。"就不能说是一种积极的情绪。诗里没有号召大家好好干吧,及早脱贫呀,把这个社会推向前进呀。它缺少这样有力的号召,相反,它对人生的意义不断地提出一些疑问,不断地提出一些问题。

第六,在思想倾向上,文学常常是善于提出问题,但是不善于非常明晰地回答问题。就是说,文学本身有一种模糊性,你可以这样解释,也可以那样解释,你把它解释得有问题,就是有问题,后来你解释说它没那么大问题,又都不是问题了。这样的事情,解放以后已经非常多了,《红楼梦》也是一样。《红楼梦》各人有各人的解释,有拥护林黛玉反对薛宝钗的,把薛宝钗说得坏得不得了,怎么虚伪,怎么两面派;和薛宝钗关系好的,或者具有那一类性格的,如花袭人,也是如何之坏,是王夫人派到贾宝玉身边的特务、卧底。还有认为《红楼梦》是"反清复明"的,认为《红楼梦》里到处都是影射。贾宝玉是什么?他喜欢吃胭脂,经常嘴上涂得红红的,他是皇帝的玉玺,玉玺要蘸印泥,那个胭脂就是印泥。袭人是什么?袭人就是"龙衣人",简体字也一样,"龙"下面一个"衣","龙衣人"讲的当然是皇室、是皇帝的事情。而且这些说法不是一般人提出来的,有些是蔡元培提出来的,蔡元培是个大人物,不是开玩笑的。毛泽东主席提出《红楼梦》是写阶级斗争,是写贾、王、史、薛四大家族的兴衰史,第四回是《红楼梦》全书的纲,一上来就说出了多少条人命,死了多少人,还有家里交租子的账目等等,记下地主阶级剥削农民的笔笔血泪账。文学作品的这样一个特色,也会使人感到某种疑虑,觉得文学作品的思想太复杂,你弄不清楚它到底是什么意思,它到底要干什么。它是进步的,是反动的;是革命的,是不革命的;是左的,是右的;前进的,是后退的,说不清楚。这种模糊性也使人们对文学不那么放心。

第七,在市场经济发展的情况下,人们会有一种非常强烈的,应该说也是健康的功利心态,即做什么事情都希望符合市场经济的规律。做生意当然希望赚钱,做一件事情当然希望成功,希望它有用处。从这个观点来看,人们就产生了各种各样的忧虑,觉得现在市场经济的发达使人们对文学不那么热心、不那么关心、不那么重视了。小说有什么用?小说还不如啤酒有用!你在很渴很热的情况下,喝一杯啤酒你会感觉到很凉快,而且啤酒是有定价的,是可以批量生产的。在市场经济的实用情态下,有些人就会认为"百无一用是书生",认为文学没有多大的价值。

我讲的最后一点就是文学的价值和文学的实用性。前面讲的这些问题可以说是文学的挑战性,就是文学对人的思维提出了一些具有挑战性的问题。怎么看待这些问题,比如说欲望和道德的矛盾,譬如说对一种形象怎么作出判断、怎么作出结论,现象和结论之间有何联系以及一个人的感情和理智之间的矛盾等等。文学反映的所有这些问题都是带有挑战性的,它启发人的思想,启发人的头脑,让你去考虑,为什么文学会带来这些问题,为什么文学会带来这些困惑。但是不管这些问题有多少,不管这一类的看法有多少,薛宝钗也好,大队书记也好,文学有一个方面是被大家所承认的,就是它是有价值的。它的价值就是精神的价值,就是它对人的思想、感情、灵魂的影响。其中有正面的影响,有负面的影响,有的争议大一点,有的争议小一点。譬如说能够反映时代主潮的作品,争议性就小一点。一些显然不符合我们的法律规定,不符合我们社会所能容纳的可能性的那一类作品,我们暂且不去讨论它。我们现在讨论大量的属于中间状态的作品,对这些作品,你既不可能一下子给它一个诲淫诲盗、败坏人们的道德的反面结论,也不能说看了这个作品就可以提高觉悟,可以帮助你入团入党,提干。但是这些作品起码能丰富人的思想,让你多考虑一些问题,让你考虑问题的各个方面。因为文学是直观的,它并不把所有的结论都告诉你。把所有的结论都告诉你的作品不是最好的作品。

还有,文学是整体的,写到一个人物,这个人物有值得肯定的一面,也有缺陷的一面,生活本来就不能单一地去看,不是好就全都好、坏就是全都坏;也不是学习就全应该学习,否定就应该全否定。它让你学会从事物的各个层面、各个角度来看人、看事,来分析人、来分析事,它对你是有帮助的,对丰富你的感情也是有帮助的。甚至它里面的一些不那么理想的描写、一些消极的东西,也有助于提高你对生活、对社会的认识。比如说我们现在还在上学,还没有走上社会,我们文学作品中知道这个社会并不那么简单,也许会使我们增加一些警惕、增加一些自我保护意识。更重要的是文学有一个特点,就是虚拟。由于虚拟,就具有一种安全性。因为你写来写去,都是纸上谈兵,哪怕最好的文学作品,也是纸上谈兵。我举一个例子,人需要各个方面的体验,我们生活在一个和平的环境里边,我们热爱和平的生活,但不等于我们不想知道战争是怎么回事,因为人类的历史里充满着战争。我们希望赢得比较长的和平建设时期,不等于我们就有把握永远与战争无关。就是中华人民共和国成立以来,直接参与的战争也不止一次,我们前不久刚刚纪念过抗美援朝五十周年。那么,你怎么去了解战争?为了满足各位青年了解战争的需要,我们打他一仗试试行不行?仗是不能随便打的,但是文学就不一样了,你可以在文学里头发动一次世界大战。你有战争的经验,或者你有想象力,你可以去描写;你看一百本战争小说,哪怕你对战争小说的爱好已经到了狂热的程度,你身上也是不会有弹痕的。爱情也是一样,有人对自己的爱情非常满意,这样的人往往能够事业有成,因为他心情是平静的。但是我们又不能否认我们还有各种各样的痴男怨女,有各种各样在爱情生活中觉得不尽如人意的以及想入非非的人。这个"想入非非"还比较好办,做起来就很辛苦,也要付出代价的。费时费钱费力费心血,不太容易实践,但在小说上实践一下,就比较好办。一天认识了两个男人,早上想这个,晚上想那个。实际生活中要碰上这个事,不发神经病才怪呢!但是你在小说里就可以写一写,它是一种虚拟的实践,对实现你的愿望、你心理上的要求,也许有好处,所以我说在这一点上文学是安全的。写得再不像话,也不会立刻成为事实,当然也要警惕,它会影响读者,也会产生不好的影响。

文学还有一种宣泄的作用。虽然大多数人都希望自己做一个好人,做一个对社会有用的、被社会所肯定的、有成就的人,但是我们不能否认有些人在某些情况下也有做坏事的冲动。自己没钱,看着别人那么有钱,很想把他的钱拿过来,如果只停留在想,那还没有多大危险;如果手往人家口袋里一伸,那危险性就大了。文学里头有很多对人性恶的描写,有很多对人的不好的、不好看的、不雅的行为、思想、趣味、表现的描写,我们可以把它当做一种宣泄来看。正是因为有这种虚拟的东西,我们看了,知道了这样做是不可取的,这样做是没有好下场的。比如说警匪片,虽然有些警匪片编得好,有些编得并不好,或者很低级,但是它毕竟告诉你:贩毒、抢劫杀人这些东西都要付出代价,都要受到惩罚。所以我们又要看到文学能够成为社会稳定的因素,而不是颠覆的因素,成为有助于人们身心健康的因素,而不是破坏人的身心健康的因素,尽管它具有挑战性。何况我们还有大量的优秀文学作品,它们不存在这些问题,它们是正面地表现了一个社会、一个民族、一个国家在历史进程中大的方向、大的趋势。我们通过这些问题的讨论,也许能够增进语言的表现力,试验各种各样的语言技巧,使语言能够有更强的表现的能力、达意的能力、描绘的能力，以至表达深层思维的能力，一种语言往往既有表面的意思又有深层的意思。有许多的重要的作家对自己的民族语言的发展起着巨大的作用。没有语言，就没有民族文化的特点，没有语言，就没有这种民族文化的爱国主义。我想，在这一点上是不会有争议的。通过阅读大量的中文的优秀文学作品，可以提高我们对汉语、对中文的了解，提高我们对用汉语、用中文记载下来的各种文化遗产和传统的接受能力，从而增强我们文化上的爱国主义情怀。

1999 年

小说创作与我们[*]

今天想讲一讲有关小说创作的事情。这些大部分属于经验主义的说法,很多都是不见经传的,所以充不得学问,对你们的学习和获得文艺学方面的资格都很可能没有什么好处,所以如果你们参加考试,千万别按我说的答,如果按我说的答了,得不到分数,我就对不起你们了。只作为你们课余的参考,有这么一说吧。

我讲的题目是《小说创作与我们》。第一个问题,我想谈一下小说创作的胚胎或者说是起源。

我的看法不知道对不对:我想人从脱离了猿猴、脱离了类人猿而且发展了自己的语言系统以后,他就会有最早的用语言来表达自己的冲动。当他用语言来表达自己的比较强烈的情绪和愿望的时候,我觉得这就是诗的起源,是最早的诗。当他用语言加上自己身体的动作,在英语中称为身体语言(body language),以此来模仿、表述一个过程、一个人物的时候,这就是戏剧的起源。而当一个人很愿意用语言来叙事、来讲述一件事情,我认为这就是最原始的小说。在这个意义上说,小说与每一个人都有关系,因为每一个孩子、幼儿,往往从很幼小的时候,甚至还不太会说话的时候,他就开始有听故事的要求,就要求母亲给自己讲故事。我们都知道《一千零一夜》的故事。在《一千零一夜》里,故事变成了对死亡和暴力的克服,起码是暂时

---

[*] 本文是作者在上海师范大学人文学院"名家讲座"的演讲。

推迟了死亡和暴力的实现、实施。从这个意义上说,我们可以分析一下在这种叙述和表达当中有些什么特点。

第一,我们可以分析一下这种叙述和表达的最初动机。我们人有一种特点,就是希望自己的经验、自己的思绪能被别人分享。假设有一个人生了一场病,他就很愿意给自己的亲人、朋友讲一讲自己在病痛中的那些感受,那些最强烈的感受。如果一个人出了一次车祸,他在车祸中侥幸脱险,这个人会有一种很迫切的愿望,把发生车祸的过程、遇险的过程告诉自己的妻子或者丈夫,告诉自己的孩子,告诉自己的亲人:"哎呀,我太危险了!"如果一个人是飞机失事的幸存者,那么我相信,从他幸存的这一天起,讲述他幸存的经过就会成为他的一个最强烈的需求。夸张一点,饭都可以不吃,觉都可以不睡,但是他要把他飞机失事时的种种体验告诉别人。可惜的是飞机失事而又幸存的比例比较低,所以我们较少碰到这样的小说家。从某种意义上说,如果一个人文字能力强,而又经历一次飞机失事,一本畅销小说就完成了一大半,但是这不好去试验,也不好为了创作小说而制造一次飞机失事。在感受最强烈的时候,他最需要的可能还不是讲述出来与别人分享,而是变成一种自言自语。可以说这是一种病态的自言自语。电影上经常可以看到这种场面,就是当一个人对某件事情绪太强烈的时候,他就会对着墙壁或是不懂他的语言的人,在契诃夫的小说中是对着一匹马,或者是对着一只鸟,不停地说自己的经历。祥林嫂在她几次痛苦而悲惨的婚姻经历之后又失去儿子,她变成了一个有点精神失常的人,见人就说:"我真傻,真的……我单知道雪天是野兽……"我们都能背下来了。在人有了影响重大的惨痛经历之后,他自己对自己也要说"我真傻,我真傻"。所以我们可以说,当这种叙述的愿望达到极致时,就进入了一种"准病态",所以作家有时给人一种疯疯癫癫的感觉。但是,我要谈到另一面,即它又是一种"抗病态"。当一个人有很好的表达能力和表达条件,把给自己心灵以最强烈印象和冲击的经验、经历告诉别人的时候,如果他能表达出来,我想这正是对疯狂的一种抵抗。在座的恐怕没有医学的同学,如果有,我想好好探讨一下这个问题。我说这是一种病态的自言自语,这个病态,用电脑的表述方法,可以画一道斜杠,它是抗病原,它本身是病态的又是抵抗病态的一种表达方式。美国有一个很好的短篇小说家约翰·契佛(John Cheever),住在纽约布鲁克林地区。他死后我读过他女儿写的关于父亲一生的故事。她一上来就说,"在我小的时候,当我心情压抑的时候,父亲就告诉我,让我念一段祷文。后来我年岁大了一点,光靠念祷文不能平静,父亲又告诉我,当你的心情极不平静的时候,你就把让你不平静的事情写下来。现在,我最不平静、最悲哀的事情是我的父亲去世了,所以我要把它写下来。"

第二,如果把我的讲话包装得、装扮得有点学术气,我们可以对这种元叙事的根底作一些分析。它的根据无非还是经验和经历。虽然你可以讲得很夸张,你可以讲得很奇特,但是你的基础仍然来自你的经历和经验。这里我要加一句,就是梦境和幻境也是人的一种经验,是人的一种内心经验。人人都会做梦的,很少有人绝对不做梦。讲到这里,我又感到没有医学院的同学在这里是一个遗憾,因为据我所知,如果一个人完全不做梦,这往往是精神病的一种前兆。你们哪位如果一年半年都没做过一次梦了,你可以到医院找心理医生交谈交谈,汲取一些忠告,或者适当调整一下自己的生活方式。梦境和幻境、幻想,也是人的一种很特殊的经历,我们的经验里边就包含了内心体验。写小说的人往往有这种特点,他有一种同情心,这件事情虽然不是自己直接经历的,但他有一种感情,感同身受。我举一个不一定很妥当、很文雅的例子。譬如我在农村的时候,看到一头牛被宰掉——当然人是很虚伪的了,实际上我也是很喜欢吃牛肉的。我看到牛被拉脖子、被宰掉的时候,我觉得喉咙这里老有一种憋闷的感觉。牛被宰掉的时候,舌头吐出来,眼珠子一下瞪得老大,固定在那里。看完了宰牛以后,我对自己的眼睛,在一段时间里也会产生一种敏感，有时候我会照照镜子，看看我的眼珠子有没有那种突然睁大而且固定在那里的情况。底下一个例子更不雅——写小说的人什么胡说八道的话都有。我也非常怕看给幼小的牲畜做去势的手术，看了以后我觉得很难受。所以所谓内心体验，虽然不完全是自己的经验，但是看到别的人的、别的生物的，哪怕是看到植物的、花朵的或者矿物的、沙石的或者水的情况，也会有强烈的"感同身受"。为什么孔老夫子见到水会有"逝者如斯夫，不舍昼夜"的感叹呢？因为这些地方引起他内心的一种体验。这些东西实际上是写作的基础和我们叙述表达的基础。

第三，我们可以探讨一个很有趣的现象，就是我们所叙述所表达的事实与事实本身容或有或大或小的差距。譬如我们共同经历了一件事情，但是每一个人对这件事情的叙述很可能不一样。假如六个男生在一个周末喝啤酒喝醉了（当然这是不提倡的，也是不健康的），都醉到人事不省的程度。第二天你让这六个男生每个人写一篇这次醉酒的经过——当然不是写检讨了，不是那意思，写检讨那大可以有一份就行，六个人互相抄一下就应付过去了，我相信这六个人的体会和感觉是完全不一样的。也就是说，每一种叙述、每一种表达，都是一个文本，或者都是一个版本，实际上是为生活提供一个版本，每一种版本都不能概括生活的全部，都包含了它自己的特点。同样，像我刚才讲的交通事故或飞行事故，所有的幸存者对这次事故体验的描写，既会有许多相同的地方，也会有许多不同的地方，而且在叙述和表达当中，你很难抑制住一种冲动，很难不把自己的感情色彩放进去。我们假设你是一个老实巴交的，一个从来不喜欢夸张、不喜欢说话过分的人，但即使是这样，你在叙述和表达一件事情的时候也肯定会把你自己的性格、你自己的思想感情表现进去。如果你非常老实，你就不希望把事情说得很严重，你希望把它说得非常平淡，那么这个平淡本身已经是一种扮演，一种平淡的扮演。但是一件事情过去以后可以有平淡的扮演也可以有煽情的扮演，说得让人很动感情,也可以有很戏剧化的扮演,也可以有很喜剧化的扮演。同样一件事,譬如说考试不及格,那当然是一件不愉快的事,有的同学不及格的时候,非常沉痛、非常悲哀,甚至于很失望、很绝望。别的同学可以这样转述,但也可以把它当做一件很可笑的事情。一般来说,人在叙述和表达一件事情时添油加醋的冲动是很难很难克服、很难很难抑制住的,因为语言本身有一种自我衍生的能力,当你说话说到某一个地方的时候,就会话赶话,把另外一个话题勾出来。事实可能没有发展到这一步,但是由于语言本身的衍生,由于你在表达上出色的能力,就会使你的叙述、你的表述与事实本身有差异,甚至于有很大的差异。至于表达自己的内心体验,那就更摸不着、抓不住了,比如表达一个梦境就很难衡量,当一个人把他的梦境叙述得清清楚楚的时候,它就已经不太像梦了,就已经像编故事了。我记得在几十年以前,当我的两个儿子都很小的时候,曾经发生过一个我无法判断的争论。早上醒来,我的大儿子就说他做了一个梦,梦见和老师一块儿踢足球。我的二儿子听了以后,他非常地不甘落后,说:"我也做了这样一个梦,我梦见和老师一块儿踢足球。"我的二儿子比大儿子小两岁,大儿子听了非常愤怒,他说:"我做了这个梦,你怎么也做了这个梦?"我的二儿子则坚持说他就是做了这样一个梦。我感到非常为难,我既要捍卫大儿子的"知识产权",又不能剥夺二儿子的做梦权利。我的意思是说这种叙述和事实之间容许差异,特别是叙述进入文学的领域以后,不是新闻,不是报道,也不是汇报,如果您是汇报,我希望您不要添油加醋,也不要学着别人做梦,不要加许多东西,不要加进你自己的东西。进入文学领域之后,这种叙述的主观化、版本化或者说文本化,就取得了合法性。

第四,这种叙述和表达最后会变成一种技巧。同样一件事情,我们不说写小说,仅仅是口头表达,一个会表达的人和一个不会表达的人,相差太远了。上帝非常不公平,一个人经历了很多,但你让他叙述的时候,你完全没法听清楚。话说不清楚的,大有人在,虽然我们都是中国人，但是我觉得话说不清楚的人太多了，有时候你听着是真费劲哪！所以叙述本身又是一种技巧，叙述和表达中包含着描绘的技巧。为什么有的人就说得栩栩如生呢，有的人就说得枯燥乏味，令人昏昏入睡？我有一个发现，因为我多年在农村中劳动，发现农村中那些聪明但是没上过学的人，特别喜欢做细致入微的描述。他不会把事情的纲要搞得像提纲一样，列出几个问题，他不，他先把场景呀、周围还有什么情况呀说得生动得不得了。他可能有点夸张，但他说得实在是很生动，让你如见其人、如闻其声、如临其境，虽然他用的仅仅是语言，但一下子就把你带入了一个场景。这是一种本领，描绘的本领。还要有结构的本领，你叙述一件稍微复杂的事情，你要让别人听得清楚，或者让人听得明白。你说话要有先有后呵，你先说什么，后说什么，你是秩序井然地说，还是一团杂着说。有时候侧重说得清楚、说得明白。有时候侧重于引起同情，这就要挑选几个最容易引起同情、最容易煽情的场面，把它放在前边，而把前因后果放在辅助的地位。这些都是结构问题。任何一件事情的叙述，其结构方法几乎都是无限的，可以先讲结果再讲前因，也可以按部就班地说。而结构对于叙述的效果有时候是致命的，譬如一个警匪片、一部侦探小说，你如果一上来就把所有的前因后果都讲清楚，你再看底下的，立刻就索然寡味了。一般的侦探片，引人兴趣的就是破案的过程，破案的结果基本都是站不住脚的，但是不管怎样，破案的过程一波未平一波又起，一会儿在这里迷路，一会儿在那里失踪，一会儿误导——误导是很重要的手法，不断地进行误导，才能吊起你的胃口，引起你的阅读和兴趣。所以结构本身也是技巧，更不用说同一件事遣词造句的技巧。每一件事都可以有很多种说法。我在上小学的时候，老师就说过曾国藩同太平军作战常常打败仗，但他的一个幕僚非常善于遣词造句，他给朝廷写汇报的时候，会写"臣屡败屡战"。他不能写"臣屡战屡败"，因为这样等于辱没了朝廷的使命，你是一个废物，一个专打败仗的人，皇上看了一生气，当时你就得掉脑袋，"曾剃头"的头就要被别人给剃掉了。但是他说"屡败屡战",则给人一种悲壮感,虽败犹荣,还在坚持败了再打,又败,再打,败了十次,他打了十一次。所以遣词造句也是一种技巧,当然还有其他技巧。表达和叙述原本是人的一种普通、正常的表现,但是在小说创作中它变成了一种技巧乃至变成了一种专业,用北京人的话来说,就是变成了一个"活儿"。

第五,叙述和表达不仅变成了一个"活儿",还变成了自己,他可以从叙述中获得许多快乐,它变成了一种自悦的过程。这是一种精神现象,就是在成功的表述中,获得了一种精神的舒展和快乐。这里有心理学上的依据,就是你的叙述把你心里的疙瘩,用弗洛伊德的语言,就是把你的某个情结解开了,释放出来了,把你心里所蕴藏的某种能量释放出来了。这里也有劳动上的依据。刚才说过,这已经成了"活儿"了,这个活儿你干得非常好,就会有对自己精神能力的欣赏。通过极好的叙述、极好的结构、极好的遣词造句,通过这种极好的、栩栩如生的描绘,使你对自己的精神能力一下子增加了信心。这里还有一种对自己的精神成果的满意和珍爱之情。当你的表述做到了非常成功的时候,你所表述的内容、你的故事引起了许多人的感动,当你讲述一段经历的时候,周围的人立刻变得鸦雀无声,你讲完了以后,有人嗟然叹息,有人拍案而起,甚至还有人掏出手绢擦眼泪,这时候你就会有一种成功感、满足感。在某种意义上说,这种表述,这种表述的文本,我们说得大一点,变成了对时间的一个抵抗,对死亡的一个抵抗。为什么呢?人的任何经历,好事也罢,坏事也罢,都带有转瞬即逝的性质。我有这个体会。去年冬天我躺在手术台上挨了一刀,当时也说不上什么滋味儿。但是挨完了一刀,如果没有就此进入新的领域的话,一刀以后也就过去了,你的线拆了,过了两天就下地了,过了三天吃流质食物了,过了五个月就又开始吃东坡肘子、红烧肉、基围虾什么的了,这事儿就过去了。但是你这段伤痛,除了在你的伤口上表现出来,如果你把它记录下来就是在文本上表现出来了。青春更是这样,那些最愉快、最美好的感情,最激动、最神圣的内心体验，如果你不能用语言、用文字把它记录下来，那么这些东西很快就变成了过去，你自己也把它忘掉了。不要以为你不会忘掉，它会被忘掉的。我最早写小说的时候，就是基于这样一种强烈的愿望。我与很多人不一样，当然，作为一般规律，应该先写短小的东西，先从千字文写起，但是我的处女作就是长篇小说《青春万岁》。我是十九岁的时候开始写的。当时的感觉就是，我们新中国的一代青年所经历的激越的心情很快会成为过去，而今后的年轻人不会有与我们相同的内心体验，我应该把它记下来，也应该使这一代人的这样一种心情有白纸黑字的记录。当然，我自己写的东西，现在看来，也有很多幼稚和不足之处，但是它是对时间流逝的一种抵抗。我常常举这个例子，就是不管到了什么时候，贾宝玉永远都是十五六岁，林黛玉永远是十三四岁，你们心目中难道能有一个八十四岁的林黛玉吗？王熙凤永远是二十多岁。他们永远是年轻的，永远是美丽的，永远是活泼的，或者永远是悲哀的，或者永远噘着嘴，小说把这些东西保留下来了。我们都知道生命的特点就在于变动不羁，它不是永恒的，每一个个体的生命都不是永恒的。当有了文学、有了叙事的文学以后，特别是有了小说以后，我们就可以给自己留下一个文本，我想这是很有意思的，给我们以喜悦。当然这个喜悦里头也还包括很多。既然讲到技巧，小说创作有一种说法，叫做"炫技"，即炫耀自己的技巧。炫技本身虽然不足为训，但也是一种快乐，就像一个体操运动员一样，别人能够跳起来转三百六十度，他跳起来能转七百二十度，而且转完七百二十度能够稳稳地落下来。他当然有一种满足，一种快乐，因为这对他自己的生命力量、精神力量、智力乃至体力都是一种考验。他就能玩出花活来，他就能三百六十度、七百二十度、一千零八十度地转体，创造世界体操崭新的纪录，显示一个人的四肢、腰腹、肌肉、骨骼的灵活、坚韧和力度。这种创作的快乐常给人一种无法比拟的感觉。

下面我想谈谈小说创作的特殊性。

人的精神活动、精神劳动非常多,其中很大一部分带有科学研究、科学发现的性质,这既是人类社会所必需的,同时又让人感到快乐,精神劳动都会产生快乐。我并不认为只有写小说才会快乐,我相信一个数学家解决了一道难题也会非常快乐。但是小说家、小说作者的创作与学术的、学理的、科学的研究、探讨和追寻有着很不相同的地方。首先是关于小说创作的定义,关于模糊性和创造性。我说的模糊性指的是没有一个小说作者能够清楚地用概括的语言把自己的作品说清楚,除非那个作品太低劣了。譬如有人说我写这篇小说的目的就是宣传计划生育,一男一女,不执行计划生育,连生了六个孩子,被罚得一塌糊涂,而且给国家造成了困难,给个人造成了困难,一辈子的幸福都没有了。别人问:"你写了一篇什么小说?""噢,我写了一篇宣传计划生育的小说。"这样的小说有时候也是需要的,我们也不要贬低它,如果计划生育工作需要写这样的小说的话。必要时我也可以写个把篇,如果国家计生委对我提出这样的要求,而且给我高稿酬,这样对国家、对个人都有好处的事也可以干一干。但是,这不是常态,这不代表小说,也不代表王蒙的小说,如果我的小说都是这样,用北京话来说也早就该"歇菜"了。问题在于你叙述的事情,它所要说明的问题,它所要告诉你的那点经验和教训,它给你所提供的想象、分析和判断的空间都是模糊的,不是一个非常确定的东西。越是好的作品往往越是这样。譬如说《红楼梦》,它到底是写什么,当然我们可以说是写贾宝玉和林黛玉的爱情,这是一种说法。但是毛泽东主席对《红楼梦》的理解就完全不一样。他说《红楼梦》是阶级斗争史,是四大家族的兴衰史。王、薛、史、贾、贾、史、王、薛?还是贾、王、史、薛?我这个被认为对《红楼梦》有研究的人,一遇到排次序就排不清楚了。这说明《红楼梦》那个时期,大观园里边还缺个组织部门,否则可以把名单排得更合理一点。《红楼梦》里包含的东西太多。鲁迅说,信奉禅宗的人从《红楼梦》里见到禅,信奉道家的从《红楼梦》里见到道,信奉排满的人从《红楼梦》里看到排满。这排满一点不是玩笑话,蔡元培先生就下了很大的功夫来论证《红楼梦》是一部反清排满的作品,是替汉族人伸张民族情绪的作品。有时候小说的价值就在于为生活提供一个参考的文本,在这个文本里我们可以更从容地对它进行梳理、进行感受、进行评判、进行探讨。生活中的事是马不停蹄的,不容许你慢慢探讨。很简单,譬如一个离婚案子,闹得不可开交,到了法院,法官必须按照法律的精神,根据婚姻法以及其他有关法律,如关于财产的法律,关于子女的监护、抚养的法律,尽快作出判决,怎么样能够最公正地照顾到当事人的利益,最大限度地减少婚姻纠纷造成的负面影响,就怎么判决。但是要到了小说家的手里,他写一个离婚的案子,并不是为了实际解决婚姻纠纷。如果哪位先生或者女士家里正面临婚姻纠纷的话,我建议你这期间少读一点小说,你越读小说,婚姻纠纷就越不可开交了,肯定就越麻烦。因为小说家往往喜欢与现实、与既有的道德规范、与既有的法律规定有一点区别,做一些其他的判断,所以文本是对现实生活的一种补充、一种参考。在小说中有时候会美化至少是有情有义地描写不被法律和社会道德所充分肯定和保护的那样一种男女的感情关系,小说中常常会有这种情形。是不是写小说的人都是一些流氓地痞、花花公子呢?根据我个人的观察,至少不完全是。因为小说本身不是法律读本,它给我们原本很明确的、从价值到解决方法,或者是在法律上或者是在风俗上或者是在道德上都相当确定的东西增加了一点模糊性。提供一个空间,从容地探讨、思考或者是从另一个角度琢磨其中有点什么经验教训或者让人感到遗憾的地方或者让人感到还可以做得更好的地方,小说的特点恰恰在这儿。所以那种极端的教条主义者天生对小说有一种反感和仇恨。在"文化大革命"当中,我在新疆的农村里劳动,兼任一个人民公社的副大队长。在"清理阶级队伍"的时候,当时的一个年轻人因为有些言语不够进步,受到了批斗,这个青年就交出了自己的许多小说。大队的书记是一个农民,非常好,跟我的关系也好极了。他语重心长地对这个青年说:"兄弟,别看这些小说了,小说看多了,性情就会走样,你就不再是你自己了,那会犯错误的。没事儿还是多看《毛主席语录》,这样可以避免很多问题。"后来我一想,这个观念和薛宝钗教育林黛玉是一样的,因为林黛玉说话中流露出《西厢记》中的几句话,薛宝钗很爱护她,对她采取了保护的态度,就把她叫到一边,个别谈话:"你刚才说什么来着,这话儿哪儿来的?"林黛玉马上羞得满面通红,一个正经的女孩子是不应该看《西厢记》这类东西的,何况《西厢记》也确有某些不雅的描写。薛宝钗也劝她,这些东西少看,看多了,移了心性。看多了,会造成道德和行为方式上各方面的不妥。这不是薛宝钗的话,这是王蒙的话。小说本身相对来说有较多的模糊性,也就是说,它有较大的精神空间,并不要求成为一个范本。有时候会发生一些麻烦,就是因为有的人要求小说成为一个范本,比如写一个劳动模范,一点缺点都不能有;如果有缺点的话,大家都学他的缺点还行?恰恰因为小说不能成为范本,所以小说有很大的模糊性;正因为它有很大的模糊性,所以有很大的创造性。你可以写成这样,可以写成那样,可以完全是正面的,可以是不太正面的,可以一半正面的、一半反面的,可以从这个角度看是正面的、从那个角度看是反面的。《红楼梦》里的人物就不具备范本的作用,许多作品中的人物或者是正面的范本,或者是反面的范本,作者的态度都比较清晰,但《红楼梦》不是这样。我说这个话的意思。并不是说一切清晰的作品都不可以写,也可以写得很清晰,清晰的作品有清晰的作品的价值。但是小说本身可以有模糊性,可以提供与现实的规范略有差别的文本,因此它有一种补充和参考的价值,还有一个创造的空间。

  其次,小说可以极大地发挥作者和读者的想象力。小说与报告最大的区别就是它的想象是合法的。巴尔扎克说:"文学是庄严的谎话。""谎话"当然很难听,也许我们应该把它翻译成"虚构",英语中称小说为 fiction,就是虚构的意思。但我们说一个人平常说话 fiction 的时候,是说谎的意思,是贬义词,但在文学体裁和文学样式里不具备贬义的色彩。想象力对人生来说实在是太重要了,原因就在于我们都受到了许多许多的局限。从哲学意义上来说,任何一个人都是不自由的。他怎么能自由呢？首先,你的出世是你自己选择的结果吗？事先征求过你的意见吗？譬如说,你是一九六八年四月十五日生的,下午三点,谁征求过你的意见——你是愿意下午三点出生还是愿意下午六点出生？你的家庭、你的父母是你能够选择的吗？你的国籍是你能够选择的吗？你出生的地点是你能够选择的吗？如果出生地点能够选择,那么上海的人口比现在起码再多二百倍。其实,人生本身是不自由的,当你做某一件事情的时候,也就剥夺了你做其他事情的权利。如果你们上了人文学院,那很抱歉,你们已经不是医学院的学生了,如果想转学院,恐怕也还没有那么容易吧？相当麻烦！如果你选择了去经商,你就不是国家的公务员,如果你选择了做国家公务员,你就别惦记着开公司。人生本身是有许多限制的,但是,想象使我们的精神、使我们的精神渴求得到了一种起码是虚拟的满足。你的经历、住房、出身、家庭、出生时间、健康状况包括身高——你希望是一米八五,结果你是一米六五,虽然达不到,但是你可以想象一米九五的人他是怎样生活的,你也可以想象两米二的篮球运动员,如果你特别有志于想象巨人生活的话。你还可以想象幼小,想象苗条,想象娇小玲珑。

　　想象是人的精神的一个重要组成部分。当然,想象的意义不仅对文学是重要的,我今天不是全面地讲想象。可以研究一下小说中的想象,小说中的想象有些什么性质。最普通的一种想象,我称它为"延伸性想象",就是从挺动人的一个镜头、一件事情、一个场面中延伸出去,使它变成完整的一篇小说、一个故事。我常举这样一个例子,冯骥才有一篇著名的小说《高女人和她的矮丈夫》,叙述了高女人和她的矮丈夫在动荡岁月中的悲惨经历和他们感人的爱情,后来高女人过早地去世了,可矮丈夫在下雨天的时候,总是把雨伞举得高高的,因为作为丈夫他已经习惯于给妻子打伞,虽然个子矮,但他一直坚持由他给妻子打伞。冯骥才对我说,他写这篇小说就是因为在路上碰到一对夫妻,女性个儿高,用台湾话说——这个女生个儿挺高,男生个儿比较矮,但两人非常亲热,感情很好。我想婚姻配偶也是不拘一格的,一般男的比女的高一点,这很正常;女的比男的高一点,这也很可爱。一些女生因为自己长得比较高,一定要挑比自己更高的男生,结果影响了自己的终身大事。所以我愿意给在座的比较高的女生一个忠告,你们也照顾一下比你们矮的那些男生。冯骥才从这个里边就想到了很多很多,变成了这个故事,我们可以说这是延伸性的想象。

还有一种,我把它叫做"完整性想象"。有一段故事说起来很动人,但是里边有一个情节不理想,假设也是写一段爱情故事,一男一女,通俗文学中的这类故事非常多。平常这位女性对这男性不是非常看得起,但是当她遇到坏人的时候,男性与坏人勇敢地搏斗,表现得又勇敢又正气凛然,最后取得了胜利。这是一个很有趣、很完整的故事,当然不是什么高级的故事,只属于二三流。这里头还需要一些其他的情节,才能使它变得更丰满、更有趣,当补充了其他情节以后,它就变成了完整的想象。

还有一种是"强化的想象"。同样一个故事,如果碰到的坏人本身是不堪一击的,你就会觉得这个故事没有什么强烈的效果,就需要把这个坏人想象成一个泰森式的人物。而男主角虽然戴着一千七百度的眼镜,但是在爱情的感召下,一脑袋撞到"泰森"的肚子上,撞出一个洞来(这样的想象当然比较拙劣),这样就起到了强化的作用。快乐也好,悲哀也好,惊人也好,都可以得到强化。

还有一种可以称为"神秘性想象"。老实说,我们每天哪有那么多稀奇的、惊人的、难忘的、催人泪下的事情呀?每天都催人泪下,你的神经受得了吗?但是你要写小说呀,要引起别人的兴趣呀,要为自己留一个文本哪,所以你把一个普通的故事写得神神秘秘,似乎冥冥中有一种力量,有一种影响人的命运的东西,值得人们去思考、追寻,值得人们去寻根问底。我们可以把它归结为"神秘性想象"。

还有一种是"荒诞的想象"。把一个普通的故事彻底地荒诞化，令人觉得是一件匪夷所思的事情，是现实中绝对不可能的事情，但又使你忘不了。我前几天看铁凝的一篇小说，叫《我的失踪》。在座的大概没有人看过，因为它不是一篇很著名的小说。书中的"我"受别人的委托，看管一只箱子，无意中箱子从身后被人拿走。"我"很快发现了这个情况，就在后边追，被追的人就跑，前边的人跑得快"我"就追得快，他跑得慢"我"就追得慢，始终保持着五十米到一百米的距离。拿箱子的人始终没有能逃走，但"我"也始终没能追上。他继续跑，上火车、上汽车，"我"也跟着上车，最后终于追到了。他把箱子还给了"我"，"我"又拎着箱子乘车回到原地，花了许多钱也没法报销。这个故事看了以后，让人摸不着头脑，而且觉得不太可能。我也认为现实生活中不太可能。如果有一个贼拿着你的皮包在前边跑，你或者追得着，或者追不着，或者你把他抓住扭送到派出所，或者他和他的党羽把你打个鼻青脸肿，这些都有可能，就是这种和贼一起进行了一次计划外的旅行的安排不太可能。结局还挺圆满，回来以后不能报销车费，这个小遗憾反而证明了更大的圆满。看完以后让人觉得，即使是出于被迫，这也是一件愉快的事。人生真是可爱，被迫追小偷都能有奇遇，能够使自己追踪三天，失踪三天，平淡的生活中居然泛出了一点不平常的光芒。这就是把生活的经验荒诞化了。我刚才说过小说是模糊的艺术，我的理解当然不一定是对的，但一个很平淡的人会在这种意外中得到一种崭新的体验，这种体验对别人来说可能是没有意义的，对他来说却是独一无二的。他可能从小时候到参加工作以后，一直很一般，很普通，没有什么重大的经历，结果追了一趟贼，使他起码一星期内在单位里成为引人注目的人物。虽然没有什么特别的经验，但是有一次追贼的经验，有一次自我失踪的经验，也还可以回味一下。至于其他小说的想象，荒诞的成分就更多了。又比如邓刚的小说《出差》，写领导告诉"我"明天要出差。

"我"问上哪儿,"不知道,就出差。""去干吗呀?""不知道,就出差。""我去找谁呀?""我不告诉你要出差了吗,你快出差吧。"于是第二天,他不知从哪儿稀里糊涂买了一张火车票,"您到什么地方去呀?""不知道。"一百块钱就交过去了,于是窗口里"啪"地扔出一张票来。小说就是描写了这样一个迷迷糊糊的过程。下了车以后出来两个人接,"你们是不是接我们的?"接的人说:"不知道。"那好,他就上了车。"您上哪儿去?""不知道。""您来干什么?""不知道。"最后出差两个星期,回来了,向领导汇报说出差完了。这样的事情你们听着谁也不相信,觉得这是不可能的事情。但是邓刚很尖刻,他描写的这种无目的、无目标、无任务、无日程的出差在我国绝对是存在的,他只不过是把它夸张到了一个荒诞的程度。我只是随便举几个例子。所以说,经过想象,小说就与人生的普通经历产生了区别。国外有一种说法,认为小说是与生活的竞赛。什么意思呢? 生活当然是最重要的,生活中的东西要比小说强烈得多,你在生活里交了一个异性的朋友,是何等激动,比在小说中看到一个美丽的姑娘或小伙子要重要得多,会影响脉搏和心跳。但是小说毕竟有一个特点,它给你一个自由想象的空间,它变得更有趣,或者更刺激,或者更高尚,或者更动感情,这是小说创作的一个特点。

最后,小说创作的整体性和逻辑性。

哪怕是最简单的小说,它也有头有尾一个过程。因此从事小说创作的人有自己的逻辑,他要不停地分析这个人、这件事走到这一步后,下一步会是什么。我有一个比喻,也许我的比喻很不恰当,也许我的同行会不喜欢这个比喻,我觉得写小说和下棋是一样的,你要走一步要想到第二步、第三步、第四步,对方这一步这样走,你的下一步该怎么走,他这一步那么走的话,你的下一步该怎么走。所以小说创作对一个人的思维能力是一个极大的训练,任何一部小说都或多或少(当然不是绝对平均)会有这些因素:时间、地点、自然环境、具体的人文环境、气候。因为有时候你难免会提到这个故事是夏天发生的还是冬天发生的,是你冻得瑟瑟发抖的时候发生的还是你满头大汗的时候发生的。此外还有人物,还有高潮,有一个开始,有一个结尾。你可以省略很多东西,但别人会补充上一些东西,它又是一个完整的世界。年轻的时候我曾经有过一个想法,我的想法只是一个比喻,但这个想法给我带来了麻烦,被认为是极端错误的。我的想法是,一个小说家有时候像上帝,他在创造世界。你要把时间、空间、气候、男人、女人、好人、坏人、动物、植物、花草、雨露、霜雪全都创造出来,而且要把它们之间的关系创造得非常合理,尽管其中可能有某些神秘的因素、荒诞的因素,但是抛开这些神秘和荒诞的因素,它必须有某种逻辑的架构,使它变得可以接受、可以理解,再模糊,心目中也是有一张图的。所以说小说对人的智力是一个考验,一个促进。当然,我并不是说小说家是上帝,大家都是信徒,我绝没有这个意思。我想说的无非是小说的整体性和逻辑性。

还有小说创作的直观性、感情性。它与一篇论文最大的不同在于它是直观的和感性的,靠故事本身来吸引人。主题思想是非常重要的,但主题思想不是一句话两句话可以概括得了的,小说本身的阅读首先能够吸引读者,至于它的主题思想是什么,这是阅读以后的事情。所以主题思想绝对不能简单化,它是通过直观的东西,譬如说人物形象,譬如说精彩的描写,譬如说故事的发展,譬如说或者是大起大落的或者是很平静地推移的情节表达出来的。

最后我再谈两点。一点是小说创作的这种冲动、激情和即兴性。进行小说创作与干别的事情不完全一样。进行一项体育运动或者一项科学实验都可能是有计划的,比如星期四我要解剖青蛙,星期六要给果树嫁接,星期日我要给稻谷插秧,到了这个时间你就可以做。小说则常常有一种非计划性,你觉得你应该写小说了,天哪,你应该写小说却硬是写不成呵。你可能坐在那里,搜索枯肠,费了老大的劲,硬是写不成,写出来也写不好。你写小说总得有一种冲动,这种冲动甚至带有一点神秘性。你不可能完全照你原来的计划,冲动的原因可能与你写出来的东西有直接的关系,也可能没有直接的关系。当一个人产生创作冲动的时候,他有一种进行精神冒险、进行精神劳动的强烈要求,一下子一个故事、一个人物就出现了。我写《风筝飘带》的时候,刚从新疆回到北京,我住在北京"前三门"的房子里,那个房子非常小,楼道黑糊糊的曲曲折折的。有一次我从这个楼道上过,看到那里有一对陌生的青年男女,他们因为没有地方去,所以选择了我们的楼道作为他们谈情说爱的场所,他们两个靠得非常近,是不是在拥抱和 kiss 我不知道,因为我从来都是正人君子,非礼勿视的,看到一对青年男女靠得非常近,我就把眼睛转到另一边去了。当时我就觉得我们中国的青年男女真是太苦了,他们会选择这破楼道作为他们谈恋爱的场所。听说那时候上海青年谈恋爱都是呆在黄浦江边的,而且一个椅子上坐四个人——两对情人。我前天去黄浦江边,看到情况大为改善,新的一代生活越来越幸福了,我感到欣慰。我就是从那个时候想到了写《风筝飘带》。这样一种创作冲动带来的是无法替代的精神兴奋的感觉。在小说写作的过程中,除了我刚才讲的逻辑性,还有它的非逻辑性,不是靠思考,不是靠逻辑,而是靠即兴的发挥。这种即兴的发挥有时候甚至更重要。任何熟练的劳动中都有这种即兴的发挥,写作进入化境后,就觉得这时候还应该出现一个人物,应该出现一个情节,应该开两句玩笑;就觉得写到这儿的时候,突然就会有一句警句出现。这些东西都是很难计划的。我不知道有哪一个写小说的人在写小说以前,计划好他这部小说有四十个警句,二十个抒情,三十个写景,还有五十个惊叹号,如果像这样计划是写不出小说来的。有的作家片面地夸大了这一点,把写作说成完全是下意识的、不受理性所支配的事情。我觉得这也是片面的。外国的现代主义者也有这种主张,认为写作就是把纸铺开,然后作者先生或作者小姐坐到了桌子前,这时候他(她)要写什么,自己绝对不知道,也不允许自己想要写什么,然后他(她)就开始写了,就像女巫下神似的,有鬼魂或神灵附体,手不停笔,写完之后大吃一惊:

"啊,这是我写的!"这是一种夸张的说法,但是有没有类似的体验呢?有!但你把它绝对化,甚至连想都不许想,连思索都不许思索,这我不相信。所谓即兴的、灵感的、自动的写作是有的,否则说明您的灵气儿差着点儿。如果完全靠这个呢,比如某一个作家他就靠这条路,我觉得这也不犯法,不一定非得去管他。但从整体上来说,不可能完全是这样。最后一点我要说,小说创作是一项非常艰苦的劳动。你可以有最初的愿望,你可以有想象、幻想的能力,你也可以有写作的冲动和即兴创作的灵感,但是最后你进入小说创作后还是一个全面的劳动,这个劳动包括了构思,包括了思考,包括了回忆,包括了幻想,也包括了调动起自己全部的感情,所以确实有人在写小说的过程中哭哭笑笑,沉浸到自己的精神世界当中而忘掉周围的一切,以至于造成一些生活上的损失,这都是可能的。所以小说创作一个全面的劳动,一个检验,对人的精神能力的检验。

  小说作为精神活动、精神劳动,它有先天的弱点。第一它是非实践的。毕竟小说是一种虚拟的实现,写小说在政治方面写得非常出色的人,他在实际政治生活当中不一定非常正确、成功;相反,如果一个人在实际的政治生活中非常成功,多半就没有时间去写小说了。同样,在小说中写爱情写得特别好的人,他在爱情上也未必非常成功。我相信一个人在爱情上成功以后,他也就不大去写爱情小说了,多半是老处女、老单身汉、失恋者或者被抛弃者才能写出好的爱情小说来。所以小说是非实践的。你不要以为写小说的人有什么了不起,在小说里发动第四次世界大战都可以,但实际生活中你敢发动一回试试?小说给人的精神启发是重要的,但千万不要模仿小说。第二它是夸张的。文学离不开夸张,艺术夸张是合理的,要让人得到深刻的印象,往往需要夸张。但是,我们作为一个成人读者,应该有一种智慧,我们与小说家应该有一种默契,我们应该知道其中哪些是夸张的,哪些是虚幻的,哪些是真实的,否则就会犯儿童的错误。古已有之,于今亦有。看完武侠小说,就上峨眉山求道去了,就上五台山找老道去了,这都有可能。第三是它的敏感,小说家的敏感对他是一件好事,一个不敏感的人是写不好小说的。但是我告诉各位,如果人人二十四小时都像处在创作的巅峰状态一样地敏感,那你这一生就太辛苦了。就像鲁迅说的那样,你在台上是关公、林黛玉,那你就是关公、林黛玉。但是该卸装你就得卸装,该回家你就得像正常的人一样生活。如果你在舞台上演关公,回家以后见着老婆也提着青龙偃月刀:"提人头来!"非把你的老婆吓死不可。如果你写小说敏感到见着月亮也掉泪,见飞雪也狂喜,这样谈恋爱也不会成功,如果见着情人总是"啊!"的一声,早晚会把你的情人吓走。所以我们在了解小说这种精神现象的无限美丽、无限丰富、无限魅力的同时,我们也要知道它的弱点,使我们在接触文学,从事或有志于从事文学的时候,不至于走入迷途。我要讲的就是这些。

(作者答与会者问)

问:中国文坛都认为您是中国意识流的先锋,您怎么认为您与西方意识流的关系?对您的意识流的代表作《布礼》,您能否谈一谈结构上的设想?

答:我认为意识流也是写作的一个路子。有人说是方法,我觉得方法这个词太轻了。意识流的特点就是力求逼近人的真实的心理活动。因此一个喜欢描写人的心理活动的作家,他会选择或借鉴意识流的手法,这是很自然的。但我不限于此,我从不把自己定于一尊。我并不对任何一种写作流派或方法具有一种义务,所以意识流对我来说并不够用。其他各种方法、路子,我都尝试过。《布礼》中可能有意识流的色彩,但它与西方标准的意识流的小说恐怕不是一回事。西方意识流侧重于写人的心理的深层,特别是性心理。我写的《布礼》《蝴蝶》等还是写到社会的变迁和历史的发展,恐怕和他们不完全一样。在《布礼》中我把时空打乱,无非是为了产生更强烈的对比,强化这种对比,比如欢迎解放的欢欣,很快就转入"反右"斗争中被批判、被斗争的场面。

问：您如何看《上海宝贝》？

答：我告诉大家老实话，我有这本书，但是我看了以后就赶紧把它藏起来了，因为这与我从小受的教育有关系，我很难再重新塑造我自己了。另外一个呢，我的孩子都已经很大了，我的孙子也已经有阅读的能力了，我不愿意让他们看到他们的爷爷正在看这样的书，在孙子面前总还得摆出一副爷爷的样子。

问：您如何看王安忆？

答：王安忆当然还是现在上海创作最有才华的作家。她特别善于叙述一个故事，一个过程或者是叙述一个人物。我觉得她与有些作家不同的是她与她所叙述的人之间保持了一种布莱希特式的距离，所以她写作中有一种冷静、一种观察的味道。

问：我们这一代有无使您失望之处？

答：这一代人我怎么评论呢？我觉得每一个人都有使我失望之处，而最使我感到有失望之处的是我自己。

问：您如何抓住瞬时的灵感来写一篇八万字乃至几十万字的小说，如何使瞬间的创作冲动贯穿于整个的创作过程？

答：我刚才讲的所谓的瞬间的创作冲动是一个缘起，就好比一根导火索之于炸药或者一颗火星之于干柴。关键还是在于你人生的经验、人生的经历和人生的体味中已经准备了足够的天然气或者是液化石油气，这样才能引起一片大火，烧起来没完。如果你人生的经历中缺少这些东西，你今天冲动，明天冲动，除了造成精神的衰弱以外，不会出现十万字或者几百万字的作品。

问：请谈一下您对自己的小说《来劲》的看法，它是否过于注重技巧的探索？

答：小说《来劲》本身只有两千多字，但是它的评论已经有十几万字了，有一位评论家还想出一本评论集《来劲不来劲》。在这篇小说中，我可能是过于明显地要写生活的不确定性，从人物的姓名到他生活中的一切都是不确定的。它表达了一种在生活急剧变化当中的惶惑,一种对语言、对自己身份的认同危机。你不知道这句话一定指的是什么,你也不知道这个人一定是谁,甚至于你也不知道你自己是谁。这当然是一种夸张的说法。

问:本人十分喜爱贾平凹的作品,请评论一下。

答:我祝你继续喜爱下去。当然贾平凹是特别有特色的一个作家。他用的语言也很有特色,往古里发展,往土里发展。他自己的个性是又喜欢禅宗,又喜欢收集石头,还有许多稀奇古怪的嗜好。关于他也有许多稀奇古怪的故事。反正他挺有个性的,所以他写的作品也非常有个性,时常妙语惊人。我相信如果他来做讲演的话,贾平凹的一口陕西腔也是很值得描绘的。别的我就不了解了。

问:您如何分配您的财产?我发现您的穿着很朴素,这也与您的生活经历有关吗?

答:谢谢。我又不是什么大款,我弄一身名牌跑到上海师大来干什么?这么大年纪恐怕也不合适。我该什么样就什么样。不过我也挺爱花钱的,我不是守财奴,也不是吝啬鬼,这一点请你们放心。下次你们去北京,我请你们吃饭,你们就会知道,我出手也挺厉害的。"这与您的生活经历有关吗?"这倒对。因为我在农村劳动过,到现在,我吃饭还特别不愿意剩,剩下饭我就觉得特别难受,对不起贫下中农。这与我在农村长期劳动有关,宁可把自己的胃吃坏了,我也不愿意剩,我不知道这是不是也算守财奴的一个表现。

问:您如何看待张爱玲的作品?

答:张爱玲的描写非常细腻,但是我不认为张爱玲是大师。张爱玲是一个很出色的描绘能手。我认为现在有点起哄,忽然把原来被忽略了的或者不怎么提的作家捧得特别高。如果同时摆上丁玲的话,我宁可选择丁玲,不管是《莎菲女士的日记》也好,还是《我在霞村的时候》也好,她所表现的中国的大变革中女性的遭际、心理上的痛苦和面临的考验,都远远地超过了写一个腐朽没落的封建家庭里的那点事儿。当然,我丝毫没有排斥张爱玲的意思,我也读过她的作品,但是我用不着跟着潮流向张爱玲讨好。

问:小说创作以生活为背景,一旦发表以后,该怎样面对其间影射的人物呢?

答:我想,对一个作家来说,他需要有一种责任,他需要有一种道德,就是不能够用小说来攻击别人。小说家也是不好得罪的,因为你引起了小说作者的愤怒之后,不知道什么时候,他就会用一种什么方式在小说中把他的愤怒和对你的不满表达出来。小说家绝对有这个本事,除非你有把握从肉体上消灭这个小说家,如果你没有这个把握,最好不要轻易去得罪一个小说家。但从小说家本身来说,他自己有一种道德的责任,他的作品是对公众的,不能把小说作为泄私愤的工具。即使取材于某些人,他也应该尽量做到与素材,与所谓的model(人物模特)拉开距离,使公众不至于被引导到议论某人某事的程度。因为小说家这支笔有时候也是很厉害的,如果你太矫情、太刻毒,读者也会对你反感的。如果小说家动不动就在作品中泄私愤,他是会有报应的,甚至会涉及法律问题。虽然小说是虚构的,但也仍然会触及隐私权和名誉权。当然也有人会由于不了解小说的特点而对号入座给作者造成麻烦,这不能一概而论。全世界都有因为写小说打官司、被判罚款的例子。

问:您怎样看待中国当代女性主义的写作?您对女性/女权主义如何评价?

答:女性主义,女权主义我就不多说了。我支持过"燕京丛书"中的一本书,是关于女性写作的,即刘慧英写的一本书,是我推荐给三联书店的,现在已经出版了。大体上说,我是支持女性主义对文学的看法的。

问:介绍一下您的新作"季节四部曲"。

答:我写的是"季节"系列,并不是四部曲,还没有写完,但是我已经发表了《恋爱的季节》《失恋的季节》《踌躇的季节》和最近发表的《狂欢的季节》。我是写一批人物在新中国的发展历程中的心态、所受到的考验和挑战,这些书已经出版。最近,出版社又把它重新装帧出版。至于详细的情况,如果你肯破费买四本或买一本也行,比我在这里叙述的情况要可靠一点。

问:请评价一下王小波的作品。

答:王小波的小说不完全符合我的阅读习惯,所以我也没有好好地看。但是这不等于说我不喜欢王小波的小说,因为每个人有每个人的习惯,我的时间也非常有限。王小波的杂文,我觉得写得特别明白。

问:听说最近巴金等一些作家将自己的文学作品作为股份,您老有没有准备到哪里发一笔小财?

答:第一,我没有听说过。第二,我也没有想到把自己的作品当做股份,谁要呵?

问:关于网络小说您怎么看?

答:小说在网络上还是在纸上,这并不重要,网络是印刷的第一步,从网络上很容易下载,打在纸上。网络小说无非是因为它不经过编辑的审查,所以相对地显得自由度大一点。但是任何事情都是这样,自由度大一点就很容易贬值,说句不好听的话,像各种垃圾一样。那么哪些是垃圾,哪些是有价值的东西呢?需要我们细细地判断。我由于时间和视力的关系,原则上虽然对网络小说并不反感,但我很少读网络小说。

问:我挺喜欢您的作品,但对于您的《活动变人形》中的主人公,我没看明白他怎么活动之后变的人形?

答:这位朋友非常认真。《活动变人形》里已经有解释,人形的意思就是玩具、玩偶,并不是说这人就变了人了、不是人了或者怎么样了,不是这个意思。关于玩偶,书里也已经写了,就是说他的头部、腰部、腿部可以随意组合,可以来回地变。我由此就写了一个人,他的思想、他的头脑、他的教育、他的认识、他的身体、他的处境之间的不协调,无非就是这么一个意思。

问:您如何看待乡土小说的走向和前景?

答:现在的乡土小说,我不知道特指什么。如果指的是一般描写农村生活的小说,那么,我相信仍然是非常重要的。中国是一个农业大国,有那么多人在农村。

2000年6月

写小说永远要有一种挑战*

各位好。关于小说,大家其实都有兴趣,就是不直接读小说的人也会间接读小说,别人给他讲过。中国人都知道张飞,都知道刘备,都知道诸葛亮,但没有几个人去研究过诸葛亮的历史,都是从《三国演义》里边得到的。中国人也都知道猪八戒,人们虽然没对猪进行过解剖学、生物学的研究,但对《西游记》中的这头"猪",却产生了深刻印象。中国人都知道林黛玉、贾宝玉,一直到阿Q,这些都是从小说里得到的。所以小说和我们的关系太密切了。就是一个声称自己一辈子不读小说的人,他脑子里头也有小说,他想逃脱干净绝对是干净不了的。那么多人写小说,每个人都有每个人的路子,每个人都有每个人的办法。比如说欧·亨利,他写一个很短的故事,往往开始时还故意给一点误导,但是到结尾的时候,豹尾突起,一下子让你赞不绝口。又比如说契诃夫,他写得平平淡淡,但写到最后他就忧郁起来了。他也没出什么事,但你就忧郁得不得了,让你觉得越是得到就越忧郁,越庸俗,越那么找不到,迷迷茫茫的。再比如说中国的章回小说,还是善有善报,恶有恶报,忠臣被陷害,奸臣制造了假案,到最后包公就把案子断清楚,还有才子佳人,公子落难,佳人慧眼识英雄,到结尾时也把中间都弄明确,虽经过了一些苦难,经历苦难这一点倒有点像狄更斯。这就是说,经过很多苦难后,好人还是好人,坏人还是

---

* 本文是作者在香港中文大学"新纪元全球华文青年文学奖专题讲座"上的讲话。

坏人，各有各的落脚点。另外，在小说的创造上也有许多的名言、许多的哲理、许多被人在那儿传颂的。像要提炼啊，写完至少改三遍啊，或者是什么站着写、坐着改啊。我也不知道真的假的。有时候是开玩笑的话，也都被人奉为规律或者什么。我想小说是有自己的规范的，完全不理睬这些规范是不可能的。而且反对这些规范的结果，往往也变成新的规范。譬如说，不赞成善有善报、恶有恶报的，那好办，我们有许多批判现实主义的小说，就是写好人倒霉，坏人胜。但看了就让人别扭、生气、又哭、又是顿足，晚上睡觉吃安眠药还睡不着。这个也得到了很大的成功。譬如说，不赞成有情人终成眷属的，我们就写没有实现的爱情，非常美丽的爱的幻想就是实现不了。这样，小说也是非常可爱的。正如舒婷的诗里头所说——她的诗，我儿子都抄在笔记本上——"也许曾经有过一个应许，但永远没有如期。"这个也变成了一个办法。如果完整的故事你也觉得不好，那就把完整的事分解，变成零零碎碎的事。说我这个小说没有故事，为什么没有故事呢？主人公先穿袜子，穿了袜子又戴帽子，戴了帽子又把帽子摘下来，又穿上上衣，穿上上衣后吃油条，吃了油条后上洗手间，从洗手间出来以后打电话，打电话打着打着就不打了，是什么原因？不知道，是不是说了半天不打了，这让读者去分析。你分析这电话为什么打了一半不打了，是给警察打电话？还是给情人打电话？还是给应召女郎打电话？谁知道。这也是一种写法，但这个写法本身又变成了新的套子，高级有高级的套子，低级有低级的套子。可见写小说永远要有一种挑战，对既有的规范、既有的模式的挑战，就是说我写出来的东西一定要和别人不同。这里最大的敌人往往就是自己，要和以前的自己也不同，这本身又变成了一个套子，我要和这个不同，和那个不同。所以中国大陆前几年有一个说法，说创新好像一只疯狗在追你。你老要创新，一不留神就给疯狗抓住了，但你还得往前跑。我要谈的是一个什么问题呢？第一，就是小说它是有规范的。第二，小说本身要不断地突破既有的规范，不管是思想内容，不管是写法。它要不断地突破文学的规范,甚至是道德的规范。这次的征文里头,不少大学生都很喜欢讲点性,讲点脏话,这个也表示了创作本身的突破性格,因为你平常的时候不太好讲这些。你上课的时候讲这些会被认为是不好的,但在小说里写就好办,小说里就是有这么点儿方便。你平常若是搞个婚外恋,可能令你倾家荡产,身败名裂,堂堂克林顿,一个莱温斯基给他找了多少麻烦,但你小说里头一个总统有十八个情人儿,一点问题没有,你可以都描写得很精彩,你要写得好的话,那本小说一定能成为畅销书。我们这次参赛的小说里面,还有好几篇写同性恋,我不认为来稿的作者中有百分之二十五是同性恋,但是他们为什么要写?这也可以看成是对既有的一些规范的挑战。同性恋,这个在外国人看来没什么新鲜。美国人、香港人不去同情尊重同性恋者反而显得不够先进。但是从中国来说,同性恋毕竟仍是一种禁忌,你去谈就有各种的麻烦。所以大家也来写写同性恋、婚姻暴力、婚外恋等等。这些其实就是对既有规范的一种挑战以至颠覆,是在追求一种精神的丰富。譬如说,大陆一个很有才气的女作家残雪,她就声明自己从来不考虑写什么,写第一个字之前,根本不知道要写什么,而且绝不去想,一想就写不好了。必须要坐在那儿,桌子上的纸放在那儿,唰的就写上去,写完了才知道自己写的是什么。她是个很诚实的人。她也是个做成衣的裁缝,做成衣时我想她大概不用这个方法来做,但是她的小说确实是写得很好。我们看现在的征文里,青年的思想越来越开放。但是我想这个道理说起来其实非常简单,就像写狂草和写楷书一样;狂草又离不开楷书,但楷书又不满足于只写楷书。所以我希望我们这些喜欢文学的年轻朋友们,既能够考虑规范,使自己处在一个受控制的状态,不要完全失控,但又要敢于新鲜的试验,能够使自己的精神多一点自由。

2000 年 12 月

挑 战 与 和 解[*]

各位好,有机会在这崭新的现代文学馆和各位交谈关于文学方面的问题,是一件很愉快的事。我今天实际是一个漫谈的形式,我是想和各位共同探讨文学,特别是其中的小说,它作为一种精神现象,作为人类精神的一种果实,也作为一种思维和表达的方式,有一些什么特点。

和自然科学、技术、人文科学、法律等等各种人类文化的结晶相比,文学显得挺不同。比如说,它的生命力比较长久。自然科学或其他的人文科学,我们可以看到它一个进化的轨迹,从比较原始的,很多带着假想,带着迷信甚至巫术和邪教的影响的对世界的一些看法,到开始构建一种科学的和实证的世界观,到牛顿的力学,然后再到爱因斯坦的相对论。再拿我们接触比较多的医学来说,从放血、刮痧、拔罐子,这些也都很好了,然后有草药,然后有各种各样的药品、制剂,然后有抗生素等,它有一个进步的轨迹。新的技术往往能代替一些旧的技术,新的理论往往可以代替原有的理论。可是,文学就很难代替,而且你也很难说进步不进步,文学思潮可以不断地进步,作家的思想可以不断地进步。但是,一部文学史你很难说成是一部进步的文学史。

《诗经》是落后的?现在出一本二〇〇一年诗集,就是最进步

---

[*] 本文是作者在现代文学馆的演讲。

的？天知道！小说也是越来越进步的？新新人类的小说是最进步的？汉魏六朝的那些笔记小说是落后的？或者唐宋传奇是落后的？还是《红楼梦》是落后的？很难说。我们现在还可以阅读几十年前，几百年前，甚至于千百年前的小说著作。当然具体的风俗习惯有很多变化，但是它最基本的情节，它的人物的那些悲欢离合，仍然能够引起我们的一种关切，仍然能够使我们怦然心动，仍然能够感觉到他还活在我们当中。在《红楼梦》里面，林黛玉她永远就是那么十四五岁，她永远不会老。你想象不出林黛玉老了，现在有二百多岁了，你不会这样想。贾宝玉也永远就是十五六岁的那么一个小公子，挺漂亮的，多情，也很聪明。我们几乎也想不出来，清朝还有哪套书能够跟《红楼梦》相比，仍然被这么多人热情地在那儿阅读着，尽管那个时候会有很多策论，会有很多书，有些书也很有价值。在中国，能够和长久流传的文学作品相比的，唯有古代的哲学家的有些著作，也就是《老子》《庄子》《论语》《孟子》，这个可以，现在还有人看。但是我有一个怪论：为什么中国古代哲学家的作品至今还有魅力呢？因为他们是非常文学地写出来的，不是用那种逻辑的、实证的语言写出来的，你可以把它当文学书来阅读，不是寓言，就是故事，在文字上讲究，音韵上讲究，有的甚至像谜语，你可以猜来猜去，可以这么解释，也可以那么解释。我们可以把它当文学的书来阅读，就是说，文学性给了中国先哲们的著作以更长久的生命力。

外国也是这样，比如说《圣经》和《古兰经》都很好读，佛经应该也很好读，因为它们都有很高的文学性。你即使不是一个神学家，不是一个特别虔诚的宗教信徒，也可以把它们当文学书来阅读。

不同的人都可以喜爱或者使用或者援引同一部文学作品，可以从很多不同的角度来对一个作品进行探讨，而且都言之凿凿，都非常有根据。很多人肯定文学的作用，可是角度各不相同。对小说的作用最夸张的就是梁启超。梁启超说：欲兴一国之政治，先兴一国之小说；欲兴一国之社会，先兴一国之小说；欲兴一国之经济，先兴一国之小说；欲兴一国之风俗，先兴一国之小说。总而言之，你要改革中国，你想期待一个新中国的出现，你就必须有新的小说。他这也有理呀。因为小说表达了人们的理想，表达了人们对未来社会的一种期待。这也不能说完全是梁启超的发明，因为自古以来就有很多所谓乌托邦主义的作品，《理想国》也好，《新大西岛》也好，实际上是把自己的社会理想用小说的形式表现出来。

还有的小说从一种积极的政治的角度讲是非常好的。比如说高尔基写了《母亲》，直接描写沙皇俄国时期的工人的斗争。但据说普列汉诺夫认为高尔基的《母亲》写得不算很成功，艺术性不是很强。持这种观点的也不只是普列汉诺夫，包括我接触过的中国共产党的一些高级的领导人也有这个观点。胡乔木就曾经跟我讲，《母亲》写得不好，他说高尔基写得好的，还是《克里姆·萨姆金的一生》。

但是列宁就认为《母亲》写得非常好，合乎时宜，正是当时布尔什维克斗争的需要。这种从社会变革的角度谈文学的观点，我上小学的时候，老师就给我讲过，我当时听了真是佩服极了。他说，美国的南北战争是怎么起来的？就是由于小说《汤姆叔叔的小屋》，就是林琴南把它翻译成《黑奴吁天录》的；法国大革命是怎么胜利的？就是由于《马赛曲》，当时都已经打不过去了，革命者就要失败了，完蛋了，这时候唱起《马赛曲》，就热血沸腾，一下子把反革命摧枯拉朽，胜利了。我也不知道他讲得对不对，但是我从小就觉得文学了不得了，简直就是神功了，对人精神上的作用太大了。

还可以从更具体的角度来肯定文学。河北省开三级干部会就印发了陆文夫的小说《围墙》，认为陆文夫的小说里写了两种干部，一种干部是光说不练，一种干部是埋头苦干。"实干兴邦，清谈误国"，中国就是需要实干的干部，所以把这个发给大家了。据说刘伯承很喜欢读小说《日日夜夜》，因为《日日夜夜》里面有对巷战的描写和对斯大林格勒（现在的伏尔加格勒）战役的描写。我还记得它里面有一个对巷战的描写，红军从一个窗户冲到一座盘踞着法西斯德军的楼房里,他人还没站稳呢,先拿机枪"哗哗哗"扫射。他来不及看,因为等看清楚了,人家早把你毙掉了。据说刘伯承很欣赏这一点,他从战术的角度,觉得《日日夜夜》写得很好。

斯大林肯定考涅楚克写的《前线》,因为《前线》里面描写了一个刚愎自用的将军,不懂得接受新的事物,是个老粗、苏联老红军。另外还写了一个专门假报成绩的记者客里空,非常有现实意义。此外好像还有人研究过《红楼梦》里头那道菜,叫"茄鲞"。说那个"茄鲞"就是研究王熙凤跟刘姥姥讲的那个菜谱。但是最后做出来很难吃。还有人很认真,把《三国演义》里头的"木牛流马"按书上的尺寸做出来,结果马也不是牛也不是,根本不可能起到书上写的那些作用。现在的人分析说,"木牛流马"就是一种独轮手推车,能够在山区使用。但按那个尺寸做出来,连独轮手推车的作用也起不到。

与此同时,这文学又老有点像个异端,在社会上老处在一个可疑兮兮的地位。这在中国更有传统,比如说林黛玉一次说话引用了《牡丹亭》里面的一句话,薛宝钗就对她进行个别帮助,"颦儿,过来,刚才你说什么了?你的话是哪儿来的?"林黛玉脸就红了。薛宝钗又说:"我们女孩儿怎么能读这些呢?我小时候,也爱读这个,当时家里面打的打,骂的骂,烧的烧。不能读这些东西,读了这些东西会移了性情,移了性情,就麻烦了,不要读这些!"薛宝钗的这种观点在我们中国有源远流长和广泛流传的基础。

七十年代"一打三反"的时候,我还在新疆的农村里,来了一个宣传队,在农民里抓反革命。因为我懂维吾尔语,宣传队的组长说,你们还是可以利用的,我说"好好,欢迎利用",他就让我给他们当翻译。村里有一个小伙子,他有很多小说,都是苏联塔什干出版的,有高尔基的《在人间》,还有《纳瓦依》,都是在中亚最有名的作品,宣传队把他的这些书全收缴了。收缴以后,我们大队的书记,就找这个小伙子谈话,亲切而又严肃地说:"兄弟,不要看这些书了,这些书看完以后,思想出了问题,你就麻烦了。你当了现行反革命,你自己都不知道。"

我们中国还有各种各样的说法,比如说认为文学风花雪月,雕虫小技,好像小说这东西是狗肉包子,上不了台面。中国古代对诗和散文还比较重视,小说就是引车卖浆者流了,甚至"诲淫诲盗",所以总是对它有一种戒心。文学令人产生戒心。这样一些现象值得我们分析一下,文学特别是小说,受到读者那么多的喜爱,为什么又有众说纷纭的一些说法,甚至还引起了一种戒心。

那么,我们就谈一下文学特别是小说所具有的挑战性。这个挑战性不是指政治、社会的方面,而主要是从思维方式上来考虑,它有一种什么样的挑战性。

头一条就是独创性。独创就是挑战,世界上的事,你若想有个发明创造,就是挑战,对已有的模式,对已有成果的一种挑战。当然是挑战,原来谁发烧都喝柠檬茶,后来又发明了消炎片、磺胺制剂,到时给吃消炎片吧,这当然是挑战。原来最快的车是马车,真漂亮,我在波兰参观过一个马车博物馆,那真是太漂亮了。后来有了汽车,有了火车,这都是挑战。中国清朝开始修铁路的时候,周围的老百姓很害怕,还有反对的,还有不准开的。据说第一列火车开了一会儿就不让开了,然后用牛去拉。这种故事在英国也有,英国的第一列火车造出来的时候,也有这种情形,好像它是怪物一样。其实干什么都需要独创,但是那种独创性不像写小说这么明显。比如说洗脸的香皂,我们也希望它有独创性。我年轻的时候,认为"四合一"是最好的香皂。后来,我收入也高了点,我指的是一九五七年以前,也出入一些大场面,比如说到中南海去听苏联演员唱歌,我就发现有比"四合一"更好的香皂,就是檀香皂,前几年没完没了做广告的是"力士"。但是这香皂不管怎么变化,你选择了这种香皂,基本上可以代替那种香皂。你喜欢"力士",你就用"力士"。你不需要用"力士"洗这个手指头,用"檀香皂"洗那个手指头,用"舒肤佳"洗那个手指头,没有这样的人。如果有这样的人,可以到安定医院去吃点药。

可小说不是这样,你可以说我喜欢张爱玲的小说,但是说我既然喜欢张爱玲的小说,就不需要看王蒙的小说了,那你吃了大亏了。互相不能代替,谁也不能代替,你写得再好,也代替不了我。作家都在那儿想尽了办法,所谓语不惊人死不休,所谓特立独行。这种独创性,是一种个人的独创性,一个产品出现了一个新的牌子,也是一种独创。但是这种独创,它不一定是个人的,它是这公司的,你弄不清是多少人在这里边劳动。比如诺基亚8810,它是集体创造的。但是文学,特别是小说,它非常强调个人,这种个人的独创性有时候会引起人的不安,甚至会引起社会的不安,这种独创里面就包含了某种超前,既可能是超前的,又可能是个骗局。不要认为打着独创旗号的都是好东西,它可能是骗局,这样的争论全世界至今没有停止。

比如说,现代派的艺术作品,是独创,还是骗局?有人说是骗局,后现代就更是骗局。但是也有人认为这是独创,这种独创的挑战性可以挑战到什么程度呢?据说当年法国上演左拉的戏剧的时候,剧场门口有盛大的游行示威,抗议这种不成体统的作品搬上舞台。就是说,一种文学样式或者一种文学上的探索能够使社会不安到那种程度,它和这个社会可以抗拒到那种程度。

去年九月,我到爱尔兰参观。爱尔兰是一个很小的国家,但是它的文学太棒了,爱尔兰人又会说话又会作文,萧伯纳、王尔德、叶芝都是爱尔兰人。我还看到了詹姆斯·乔伊斯写的《尤利西斯》,他有一段有意思的话,这段话印在一个文化衫上。我非常懊悔,没有买这个文化衫,不是因为钱的关系,我是怕太欣赏那段话,引起别人对我的攻击。他说我对待这个社会有三个办法,第一个办法是逃脱 escape,第二个办法是沉默 silent,第三个办法是搞点阴谋诡计 cunny。这个词你要翻译成阴谋诡计当然是坏的,但它也可以翻译成巧妙、机巧、巧妙对应。它在英语里,它是一个中性的词。《尤利西斯》发表的时候没有得到任何好评,被认为是一种不道德的、瞎闹的东西,至今西方国家也仍然有一派认为乔伊斯的《尤利西斯》是一个骗局(认为毕加索是骗局的也有），没有任何了不起，这本书就是故弄玄虚，就是折腾你。我无权对这本书本身说话，因为你真要对这本书说话，不但要看这本书，而且要从原文看。这种屡见不鲜的对某个著名艺术作品是"骗局"的指责，正是对于独创的挑战的一种反面的回应。

  第二点，小说的创作，尤其是长篇小说的创作，它具有一种整体性，它给你的不是一个结论、一个命题，更不是一个口号、一个呼吁："同志们冲啊！"它是整体的，它是把一群人、一个社会、一个时代、一个群体，它的多种多样而且往往是互相矛盾的种种现象，都给了你。好的和坏的，美的和丑的，可以理解的和匪夷所思的，全都给了你。这种整体性，有时候你抓不着它，有时候你老是琢磨不透。比如说肖洛霍夫，他是苏共中央委员，赫鲁晓夫第一次访美的时候，苏联的政府代表团的成员里面就有他。肖洛霍夫在苏联作家代表大会上曾经慷慨豪迈地说，西方敌对势力攻击我们苏联作家是按照党的指令来写作的，他们是一群蠢人。他们哪儿了解苏联作家的心情，我们写作是按照我们的心，但是我们的心是属于伟大的苏联共产党的！讲得真棒呀！我要是赫鲁晓夫，我听了我也乐死了。

  最近我看到苏联文学专家蓝英年的一篇文章，分析肖洛霍夫的《被开垦的处女地》。他说《被开垦的处女地》不是对农业集体化的颂歌，相反，仔细看《被开垦的处女地》，越看越像是暴露农业集体化的黑暗，一塌糊涂，宰杀牲畜呀，恐怖呀，以至于到了农民要武装暴动的程度，因为一些干部胡来呀！里边有一个老粗整天鼓吹世界革命，他老是执行极左路线，但是他又被一个富农女人给迷住了。这位拉古尔洛夫别的事我已经全忘了，我只记住他的一句名言"女人是人民的鸦片烟"。知道蓝英年持此说以后，再看《被开垦的处女地》，我真看不出来，肖洛霍夫这个老狐狸一边向赫鲁晓夫表示效忠，一边黑暗还真揭露，揭露得叫你头皮发麻。这是怎么回事呢？因为长篇小说是一个整体，它里面有互相矛盾的东西。如果你是一个小说家，当你描绘我在这儿讲演的情形时，就一定不会忽略茶缸子盖掉在地上的这个细节。如果你是一个整理文集的人,你就完全不必要在文章的此处画一个括号"此时茶缸子盖掉在地上了",这样就扰乱了读者,你不需要这个整体性。很多学问都不需要这个整体性。

力学定律讲的就是力学定律,医学临床治疗的丛书讲的就是临床治疗,阑尾在什么地方就是在什么地方,那时候你旁边有没有茶缸子,天上打雷还是下雨,或是你跟你爱人是要离婚还是要做爱,这跟你要做阑尾的手术毫无关系。那些东西都不需要,都可以过滤掉。医生可以告诉你的就是阑尾在什么地方,你这一刀应该怎么下去,事先当然还要消毒,还要麻醉。

对于写小说的人来说,他有一种最可贵的感觉,就是你生活里面的一切的体验都是有用的。你今天挺倒霉,所谓喝凉水都塞牙,你过了这么一天,很可能你得到了一个很好的小说细节。说不定比你这一天处处顺利、春风得意那个小说写出来还好。这种整体性,它和其他的学问不一样。作家有时候让人挺烦的就在这儿,因为其他的学问要求的都是明快,比如说法律,什么是禁止的、什么是不禁止的,非常清楚。你做了违法的事,是判一年、判两年,还是枪决,这要求得非常清晰。炒菜、烹调要求也非常清晰,虽然一般中国人的脑子都没有那种清晰的感觉。我是看完了炒菜的书,就绝对不会炒菜了,白糖十五克,红糖一点五克,酱油二十五克,你要看了这个绝对不会炒菜了,但是人家的表述是绝对清晰的,是我们的脑子不清晰,所以你接受不了。开汽车更清晰,靠右行就是靠右行,绝不能说或者靠左行;从左面超车就是从左面超车,绝不能从右面超车。

可是文学它是一个整体,就出现了一种不确定性,好像立场不太鲜明,你到底是要干吗呀?你到底是说它好,还是说它不好呀?也有的文学作品是非常清晰的,比如说抗日,那是非常清晰的,就是要抗日。比如说抗美援朝,也是非常清晰的。但是确实是有很多作品,特别是长篇小说,由于它的整体性,而出现了某种不确定性或者多义性,从而对社会的已经为大家公认了的原则形成了一种变相的有意的或者无意的挑战。解放以后我们进行过一些非常繁琐的讨论,这些讨论现在看都是不可思议的,但当时为这些讨论,不但是掉了细胞,还有人要掉脑袋了呀。比如说我们讨论写英雄能不能写缺点,写英雄能不能写英雄死;写敌人能不能写优点,到了"文化大革命"中,敌人出来以后你弄不清那脸上是抹了黄酱了,还是抹了什么了,反正鼻子、眼睛没有一样长得是地方的。如果一个敌人出来长得挺漂亮的,你这就是立场问题。可坏人里头长得漂亮的可有的是呀,汪精卫长得就很好呀!所以这种整体性,有时候看完以后甚至让你感到一种惶惑。

小的时候我是非常革命的,我十几岁就在党的教育下,十四岁就入党了。所以我教育我的孙子,我在孙子十四岁的时候说:"你呀,光知道玩,什么电脑游戏呀,什么日本卡通人,脑袋里全是这个。我在你这么大的时候,都已经读过《社会发展史纲》,读过《新民主主义论》,都加入了伟大的中国共产党了。"结果我这孙子跟我说:"那你不入党你干什么去?那时候你也没有玩具可玩。"当然他要贬低我的革命经历了,可是他也有一点道理,什么道理呢?就是当一个社会造成了普遍精神的匮乏,当一个社会不能够给儿童提供他们应该拥有的精神生活,包括玩具的时候,那么这个社会要垮台。也可能我是偏爱我自己的孙子的关系,听了以后我不完全否定他的说法,当然将来还需要对他长期进行革命传统的教育。

我积极追求革命的时候,我革命革到什么程度吧,我看鲁迅的书,都觉得不过瘾了,因为他不直接描写共产党。我只有看到什么才感觉到带劲呢?看到革命烈士高唱着"起来,饥寒交迫的奴隶,起来,全世界的罪人"(那时候不叫"受苦的人",翻译成"罪人"),然后一排枪过去了,然后喊了一声"共产主义万岁"!我看到那儿,觉得这才叫小说,这才是我所要求的小说!还有一本在苏联很有名的小说,就是《士敏土》,革拉特考夫写的《士敏土》。它写的苏联战后恢复经济时期,《士敏土》就是洋灰。我看完以后,我傻了,怎么这个革命,革完了命那么混乱呢？简直是乱成一团了。里面有一个情节是描写苏联的清党,当场宣布开除一个阶级异己分子的党籍,那个人立刻就拔出枪来,照着自己的胸口,"啪"就是一枪,主持开会的人眉毛一动都不动,继续开会。这么坚强！第一我很佩服,这个共产党真是棒,真是厉害,真坚强！第二我也害怕,我也肝儿颤呀！革命都革成这样了,怎么办呀？然后里边那个区委书记想睡哪个女人,就睡哪个女人。这不跟强奸一样？这怎么行呀？写一个富农被驱逐到北海地区,那里是苏联的高寒地区。里边有很多这一类的描写,我真是心惊肉跳。

所以说这种作品,你看完以后的感觉往往不是单一的,而是互相矛盾的,是充满了热情的,是有自己的倾向的。这个革拉特考夫也是在苏联文学史上包括被苏共当局所肯定的,认为他是反映了重建苏联的那种英雄主义的热情。但是同时,他又带给你无尽的惶恐,那个清党的时候当场自杀、脸皮连眉毛一动都不动的场面,我一想起来就有点紧张,直到今天还紧张。这是说文学特别是小说的整体性。

很多小说,很多文学作品,它还有一种批判性,我不是指那种政治社会的批判性。小说和新闻的不同,就在于它可以写实际上没有的东西,它可以写你的理想,写你的幻想。因此它就形成了一个反差,小说里的东西和现实里的东西形成一种反差,这种反差本身带有批判性。我们拿一个和政治无关的题目来说,比如爱情,最美的爱情几乎都在小说里面。如果你不看小说,将来搞恋爱的时候可能连情书都不会写,而如果写不好情书,你在初次的爱情上会丢很多分,你会失败的。可是如果你看得太多了也麻烦。你要按小说的标准来择偶来建立自己的婚姻的话,你的婚姻很可能是不幸的,因为小说是浪漫化的。好几个朋友跟我说,罗密欧与朱丽叶是自杀了,所以他们的爱情就是最伟大的。如果他们没有误解,到最后两人结婚了,也没有计划生育,一下子生了八个孩子。罗密欧老了,朱丽叶也老了,脸上都有褶子了,到晚上的时候朱丽叶给罗密欧打盆洗脚水:"洗洗脚丫子吧,你的脚太脏啦。"完了,这爱情故事全完了,不那么伟大了。

　　为什么爱情的故事那么多,爱情的小说那么多呢?就因为现实中十全十美的、浪漫的、青春永驻的、如诗如歌如画的爱情太少了。现实生活中的爱情有特别现实的一面,爱情再伟大,你得吃饭,老饿着肚子,那是很麻烦的事,吃饭就有一系列的具体问题。你要结婚了的话,不但要吃饭,还得睡觉呀,睡觉就有几个条件。所以这种理想性、这种浪漫性往往就造成了对现实生活的批评、批判乃至否定。所以我们有些爱好文学的青年,特别是在五十年代、六十年代、七十年代,他们的命运往往是很不好的。为什么爱好文学?在一个单位里你要爱好文学,人们就认为他就具有以下的个人特点:第一,自认清高;第二,不安心本职工作;第三,跟自己的老公或者老婆关系不好,而且还有花花哨哨的各种传闻;第四,看不起领导,对本单位的组长、科长、处长都不老老实实汇报。这些青年如果有上述特点,提职、分房子一点份都没有,要是搞运动戴帽子倒都有份。

　　文学往往对既成规范形成一种有意无意的挑战。比如说,道德是不可忽视的,但是写小说的时候,就不是那么严格地遵守道德的戒律,有时候对某些道德的戒律还产生困惑。

　　据我所知,很多国家都希望家庭相对稳定,这对社会有好处,对国家有好处,所以都是谴责、批评至少是不提倡外遇和第三者插足的。不要以为美国是一个多么随便的国家,不是那样的,那是好莱坞的某些电影耍你玩的。你以为他很方便就拉一个人,互相有好感后,搂着就进旅馆?没那事儿,这种机会一百年也不见得有一次。美国有很多电影恰恰是反映因为外遇而导致家庭破裂,尝到了恶果。可是我们的小说里就没完没了地写这个三角啊四角啊。你写一个小说,男主人公是道德的模范,女主人公是模范的道德,两人从十四岁青梅竹马,十六岁开始恋爱,十八岁开始互相交换信件,然后男二十八、女二十五,符合国家提倡晚婚的标准结婚。三年以后生一个孩子,你忠实我、我忠实你,见了别的异性肯定不侧眼珠,这倒也挺好。

如果一个小说里,爱情的种子,到处在发芽,爱情的花朵到处在开放,一抬头,一斜目,听见了门铃声,都是爱情在向你召唤,这可不安全。第一,不道德。当然必须承认有很坏很坏的书,里面不但有骗局还有垃圾,而且有毒品。但那是另外一个问题。第二,你又不要轻易地说它是一个毒品,因为这个东西,自古以来争执不休。

《金瓶梅》它是个什么东西?最近我看的一本书里还引用毛主席的话,说这个《金瓶梅》在文学上还是有成就的。没有《金瓶梅》就不会有后来的《红楼梦》。当然这个话并不是毛泽东发表的,还有很多人也持这种观点,《金瓶梅》也不能完全否定。《红楼梦》原来也是禁书。什么《查太莱夫人的情人》,什么《十日谈》,外国的东西更多,一个色情,一个暴力,都是我们所反对的,但它又是许许多多文学作品里面不可缺少的元素,绝对的没有是不可能的。《红楼梦》里没有吗?曹禺的《日出》里没有吗?当然他是批判的,他不是欣赏的,不是宣扬的。《日出》刚开始演出的时候,什么金八呀、翠喜呀,还有翠喜的那段话,我身边的一些共青团的工作者看了,吓得脸都变色了:怎么这么演话剧呀?这么演话剧对青年人得有什么影响啊?

因为文学家是深刻的人文主义者,他只能围绕着人,人的思想、人的精神、人的情感,也包括人的欲望来写作。他必须承认人的欲望,食色性也,他都得承认。甚至于某种暴力倾向,或者千百个暴力危机,人有没有呢?人性里头有没有这个东西呢?诲淫诲盗这绝对是不能取的,是我们所反对的。但是文学作品,特别是小说,它接触到人的欲望,接触到某些人的性的心理,包括接触到某些人的潜在的或者暴露的那种暴力的经验、那种体验乃至于那种需求,就很难避免。

我上面只是举一些例子,来说明文学本身的感受、思索和表达这个世界的特殊方式,这种方式和自然科学、人文科学、法律、政治的方式不完全一样。政治也挺复杂,但是政治相对的要求鲜明。毛主席讲的谁是我们的敌人,谁是我们的朋友,这是革命的首要问题。敌友要清晰,你不能敌友不清晰。你要用这种方式写小说也行,也能写出好的小说来,但不可能所有的小说都这样写。具体地运用到小说里,我这个小说里谁是好人,谁是坏人,主要问题大家弄清楚了,这四个是好人,那两个是坏人。但是你老这么写大家就会不满意,读者还需要自己解读,自己分析。作家的那种理想性的、批判性的、孜孜不倦地追求个人独创的心情,他的从整体上、从相互矛盾、相互冲撞的全局对生活的把握,还有他对以人为本的关注、对人的各个方面的关注,都对社会上既成规范、学术领域的既成规范、科学乃至道德领域的既成规范,形成挑战。

下边我再讲一讲文学的和解。是不是就一味地挑战呢?老挑战也很麻烦的,整天挑战,看一篇小说就挑战一回,一天看三篇小说就挑战三次,这也挑战得乏了。一鼓二衰三竭,你要这么看一辈子小说,你甭说挑战了,你站都站不起来了。所以说,小说恰恰是实现精神和解的一个非常重要的载体。为什么呢?第一,它是虚拟的,它是一种虚拟的现实,这种虚拟的现实既带有宣泄的作用又带有补偿的作用。文学,特别是小说,它使在现实当中操作起来相当困难的事情,可以在纸上,或者在网络上实现,就跟真的现实一样,很有魅力,非常动人。

比如说,世界上有许多爱情小说,作家本身并非情场上的猎手或者圣手或者老手,很多人恰恰是在情场上失意得不得了,老单身汉、老光棍、老处女,他们的爱情小说写得更棒。为什么呢?如果一个人对现实生活中的爱情很满足,和自己所爱的对象热烈地拥抱、亲吻、抚摸,他的爱情小说绝对写不好。那些爱情小说写得好的,你们可千万别以为他们的爱情有多好。还有,爱情是浪漫的,是自由的,是诗化的,可是爱情的操作又是很具体的。在座的哪一位,在你的合法配偶之外再搞两个试试,光技术性的困难就会把你吓回去。马季有一句名言,你要想一个礼拜不踏实,你就请朋友到家里来吃饭。一个礼拜以前你就琢磨着请谁来不请谁来,几点钟合适,咱们吃面条、吃饺子、吃炒菜、清炖鸡、清蒸鱼,买不买龙虾,这就得一个礼拜。说你要想一年不踏实,你就装修房子。你要想一辈子不踏实,你就来个小蜜。可是,你又想拥有这个感情那种幻想,技术上又克服不了。怎么办?你想痛痛快快地说,跟这个恋爱啦,跟那个也恋爱啦,这也太过分了,让人家扫黄给扫进去了,怪寒碜的。再比如说战场,我相信在座的和我一样都热爱和平,我们中国也热爱和平,我们不希望发生战争。但是人很有意思,他不希望发生战争,可他非常希望知道战争的体验,这战争到底是怎么回事。所以写战争的小说,始终长盛不衰,而且没人管你,到现在俄罗斯还在写。美国也在写,美国一个越战,写了多少书,拍了多少电影了?据说还要拍新的,还要拍《现代启示录》的续集。可你要想发动一次战争,就不只是技术性的困难了,这根本就没门了。但是你在小说里再发动二次、五次世界大战,也没人管你。所以小说是虚拟的现实。小说是假定性的,使你能够表达,哪怕你一时有些偏激、有些激动、有些过分,也不会造成不可挽回的损失。

当然,小说不仅仅是虚拟的,有的人写了个小说,而且自己就是那样做的,英勇地献身了,这个也有。但是我说的是多数,多数的小说是一种虚拟的世界,因此它可以起到一种宣泄的作用,又做到了你在现实中不能做到的事。从哲学的意义上说,每个人都是不自由的,你出生下来,你什么时间出生,成为哪国人,你是在城市还是在农村,你都是不自由的。你在获得一种生活经验的同时就失去了另一种经验。就比如我在新疆呆过很多年,近二十年回到北京,我的新疆的经验就不可能再继续获得了。但是一个人往往不能够满足他已有的这些体验和经验,他希望有更多的生活体会,多体验一些。人生在某种意义上,不就是一个体验的过程吗?所以人的精神生活除了立即变成行动,立刻变成了物质的成果的以外,也有像小说这样的,它是假定的、虚拟的,它有可能使人的情感得到一种引导,得到一种补偿,而避免情感长期的淤积造成爆炸性的后果。所以不要只看到那些作家，一个个自命清高，目空一切，说话刻薄，另一方面，咱们有这么一些作家，能够用小说的方式来表达表达思想感情，对这个社会的稳定还可以是有好处的。

第二，小说艺术，它有一种抽象性，甚至它有一种形式的作用，一种框架的作用，就是说我不能够太具体地以为小说的这个内容就是写这件事的。可能很多朋友都知道，在四十五年前，一九五六年我写过一篇小说叫《组织部来了个年轻人》，非常具体的，写的是北京市区委的一个组织部，现在美国的有些汉学课上还讲这个作品，有很多美国学生非常爱看。他们说我们毕业后没有人上党委组织部工作，我们上公司，我们刚去公司的那种感觉和你写的那个人到区委报到时的心情差不多。我听了以后大吃一惊，我没想到这个小说能引起美国人的共鸣。其实这也不足为奇，说明一个作品由于时间的推移，它那种现实的操作的意义越来越少。比如我刚才讲的"木牛流马"，《三国演义》你不管怎么看都行，但你不要具体地去造那么多木牛。现在还有红楼宴，打着《红楼梦》的旗号，据说中山公园的来今雨轩都会做红楼宴。这个操作的价值说明《红楼梦》有可取之处，但是从商业上说它并不成功。

操作性这个东西挺有意思。我有一个亲戚，他在八十年代初期读了蒋子龙的《乔厂长上任记》，他也是"文化革命"以后上任的，走上一个新的领导岗位，他特别激动，表示要像乔厂长一样干一番事业，大刀阔斧，锐意改革，破除阻力。后来他按照他所理解的乔厂长的方式干了一年就让人给调走了。我说这话不是打击蒋子龙，是我们这个亲戚，他把小说当成汽车驾驶指南了。小说不能指导具体操作，但它给你一个框架。我还喜欢举一个例子，不是小说，是诗歌，是词，李后主李煜，最有名的句子大家都知道，"问君能有几多愁，恰似一江春水向东流"。他写的什么愁呢？亡国之君的愁，南唐后主嘛，南唐亡国了，成了囚犯了，他能不愁吗？我们大家都喜欢"问君能有几多愁，恰似一江春水向东流"，那个哥们儿是亡国之君啊，你们谁体会过亡国之君的痛苦？包括蔡楚生、史东山拍的那个电影《一江春水向东流》，里面写的也不是亡国之君，写的是沦陷区的老百姓。这就是这种情感的抽象化、框架化，它可以表达一个人的思想情感，不一定把它看得那么具体。还有历史上许多非常好的作品，非常重要的作品，你一句"不具体"的评论，这个麻烦就大了。就说描写汉族和少数民族之间的战争，汉族的战将是个英雄，可是人家少数民族也有一个史诗，跟他作战的也是一个英雄，你怎么办？没有什么不好办的，两个都是英雄呗，这仗不打了。现在咱们中华民族生活在一个和睦的大家庭里，生活得都挺好，恪尽职守，勇敢杀敌，不怕牺牲，这个框架我们把它留下来。当然我这个观点不见得准能站得住，也可能有一些人反对我的这个观点。咱们再补充，再修正，看能不能把这个话说得圆点，说得周密一点。

这就是说，文学作品，哪怕具体内容过时了，或者具体内容不合时宜了，它仍有某种抽象的东西、框架的东西、结构性的东西，乃至某种形式的东西存在着。一个真正喜爱文学的人，一个真正从事文学的人，他的精神生活，他的社会生活，一定有两面。第一面是现实的，因为他是一个现实的人嘛，刚才我讲了，哪怕是爱情，你也得解决很多现实问题，要吃要喝，要有房子住，要有衣服穿等等。但是另外一面是超现实的，他是对人类精神框架的一种关注和一种兴趣。

第三，我特别想谈一下小说的文化性，小说一离开它的具体内容，就成为一种民族的、一种语言的、一种文化的结晶。那种叙述方式，那种遣词造句，那种形容，那种修辞，那种结构，那里面所表达的感情，无不和一个民族深层次的所谓精神架构有密切的关系。我觉得小说最伟大的作用还不在于它能够具体地指导实践，比如写国企改革的小说，不在于让国有企业的经理或者厂长按这个去改革，如果你能做到那当然也很好，写国企小说最后被国企所认可，这当然很好；写医生的小说，被医生们树成榜样，这当然也很好。但文学是一个更深层次的架构，就是它架构于精神，甚至架构于一个民族。唐诗宋词已经决定了我们民族的根源，"独在异乡为异客，每逢佳节倍思亲"，这个是我们中国人民的精神方式，几乎没有什么人能够例外。你一个人在异乡，到了节日的时候，想念自己的亲属，想念自己的老家，这是很自然的东西。但是它被诗的精神构架给固定住了，这变成了一种文化。

我们看到一个很有趣的现象，就是不管你的小说挑战性有多么强，批判性有多么强，哪怕你的作品对现实生活、对现实的政治，都有许多许多批评，说得严重点甚至有许多攻击，但如果你的小说写得真好的话，仍然是这个民族、这个国家的一个文化瑰宝，是这个民族的光荣，是这个国家的光荣，是他们文化的光荣。比如鲁迅写的《阿Q正传》，你不能说阿Q是我们中国的光荣，我们中国了不起，好几亿阿Q。阿Q不是光荣的，然而鲁迅是光荣的，鲁迅有这种眼光，有这种文字，有这种技巧，他能够把阿Q写得这么活灵活现，写得让你哭笑不得，让你回味无穷，以至于当时弄得一批人都以为鲁迅是在骂他，这不可能嘛！它表现的不是阿Q，它表现的是鲁迅的智慧啊。一九七八年或者是一九七九年，西班牙的卡洛斯王子，当时他还没有继承王位，到北京来访问，当时邓小平是副总理，邓小平宴请他，邓小平的讲话说，西班牙是一个古老的有文化传统的国家，塞万提斯的《堂吉诃德》在中国是家喻户晓。可你琢磨琢磨塞万提斯描写的堂吉诃德，如果说那就是西班牙人的形象，就有点拿西班牙人开涮。他们不是有病吗？骑一个驴，弄一个长矛，找风车作战，把自己摔得粉身碎骨，然后看见一个并不漂亮的女人把她当成自己的情妇，相当的神经嘛！但是那部文学作品是西班牙的光荣，它已经超出了小说所写的内容。你到马德里，马德里最好的一景就是西班牙广场，西班牙广场上有塞万提斯的雕像，有堂吉诃德的雕像，有桑丘的雕像。给我最深的印象就是塞万提斯的脑袋上站满了鸟，好多鸟站在塞万提斯的头上，我不知道这是一种什么暗示，还是一种天意。

一种文学的成果，哪怕是批判性的成果、否定性的成果，它一旦成为一种精神的成果,它反映的就是一个民族的自省的能力、一个民族反思的能力、一个民族的语言的魅力、一个民族的智慧,它成为这个民族的文化。作为文化的瑰宝,它不是一个危险的东西,它不是一个爆破性的东西。我看了那个小说,脑袋都要炸了,这样的小说越来越少了;而看了这个小说以后,你得到深思,得到欣赏,启发了你的思维,这就很好。我们经常接触到很尖锐、很尖刻,甚至有点片面的文学作品,你要是认为每篇小说是真的呀,那就麻烦了。我已经举了很多的例子了,最突出的就是看了金庸的小说,上山找名师修炼去了,没炼成法轮功是便宜他了。歌德的《少年维特之烦恼》,当年不知多少人看完了都自杀了,因为他是写失恋的。可歌德没有自杀,不但没有自杀,歌德到了八十了还有爱情故事。你不要上当,看到作家写的:他要疯了,他要炸了!你以为他真炸了?他写完这个就上餐馆,喝扎啤去了,你看完了却又激动又捶胸顿足,又要跟人动刀子,白刀子进红刀子出的,人家可没事了。

我们从更深远的观点,从文化的观点、精神构建的观点,来接触小说,来接受文学,我们就会有一种更健康的文学观、一种更沉稳的接受的态度,那么我们从文学上就能得到真正的营养。当然我说的这些只是一部分文学话题,咱们谈的只是一部分。现在如果有人想跟王蒙抬杠,他能举出一大堆例子,说哪有那么深刻呀,那么深刻干吗,还有人提倡过速朽文学呢。咱们中国人口问题这么严重,我写这个小说目的就是为了提倡计划生育,你看完了,就预备好了避孕工具,我的小说目的就达到了。我看这也挺好呀,你要写出这小说来,我也挺赞成。谁说作家是假的?作家不是假的,你当然也可以举出来例子呀,匈牙利的裴多菲,"生命诚可贵,爱情价更高,若为自由故,二者皆可抛",然后人家裴多菲就死于沙皇的占领军呀,人家把生命献出去了。伏契克《绞刑架下的报告》,那都是句句是血,声声是泪,每句话都是真的。人家书写完了以后,上了绞刑架了,上了法西斯分子的绞刑架了。所以文学又有它非常执着、非常激烈、非常真实、立即变成行动这一面。所以我常常讲,谈文学常常是瞎子摸象。我也不知道我今天谈象耳朵多了还是谈象尾巴多了,你们要想驳倒我,就太容易了,你们可以找到许多相反的例子。但是请允许我介绍这一面,把文学当做一种文化的成果,当做一种非操作的东西,当做一种精神的现象和构建我们精神的一个框架来接受。我今天想介绍的、想讲的就是这些。谢谢大家。

(作者答与会者问,问题略)

1. 什么是真正的优秀的文学作品。我觉得这个真正优秀的文学作品应该是不拘一格的,李白的诗是优秀的文学作品,杜甫的诗也是优秀的文学作品,白居易的诗还是优秀的文学作品,普希金的也是,他们都是非常的不相同的。《红楼梦》是优秀的文学作品,《阿Q正传》也是优秀的文学作品,《绞刑架下的报告》也是优秀的文学作品,它们之间从内容到形式到民族到意识形态也是非常的不同。所以我没有能力为真正的文学作品树立一个检验的标志,但是我们可以主观地从感受上看,如果一个作品你读了以后觉得很有收获,不管是从情感上,从思想上都受到巨大的冲击,能够引起你的许多的思索,能够使你不断地回味它,我相信它至少不是很差的文学作品。第二个问题是关于将来什么东西占主宰?这个东西是很难说的,在小说的各种式样中,如果说是群众性最强的,应该是……文学的各种式样中,那是小说,古今中外莫不皆然。但是被看得最神圣、最高贵的往往是诗,这也是事实。最实用的,我觉得是散文,起码你要参加高考,你得写散文,你不能写小说,也不能写诗,写诗的话不给分的,所以看从哪个角度来说了。第三个问题:霍达的《穆斯林的葬礼》,因为我读得不仔细,所以……但是我知道这是一个获得了茅盾文学奖的一个作品,别的我不能作出很具体的评论。

2. 假如你在一个部主持工作的话,差不多需要你的全部的精力,但是我当时还有点不甘心,作为作家来说,好像不甘心退出写作。所以我就说我还要继续写作,我并没有说我既当好部长,又当好作家。我想我的原意就是我还要保持我的写作,我还要继续写作,毕竟这长期的二者兼做是有相当的困难的。所以我做了几年就不做了,那么现在能够有更多的时间归自己支配,来进行写作,我感到很满意,也很愉快。当然这个只是我个人的情况,至于别的人,或是别的作家,他又做工作,又能够做些行政领导,或者说是不是他还在继续写作,个人有个人不同的情况,我想也都不能一概而论。从全世界来说,倒不是没有先例,比如说,法国的马尔罗,他就是一个很有名的作家,而且他写过以中国为题材的作品,写中国的大革命。而且他在某种意义上也挺崇拜毛泽东的,他曾经著文要求西方国家援助毛泽东,他本身是法国很有名的一个文化部长,而且他做了很多对法国文化发展有意义的事情。所以,不管是从理论上还是从先例上看,并非没有可能,但实际也很难办。

3. 乔伊斯的《尤利西斯》我谈不上喜欢,因为我到现在为止还没有下决心去读它,但是我希望我能够在未来两三年内能够读它,否则我是太不好意思了,这样的名著自己不好好地读,还假装什么都知道似的。至于《春之声》是不是意识流的小说,我想这个就要教授们去分析,但是我自己写小说的时候我并不给自己的小说定性,说我这个小说要写意识流,那个小说我要写心理游戏,那个小说要现实,这个小说要浪漫,我觉得这些词对于一个创作者知道得太多了,就跟那运动员先背背教练的指示,背多了这球肯定不会打了。他就当时看怎么顺手,他就一球咚的就过去了,他怎么赢的自己也不知道。后来一些专家就给他分析,就说他虚实结合,战术灵活多变,充分发挥身高优势,那都是别人分析出来的。

4. 正人君子不能写好女人、情感,那就需要流氓无赖写了。

5. 我想中国文学在世界文学来说,目前仍然处在比较边缘的一个地位。我指的是当代文学,古典文学相反,都还有很多人在那里读。但是当代文学影响正在越来越扩大,以至于已不可能不正视中国当代文学的存在。现在有许许多多作家的作品都有相当的作品翻译到国外。比如说张贤亮，英国都卖他的书，卖得还挺多，比如说张洁，张洁还被美国的文学院吸收为他们的终身院士。就是说很多很多，比如说张辛欣呀，王安忆呀，他们都有许多作品翻译到国外去了。但是非常畅销的好像也不多，好像还没能够造成一个很重大的事件，比如我个人翻译出去的语种是非常多的，有二十几种，二十多个国家，但是一般的都是印一两千册书，发行量也很少，只有在苏联老大哥那儿印得多。我那个《活动变人形》，在中国第一次发行是两万九千册，在莫斯科第一次发行是十万册，由《虹》出版社出版，立即就卖光。在刚卖完了以后，当时我还在部长的职位上，当时苏联的外交部长是谢瓦尔德纳泽，谢瓦尔德纳泽到北京来访问，当时钱其琛同志新任外交部部长，宴请谢瓦尔德纳泽让我作陪。谢瓦尔德纳泽一见到我，哦！你是王蒙同志，你的那书叫什么名字？在苏联卖得很好。我说卖的比在中国卖的要多得多，我现在正在考虑，我今后主要是为苏联读者而写作。把这个谢部长，现在是格鲁吉亚共和国的总统，说得挺热乎，挺高兴。

6. 我必须把这二者运用得恰到好处，该挑战的时候就挑战，该和解的时候就和解，对不对？

《坚硬的稀粥》本身作为小说来说是我的许多许多小说之一，并不是一篇特别成功的特别好的小说，但是那个小说，政治上也绝对没有危险性。那个小说极其和解，你看完了就知道。

7. 一上来就是"你的一生"，听着有一点悲凉。我希望现在还不是谈我这一生的时候，咱们不急着谈我这一生，好不好？至于说起起伏伏怎么办呢？北京话到哪说哪，另外不管起起伏伏，我这个人就是既挑战又和解，我跟我自己也和解。所以即使在最不愉快的情况下，我倒也还没有发展到或者要爆炸，或者要吃安眠药，或者要上吊，这种劲也还没有，我仍然对生活抱有相当的信心，在生活里仍然在寻找我的乐趣，在比较所谓高位的时候，我也没有太自以为自己了不起。

因为自己这块料到底什么样,心里头也明白,我大概起码也还没有过于晕乎,所以就不完全因为这种起起伏伏就自己发痧子,一会冷一会热,我要是那种人,我现在早就到了谈一生的时候了。

8.这个问题简单地说是这样的,一个是有一个事物的一个大致的规范,一个是特例。第一我们必须承认规范,规范都是有用的。比如说你还是一个未成年,一个少年,乃至于你还是个儿童,这种情况下你应该好好上学,应该好好听老师的话,听班主任的话,听你妈的话,是不是?这点来说我丝毫不怀疑。但是我们又必须承认事物当中有时候有特例。它或者是发展得很偏,或者是发展得非常有个性,那么它这时候就要独特地选择,这种独特地选择冒着很大的风险。那么韩寒现在他做着一个非常特殊的一种选择,和他这个年龄的同代人来说很不同的一种选择,这种选择的情况会是怎么样?现在说什么还为时太早。但是不要随便学他这个样,你要随便学他这个样,如果你们的弟、妹,或者你们的子女要随便想选择韩寒这条路的,我劝他不要这样选择。

9.作家是社会的良知。我认为我们可以从两个意义上理解。第一,有一部分作家是社会的良知,不是所有的作家都是社会的良知,有很多消费型的作家,有很多赚稿费的作家,也有些作家压根就不想当良知,而且讨厌有良知的这种作家,因此只能是一部分;第二,也许我们希望作家成为社会的良知,就像我们希望青年成为雷锋的接班人一样,这是一种期望。并不能说是加入了作家协会了,你就发一个良知证说"我是良知",那就很不像良知了,越是这样越不是;第三,是不是良知也需要经过一段时间的考验,比如说今天跑到这来,凡是到现代文学馆讲演的人都做良知状的,你们最好也能够想一想,听一听,听其言,观其行,然后等到他的一生快差不离的时候,我们再判断他是良知还是垃圾。那么新生代,他们对这种良知,或者是这一类的说法,他们抱有一种反感,抱有一种挑战的心态,这个也是可以理解的。那么他们做出来的东西那得一个一个地看,你不能笼统地说凡是新生代都是垃圾,那也不行,或者说,凡是新生代都是希望,这个也不一定行。这就又是我前面说的这个问题,在艺术上这个问题简直是一个非常令人困扰的问题,即它是独创,它是挑战,还是垃圾。当你见到新生代你就支持的时候,有时候你支持了垃圾,当你见到你所认为的垃圾就镇压就压制的时候,你可能又压制了创造。所以不管是领导也好,是老作家也好,这是他们经常碰到的一个困扰。这只能一个一个的人,一篇作品一篇作品地讨论,不能够笼统地说,说我们就是要支持,或者就是要反对。

10. 政治性的比例,很显然,很大,因为我的经历,我刚才说了,我从小就一直是处在这个社会变革的激流之中,所以我是没有办法。你想这个想学别人那个样,想摆出一副遗老遗少的架势也不像;你想摆出新生代的那个样,人家瞅着也不像;你想摆出一副书斋里边的芝兰君子性松柏古人心那样,还是不像。所以我必须老老实实地承认,我是一个积极地投入社会生活的人,一个入世很深的人。但是呢,我是一个真的作家。所以我同样有许多个人的、虚无缥缈的、想象的,或者是精神遨游的这样的一些东西,所以我不认为我写那些小说就是政治小说。不是,是小说就是小说,但是我这些小说的人物都和很多人,其中,或者是相当多的一部分和政治有关系,我是这么看的。

同样,关于文艺为工农兵服务,这本身是一个非常感人的口号,我不但接受过这个口号,我还接受过"普罗文学"的口号。这个说起来很有趣,就是我十四岁的时候,结识了北京市的一个地下党的,一个年岁比我大五六岁的这么一个人。他对我进行启蒙教育,从先教给我一大堆名词"普罗利塔利亚",他说这个就是无产阶级,"布尔乔亚"就是资产阶级,"康米尼斯特"他说这是共产党人等等,"CY"就是共产主义青年团,"CP"就是共产党。我当时听了以后,我简直就跟听到神语一样,就是世界上有这么伟大的概念,还有这么伟大的事情,所以我觉得"普罗文学"、工农兵文学、为劳苦大众服务的文学,它是非常感人的,甚至是非常浪漫的。我还可以举例,就是我在解放前,我偷偷地阅读赵树理的小说,一直到阅读康濯的小说《我的两家房东》的时候,我才知道世界上有这样一种文学,可以这样土里土气地去描写农民,描写农民在新的革命的根据地新的生活的式样。我也是激动若狂,但是我是不是写得出赵树理式的作品来?很对不起,写不出来。但是我并不认为这本书我就不接受。至于现在呢,现在已经不用这个口号了,现在最多说到"为人民服务"。既然连中宣部中央都不采取为工农兵服务的口号了,为什么我王蒙非得要采取这个口号呢?那咱们大家就一起为人民服务吧!我觉得这个接受起来没有什么困难。

11. 这问题太大了,我答不上来。你要说我的擅长是什么,或者我的局限性是什么,这我可以说。当代中国作家,那我可不能替人家分析人家的特长和局限性。各位作家都不一样。这个问题我实在答不上来,我就给您交白卷了。

12. 实验戏剧,既然是实验戏剧,我认为这是让它实验下去。那么实验戏剧有的地方成功,有的人看了有点别扭,有的看着还不完全熟悉,我想这恐怕还需要一个过程,至于说它们的影响,那么它们至少到目前为止我还没发现。哪一个实验戏剧它的影响超过了《雷雨》,或者它的影响超过了《茶馆》?还没有发现。是不是一定它就不能出现伟大的好的作品?那我也不敢说。

2001年3月

文学的悖论[*]

感谢各位在这里听我讲,作家的任务应该是写,讲得再天花乱坠不如写出一篇好的作品,就像篮球运动员的任务是投球一样。"文学的悖论"就是说在文学上有各种各样的理论,而且有很多理论是互相悖谬的,是互相违反的。比如,别人说王蒙的小说写得不错,而你说他写得很差,你绝对是有道理的。别人说《红楼梦》看了以后很有收获,你说没有收获,看了以后有害处,你绝对说得也是正确的。为什么呢?我们探讨一下,文学本身有一些互相违背的命题,又都能够成立。

文学是一种游戏还是一种使命?说文学是一种使命,我们可以举很多的例子,比如说鲁迅,他本来是学医的,但他在日本看了电影,看到中国人的不觉悟,他觉得光医治人的身体是不够的,还要医治人的灵魂,所以他选择了文学,要对整个国民精神上的毛病进行治疗,这说明文学是为了救国救民。还有很多伟大的故事,比如,美国的南北战争和《汤姆叔叔的小屋》是有关系的,由于这部书激起了解放黑人的热潮,甚至使美国发生了规模很大的内战。再如,巴金先生最喜欢举高尔基写的俄罗斯民间故事中的勇士丹柯的例子,丹柯和一群人被困在树林里,丹柯把自己的心挖出来当做火炬,用来照耀,带领大家走出黑暗的森林。

---

[*] 本文是作者在北京师范大学的演讲。

许多作家也用许多事实更多地强调文学是一种智力的、精神的、心理的游戏。文学本身有很大的游戏性,通常说是"解闷"。有很多高级领导说我也读小说,就是为了休息一下,换换脑筋。比如《红楼梦》的作者,说写此书就是为了让大家"消愁破闷"。法国的《世界报》曾向世界上几百个作家提出一个问题:你为什么写作?回答的最严肃的都是第三世界国家的作家,特别是中国的老作家,譬如巴金老先生回答:是为追求光明,同情青年人,给青年人争取更好的未来。老作家马烽回答:由于日本的侵略,使中国陷于危难之中,我要用我的笔唤醒我的同胞。丁玲的回答是:从小生活在封建的家庭,要争自由,争解放,争进步。可是我们会发现那些发达国家的一些有名望的作家似乎都不认真回答,譬如英国的一个女作家朵利斯·莱辛——她的《金色笔记》已在中国出版,她有很多以南非为题材的、同情南非黑人的作品——回答说自己是写作的动物。回答的最有趣的是德国的根特·格拉斯,他获得过诺贝尔文学奖,他回答是因为自己干别的事都没干成——这话也不无道理。因此,文学既是严肃的,有神圣的社会使命、有责任感的,比如说文学是一个民族的灵魂,是一个民族的梦,用文学铸造国魂,或者说作家是灵魂的工程师等等,但确实也有大量的文学作品有一种娱乐性。

文学是个人的还是集团的?现在越来越多的所谓新新人类的作家强调写作是个人的,是写给自己看的,与别人无关,认为我不需要读者、拒绝读者、拒绝阅读、颠覆阅读。这些作家说话往往很极端,很绝对,很夸张。有的作家强调个人,甚至说我的写作是在说梦话,我不与别人交流,写作就是个人的事情,这样想也是有道理的。这不像装配一辆汽车,盖一座房子,这些都不能体现一个人的个性。但你能说它又完全是个人的吗?个人本身的出现是和历史有关系的,和一个集团、阶级、种群有关系,甚至和一个地区、民族都有关系。所以我们可以有一个正确的判断,文学是一个集团的,虽然以极端个性化的方式来表现,但它仍然是一个集团的代表。

文学究竟是历史的还是超时空的？有一种说法强调文学是超时空的，即文学的意义往往比其他精神现象的寿命更长——当然必须是优秀的，它往往超越时空，超越当时具体的历史条件。喜欢莎士比亚戏剧的人如果不是专门从事研究，没有几个能说清莎士比亚到底生活在什么年代、当时英国政治情况到底怎样、当时具体的历史条件和社会情况怎么样、当时的民生情况怎么样、当时的社会矛盾怎么样，没有多少人会去想这些问题。文学往往具有一种非历史的意义。比如我们都喜欢李后主的词，但是李后主是一个亡国之君，他的词的悲哀表达的是一个亡国之君的悲哀，那么"问君能有几多愁，恰似一江春水向东流"也是他的特定的愁。但每个人的愁是不一样的，如果学生考试总是不好，也会觉得他的愁像一江春水向东流，如果你失恋了也会觉得非常愁，如果股市失意也会觉得很愁，但是这个愁抽象到了李后主，就成为超越历史的东西。中国的封建君主制度已经不存在了，但是一江春水向东流的意象永远存在。

我们大家都看《红楼梦》，但是与曹雪芹同时的其他人的书包括那些策论等，除了专家以外，没什么人看。所以说文学的这种精神现象确实有它超越历史的一面。然而它本身又是历史的。即你可以看得清清楚楚，《红楼梦》不可能是"文化大革命"时候的作品，不可能是汉朝时的作品，也不可能是美国、德国的作品，也不可能是抗日时期的作品。所以说它是非常历史的，但又是非常不历史的、非常超越的。

形式逻辑最讲究同一律、否定律和排中律。同一律就是说什么是什么，否定律就是说什么不是什么，排中律就是说不可能同时又是又不是。但在谈论起文学来，我常常觉得左右为难，我常常觉得都对。你说文学是历史的，我可以马上对你表示文学确实是历史产物，离不开历史的条件；你说文学是超时空的，我也马上能够接受，可以举出许多具体事例。这并不是因为我谈起文学来特别狡猾，而是事实如此，它本身就是两个悖谬的东西同时存在。

文学究竟是直观的还是思辨的？它是理性的产物还是非理性的产物？有人强调文学是直观的，是先验的，文学作品的产生是不可解释的，是下意识的，这种观点在文学创作中起的作用特别大，至少比做数学题时起的作用大，比你找工作时起的作用也大。比较极端的主张在欧洲早就有，即所谓自己写作，也就是排除自己的理性的思索，而是有点像练气功入定一样，进入一种情绪，挥笔而书，不停地运转，连自己写的是什么都说不清楚。这听起来有些可笑，外国有，中国也有。有一位著名女作家叫残雪，就是这样主张，她在美国哈佛大学讲演，美国人都不信，同她争论，认为不可能，但残雪回答确实如此，她说，"我想到自己要写什么，我马上要控制自己不要写，不要想，因为我不知道自己要什么。因为一想，理性的干扰就会太多，而我坐着的时候，各种的印象、心情、词语纷至沓来，自天而降，像下雨似的，灵感之雨，下到纸上。"有很多人觉得难以想象，我呢？我大致相信。你们看，我又狡猾起来了，就是说不会绝对不想，但是比较信马由缰，让自己的想象和心情充分发挥出来，忘记一切，各种相连贯的、不相连贯的、最绝的词、最绝的印象、最绝的意识的流动都在自己的作品里流淌而出，这是有可能的。

但是更多的作家在文学中是充满了思辨的，是有计划的，有目的的。据说茅盾先生写作之前都有详细的提纲，提纲写得基本差不多了，在此基础上加以丰满、润色，一部好的作品就写出来了。强调思辨性的人就必然强调作品的思想性，所有的描写都表达了一定的思想，表达了对人生、宇宙、社会、爱情、家庭、人际关系、道德、文化、政治等各方面的思想。

有一种说法：伟大的作家都是伟大的思想家。比如说作品中有妇女解放的思想、人道主义的思想、对社会不公正的种种批判的思想等等。过去持这种观点的文章非常多，认为作家站在时代思想的制高点上才能写出很好的作品。所以我们对一部作品的评价一定要从它的思想意义上来加以评价，它不仅仅是一部好读的文学作品，而且是思想上的象征、旗帜或标志。根据这种理论我们分析《红楼梦》，可以得出的结论是：曹雪芹高于当时一般的中国封建知识分子。因为他同情女孩子，对封建家长制的婚姻制度做了实际上客观的批评，控诉了这种制度，因为他讲出了封建贵族的必然没落、必然败亡的趋势。这样提高起来看，也可以说曹雪芹是预见了中国封建社会的解体。从思想角度，可以把他抬得很高很高，但是从直观上考虑，也可以怀疑曹雪芹不是自觉地有这种思想。曹雪芹的伟大都是让我们分析出来的，因为我们很伟大。（笑声）我们批判封建社会，批判男尊女卑、奴隶制度和人的虚伪，我们一伟大，看着曹雪芹的书这个地方伟大，那个地方伟大，你有多伟大，你看的书就能有多伟大。毛泽东最伟大，对《红楼梦》的分析果然高别人一大截，"《红楼梦》是阶级斗争史，是写阶级斗争的，第四回是全书的纲""《红楼梦》一共有一百多条人命"，毛泽东是革命家，与咱们的老师、学生的气魄当然不一样。

我们又会看到，有许多作品，凭感觉、记忆、激情，未必能够完全弄清楚，所以又出现了这样的问题，一个作家的思想有点反动，可是写的作品又很进步。比如说巴尔扎克是保皇党，在政治上很保守，可是他的作品写出社会的种种问题和黑暗，很了不起。比如说托尔斯泰，是贵族，而且是宗教狂，他批判教会，把俄国的东正教骂得一塌糊涂。东正教宣布把他开除，他又回到《圣经》上，不停地忏悔自己的错误，于是我们把他的作品解释为现实主义。从这些解释、争论中，我们可以看出，这本身又是一种思辨，充满了思想。我们无法想象一种完全离开思想的文学，甚至有的作家喜欢直书自己的思想，夹叙夹议，比如昆德拉就喜欢这样，有时忍不住跳出来自己说几句话。我也有这毛病，改不过来，急的时候，什么小说作法，全不管了，该骂的先骂几句再说。其实《红楼梦》作者也是忍不住的，《红楼梦》是很混沌的，我个人并不认为曹雪芹是思想家，曹雪芹当然有思想，充满了思想，但和有体系、有理论、有命题、有自己的一套术语、有自己的一套系统的思想家完全是两回事。为什么说《红楼梦》作者也忍不住跳出来呢？在抄检大观园时，探春忽然讲了一段话，她说：像我们荣国府这样大的家庭，从外面想灭是不容易的，要灭就是自己内讧，百足之虫，死而不僵，可是内部如果乱起来，自己杀起自己来，我们的家族就必然灭亡。这话我分析来分析去，不是探春的话，是曹雪芹自己的话。（笑声）探春说这话很突然，她忽然做出了这样一个整体性的、预见性的、极为悲壮的、极为严肃的、无情的结论。探春固然很能干，很正统，但她没有那么大的批判性，而且不会把话说得这么深、这么痛切，这是曹雪芹憋不住了。曹雪芹写小说很有修养，他不急于表态，这时真急了，上火了，你们想想是不是这样。

　　文学能不能学习？文学创作能不能学习？文学创作算不算一门学问？中国没有创作专业，虽然有写作专业，那是作为一般的写作，不是作为文学创作来教授的。外国有，美国有，美国还真有教写小说的，据说教得还不错。文学创作本身算不算学问，最近据说在电视台谈论一个热点话题——贾平凹带博士生。如果认为文学创作是学问，那么当然可以带博士生，贾平凹在中国的写作界也算个人物。但是也有人反对，认为这文学创作不是后天可以学到的学问，贾平凹写小说更多是靠个天才。文学创作很多时候给人以瞎猫碰死耗子的感觉，比如有人想：我努力写，三天三夜不睡觉，改四五十次，甚至上百次。一般情况下，这种作品都是写得不好的作品。（笑声）那么来回改，还有锐气吗？还有灵感吗？还有热情吗？还有趣味吗？还有游刃有余的精神状态吗？还有那种行云流水的自然而然吗？都没有了，那一定是充满了匠气，别别扭扭，那样雕琢出来的作品，自己也苦，人家读起来也苦。（笑声、鼓掌）相反，在比较放松的状态下，你觉得这个故事、这个现象应该这样写，你可能写得反倒很好。

　　那么文学究竟是可以教授的还是不可以教授的？是可以操作的还是不可以操作的？是可以积累经验的还是不可以积累经验的？如果是可以积累经验的，说明它是知识，那么搞创作的人当然可以当博导。如果是不可以积累经验的,只能当伟大的作家,什么称号都行,但是不能当博导,那是另一路。在这些问题上大家意见完全不一致,而且各有各的道理。说文学创作有一种不可训练性,也不完全对,老作家、有经验的作家写得就纯熟一些,青年作家最早发表的作品,哪怕充满了锐气,也总感觉它不太纯熟。所以说文学创作是可以训练、可以操作、可以积累经验的。

与此相关的,现在还在争论的问题还有:文学究竟是纯粹的还是不纯粹的?世界上有没有纯文学?你说我这就是纯文学,与社会、政治、道德、他人、功利都无关,为文学而文学,为艺术而艺术,象牙之塔里边的艺术,就是为了美而美,就是为了自我欣赏而写作,这样的文学最纯粹,特别是要把它的社会、政治、道德、教化的内容全部剔除干净,像蒸馏水似的,把杂质全都清除,这非常困难。实际上文学是和各种学科、精神现象、社会现象相交叉的。比如说我写最纯洁的爱情,与其他都不相干,但是一男一女总要吃饭、住房,他们不可能在月亮上恋爱,哪怕写的是在月亮上的爱情,也还要汲取在地球上生活的经验,离开了地球上的生活经验,也写不好月亮上的爱情。所以,那种纯而又纯的文学有时人们绕了一圈,发现它好像是一个虚无缥缈的东西,甚至是一个骗局,没有纯而又纯的文学。反之,你不断地让文学从事非文学的工作,也让人烦。比如说,老没下雨,赶快写一出抗旱的戏吧。抗旱的戏刚写完雨下大了,又得赶快改成抗洪的戏。(笑声)

文学本身确实又有各种各样的文学以外的功能。我记得苏联有一部小说,好像叫《明朗的夏天》,描写一群人在山上森林里对各种鸟的观察。后来作者由于这本书被苏联科学院聘请为苏联科学院生物研究所的通讯院士,他的鸟学成就比他在文学上的成就还要大,(笑声)他把对鸟的观察、对鸟的熟悉、对鸟的习性的了解,用文学的语言加以描绘,成就非常之大。这样的例子也很多,譬如苏联著名作家、活动家西蒙诺夫,他的名作《日日夜夜》描写斯大林格勒保卫战。

据说刘伯承元帅让大家看这本书,因为这本书里有一些对巷战的描写,在军事上是很真实、很有意义的。书里写到德军占领了一座楼,一个苏军战士从窗户跳进去,里面都是硝烟,不管有人没人,先开枪扫射,因为他不能找到敌人再放枪,那样他早就被敌人消灭了。据说刘伯承元帅很欣赏他这方面的知识。再比如说,有一位作家叫陆文夫,他写过一个短篇小说《围墙》,写的是一个单位的围墙倒了,于是一帮人讨论如何修墙,后来有一位科员星期六晚上没回家,带着几个人把墙修起来了,修好了以后,讨论的人都说不好,但是一个市里的建筑机构说这个墙修得很好,在这里开起总结经验的会。当时的河北省委书记高阳同志很重视这个小说,他开省三级干部会时,把《围墙》当做学习材料印发给大家。你说文学有那么纯吗?

但是你要把文学的非文学作用看得太认真了,也往往出毛病。大家知道《红楼梦》里有一段刘姥姥逛大观园,吃了一个茄子,非常好吃,王熙凤吹这茄子如何如何做,刘姥姥说原来你们吃一只茄子还得配上一百多只鸡呀。有一位烹调专家按照《红楼梦》所描写的操作过程(笑声)做了这种茄子,他大概想创造名菜,争取两个效益的丰收,但是做完了极其难吃。(大笑)毕竟是小说家言,太认真不行。又比如《三国演义》中有诸葛亮的木牛流马,都有具体尺寸,就像一个木匠的工艺流程,后来也有木匠师傅真做了,做出来什么都不是。所以小说就是小说,我们可以举出很多正面的和非正面的例子。我的一个朋友"文革"结束重新工作,非常有热情,正好读了蒋子龙的小说《乔厂长上任记》,兴奋至极,按照小说中所说大刀阔斧地改革机构、任用新人,结果闹得鸡飞狗跳,没出半个月就把他给请走了。这说明小说的一大特点即不可照抄,不可操作。把文学弄得太操作化了就麻烦了,文学会害人的。歌德写的《少年维特之烦恼》影响太大了,很多人穿衣服都效仿它,不知多少人为爱情而自杀,但歌德自己并没自杀。(笑声)所以文学有自己的纯粹性、非功利性、非操作性,但它又会产生许多的影响,与社会、政治、治学、道德、科学、做人等等都有关,我想这两方面都要考虑。

文学最根本的悖论就是它的真实性和虚构性。文学是真实的,这方面的例子太多了,有时我们对一个东西得到的知识,主要是靠文学。比如对三国的知识,从历史中获取知识的人非常少,从文学中,从《三国演义》中得到大致了解的很多,它具有某种真实性。比如对清朝社会的了解,《红楼梦》也给了我们很多知识,而且我们相信其中很多知识相当精确,吃什么、喝什么、开什么药、中医怎样号脉、人们怎样说话等等。如果不真实就无法信服这个作品,无法被它所征服。文学作品的真实性使人们认为作者有此经历,引起猜测。童话、神话也有逻辑的真实,即总情节是假的,但它仍然合乎情理。像《西游记》就是这样,它是神话小说,但它大致上总是合乎一定的情理。文学的真实让你信服,即使在最不真实的东西中仍然有某种真实,如果一点真实的东西都没有,看了以后感到是胡说八道,那就不被人接受了,所以说文学是真实的。还可以举出很多例子,还有各种的说法,如生活的真实,艺术的真实,艺术的真实是一种更高的真实;也许细节不完全真实,但是在总体上、本质上是真实的,即本质的真实等等。这些究竟是生活的真实,还是艺术的真实,或者是本质的真实?

其实文学本身就是自相悖谬的东西。它本身是虚构的,它和新闻、历史不同,并不要求每一处都真实,在文学作品中即使是第一人称"我"也不见得就是我,它本身允许虚构、夸张、发展,它就是与生活有所不同,否则就没有读者了。文学本身不但有此岸性,还有彼岸性,这是用宗教来形容,此岸即我们现在的人间,彼岸即我们所看不到、不可接触的、不可判断的另一个世界。《红楼梦》就很好地写出了现实、世俗、真实,但是它另一方面又写了一些虚构的故事。这些虚构的故事有和没有又不一样,它可以让人们和现实世界拉开一点距离。当你不是混在荣国府里,而是站在一种虚幻的位置来看它时,看到的是正在没落的家族,每个人都达不到自己的目的的一群年轻人,这种悲凉和美感是仅仅钻在里面的人所看不到的。它不但是虚构的,可以扩张,可以延伸,而且可以从这个世界推向那个世界,它不但是世俗的,而且是超越的,不但是现实的,而且是审美的。有时审美是要有一点距离的,如果没有距离就没有那种审美的感觉。所以说文学既是真实的,又是虚构的;既是此岸,又是彼岸;既是投入的,又是拉开了距离的。而且这种虚构对一个人来说非常必要,它除了提供阅读的快感、阅读的思考材料外,还是人的愿望的虚拟实现。人的愿望很多,但能实现的比例是很小的。文学作品的虚拟性提供了虚拟的、假设的实现愿望的可能。譬如爱情,青年人都充满了幻想,但是不能百分之百地实现,如果百分之百地实现了那还是不是幻想呢?它还那么浪漫吗?还那么诗意吗?还那么缥缈吗?写爱情的文学作品特别多,这说明一是人们渴望爱情,一是人们往往不可能在现实中完全实现自己的爱情愿望。小说是虚拟的实现,并不是真的实现。比如《罗密欧与朱丽叶》,他们最后的死是由于一个误会,弄假成真而真的自杀了。如果我们设想他们没有误会,就不那么浪漫了。他们之所以伟大,他们的爱情之所以永远感动我们,让我们永远为之流泪,就因为他们在该结束时就毅然地结束了。(大笑)因此文学的虚拟性、非世俗性乃至彼岸性也是文学的重要的特征之一。

但是反过来说文学是以现实的、世俗的、此岸生活做依据,如果没有此岸生活的最起码的经验,没有对世人的同情,对世俗的生活一点都不了解,光写空虚的东西,又有什么可写的呢?又有什么可以震撼读者的心灵呢?所以我想,如果讲到悖论,我认为它是由文学的本性所决定的,它既是真实的,又是虚构的;既是世俗的,又是形而上学的;既是此岸,又是彼岸。由于文学的特性,我们还可以探讨文学的另外一些性质,它的倾向性、鲜明性和模糊性、多义性。我们完全承认文学是有倾向的,在一些作品里可以看出作家同情谁、鞭挞谁、喜爱谁、嘲笑谁、憎恶谁,在许多的作品中可以看到作家对更理想的生活的向往,对人性的理解,对人类苦难的叹息,对种种虚伪、丑恶的嘲笑和批评。所以我们说文学是有倾向的,甚至可以说是很强烈的,有人读了文学作品会很激动。但它毕竟与哲学论文、宣传品不同,因为它需要提供形象,提供对生活的体验,供读者去分析,去裁判。一般来说文学作品并不把现成的结论带给读者,要求读者都按它的结论来办,而往往把人生中的困惑、选择中的两难的处境表现出来,让读者来选择。比如《红楼梦》中到底是薛宝钗好,还是林黛玉好?

有些文学作品,不同的人、不同的读者、不同的论者给以不同的解释。有一位苏俄文学研究专家叫蓝英年,评论苏联著名作家肖洛霍夫的《被开垦的处女地》。这部小说是歌颂农业集体化运动的,里面有一个场面是由于极"左"政策,当地集体农庄乱成一团,富农马上就要武装暴动。这时斯大林的《胜利冲昏头脑》发表,富农的阴谋被揭露,一些准备武装反抗苏维埃的农民不再反抗了。由此判断这是歌颂斯大林的作品。但蓝英年分析说,现在回头看,与其说它是歌颂农业集体化,不如说是暴露农业集体化的弱点和混乱。我对蓝英年的分析非常佩服。但肖洛霍夫是否是有意识地这样做,我怀疑,因为肖也是很真诚地拥护苏联共产党的,而且他在苏联社会也是高层人物。现在说肖是玩弄两面手法,表面歌颂而实际控诉集体化,我怀疑他未必有这么高的技术、这么大的胆量。我想最大的可能不是肖有意在小说里和苏联社会生活、苏联文学玩弄两面手法,而是由文学本身的特质所决定,它提供的是一系列真实的生活经验,一系列真实的图景。一个好的作家既不应该回避历史事件前进的正义性、必然性及它的动机、理念的伟大性,也不应该回避历史前进中付出的种种代价、错误和悲剧。如果他是一个真正的优秀作家,不管他动机上多么拥护斯大林,他面对生活中复杂的、互相悖谬的图景,也会懂得作品拿出来后必然是多义的、可以这样或那样解释的。所以从这个意义上理解,文学的悖论往往是历史的和生活的悖论,而它在文学中表现得更加突出。

我是写小说的,讲的不见得符合大家的要求。我就讲到这里,下面大家可以提问。

（作者答与会者问）

问：文学的悖论的根源是什么？

答：就是我刚才说的，我们的生活本身、认识本身、对世界感悟本身是含有矛盾的、含有悖论的。比如我们关心眼前的现实、关心世俗生活，但是我们还有理念，我们还有幻想，还有对美的追求，有对彼岸世界的想象等等。所以认识的本身就是悖论，而文学不是把生活凝结成几条判断、规律、定义，而是用原生的方式来反映生活，所以它最能够体现出悖论。

问：有研究者认为您八十年代的作品有一种倾向，叫做"跳不出的政治怪圈"，您怎么看？

答：我没有觉得我跳不出，我想跳出就跳出，我想进去就进去。

问：您对当代文坛有何看法？

答：我对"文坛"一词并不很喜欢。什么叫坛？坛似乎是一种表演的地方，而文学需要大家静心写作。如果有太多的表演性，不是我最理想的事情。而且我们要判断什么是文坛的表演，什么是文学的真正的河流。

问：您如何看网络文学和文学作品在网络中被侵权的行为？

答：这是两个问题。网络中的侵权问题要通过完善著作权法来解决。网络文学，我觉得是现在提供的一种新的可能，在网络上发表自己的作品非常容易，但是这种方便和容易会使大量的垃圾出现，这也是一个悖论。我们希望文学有更好的传播手段和更自由、更广阔的传播空间，但并不是说手段一方便，空间一好杰作就出来，相反可能是垃圾先出来了。我想这是一种代价，我个人对网络文学持肯定态度，相信会有有价值的作品出现，但是不可估计过高，也不可操之过急。

问：中华老字号都具有独特的加工艺术和高质量，俗称绝活，请问您这位文坛的常青树的成功秘诀是什么？（笑）

答：感谢抬举，我没有什么特别的成功秘诀，也不是什么常青树。我现在已感到自己的精神和写作精力都不如过去，我有一条就是喜欢学习，不管在什么时候都勤恳学习。

问：您在写作时如何面对政治禁区？

答：我在政治生活上有相当的锻炼，相当的经验，也有相当的应对能力，因此，对我来说这方面没觉得有什么不可逾越的障碍，比起过去现在禁区少得多，写作的自由度比过去大得多。

问：您如何看待周扬？

答：周扬当然是一个历史的人物，我主编过一本书叫《忆周扬》，内蒙古人民出版社出版，定价二十六元，谁对周扬有兴趣欢迎购买这本书。（大笑）

问：金庸和王蒙是不是悖论？（大笑、鼓掌）

答：我们是顺论，没有悖论啊！我在香港讲演时金庸去做主持，说了很多好话。（笑）我们之间很少有冲撞的时候，他写他的武侠小说，我写我的"季节"系列，我写的人物中不会出来一个剑侠，也不会有练气功的，他写的书里也不会出来一个支部书记、一个共青团员，（大笑）所以我们各做各的。

问：您对王朔的调侃文学和抨击文学有什么新的看法？

答：没有什么新的看法。最近他发表的各种意见比较多，小说主要还是前几年写的。（大笑、鼓掌）

问：很多有名的作家都以自杀来结束生命，这是什么原因？您对自己的个性怎么评价？（笑）

答：即使自杀以后能成为更伟大的作家我也不自杀。（大笑、鼓掌）蒋子龙在某次讲演时也被问到这样的问题，他不敢随便回答，他找到一篇美国心理专家的文章，这篇文章的研究结果是名人、大人物的自杀比例非常大，政治家的比例是百分之八，自然科学家的比例是百分之九，音乐家是百分之三十三，小说家是百分之四十四……大概齐吧，我记不清了。按这个道理，似乎写小说的人有自杀的趋向，也可能正因为这个原因,我从写作开始就产生了极为强大的抗自杀的抗体,我希望所有写小说的人都打上抗自杀针。因为从我的想法来说,小说家应该有更丰富、更奇妙、别人无法侵入的精神世界。虽然有医学家研究古代小说家有百分之四十多自杀,我个人的看法仍然是写小说有利于心理健康,写小说和读小说是一种抗自杀的因素。所以哪位心情不好时就读小说,如果读了别人的小说还想自杀,我建议你读我的小说。(大笑、鼓掌)

问:关于韩寒现象您怎样看?

答:这是一个很特殊的现象,因为特殊所以不能作为一个规律来看。作为一般规律,我不赞成一个孩子过早退学,尽管学校教育有很多不足。学校教育永远有不足之处,但是我们现在没有比学校教育更好的教育方法,送到胡同里就能够练出更好的学问来?我不相信。对个别人,我不加评论,因为个案太特殊了。但是作为普遍规律,这些年我也收到过一些家长的信,说自己的孩子发表了作品,受到好评,现在不想考大学了,想退学。我都给他们回信,希望他们放弃不考学的想法,告诉他们还是要上大学,还是要多学知识,要有稳定的职业,要能够生活自立,这是从长远的角度考虑。这可能是一个庸俗的建议,但我想可能会少害一些人。

问:您认为当代中国最优秀的作家有哪些,是否包括您在内?

答:我觉得一般来说,每个作家都认为自己是比较优秀的,如果他认为自己是比较差的话,他就不如改行去干别的。所以如果我认为我也算较优秀者之一的话,这不足为奇。我没有什么特殊的与别人不同的感觉。

问:您所提倡的作家学者化与文学的悖论有什么关系?

答:我并不是提倡学者化,而是担忧作家的非学者化。首先作家不一定都是学者,但是作家离学者越来越远不是一件好事,这本身就有点悖论的味道,我并不是认为所有的作家都应该是学者,那怎么可能呢?外国这种事情多得很,有的人见过大的场面、大的人物,他写的回忆录非常畅销,他也成为一个有名的作家,这样的作品也是需要的。所以并不要求作家都是学者,但是如果作家都不是学者,连起码的应有的知识都没有,那也是一件很遗憾的事。这和悖论是有关系的,我前面讲到悖论之一就是写作本身需要积累,是可操作的、可积累的、可传授的、可学习的,还有一种观点认为写作是偶然的、是灵感的、是先验的。

问:是文学抛弃了大众,还是大众抛弃了文学?

答:我不知道"大众"是什么意思。现在有些人的作品,我不是指通俗作品,是比较好的文学作品,比如池莉的几部小说,销路很好,达到十万册、二十万册。我的作品没有特别的畅销书,只有一部《青春万岁》前后行销几十万册,其他一般行销两三万册。我个人对这种状况感到满意,因为我觉得我写的既不是股票操作指南,也不是怎样去除青春痘,(笑)不能要求大家都来阅读。我们不能设想文学书都能人手一册,除非是在很特殊的情况下,或是大家无书可读。六十年代经济很困难,但是出了一本《红岩》,人们排了长队去买,那种现象就很特殊。现在出的书非常多,就不可能那样了。我也不认为大众抛弃了文学,我认为现在的情况基本正常。

2001年4月

关于小说鉴赏[*]

　　一个人从生下来不久,他就离不开文学,尤其是离不开叙事性的文学,就是类似小说的东西。在孩子很小的时候,父母就会给他们讲故事,这也许就在他的脑子里埋下了一个从听小说演变到往后成读小说的因子。讲故事是一种心灵与心灵的交流,在故事的讲述中,表达了父母或亲属对孩子的关心和爱心。我特别喜欢大家所熟知的《一千零一夜》里边的故事:一个凶暴的国王,由于他屡次受到女人的欺骗,他每天娶一个妻子,第二天早上就要把她杀掉。后来他娶了大臣的女儿桑鲁卓,她给国王讲故事,天快亮的时候,她就不讲了,等着被杀死。由于国王想听她的故事,就决定暂缓处死她,于是她又讲了一天,一直讲了一千零一夜,讲到国王放弃了他这种疯狂的暴行。这个故事给人一种象征的意味:好的故事能战胜暴力、战胜疯狂、战胜死亡。

　　稍微长大一点儿,我们有了一种听别人叙述一件事情的愿望,或者我们自己也会产生叙述一件事情的冲动。特别是在经历了一点儿不平常的事情后,或者是最好的事情,也可能是不太好的事情。比如你的同学或你的家人有被偷窃的经历,在他们讲述被偷窃的过程时,你会津津有味地去听,在听的过程中,我们可以获取信息,得到警示,在无形中丰富了我们的人生经验。与此同时,事情的叙述者也在这

---

[*] 本文是作者在北京海淀教师进修学校"绿洲书苑"的演讲。

种交流中得到了精神上的安慰。

有时候,我们又会被一个故事迷住,因为会叙述的人能把故事讲得非常生动、绘声绘色,给你一种如临其境的感觉。每一个人的经历、处境是不能自由改变、自由决定的。譬如你生活在北京,非常好、非常幸福,但生活在北京的孩子,就不一定知道生活在西藏的孩子是什么样的心情、什么样的情况。生活在中国的孩子就不一定知道外国,譬如美国孩子的生活方式,他们是一种什么样的经历,至少知道的不是那么具体,那么生动。但是通过别人的讲述、通过文章、通过小说,你的体验就扩大了。说得夸张一点儿,你生命的空间、精神的空间就扩大了。我们的人生是非常受局限的,不管是在时间上还是在空间上,通过小说的阅读呢,我们的经验就可以大大扩充了。比如,古代的事情,我们无法身临其境,但是我们读了《水浒传》后,多少就会知道一点儿宋朝的事情。我们读了《说岳全传》,不但知道岳飞的故事,也了解了南宋时的情景。所以不管是从时间上、空间上、还是样式上、品味上,我们通过文学作品得到很多,这也说明文学作品,特别是小说作品的一个很大特点:扩充你的体验。

很多科学都帮助我们扩大知识的领域。历史学让我们了解了从史前时代、猿人时代一直到文明史开始以后,一个朝代一个朝代的这些故事。生物学让我们了解了有生命的大千世界,我们知道了生物里面还分动物和植物,动物里头还分多少纲多少科多少目等。但是这些东西大部分都是诉诸我们的知识,我们把它作为知识接受下来。而小说是诉诸于我们的体验,使你不仅仅知道有这么一件事,而且多少有点儿身临其境的意味。你可以读许多清朝的历史,但你永远也得不到读《红楼梦》后的似乎和那些人相处了一段的感觉。在你的心目中会想象出一个贾宝玉的样子:很聪明,也有点儿叛逆性,也很淘气,又有点儿自作多情,又比较善良、比较纯情。又如大观园,虽然每个人心目当中的大观园是不同的,但是写来写去,你还是得到了一些印象:这里是潇湘馆、蘅芜院、稻香村,这里有假山石、湖水、亭台、楼榭。有他们赏雪的地方、有他们喝茶的地方、有他们葬花的地方……这种身临其境的体验,是其他东西所不能给我们的。用现在很流行的一个词说,就是在文学里传达的是一种"生命的体验"。因为人生是有限的,阅读文学作品的过程,也可以说是体验的过程。在这个意义上来说,文学本身是相通的,诗歌也是一种体验,看话剧、看电影也能给我们一种身临其境的体验。但比较起来,小说比看戏剧、看电影更方便,比读诗歌又要更具体一点儿、更可触摸一点儿。有些诗是非常好的,但是这些诗你在缺少必要的悟性的时候是很难理解它的,因为你不知道它写的是什么。但是小说是可以触摸的,它是以生活本身的流动、发展的方式来表达生活的。我想这是小说的一个魅力吧,就是能够吸引你的体验、使你获得这种新的体验,这种体验本身也是一种经验,至少是一种间接的经验。

小说和其他文体不一样的地方是它里面还包含着许多想象,许多真真假假的东西,正如《红楼梦》里的一副对联所说的:"假作真时真亦假,无为有处有还无。"有许多人读了《红楼梦》至今还在争论、还在研究。譬如,大观园到底在什么地方? 有人说大观园就在北京恭王府。我去游览恭王府的时候,人家就告诉我这里是他们吃螃蟹的地方、这里是他们做诗的地方、那里是他们赏海棠的地方……还有人传说,大观园就是清朝袁枚住过的随园。我觉得,这无非说明对大观园的描写非常有代表性,是典型的中国式园林。中国式的园林肯定会有假山石、竹子、亭子,大的园林还会分很多角落,可合可分,还会有尼姑庵、和尚庙这样的小的家庙。有的地方又会把它建成村野式的园林。所以,小说中的描写既是有的,又是无的,既是真的,又是假的。

再举一个例子。很多人,包括我自己,对三国的很多知识是从小说《三国演义》上来的,当然有的也是从京戏、电视剧上来的,但它的基础是小说。事实上,《三国演义》上的事,已经同正史有很大区别了。很多人告许我真实的情况后,我甚至觉得很遗憾、很失望。譬如说，我们大家都知道小说中诸葛亮三气周瑜的故事。诸葛亮智慧很高，但是他有时候也是很损的，他把周瑜给气死了。小说中所描写的周瑜很年轻、很帅。在京剧里周瑜的样子，用现在的话来说，是很酷的。唐诗里也有"欲得周郎顾，时时误拂弦"的句子。但在正史记载中，周瑜的岁数比诸葛亮还要大，而且也没有那么心胸狭窄、爱生气。喜欢读小说的人就会接受不了这个事实，会觉得和自己的想象相差太远，这说明，尽管小说与历史有差距，但我们还是喜欢读小说，愿意接受小说中所塑造的人物形象，我们脑子里至少有两个三国。一个是正史中的三国，一个是《三国演义》里的三国。

其实在中国的正史中，小说化的现象也很多。古人并没有把人文学科的这些理念分得那么清楚，小说就是小说、历史就是历史、报告就是报告、报告文学就是报告文学、散文就是散文、政论就是政论。其中最明显的例子就是《史记》。我相信司马迁著《史记》是非常认真的，查看了大量的资料、做了大量的研究工作，但即使这样他仍然抑制不住自己创作的欲望。在他叙述一件事情的时候，他会描写得非常生动，非常引人入胜，非常像小说。张良学艺的故事、鸿门宴的故事都写得非常小说化。霸王别姬的故事就更小说化了。我相信司马迁是严肃的，我也相信司马迁说的那些描写是有根据的，但故事中楚霸王和虞姬所说的话不可能都是原话。那时候哪能有那么高级、方便的录音机把他们的对话一字不差地录下来呢？所以，实际上它已经经过了司马老师的文学加工，这种文学的加工甚至是无意识的，因为当时并不需要严格地划分什么是历史、什么是文学。

这种情况说明了一件事情的复述多么能吸引人，也说明一件事情的复述是多么危险，这是什么意思呢？当你复述一件事情的时候，你很难抑制住对这件事情进行加工的冲动。你叙述一件事情的时候，有自己的感情，有自己的思想，有自己的回忆，有自己的爱憎，有自己的留恋，有自己的叹息。而你所有这些主观的态度，爱憎也好，留恋也好，叹息也好，无奈也好，追怀也好，都会影响你叙述的语气，影响你叙述的语调,影响你叙述的结构,影响你对一些细节的安排和组织,影响你叙述的顺序,影响你对一些词语的选择。如果我们熟悉词语,慢慢地我们就会发现,任何一件事,从理论上说,你都可以用几十种、几百种不同的词语来表达这件事情。这说明文学的叙述不仅仅是简单的复述,而是已经加进了自己的主观色彩,加进了自己的选择,加进了自己的加工,也加进了自己的某些想象。人是很难抑制住这样的冲动的,所以不同的人叙述同一件事会有不同的版本。所以在文学家看来,什么是真实是一个非常艰难的话题,到底什么是真实的呢?尤其是小说,它不仅仅告诉你发生了什么事情,而且它会触动、刺激你的感情,使你看了以后,或者产生爱,或者产生怜悯,或者产生同情,或者产生厌恶,或者无可奈何,或者感到困惑。一个读过很多小说的人呢,我们会感觉他的感情比较丰富,他本身感情的热度也比较高,和完全不接触文学、不接触小说的人不太一样,这种诉诸感情的特质,也是其他学科很少具备的。

小说还有一个特点,就是它拼命地利用语言、发挥语言的潜力。随着人类社会的变迁,语言越来越丰富,词汇也越来越多。我们有时候看到小说家叙述一件事情,刻画一件事情,描绘一件事情的时候,我们会感到非常惊讶,怎么能用这么多的词来描述呀。一个人学会了语言以后,他就要寻找确切的语言、寻找生动的语言来表达,每天他的很大一部分精力要放在语言的选择上。因为你想达到你所要的效果,那么你就要用最合适、最精确、最恰当、最恰如其分、最有力量的语言来表达。

我现在有一个疑问:对于世界的发现,是世界在先还是语言在先。从理论上来说这是非常清楚的,我们是唯物论者,当然世界是第一性的。物质的世界是第一性的,但是物质的存在并不等于得到了你的认识,并不等于得到了你的理解,或者并不等于触动了你的神经、你的感情,有时候是语言触动了你的神经你的感情。我记得在我上小学的时候,读一本《模范作文》,其中有一个词,是形容月光的,叫"皎洁",这是很俗的一个词。我从来不用皎洁这个词来形容月光。但在我七八岁时,读到"皎洁"这两个字时,觉得伟大极了,怎么世界上还有一个词叫"皎洁"呀。在我没有学会这个词以前,我看到月亮时是麻木不仁的,但学了这个词以后,我就对月亮有了感受。在我看到月亮的时候,我立刻把月亮和"皎洁",以及我心目中对"皎洁"的感受,三者融为一体,把它们结合起来了,我觉得我发现了月亮。我发现了月亮的皎洁,发现了月亮的明亮,发现了月亮的可爱。尽管现在我不用这个词来形容月亮了,但当初"皎洁"这两个字给我的冲击,使我至今难忘。老舍先生最反对形容水用"潺潺",他说他不知道什么叫做潺潺。我和老舍先生的观点不太一样。我觉得"潺"非常像水的波纹,但不是大河、大江、大海的水,而是像什刹海、北海的那个水,我总觉得那里的水就是"潺潺"的。很可能这个"潺"字不是那个意思,我并不是文字学家,但"潺潺"这个词使我发现了水面的这种可爱。后来,我读苏联小说的时候,又特别喜欢"欢乐"这个词。"欢乐"这个词与苏联文学是分不开的,是和苏联小说分不开的,有一阵我看到了"欢乐"这两个字,我就真正感受到了青春的美好。从一九四九到一九五〇年期间,我读了爱伦堡的小说,读了西蒙诺夫的小说,读了法捷耶夫的小说以后,我就知道什么叫欢乐了。欢乐已经通过小说种到我的心里来了。我还可以举个例子,在我十八九岁的时候,读了一本名不见经传的苏联小说《少年日记》,后来又读了托尔斯泰的《安娜·卡列尼娜》,突然间我就觉得知道什么叫做爱情了。尽管那时我还没有谈恋爱,但爱情已经包围着我了,我觉得我的心里充满了爱情,我的眼里充满了爱情,我的梦里充满了爱情。我觉得我闻到的空气里面,听到的歌声里面,看到的笑容里面充满了爱情。

现在有人对小说的发展持一种悲观的态度,他们看到视听艺术迅速发展起来,认为小说就要逐渐消亡了。我认为无论如何形象的东西是取代不了文字的。你送给我一千张关于月亮的绘画,或者是摄影,也不能代替"皎洁"两个字给我的感受。你给我放多少青年人哈哈大笑,或者是一脚踢进球去,或者是考试得到了空前成功的形象、电影、录像、照片,也不能代替"欢乐"两个字给我的生命、给我的灵魂注入的那种感情。从某种意义上来说,语言、文字先于你对于世界的认识,它是帮助你认识世界的前导。我们甚至可以说,它像一个导游一样,一下子打开了你的眼睛,使你发现了世界、发现了自身、发现了欢乐、发现了悲哀、发现了高尚、发现了许许多多值得珍重的东西。我下面举个并不是小说的例子。小的时候我是什么时候忽然觉察到、感悟到母亲是那么重要、那么可爱,母爱对自己是那么珍贵的呢?那是我在幼儿园里,旧社会管幼儿园叫幼稚园。我在幼稚园里学一个歌谣:"秋风凉,天气变,一根针,一条线,累得妈妈一身汗,妈受累不要紧,等儿大了多孝顺。"结语现在听着语言不太新,但是当时我非常感动,我对母爱的体会很可能就是从这个童谣里得来的。当然,我们也可以从这个童谣里发现、去探寻这个根源。我想它是和"慈母手中线,游子身上衣。临行密密缝,意恐迟迟归。谁言寸草心,报得三春晖"这首古诗是有关系的。所以语言不但反映了世界,而且也发现了世界;语言不但发现了世界,还打开了我们的眼界,打开了我们的心灵。这些我们在小说的阅读里都可以得到。

我们读小说的时候会发现,词语本身的组合也是极为有趣的。语言发展了以后,它自身也能够运动起来。一般来说,语言是表达一定内容的,这点无可怀疑,但是个别的时候,语言也可以离开内容,本身变成一种游戏,本身变成一个故事。在五十年代后期,我的孩子都喜欢说一个童谣:"一个小孩写大字,写写写不了,了了了不起,起起起不来,来来来上学,学学学文化,画画画图画,图图图书馆,管管管不着,着着着火了,火火火车头,打你一个大奔儿头。"这个童谣是没有意义的,完全是一个文字游戏。但文字本身的组合变化却给我们带来了那么多的快乐。所以文字本身是可以激活的,可以自己运转的,在这种运转当中,你会得到一种快乐,甚至得到一种游戏的满足。

在这个意义上说,阅读小说和什么最相像呢?我觉得读小说最像和别人聊天,最像和别人谈心、谈话。人有一种聊天的愿望,如果一个人一辈子不和别人聊天,这个人是很危险的,有精神变态的危险。聊天可以是有目的的,也可以是没目的的。聊天可以是毕恭毕敬地请教别人,也可以是诚心诚意地教授别人。聊天也就是一种交流,一种心灵的交流,或是一种倾吐。我们读的小说是各种各样的,不可能所有的小说都能高高在上,对我们进行一种启示、一种启蒙,或是一种教育。但我们在读小说的时候,又确实得到了许多的教育,就像我们在聊天过程中会长很多知识,会得到很多教育一样。聊天双方的互相选择本身就是相当有品位的,一个非常有头脑、善良、正直又非常注意自己的知识和修养的人,他在闲谈的时候也要选择对他有教育意义的对象。反过来说,一个自己有很多的知识、也有非常善良的心灵、也很愿意把自己的知识、经验告诉别人的人,也希望选择一个愿意倾听自己美好心灵、能够倾听自己内心深处的声音的聊天对象。但是我们闲谈、谈心、聊天又不限于教育与被教育,还可以包括一种相互的慰藉,一种对寂寞的驱遣。如果我们以一种谈天的心情去读小说,就可以在不知不觉中得到教育,在不知不觉中得到休息,或者得到情感的发泄,或者得到心灵的交流,总而言之使自己的身心更加健康。我觉得以类似谈天的心情去读小说,我们会在小说里找到自己的朋友,找到自己心灵的一面镜子,也可以找到倾诉的对象。

　　读小说的确是很有益的一件事情,但是我也要说,小说也是有局限性的。首先,文学毕竟是一种语言和文字的构造,文学本身并不能直接改造一个事物或者去做成什么事情。假如你想学开汽车,你最好进驾驶训练班,最好有一辆车,在师傅的严厉监督甚至责骂之下去学。如果你只读描写司机生活的小说,即使把整个小说背下来,你还是开不了那辆汽车,这是很简单的一个道理。如果你想做一个勇敢的人,我希望你挑选一个具有挑战性的职业,而不仅仅是读探险小说。其次,文学中的感情色彩比较重。感情有时候可以是比较夸张的,感情强烈的时候甚至达到爱欲其生,恶欲其死的程度,但它和理性和科学是有距离的。我常常举一些例子,这些例子尽管令人叹息,但是我必须把这些例子告诉年轻人,免得你们读小说的时候上当。譬如歌德写了著名的小说《少年维特之烦恼》,写一个青年人由于失恋,最后自杀了。这个小说发表以后,好多人看了都入迷,而且好多人都学着维特的样子开枪自杀了。可这实在是上当了。歌德虽然也有过失恋的经历,但他并没有自杀呀,而且生活过得很好。作家把最悲哀的故事写完之后,他会感到如释重负,而却把这种悲哀、绝望的精神负担加在了读者身上。读者看完以后觉得活得太没意思了,而作家很可能在写完这个悲哀、沮丧的故事后,还睡得很好。第二天早上起来又吃面包干,又喝橘子汁。所以,你过于拘泥、过于认真,把小说上的东西当做教科书来对待,当做宗教的律条来对待,那你可就上当了。我还可以举很多的例子,譬如《红楼梦》里刘姥姥进大观园的时候,吃的一样菜叫"茄鲞",刘姥姥觉得这个菜非常好吃,王熙凤就告诉她这个菜是茄子做的,还跟她讲了一大套烹调的过程。刘姥姥听完说:阿弥陀佛,敢情吃一只茄子还要一百只鸡。后来北京有人有志于做红楼菜系,完全按照王熙凤讲的那个过程做这个茄鲞,结果味道非常难吃。还有《三国演义》里的木牛流马,小说中把尺寸都写出来了,说做好后可以驮着东西走。有人按小说里写的做出来后,说车不是车、说板凳不是板凳、说担架不是担架。所以我们对于文学、小说可以投入感情去阅读,阅读的时候可以哭、可以记笔记,读完了可以给作家写信,但你又要保持一点儿和小说的距离。英语里小说叫fiction,是虚构、谎言的意思,我不是说小说都是谎言,我是想说,小说里面有许多虚构的东西,许多夸张的东西。现在有些青年人、中学生写小说,都喜欢在小说里面描写一个比较叛逆的、满嘴牢骚的,有时候是刻薄的、嘴如利刀的角色。这一方面说明我们人生当中本来就有很多的不愉快,有很多的压抑,你有权利表达你的不愉快和压抑,但是如果认为人生就是这样,看什么都不顺眼,你就又上当了。人生里还有许多正面的东西,人生里甚至还需要许多的妥协,但作者在小说里不愿妥协,妥协了小说就没人看了,所以在小说里往往采取一种比较极端的形式。因此,我们要认识到小说的这种局限性,对小说中虚拟的现实我们要特别注意。

(作者答与会者问)

问:您和刘心武先生主编的《课外语文》丛书中,写下了"课内语文+《课外语文》≈语文全面素质",这里为什么要用约等号呢?

答:我们从小在课堂上学到一些最基本的东西,对我们来说当然是个基础。但是掌握语言和文字的能力,包括文学的修养和知识,更多的是通过课外的阅读所得到的,而且往往是在阅读之中不知不觉地得到的。为什么说是约等于呢,就是说它也不是个绝对的东西。语文这个学科在有些时候是和其他各科交叉在一起的,你很难说语文就是语文。比如我们对一个作品的理解,与你的人生经验有关,和你其他的知识也有关,甚至与人们认为最不相关的数学也会发生关联。一个数学学得好的学生,他思维的逻辑性、他对抽象符号的想象力和他的思辨能力,对他的语文学习很有帮助;更不要说历史、地理方面的知识,有了地理知识,可以帮助你感受文学中对大地风光的描写。所以语文不能说课内学好了,课外学好了,就算是学好了。它和你整个的人生经验、和你整个的知识领域都有关系。所以这些不能说得太绝对。

问:您在《我的喝酒》里面写了一句话:"无病的呻吟更加刻骨,更加来自生命自身",这能不能理解为您认为无病的呻吟是比较真实的,比较正确的。

答:无病呻吟一般讲是贬义的。它是指一种毫无道理的消极的情绪。比如悲哀、寂寞,或是无聊的一种情形,因此我们是不赞成无病呻吟的。我说的"无病的呻吟"并不是由一件特定的事所引起的。比如我们患了感冒,我们会很容易想起是因为什么,在哪儿受的凉,可以很清楚地找到病因。但越是严重的病症越是讲不清楚,比如癌症,你往往讲不清楚一个人为什么得癌症。这里又有先天的原因,又有遗传的原因,又有环境的原因,又有个人心情的原因,这就很不容易说清楚。我所说的"无病的呻吟"指的是无具体的病症,是在一个总体的情况下,或是由于社会的问题,或是由于人生本身的问题,在某些情况下产生的压抑感、不愉快的感觉,甚至是疼痛的感觉。我不是提倡无病呻吟、欢迎无病呻吟,而是指一种特殊的情况。

问: 我相信您一定对教育的问题很关注,尤其是语文教育,您是否认为语文教育的现状存在弊端?如果存在的话,您认为结合现在的素质教育应该怎样做?

答: 我对于语文教育知道的并不多,我也不想多说。语文教育碰到了一个悖论,出现了互相悖谬的两个命题。一个是我们中小学的语文学习必须要规范,比如怎么用标点、怎样避免错别字,包括语法上都应该规范。但是这些语言上的表达又随时要求突破规范,随时要求创意,而创意就会和既有的规范不完全相同,于是出现了两个矛盾体。当然,如果你不进行这些规范的训练,没有包括书写、拼音、读音、错别字、同声字、同义字、反义字等这样的训练,也是不可想象的,我从来就不反对这个。但中文有其自身的特点,我一直怀疑,用标准化试题的形式来对语文学习进行考查是否恰当。

问: 我想请问您最喜欢哪位作家?

答: 中国古代的屈原、李商隐、李白、曹雪芹。

现代的鲁迅、巴金、许地山、刘大白、朱自清、冰心。

现在时兴张爱玲,但我读的比较少,所以不敢冒充喜欢张爱玲。

外国的作家我读的最多的还是古典批判现实主义的作品:比如巴尔扎克、托尔斯泰、契诃夫、屠格涅夫、狄更斯、陀思妥耶夫斯基。

近代的美国短篇小说家约翰·契佛,英国作家格林等。

问: 请谈谈您对现在中学生或是小学生所写的青少年文学的看法。

答：我认为是个特例，我不认为中小学时期是写书的时候。当然，现在世界和中国正处于一种急剧变化的时代，年轻人急于表达自己和年长的一代人不同的人生感受。包括用一些新的语言、一些新的词、怀着一种趋时求变的心情，是可以理解的。但就常规来说，我不赞成中小学生写了书发表，这种现象可能与出版部门很注重经济效益，媒体炒作等因素有关。

2001 年 9 月

在诗琳通公主获奖会上的讲话

我们怀着极为愉快的心情来参加中国作家协会文学基金会向尊敬的诗琳通公主颁发"理解与友谊"国际文学奖的盛会,作为中国作家的一员和公主殿下的老相识,请允许我向公主殿下致以热烈的祝贺。

我们赞美公主殿下对中泰文化和文学交流所做的贡献,公主殿下喜爱中国的古典文学,同样关注着中国的当代文学。拙作《蝴蝶》由公主殿下译成泰语并在泰国发行,同时,公主殿下为《蝴蝶》写下了深刻与精辟扼要的序言,显示了殿下对中国社会中国近现代历史与中国人民的理解与美好情意,这不但使我本人也使我的同行们、中国的广大作家深感荣幸。公主殿下对青年女作家方方的小说的翻译介绍也取得了巨大的成功。请公主殿下接受我与我的同行们的诚挚的感谢。

我于一九八七年访泰时在清迈行宫得到了公主殿下的亲切会见,文学是我们那一次谈话的重要内容。其后我又有机会在北京参加公主殿下的著作在中国出版的发行式。尤其值得一提的是,今年春季,公主殿下在北京大学学习期间,亲临寒舍,畅叙友情与文学,表达了公主殿下对中国文化人的友好情谊与平易近人的作风。我愿借此机会再次表达我与我的家人的感谢之情,并祝公主殿下在中国旅行愉快,祝普密蓬国王陛下健康长寿,祝泰国繁荣昌盛,人民幸福,祝公主殿下各方面取得更辉煌的成功。

2001 年

对于价值的尊重[*]

首先我祝贺获奖和获得提名的三位年轻的朋友。我也非常感谢人民文学出版社，他们花费了大量的人力、物力来做这件事情。我捐的那点钱微不足道，不足以支撑这样一个活动，特别是不足以将这个活动长期开展下去。还是要靠人民文学出版社这个我国最大的文学出版机构，才有可能把这件事情做下来。

人年轻的时候的写作，是非常难忘的一个经验。我常常想起我开始写作的时候，年岁不过比现在龙女大一点。我第一部作品出来后，送到一家出版社。我还通过某些关系，虽然我那时还不怎么太懂得关系，关系也很有限，但是尽我的力量通过一些关系，希望出版社能够起码看一遍我的稿子。我等待出版社的回音等了一年。这一年当中，比等待女朋友的回信还着急。昼夜在那儿盼，有时甚至看到天上飞了一只燕子，我想这是不是一个兆头啊，可能出版社要给我打电话了。我还曾经偷偷跑到出版社那儿去。记得大概是中午吃饭的时候，有许多戴着眼镜的、深度眼镜，显得非常有学问的人。而且他们是说那种南方的普通话，叫做青蓝官话的，就是当时我最佩服的一种话。那时中央首长大部分都那种发音。如果是纯粹北京话，就像侯宝林了。必须是南方人，而又说普通话。我看见他们一边出来，一边说话：这个主题怎么样怎么样。把我给服得呀，就像看到一群天神一

---

[*] 本文是作者在人民文学出版社举办的首届"春天文学奖"颁奖会上的讲话。

样。那时候我也害怕,我怕他那个主题往我的作品上面一量,我的作品就完蛋了。然后再说一点比较深的,什么"把握得不准"啊,什么"细节还差",等等。我听了最佩服的一个词儿,叫做"艺术感觉"。我那时听了那个"艺术感觉",就不知道那个细胞是长在什么地方的。真是佩服,真是服。同时我那时非常敏感,谁要是夸一句,真觉得比你爹娘还亲。谁要是嘲笑一句,就一下子灰心丧气,觉得再写下去毫无意思了。你干别的事儿,干多干少,总是干比不干强。可这写作呢,也许你写得越多越没意思,写得越多越没有希望,写得越多越令人厌烦。初学写作的人有一种脆弱性,更需要关心和鼓励。在他或她寂寞枯坐的时候,想到有人承认,有人奖励,这是一种力量。好多年前我听过姜昆的一次发言,他是说一个具体事儿,他说当年的艺术家,在他们正青春年少、才华正焕发的时候,他们挣不上钱。现在能挣上钱了,也能干什么了,但他们老了。姜昆就说,这个话出处我记不得了,他说这就是"有牙的时候没有花生豆儿,有花生豆儿的时候却没牙了"。我觉得这是人生的规律。人生就是这样呀。你最渴望写作,最燃烧着写作激情的时候,你不一定受到别人的关心和重视,写得也不一定好。而后来你写得稍微好点了,成熟点了,发表起来白纸印黑字不困难了,而你的激情却难以燃烧了。写来写去,文章满纸书生累。也不过就是纸上的工夫,不过就是一些书生意气。所以我就想,在非常年轻的时候,能得到一点鼓励,一点支持,也许比没有强。

但是对年轻的人,你很难预见。我今天不是故意充老大。譬如像龙女,她是一九八四年出生的,她整比我小五十岁,比我大孙子只大一岁。我的感觉,她不是下一代了,而是下一点五、一点八、一点九代了。她们比我们开始写作的时候幸福得多。但是她们或他们会一直写下去吗?还是写着写着就出国了,就再也看不着了?也可能是写着写着神经控制不住了,会杀一个人?像顾城那样子,杀了一两个人,然后再杀自己?会变成什么样子,真是难料。所以我又希望年轻的写作者,能够适当凉一点,不必心太热,燃烧得太厉害;太厉害了,烫别人也烫自己。

我还愿意同非常年轻的、各方面都非常新的写作同行探讨一个问题。一个什么问题呢?就是文学当中,要不要有对某种价值的珍惜?其实我对所谓新新人类的作品里头那些形式上手法上的创造,不觉特别稀奇、离奇。有在网上开玩笑的,我看到一篇文章说:网络文学的发明人是王蒙,为什么呢,因为他很早以前就在写作的时候神侃胡抡,这些不着边际的东西他早就写过了。看了之后,我不知道是我的光荣还是对我的嘲讽。但不管怎么说,我对那些花样翻新的形式上的变化,写作上的力图面貌一新,不觉稀奇。其实作家多多少少都这样。我当年写作的时候就想:别看我是个小孩,又瘦小枯干,一无可取,但是我的作品拿出来,所有现在活着的作家,跟他们没有一个一样!和所有已经死了的作家,也都不一样!我自己认为,我这个作品是从我这开始的。所以我对花样翻新没有什么奇怪。但我有时感到困惑的,就是有些作品我看不出作家心疼什么,看不出珍惜什么,看不出对价值的理解,而只有对价值的怀疑乃至对价值的摧毁。其实,即使是一种反价值,也能看出他或她珍惜什么。感叹世情的险恶,是有价值感的,总是心中有一个正常的不险恶的。险恶的反义词是什么,温馨?说这个词好像有点牙根酸,反正有一点不险恶的善良的价值向往。有一点真诚的东西。譬如讽刺一个男人的虚伪,这就假定了世界上还有不虚伪的男人。如果全世界男人全部虚伪,一个赛一个虚伪,就不必讽刺了。没有必要为乌鸦长得黑而悲哀,除非你发现了一群白乌鸦。

有时人们把价值变成了一种意识形态,但我觉得价值不一定都从属于意识形态。譬如爱情,爱情里头有许多虚伪,还有流氓,还有强暴,还有腐蚀,还有金钱,还有市场,还有商品化,还有艾滋病,还有变态……这些全部写完了,总还有说得过去的爱情,有一种心和心之间的感应、充实和温暖,哪怕它仅仅实现在小说人物的梦里。在我们分析价值的意识形态属性的时候,也许会发现意识形态的价值属性。即一种意识形态如果想宣扬自己、论证自己,它必须努力说明只有它能达到人类的普遍价值、人类的理想与幸福。我读一些年轻人作品的时候,我从中学到很多东西,觉得自己确实一天天老化,老化是不可改变的事实,虽然我还在垂死挣扎。我愿意从中学到新的知识、新的经验,但是面对价值虚空和价值困惑,我也感到困惑。我是相信,即使是一种意识形态,那么这种意识形态的宣传,使广大人群能够接受,它一定是靠拢那么一种普遍的价值,人性本身所要求的价值。总不会宣传自己的价值就是虚伪,就是讹诈,就是说谎,就是勾心斗角,就是谁也别想活得痛快包括自己。不管是标榜个人主义还是集体主义,不管是标榜自由主义还是团队精神,总是要靠拢人性本身所要求的普遍的价值。年轻人的作品有一种撕开长者假面具的快意,我也很能理解。我也不是不善于撕开别人的假面具,甚至自己的假面具。但是,总会有一种珍惜、一种价值的追求、一种珍重、一个理想、一个梦、一种眷恋和追求,而不只是一片诅咒。这是我看一些年轻人作品时产生的一种或许是过时的老旧的想法,借这个机会与大家交流,希望得到指教。谢谢。

2002 年 3 月

文学人生互证论[*]

我今天讲一个问题,题目叫"文学人生互证论"。"互"呢就是相互,我强调一个相互呢,就是文学对人生的作用和人生对文学的作用,它不是单向的,而是双向的,是相对运行的。另外呢我要特别解释一下这个"证"字,现在我们写就是一个言字旁,一个立正的"正",原来是"登"。这个"证"包含的意思非常的丰富,我们首先会想到的是证明,一个证明,证人,但是你如果查《辞源》的话,它包含的意思还有很多,辞源上它讲的,五个意思,就是说校正,见证,还有一个叫证谏,就是给皇帝提意见,证谏就是要论证,它有一个论证的过程,还有一个验证的意思,互相成为,相互实现,所谓验证就是相互的实现。"证"还通"症",指天气或者是疾病,它表现出来的那些现象,这就叫"证",就是说文学它是人生的一种症候,反过来,人生也是文学的一种症候,呆会我再讲这个。

文学和人生互证。文学和各种学问、和人类的各种精神现象互证,就是文学和哲学互证,哲学和文学互证,文学和历史学互证,文学和心理学互证,甚至于文学和人类的各种学问互证。这个"证"的意思是论证、发挥、探索。我讲这个题目,以前还查了商务印书馆的汉英词典,它那里头光对"证"的解释,就是用英语解释就很多,它既是 testify 也是 evidence,proof,confirm,如果加上前面的 check,也都在里

---

[*] 本文是作者在东南大学的演讲。

头,所以我觉得这是一个非常有趣的词。我是写小说的,我要是到这儿来朗诵我的一篇小说要比我到这儿讲理论的东西要更轻松一点,也更舒服一点。特别是到大学里头信口开河,我深感歉意,请真正有学问的老师原谅我。但是既然来到这儿了,又戴上一个校徽,俨然成了东南大学的一个王教授了,所以就靠我从《辞源》和《汉英词典》上找的词,先把大家唬一下,底下我再说实话,我对文学的一些读书当中的体会和看法。

文学和人生互为见证,文学和作品和作家互为见证,这个文学作品和那个文学作品互为见证,以及文学和其他的学问互为见证,为什么我们要讨论这个问题呢?因为我们通过这个讨论能够了解文学的一个特质,文学的特质是什么呢?文学的特质是它既是封闭的,又是开放的,它既是纯洁的,又是非常驳杂的。你可以把文学说得很纯,把文学说得天使一样,少女一样,像圣子圣母一样。我就听过台湾一个上岁数的女作家讲的,我也很感动,她说我不是教徒,我的上帝就是文学,我把我的一生都献给它了。她确实把她的一生都献给了它了,因为她连婚都没有结。这位女作家,她怀着这样的一种神圣的心情来看待文学,这是文学的一面。但是另外一方面呢,文学又从来都是和各种东西互相交叉的,什么叫纯粹的文学,我说不清,我到现在都不知道怎样讲纯粹的文学。

自古以来文史是不分的,我读《史记》,我始终觉得这个《史记》它太像小说,太小说化了,但我不怀疑司马迁写史记的时候他很认真,他努力地要写得很真实。但是它太像小说了,那个张良拜师,多像小说啊,那张良的老师叫什么的?黄石?黄石公?你看,马上就露马脚了。(笑声)这个完全像一个故事,鸿门宴更像一个故事,这鸿门宴怎么能是事实呢?不但是故事,而且是戏啊,是戏剧啊。还有我读《史记》的时候最感动的是赠绨袍的故事。我觉得这个时候许多许多的东西,它的戏剧性太强了,说明那个时候两种可能,一种,那个时候人比较单纯,中国人性子又比较烈,那还是我们中华文明的比较

535

早的阶段,所以那个时候的戏剧性的故事本来就比较多,你看《东周列国志》里头戏剧性的故事就更多。说为了学音乐把眼睛扎瞎了,现在哪有这么执着的人哪,为了学音乐把别人的眼睛扎瞎了还有可能,(笑声)绝不会扎瞎自己的眼睛的。然后为了报仇,怎么改变自己的形体,怎么样吞炭来改变自己的声音,这个年头也更没有这样的人啦,当然恐怖分子他们也有,今天不讲恐怖。所以我想这也是一个原因,还有一个原因呢,司马迁追求叙述的生动,他自觉不自觉地运用许多文学手法,实际上《史记》既是著名的史学著作,也是闻名的文学著作。这一面我不想多谈,因为我们讲了很多,说文学是现实的反映,既然是现实的反映,那对古代的反映就是历史的反映,所以通过文学呢可以更好地了解历史,通过文学我们可以更好地了解人生,通过文学我们可以更多地了解社会。

但是有趣的是,又有许多许多的事情,文学又投影,投到人生里边,投影投到现实里边,使这个现实发生许多有趣的事情,许多有趣的变化。我想这里头最突出的事情莫过于爱情,以至于现在已经弄不清楚是因为有了爱情才有爱情诗、爱情小说,还是因为有爱情诗、爱情小说才有了爱情。宏观地说,当然是人先有爱情,人不但是先有爱情,而是先有男女之间的互相爱慕以至于男女之间的各种关系,才有人类呢。在文学产生之前已经有了男女之间的结合,这是毫无疑问的。否则就没有今天的人类了。这不用怀疑,所谓第一性的东西,原生的东西,是男女之间的关系,但是这种关系,男女之间所采用的方式,这种方式叫爱情,而且各国的爱情又不太一样,这个我觉得是文学的力量。反正我自己是觉得,对于我来说,我是先有爱情的小说和诗歌,然后有具体的爱情的对象和行为,因为我八九岁,甚至更早我就读过了《诗经》上的、新诗里的爱情描写了,特别是描写爱情的小说,我觉得写得真好啊,原来爱情这么美好,立刻和我那个少年人的对异性产生的那些美好的感情啊、幻想啊、印象啊、记忆啊,立刻就武装起来了,它使爱情变成一种文化,这很大程度上是文学的力量。

相对来说,据我所知道的(但这不是绝对的),说是由于事先先阅读,树立正确的爱情观,或是由于受到中学时期的性教育才去恋爱的人,有没有,我不知道,原来没有恋爱,听了一堂性知识教育课,赶紧去恋爱,我相信比较少。相反的,因为听了某首爱情歌曲,看了某首爱情诗,歌曲里加上了音乐的力量,但那歌词还算文学吧,然后是从中国的到外国的,然后爱将起来了,这是很可能的。

这个说起来很可笑,我的初恋的时候,能背下来的一篇小说就是屠格涅夫的《初恋》。《初恋》的内容和我的经验毫不相干,因为它是描写他爱上了一个人,结果那人爱上的是他爸爸,所以这个是俄国人,要中国人即使有这个故事,他也不敢写的,他跟他爸爸夺取一个情人,这简直是禽兽不如了。但俄国人没关系,看完了之后你觉得很怅惘,我和我父亲没有这方面的经验,但是他写的那种美好的感情,特别是到最后,真是,我看这书都看醉了。说"青春,青春。你什么都不在乎",怎么有这么写的,是不是?"你自信而大胆"。我还在读什么呢?我还在读《安娜·卡列尼娜》,我当时十七八岁,十七八岁的人还不能体会《安娜·卡列尼娜》里的许多东西,但毕竟托尔斯泰写出了人和人,男性和女性,譬如说相遇,譬如说那种心灵的撞击。相反的,比较起来,中国因为爱情一直不是一个很公开的题目,譬如说我宁愿看《安娜·卡列尼娜》里沃伦斯基和安娜第一次见面的时候的感觉,或者列文和吉提见面的时候的那种感觉,我不愿看张生和崔莺莺见面的时候的那种感觉。中国把这种感情描写得叫惊艳,惊艳嘛,一看,真漂亮啊,快到我手里来吧,这个不行的,这个太没有中间阶段了。

一切快乐、一切美好的享受是在这个中间阶段,不是说一步就完成了。所以我说在爱情上最明显。我在农村劳动的时候,一个农村的女孩接到农村的一个初通文字的小伙子给她写的情书,这个情书为什么到了我手里了,我现在想不起来,(笑声,掌声)不过有一点我不是去检查人家的信件,也不是去破坏人家的通信自由,这个我可以肯定，我绝不是去翻阅人家的信，也没参加什么检查组。但是他那个字写得别别扭扭的，基本上是从唱词上抄下来的，什么"妹是杨柳一枝条，哥是河水一道弯"，全是这些，"妹是田间一枝花，哥是蜂蝶儿围着你飞"，"妹是天上的一朵云，哥是一阵风追着你"。我一看，我觉得真是挺有意思的。这个文字在初通文字的农村青年那儿就生根开花了。这个就比那个阿Q的水平高多了，阿Q对小尼姑的语言是什么呢？"和尚摸得为什么我摸不得"，这个比那个"妹是"什么是拙劣到极点了，阿Q对吴妈的语言就是，"我要和你困觉"，这个是太煞风景了。在座的同学，我给你们忠告，如果你们有了情人，有了爱情，祝你们幸福，如果你们没有，那你们一定要好好学文学，对你们的择偶影响太大了，对你们择偶的成败影响太大了，学不好文学的人很难找到好的伴侣。（掌声）

前些年我还看到过一篇文章，就是我们常常说的，小说是人生中发生的一些什么事，然后在小说里描写出来。那篇文章里就说，小说里描写的一些事，最后在生活里发生了。说一篇小说，描写什么的呢？是不是张爱玲的？我现在是老年痴呆症的初期，经常有一些例子举乱了，举乱了以后呢欢迎你们马上给我校证，我刚才说的"证"啊，咱们现在也是互证，我在论证，你们也来论证我。就是说它描写什么呢？一个人用什么美人计或是美男计了解敌方的情况，但是最后这两人发生了真的感情了，但是到了最后到了最关键的时候，还是双方都各自坚守自己的立场，坚守自己的政治立场，所以双方最后是以枪击的方式，以流血的方式来结束了他们那段谁知道是真真假假的关系。这个是小说在前，但是后来呢，过了一年多以后，报纸上登出一件事来，就是跟这事非常相像，这也可以互证。因为我这儿立刻想到俄国人写的小说《第四十一》，它原名叫《蓝眼睛的中尉》，是俄国的一个同情革命的人描写一位红军女战士，这个女战士是个神枪手，她已经杀了四十个白匪，但这第四十一个呢，她把他俘虏了。这个被俘的人是个贵族出身，而且长了蓝眼睛，这本身就是一点吸引力了,后来他们在风暴当中被卷到一个孤岛上了,那么在孤岛上就像鲁滨孙漂流记一样的,就在那个孤岛上生活了好多天。后来这个拍了电影,那个电影拍得美极了,其中最美的镜头,因为两个人都被海水弄得很湿了,在孤岛上就点起篝火,用火烘衣服,那个火拍得太美了,在这火焰当中,那个蓝眼睛的中尉,充满了魅力的一个男人,但是他是一个白匪军官,这边是一个无产阶级的女红军,在火中两个人要换衣服啊什么的,这里面也加了一些准做爱场面吧,你也看不清楚,因为有火啊、烟的,就更美好了。然后他们俩就相爱了,爱得不得了,可是这个时候呢,到了第八天第九天,远远来了一条船,两人都在欢呼,走近了以后,红军发现,来的是白匪的船,这位中尉就狂欢着去迎接这个船,然后这个女战士就向他发出警告,从黄牌到红牌,一直到最后一枪把他打死了。打死以后,女战士又跑过去搂着他的尸体大哭,就这么个电影,它原来是个小说,这个也有点儿像是生活中的真事,和我刚才讲的差不多。

类似的例子还有很多。俄国盛产革命家,其中有一个贵族出身的革命家,他的那个故事,基本上就和那个俄国无政府主义者写的剧《夜未央》一模一样。巴金在《家》里不停地讲《夜未央》,因为巴金年轻的时候,他算不算无政府主义者我不知道,我不是一个对巴金有深入研究的人,起码他知道很多无政府主义的理论。这个《夜未央》引人注目之处是什么呢?就是俄国沙皇的一个总督来了,革命者要刺杀他,由谁来给这个暗号呢?就由他的情人。而他这个刺杀的方式呢基本上是人体炸弹的方式,就是说他这个情人看到总督走到这儿,她把窗口这儿的灯一推,然后那个刺杀者就拉响炸药包,或扔出去手榴弹,与那个总督同归于尽。这个太浪漫了,由自己的情人来亲手发这个爆炸令,现在因为有这个"九一一"事件在这儿,我说起来你们会觉得很恐怖,但是在我那个年龄,在我十几岁的时候,我看到这个也是如醉如痴,我觉得这是世界上最伟大的爱情。不管别人怎么说,我觉得无法理解,无法接受,很长时间我也无法接受那种刚认识两个小时就上床的爱情,我宁愿选择革命者拉炸药包的这种爱情。所以这个东西我们来互证一下,究竟一个人,一个青年,他在什么样的心情底下,他会宁可选择一个拉炸药包式的爱情,他又在一种什么样的社会状况、一种什么样的文化状况、一种什么样的文化氛围、一个什么样的语境当中,是另一副样子。

所以有时候我是完全不能理解美国电影的一些表达爱情的直接和那种粗鲁。这个对不起,我在这儿讲话如果有不合乎我们大学的规矩之处,我愿意做深刻的检讨。比如说美国电影它可以出现这么一个场面,说"我看你的屁股很美",我几乎觉得太可怕了,即使你想说这样的话,你不能找一个好一点的语言吗?如果他向我学习,我可以教给他二十种说法,(掌声)而绝不会用这种粗鲁的语言,这种语言反正是不能上台面的。

所以现实生活的各种变化会变成文学的一个契机、一个因素,这一类的事就太多了。譬如说辛亥革命的失败,广大的爱国者、知识分子对中国前途的失望,和中国农村的这种愚昧和落后,变成了鲁迅创作的一个契机。所以鲁迅写了《祝福》,写了《阿Q正传》等等。但是反过来说,这种文学的描写又变成了生活中的一个契机。譬如鲁迅对阿Q的描写,原来在写《阿Q正传》以前,好像大家还感觉不到那么多的阿Q,写完《阿Q正传》之后,读完《阿Q正传》以后,你就发现这儿无处不是阿Q,无人不是阿Q,包括自己也有那么点阿Q,文学变成了一种生活的因素。

我刚才举爱情的例子,我们还可以举历史上许多许多其他的例子。譬如文学变成一个革命的因素,因为文学富有理想,富有批判精神,文学家充满了情感,所以文学一直成为一个革命的因素。据说国民党一九四九年以后总结他们失败的一些经验,其中有一条就认为文学对他们起了很不好的作用,所以很长一段时候对文学是极其警惕的。它本身变成了一个因素,以至于有一些夸张的说法,美国的南北战争怎么打起来的,就因为《汤姆叔叔的小屋》,由于这本书的发

演 讲 录（一）

表,使人们看了以后对黑奴的境况产生了同情,于是才有了林肯的解放黑奴的政策,然后才引起了南方的那些大奴隶主反抗,然后就产生了美国的可以说唯一的一次规模巨大的国内战争。我觉得这可能是带点夸张,但我小的时候老师就是这么给我讲的,讲这个文学作用如何巨大。还有讲得更神的,说法国大革命怎么胜利的,说革命都快要失败了,这时《马赛曲》唱起来了,文学家一参与那就如虎添翼,那不得了,于是一个个斗志昂扬,就胜利了,否则路易十六还在台上。

  这一类的故事还非常多,我听到一个更夸张的说法,一批在老解放区、在延安唱歌的歌唱家们聚会,他们就说,我们的解放战争是怎么打胜的?他说是靠枪吗?我们枪不如国民党。靠坦克吗?我们没有坦克。靠飞机吗?我们一架没有。靠人吗?我们人没有国民党多。我们靠唱歌胜利的,这真是一条,国民党是一个好歌没有。连台湾的人也承认,我给他们讲这个话,他们说确实如此,说我们在年轻的时候在台湾想唱歌,刚一唱,不行,这是共产党的歌,作曲家是共产党,再唱一首歌,又不行,这作词的是共产党,又唱一首,又不行,总而言之,找来找去,这好歌全被共产党给占了。国民党的所谓国歌啊,就是用它的所谓的党歌代替,那个曲调是极其难听,说念经不是念经,说念咒不是念咒。而相反的,你要回想一下,革命年代共产党的歌呀,那真不知怎么样出来的,那么多词,那么多调,当然这也古已有之,也可以互证。四面楚歌,从楚汉相争的时候就已经动用了这方面的武器。就是说文学的东西当它经过心灵的折射,把这个人生的许多的体味变成一个作品的时候,那么这个作品反过来又向人生注入了大量的东西,不可能每一篇都那么大,但从总体来说它是这样的。

  要比较起来,当然人生重要,你读一千篇爱情作品和你有个爱人、结个婚、成个家相比,恐怕是很难代替的,当然我刚才说的台湾的那个女作家可能有这种神圣性了,反正我是做不到,虽然我那么热爱文学。要是用一千本爱情小说代替你的妻子、你的情人,我看代替不了。但是呢,文学的东西跟人生相比又有它的优越性,首先,生活是

541

变动不居的，而文学形成一个好的作品以后，它相对固定地寄存在那里了。人生是转瞬即逝的，你的最美好的感情也是转瞬即逝的，三年前你和你情人的感情，过了三年以后，它不一样了。我们经常在二三流的电视剧里头看到男人变了心了，女人变了心了，双方说我常常回忆我们第一次见面的情景，你那时候怎么样怎么样，这不是废话吗？这是三年前的事了。但是文学不一样，文学把你最美好的东西，选择了一个适当的形式使它永恒化。譬如说，我们设想一下，贾宝玉的时代离现在有多远？但是贾宝玉对于我们来说永远只有十几岁，十六七岁，林黛玉对于我们来说永远只有十四五岁，我们的脑子里林黛玉永远不会老，因为你所感受到的永远是青春，最纯洁又非常敏感，又非常多情，永远是他们中午在那情切切，那么在那开玩笑，互相打闹，你推我一下，我碰你一下，怎么样娇嗔，贾宝玉怎么样赔不是，那是永远的，它永恒化了，而且它变得非常容易被人接受。

你的爱情的体验再美好，你不能什么都公布于众呀，你公布于众人家也没有兴趣啊，不见得有兴趣。你能每天发一个公报吗？啊，今天我跟我情人一块走了多少路，我们热吻多少分钟，吻到什么程度，那能说吗？很多话是不足与人道，或者是不堪与人道，或者不得与人道，但是文学变成一个可以接受的东西，而且它经过你的心灵的折射以后，它有可能变得更美好了，当然有可能写的是坏的东西，它变得更丑恶了，或者是更刺激了，或者是更淡雅了。那这些东西反过来说又使人的感情得到了一种形式，就是刚刚讲的爱情。譬如对人生的种种慨叹，"对酒当歌，人生几何"这样一种慨叹是曹孟德的一种慨叹，我们各个方面和曹孟德之间实在找不着什么共同之处，曹孟德也没有到东南大学来学习过，但是他的一些诗词呢，它给我们的咏叹人生赋予了一种形式。生老病死，天地沧桑，光阴如流水，不只是曹孟德的诗，就是一个"逝者如斯夫，不舍昼夜"，就这么几个字，有时候你就很难再找到更合适的字。如果你走到一条河的面前，看到那个河水东流，然后你想到光阴的逝去，这个时候你就觉得有一个"逝者如斯夫,不舍昼夜"已经把我们所有人的感情概括了,甚至已经规范了,"逝者如斯夫,不舍昼夜",你感叹来,感叹去,还没出孔夫子感叹的那个范围。有时候我常常想,人的存在他要求一个证明,他要求反观自己的形象,一个不被证明的存在是一个无意义的存在,说我活在这个世界上今天我很高兴,谁知道你高兴不高兴啊?我今天很不高兴,谁知道你不高兴呀?他总是要从自己的对象当中,得到对自己的认识,从自己的行为的对象当中来寻找他自己。这个本身就是文学的一种作用,文学和人生就像两个镜子,但这个是折光镜,并不是平光镜,因为通过对人的心灵的折光镜,他对人生的看法,同样一件事那看法是完全不一样的。反过来呢,人生又变成文学的镜子,就是文学起了一些什么作用,起了一些效果,它都跑到这个人生中来了。而这个镜子互相照啊,就会有无限的虚像在里面。所以生活的经验、生活的体验丰富了文学,反过来说文学又大大地丰富了生活。这个是从它的互相的作用、互相成为一种因素来讲的。

如果从论证从诠释上来讲,那就更有意思了,我们用文学来解释人生中的很多事情,我们又用人生当中的很多事情来解释文学。这种解释几乎是无穷无尽的。我举一些例子。譬如毛泽东,他最善于对很多政治事件用文学来作匪夷所思的解释,就是他那个解释只此一家别无分号。譬如林彪事件,他能用什么来解释呢?"折戟沉沙铁未销"后面还有,这个解释,我不知道你们怎么理解?你可以从浅的意思理解,就是老人家他没词找词,林彪这事怎么解释啊?没法解释。你要从深里解释呢?毛泽东的这个引用有一种宿命感,世界上有许多事情,"折戟沉沙",唐朝的杜牧已经预见到了,林副统帅,三叉戟折了。在座有语言老师,这儿"折"应该是 shé 还是 zhé 啊?zhé 是及物动词,shé 是不及物动词,这就是汉字的妙处,可以念 shé,也可以念 zhé,也可以是自己 shé 了的,也可以是我们把它 zhé 了的,这是汉文学的妙处啊!那毛泽东的解释,我当时佩服得不得了。中共和苏共论战的时候,苏共有致中共的几封信,然后中共给它回了一封

543

公开信，里边引用的是什么呢？"无可奈何花落去,似曾相识燕归来"。这个作者是谁？他怎么能这么解释呢？我就觉得毛泽东绝对是天才，而且他还解释"无可奈何花落去"是什么意思呢，就是苏联共产党不灵了，你虽然是一朵花，十月革命之花，你是列宁斯大林之花，你是什么花，但是你这花落去了。"似曾相识燕归来"是什么意思呢？我来了。咱们"大跃进"的时候有一个所谓民谣，这个民谣我敢说这是哪位知识分子、哪位记者写的，可是大家都推让知识产权，"天上没有玉皇，地上没有龙王，喝令三山五岭开道，我来了"。这绝对不是哪个农民的歌谣，这不定是我们哪位记者写的。咱们这个不是农民的语言，"我来了""无可奈何花落去,似曾相识燕归来"。后来还有民间文学，刚才说的是唐诗，说"天要下雨，娘要嫁人"，这更高了这个。"天要下雨"我还没理解得了，因为毛主席是湖南人，可能不太喜欢雨，你要北方现在的情况，如果天要下雨那是太好了，这是指坏事，"娘要嫁人"这是坏事，本来是个亲娘，现在娘要嫁人，你就变成了什么呢？这过去有很多不文雅的话呀，咱今天不说了，堂堂东南大学，不说这不文雅的话了。他说"娘要嫁人"，然后把林彪这个事说成是一种宿命，宿命这话难听，说成是客观的规律，不以人的意志为转移的客观规律。这是用文学来诠释政治，反过来说又用政治来诠释文学，那就更多了。

毛主席这个时代是文学的时代，也是一个毁灭文学的时代，但是确实也是一个文学的时代。当时弄什么都有文学啊，批判一个人，《人民日报》上整天什么"千钧霹雳开新宇，万里东风扫残云"，然后批判你是反动的，又是"尔曹身与名俱裂，不废江河万古流"，然后再批判谁就是"沉舟侧畔千帆过，病树前头万木春"，这个东西一批，你成了病树啦，他成了万木春了，再一批呢，你是"尔曹身与名俱裂"呀，真可怕啊！名裂不裂倒在其次，他是江河啊，万古流啊。你们这个年龄没有记忆了，到了"文革"当中，红卫兵运动里头文学也是一个因素啊，互相斗起来也是，"金猴奋起千钧棒"，那对方就是白骨精的意思。

　　这种文学和生活相互诠释的还有一个最有趣的例子,也让人匪夷所思的例子。我不知道在座有没有研究俄罗斯文学或是苏联文学的专家,我相信是有的。肖洛霍夫的《被开垦的处女地》,这是获得了斯大林奖金的作品,而且肖洛霍夫绝不是不同的政见者,肖洛霍夫既是诺贝尔奖获得者,又是苏共中央委员,赫鲁晓夫第一次访美,苏联政府代表团的正式成员里有肖洛霍夫,大作家米哈伊尔·肖洛霍夫。他的《被开垦的处女地》被认为是歌颂斯大林的一部作品,露骨地和直接地歌颂斯大林,为什么呢?因为它里头写到当时的一些农民的共产党员,拉古尔诺夫,他别的事迹我都忘了,我就记得他有一句名言,叫做"女人是人民的鸦片烟",对不起我是反对他的意见的,他的话是错误的,我不是在宣传这种胡说八道。这个拉古尔诺夫他实行很多的极"左"的政策,包括把什么鸡都收归公有,把猫狗都收归公有什么的。所以当地的富裕的富农、中农准备暴动,然后就在这个时候,斯大林的一篇重要文章,叫做《胜利冲昏头脑》发表了,就是反对在农业集体化的过程中实行这种极"左"的政策,这个文章发表了以后大家一看,后来要闹事的不闹了,反革命分子暴露出来了,整个的形势一百八十度大转弯,所以他说他这是歌颂斯大林的。可是最近一个著名的俄苏文学的专家叫蓝英年,他是蓝公武的儿子,这个蓝英年又重新研究了那个《被开垦的处女地》,他说里面写到了集体化中间的各种混乱,各种麻烦,各种失误,各种幼稚,他说他认为这个肖洛霍夫实际上不赞成农业集体化,实际上你完全可以拿这本书来当做暴露农业集体化当中种种问题的书来读。好的作品往往有这么一点,并不见得是作家特别狡猾,我不相信肖洛霍夫是有意识地这样做的,说他一边当着苏共中央委员,一边他还反对农业集体化。但是由于这个文学的特殊性,他要写到生活的方方面面,他不能光写一点,所以他就留下了做不同的诠释的空间、做不同的论证的空间。

　　类似的例子还多了,非常的多,就对一个作品可以做出完全不同的解释。《红楼梦》也是这样。毛泽东他是革命领袖,他主张阶级斗争,所以他认为《红楼梦》的内容就是阶级斗争。第四回是全书的纲,《红楼梦》一上来就出了多少人命,血债多少条,说明了地主阶级的血债累累,这个是对《红楼梦》的解释,这个解释肯定是有根据的,也是有道理的,但这是毛泽东的解释,这绝不是曹雪芹的解释,曹雪芹地下有知,听到伟大领袖毛主席给他做这么个解释,他非吓晕了不行。那么有人又解释,曹雪芹的这个书是为了反清复明,那解释就更多了,甚至于认为这部书里头充满了机关,充满了暗示,说袭人,袭人是什么意思,袭人指的是崇祯,因为是龙衣人,"袭"是龙衣,蔡元培就是主张这个的,蔡元培是伟大的学者啊,他不是瞎闹的呀。许许多多的考证,贾宝玉是谁,贾宝玉是顺治皇帝,他经常要吃胭脂,他吃胭脂是什么意思呢?是那个玉玺蘸红色的印油。我现在记忆力不如以前了,否则还可以无限制地给你们讲下去。所以就变成一种什么情形呢?就是人生中有什么事都可以用文学来解释,反过来说文学中有什么事你也可以用人生来解释。

再比如我们举点儿外国文学的例子,比如美国的《第二十二条军规》。这就是讲一个悖论,很简单的一个军规,就是说你必须被证明有了神经病了,你才可以请假回家,或是退役,或者临时离开这个职位。可是一个人他要是真的得了神经病以后,他就不知道应该去请假,或者怎么办手续了,他要是很清楚地说,我近来患精神分裂,第几期,我应该回家服什么药物,或是要休养几个月,说明他没有神经病啊。我接触过精神系统的病人,其中一个很重要的标志,就是看他能不能自我反省和批判,这个不是政治意义上的。一般的病人就说我确实有病,他这病快好了,如果说,我有什么病,你才有病,(笑声,掌声)这种情况他这病就比较严重了。所以这《第二十二条军规》就是这样,它是一个悖论,这个管着你,那个又管着这个,你神经正常了,你就不是真有病,你真有病了,你就不会正常地去请假,这个你怎么弄都不对。你用这一类的事来研究一下,岂止美国的空军里有这二十二条军规?到处都有啊,到处都有二十二条军规,到处有你永远说不清楚的事情。譬如说我们国家三令五申,和东南大学没有关系啊,三令五申中小学,特别是小学是不准乱收费的,但是实际上还是要"自愿赞助"。要赞助就必须自愿,否则就不叫赞助了。

其实这二十二条军规它确实是非常妙,你琢磨着,这人生的二十二条军规的事多了,大而至于国家的事、单位的事,小而至于一个家庭的事,比如两个人要离婚,你就会发现有大量的二十二条军规在里头。感情不好?感情不好你们为什么结婚?这个你应该是从逻辑上理不清的。所以文学有时候就变成了对生活的一种诠释,对生活的一种论证,而反过来说,文学又留下了广大的空间,因为它的这种诠释、这种论证不是单一的,它是立体的。所以它又留下了广大的空间来等待生活来论证它,来等待历史来论证它。

像《第二十二条军规》这种作品我想年轻人很难懂,少年人更难懂,岁数越大越哭笑不得,或者发出会心的微笑。所以这种互证作用使你一下子就丰富了。使你学文学也把它学活了。所以就是《红楼梦》里的话呀,很多人很讨厌、很厌恶这个话,"世事洞明皆学问,人情练达即文章",这是文字的缺陷,因为任何一个东西它被文字固定下来以后呢,它弄得很明确,同时它必然会有某种狭窄性,人们从"世事洞明"和"人情练达"里头就闻出了一种乡愿的气味,一种世故、市侩气。这是可能的,我们应该克服,但是我们不能反过来说提倡大家越幼稚越好,越傻越好。我们还总应该对人生、对社会、对历史、对国家、对家庭有更多的了解。

我再讲一点,譬如说作品和作者本身它也有一种互证的关系,而且这种互证的关系非常重要。我们可以说作者的人生经历成为他的作品的一部分,反过来说,这个作品又是作者人生的一部分,甚至是最重要的部分,最辉煌的部分。这样的例子实在是太多了,譬如说《钢铁是怎样炼成的》,现在当然也有人说《钢铁是怎样炼成的》它也受到当时斯大林"左"的思潮的影响,对党内的其他的一些反对派,他用了一些很不恰当的语言，包括对那个所谓冬尼娅的描写也有几分极左气。这是另外的问题，但是反过来说呢，如果这部书就是一部普通的作品，绝不会达到它后来那个效果，因为作者毕竟是在双目失明、全身卧床的情况下完成的这部作品，这个不能够不让你感到他的毅力、他的决心、他的那种热情，让你感到当时的俄罗斯是处在一个热情燃烧的时代。

还有一些作家和作品之间的关系你摸不清，但是它也很有趣，譬如说张爱玲。有好几个人跟我讲，说张爱玲这个人太聪明了，她是不是有意的我不知道，因为我对张爱玲也缺少研究，就是后来她到了美国以后，她深居简出，任何人都看不见她，她变得神秘莫测，和她那个作品里头阴冷的气氛，那种恐惧、那种悲叹的气氛结合得非常好，最后她死，死在自己的寓所，已经过了好几天了才发现，在死之前谁也看不见她，你想找张爱玲，比登天还难。如果张爱玲不这么神秘的话，她那些作品的读者会比现在少得多，如果张爱玲譬如说当过东南大学的兼职教授，她的作品会减少很多读者。（掌声）作品和作者的互证啊，有些东西也是到了匪夷所思的程度，譬如俄罗斯的作家陀思妥耶夫斯基，这样的作家本身就是一个羊癫疯啊，学名叫癫痫症，他是癫痫症患者。所以在他那个《白痴》里头特别令人恐怖地描写疾病快发作时的那种体验，欲发作还未发作时的那个体验。我不知道这个是作家的幸运还是不幸运，作家里头有怪癖的，有怪病的，承受着莫大的精神和生理的痛苦的，有自杀倾向的，有他杀倾向的，有相当一部分人。所以我想我确实不是一个很伟大的作者，因为我太正常了。（掌声，笑声）刚才我说的那些倾向，我至今仍然没有。第一他是癫痫症患者，第二他被俄国沙皇假处死过一回，所以他又不停地描写给他处以绞刑时的情景，一下子拉去好几个犯人，他就描写犯人看见那个绳子那个圈的感觉，这种感觉别人可能是描写不了的。虽然你想象力很好，我也可以写啊，看见一个圈或者看着枪口，但是我想和那个真切的体会是不一样的，所以我写这些东西也写不好，但是

演 讲 录（一）

我宁愿写不好，也不愿直接去体会绞刑绳套，既不想面对枪口，也不想去面对那个绳圈。第三呢他是一个赌博狂，他是喜欢轮盘赌，我看见他夫人写的一篇回忆录，我一直想写一篇文章介绍这本书，一直没抽出时间来，那真太有意思了。他都是从出版商那预支一大笔钱，然后拿去就赌，赌到最后连吃饭都成问题了，靠借着吃，靠借钱度日，然后就写作。他这夫人是谁呢，他夫人是他的速记员。他开始写作的时候，他无法拿鹅毛笔在那写了，他都是口述，他非常激动，而且讲得非常快，他是个疯天才，然后他夫人给他记下来，然后很短的一个时间过去，一篇长篇小说就出来了。所以你看陀思妥耶夫斯基他那个文字都是像排山倒海一样，他并不精炼，他跟屠格涅夫完全两种风格，他不是那种精炼的，也不是那种语不惊人死不休，他本身就是又惊人，又死不休了。所以这样的话，你再看陀思妥耶夫斯基那些折磨人的描写，让你怎么难受他怎么来，每一件事情的发展，刚刚带来一点希望，然后就往绝望上走，那真是折磨读者的神经。所以有很多左翼的作家是不喜欢陀思妥耶夫斯基的。高尔基是非常不喜欢他的，而陀思妥耶夫斯基不喜欢屠格涅夫，但是陀思妥耶夫斯基是不可替代的。

回过头来再看看《红楼梦》，这《红楼梦》的作者呢，我们对他了解太少了，我们至少知道他晚年非常穷困，至少知道他吃不饱饭，举家喝粥，酒常赊，他买酒都靠赊欠的，他是靠半流质食物来维持自己的生存。所以作家和作品之间并不是都能诠释、都能论证的，有的无法证明，无法认证，无法验证，无法见证。这样的也很多。譬如说就咱们南京的，也是我的很好的一个小朋友，就是苏童，苏童怎么写旧社会的那些事的，没有人知道，他写《红粉》，写妓女，没有人知道，没有人考察出他跟以前的妓女有过什么来往，写《妻妾成群》，你更考察不出来，他要写《妻妾成群》的时候，据说还没结婚呢，一个妻还没有呢，何况妾，考察不出来。譬如美国那个印象派诗人，狄金森，我是很喜欢她的诗的，我去年到美国又第二次到她的故居，她过的是大门

549

不出二门不迈的生活，她从上完了学以后回到家不出门的，然后就在那写诗，然后早早地就死了。这样的诗人也有啊，李贺也是这样的。日本有一个诗人叫子规，他是松山人，子规也是这样，三十来岁就死了，他是靠他姐姐来照顾的，没结婚，一辈子写诗，写诗吐血，吐血了再写，写了再吐，这个很像李贺啊，真是杜鹃啼血啊，他这写诗就是啼血啊，太惊人了。但是他这个事迹啊也能证明他的某种情绪或者某种情调，但是他很难做出某种诠释。我最后再简单说一点文学作品之间的互证，还有一种文学和其他人文学科的互证。你譬如《红楼梦》，那个时候没有人知道弗洛伊德，弗洛伊德还没出生呢，但是你看《红楼梦》里的许多东西也是可以和弗洛伊德的套的。《红楼梦》那时候也没有符号学，但是它那里头很多隐语，就是那个症候了，整个《红楼梦》好像是中国社会的症，一个症候，一个标志，一个 sign。《红楼梦》里头又写了很多症，我不细说，所以有时候文学作品甚至于对自然科学它都有意义，比如写到地震，写到流星，你可以研究当时的人们对这种现象的理解、感觉和他们的解释，对哲学特别是宗教，因为它对人生的有些关怀，与宗教走的完全是两条路子，但是它又有某些可以互相印证的地方，互相验证。

  从另一方面来说呢，如果我们用纯文学的眼光，我会发现有许多宗教的书籍确实也是文学作品，佛经里头那些寓言，可兰经，可兰经是用韵文写的，里头有许多像诗篇一样的东西，这也是它的一个传统。《圣经》里头也有许多故事，据说原来它文字上非常美好，也是一代一代才形成的。各种文学作品之间，那就更有意思了，我前面已经举了例子，譬如说中国有个作者描写这个东西，外国也有一个作者那样描写。我就不举太多的事例了，我只举几个小例子。我每次看《复活》的时候，就会想到中国的《玉堂春》，因为起码这一点是一样的，就是涅赫留道夫他是陪审员，然后他所爱过的女人是犯人，而且是被冤枉的，那个《玉堂春》里头，王金龙，不是陪审员了，而是审判官，而他爱过的那个苏三呢（现在苏三也变成旅游资源了，我们到山西洪洞县,弄了一个很大的苏三监狱,天知道的事情),那个苏三在那被审,而苏三也是被冤枉的。但是俄国有一个深厚的人道主义的传统,中国缺少这个传统,所以《玉堂春》是当着喜剧被描写的,大大地影响了它的动人的程度和那种震撼力,它那种震撼力甚至还不如《窦娥冤》。但是很有意思,我觉得,一个外国作品,一个中国作品,有那么多相同,也有那么多不同。还有就是《白蛇传》和《巴黎圣母院》,一个女人和人、妖、神三者的一个大战,所以类似的东西太多了,我不想今天一一谈了。

反过来说呢,有时候互证会遭到人为的破坏,本来你的生活是可以理解这个作品的,可是又无法诠释,本来文学是可以诠释人生的诸多现象,但是你也无法诠释,它会遭到人为的破坏。人为的破坏可能是由于权力,但是很多时候是由于偏见,是你不接受文学对你的启示,是你不接受生活给予你理解文学的启示,使我们对文学的理解越来越浅薄,越来越片面,越来越单一,就是说我们得不到足够的智慧而变得越来越糊涂。这种情况也是有的,也是值得我们深思的。

(作者答与会者问)

问:您怎么评价路遥的小说《平凡的世界》?

答:路遥的小说《平凡的世界》一般的反映是很不错的,而且它获得了茅盾文学奖,但是很抱歉,因为它的篇幅比较长,写得沉闷一点,所以我就没有阅读完,所以就不能解答你提的问题了。

问:王蒙先生您能不能谈谈李商隐的诗歌?

答:李商隐的诗歌也是我的一种喜爱,也是作者作品不能把它诠释清楚的一个现象。因为李商隐他官运不算好,但是他为什么会那么悲哀,而且有些非常悲哀的诗是他二十几岁的时候写的,我老觉得李商隐的性格上有点问题。你像他考了一次试没考中,然后他就"忍剪凌云一寸心",这话太厉害了呀,他吃这个竹笋,你想到这本来是可以长到凌云翠竹,结果把它的心结剪掉了,这个太悲哀了,这个是他二十几岁的时候写的。我觉得这个,你们千万不要学,如果人生碰到什么挫折,千万不要有"忍剪凌云一寸心"的那个心事,你们宁可有那个"天生我才必有用,千金散尽还复来"的心胸,这多好。我写过一些有关的文章和书,如果你们不嫌弃的话,可以找找这个书。最近人民文学出版社还出版了我的专门谈古典文学的书,也很多都是旧作了,叫《心有灵犀》,里面有谈《红楼梦》的,有李商隐的,也有谈别的。

问:我想请问一下您怎样看待建国以后文学水平的下滑,几乎没有出现什么伟大的作家?

答:对建国以后我国文学水准大幅下降这样一个结论,我还没有得出这个结论,相反的,任何时候,平庸的作品都是多数,但是剔除了这些平庸的作品以后,我们会看到很多好的作品,所以这个前提并不存在。至于说在一个动荡的社会和在一个相对平稳的社会里头,我想不同的社会有不同的条件,也会产生出不同的文体、文学风格,和不同的受众。我刚才有一个问题忘了讲了,本来我要讲文学和读者之间的互相诠释,这边就不说了,这里头是有不同的。但是你是很难分析的,你说动荡,越动荡越好,你说我们"文化大革命"那够动荡了吧,你说那伟大的作品哪儿去了?没有。你不能说越动荡越好。你说作家越受苦越好,你把他饿死了,他还怎么写?鲁迅也讲,他说该吃饭还是要吃饭的呀。还有一个人专门研究鲁迅的稿费,鲁迅的收入比我们现在的作家多得多啊,所以,你很难做结论,我的感觉是这样,动荡的时候也有大作家,也有小作家,也有假冒伪劣的作家,不动荡的时候也有大作家也有中作家、小作家,也有混饭吃的虾兵蟹将。生活得很富裕的人里头也有大作家,譬如说歌德,生活得很穷的人里头也有大作家,曹雪芹。但是你学富裕并不见得特别困难,学穷更容易,说我和曹雪芹一样穷,但你即使穷到天天喝稀粥的程度,你仍然不是曹雪芹,你还是写不出《红楼梦》来,你白喝粥了。所以这个说来说去也不怨太富裕,也不怨太贫穷,也不怨太动荡,也不怨太平稳,只能怨自己,自己不是曹雪芹,自己没有那个才华,没有那个心胸,这是我的看法。

问:最近出现了一批美女作家,比如卫慧,您知道吗?你怎样看这个现象?

答:知道,卫慧知道。文学它的空间总是越来越大,而且在这种广阔的空间当中它会有这种良莠不齐啊,会有一种变化,也会有一种竞争,也会有一种淘汰。至于具体的,我多次讲过,因为我从小受的教育比较保守,我是六十三岁以后刚开始读《金瓶梅》,我家里有《金瓶梅》的各种版本,平装、精装、线装的,但是没有人限制我,扫黄打非办也没有通知我,禁止,你不要看《金瓶梅》。但是我就是看不下去,我六十三岁以后才看的。卫慧的有的短篇小说我看过,我觉得她的文学表现能力还是不错的。但是《上海宝贝》我看了几页以后赶紧把它藏起来了,因为我的孙子也有阅读能力了,我不希望他发现他爷爷在读这个。(掌声,笑声)

问:您的第一部作品是《青春万岁》,您能谈谈当时是怎样创作它的吗?

答:对,那个其实我在书上也已经说了,那是我的所谓处女作。第一部作品是《青春万岁》,是我一九五三年十一月开始动笔写的,一九五四年写完一稿,然后我就请人家看,人家看了一年的时间,到了一九五五年底,中国青年出版社给我提了一些意见让我修改,然后修改完了呢就到了一九五六年,等到排好了,马上就要印了,就到了一九五七年,"反右"就开始了,这个书就没有出来。又过了二十多年,要到一九七九年才出第一版,所以那个时候代表着我是欢呼新中国的诞生,在一种革命战争凯歌进行的情况下,表现年轻人热衷于新社会、热衷于新生活和全面学习苏联的等等的一些情况。那是一段历史,但那也是一段激情,谢谢你能够提到这本书。

问:王教授,您在生活当中心态十分平和,但是我们看到您在创作当中很不安分,就是在五十年代创作了《组织部来的年轻人》,在七十年代末期您创作了好几部作品,另外当中国的所谓意识流刚开始的时候,您首先加入了意识流的行列,后来又作为一个最先评王朔的作家,我想请您谈谈您在创作和作者之间的互证,谈谈您自己好不好?

答:真实和我接触过的人会知道,我其实是一个急躁的人,是一个冲动的人,但是我这个急躁和冲动又经常处于我的控制当中,我又是一个爱反省的人,我从来不认为自己老对,我老琢磨这个事有什么不对,这可能是自幼受党的教育啊,要有自我批评,我是一个经常做自我批评的人,所以我的自我批评和反省抑制了我的急躁和过分。那么作为作家来说,说话往往是喜欢夸张的,这是作家的特点。但是呢又因为我从小就参加到党的工作里边,又接受了童子功的训练,接受了中国共产党的童子功,所以我又必须注意自己要听上级的话呀、有些话不要说得过分等等这些方面,所以你们又觉得我很平和,因为我有了各种沧桑之后呢,"曾经沧海难为水",就不会那么少见多怪了,也不会那么咋咋呼呼的,而且我也很不喜欢那样咋咋呼呼的,那么这样的话和我作品里头的不安分,我想这也是互补吧,因为我常常想,从小在家听爹妈的话,上课听老师的话。最近一个同学向我采访,说您逃过课吗?我不但没逃过课,我想都没想过,我在梦里都没逃过课。然后进医院听医生的话,在组里听组长的话,我有这一面,是不是因为这样所以在作品里折腾吧,也可能有这种情形。但是反过来说我觉得人生总是有很多的方面的,人也是多面的,非常感谢你对我的关心。

问:您刚才谈到《红楼梦》,有人说贾宝玉是一个反封建的卫士,不知道您对这个说法有什么意见?

答:根据我的理解,当然这个问题说起来又复杂了,因为后四十回有人说是高鹗续作,有人说这高鹗恶劣到了极点。我觉得高鹗续作也是不容易了,如果真是续作的话,我甚至于觉得这个续作从理论上说是不可能的,不要说给《红楼梦》续作了,你就是给普通人的作品续作几乎也是不可能的。这是另外的一条。但是里面有一条,贾宝玉是不是反封建的英雄?因为解放后把贾宝玉呀、林黛玉呀都是作为造反派、作为反封建的人物对待的,我对此颇感怀疑。譬如说贾宝玉见到北静王那种毕恭毕敬,甚至于是受宠若惊,那种样子,这个很难说他是多么反封建。再比如说,贾宝玉大批文死谏,武死战,可是贾宝玉是怎么批的呀?贾宝玉是用极左的语言来批的啊,他说,文死谏,你要成了忠臣了,那不等于反衬皇帝是昏君了吗?武死战,如果你死了,谁来保卫皇帝?养着你们就是让你们死的吗?我很同意这个看法,你不能说你死了就算你完成任务了,你死了你没有完成任务呀,你要保住皇帝把敌人打回去,这才是好的武将呢。所以从这些地方不能说贾宝玉就是一个反封建的人物。如果说是高鹗的续作的话,他就是最后也还是跟薛宝钗生了一个孩子,因为"不孝有三,无后为大",这是很严重的问题。贾家你看了半天,最后是一个人丁都没有了,你心里面很难通得过,如果是这么解释的话,也是可以的。林黛玉也一样,她刚到荣国府的时候,她很小心的,譬如说吃完饭以后是先漱口后喝茶,还是先喝茶后漱口,她很注意,这和她原来的习惯不一样,她入乡随俗。后来她变得娇纵呀,一个是跟她青春期的发育有关,一个跟她和贾宝玉的爱情有关系,她太爱贾宝玉了,而被爱就赢得了撒娇的特权,甚至越撒娇越可爱,这都是可能的。当然他们和贾政那些人不一样,但是他们的反封建也是很有限的,你现在不能以一个反封建的造反派的标准来要求贾宝玉和林黛玉。

2002年6月

想起了詹姆斯·乔伊斯[*]

六月十六日是纪念《尤利西斯》和詹姆斯·乔伊斯的节日,是一部小说创造的一个不平凡的日子。现在,詹姆斯·乔伊斯是那样有名,连那些根本不知道文学为何物,至少是没有认真读过更没有从原文读过詹姆斯·乔伊斯的著作的人如我者,也为詹姆斯·乔伊斯的大名而激动不已。杜甫有两句形容李白命运的诗:"千秋万岁名,寂寞身后事。"现在詹姆斯·乔伊斯也是千秋万岁名了,而詹的生前与丧事都是相当寂寞的,这也是作家的命运吧。杜甫在同一首诗里还说"文章憎命达",用李商隐的说法则是"从来才命两相妨"。

古今中外同理。所以詹姆斯·乔伊斯的《尤利西斯》在问世的时候得到的只有恶评。创造是一件危险的事情,任何称得上是天才的创意都构成了对平庸和惯性的挑战,至少是对人云亦云的多数的一种不敬。后来呢,后来詹姆斯·乔伊斯就火起来了,甚至在中国,他的书同时出了两种中文译本,销量达二十万册以上,即使有一半人买了书却没有读完也罢,至少它表达了中国读者对世界文学瑰宝的兴趣和敬意,表达了改革开放条件下的中国人对爱尔兰文学的巨大敬意,它也表示,真正的大师属于本民族,属于那个特定的语言领域,也属于全人类。

我很惭愧在这里讲话,因为中国作家协会负责外事的朋友要我

---

[*] 本文是作者在爱尔兰詹姆斯·乔伊斯纪念会上的演讲稿,演讲时用的是英文。

一定要讲一点。其实我对詹姆斯·乔伊斯的阅读与理解都很不够，我没有资格在这里说什么。我感到幸运的是，去年我访问了都柏林，我参观了许多与詹姆斯·乔伊斯有关的纪念场地。我喜欢詹姆斯·乔伊斯的长相，幽默、奇特、深沉、我行我素。我更喜欢詹姆斯·乔伊斯博物馆出售的詹姆斯·乔伊斯的书签，上面有他的名言，他说他对付命运有三种办法：canny、escape、silence。看了这三种办法我差一点叫起来，我以为他是某种逆境下的中国人呢，我以为他深通了老子的《道德经》与庄子的《逍遥游》了呢。

在世界特别是经济正在迅猛地走向全球化、标准化的时候，文学是一个民族、一个人保持自己的性格和身份的十分重要的领地。我感到幸运，由于文学，我们还不至于变得千人一面与万人一腔。所以，我愿意借此机会表达对爱尔兰文学的敬意，曾经深深地打动过我的还有王尔德，当然还有肖伯纳。文学是爱尔兰的强项，是爱尔兰的光辉和骄傲，是爱尔兰的魅力。我祝愿中国和爱尔兰能够进行更多的文学方面的对话。例如中国也有与作家有关的节日——端午节，纪念两千多年前投水自杀的诗人屈原，在阴历五月五日，按照历法，中国阴历五月五日大致与公历六月十六日时间相当。今年由于是闰四月，我们有两个四月，所以端午节是在十天以后。我愿意借此机会表达我的心愿，我祝愿人们能够理解和尊重作家的创意与探索，不必在生前贬低他或她而在他或她死后利用他或她的名字招揽游客；我还祝愿，世界上一切优秀的作家不必再用 canny、escape、silence 的手段保护自己，而能生活得更畅快些。当然我更祝愿世界上各个角落的天才诗人，不必再投入江河，而是享其天年，为本民族也为人类献出最好的诗篇。

2002 年

文 学 的 方 式[*]

我非常高兴有机会再次与青岛海洋大学师生们见面,同时我也感到压力很大,因为来了这么多人,还有好多同学站着。到底我能够讲点什么,我能够讲的或者我觉得还有一点点意思的,我差不多都已经把它写成文章了。我如果拿过来再念一遍,显然不是最好的方法,所以剩给我自己可说的东西已经非常少了。记得我曾经有机会和一位特别著名的诗人朝夕相处,后来我就发现这个诗人在日常生活中跟他相处——恕我罪过——他不是特别可爱的,就是说他已经年老了,当年的英俊已经不见了,他喜欢吸烟,和他坐在一起,烟把你熏得浑身烟味,他还吐痰。跟他一起吃饭,他把不喜欢吃的东西不断往我盘子里添,他的妻子说:"你怎么老是把你不喜欢吃的东西往王蒙的盘子里放?"他也很可爱,他说:"他还年轻嘛!"我现在也到了吃饭喜欢把不爱吃的东西往别人盘里放的年纪了。后来我悟到了一个道理:搞写作的人哪,他拼命地努力把自己最美好的东西化成文字献给读者,然后留给自己的,都是那些不太美好的东西了。所以我首先向大家告个罪:我没有很多东西好讲了。那么让我讲,我总得找个词,找个题目,题目就叫"文学的方式"吧。

"文学的方式"是什么意思呢?文学,我们可把它当做一种知识来看,那里有作家,有作品,有文学史,有文体的沿革,这是知识。我

---

[*] 本文是作者在青岛海洋大学的演讲。

们也可以把文学当做一个欣赏乃至娱乐的对象来看,读书你感到很有趣很快乐,甚至爱不释手。同时文学又是一种把握生活、创造人生乃至于改变人生的方式。我想不出一个更好的词来,因为中文"方式"这个词,让人感觉到它很技巧化,好像是配方,是一种配置,大致上是一种程序,或者是一种规则、一种规律。但是"方式"这个词本身,它的含义似乎还可以更多一点,我这里讲的"方式",实际上是更接近于英语里讲的"way",the way of thinking。way,我们一般把它翻译成"方式",实际上英文 way 和中文"方式"有一点微妙区别,这个 way 里边,还包含着我们平常所说的路子,甚至这里头还含有"价值"的意思。它不仅仅是一个方法、一个程序、一个手段,而且它本身也包含着一种价值。人创造了许多学问、许多知识,也随同着创造了许多把握人生、创造人生或者用当下很喜欢用的一个词——打造人生和改变人生的这样一种方式。比如说,最普通的最简单的,有一种是生存方式,经济的方式,对大多数人来说首先要考虑的是要吃饭、穿衣和住房,挣钱才能发展。其中个别的成功者,他在最简单的劳动挣钱的方式中,把它发展成为一个经营、发明、创造和开拓市场的方式。这个方式也很伟大,也非常好,而且每个人都不能摆脱,因为不管你多么伟大,你必须在吃饭的情况下才能做别的事情。比如说还有一种我称之为哲学的或思考的方式,对他们来说人生最主要的意义不在于它本身的功利,而在于这样一个经验、这样一个人生、这样一个活动的内容,它具有一些什么样的思想上的意义,它本身提供了一些什么样的概念,提供了一些什么样的问题,能够给人类对于事业对于人生的思考提供一些什么新的启示。这样的人也是有的,这样的人也很伟大,对于他们来说,日常生活、日常事情是重要的,但所有这些重要性归结为你能不能够给我新的概念,能不能够给我提供新的命题,能不能够给我提供新的解释,能不能使我对人生、对宇宙、对世界的看法产生新的变化、新的突破、新的发展,这是哲学的或思考的方式。再比如还有政治的和权力的方式。人是社会动物,不管是不是专门的政治家,任何人在任何地方,甚至在一个家庭里,他都会考虑到有多少人讲他的好话,多少人讲他的坏话;有多少人听他的,有多少人不听他的;有哪些人是反对他的,哪些人是威胁他的;他有些什么样的机会可以在这个圈子里发挥更大的影响。这可以说是一个政治的方式。《红楼梦》不是专门写政治的书,但是里面很多事情有政治,我看过王昆仑写的《红楼梦人物论》专门有一章叫《政治风度的探春》,他认为探春是一个政治家。因为探春是一个政治家,所以她首先把她的身份弄得非常清楚,就是说赵姨娘虽然是她的亲妈,但她不认为她是亲妈,赵姨娘是奴婢,是妾,她是从婢女作成的妾,属于下等人,而探春呢,由于她爸爸高贵的种子在她身上,所以她是主子,她要和她亲娘划清主奴界限。另外还有非常值得注意的人际关系,探春、平儿和薛宝钗在王熙凤生病期间,搞了个"三套马车"执政,就是探春、平儿和宝钗三个人在大观园里面搞了承包责任制。所以《红楼梦》为什么说是百科全书呢？就是你发现世上很多很多的事都可以在《红楼梦》里找到印证,当然不可能完全一样,时代不一样,社会也不一样。这种政治的方式也是需要的,走到哪儿你都需要考虑承受责任;走到哪儿你都需要考虑选票,不管选举不选举,都有一个隐形选票的问题。我们现在的组织部门也搞民意测验,你如果民意测验太差了,也是不行的。我劝过好多人——当然我们这儿领导说话分量比较大——但是我劝过好多人一定要抓两头,一头是领导一头是群众。只有领导说你好话,群众人人说你坏话,你的情况很危险。领导不会为了你把群众得罪好几次,他可能为了你得罪群众一次,因为领导跟你的关系很不一般;为你得罪群众两次,就到头了;为了你再得罪群众一次、三次,这几乎是不可能的。这种政治的方式很普遍,尤其是在我们这样一个比较重视政治的国家和社会里。当然还有一种道德的方式,等等,我就不一一细说了。还有一种是科学的方式,这个非常重要,重视实证,重视逻辑,重视理性,这里甚至包括数字的方式。人类有一个特点,他一边活着,一边探讨生活的本质、生活的规律、生活的秘密,而人有一点心得以后,他就会把这一点升华起来,看得比他的人生更重要。有的搞政治的人,认为政治斗争比他的人生还重要,为了政治斗争牺牲生命,古往今来,从好人到坏人都可以找得到。对数学有了兴趣,有了研究,他会认为数学高于一切,数学主宰一切,这完全有可能。再比如说中国人对圆形的崇拜,特别是对太极图的崇拜,太极图实际是一个几何符号而已。黄亚平老师是甘肃天水人吧,天水是伏羲氏作太极图的地方,实际上就是对几何图形的崇拜。几何图形是人造出来的,但人造出来以后,这个符号就有了超人间的意义,甚至于用它来解释一切。中国人讲命运,讲数,认为命运是一个数,是一个数学的过程,这也不是完全没道理。我曾经在北戴河碰到了一个小小的骗局,什么骗局呢?一个人拿四种颜色的二十个球,比如说,红、黄、蓝、白各五个,二十个球,然后他让你从里面往外摸——放在口袋里你看不到——摸十个,摸出一半。而你摸是不要钱的,免费摸。他那儿写着:如果摸出来以后是五千五百,比如说,红白各五个,蓝黄一个都没有,这种情况下他奖励你日本进口高级摄像机一个。它其中有各种不同的组合,不同的组合都是他给你的。但摸到四千三百二十一,你给他五毛钱,很少,然后到三千三百二十二的时候,你给他两块钱。数学糊涂的人一看,这种游戏太好了,对游客太有利了,因为百分之八十都是他白给你东西,最差的东西也是一盒香烟,一个打火机,当然还有高级玩具,有摄像机,有派克笔,都是你干赚。然而实际情况是,十个人去摸,七八个人都是三千三百二十二,能有那么两个人摸出来是你给他五毛。这些摸完了的人都自己骂自己,哎呀,我的手太臭了。其实这是一个非常简单的几率游戏。我回到家里不知做了多少次实验了,很简单,我用四种扑克牌,红桃、方片、黑桃、梅花,拿二十张来,洗牌,然后再摸出十张,一看,差不多总是三千三百二十二。三千三百二十二是什么呢,就是机会大概是平等的。三千三百二十二可能是最平等的,但它不可能完全平等。摸十六张,四千四百四十四摸不出来。因为它第一是平等的，第二它又是参差的，既是平等的又是参差的。五千五百你摸二十年你都摸不出来。现在哪位同学要是找出一个公证人，证明你摸出的是五千五百，我愿意给他重奖。数字的问题，图形的问题，也可以变成上帝或者魔鬼，从科学一下子就变成神学了。人都有这个毛病，他越钻研，越觉得这个东西重要。弗洛伊德实在是一个天才，他长期研究别人，了解很暧昧很避讳的问题，他最后研究出来：什么都是性心理。婴儿在那儿拉屎，他说也是性的享受。文学也是这样，当你钻到文学里以后，你会觉得文学的方式实在是太好了，用文学的方式去把握世界打造人生，实在是太好了。当然我说到最后我会给你们捅破，就像把三千三百二十二捅破一样。

第一，文学的方式是总体的方式。到现在为止，我只知道对于文学家来说，一切经验都是有意义的，一切观察都是有意义的，每天二十四个小时他都在工作。我认为一个真正的天才的文学家，他的工作时间不是八小时，而是二十四小时，这话说得稍微夸张一点，什么意思呢？因为其他任何一种学问，它都有一种取舍。比如说政治，对于人事部门来说，我们考察一个人的德、才，考察他的政绩，一直到考察他的群众反映、他的学历、他的各项实绩、他的道德，但这个人总有一部分对于你考察干部是没有意义的事情。比如说，你现在要提升的这个干部头发是黑色的还是棕色的还是花白的，一般情况下，我没有见过在哪个党委会上或者什么会上，说这个人快提拔他吧，他头发都白了。就是说，有一部分东西对它来说没有什么意义。比如说，你找对象，甚至于你写小说，如果你是一个美女，很重要——现在连写小说都很重要了，我们有些美女作家作品的销路比我们这种丑男不知道要好多少。但是一篇数学论文没有必要表明作者乃一美女，三围多少更不用标了，这是一个侮辱。如果在数学论文上标上这个，这是一个侮辱。我们把人的生活分成社会生活和私生活。一般情况下我们关心的是他的社会生活，不是私生活，除非他是明星或是政要。搞明星私生活是为了炒，搞政要的私生活是为了对付他，谁盯着你的私生活不放,那人多半是你的政敌。当然一个政要要对自己的私生活有所约束有所检点。可是对于文学来说就不存在这样的情况,各种的细节,一个人物的长相,一个人头发的颜色,一个人的表情,他喜欢吃什么,不喜欢吃什么,口音如何,嗓音如何,喜欢穿什么样的衣服,对文学来说都有意义,怎么能说是没有意义的事呢?所以我说文学给人一种挑战。文学有时候对于常规也是一种挑战。在最好的文学作品里都有一些正人君子不愿意说的话,譬如说《红楼梦》,《红楼梦》有很优雅的描写,作的诗,林黛玉、贾宝玉、薛宝钗的诗绝没有粗俗的语言,但到了王熙凤那儿就什么话都敢说了,如果作者再描写下去,到了来旺家的多姑娘等人,那什么下流的玩意都有了。这怎么回事呢?用文学来说呢,干净的和肮脏的,高尚的和鄙俗的,雅致的和低级的,几乎都逃不出文学家的视野。但具体一个文学家,有的人可以只雅不俗,作品里只有真善美,绝没有假恶丑。但我们要看整个文学的画廊,那真是好的、坏的、有价值的与无价值的东西都在里面。有时候我写小说写多了,我觉得写小说的有一个优越性:他的知识、他的经验、他的体察、他的经历,没有一样用不着的,顶多是今天没用着。别人会很简单地忽略过的事情,到了作家那里它变成了创作的一个契机。大家知道冯骥才个子很高,他写过一篇小说叫做《高女人和她的矮丈夫》,据冯骥才讲就是他坐公共汽车,看到一个高女人,她丈夫非常矮,但是他们很亲热——它违反了常规。一般来说都是丈夫高一点,妻子矮一点。但也不见得,女高男低的我也能举出很多人来。但冯骥才就很感慨,他就写了《高女人和她的矮丈夫》,一直写到"文革",而且这篇小说的结尾写得非常好。冯骥才喜欢画画,他用一个画面概括来结尾:高女人去世了,但她的矮丈夫出门打伞的时候总是把这伞高高地举起,因为他已经习惯了,矮丈夫对他的高女人非常忠心非常爱,每次出门下雨的时候都是他打着伞,妻子个子比较高,所以他的伞要举得很高。这个画面让人感觉他的伞底下仍有一个影子,有一个高个子女人的影子在高伞下面。

有时候我们相信一种理论：在文学作品里有一类东西是不可以写的。鲁迅先生非常伟大，这丝毫不用怀疑。鲁迅先生就说过你可以写这写那，但怎么也不可以写大便，不可以写结核菌。但我在八十年代写过一篇小说叫《悠悠寸草心》，里面写到了"文革"当中学校停课期间的教室，全乱了，以至于有人在教室里拉了大便，大便里还有蛔虫。对不起呀，我给大家上了这么一碟菜，太差了。后来一个非常好的人——也是我的朋友——一个老的评论家特别指出，说王蒙的小说里竟然提到了大便里的蛔虫，这给他一种不祥的感觉。但是我至少找到了一个例子，就是德国一个诺贝尔奖的得主，叫海因里希·伯尔，他有一篇著名的小说，中译名字叫《女士众生相》，他描写了孤儿院里的一个老处女，这个人一直照顾这些孤儿，她的最伟大的贡献就是研究这些孤儿的大便，因为这些孤儿在排泄大便的时候他们还不能讲话，考查他们身体状况的重要指标就是大便。这位女士几十年来辛辛苦苦地储存各种儿童的大便档案，有的儿童后来成了伟人，有的成了议员，有的成了艺术家，有的成了罪犯，他们这些人是从孤儿院里出去的，他们在孤儿院时大便的情况都在这个女士的档案里保存。德国人就是有这个劲儿啊，你们都知道作家龙应台写过一篇文章，就是德国人什么事都要研究。德国老式的厕所——实在对不起，各位谁要是有洁癖，可以先不听——德国老式的厕所，它的马桶留了一个平台，大便排下来以后是停在那儿的，绝不会掉在坑里，也不会掉在水里。因为德国人有一个习惯——再说一下，龙应台的先生是德国人，她绝没有侮辱德国人的意思，因为她本身就是德国的媳妇——德国人很喜欢在大便完了以后观察一下自己的大便。这是作为一个科学的态度，看看最近消化怎么样，是火大了，还是吃凉了，还是蔬菜少了，还是素纤维多了。德国人真是这样。起码我回过头来可以说，大便可入文学。在《女士众生相》里详细地描写了那个女士对大便的研究，那么具体生动地描写了大便的各种状态，甚至认为大便和性格有什么关系，和情绪有什么关系，那其实是大便学。为什么说作家二十四小时都在工作呢？全天候的二十四小时,因为睡梦的体验在文学作品里写得太多了,特别是失眠,有多少作品是以失眠为契机的。陀思妥耶夫斯基的《白夜》,他就是从对失眠的了解开始的。还有一个从大陆出去的旅美女作家严歌苓,她有很多小说也大量描写失眠。我是很喜欢睡觉也很能睡觉,我属于睡眠爱好者,所以有很多外国朋友建议我写一本怎么样能够睡得好的书,而且他们希望把它翻译成世界各国文字,并且估计这本书如果写出来,我的收入会高于我一生的创作报酬。失眠也好,熟睡也好,这都是人重要的心理,半睡不醒更是人重要的心理。半睡不醒的时候意识的流动是最有趣的,还有些在人生中很狼狈、很尴尬甚至很痛苦、很糟糕的体验,但是它能成为创作的契机。还说陀思妥耶夫斯基,他的一大经验就是他曾被沙皇判过假绞刑。他在《白痴》里面就描写了被判绞刑的罪犯,在执刑时看着大绳子套的时候的感受,没有经验的人写不到那个惊心动魄的程度。看着一个绳子套在想：再过三分钟,把我套上了,咔嚓一声。这种最恶劣的——我不知道我该用什么形容词,狼狈的、尴尬的、糟糕的、恶劣的——这种最恶劣的经验和对于这种经验的体味和超越都写出来了。当然一味停留在这上面也没什么意思。对这样一种经验,这样一种心理,对于这样的心理感受的体味和超越,有可能成为一篇不凡的作品。在这种情况之下文学就变成了一个弱者的最后一个机会：虽然我现在非常狼狈,非常悲惨,但是我的这些体验,如果把它写出来,也许是一篇杰作。汪精卫,很有名的汉奸,但是他年轻的时候,他刺杀摄政王,清政府要砍他的头,但他竟然写出了一首五言绝句："慷慨歌燕市,从容做楚囚。引刀成一快,不负少年头。"如果没有可能被砍头的经验,第一他写不出来,第二他写出来也不感动人。对于一个弱者来说,他没有别的办法了,他还有这个机会。当然我们也知道捷克斯洛伐克作家伏契克,他最有名的书是《绞刑架下的报告》,是他被德国盖世太保抓起来之后,每天写下来的日记。他对共产党反对德国法西斯的斗争做了非常好的记录。

文学的这种总体性特征，我觉得它是其他各种方式无法相比的。做实验的科学家，对于和科学实验无关的事，他可以感兴趣，也可以不感兴趣，因为没有什么太大的意义。但是对于作家来说，很有意义。

第二，文学的方式是主观的方式。作家写到的一切东西实际上都经过了他的主观，经过了他自己的理解、改变及投影，在写作当中，世界变成了他自己的思想情感的载体，而他的思想情感照耀着世界，使这个世界一下子显示它不为人知的尚没有被人发现的或还没有被人感动的那一面，它是一个发现。我说这个话并不是否认文学是人生的反映，因为对于文学始终有一种争论——表现与反映的争论，为什么呢？因为人本身也是自然界的一部分，也是社会的一部分，他的主观性——也就是刚才我说的他投影所照耀出来的也是世界的一部分，并不是他从娘胎里带来的光辉。其实我们很容易发现这样的事例，就是同样一件事情，不同的人对它的叙述是不同的，如果你这里面还有利害的关系还有互相敌对的关系就更不同了。一个事情发生以后，剩下什么呢？剩下的是关于这件事情的文本，而所有的不同的人在叙述这件事情的时候，他的感情、他对它的理解、他对它的发现是如此地不同，会使你大吃一惊。你说哪一个是真实的？有的表面上很容易弄清楚，比如说丢了钱了，谁偷的？是张三偷的，就不是李四偷的，这个很容易弄清楚。但是事情的那些细微的深入的而且带有情感色彩的东西，我觉得它特别地表现了一个文学写作者的思想情感。文学在这一点上有一点优于其他形式的东西，就是比较起来，文学家不但注意感受，注意直觉，也还注意思考。其他艺术形式可以用更直接的形式，但是我们的作家是通过语言、通过文字、通过符号来表达这个世界的。而语言文字已经融合了人类的许多思想在里面。我叙述一件事，这个事你给它起一个名字，这本身已经定性了；你再说"这是一个错误"，这又是一个定性；或者说"这是一个滑稽剧",也是一个定性。命名过程、评价过程,已经有了很多思考。所以接触语言的人,他既是情感的、直接的甚至是随机的,就像我说在公共汽车上看见什么突然就想写小说,同时他又是思考的,又是反复斟酌的。我也碰到过这样的青年人,他们说:"我们很喜欢写作,但是我们这儿没有什么东西可写。"还有一种说法:"我们也喜欢写作,我们这儿也有非常好的人可写,为什么可写呢,因为有个人夏天里跳到大河里救出了一个落水儿童,我也是按照那个真实事情写的,但是写出来以后,各个文学刊物都不肯刊登,他们认为我写得不真实,认为我写得虚假。"那么这是怎么回事呢?我不能一一地解释,但是其中有一个可能,就是你在你所描写的这个事件中,缺少对这个事件的塑造,缺少对这个事件的投影,缺少对这个事件的理解。举一个例子,这是我所写的一首诗,我并不以写诗见长,但是我也写过一些诗,这首诗只有十四个字,比较短,四言还有十六个字,这首自由诗只有十四个字,这首诗叫《拉力器》,第一句"多少青春",第二句"多少肌肉",第三句是"忽然展翅"——就是这样,啪,拉力器拉开了,像大鹏展翅一样——我最后还有两个字,"不飞"。现在我给你们朗诵:"多少青春/多少肌肉/忽然展翅/不飞。"我老了,不愿意动感情了,否则最后"不飞"两个字应该哭着朗诵。你们说我这写的是拉力器吗?究竟写的是什么,用不着解释,解释就没意思了,自个儿琢磨去吧。做文学的人,他有那么多机会那么多方法来表达自己,你说拉力器跟我有什么关系?我又不教体育。我不是说我这首诗写得有多么好,就十四个字嘛,但就这十四个字,我觉得又不是写的一个拉力器,这里面有多少辛酸啊,或者说有多少沉重啊,有多少体验、有多少沧桑感、有多少自己的经历在里头,甚至有多少血泪在里头!文学方式简直无与伦比。有时候,我开玩笑——我用一种低层次的语言来说——我曾经和一些人说,最好少得罪作家,作家如果对你愤怒和你作对,他早晚要在作品里表现出来,他表现出来你一点办法也没有,他肯定能表现出来的。

我再谈一点,文学还是一种情感的方式。我不想一一地谈,因为文学方式的特点是互相牵连着的。文学是一种情感的方式,这也是主观的。我们常常说作家是性情中人,就是因为我们在做其他事的时候,往往要控制自己的情感,你不能太情感化,太过于情感化,你的决策可能错误。基辛格博士跟人讲:说毛泽东跟他说的,不要讲那么多感情,究竟毛泽东是在什么情况下、什么场合、什么时候跟他说的,基辛格没有讲,反正很多时候你不能过多地讲情感。科学研究你也不能太讲情感,由于你付出的劳动大、心血多,由于跟你合作的人都那么可爱、那么天真、那么无瑕、那么有魅力,那么这个实验本来失败了还要说它成功了,这是不可以的。甚至最讲情感的爱情,如果爱情里头没有一点理智调节的话,我也很怀疑能不能长期坚持,情来了我就爱,情感过去了就不爱了——这才叫情感呀,要不然怎么叫情感呢?可是在文学里头,情感能得到那样尽情地发挥,情感变成了一种美。甚至作家自己的情感已经过去了,但他作品里的情感仍然在那儿燃烧着。有时文学爱好者因为看到的一本书,非常地感动,可能这个作家早已时过境迁,你看到这个作家的诗文,你感觉到这个作家那么高尚那么纯洁那么富有激情,他像一团火、一朵花,像瀑布,像大河,但是等你见到这个作家,这个作家早已时过境迁,这个作家已经比较平凡了,这个作家已经不能再见了。很难还能找出什么工作能够像文学一样地投入这么多感情。当然其他艺术,像舞蹈、音乐也都要有巨大的情感投入。

但是文学还有另一面,它又是一种拉开距离、保持审美的方式。你完全投入了,你又丧失了文学的感觉,甚至说你不需要文学了。鲁迅讲革命与文学,他讲革命文学大兴起的时候,是革命还没有到来的时候。那个时候革命文学最厉害,文学里人人都呼唤革命,批评社会现实的不公正,等到革命真正掀起来了,大炮轰轰地响了,有时就有点顾不上文学了。同样的道理,爱情也是这样,我不知道有没有两个恋人在热烈拥抱接吻的时候背诗的。什么情况下诗最多?你又爱又得不到回应,那个时候你可能变成一个诗人。爱得如胶似漆,就没有诗的余地了。说起来文学似乎是最热烈、最投入、最激情、最忘我的一种方式,但是我们这样来细察文学,发现文学好像变成了某种旁观——我实在找不到一个更好的词儿——起码变成了一种观赏,它变成了一种想象一种设想,就是说它和它的对象之间要保持一个适当的距离。文学既是一个热情投入的方式,又是一个拉开了距离的方式,保持某种旁观的心态,保持某种观赏的心态,保持某种想象的空间,保持一个精神和现实之间的距离,没有这个距离就没有文学。所以我们说,文学的方式是一个总体性的方式,是一个主观的方式,是一个感情投入的方式,又是一个保持一定的距离、保持一个审美的态度、保持一个观赏的态度的方式。

文学的方式还有很多特点,不一一讲了。我最后再讲一点,文学的方式,还是一个语言的方式。人类和其他动物的不同就是人类有完备的语言,据说动物也有若干语言,海豹可以发出某种电波符号,鸟能发出某种声音,中国古代就有公冶长懂鸟语的故事,但是起码它们没有人类的语言这么完备。人类的语言比较完备,语言是人的一个奇迹。对于不懂语言的人,语言只不过是一种声音;对于不懂文字的人,文字只不过是各种莫名其妙的符号。但是对于懂它的人来说,你看到一个字或是你听到一个声音,马上就引起你那么多的感情、那么多的联想、那么多的——甚至说是梦幻,这实在是一个奇迹,语言对一个人来说是太重要了。比如说爱情,一个会说话的人和一个不会说话的人在爱情上成功的程度绝对不一样。

有许多重大的政治问题最后变成了修辞学的问题,也有的变成数学问题,这也很有意思。很多重要的外交问题,最后就是要找一个词儿,使双方都能接受。比如说当年尼克松访华,我们都知道那个故事,中美联合公报上海公报关于一个中国的原则,周恩来和尼克松、基辛格就顶牛顶在那里,我们就说必须在这个联合公报上有"一个中国"的原则,否则中国不能和美国打交道,最后基辛格找到了一个词儿，也得到了周总理的肯定，就是说：既然海峡两岸都认为只有一个中国，美国对此立场不表示什么异议。他用的是"no protect"，他这很有意思，他用的不是"no objection"，因为protect比objection要重，protect里有抵抗干什么事的意思，最后找到这个词儿，美国人认为可以接受，就是不反对这个说法。我们当然希望美国坚持"一个中国"原则。美国现在也讲坚持三个联合公报，"一个中国"美国也讲了，但最初的时候，是靠"no protect"解决的这个问题。最后变成了一个语言文字之争，同样是一个词儿，你这样用就能够达成协议，那样用就不能达成协议。联合国安理会——我是没有参加过这种工作——但是我想联合国安理会有时候讨论起问题来，恐怕有时就像语言学院一样，在那儿讨论语言，找词儿。当然毛主席当年讲一言可以丧邦，一言可以兴邦，这又说得太严重了，让人不敢说话。但是有些词儿就是那么重要，有时候用语言甚至用寓言、用文学的方式、用修辞来解决重大的关于和平与战争、国家与国家的关系问题。你看东周列国，为什么那时要有说客呢？这些说客从另一个意义上说就是用语言的手段、用文学的手段去解决政治问题，去解决敌友和战，什么"螳螂捕蝉，黄雀在后"，什么"唇亡齿寒"，等等。这些寓言，这些成语故事，经过历史记载，本身也经过文学提炼，这就是用文学的方法来解决问题。有时候也用数学的方法解决问题，七十年代日内瓦会议讨论越南问题的文件，北越和南越互不承认，北越认为南越是美国傀儡，没有资格在文件上面签字。后来就弄了好几个文本，弄了一个有北越的文本，文件上没有南越的签字，而有北越的签字，有中国、苏联、美国、法国的签字；然后再弄了一个有南越的文件，里头没有北越的签字，但是有中国、苏联、美国、法国的签字。这是用数学排列组合的方法。有时候一些外交谈判上，有排座位的问题，这是符号学。外交部的人给我讲过，说有时候外交斗争非常复杂非常高级，但有时候外交斗争就跟儿童游戏一样。为什么说儿童游戏呢？比如说两个国家关系非常不好，平常就没谈判过，现在提出来要谈判了。比如说美国和朝鲜要谈判,美国提出希望在温哥华谈判,朝鲜说我凭什么上温哥华呢,离你那么近,离我那么远,便提出在沈阳谈判,最后两国的代表,要拿出米突尺来在地图上量,就像两个小孩打架一样。我两个儿子小时候常常在床上,那时候住房比较窄,在中间画一道线,就是大儿子胳膊不能伸过这个线,二儿子的腿也不能伸过这个线。现在回过头来说语言,这种语言的方式实在是太有趣了太重要了,用语言的方式解决总比打仗好,君子动口嘛,"文革"时有一个口号"要文斗不要武斗",文斗就是用语言斗,文斗总比武斗好吧?

但是语言本身它又制造了一个问题,就是有一部分语言是要化为现实、化为行动的。还有一部分它没化为现实没化为行动,你又分析不清楚哪句语言可能化为现实,哪句语言没化为现实,是因为它开始说的时候就假,或者说的时候有点夸张,或者说它语言化为现实的时候产生了困难,往往有这个情形。所以文学的方式,语言的方式,它带来了很多美好的东西,带来了语法修辞对词汇的丰富,但同时又带来了语言和实际不完全衔接甚至于脱节的现象。作家用语言的方式来打造一个世界,语言可以非常地美,但是我们又需要随时地核查这些语言能不能变成现实,什么时候能够变成现实,还是压根它就没有想变成现实。所以说语言的方式会带来弊病,再简单地说,语言的方式会带来欺骗,会带来夸张,会带来夸大狂,会带来所谓花言巧语,会带来所谓"言语的巨人,行动的矮子",有很多很多这样的说法。能不能在领受、感激语言给我们带来的所有的好处、带来文明、带来非战的同时,在某些语言面前、在语言的方式后面打一个问号呢?文学的方式既是一个非常美好的方式,是一个总体的方式,是一个感情投入的方式,是一个尽情抒发的方式,是一个心灵之间桥梁的方式,但它同时又可能是语言上的一种技巧性的运动。我在很多文章里引用过,《三国演义》里有,京剧《失街亭》里也有,马谡失街亭后"挥泪斩马谡",杀了马谡后诸葛亮流眼泪,诸葛亮控制不住自己的感情,因为他和马谡还是有点交情的。下面人就问丞相为何垂泪,诸葛亮就掩饰自己,说我不是为了马谡哭,我是想起了先帝,就是刘玄德在白帝城托孤的时候,说马谡"言过其实,终无大用",想起在用人方面没有很好地遵循刘玄德遗旨吧,是思念先帝故而垂泪。我觉得他这是掩饰,由于杀了马谡就想起刘备,然后就哭了,这是掩饰。但这几个字我觉得非常有意思——"言过其实,终无大用",我很悲凉地告诉你们,虽然我们教育大家要好好地学中文,但是许多作家很可能也包括我在内是言过其实,终无大用,你们一定要清醒啊!

(作者答与会者问)

问:这几年网络文学很多,比如说小说《第一次亲密接触》,请问你对此有什么看法?

答:对网络文学我这样看,第一,我并不特别看重网络和纸张这两个载体之间的区别,因为网络上的东西打印出来就是纸上的东西,纸上的东西你将它扫描进去就是网络的东西。那么现在网络文学为什么变成了一个特殊的东西呢?因为网络文学基本上就是谁写了谁就可以粘贴上去,不要说什么领导啊部门啊审看,就是连编辑,现在一般的出版社、编辑部都是三级审稿制——有责编、所在编辑室和最后决审三道工序。而网络文学里边往往表现出一种粗糙、一种任性、一种放肆、一种胡抡,但同时也显示着一种大胆泼辣。从理论上说网络文学是一种非常自由自在的表达方式,对文学有利,但这个不是绝对的。我们来研究文学史,那些伟大的经典作品往往是在文学写作既自由又不自由的情况下出现的,它不是连编辑看都不需要看,随便往上粘,一篇伟大作品就出来了,文学史上没有这种情形。我说这些话,不是提倡对作家多少保留脸色还很有必要,我没有这个意思,但是事实上比如说俄国,俄国很多伟大作品都是在沙皇尼古拉时期出现的,不是说沙皇尼古拉时期政策贯彻得特别好。给大家提供个网络,提供个自由自在发表作品的空间,内容绝对地自由——我不是指政治上,而是指发表上连最起码的要求都没有——有时候会产生大量的垃圾(台湾叫"勒瑟"),会产生大量的"勒瑟",从理论上讲在大量的"勒瑟"当中也许会有少量闪闪发亮的东西。我个人对网络文学是抱肯定的态度,但是对于具体的作品,有的——比如说像你讲的《第一次亲密接触》——我没有看过。如果你觉得他写得很好,那么就说明他写得很好;如果你认为他写得很差,那么他就是很差。网络文学作品,也是文学作品,不是文学出了什么新品种。

问:你如何看待我们这一代大学生的文学素养,你对我们有何期望?

答:你们这一代大学生……我最近碰到了一件令人非常失望的事情,我到南方一所大学里面也是讲文学,讲完后他们给我一个整理稿,我一看里面的错别字太多,毫无文学常识,连初中的文学常识都没有,我就问:"你们怎么这样啊?找了一个高小还没毕业的人。"他们说:"不是啊,这是我们的研究生啊,是我们的工科研究生。"现在学问分得越来越细,可能有一些工科研究生确实没时间学文学。但是我相信只要人在,只要语言存在,文学的力量,它的激动人心的力量、它的吸引人的力量是不会衰退的,不管你出多少电脑多少新式媒体,青年永远都是文学读者的主体。

问:上世纪八十年代末九十年代中国的文人活得是比较清贫的,我想问王蒙老师,在新世纪中国文人拿到的稿酬和其他收入方面是不是有了质的提高?与发达国家还有多大差距?

答:我告诉你西方发达国家的作家活得是比较清贫的,因为除了极少数的作家外,按他们国家的标准他们是比较清贫的,包括那些诺贝尔文学奖得主。我们国内现在没有一个诺贝尔奖得主,如果有一个那就了不得了,就成神仙了。美国一家五六个诺贝尔得主,他们大都在大学教书,他们教书说明他们的稿费是不够用的。我在美国甚至还有人劝我说,你的名片上如果写上你是一个教授,人们会认为你是有固定可靠收入的人,如果你写上是 novelist,一个小说家,别人跟你打交道会很小心,不知道你喝完这杯咖啡付不付得起账。中国的情况是这样的,如果和商人比,和有特殊后台、特殊门路的人比,那作家算不了什么。但是和过去比,和上世纪八十年代比,那么中国作家现在的生活是比较好的,因为各方面他都有,有时候作家协会也给他一些钱,有时这儿给一个奖,那儿给一个奖,比过去好得多。由于现在我们高等学校的经费越来越充裕,我觉得作家们羡慕大学教授的年代指日可待。

问:德国汉学家顾彬教授坦言,他不大喜欢你的《布礼》之类的小说,你对自己的这些小说有什么看法?

答:《布礼》也翻成了英语,是在美国出版的,也翻译成了法语。有些作品他喜欢,有些作品他不喜欢,这非常自然正常。

问:你来海大的原因是什么呢?众所周知,海大在国内著名的文科高校中,并不是很好,如果你去一个比较著名的文科高校会比较实惠,你来海大的原因是什么呢?

答:这原因当然是很多方面的。因为海大的管校长还有其他领导,他们热情相邀,这是主要的原因;另外对青岛我也觉得是个很可爱的地方,我父亲曾经在青岛做过事,他在李村师范做过校长,我对青岛有点感情。另外,有眼前这么多热情的同学我干吗不来呢?

问:你作为一个高层次的知识分子,一个著名作家,你认为怎样在新世纪当中保持知识分子文化的优势?

答:我不知道知识分子文化和市场文化之间不共戴天的道理在什么地方,有时候它们是井水不犯河水——各走各的;有时候它们是一致的。中国的四大才子书具有很好的市场效益,也是非常好的文学作品。如果说一个知识分子在有了市场经济后就觉得自己的文化受到了威胁,那怎么办呢?回到计划经济时代?回到"文化大革命"时代?回到苏联模式?我怎么总觉得如果一个知识分子那么害怕市场,这个知识分子出息不太大呢!

问:王蒙老师,我感觉现在文学有一种趋势,就是文雅向着流行走,甚至有些文学像时装一样开始流行起来,请问您对此有什么看法？

答:事情总是有两面,一方面就是流行的文化,包括浅低层次的消费性文化的大量流行,但另一方面,也还是有些坚守高雅文化的。我们这次"作家周"将请到的山东作家张炜先生,他来以后一定会发表一个坚守高雅文化的演说,到时候你们就会感觉到想把高雅文化灭掉也没那么容易。

2002 年 10 月

历史、国情与文学

我对历史、对文学只是一个一知半解的爱好者,从我个人来说,我们从小都是在一个既历史又文学的气氛当中成长起来的。我始终认为中国自古以来历史与文学的界限就是不太分明的。比如《史记》上的很多情节太像小说,那种情节化、戏剧化、故事化,我绝对不相信它是百分之百的实录。有一些取舍,有一些艺术加工。像张良学艺,像鸿门宴,包括项羽的自刎,霸王别姬,风萧萧兮易水寒,不光是小说化,而且是戏剧化、戏曲化。戏曲就更热闹一些,大悲大喜,大开大阖,也是把它当文学作品来读的。现在也是这样,你说《春秋》《战国策》《古文观止》,都会入选语文课本。我们上小学的时候都是在语文课本里学的。《史记》里的许多片段也都是课本里学的。所以历史与文学合流自古有之。另外,我们小的时候很爱看《封神演义》,不知算历史文学还是算神怪小说,一直往后,都是这样,项羽和刘邦争天下的故事,我都不是看正史,而是通过演义、小说看的。往下推,东汉、隋唐,《说岳全传》《三国演义》。《三国演义》成功到什么程度呢,人们宁愿相信《三国演义》上的那些不符合历史真实的描述,比如诸葛亮和周瑜,历史上诸葛亮和周瑜的岁数差不多大,我就不能接受,觉得挺遗憾,这样一来很多故事就没了。所以有时候宁愿相信说部,不敢正视历史。

现在,又掀起了一个历史小说创作的高潮,我不太了解台湾的情况。从大陆来说,从一九四九年以来,历史小说的创作很少达到最近这十几年的高度。如果扩而充之来谈,还包括现在电视剧的历史化,看完《雍正》看《康熙》《努尔哈赤》,《张之洞》也拍成了电视剧。我觉得人们看这些历史小说和电视剧,还是侧重它们的认识价值。这些年大陆自上而下、自下而上都在谈中国的国情。中国经过了这么多动荡、这么多变化、这么多曲折以后,很多人都在思考中国的国情、中国的文化、中国的价值观念、中国的历史。而从这些文学作品当中,我们得到了一些启发。比如谋略,中国是一个很讲政治谋略的国家。欧洲有一个翻译《三十六计》的翻译家,他对中国的谋略都到了走火入魔的程度。我发完言后,他问我,你刚才的发言是不是釜底抽薪?现在书里面,也有很多的宫廷政治、权力斗争,关于这些我们曾经也有过一种非常简单的意识形态化的处理,现在看来还是人的斗争。一些道德观念、一些价值观念,中国自古以来这么传播下来,在革命的高潮当中,有时候对这些历史的问题容易做比较简明化、简约化的处理,不但对历史是这样,文学也是这样,比如《红楼梦》,一边是贾政,封建营垒的代表,一边是贾宝玉,带有叛逆意味的形象。对历史我们也可以这样地处理。唐浩明的《曾国藩》出来以后,我碰到了好几个人说,他们不能接受曾国藩的这个形象,因为曾国藩是有历史定论了的。现在允许对历史有一个更宽泛的探讨的角度,因为现在写《李自成》也好,写《曾国藩》也好,没有了当时历史时期的利害关系,不需要作出一个道德的审判。就是说,现在我们有条件来多方面全方位地评价我们的历史,来研究我们的历史。通过这个来加深对我们的国情、我们的文化,对我们的昨天的认识。

当然认识昨天的目的是为了认识今天,但昨天和今天是一种很微妙的契合。相反,以意为之、拉扯这个影射那个反而会降低了作品的格调。历史题材的作品也是各式各样的,有的是很严肃很认真的,把历史的一段再现出来,来探讨当中蕴涵的那个时候的政治、那个时候的社会、那个时候的价值、那个时候的文化。也有的是借着一段历史,来抒发自己的对各种事情的看法。像鲁迅先生的《故事新编》,

那又是另一种类型。现在引起争议较大的，除了意识形态的东西，还有戏说型的解构型的历史题材。我个人认为，对待它们不必认真，如果你把它们当历史看，你会义愤填膺，十分气愤，如果你把它们当相声对待，像《歪批三国》，你也就放它一马。历史小说本身是不拘一格的，但真正有认识价值、能够吸引住广大读者认真阅读的，还是那些认真的，想从历史事件中总结我们这个民族、了解我们的文化、了解我们的传统的好作品。

2002 年